Chouette

5e

12-13 ANS

NOUVEAU PROGRAMME

Le Tout-en-un de la cinquième

Français
Thierry Marquetty

Mathématiques
Gérard Bonnefond
Daniel Daviaud
Bernard Revranche

Histoire-Géographie Enseignement moral et civique
Christophe Clavel
Cécile Gaillard

Physique-Chimie, SVT et Technologie
Pascal Bihouée
Daniel Dupuis
Patrick Vermeulen

Anglais
Nicole Nemni-Nataf
Corinne Touati

Hatier

Table des illustrations

PAPIER À BASE DE FIBRES CERTIFIÉES

Hatier s'engage pour l'environnement en réduisant l'empreinte carbone de ses livres. Celle de cet exemplaire est de : 1.8 kg éq. CO_2 Rendez-vous sur www.hatier-durable.fr

Achevé d'imprimer en Italie par L.E.G.O. S.p.A. - Lavis (TN)

Dépôt légal n° 06481-2/01 - Décembre 2020

Maquette de principe : Frédéric Jély
Mise en pages : STDI
Cartographie et schémas : Lasergraphie, STDI
Illustrations : Adrien Siroy (dessins de la chouette), Juliette Baily, Sylvain Frécon, Roland Garrigue, Martin Maniez, Mathieu de Muizon
Iconographie : Hatier illustration
Édition : Stéphanie Herbaut, Aude Marot

ISBN 978-2-401-06481-2

Quand tu as terminé le travail sur un chapitre, reporte le score total obtenu aux exercices.

Sommaire

FRANÇAIS

GRAMMAIRE

CONJUGAISON

ORTHOGRAPHE

VOCABULAIRE

LECTURE ET EXPRESSION ÉCRITE

COMPLÉMENTS

CARTES MENTALES

MATHS

HISTOIRE-GÉO/EMC

HISTOIRE-GÉO/EMC

GÉOGRAPHIE

ENSEIGNEMENT MORAL ET CIVIQUE

PHYSIQUE-CHIMIE, SVT, TECHNO

PHYSIQUE-CHIMIE

SVT

PHYSIQUE-CHIMIE, SVT, TECHNO

ANGLAIS

FRANÇAIS

Tu trouveras dans cette partie des rappels de cours et des exercices sur les principales **notions du programme** :

La partie comprend aussi :

GRAMMAIRE

1 Les déterminants

Qu'est-ce qu'un déterminant ? Quels sont les plus fréquents ?

- Un déterminant **introduit un nom** et forme avec lui un **groupe nominal minimal**.
- Les **articles** sont les déterminants les plus fréquents.
  - L'article **défini** (*le, la, l', les*) introduit le nom d'un être ou d'une chose connus ou dont on a déjà parlé. *J'ai nourri* ***le*** *chat.* Combiné avec la préposition *à* ou *de*, il devient un article défini **contracté** : *au, aux, du, des*. *Observe la technique* ***du*** (= *de* + *le*) *joueur.*
  - L'article **indéfini** (*un, une, des*) introduit le nom d'un être ou d'une chose indéterminés, dont on n'a pas encore parlé. *J'ai acheté* ***des*** *abricots au marché.*
  - L'article **partitif** (*du, de l', de la*) introduit le nom d'une chose dont on ne peut compter la quantité exacte. *Reprenez* ***du*** *gâteau* (= une certaine quantité de gâteau).

★★ **1** **a. Souligne dans ce texte les articles indéfinis.**

Un jour, monseigneur Yvain voit un lion qu'un serpent tient par la queue en lui brûlant l'échine. Il se range du côté du lion, car aux êtres venimeux et félons on ne doit faire que du mal ; or le serpent est venimeux, du feu lui jaillit du gosier.

Chrétien de Troyes, *Yvain ou le Chevalier au Lion*, vers 1170.

b. Classe les groupes nominaux suivants dans le tableau selon la nature de leur déterminant : du côté – du lion – du mal – du feu – du gosier.

du est article défini contracté	*du* est article partitif
....	....
....	....

COUP DE POUCE
Vérifie que, dans trois cas, *du* équivaut à *de* + *le*.

SCORE .... / 8

Existe-t-il d'autres déterminants ?

- Le **déterminant possessif** (*mon, ma, mes, ton, ta, tes, son, sa, ses, notre, nos, votre, vos, leur, leurs*) exprime une idée d'**appartenance**. *C'est* ***leur*** *chien.*
- Le **déterminant démonstratif** (*ce, cet, cette, ces*) **montre** l'être ou la chose désignés par le nom ou renvoie à un nom dont on vient de parler. ***Cet*** *homme est admirable !*

★★ **2** **Réécris ces phrases en mettant les mots en couleur au pluriel et en faisant les transformations nécessaires.**

1. J'ai quelques idées sur la question, mais je ne dévoilerai pas mon opinion.

....

2. Tu as trahi la confiance de ton ami ; ses sentiments ne peuvent plus être les mêmes.

....

3. Il n'a pas oublié d'apporter son livre ; cet élève est très sérieux.

....

SCORE .... / 3

COUP DE POUCE
Lorsque le pronom sujet change, la forme du verbe change également.

Corrigés p. 50

TOTAL .... / 11

GRAMMAIRE

2 Les pronoms

Qu'est-ce qu'un pronom personnel ?

- Les pronoms personnels varient en personne, en genre et en nombre.

	Singulier	Pluriel
1re personne	je, me (m'), moi	nous
2e personne	tu, te (t'), toi	vous
3e personne	il, elle, on, le, la, lui, soi, se, en, y	ils, elles, les, leur, eux, se, en, y

★ 1 Indique à qui ou à quoi renvoient les pronoms personnels en couleur.

Tim téléphone à Léa. Il (...........) lui (...........) demande de venir le (...........) retrouver sur la plage et de lui (...........) apporter des écouteurs. Elle (...........) lui (...........) répond qu'elle (...........) ne peut pas y (...........) aller et que, de toute façon, elle (...........) n'en (..................) a pas.

SCORE ..../ 10

INFO
Un même pronom personnel peut faire référence à des choses ou des personnes différentes.

Comment reconnaître pronoms possessifs et pronoms démonstratifs ?

- Les **pronoms possessifs** (*le mien, la mienne, les miennes..., le leur, la leur, les leurs*) varient en personne, en genre et en nombre. *Tu as tes goûts, j'ai **les miens**.*
- Les **pronoms démonstratifs** ont des formes simples et des formes composées.

	Neutre	Masc. sing.	Fém. sing.	Masc. plur.	Fém. plur.
Formes simples	ce, c'	celui	celle	ceux	celles
Formes composées	cela, ceci, ça	celui-ci, celui-là	celle-ci, celle-là	ceux-ci, ceux-là	celles-ci, celles-là

*Ces joueurs sont excellents ; **ceux-ci** sont nuls.*

★★ 2 Réécris chaque phrase en remplaçant les mots en couleur par un pronom possessif.

1. Avez-vous sorti vos poubelles ? ....
2. Dans notre maison, il n'y a pas de cheminée. ....
3. Mes chaussures sont trop grandes. ....

SCORE ..../ 3

ATTENTION
Respecte le genre et le nombre des groupes nominaux à remplacer.

★★ 3 Complète avec le pronom démonstratif qui convient, puis souligne à quoi il renvoie.

1. Il pratique différents sports mais préfère .... en extérieur.
2. Marie a sa chambre, mais elle préfère être dans .... de sa sœur.
3. Tu es toujours désagréable avec moi. Pourquoi fais-tu .... ?

SCORE ..../ 3

Corrigés p. 50

TOTAL ..../ 16

GRAMMAIRE

3 Le complément d'objet

Qu'est-ce qu'un complément d'objet ?

Un complément d'objet est un **complément du verbe** obligatoire. Il ne peut pas être supprimé sans nuire au sens de la phrase.

- Un **COD** (complément d'objet direct) se construit directement, c'est-à-dire **sans préposition** et répond aux questions ***qui ?*** ou ***quoi ?*** posées après le verbe.

  *Elle a appris l'**anglais** aux États-Unis.*
  COD

- Un **COI** (complément d'objet indirect) se construit indirectement, c'est-à-dire **avec une préposition** (*à*, *de*, *par*…) et répond aux questions ***à qui ? à quoi ? de qui ?***… posées après le verbe.

  *Mon grand-père s'initie à l'**informatique**. Il s'**y** est mis rapidement.* (y = à l'informatique)
  COI COI

- On appelle **COS** (complément d'objet second) un complément d'objet indirect dans une phrase qui comporte déjà un complément d'objet, direct ou indirect.

  *J'ai prêté **ma clé USB** à **Elsa**.*
  COD COS

★ 1 Dans le texte suivant, souligne tous les COD des verbes conjugués.

Le monstre meugla un effroyable cri de satisfaction gourmande. Il baissa sa tête bovine et poilue, et pointa ainsi des cornes acérées vers sa proie. Le sol était jonché d'ossements. Thésée ramassa le plus gros, il le brandit. Au moment où le monstre l'attaqua, il s'écarta pour lui asséner sur le mufle un coup suffisant pour assommer un bœuf… mais pas assez violent pour tuer un Minotaure !

D'après Christian Grenier, *Contes et légendes des héros de la mythologie* © Nathan, 1998.

SCORE .... / 7

COUP DE POUCE
Tu dois trouver sept COD, dont un pronom réfléchi.

★★ 2 Souligne les COD et encadre les COI, puis classe-les dans le tableau.

1. Pense à tes parents. • **2.** Il me voit. • **3.** Dis-le vite. • **4.** Je ne parle à personne. • **5.** Elle aime que les choses soient bien faites. • **6.** Il aime rire. • **7.** Pierre est arrivé, je l'ai aperçu.

Nom ou GN	Pronom	Infinitif	Proposition
....	....	....	....
....	....	....	....
....	....	....	....

SCORE .... / 7

INFO
Le mot *personne* peut être un nom ou un pronom.

★★ 3 Précise la fonction des compléments d'objet en couleur (COD, COI ou COS).

1. Les souris ont volé du fromage (...........) à la cuisinière (...........). • **2.** Le conférencier a projeté un film (...........) que (...........) les spectateurs ont beaucoup apprécié. • **3.** Brice a prêté ses livres (...........) à un ami (...........). • **4.** Nous vous (...........) présentons nos excuses (...........). • **5.** Je lui (...........) obéirai, promis.

SCORE .... / 9

COUP DE POUCE
Il n'y a qu'un seul COI.

Corrigés p. 50

TOTAL .... / 23

GRAMMAIRE

4 Les compléments circonstanciels

À quoi servent les compléments circonstanciels ?

- Un complément circonstanciel (CC) est un **complément facultatif**. Il **enrichit le sens** de la phrase mais peut être supprimé.

  Depuis hier, *il neige* ***sans répit***.

  → Il neige.

- Les compléments circonstanciels indiquent **dans quelles circonstances** se produit l'action exprimée par le verbe. Ils répondent à différentes questions.

CC de **temps** : *quand ?*	***L'été dernier***, *ils se sont rencontrés.*
CC de **lieu** : *où ?*	*Elle attend* ***dans le couloir.***
CC de **cause** : *pourquoi ?*	*Tu as fait cela* ***par jalousie.***
CC de **manière** : *comment ?*	*Elle lut la lettre* ***à voix haute.***
CC de **moyen** : *au moyen de quoi ?*	*Il l'a arrêté* ***d'un geste brusque***.
CC de **but** : *dans quel but ?*	*Il travaille* ***pour réussir***.

★ 1 Le groupe de mots en italique est-il un complément d'objet (CO) ou un complément circonstanciel (CC) ? Coche la bonne réponse.

1. Il faut que tu pardonnes *à Paul* ❑ CO ❑ CC. • **2.** Elle est sorti *à trois heures* ❑ CO ❑ CC. • **3.** Le garagiste répare *un moteur* ❑ CO ❑ CC. • **4.** Il marche *à pas pressés* ❑ CO ❑ CC. • **5.** Elsa mange *lentement* ❑ CO ❑ CC. • **6.** Grégoire travaille *pour vivre* ❑ CO ❑ CC.

SCORE ..../ 6

COUP DE POUCE
Les compléments d'objet répondent aux questions *qui ? quoi ? à qui ? à quoi ?* posées après le verbe.

★★ 2 Précise la fonction des mots en couleur (CC de lieu, de temps, de manière...).

1. Le menuisier rabote la planche avec minutie (..............) pour qu'il ne reste aucune aspérité (..............). • **2.** La cuisinière surveille son rôti de crainte qu'il ne brûle (...........). • **3.** Une fleur diurne est une fleur qui se ferme la nuit (...........). • **4.** En raison de la grève des transports (...........), l'ouvrier est arrivé en retard à l'usine (...........). • **5.** Le 14 juillet prochain (...........), toute la famille part au Maroc (...........) en avion (...........).

SCORE ..../ 9

ATTENTION
Il ne faut pas confondre le moyen et la manière.
Le CC de moyen répond aux questions *avec quoi ? au moyen de quoi ? à l'aide de quoi ?*

★★★ 3 Enrichis la phrase suivante en utilisant toutes les informations qui te sont données sur les circonstances.

Les comédiens ont participé à un tournage.
Circonstances : cela s'est passé dans le sud de la France, au mois de septembre ; le tournage est destiné à une série télévisée ; les comédiens l'ont fait avec passion.

....

....

....

SCORE ..../ 4

Corrigés p. 50

TOTAL ..../ 19

GRAMMAIRE

5 La phrase négative

Comment forme-t-on une phrase négative ?

- Une phrase peut être à la **forme affirmative** (*J'ai envie de sortir.*) ou à la **forme négative** (*Je n'ai pas envie de sortir.*). La phrase négative dit le **contraire** de la phrase affirmative. À la forme négative, le verbe est encadré le plus souvent par deux adverbes de négation : *ne... pas*, *ne... plus*, *ne... jamais*, etc.
- La **négation** peut être **totale** ; elle porte alors sur l'ensemble de la phrase et se forme avec *ne*, *ne... pas*, *ne... point*.

  Les végétariens ***ne*** *mangent* ***pas*** *de viande.*
- Quand elle est **partielle**, elle porte sur un élément de la phrase seulement et se forme avec *plus*, *guère*, *jamais*, *personne*, *aucun*, *rien*..., associé à *ne*.

  Il ***ne*** *pleut* ***plus****.* (≠ *Il pleut encore.*) – ***Rien ne*** *bougeait.* (≠ *Tout bougeait.*)

★ 1 Souligne les phrases négatives de ce texte et entoure les adverbes de négation.

Il tenait à bail[1] une petite ferme, toute petite, car ils n'étaient pas riches, son père et lui. Ils vivaient péniblement, bien que Césaire fût un bon cultivateur. Mais ils ne possédaient ni assez de terres, ni assez de bétail pour gagner plus que l'indispensable. Le vieux ne travaillait plus. Perclus de douleurs, courbé, tordu, il s'en allait par les champs, appuyé sur un bâton.

D'après Guy de Maupassant, « Le père Amable », *Contes*, 1886.

1. Le paysan n'est pas propriétaire de la terre. Il doit donner une partie de la récolte à celui qui lui loue le terrain : le bailleur.

COUP DE POUCE
Dans l'une des phrases négatives, il y a trois mots à entourer.

SCORE .... / 10

★★ 2 Réécris les phrases suivantes à la forme négative en faisant porter la négation sur le (ou les) élément(s) en couleur.

COUP DE POUCE
Tu dois utiliser des négations variées : *ne... plus*, *ne... guère*, *ne... jamais*, etc.

1. J'ai envie de quelque chose. → ....
2. Tout lui plaît. → ....
3. Vous avez toujours aimé les frites. → ....
4. Il a une idée. → ....
5. Samuel a encore soif. → ....
6. Elle va souvent au cinéma. → ....
7. Le vent cesse de souffler. → ....
8. Il y a quelqu'un à la maison. → ....

SCORE .... / 8

★★ 3 Classe les phrases négatives de l'exercice précédent.

COUP DE POUCE
Il n'y a qu'une seule négation totale.

Négation totale : ....

Négation partielle : ....

SCORE .... / 2

Corrigés p. 51

TOTAL .... / 20

GRAMMAIRE

6 La phrase active et la phrase passive

Qu'est-ce qui différencie une phrase active d'une phrase passive ?

- Dans la **phrase active**, le sujet **fait l'action** exprimée par le verbe. Le COD subit l'action.

Sujet (qui fait l'action)	Verbe	COD (qui subit l'action)
Le Soleil	*éclaire*	*la Terre.*

- Dans la **phrase passive**, le sujet **subit l'action** exprimée par le verbe. L'agent (celui qui fait l'action) est introduit par les prépositions *par* ou *de* : sa fonction est alors **complément d'agent**.

Sujet (qui subit l'action)	Verbe	C. d'agent (qui fait l'action)
La Terre	*est éclairée*	*par le Soleil.*

- Dans les exemples ci-dessus, c'est le Soleil qui est mis au premier plan dans la phrase active et la Terre dans la phrase passive ; mais dans les deux cas, c'est toujours le Soleil qui fait l'action d'éclairer : **une transformation passive ne change donc pas le sens, mais présente l'action différemment**.

1 Souligne les phrases passives et encadre les verbes conjugués à la voix passive.

Ma tante a organisé une grande fête pour son anniversaire. Elle a dressé la liste des invités. Toute la famille est invitée. Ma mère est désignée par mon oncle pour acheter le cadeau. La date est fixée à dimanche prochain.

SCORE .... / 6

ATTENTION — Tu dois trouver trois phrases passives.

2 Transforme les phrases actives en phrases passives.

1. On fait le vin avec du raisin. → ....

2. Autrefois, les rois gouvernaient la France. → ....

3. Le joueur a marqué un but. → ....

4. Les Chinois ont inventé la boussole. → ....

SCORE .... / 4

INFO — Le COD de la phrase active devient le sujet de la voix passive.

ATTENTION — Il y a une phrase passive sans complément d'agent.

3 Dans ces phrases passives, souligne les sujets et surligne les compléments d'agent.

1. Paris est traversé par la Seine. • **2.** Des vestiges ont été découverts par les archéologues. • **3.** Tous les marins naufragés ont été secourus. • **4.** Les rues ont été nettoyées par l'équipe d'entretien. • **5.** L'athlète qui triche n'est apprécié de personne.

SCORE .... / 5

Corrigés p. 51

TOTAL .... / 15

GRAMMAIRE

7 La phrase complexe (1)

Qu'est-ce qu'une phrase complexe ?

- Une **phrase complexe** a plusieurs verbes conjugués, donc **plusieurs propositions**. Une **proposition** est un ensemble de mots disposés autour d'un verbe conjugué. Une **phrase simple** a un seul verbe conjugué, donc **une seule proposition**.

★ **1** **Lis cet extrait découpé en trois phrases et souligne les verbes conjugués.**

1. Nous sommes descendus dans le salon et j'ai demandé à maman si on pouvait sortir jouer dans le jardin et maman a dit qu'il faisait trop froid, mais Louisette a fait le coup des paupières et elle a dit qu'elle voulait voir les jolies fleurs.
2. Alors, ma maman a dit qu'elle était un adorable poussin et elle a dit de bien nous couvrir pour sortir.
3. Il faudra que j'apprenne pour les paupières, ça a l'air de marcher drôlement, ce truc !

René Goscinny, *Le Petit Nicolas* © Denoël, 1960.

SCORE ..../ 14

COUP DE POUCE
Tu dois trouver quatorze verbes conjugués.

★ **2** **Pour chacune des phrases du texte de l'exercice 1, indique le nombre de propositions.**

1. .... **2.** .... **3.** ....

SCORE ..../ 4

COUP DE POUCE
Dans une phrase, il y a autant de propositions que de verbes conjugués.

Comment relier les différentes propositions d'une phrase ?

Deux propositions peuvent être reliées de trois façons différentes.

- Lorsqu'elles sont reliées par un signe de ponctuation (virgule, deux-points, point-virgule), on dit qu'elles sont **juxtaposées** (reliées par juxtaposition).
  [Le chat n'est pas là] **:** *[les souris dansent.]*
- Lorsqu'elles sont reliées par une conjonction de coordination (*mais, ou, et, donc, or, ni, car*), on dit qu'elles sont **coordonnées** (reliées par coordination).
  [Le chat n'est pas là,] ***donc*** *[les souris dansent.]*
- Lorsqu'elles sont reliées par un mot subordonnant (conjonction de subordination, pronom relatif, mot interrogatif), on dit qu'elles sont **subordonnées** (reliées par subordination).
  *[**Quand** le chat n'est pas là,] [les souris dansent.]*

★★ **3** **a. Dans le texte de l'exercice 1, délimite les différentes propositions à l'aide de crochets.**

Ex. : *[Nous sommes descendus dans le salon] [et j'ai demandé à maman...]*

b. Souligne :
– en bleu, les conjonctions de coordination ;
– en rouge, les mots subordonnants.

SCORE ..../ 24

COUP DE POUCE
Vérifie que tu as relevé cinq conjonctions de coordination.

Corrigés p. 51

TOTAL ..../ 41

GRAMMAIRE

8 La phrase complexe (2)

FRANÇAIS

À quoi reconnaît-on une proposition indépendante ?

- Une proposition indépendante exprime une **idée complète**.
Une **phrase simple** est une proposition indépendante qui n'est reliée à aucune autre proposition.
- Dans une **phrase complexe**, deux propositions indépendantes peuvent être reliées :
  – par **juxtaposition** (par un signe de ponctuation) ;
  *Il a réussi **:** il le méritait.*
  – par **coordination** (par une conjonction de coordination).
  *Il a réussi **car** il le méritait.*

1 **Délimite, à l'aide de crochets, les propositions indépendantes.**

Il parle, mange et rit en même temps : cela ne se fait pas ! Il exagère.

SCORE .... / 5

INFO Une proposition contient un seul verbe conjugué.

Qu'est-ce qu'une proposition principale et une proposition subordonnée ?

- Dans une phrase complexe, une proposition **subordonnée** est une proposition qui dépend d'une autre, appelée **proposition principale**. Principale et subordonnée sont reliées par un mot subordonnant, qui peut être :
  – une **conjonction de subordination** ; *Elle a réussi [**parce qu**'elle le méritait].*
  – un **pronom relatif** ; *Elle a obtenu la récompense [**qu**'elle méritait].*
  – un **mot interrogatif**. *Je me demande [**quel** sera son prochain succès].*

2 **Dans chaque phrase, souligne en bleu la proposition principale et en rouge la (ou les) proposition(s) subordonnée(s).**

1. Il lui a demandé si elle préférait dîner à la maison ou au restaurant. • **2.** Des gens cheminaient entre les champs. • **3.** Une personne, dont j'ai oublié le nom, m'a demandé de vos nouvelles. • **4.** Lorsque j'entends le tonnerre, je me réfugie sous les draps parce que je suis terrifiée. • **5.** Une joie exubérante et forte remplissait les cœurs et éclairait les visages.

SCORE .... / 5

ATTENTION Deux phrases ne contiennent que des propositions indépendantes.

3 **Transforme les deux propositions indépendantes en une principale et une subordonnée.**

1. Elle connaît un parc. Dans ce parc, il y a une aire de pique-nique.

→ ....

2. Dis-lui bonjour de ma part. Tu rencontres Jeanne.

→ ....

SCORE .... / 2

COUP DE POUCE Dans une des phrases utilise la conjonction *si*.

Corrigés p. 51

TOTAL .... / 12

GRAMMAIRE

9 Les subordonnées relatives

Comment construire une proposition subordonnée relative ?

- Une proposition subordonnée relative est introduite par un **pronom relatif** qui représente un nom (ou un autre pronom), appelé **antécédent**, contenu dans la proposition principale.
  J'aperçois un homme ***qui*** *nage.*
  → Le pronom relatif *qui* représente l'antécédent *homme*.
- Les pronoms relatifs, placés en tête d'une subordonnée relative, ont deux formes : les **formes simples, invariables** (*qui, que, qu', quoi, dont, où*) et les **formes composées, variables** (*lequel, auquel, duquel, lesquels, à laquelle, auxquelles...*).

★ 1 Souligne les propositions subordonnées relatives de ce texte.

L'auteur évoque les jeux de son enfance.

Un petit sac de filet contenait les plus belles billes, qu'une à une l'on m'avait données et que je ne mêlais pas aux vulgaires. Et puis, dans un gros sac de toile, tout un peuple de billes grises qu'on gagnait, qu'on perdait, et qui servaient d'enjeu lorsque, plus tard, je pus trouver de vrais camarades de jeu.

Un autre jeu dont je raffolais, c'était cet instrument de merveilles qu'on appelle kaléidoscope : une sorte de lorgnette qui, dans l'extrémité opposée à celle de l'œil, propose au regard une toujours changeante rosace, formée de mobiles en verres de couleur emprisonnés entre deux vitres translucides.

D'après André Gide, *Si le grain ne meurt* © Éditions Gallimard, 1919.

SCORE .... / 8

COUP DE POUCE
Tu dois trouver huit propositions subordonnées relatives.

★★ 2 Dans le texte de l'exercice 1, relève les pronoms relatifs et indique quel est leur antécédent.

1. qu' → billes.
2. .... → ....
3. .... → ....
4. .... → ....
5. qui → ....
6. .... → ....
7. .... → ....
8. .... → ....

SCORE .... / 13

INFO
Plusieurs pronoms relatifs, utilisés dans la même phrase, peuvent avoir le même antécédent.

★★★ 3 Transforme chaque couple de phrases simples en une phrase complexe comportant une proposition principale et une subordonnée relative.

1. Ce sont des fleurs. Elles fanent vite. → ....
2. C'est un oranger. Ses fruits sont petits. → ....
3. C'est une plage. J'aime y aller. → ....
4. C'est un ami. Nous le voyons souvent. → ....
5. Ce sont des livres. J'y tiens énormément. → ....
6. C'est un livre. J'en ai entendu parler. → ....

SCORE .... / 6

Corrigés p. 52

TOTAL .... / 28

CONJUGAISON

10 Les terminaisons de l'indicatif présent

Quelles sont les terminaisons des verbes au présent de l'indicatif ?

- 1er groupe : *-e, -es, -e, -ons, -ez, -ent*.
  *parler : je parl**e**, tu parl**es**, il parl**e**, nous parl**ons**, vous parl**ez**, ils parl**ent***
- 2e groupe : *-is, -is, -it, -issons, -issez, -issent*.
  *finir : je fin**is**, tu fin**is**, il fin**it**, nous fin**issons**, vous fin**issez**, ils fin**issent***
- 3e groupe : *-s, -s, -t, -ons, -ez, -ent*.
  *dormir : je dor**s**, tu dor**s**, il dor**t**, nous dorm**ons**, vous dorm**ez**, ils dorm**ent***

Attention aux terminaisons des verbes en *-dre*.
*je pren**ds**, tu pren**ds**.*

1 **Écris dans les parenthèses l'infinitif du verbe, puis complète les verbes avec la bonne terminaison (*-ie*, *-ies*, *-is*, ou *-it*).**

1. Je sour..... (......................) au photographe. • 2. Je n'env..... (......................) pas le sort de certains. • 3. Tu te conf..... (......................) à tes amis. • 4. Le ciel noirc..... (......................) avant l'orage. • 5. Tu v..... (......................) à la campagne ou en ville ? • 6. Je tr..... (......................) mes affaires avant le déménagement.

SCORE ..../ 12

COUP DE POUCE Il y a trois verbes du 3e groupe.

2 **Coche la bonne orthographe.**

1. Le chirurgien ❑ effectue ❑ effectut une opération délicate. • 2. Il ❑ conclue ❑ conclut son spectacle par un long monologue. • 3. Le coureur ❑ accentue ❑ accentut son effort. • 4. Tu ❑ exclues ❑ exclus cette possibilité. • 5. Tu ❑ sues ❑ sus à grosses gouttes.

SCORE ..../ 5

INFO La forme du verbe à l'infinitif te renseigne sur le groupe auquel il appartient.

3 **Donne l'infinitif du verbe, puis complète les verbes avec la bonne terminaison (*-oue*, *-oues*, *-ous* ou *-oud*).**

1. Tu j.................. (........................) du saxophone. • 2. Elle éch.................. (........................) de peu à son examen. • 3. Je b.............. (........................) de colère. • 4. Il c.............. (........................) aussi bien qu'une couturière. • 5. Je l.............. (........................) son courage.

SCORE ..../ 5

COUP DE POUCE Il y a deux verbes du 3e groupe.

4 **Conjugue les verbes entre parenthèses au présent de l'indicatif.**

Très souvent, je (déjeuner) .... dans un fast-food, et je (penser) .... pouvoir dire que, chaque jour, je (grossir) .... un peu plus. Mon diététicien, qui (connaître) .... ma gourmandise, me (conseiller) .... de faire des efforts. Il me (prescrire) .... un régime sévère qui ne me (réjouir) .... pas du tout.

SCORE ..../ 7

Corrigés p. 52

TOTAL ..../ 29

CONJUGAISON

11 Les verbes *dire, faire, pouvoir* et *vouloir* à l'indicatif présent

Comment conjuguer ces quatre verbes au présent de l'indicatif ?

Dire, faire, pouvoir et *vouloir* sont des verbes du 3e groupe dont la conjugaison est **irrégulière**. Observe ce tableau : les formes en rouge présentent des terminaisons irrégulières.

dire	faire	pouvoir	vouloir
je dis	je fais	je peux	je veux
tu dis	tu fais	tu peux	tu veux
il dit	il fait	il peut	il veut
nous disons	nous faisons	nous pouvons	nous voulons
vous dites	vous faites	vous pouvez	vous voulez
ils disent	ils font	ils peuvent	ils veulent

★ 1 **Conjugue les verbes au présent de l'indicatif, à la personne demandée.**

1. je dis : nous ....
2. il dit : ils ....
3. tu veux : vous ....
4. il peut : ils ....
5. tu fais : vous ....
6. il fait : ils ....

SCORE .... / 6

INFO
Tu progresseras davantage si tu fais l'exercice sans regarder le tableau.

★★ 2 **Dans chaque liste, barre la forme incorrecte.**

1. dis – peuvent – disez – fais.
2. voulont – font – disent – pouvons.
3. prenons – fesons – disons – peut.
4. veux – dirent – peux – fait.
5. dit – dites – pouvez – faîtes.
6. disons – veulons – faisons – veulent.

SCORE .... / 6

★★ 3 **Conjugue les verbes entre parenthèses au présent de l'indicatif.**

ATTENTION
Avant de choisir la terminaison du verbe, recherche son sujet.

1. « S'il te plaît... apprivoise-moi ! » (dire) ....-il. « Je (vouloir) .... bien, répondit le petit prince, mais je n'ai pas beaucoup de temps. » • **2.** « Les serpents boas (avaler) .... leur proie tout entière, sans la mâcher. Ensuite, ils ne (pouvoir) .... plus bouger et ils (dormir) .... pendant les six mois de leur digestion. » • **3.** Et je lançai : « Ça, c'est la caisse. Le mouton que tu (vouloir) .... est dedans. » • **4.** Alors, le petit prince remarqua gravement : « Ça ne (faire) .... rien, c'est tellement petit chez moi. » • **5.** « S'il s'agit d'une brindille de radis ou de rosier, on (pouvoir) .... la laisser pousser comme elle (vouloir) .... »

Antoine de Saint-Exupéry, *Le Petit Prince* © Éditions Gallimard, 1945.

SCORE .... / 9

Corrigés p. 52

TOTAL .... / 21

CONJUGAISON

12 L'imparfait, le passé simple et le futur simple

FRANÇAIS

Quelles sont les terminaisons de ces trois temps ?

▸ À l'**imparfait** et au **futur simple** de l'indicatif, les terminaisons sont les mêmes pour les trois groupes. Au **passé simple**, il existe quatre séries de terminaisons différentes.

Temps	Groupes	Terminaisons	Exemples
Imparfait	1, 2, 3	-ais, -ais, -ait, -ions, -iez, -aient	*je plantais*
Passé simple	1	-ai, -as, -a, -âmes, -âtes, -èrent	*je mangeai*
	2, 3	-is, -is, -it, -îmes, -îtes, -irent	*je rendis*
	3	-us, -us, -ut, -ûmes, -ûtes, -urent	*je sus*
		-ins, -ins, -int, -înmes, -întes, inrent	*je vins*
Futur simple	1, 2, 3	-rai, -ras, -ra, -rons, -rez, -ront	*je coudrai*

★★ **1** **Souligne les verbes de ce texte puis indique leur temps.**

Michel Strogoff, courrier du tsar de Russie, doit affronter Féofar-Khan, chef tartare qui a envahi la Sibérie.

Michel Strogoff, poussé par les gardes, s'approcha de la terrasse, et alors, dans cette langue tartare qu'il comprenait, Féofar lui dit :

« Tu es venu pour voir, espion des Russes. Tu as vu pour la dernière fois. Dans un instant, tes yeux seront à jamais fermés à la lumière. »

Ce n'était pas de mort mais de cécité qu'allait être frappé Michel Strogoff.

Jules Verne, *Michel Strogoff*, 1876.

COUP DE POUCE
Tu dois souligner huit verbes, dont deux au passé composé dans le discours direct.

1. ....
2. ....
3. ....
4. ....
5. ....
6. ....
7. ....
8. ....

SCORE .... / 16

★★ **2** **Complète le tableau.**

	Présent	Imparfait	Futur simple	Passé simple
écrire (elle)	....	....	....	....
....	bondissez	....	....	....
venir (je)	....	....	....	....
....	....	buvait	....	....
salir (tu)	....	....	....	....

SCORE .... / 20

Corrigés p. 52

TOTAL .... / 36

CONJUGAISON

13 Les temps composés de l'indicatif

Comment construire les temps composés de l'indicatif ?

- Les temps composés se construisent avec l'**auxiliaire *avoir* ou *être*** conjugué à un temps simple et le **participe passé du verbe**. Observe ce tableau.

Temps composé	Temps de l'auxiliaire	Exemples
passé composé	présent	*il **a** senti – il **est** allé*
plus-que-parfait	imparfait	*il **avait** senti – il **était** allé*
passé antérieur	passé simple	*il **eut** senti – il **fut** allé*
futur antérieur	futur	*il **aura** senti – il **sera** allé*

- Le plus souvent, un temps composé permet d'évoquer une **action antérieure** à une autre action exprimée au temps simple correspondant.

Quand le chat fut parti, les souris sortirent de leur cachette.

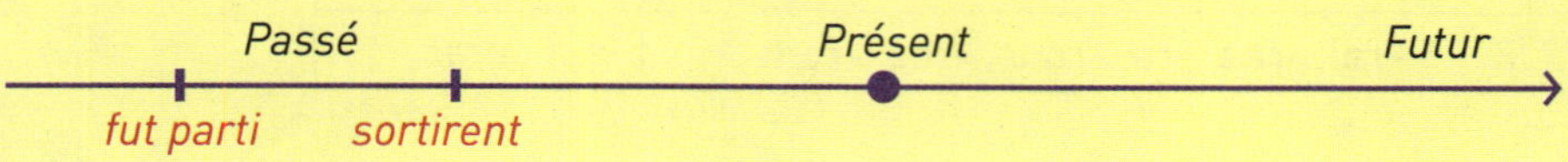

★★ 1 À quel temps le verbe en couleur est-il conjugué ? Relie comme il convient.

Il *a répondu* à ma lettre. •
Tu *avais oublié* notre rendez-vous. •
Aurez-vous *fini* avant demain ? •
Les voisins *s'étaient plaints* du bruit. •
L'été *est revenu*, avec sa chaleur harassante. •
Quand il *fut sorti*, nous reprîmes le débat. •

• passé composé
• plus-que-parfait
• futur antérieur
• passé antérieur

SCORE ..../ 6

COUP DE POUCE
Demande-toi à quel temps est l'auxiliaire.

★★ 2 Conjugue les verbes entre parenthèses au temps demandé.

1. Les citoyens (*élire*, passé composé) .... le président de la République. • **2.** Quand elle (*dîner*, futur antérieur) ...., elle pourra regarder la télévision. • **3.** Si vous l'(*voir*, plus-que-parfait) .... ! Il était splendide ! • **4.** Le paysage (*changer*, plus-que-parfait) .... après l'orage. • **5.** Il (*décliner*, passé composé) .... mon invitation. • **6.** Je me réjouissais car tu (*revenir*, plus-que-parfait) .... sain et sauf. • **7.** Le chat (*bondir*, passé composé) .... si vite que je n'(*pouvoir*, passé composé) .... l'attraper. • **8.** Ses cheveux (*éclaircir*, passé composé) .... avec le soleil.

SCORE ..../ 9

INFO
Parmi les verbes qui se conjuguent avec l'auxiliaire *être* figurent essentiellement les verbes pronominaux et les verbes de mouvement.

Corrigés p. 53

TOTAL ..../ 15

CONJUGAISON

14 La voix passive

Comment mettre un verbe à la voix passive ?

- Un verbe est à la voix passive quand **le sujet subit l'action** exprimée par le verbe.

  Le suspect est reconnu par un témoin.
  → C'est *le témoin* qui fait l'action de *reconnaître* ;
  le sujet *le suspect* subit l'action exprimée par le verbe.

- Un verbe à la voix passive se construit avec l'auxiliaire ***être*** suivi du **participe passé**.
  Il peut être conjugué à tous les temps, simples et composés.
  Attention ! C'est l'auxiliaire *être* qui prend la marque du temps.

  *Je **suis** étonné par son agilité.*
  → présent passif du verbe *étonner*

  *J'**ai été** étonné par son agilité.*
  → passé composé passif du verbe *étonner*

1 **Souligne les verbes conjugués à la voix passive, puis réponds à la question.**

Adèle a été attaquée par son chat. Au réveil, elle était couverte de griffures.

Qui subit l'action ? ....

SCORE ..../ 3

2 **Dans chaque phrase, souligne le verbe conjugué, puis indique s'il est au passé composé de la voix active (PC) ou au présent de la voix passive (P).**

1. Pendant les soldes, les vêtements sont vendus à prix réduits. → ....
2. Ce sportif a grimpé les marches de la tour Eiffel sans s'arrêter une seule fois.
→ ....
3. La souris est poursuivie par le chat. → ....
4. Avec cette chaleur, il a vendu tout son stock de bouteilles d'eau. → ....
5. Pierre est encore arrivé en retard. → ....
6. Le plastique est fabriqué à partir des dérivés du pétrole.→ ....
7. À Noël, les enfants sont couverts de cadeaux. → ....

SCORE ..../ 14

INFO
À la voix active, c'est le sujet qui fait l'action exprimée par le verbe.

3 **Conjugue les verbes entre parenthèses au temps demandé et à la voix passive.**

1. La falaise (*battre*, présent) .... par les flots.
2. Elle (*surprendre*, passé simple) .... par sa réaction.
3. Ce roman (*tirer*, passé composé) .... à mille exemplaires.
4. Nous (*protéger*, présent) .... par les vaccins.
5. Les graines (*choisir*, imparfait) .... par les agriculteurs.
6. Je pense que ton ami (*séduire*, futur) .... par cet endroit.

SCORE ..../ 6

ATTENTION
La voix passive se construit toujours avec l'auxiliaire *être* : n'oublie pas de faire l'accord du participe passé avec le sujet.

Corrigés p. 53

TOTAL ..../ 23

CONJUGAISON

15 L'impératif présent

Comment employer et former l'impératif présent ?

- L'impératif est un mode qui permet d'exprimer un **ordre** ou, de manière atténuée, un conseil. Il ne se conjugue qu'à **trois personnes**, et son sujet n'est jamais exprimé.

Groupe	Terminaisons	Exemple
1er groupe	-e, -ons, -ez	*chant**e**, chant**ons**, chant**ez***
2e groupe	-is, -issons, -issez	*fin**is**, fin**issons**, fin**issez***
3e groupe	-s, -ons, -ez	*boi**s**, buv**ons**, buv**ez** – prend**s**, pren**ons**, pren**ez***

Attention aux formes du verbe *avoir* : *aie, ayons, ayez* et du verbe *être* : *sois, soyons, soyez.*

- Quand un verbe à l'impératif est **suivi par *en* ou *y***, on ajoute un ***s*** s'il se termine par une voyelle (pour faciliter la liaison) : *parle**s-en*** ; *va**s-y***.

★ 1 Relie chaque phrase à l'idée qu'elle exprime.

Évite de manger trop de chocolat. •	• ordre
Prends le courrier. •	• conseil
Appelle-moi quand tu veux. •	• proposition

SCORE .... / 3

★★ 2 Conjugue chaque verbe à la 2e personne du singulier de l'impératif présent, en ajoutant *en* ou *y* (ex. : *acheter* → *achètes-en*).

1. manger → ....
2. penser → ....
3. aller → ....
4. cueillir → ....

SCORE .... / 4

INFO
En et *y* sont des pronoms qui peuvent représenter des choses ou des lieux.

★★ 3 Réécris chaque consigne d'incendie en remplaçant la tournure *il faut... il ne faut pas...* par un verbe à l'impératif ; utilise la 2e personne du pluriel.

1. Il ne faut pas fumer. → ....
2. Il faut savoir où sont les extincteurs. → ....
3. Il ne faut jamais encombrer les sorties de secours. → ....

SCORE .... / 4

COUP DE POUCE
Tu dois respecter la forme de la phrase initiale (affirmative ou négative).

★★ 4 Réécris cette recette à la 2e personne du singulier.

- Pelez les oignons, la pomme de terre et les carottes. Puis découpez-les.
- Dans la cocotte, faites revenir les légumes ensemble. Assaisonnez.
- Rajoutez 1 litre d'eau bouillante. Faites cuire, puis mixez. La soupe est prête !

....
....
....

SCORE .... / 7

Corrigés p. 53

TOTAL .... / 18

16 Le conditionnel présent

Comment conjuguer un verbe au conditionnel ?

- Le **conditionnel présent** se forme sur le **radical du futur avec les terminaisons de l'imparfait**. Ses terminaisons sont donc : ***-(r)ais, (r)ais, -(r)ait, -(r)ions, -(r)iez, -(r)aient.*** Attention à la terminaison de la 1re personne du singulier qui se prononce comme celle de l'indicatif futur.

  *Demain, je fe**rai** des crêpes.* (action certaine → indicatif futur)

  *Si j'avais du lait, je fe**rais** des crêpes.* (action liée à une condition → conditionnel présent)

- Le **conditionnel passé** se forme avec l'**auxiliaire *avoir* ou *être* au conditionnel présent** et le **participe passé** du verbe. *Si tu n'avais pas gâché tes chances, tu **aurais réussi**.*

1 Complète le tableau suivant en conjuguant les verbes comme demandé.

ATTENTION Deux verbes doublent le r à l'indicatif futur et au conditionnel présent.

	Indicatif futur	Conditionnel présent
placer (nous)	....	....
courir (je)	....	....
jeter (tu)	....	....
dire (on)	....	....
voir (je)	....	....

SCORE ..../ 10

Quand emploie-t-on le conditionnel ?

- Le conditionnel présent est employé pour exprimer le **futur dans le passé**.

  Je suis sûre qu'il réussira. (futur)

  → *J'étais sûre qu'il **réussirait**.* (futur dans le passé)

- Le conditionnel est également employé pour exprimer une **action incertaine**, le plus souvent soumise à une condition. *Si tu voulais, tu **réussirais**.*

2 Conjugue les verbes à l'indicatif futur ou au conditionnel présent selon le sens.

INFO Le futur exprime une action qui va se réaliser ou une volonté de la réaliser.

« Comme j'(aimer) .... sortir de là ! » À ce moment, Alice se met à repenser à sa chatte Dinah qui est restée à la maison et elle se promet d'être très gentille avec elle dès qu'elle la (retrouver) .... « Je lui (donner) .... du lait tiède tous les matins, je lui (fabriquer) .... une souris en chiffon. Oh, mon Dieu, que j'(aimer) .... qu'elle soit ici avec moi, je (pouvoir) .... lui parler ! »

D'après Lewis Caroll, *Alice au pays des merveilles*, 1865.

SCORE ..../ 6

Corrigés p. 53

TOTAL ..../ 16

CONJUGAISON

17 Le subjonctif présent

Comment employer et conjuguer un verbe au subjonctif présent ?

- Le subjonctif est un mode qui permet d'exprimer **une éventualité, une action envisagée**, donc possible mais pas certaine.

  Qu'il ***essaye*** *et nous prendrons une décision.*
  J'aimerais qu'il ***fasse*** *ses preuves.*

- Les verbes qui expriment le **souhait**, l'**obligation**, le **doute**, sont suivis du subjonctif.

- Les terminaisons du subjonctif présent sont les mêmes pour les trois groupes de verbes : *-e, -es, -e, -ions, -iez, -ent*.
  Retiens les formes particulières des verbes *être* et *avoir* :
  - *être : que je sois, que tu sois, qu'il soit, que nous soyons, que vous soyez, qu'ils soient*
  - *avoir : que j'aie, que tu aies, qu'il ait, que nous ayons, que vous ayez, qu'ils aient*

★★ 1 Conjugue les verbes au subjonctif présent.

1. broyer : que je ....
2. sauter : que nous ....
3. dormir : que tu ....
4. finir : qu'il ....
5. aller : qu'ils ....
6. lire : que vous ....

SCORE .... / 6

Comment éviter une confusion avec l'indicatif présent ?

- Aux trois personnes du singulier, certains verbes se prononcent de la même façon à l'indicatif présent et au subjonctif présent. Pour distinguer les deux formes, il faut se demander si l'action est certaine ou seulement possible.

  *Adam cour**t** plus vite que ses camarades.* (action certaine → indicatif présent)
  *Son père voudrait qu'il cour**e** dans un club.* (action possible → subjonctif présent)

★★ 2 Relie chaque début de phrase au temps à employer dans la subordonnée.

Je doute que… •	
Je vois que… •	• présent de l'indicatif
Il faut que… •	
Je veux que… •	• présent du subjonctif
Je sais que… •	

SCORE .... / 5

★★ 3 Coche la forme verbale qui convient.

1. Je suis sûr que tu ❑ peux ❑ puisses courir plus vite. • **2.** Le pompier ❑ secourt ❑ secoure les blessés. • **3.** Il n'est pas certain qu'il ❑ a ❑ ait bien compris.

SCORE .... / 3

Corrigés p. 54

TOTAL .... / 14

CONJUGAISON

18 Les formes verbales en *-ant*

Qu'est-ce que le participe présent et comment se forme-t-il ?

- Le **participe présent** est formé du radical du verbe et de la terminaison *-ant* (pour les verbes des 1er et 3e groupes) ou *-issant* (pour les verbes du 2e groupe). C'est une forme verbale **invariable** qui exprime une action en train de se faire.

  *L'homme, **hurlant** de peur, se mit à courir.*

- Le **gérondif** est une forme verbale **invariable** qui se construit avec la **préposition *en*** suivie d'un **participe présent**.

  *La mer s'avance **en mugissant**.*

★ 1 Souligne les participes présents.

> Ulysse maniait l'arc, le retournant en tous sens, l'examinant sous tous les angles, craignant que les vers n'aient mangé la corne durant son absence.

Homère, *Odyssée*, d'après la traduction de Leconte de Lisle.

SCORE .... / 3

COUP DE POUCE
Durant peut être le participe présent du verbe durer ou une préposition qui signifie « pendant ».

Qu'appelle-t-on un adjectif verbal ?

- Un **adjectif verbal** est un adjectif dérivé d'un participe présent. Il **s'accorde** en genre et en nombre avec le nom qu'il qualifie. *J'aime la mer **mugissante** et houleuse.*
- Certains adjectifs verbaux ont une orthographe particulière.
  Retiens que les **verbes en *-quer* et *-guer*** ont :
  – leur participe présent en ***-quant*** (*provo**quant***) et ***-guant*** (*fati**guant***) ;
  – mais leur adjectif verbal en ***-cant*** (*provo**cant***) et ***-gant*** (*fati**gant***).

★★ 2 Indique, entre parenthèses, si le mot en couleur est un participe présent (P), un gérondif (G) ou un adjectif verbal (A), puis accorde-le si nécessaire.

1. Dans la cuisine se répandait une odeur de tarte aux pommes lui rappelant.... (..........) son enfance. • **2.** C'est en voyageant.... (..........) que l'on apprend. • **3.** Des résultats satisfaisant.... (..........) qui sont encourageant.... (..........). • **4.** Tout le monde avait remarqué cet énergumène déambulant.... (..........) dans la rue.

SCORE .... / 5

★★ 3 Complète le tableau suivant.

Verbe	Participe présent	Adjectif verbal
communiquer	....	....
intriguer	....	....

SCORE .... / 4

ATTENTION
N'oublie pas que les verbes en *-guer* et *-quer* présentent des particularités.

Corrigés p. 54

TOTAL .... / 12

ORTHOGRAPHE

19 Accorder le verbe avec son sujet

Comment savoir s'il faut mettre le verbe au singulier ou au pluriel ?

Avec certains sujets, on peut hésiter.

- Mets le verbe **au singulier** quand :
  – le sujet est le pronom impersonnel *il* ; *Il **se passe** des choses bizarres.*
  – le sujet est *on, chacun, aucun, rien, personne, tout le monde*. *Personne **ne vient**.*
- Mets le verbe **au pluriel** quand :
  – il y a plusieurs sujets ; *Le chien et le chat **sont** deux animaux de compagnie.*
  – le sujet est *beaucoup, plusieurs, trop*. *Beaucoup s'y **opposent**.*

★★ 1 Relie chaque sujet au groupe verbal qui convient.

Plusieurs de mes amis •	• connaît ce réalisateur.
Sélim, mon ami, •	• connaissent ce réalisateur.
Tout le monde •	
Sélim et ma sœur •	
Sélim, ma sœur, tout le monde •	

SCORE .... / 5

COUP DE POUCE
Vérifie que deux flèches pointent vers le verbe au pluriel.

Le sujet est-il toujours devant le verbe ?

- Fais attention aux **sujets inversés.** Pour repérer le sujet, pose la question ***qui est-ce qui ?*** ou ***qu'est-ce qui ?*** suivie du verbe.

*La joie que me **procurent** les bains de mer est intense.*

→ ***Qu'est-ce qui** me procure de la joie ? Les bains de mer* (= sujet du verbe *procurer*).

★★ 2 Souligne les sujets, puis conjugue chaque verbe entre parenthèses au temps demandé.

Lord Evandale (*posséder*, présent) .... cette sûreté que (*donner*, présent) .... une fortune imposante, un nom historique et une beauté parfaite. Cette année-là, accompagné d'un savant et d'un médecin, il (*visiter*, présent) .... l'Égypte ; c'est vers les rochers de la funèbre vallée des Rois qu'ils (*se diriger*, présent) .... lorsque brusquement (*entrer*, présent) .... en scène un nouveau personnage.

Il (*s'agir*, présent) .... d'un grec, Argyropoulos, entrepreneur de fouilles, qui a découvert l'entrée d'un tombeau. Sa connaissance des lieux et sa grande expérience lui (*permettre*, passé composé) .... de trouver une tombe où personne jusqu'à présent n'(*entrer*, passé composé) ....

D'après Théophile Gautier, *Le Roman de la momie*, 1858.

SCORE .... / 8

INFO
Lord Evandale découvre, lors d'un voyage en Égypte, un magnifique tombeau renfermant la momie d'une jeune fille.

ATTENTION
Il y a trois sujets inversés dans ce texte.

Corrigés p. 54

TOTAL .... / 13

20 Reconnaître un participe passé en -é

Comment distinguer un participe passé en *-é* d'un infinitif en *-er* ?

- Les **verbes du 1er groupe** ont un participe passé et un infinitif qui se terminent par le même son [e] : *mangé* (participe passé, qui peut prendre les terminaisons *-és*, *-ée*, *-ées* lorsqu'il s'accorde) et *manger* (infinitif).
- Comment savoir s'il faut écrire *-é* ou *-er* ? Quand tu hésites, remplace la forme douteuse par un **verbe du 3e groupe**, comme *vendre* :

*Il a **mangé** tous les gâteaux.*
→ Il s'agit d'un participe passé car on peut dire : *Il a **vendu** tous les gâteaux.*
Tu dois donc écrire *-é* et veiller ensuite à accorder le participe passé si nécessaire.

*Il veut **manger** tous les gâteaux.*
→ Il s'agit d'un verbe à l'infinitif car on peut dire : *Il veut **vendre** tous les gâteaux.*
Tu dois donc écrire *-er*.

★ 1 Souligne les participes passés dans ce texte.

Une agression a eu lieu au château du Glandier. Le jeune reporter Rouletabille mène l'enquête.

Arrivés dans la cour d'honneur, nous nous sommes séparés ; mais, par suite du même chemin qu'avait pris notre pensée, nous nous sommes rencontrés de nouveau devant la porte de la chambre du père Jacques. Nous avons trouvé le vieux serviteur au lit et constaté tout de suite que les effets qu'il avait jetés sur une chaise étaient dans un état lamentable. Ce n'était certainement pas en aidant à transporter le cadavre du garde et en allant chercher une lanterne aux cuisines que le père Jacques avait arrangé de la sorte ses chaussures et trempé ses habits.

D'après Gaston Leroux, *Le Mystère de la chambre jaune*, 1907.

SCORE .... / 9

ATTENTION
Tu dois trouver en tout neuf participes passés, dont l'un se termine par *-is* et non par *-é*.

Comment identifier une forme verbale en *-ez* ?

- Une forme verbale terminée par le son [e] peut également correspondre à un verbe conjugué à la 2e personne du pluriel : *vous mang**ez***. En général, le pronom *vous* est sujet de ce verbe : c'est un premier indice pour te repérer.

*Quelle solution pouv**ez**-vous mettre en place ?*

- **Attention**, cependant, les verbes à l'impératif 2e personne du pluriel n'ont pas de sujet exprimé. Reformule la phrase pour faire apparaître le *vous*.

*Contact**ez** impérativement le centre médical, en cas de malaise.*
*(= Vous dev**ez** contacter…)*

★★ 2 Complète les mots en couleur avec la bonne terminaison.

1. J'ai regard.......... un bon film à la télévision. • **2.** Je dois rang.......... la maison avant son retour. • **3.** Ne cri.......... pas trop fort, je vous prie, pour ne pas effray.......... les oiseaux. • **4.** Tu as travaill.......... dur pour y arriv.......... . • **5.** Elle l'a photographi.......... pendant qu'il dormait. • **6.** Le chat va s'install.......... sur le canapé. • **7.** Vous jou.......... pendant des heures dans le jardin. • **8.** Je dois remplac.......... l'ampoule qui a grill.......... .

SCORE .... / 11

Corrigés p. 54

TOTAL .... / 20

ORTHOGRAPHE

21 Reconnaître un participe passé en *-i* ou en *-u*

Comment reconnaître un participe passé en *-i* ou en *-u* ?

- Il ne faut pas confondre les participes passés en *-i* (*-i, -is, -it*) ou en *-u* (*-u, -us*) avec les **verbes conjugués** dont les terminaisons sont *-ie, -ies, -is, -it* ou *-ue, -ues, -us, -ut*.
- Quand tu hésites, conjugue la forme douteuse **à l'imparfait** : si la phrase a toujours du sens, il s'agit d'un verbe conjugué et non d'un participe passé.

*Le boulanger **fournit** le pain.*
→ Il s'agit d'un verbe conjugué (au présent de l'indicatif) car on peut dire : *Le boulanger **fournissait** le pain.*

*Le pain qu'a **fourni** le boulanger est frais.*
→ On ne peut pas dire *fournissait*, il s'agit donc d'un participe passé (accordé au masculin singulier avec le nom *pain*).

★★ 1 Coche la bonne orthographe.

1. La lionne ❑ nourrie ❑ nourrit ses petits.
2. Il ❑ voulu ❑ voulut intervenir.
3. Le malade, enfin ❑ guéri ❑ guérit, retrouve ses forces.
4. Le notaire a ❑ inclus ❑ inclut cette clause dans le contrat.
5. Tu as ❑ menti ❑ mentis à tout le monde.
6. Il n'a pas ❑ su ❑ sut me dire où tu étais.
7. Il n'a pas ❑ appris ❑ apprit sa leçon.

SCORE ..../ 7

★★ 2 Souligne les participes passés.

1. L'oiseau prit son envol. • **2.** L'ébéniste vernit un meuble ancien. • **3.** Il s'aperçut qu'il avait omis d'acheter le journal. • **4.** Le candidat apprit qu'il avait réussi, ce qui l'emplit de joie. • **5.** Il but avec plaisir un café en terrasse. • **6.** Ta visite matinale m'a surpris. • **7.** L'air a fraîchi en fin de journée.

SCORE ..../ 7

★★ 3 Complète les mots en couleur si nécessaire.

1. Les vacanciers furent pri.......... dans un embouteillage. • **2.** Il du.......... s'arrêter pour reprendre son souffle. • **3.** Le médicament prescri.......... ne fi.......... pas l'effet prévu........... • **4.** Ce matin, la voiture n'a pas voulu.......... démarrer, et je vi.......... le moment où j'allais être en retard à mon rendez-vous pri.......... la veille avec mon banquier. • **5.** Cet œillet flétri.......... doit être jeté. • **6.** La campagne reverdi.......... chaque printemps. • **7.** Il voulu.......... intervenir dans la discussion, mais il ne su.......... que dire de plus pour faire avancer le débat.

SCORE ..../ 12

INFO
Un participe passé peut être utilisé pour construire un temps composé ; il peut aussi être employé comme adjectif qualificatif.

COUP DE POUCE
Trois mots ne sont pas à compléter.

Corrigés p. 55

TOTAL ..../ 26

ORTHOGRAPHE

22 Accorder un participe passé

Quelles sont les différentes règles d'accord du participe passé ?

- Lorsque le participe passé a valeur d'**adjectif**, il s'accorde avec le nom (ou le pronom) auquel il se rapporte. *La soupe servi**e** va refroidir.*
- Lorsque le participe passé est employé avec l'**auxiliaire *être***, il s'accorde avec le sujet du verbe. *Les invités sont parti**s**.*
- Lorsque le participe passé est employé avec l'**auxiliaire *avoir***, il ne s'accorde jamais avec le sujet. Mais, s'il y a un **COD placé avant** le participe passé, celui-ci s'accorde avec ce COD.

  *Il s'intéresse aux ruines qu'ont laiss**ées** les empires disparus.*
  Le COD *qu'*, mis pour *ruines*, est placé avant le participe passé *laissées*, donc le participe passé s'accorde avec ce COD au féminin pluriel.

1 **Souligne les COD puis, pour chaque participe passé, coche la bonne orthographe.**

Les mains de Soledad avaient ❑ descendues ❑ descendu et avaient ❑ découvert ❑ découverts ses yeux ❑ rempli ❑ remplis de larmes. Un instant, elle avait ❑ pressée ❑ pressé sur son visage la grappe de raisin ; puis, d'un geste vif et doux à la fois, elle l'avait ❑ portée ❑ porté à sa bouche.

D'après Robert Margerit, *L'Île des perroquets* © Phébus, 1946.

SCORE .... / 8

COUP DE POUCE
Lorsque le COD est un pronom, cherche ce qu'il représente.

2 **Accorde les participes passés en couleur si nécessaire, puis réécris chaque phrase en remplaçant les mots soulignés par ceux qui te sont proposés.**

1. Sandrine est allé.......... au cinéma ce week-end.

→ Bob et moi ....

....

2. J'ai lu.......... tous les livres de la bibliothèque.

→ Les élèves ....

....

3. L'ami que j'ai rencontré.......... l'été dernier m'a invité .... chez lui.

→ Les amis ....

....

4. Mon oncle a visité.......... la tour Eiffel ; il est monté.......... par l'ascenseur, a admiré .... la vue de Paris et est redescendu.......... par l'escalier.

→ Cette touriste ....

....

SCORE .... / 12

ATTENTION
Les nouveaux débuts de phrase peuvent modifier les accords des participes passés, mais ils peuvent aussi avoir une incidence sur d'autres éléments.

Corrigés p. 55

TOTAL .... / 20

ORTHOGRAPHE

23 Accorder un adjectif

Quelles sont les règles d'accord des adjectifs ?

- Un adjectif s'accorde en genre et en nombre **avec le nom** (ou le pronom) **auquel il se rapporte**.
- Pour former le pluriel d'un adjectif, on ajoute un *s*.
  Attention au cas particuliers :
  – les adjectifs qui se terminent par *-s* ou *-x* au singulier **ne changent pas** de forme au pluriel : *de gro**s** chiens – de vieu**x** amis* ;
  – les adjectifs qui se terminent par *-eau* au singulier prennent un *-x* au pluriel : *tes nouveau**x** habits – de beau**x** bébés* ;
  – les adjectifs qui se terminent par *-al* au singulier forment le plus souvent leur pluriel en *-aux*, sauf quelques exceptions comme *banal, bancal, fatal, natal, naval*... : *des envoyés spéci**aux** – des chantiers nav**als***.

1 Accorde chaque adjectif entre parenthèses avec le nom auquel il se rapporte.

> Elle avait un (large) .... chapeau de paille, avec des rubans (rose) .... qui palpitaient au vent. Ses bandeaux (noir) ...., contournant la pointe de ses (grand) .... sourcils, semblaient presser amoureusement l'ovale de sa figure. Sa robe de mousseline (clair) ...., (tacheté) .... de (petit) .... pois, se répandait à plis (nombreux) ....

D'après Gustave Flaubert, *L'Éducation sentimentale*, 1869.

SCORE ..../ 8

ATTENTION À quel nom se rapporte l'adjectif *clair* ?

2 Mets au pluriel les groupes nominaux suivants en veillant à bien accorder les adjectifs.

1. un fruit mûr → ....
2. un repas délicieux → ....
3. un plat régional → ....
4. un accident fatal → ....

SCORE ..../ 4

Comment accorde-t-on généralement les adjectifs de couleur ?

- Comme tout adjectif, un adjectif de couleur s'accorde le plus souvent **en genre et en nombre**.
- Mais il existe **deux cas où il reste invariable** :
  – lorsqu'il est composé de plusieurs mots : *des rideaux rouge vif, vert foncé, bleu nuit*... ;
  – lorsque c'est un nom employé comme adjectif : *des chemises citron, caramel, orange*... ;
  Font exceptions à cette règle les adjectifs *rose, mauve, pourpre*.

3 Accorde les adjectifs de couleur si nécessaire.

Des ballons, il y en avait de toutes les couleurs : des (bleu pâle) ...., des (jaune citron) ...., des (cerise) ...., des (ocre) ...., des (vert olive) .... et des (rose) ....

SCORE ..../ 5

COUP DE POUCE Tous les mots entre parenthèses sont des adjectifs.

Corrigés p. 55

TOTAL ..../ 17

24 Distinguer *es, est, ai, aie, aies, ait*

Comment choisir entre ces cinq formes ?

- *Es* et *est* sont des formes conjuguées du verbe ***être*** :
  - ***es*** = indicatif présent, 2e personne du singulier ; ***Es****-tu là ?*
  - ***est*** = indicatif présent, 3e personne du singulier. ***Est****-il là ?*
- *Ai, aie, aies* et *ait* sont des formes conjuguées du verbe ***avoir*** :
  - ***ai*** = indicatif présent, 1re personne du singulier ; *J'****ai*** *confiance.*
  - ***aie*** = impératif présent, 2e personne du singulier ; ***Aie*** *confiance !* ou subjonctif présent, 1re personne du singulier ; *Il faut que j'****aie*** *confiance.*
  - ***aies*** = subjonctif présent, 2e personne du singulier ; *Il faut que tu* ***aies*** *confiance.*
  - ***ait*** = subjonctif présent, 3e personne du singulier. *Il faut qu'il* ***ait*** *confiance.*

INFO
On trouve le subjonctif après un verbe de volonté, d'ordre ou de souhait.

★ 1 Coche la forme verbale qui convient.

1. Je ne sais pas si tu ❑ ai ❑ es ❑ est au courant, mais il ❑ ai ❑ es ❑ est très malade. • **2.** J'aimerais qu'il ❑ est ❑ aie ❑ ait de meilleures notes. • **3.** C'❑ es ❑ est ❑ ait toi qui ❑ ai ❑ es ❑ est responsable de cette situation. • **4.** Bien qu'il y ❑ est ❑ ai ❑ ait du brouillard, il ❑ est ❑ es ❑ ait possible d'apercevoir ma maison en contrebas.

SCORE ..../ 7

ATTENTION
Pense à l'accord du participe passé quand il est employé avec *être*.

★ 2 Réécris les phrases en remplaçant les mots soulignés par les mots entre parenthèses.

1. <u>Nous</u> (Je) avons appris qu'<u>ils</u> (il) sont arrivés les premiers. <u>Vous</u> (Tu) êtes au courant ?

→ ....

2. Il faut que <u>nous</u> (ils) ayons un peu d'avance pour passer les contrôles.

→ ....

SCORE ..../ 4

COUP DE POUCE
Tu dois compléter neuf fois avec le verbe avoir, cinq fois avec le verbe *être*.

★★ 3 Complète le texte avec *ai, aie ,es* ou *est.*

J'...... désormais un nouveau téléphone : mon père m'a donné le sien.

Du coup, j'...... décidé d'utiliser mes économies pour m'équiper d'un nouveau lecteur mp3.

J'...... donné rendez-vous à ma sœur devant le magasin pour qu'elle m'aide à choisir.

Mais elle s'...... trompée d'itinéraire et ...... arrivée avec une demi-heure de retard.

Je l'...... accueillie avec mauvaise humeur :

« Il ...... 18 h 30, ...-je répété trois fois.

— Je suis déjà bien gentille d'être venue jusqu'ici, a-t-elle rétorqué. Et il faudrait que j'...... des remords parce que j'...... un peu de retard ? Tu ...... incroyable !

— Cette course ...... peut-être sans importance pour toi, lui ......-je répondu, mais demain je voyage, et si je n'...... pas de musique, je vais m'ennuyer !

— Je te rappelle que tu peux aussi écouter de la musique sur ton nouveau téléphone !

SCORE ..../ 14

Corrigés p. 55

TOTAL ..../ 25

ORTHOGRAPHE

25 Tenir compte des lettres muettes

Où se placent les lettres muettes ?

Certains mots comportent des **lettres muettes** (qui ne se prononcent pas). Elles se trouvent le plus souvent **à la fin des mots**. On peut parfois deviner si le mot se termine par une lettre muette en cherchant des mots de la **même famille** : *goût*, *goûter*.

- Le ***h*** muet peut se trouver à l'intérieur d'un mot (*un bohémien*, *la méthode*). Il joue parfois le rôle d'un tréma (*envahir* = en-va-hir) ou a la même valeur qu'un *u* (*ghetto*).
- Placé devant un *n*, le ***m*** peut être muet (*automne*).
- Le ***p*** est muet dans les mots de la famille de *compter*, *sculpter*, dans les mots *sept*, *sirop*, *prompt*…
- De nombreux noms au singulier se terminent par un ***s*** ou un ***x*** muet : *discours*, *verglas*, *souris*, *puits*, *remords*, *taux*, *crucifix*, *houx*…

- De nombreux noms féminins et certains noms masculins se terminent par un ***e*** muet : *baie*, *scie*, *génie*, *lycée*… On trouve également des *e* muets à l'intérieur des mots, notamment dans les noms dérivés des verbes en *-yer*, *-uer*, *-ier* : *tournoyer*, *tournoiement*.

★ 1 Écris les noms en *-ment* dérivés de ces verbes.

1. aboyer : un ………………………
2. payer : un ………………………
3. rapatrier : un ………………………
4. bégayer : un ………………………
5. renier : un ………………………
6. éternuer : un ………………………

SCORE ……… / 6

> **COUP DE POUCE** Ces noms comportent tous un *e* muet.

★ 2 Pour chaque mot, écris un mot de la même famille qui contient une lettre muette.

1. sanguin : le ………………………
2. l'outillage : un ………………………
3. planter : un ………………………
4. blanchir : le ………………………

SCORE ……… / 4

★★ 3 Complète les expressions avec un homonyme du mot en couleur comportant une lettre muette. (Ex. : du fil à coudre – une file d'attente)

1. un cou de girafe – un ………… de téléphone • **2.** Hou ! je suis un fantôme. – une branche de ………… • **3.** un seau à glace – au ………… du lit • **4.** Le tan sert à préparer le cuir. – Je n'ai pas le ………… . • **5.** Cela va de soi. – Cette étoffe, c'est de la ………… . • **6.** Il est rejeté, mis au ban. – Les amoureux s'embrassent sur les ………… publics.

SCORE ……… / 6

> **ATTENTION** La lettre finale muette d'un mot ne s'explique pas toujours grâce à un mot de la même famille.

★★ 4 Réécris ces mots en ajoutant un *h* muet si nécessaire.

1. une amétyste : ………………………
2. une pastèque : ………………………
3. une antologie : ………………………
4. de la rubarbe : ………………………
5. un lutier : ………………………
6. un dalia : ………………………

SCORE ……… / 6

> **COUP DE POUCE** Cherche dans le dictionnaire

Corrigés p. 56

TOTAL ……… / 22

VOCABULAIRE

26 Distinguer les différents sens d'un mot

Qu'est-ce qu'un mot polysémique ?

- Un mot **polysémique** est un mot qui peut avoir **plusieurs sens**.
  *Je bois une **coupe** de champagne.* → coupe = verre
  *Ils ont gagné la **coupe** de ce tournoi.* → coupe = trophée
- Le **sens propre** d'un mot est son sens **premier** ; le plus souvent il s'agit d'un sens concret du mot.
  Le **sens figuré** est un sens **dérivé** ; il est en général abstrait.
  *Traverse le **torrent** pour rejoindre le village.* → *Torrent* est employé au sens propre.
  *Il versa un **torrent** de larmes.* → *Torrent* est employé au sens figuré (= abondance).

FRANÇAIS

★ 1 Complète chaque série de trois expressions par le même mot, employé dans des sens différents.

COUP DE POUCE Pour chaque ligne, c'est le même mot, avec la même orthographe, qui a plusieurs sens.

1. une .... à jouer ; la .... d'un restaurant ; une .... routière
2. une danseuse .... ; une .... lumineuse ; avoir sa première ....
3. un .... de blé ; un .... de bataille ; un .... d'investigation

SCORE ..../ 9

★★ 2 Indique si les mots en couleur sont employés au sens propre (P) ou au sens figuré (F).

1. C'est une boisson amère (......). • **2.** Ses opinions montrent l'étroitesse (......) de son esprit. • **3.** La fleur (......) du pissenlit est comestible. • **4.** J'ai une pensée amère (......). • **5.** Elle est dans la fleur (......) de l'âge. • **6.** Cette rue est impraticable pour les voitures à cause de son étroitesse (......). • **7.** La vache est un animal qui rumine (......). • **8.** Il rumine (......) de vieilles histoires.

SCORE ..../ 8

★★ 3 Dans cet extrait, quels sont les mots employés au sens figuré ? Souligne-les.

COUP DE POUCE Il y a deux mots à relever.

> Agitée, enfiévrée, Isabelle ouvrit la fenêtre pour éteindre, à la fraîcheur de la nuit, les feux de ses joues et de son front.

Théophile Gautier, *Le Capitaine Fracasse*, 1863.

SCORE ..../ 2

★★ 4 Associe à chaque mot deux compléments tirés de la liste. Écris à gauche l'expression au sens propre et à droite, celle au sens figuré : d'étincelles – de musique – la salade – du bois – des millions – en maths – des bêtises – la vaisselle – de fleurs – un échec.

1. une note de musique	une note en maths
2. des gerbes	des gerbes ....
3. débiter	débiter ....
4. essuyer	essuyer ....

SCORE ..../ 8

Corrigés p. 56

TOTAL ..../ 27

27 Distinguer des homonymes

Qu'appelle-t-on un homonyme ?

- Des **homonymes** sont des mots qui se prononcent de la même façon, mais qui ont un sens différent : *vers, ver, vert, verre, vair*.
C'est le sens du mot, éclairé par le **contexte**, qui détermine son orthographe :
*un **vers** de Rimbaud, un **ver** de terre, il se dirige **vers** l'école, un pantalon **vert**, un **verre** d'eau.*
- Les homonymes peuvent être aussi **homographes**, c'est-à-dire s'écrire de la même façon.
Son violon produit un drôle de son.
- **À noter** : des mots peuvent être homographes sans être homophones, c'est-à-dire avoir la même orthographe mais se prononcer différemment.
*Au **couvent** de l'abbaye, les poules **couvent** de beaux œufs.*

★★ 1 Coche l'homonyme qui convient.

1. Clara n'arrive pas à passer le fil dans le ❑ chat ❑ chas de l'aiguille. • **2.** Mon ❑ cher ❑ chaire ami, nous avons fait bonne ❑ chère ❑ chair aujourd'hui. • **3.** Il pense en son ❑ fort ❑ for intérieur qu'il a tort. • **4.** Je ne me souviens plus de la ❑ date ❑ datte de son anniversaire. • **5.** Soyez tranquille, c'est un homme ❑ sensé ❑ censé.

SCORE ..../ 6

> **COUP DE POUCE**
> Vérifie dans le dictionnaire si tu hésites sur le sens d'un mot.

★★ 2 Trouve les homonymes des mots suivants : ce sont des verbes conjugués à la 3e personne du singulier de l'indicatif présent.

1. coup – il	**3.** pain – elle	**5.** mou – il ....
2. rond – elle	**4.** pair – il	**6.** prix – elle ....

SCORE ..../ 6

> **COUP DE POUCE**
> Pour trouver la bonne terminaison, cherche l'infinitif de chaque verbe.

★★ 3 En t'aidant du contexte, complète chaque phrase avec un homonyme du mot *cour*.

1. L'affaire est passée devant la .... de justice. • **2.** Pour préparer le marathon, il .... deux heures par jour. • **3.** Ce collégien ne va plus au .... de sport car il est dispensé. • **4.** Julien fait une .... assidue à Marie depuis plusieurs mois. • **5.** Mon grand-père est un amateur de chasse à ....

SCORE ..../ 5

> **COUP DE POUCE**
> Tu dois trouver quatre orthographes différentes.

★★★ 4 Complète chaque phrase avec deux mots homographes, puis souligne ceux qui sont aussi homophones.

1. Les .... de ce médecin vont devoir être .... car il y a beaucoup de monde dans la salle d'attente. • **2.** Même si mon grand-père ne .... plus aussi bien qu'avant, il a repéré la .... ferrée avant nous. • **3.** Samia a deux passions en ce moment : son petit .... tigré et le .... sur Internet avec ses amis.

SCORE ..../ 6

Corrigés p. 56

TOTAL ..../ 23

28 Utiliser des synonymes

Qu'appelle-t-on un synonyme ?

- Les synonymes sont des mots qui ont un **sens voisin**. Ils appartiennent à la même classe grammaticale (par exemple, un nom aura pour synonyme un autre nom).
- Des mots synonymes n'ont, en général, pas exactement le même sens : il existe entre eux des **nuances**. Observe ces exemples :
  – *bouleverser* a un sens plus fort que son synonyme *inquiéter* (nuance d'intensité) ;
  – *affublé* (*d'un vêtement*) comporte une note péjorative dont est dépourvu *habillé*.
- Le choix entre les synonymes peut aussi se faire en fonction du **registre de langage** : *tu me fais rire* (langage courant) ; *tu me fais marrer* (langage familier).

★ 1 Donne un synonyme pour chacun des mots suivants.

COUP DE POUCE Tu peux t'aider d'un dictionnaire.

1. lieu → e....................................
2. vitesse → r....................................
3. cesser → a....................................
4. forcer → c....................................
5. content → h....................................
6. captif → p....................................
7. têtu → e....................................
8. peur → c....................................

SCORE .... / 8

★★ 2 Dans quel sens l'adjectif *fin* est-il utilisé dans ces différents groupes nominaux ? Relie chaque expression au synonyme qui convient.

COUP DE POUCE *Spirituel* peut avoir le sens de « drôle » ; *sensible* indique ce qui est perçu par les sens.

un repas fin •	• spirituel
une oreille fine •	• mince
une taille fine •	• subtile
un fin chasseur •	• adroit
une plaisanterie fine •	• sensible
un esprit fin •	• raffiné

SCORE .... / 6

★★ 3 Chaque série est composée de mots synonymes présentant des nuances d'intensité : réécris chaque liste en classant les termes du plus faible au plus fort.

1. déluge – averse – ondée → ....
2. effrayant – inquiétant – troublant → ....

SCORE .... / 6

★★ 4 Réécris chaque série de synonymes en fonction du registre de langage auquel ils appartiennent, du plus soutenu au plus familier.

INFO Le langage familier appartient le plus souvent à la langue orale.

1. audace – culot – effronterie → ....
2. ficher le camp – prendre congé – s'en aller → ....
3. se grouiller – se dépêcher – se hâter → ....

SCORE .... / 9

Corrigés p. 57

TOTAL .... / 29

VOCABULAIRE

29 Former un antonyme

Qu'appelle-t-on un antonyme ?

- On appelle antonymes des mots de **sens contraire**. Il appartiennent à la même classe grammaticale : *effrayant – rassurant*.
- Certains antonymes ont le même radical ; c'est alors le **préfixe** (voir p. 40) qui permet d'opposer les termes : *réel – **ir**réel* ; ***im**ploser – **ex**ploser*.

★★ 1 Trouve l'antonyme de chaque nom.

1. occident → o..............
2. lâcheté → c..............
3. ami → e..................
4. acceptation → r..........
5. gain → p..................
6. hausse → b...............

SCORE ..../ 6

★★ 2 Trouve l'antonyme de chaque adjectif.

1. sensible → i..............
2. beau → l.................
3. juste → f..................
4. privé → p.................
5. reposant → f..............
6. nomade → s...............

SCORE ..../ 6

★★ 3 Trouve l'antonyme de chaque verbe.

1. construire → d...........
2. enrichir → a..............
3. lever → b..................
4. vendre → a...............
5. défendre → a.............
6. arriver → p...............

SCORE ..../ 6

★★ 4 Trouve l'antonyme de chaque adverbe.

1. beaucoup → p...........
2. hier → d.................
3. peut-être → c............
4. jamais → t...............
5. facilement → d............
6. lentement → v.............

SCORE ..../ 6

★★ 5 Trouve l'antonyme de chaque mot en conservant le même radical.

1. inspirer → ....
2. enterrer → ....
3. monoculture → ....
4. matériel → ....
5. limité → ....
6. prénatal → ....

SCORE ..../ 6

★★ 6 Transforme ce texte en remplaçant les mots en couleur par des mots de sens contraire.

J'ai de la sympathie pour mes amis. Je souhaite leur réussite à l'examen de fin d'année. Pourvu que les épreuves soient faciles !

....

....

SCORE ..../ 5

COUP DE POUCE
Un des antonymes est construit avec un préfixe.

INFO
Note qu'un adverbe n'est pas forcément un mot qui se termine par *-ment*.

COUP DE POUCE
Un des antonymes se construit avec le préfixe *anti-*.

Corrigés p. 57

TOTAL ..../ 35

VOCABULAIRE

30 Reconnaître une famille de mots

Qu'appelle-t-on une famille de mots ?

- On appelle famille de mots l'ensemble des mots qui se rattachent à un **même radical**. Ces mots sont obtenus par dérivation ou par composition.
- La **dérivation** consiste à ajouter un ou plusieurs éléments (préfixes ou suffixes) à un mot ou à son radical : *placer* → ***dé****placer* → ***dé****place****ment***.
  L'orthographe du radical est le plus souvent stable : les mots *at****terr****ir*, *en****terr****er*, ***terr****ain* ont le même radical, ***terr-***. Mais certaines familles de mots ont deux radicaux ou plus : *dés****honn****eur* (radical ***honn-***), *dés****honor****er* (radical ***honor-***).
- La **composition** consiste à créer un mot composé en associant plusieurs mots simples : *station-service, portefeuille*.

1 **Les mots de la liste suivante appartiennent à trois familles différentes ; classe-les par famille, puis indique pour chacune d'elles le radical ou les radicaux commun(s) :**
armure – campement – armement – charnu – champêtre – armée – décamper – acharnement.

1. .... radical : ....
2. .... radical : ....
3. .... radical : ....

SCORE .... / 6

2 **Relie chacun de ces mots de la famille de *temps* à sa définition.**

contretemps •	• première saison de l'année
printemps •	• remettre à plus tard
temporaire •	• qui vit à la même époque
temporiser •	• circonstance fâcheuse qui dérange un projet
contemporain •	• qui ne dure qu'un certain temps

SCORE .... / 5

INFO
Tous les mots de la famille de *temps* sont formés par dérivation.

3 **Classe ces mots selon qu'ils ont été obtenus par dérivation ou par composition :**
sonnette – parapluie – pourboire – dégoût – portemanteau – terre-plein – bonhomme.

Dérivation : ....

Composition : ....

SCORE .... / 7

COUP DE POUCE
Quatre mots ont été obtenus par composition.

4 **Complète le tableau par des mots de la même famille.**

Nom	Verbe	Adjectif	Adverbe
ouverture	....	....	....
....	....	....	grandement
....	....	bruyant	....

SCORE .... / 9

Corrigés p. 57

TOTAL .... / 27

VOCABULAIRE

31 Reconnaître les préfixes

Qu'est-ce qu'un préfixe ? D'où viennent la plupart des préfixes français ?

- Un préfixe est un élément placé **avant le radical**. Il a généralement un sens précis.
- De nombreux préfixes français sont d'**origine latine** ou **grecque**. Connaître leur sens permet de deviner, de comprendre le sens d'un mot que l'on ne connaît pas.
  Observe ces exemples :
  – ***bis**cuit* : préfixe latin *bis-* = deux fois
  → *biscuit = deux fois cuit* ;
  – ***méta**morphose* : préfixe grec *méta-* = changement
  → *métamorphose = changement de forme*.

1 ★ **Classe ces préfixes selon qu'ils sont d'origine latine ou grecque (tu peux t'aider du dictionnaire) :** aqua- ; péd- ; anti- ; para- ; péri- ; omni- ; centi- ; photo-.

- Préfixes d'origine latine : ....
- Préfixes d'origine grecque : ....

SCORE .... / 8

COUP DE POUCE
Il y a quatre préfixes d'origine latine.

2 ★★ **Complète le tableau suivant, à l'aide des préfixes de l'exercice 1.**

Définition	Mot	Préfixe	Sens du préfixe
Récipient en verre pour les poissons.	....	aqua-	....
Actionner les pédales d'une bicyclette.	....	péd-	....
Phare utilisé par temps de brouillard.	....	....	contre
....	parapluie	....	....
Ligne qui délimite le contour d'une figure.	....	....	autour
....	omnivore	....	tout
....	centimètre	centi-	....
Obtenir une image par la photographie.	....	photo-	....

SCORE .... / 17

COUP DE POUCE
Essaie, dans un premier temps, de compléter tous les mots précédés d'un préfixe.

3 ★★ **Définis les mots suivants sans regarder dans le dictionnaire.**

1. bisannuel : ....

2. polymorphe : ....

3. omniprésent : ....

SCORE .... / 3

Corrigés p. 58

TOTAL .... / 28

32 Reconnaître les suffixes

Qu'est-ce qu'un suffixe ? D'où viennent la plupart des suffixes français ?

- Un suffixe est un élément placé **après le radical**.
  Certains suffixes français sont dérivés de mots latins ou grecs.
- Observe ces exemples :
  – *somn**ambule*** : suffixe latin *-ambule* = qui marche
  → *somnambule = qui marche durant le sommeil* ;
  – *herbi**vore*** : suffixe latin *-vore* = qui mange → *herbivore = qui mange de l'herbe* ;
  – *névr**algie*** : suffixe grec *-algie* = douleur → *névralgie = douleur des nerfs* ;
  – *ov**oïde*** : suffixe grec *-oïde* = en forme de → *ovoïde = en forme d'œuf.*

★★ 1 Relève, dans cet extrait, deux mots formés à l'aide d'un suffixe d'origine grecque.

> Les géographies, dit le géographe, sont les plus précieux de tous les livres. Elles ne se démodent jamais.
>
> Antoine de Saint-Exupéry, *Le Petit Prince* © Éditions Gallimard, 1945.

→ Mots formés à l'aide d'un suffixe grec : ....

→ Quel est le sens de ce suffixe ? Pour t'aider, trouve d'autres mots formés de la même façon.

....

SCORE ..../ 3

COUP DE POUCE
Ces deux mots sont de la même famille et ont également le même préfixe.

★★ 2 Complète chaque phrase avec un mot formé à partir de l'un des suffixes suivants :
-cide, -cole, -pède (suffixes d'origine latine),
-drome, -onyme, -thèque, -gone (suffixes d'origine grecque).

1. C'est un passionné des courses de chevaux, il va chaque dimanche à l'...................... • **2.** Le suspect est accusé d'avoir tué un homme, mais on ne sait pas s'il s'agit d'un .... volontaire ou involontaire. • **3.** Deux mots qui ont un sens voisin sont des .... • **4.** Il installe de nouveaux rayonnages dans la .... pour ranger ses livres. • **5.** Comme l'homme, l'autruche marche sur ses deux pieds, c'est un .... • **6.** Une figure qui possède six côtés est un .... • **7.** Je m'intéresse à la culture des jardins et je suis allé à une exposition ....

SCORE ..../ 7

★★ 3 À l'aide des phrases de l'exercice 2, relie chaque suffixe à son sens.

-cide •	• course
-drome •	• pied
-thèque •	• tuer
-pède •	• armoire
-onyme •	• nom

SCORE ..../ 5

COUP DE POUCE
Aide-toi des mots trouvés dans l'exercice précédent.

Corrigés p. 58

TOTAL ..../ 15

LECTURE ET EXPRESSION ÉCRITE

33 Utiliser le temps qui convient dans un récit

Quels temps emploie-t-on en général dans un récit au passé ?

Dans un récit au passé rédigé à la troisième personne, le passé simple sert de temps de base à la narration. Il est associé à l'imparfait.

- Le **passé simple** permet de **rapporter les actions** qui font progresser l'histoire et qui forment le premier plan du récit. Cet emploi est lié à la valeur de ce temps qui présente un fait comme achevé et limité dans le temps.
- L'**imparfait**, lui, permet d'évoquer les actions dont on ne connaît ni le début ni la fin et qui forment le second plan du récit ; c'est le temps utilisé pour **décrire** le décor, les personnages, les sentiments.

★★ **1** **Lis le texte, puis réponds aux questions.**

> Le jeudi était un jour de grande toilette, et ma mère prenait ces choses-là très au sérieux. Je commençai par m'habiller des pieds à la tête, puis je fis semblant de me laver à grande eau : c'est-à-dire que, vingt ans avant les bruiteurs de la radiodiffusion, je composai la symphonie des bruits que suggère une toilette.
> J'ouvris d'abord le robinet du lavabo, et je le mis adroitement dans une certaine position qui faisait ronfler les tuyaux : ainsi mes parents seraient informés du début de l'opération.

Marcel Pagnol, *La Gloire de mon père*, Éditions de Fallois, © Marcel Pagnol, 2004.

COUP DE POUCE
Pour préciser la valeur de l'imparfait, utilise le verbe *décrire* (question c).

a. Sur l'axe du temps ci-dessous, place les actions successives réalisées par le narrateur.

....

....

b. À quel temps sont les verbes exprimant ces actions ?

....

c. Encadre les verbes conjugués à l'imparfait. Quelle est la valeur de ce temps ?

....

SCORE ..../ 9

Quels autres temps emploie-t-on dans un récit au passé ?

- Pour exprimer des **actions antérieures** à celles exprimées au passé simple, on utilise le **passé antérieur** ou le **plus-que-parfait**.
- Pour exprimer des **actions postérieures** à celles exprimées au passé simple, on utilise le **conditionnel présent** qui prend alors une valeur de futur du passé.

passé antérieur, plus-que-parfait	passé simple, imparfait	conditionnel présent

★★ 2 Lis le texte, puis réponds aux questions.

Un homme constate que sa carafe, pleine à son coucher, est vide à son réveil. Il cherche à percer le mystère…

Le soir suivant, je voulus faire la même épreuve. Je fermai donc ma porte à clef pour être certain que personne ne pourrait pénétrer chez moi. Je m'endormis et je me réveillai comme chaque nuit. On avait bu toute l'eau que j'avais vue deux heures plus tôt.

Guy de Maupassant, *Le Horla*, 1885.

a. Quel est le temps de base de ce récit ? ……………………………………………

b. À quel temps est conjugué le verbe surligné en jaune ? ……………………………
Justifie l'emploi de ce temps en plaçant l'action exprimée par ce verbe sur l'axe ci-dessous.

Je fermai…

c. À quel temps sont conjugués les verbes surlignés en bleu ? …………………………
Justifie l'emploi de ce temps en plaçant les actions exprimées par ces verbes sur l'axe ci-dessous.

Je me réveillai…

SCORE ……… / 6

Peut-on employer le passé composé dans un récit ?

- Le passé composé se distingue du passé simple en ce qu'il **garde des liens avec le présent** ; il indique que les conséquences de l'action passée se font toujours sentir au moment où le narrateur parle.
  *Mon petit frère **est né** en 2010 ; il a donc trois ans de moins que moi.*
  À l'inverse, le passé simple évoque une action passée qui n'a plus de lien avec le présent. *Louis XIV **naquit** en 1638.*
- Le passé composé est donc le **temps du récit oral**.
  *Ce week-end, nous **sommes allés** faire du canoë sur la Seine.*
  À l'écrit, on le rencontre dans les **récits à la 1re personne**.

★★ 3 Transpose le texte de l'exercice 2 au passé composé.

……………………………………………………………………………………
……………………………………………………………………………………
……………………………………………………………………………………
……………………………………………………………………………………
……………………………………………………………………………………

SCORE ……… / 4

ATTENTION
Dans ta transposition, tu dois conserver le plus-que-parfait et le conditionnel présent pour rapporter les actions antérieures ou postérieures à celles exprimées au passé composé

★★★ 4 Au brouillon, raconte une rencontre mémorable. Tu as le choix entre :

1. un récit à la première personne, avec le passé composé comme temps de base ;
2. un récit à la troisième personne, avec le passé simple comme temps de base.

Corrigés p. 58

TOTAL ……… / 19

34 Rapporter des paroles

Qu'est-ce que le discours direct ?

- Dans un roman ou une nouvelle, le narrateur peut **interrompre son récit** pour rapporter « en direct » les paroles d'un ou de plusieurs personnages. On parle alors de **discours direct**. Les paroles rapportées forment souvent un **dialogue**.

★ 1 Lis cet extrait puis, à l'aide de crochets de couleur, délimite les paroles des personnages rapportées au discours direct.

ATTENTION
N'oublie pas de laisser hors des crochets les « petits bouts » de récit qui introduisent les paroles.

Un garçon âgé d'une trentaine d'années se montra et salua.
« Vous êtes français et vous vous nommez John ? lui demanda Phileas Fogg.
— Jean, n'en déplaise à monsieur, répondit le nouveau venu, Jean Passepartout, un surnom qui m'est resté, et que justifiait mon aptitude naturelle à me tirer d'affaire. Me trouvant sans place et ayant appris que Monsieur Phileas Fogg était l'homme le plus exact et le plus sédentaire du Royaume-Uni, je me suis présenté chez monsieur avec l'espérance d'y vivre tranquille.
— Passepartout me convient, répondit le gentleman. Vous m'êtes recommandé. J'ai de bons renseignements sur votre compte. Vous connaissez mes conditions ?
— Oui, monsieur.
— Bien. Quelle heure avez-vous ?
— Onze heures vingt-deux, répondit Passepartout, en tirant des profondeurs de son gousset une énorme montre d'argent.
— Vous retardez, dit Mr. Fogg.
— Que monsieur me pardonne, mais c'est impossible.
— Vous retardez de quatre minutes. N'importe. Il suffit de constater l'écart. Donc, à partir de ce moment, onze heures vingt-neuf du matin, ce mercredi 2 octobre 1872, vous êtes à mon service. »
Cela dit, Phileas Fogg se leva, prit son chapeau de la main gauche, le plaça sur sa tête avec un mouvement d'automate et disparut sans ajouter une parole.

D'après Jules Verne, *Le Tour de monde en quatre-vingts jours*, 1872.

★★ 2 Relis le texte de l'exercice 1, puis réponds aux questions.

INFO
Introduire un dialogue dans un récit permet de rendre la narration plus vivante.

a. Souligne les verbes qui introduisent les paroles. À quel temps sont-ils conjugués ?

....

b. Encadre tous les signes de ponctuation propres au discours direct.

c. Dans le dialogue formé par ces paroles, combien y a-t-il d'interlocuteurs ? ....

Qui sont-ils ? ....

d. Quels traits de caractère de Phileas Fogg transparaissent dans ses paroles ?

....

SCORE .... / 18

Comment passe-t-on du discours indirect au discours direct ?

- Le discours direct est annoncé par un **verbe de parole** (*demanda, dit, répondit…*) et se signale par une **ponctuation particulière** : souvent précédé d'un deux-points, il est encadré de guillemets ; s'il y a un dialogue entre plusieurs personnages, le tiret marque le changement d'interlocuteur.
- Attention : le système de temps et les pronoms personnels changent.

	Temps de référence	Pronoms personnels dominants
Récit	passé simple	pronoms de la 3e personne
Discours direct	présent	pronoms des 1re et 2e personnes

FRANÇAIS

3 **Ponctue le texte ci-dessous et complète-le à l'aide des verbes de parole suivants :** demandait-il avec une lueur d'espoir – répondait-il timidement – répondait-il, tout penaud – se lamentait-il – murmurait-il un peu honteux – le questionnait-il d'un air soupçonneux – répliquait-il – implorait-il, désespéré – se désolait-il – répétait-il – hasardait-il avec dépit – commençait-il à énumérer – insistait-il, perdant déjà patience.

COUP DE POUCE
Lis l'introduction en italique pour avoir plus d'informations sur les personnages.

Contrairement aux autres diables de l'enfer qui veulent le mal, le petit diable, lui, voulait être un gentil, au grand désespoir de ses parents.

Chaque soir, quand il revenait de l'école, son père lui demandait :

Qu'est-ce que tu as fait, aujourd'hui ?

Je suis allé à l'école, ...

Petit imbécile ! Tu avais fait tes devoirs ? ....

Oui, papa, ...

Petit crétin ! Tu savais tes leçons ? ....

Oui, papa, ...

Petit malheureux ! Au moins, j'espère que tu t'es dissipé ? ....

Ben…, ...

As-tu battu tes petits camarades ? ....

Non, papa, ...

As-tu seulement pensé à mettre des punaises sur le siège du maître pour qu'il se pique le derrière ? ....

Non, papa.

Mais alors, qu'est-ce que tu as fait ? ....

Eh bien, j'ai fait une dictée, deux problèmes, un peu d'histoire, de la géographie…,

....

Qu'est-ce que j'ai bien pu faire à la Terre pour avoir un enfant pareil ? ....

....

ATTENTION
La première réplique du petit diable est dite avec timidité.

D'après Pierre Gripari, « Le gentil petit diable », *Contes de la rue Broca* © Éditions de La Table ronde, 1967.

SCORE ..../ 13

Corrigés p. 59

TOTAL ..../ 31

35 Distinguer auteur et narrateur

- L'**auteur** est la personne, réelle, qui imagine l'histoire, écrit le livre et dont le nom apparaît sur la couverture.

  ***Alexandre Dumas** est l'auteur du roman intitulé* Les Trois Mousquetaires.

- Le **narrateur** est celui qui a la charge de raconter l'histoire. Il peut avoir différents statuts.

Statuts du narrateur	Exemples
Le narrateur est **extérieur à l'histoire** : dans ce cas, il mène le récit à la 3e personne.	Il était une fois une petite fille [...], sa mère en était folle et sa grand-mère plus folle encore. Charles Perrault, *Contes de mère l'Oye*, 1697.
Il est **un personnage de l'histoire** : dans ce cas, il mène le récit à la 1re personne (dans l'exemple, le narrateur est Robinson Crusoé).	J'écoutai, je regardai autour de moi, mais je n'entendis rien ni ne vis rien. Daniel Defoe, *Robinson Crusoé*, 1719.
Il **s'identifie à l'auteur**, qui est alors le personnage central de l'histoire : c'est le cas dans les récits autobiographiques ; dans ce cas, il mène le récit à la 1re personne.	J'arrivai au château [...], je traversai à pied les cours désertes ; je m'arrêtai à regarder les fenêtres fermées. François-René de Chateaubriand, *Mémoires d'outre-tombe*, 1850.

★★ 1 **Lis les quatre extraits suivants, puis complète le tableau.**

COUP DE POUCE
Dans deux extraits, le narrateur est extérieur à l'histoire.

1. Mme Bovary, quand elle fut dans la cuisine, s'approcha de la cheminée. Du bout de ses deux doigts, elle prit sa robe à la hauteur du genou, et, l'ayant ainsi remontée jusqu'aux chevilles, elle tendit à la flamme son pied chaussé d'une bottine noire.

D'après Gustave Flaubert, *Madame Bovary*, 1856.

2. *Le reporter Rouletabille mène l'enquête sur l'agression de Mlle Stangerson.*
Je courus du côté de la grille et, en route, je rencontrai Bernier et sa femme, les concierges, qui venaient, attirés par les détonations et par nos cris.

Gaston Leroux, *Le Mystère de la chambre jaune*, 1907.

3. *Michel Tournier s'apprête à passer une journée avec de jeunes prisonniers.*
Ce n'était pas la première fois que j'allais en prison. Comme écrivain, s'entend, et pour m'entretenir avec ces lecteurs particulièrement attentifs, des jeunes détenus. J'avais gardé de ces visites un arrière-goût d'une âpreté insupportable.

Michel Tournier, « Écrire debout », in *Le Médianoche amoureux* © Gallimard, 1989.

4. Dédale avait conçu le labyrinthe de telle sorte que quiconque y était entré ne pouvait plus en sortir. Mais aujourd'hui, c'était lui-même qui était prisonnier de son œuvre et il se morfondait là avec son fils, le jeune Icare qu'il avait eu d'une esclave de Minos.

Ovide, *Métamorphoses*, trad. Anne Videau © Hatier, 2005.

	Extrait 1	Extrait 2	Extrait 3	Extrait 4
Qui est l'auteur de ce texte ?				
De quel genre de texte s'agit-il ?				
À quelle personne sont les pronoms ?				
Qui sont les personnages de l'histoire ?				
Le narrateur est-il un personnage ? Si oui, lequel ?				
Le narrateur s'identifie-t-il à l'auteur ?				

SCORE .... / 24

★★ **2** **Lis cet autre extrait de *Madame Bovary*, puis réécris le texte en imaginant que le narrateur est Charles Bovary.**

ATTENTION
Dans la réécriture, le narrateur, Charles Bovary, n'est plus extérieur à l'histoire.

Charles Bovary est nouvel élève dans l'école et il doit se présenter à sa classe.

— Levez-vous, dit le professeur.

Il se leva ; sa casquette tomba. Toute la classe se mit à rire. Il se baissa pour la reprendre. Un voisin la fit tomber d'un coup de coude, il la ramassa encore une fois. Il y eut un rire éclatant des écoliers qui décontenança le pauvre garçon, si bien qu'il ne savait s'il fallait garder sa casquette à la main, la laisser par terre ou la mettre sur sa tête.

D'après Gustave Flaubert, *Madame Bovary*, 1857.

....

....

....

....

....

....

....

....

....

....

....

....

....

Corrigés p. 59

TOTAL .... / 24

36 Décrire

Qu'est-ce qu'une description ?

- Une description dans un récit correspond à une **pause** : le narrateur arrête de raconter l'histoire pour décrire un personnage, un lieu, un objet ; il tente alors – à la manière d'un peintre – de **restituer avec des mots** ce personnage, ce lieu ou cet objet, et l'effet qu'ils produisent.
- Quand elle est un peu étoffée, une description est organisée selon un **mouvement d'ensemble**, lié le plus souvent au **regard** de celui qui décrit.
  La description d'un **paysage** peut ainsi évoluer de l'arrière-plan au premier plan, de la gauche vers la droite. Dans le cas d'un **portrait**, le regard peut s'attacher d'abord à la silhouette du personnage, puis s'arrêter sur des détails physiques (*vêtement, visage*), enfin sonder le caractère (*comportement, qualités et défauts*).

1 **Lis le texte, puis réponds aux questions.**

Après avoir erré une journée entière dans une forêt épaisse, le chevalier Yvain aperçoit un troupeau de taureaux sauvages qui se battent si violemment qu'il recule, apeuré.

Je vis alors, assis sur une souche, ayant une massue en main, un vilain[1] laid et hideux à l'extrême. Je m'approchai de ce vilain et vit qu'il avait la tête plus grosse que celle d'un roncin[2], les cheveux en broussailles, le front pelé, des oreilles velues et grandes comme celles d'un éléphant, les sourcils touffus, le visage plat, des yeux de chouette et un nez de chat, la bouche fendue comme celle d'un loup, des dents de sanglier, aiguës et brunes, la barbe noire, le menton soudé à la poitrine, une longue échine[3] bossue. Il était vêtu de très étrange façon, avec deux peaux fraîchement écorchées, de deux taureaux ou de deux bœufs.

Le vilain se dressa sur ses pieds dès qu'il me vit approcher.

1. Paysan. 2. Cheval de charge. 3. Colonne vertébrale.

D'après Chrétien de Troyes, *Yvain ou le Chevalier au lion*, vers 1170.

a. Quel personnage est décrit dans cet extrait ?

....

b. Quel type de portrait en fait Chrétien de Troyes ?

❑ physique ❑ moral

SCORE .... / 2

INFO
Un portrait moral nous informe sur le caractère du personnage.

Quelles sont ses caractéristiques ?

- Un texte descriptif présente plusieurs **caractéristiques sur le plan de la langue** :
  – des verbes conjugués à l'**imparfait** (dans un récit au passé) ou au **présent** ;
  – la présence de **connecteurs spatiaux** (*devant, au milieu, au loin…*) ;
  – de nombreux **adjectifs** qualificatifs, pour évoquer avec précision les différentes caractéristiques de l'objet décrit ;
  – des **images**, comparaisons ou métaphores, pour **faire voir** ce qui ne peut pas être décrit de manière satisfaisante avec de simples adjectifs.

2 **Analyse le portrait du paysan, dans le texte de l'exercice 1, en répondant aux questions suivantes.**

a. Relève les mots et expressions utilisés pour décrire le personnage :

– ses oreilles → ....

– ses yeux → ....

– sa bouche → ....

– ses dents → ....

– sa silhouette → ....

b. Parmi les éléments relevés pour la description du visage, souligne en rouge les adjectifs qualificatifs, en bleu les comparaisons et les métaphores.

c. Quelle image du personnage l'auteur veut-il nous donner ?

....

SCORE .... / 17

INFO
Les comparaisons ont pour effet de rendre la description plus vivante, d'éveiller l'imagination du lecteur.

3 **Observe l'image, puis réponds aux questions.**

À la poursuite des ravisseurs de la reine Guenièvre, Lancelot, privé de son cheval, monte dans une charrette. Or, selon les codes de la chevalerie, monter dans une charrette, c'est perdre son honneur et sa dignité.

Lancelot dans la charrette d'infamie, enluminure sur parchemin, XVe siècle, Paris, BNF. Ph © Héritage Images/Leemager

COUP DE POUCE
Tu peux évoquer ce que tu vois sur les différents plans de l'image. Ta description doit rendre compte clairement de ce qui se passe. Tu peux conclure sur le sentiment de honte que doit éprouver le chevalier Lancelot.

a. Cite des éléments :

– du premier plan → ....

– de l'arrière-plan → ....

b. À quoi le fond de l'arrière-plan te fait-il penser ?

....

c. Décris cette enluminure dans un texte de quelques lignes.

Au premier plan de cette image se trouve une charrette, conduite par un nain. ....

....

....

SCORE .... / 4

Corrigés p. 60

TOTAL .... / 23

Je veux *éviter les fautes d'accord*

1. SUJET + VERBE

Chaque verbe doit être accordé en personne et en nombre avec le sujet.

Ex. : Où as-tu rangé mes lunettes ?
▸ Accord du verbe à la 2e personne du singulier avec le sujet tu.

2. SUJET + PARTICIPE PASSÉ

Si un participe passé est employé avec l'auxiliaire être, il doit être accordé en genre et en nombre avec le sujet du verbe.

Ex. : Mes cousins sont partis camper.
▸ Accord du participe passé partis au masculin pluriel avec le sujet mes cousins.

3. NOM + DÉTERMINANT

Chaque déterminant doit être accordé en genre et en nombre avec le nom qu'il introduit.

Ex. : Cet été, emporte un chapeau et de la crème solaire.
▸ Accord de cet au masculin singulier avecle nom été.

4. NOM + ADJECTIF

Chaque adjectif doit être accordé en genre et en nombre avec le nom (ou le pronom) auquel il se rapporte.

Ex. : Les prévisions météorologiques sont excellentes pour le week-end.
▸ Accord des deux adjectifs au féminin pluriel avec le nom prévisions.

5. NOM + PRONOM

Chaque pronom doit être accordé en genre et en nombre avec le nom qu'il remplace.

Ex. : J'ai pris des photos ; celles-ci me semblent réussies.
▸ Accord du pronom celles-ci au féminin pluriel avec le nom photos.

Je veux écrire un récit au passé

Quel temps dois-je employer ?

1 Je veux raconter les actions principales

J'emploie le PASSÉ COMPOSÉ. dans les écrits courants.

Je le forme avec l'auxiliaire ***avoir*** ou ***être*** conjugué au **présent**, suivi du **participe passé** du verbe.

Ex. : Je suis venu, j'ai vu, j'ai vaincu, a déclaré César.

J'emploie le PASSÉ SIMPLE dans les écrits littéraires.

Je le forme avec les **terminaisons** :
- *-ai, -a, -èrent*
- *-is, -it, -irent*
- *-us, -ut, -urent*

Ex. : L'empereur remporta la bataille et conquit un nouveau territoire.

Le passé simple est surtout utilisé à la 1re personne du singulier et à la 3e personne.

2 Je veux décrire l'arrière-plan, le cadre

J'emploie l'IMPARFAIT.

Je le forme avec les **terminaisons** : *-ais, -ais, -ait, -ions, -iez, -aient*

Ex. : César a été assassiné alors qu'il s'apprêtait à rétablir la monarchie.

3 Je veux évoquer des actions antérieures aux autres

J'emploie le PLUS-QUE-PARFAIT.

Je le forme avec l'auxiliaire ***avoir*** ou ***être*** conjugué à l'**imparfait**, suivi du **participe passé** du verbe.

Ex. : César a battu en trois jours un roi qui s'était révolté.

Corrigés

1 Les déterminants

1 a. Un jour, monseigneur Yvain voit un lion qu'un serpent tient par la queue en lui brûlant l'échine. Il se range du côté du lion, car aux êtres venimeux et félons on ne doit faire que du mal ; or le serpent est venimeux, du feu lui jaillit du gosier.
b.

du est article défini contracté	*du* est article partitif
du côté – du lion – du gosier	du mal – du feu

EXPLICATION
- **a.** L'article indéfini accompagne des noms désignant des choses ou des êtres qui ne sont pas encore définis par le contexte, qu'on rencontre pour la première fois (*un jour, un lion, un serpent*).
- **b.** *Mal* et *feu* ne sont pas des éléments précisément quantifiables : *du* est donc un article partitif.

2 1. *J'ai* quelques idées sur la question, mais *je* ne dévoilerai pas mon *opinion*. → Nous avons quelques idées sur la question mais nous ne dévoilerons pas nos opinions.
2. *Tu* as trahi la confiance de ton *ami* ; ses sentiments ne peuvent plus être les mêmes. → Vous avez trahi la confiance de vos amis ; leurs sentiments ne peuvent plus être les mêmes.
3. *Il* n'a pas oublié d'apporter son *livre* ; cet *élève* est très sérieux. → Ils n'ont pas oublié d'apporter leurs livres ; ces élèves sont très sérieux.

2 Les pronoms

1 Tim téléphone à Léa. *Il* (Tim) *lui* (Léa) demande de *le* (Tim) retrouver sur la plage et de *lui* (Tim) apporter des écouteurs. *Elle* (Léa) *lui* (Tim) répond qu'*elle* (Léa) ne peut pas *y* (la plage) aller et que, de toute façon, *elle* (Léa) n'*en* (des chewing-gums) a pas.

EXPLICATION
Observe que, dans la 2e phrase, le pronom *lui* remplace *Léa* puis *Tim* (pas de variation en genre).

2 1. Avez-vous sorti *vos poubelles* ?
→ Avez-vous sorti les vôtres ?
2. Dans *notre maison*, il n'y a pas de cheminée.
→ Dans la nôtre, il n'y a pas de cheminée.
3. *Mes chaussures* sont trop grandes.
→ Les miennes sont trop grandes.

EXPLICATION
- Le pronom possessif prend la personne et le nombre du possesseur, et le genre et le nombre de l'objet possédé.
- *les miennes* : 1re pers. du singulier (possesseur : moi) et féminin pluriel (objet possédé : les chaussures)

3 1. Il pratique différents sports mais préfère ceux en extérieur. • **2.** Marie a sa chambre, mais elle préfère être dans celle de sa sœur. • **3.** Tu es toujours désagréable avec moi. Pourquoi fais-tu cela ?

3 Le complément d'objet

1 Le monstre meugla un effroyable cri de satisfaction gourmande. Il baissa sa tête bovine et poilue, et pointa ainsi des cornes acérées vers sa proie. Le sol était jonché d'ossements. Thésée ramassa le plus gros, il le brandit. Au moment où le monstre l'attaqua, il s'écarta pour lui assener sur le mufle un coup suffisant pour assommer un bœuf… mais pas assez violent pour tuer un Minotaure !

EXPLICATION
- Un pronom réfléchi peut être COD : *il s'écarta* = *il écarta lui-même*.
- Observe que *un coup*, *un bœuf* et *un Minotaure* sont également des COD, mais complètent des verbes à l'infinitif (*assener, assommer, tuer*).

2 1. Pense à tes parents. • **2.** Il me voit. • **3.** Dis-le vite. • **4.** Je ne parle à personne. • **5.** Elle aime que les choses soient bien faites. • **6.** Il aime rire. • **7.** Pierre est arrivé, je l'ai aperçu.

Nom ou GN	Pronom	Infinitif	Proposition
tes parents	me – le – personne – l'	rire	que les choses soient bien faites

3 1. Les souris ont volé *du fromage* (COD) *à la cuisinière* (COS). • **2.** Le conférencier a projeté *un film* (COD) *que* (COD) les spectateurs ont beaucoup apprécié. • **3.** Brice a prêté *ses livres* (COD) *à un ami* (COS). • **4.** Nous *vous* (COS) présentons *nos excuses* (COD). • **5.** Je *lui* (COI) obéirai, promis.

EXPLICATION
Phrase 4 : le COS peut être placé avant un COD ou un COI.

4 Les compléments circonstanciels

1 1. Il faut que tu pardonnes *à Paul* ☒ CO ❑ CC. • **2.** Elle est sortie *à trois heures* ❑ CO ☒ CC. • **3.** Le garagiste répare *un moteur* ☒ CO ❑ CC. • **4.** Il marche *à pas pressés* ❑ CO ☒ CC. • **5.** Elsa mange *lentement* ❑ CO ☒ CC. • **6.** Grégoire travaille *pour vivre* ❑ CO ☒ CC.

EXPLICATION
Attention, la préposition *à* peut introduire un COI (1), un CC de temps (2), un CC de manière (4).

2 1. Le menuisier rabote la planche *avec minutie* (CC de manière) *pour qu'il ne reste aucune aspérité* (CC de but). • **2.** La cuisinière surveille son rôti *de crainte qu'il ne brûle* (CC de but). • **3.** Une fleur diurne est une fleur qui se ferme *la nuit* (CC de temps). • **4.** *En raison de la grève des transports* (CC de cause), l'ouvrier est arrivé en retard *à l'usine* (CC de lieu). • **5.** *Le 14 juillet prochain* (CC de temps), toute la famille part *au Maroc* (CC de lieu) *en avion* (CC de moyen).

EXPLICATION
Phrase 2 : *de crainte qu'il ne brûle* est bien un CC de but car cette proposition répond à la question *dans quel but ?* Il faut entendre : *La cuisinière surveille son rôti dans le but qu'il ne brûle pas.*

3 En septembre, les comédiens ont participé, avec passion, à un tournage pour une série télévisée, dans le sud de la France.

EXPLICATION
Les CC peuvent être déplacés : la phrase proposée n'est donc qu'une possibilité parmi d'autres.

5 La phrase négative

1 Il tenait à bail une petite ferme, toute petite, car ils n'étaient pas riches son père et lui. Ils vivaient péniblement, bien que Césaire fût un bon cultivateur. Mais ils ne possédaient ni assez de terres, ni assez de bétail pour gagner plus que l'indispensable. Le vieux ne travaillait plus. Perclus de douleurs, courbé, tordu, il s'en allait par les champs appuyé sur un bâton.

EXPLICATION
Dans une négation avec *ni... ni*, l'adverbe *pas* est omis mais la négation est totale.

2 **1.** J'ai envie de *quelque chose*. → Je n'ai envie de rien. • **2.** *Tout* lui plaît. → Rien ne lui plaît. • **3.** Vous avez *toujours* aimé les frites. • → Vous n'avez jamais aimé les frites. • **4.** Il a *une* idée. → Il n'a aucune idée. • **5.** Samuel a *encore* soif. → Samuel n'a plus soif. • **6.** Elle va *souvent* au cinéma. → Elle ne va pas souvent (ou guère) au cinéma. • **7.** Le vent *cesse* de souffler. → Le vent ne cesse (pas) de souffler. • **8.** Il y a *quelqu'un* à la maison. → Il n'y a personne à la maison.

3 Négation(s) totale(s) : phrase 7
Négations partielles : toutes les autres phrases

EXPLICATION
Dans la phrase 7, même si le mot *pas* est omis, la négation porte sur l'ensemble de la phrase : c'est une négation totale.

6 La phrase active et la phrase passive

1 Ma tante a organisé une grande fête pour son anniversaire. Elle a dressé la liste des invités. Toute la famille est invitée. Ma mère est désignée par mon oncle pour acheter le cadeau. La date est fixée à dimanche prochain.

2 **1.** Le vin est fait avec du raisin. • **2.** Autrefois, la France était gouvernée par les rois. • **3.** Un but a été marqué par le joueur. • **4.** La boussole a été inventée par les Chinois.

EXPLICATION
À la forme passive, les verbes se conjuguent avec l'auxiliaire *être* (conjugué au temps de la phrase active), suivi du participe passé.

3 **1.** Paris est traversé par la Seine. • **2.** Des vestiges ont été découverts par les archéologues. • **3.** Tous les marins naufragés ont été secourus. • **4.** Les rues ont été nettoyées par l'équipe d'entretien. • **5.** L'athlète qui triche n'est apprécié de personne.

EXPLICATION
Le complément d'agent est introduit le plus souvent par la préposition *par*, mais aussi parfois par *de* (phrase 5).

7 La phrase complexe (1)

1 **1.** Nous sommes descendus dans le salon et j'ai demandé à maman si on pouvait sortir jouer dans le jardin et maman a dit qu'il faisait trop froid, mais Louisette a fait le coup des paupières et elle a dit qu'elle voulait voir les jolies fleurs. • **2.** Alors, ma maman a dit qu'elle était un adorable poussin et elle a dit de bien nous couvrir pour sortir. • **3.** Il faudra que j'apprenne pour les paupières, ça a l'air de marcher drôlement, ce truc !

EXPLICATION
Observe le nombre important de propositions coordonnées par *et* ; cet effet de style a pour but d'imiter la façon de raconter d'un enfant : *on a fait... et... et... et...*

2 **1.** Huit • **2.** Trois • **3.** Trois

3 **1.** [Nous sommes descendus dans le salon] [et j'ai demandé à maman] [si on pouvait sortir jouer dans le jardin] [et maman a dit] [qu'il faisait trop froid,] [mais Louisette a fait le coup des paupières] [et elle a dit] [qu'elle voulait voir les jolies fleurs.] • **2.** [Alors, ma maman a dit] [qu'elle était un adorable poussin] [et elle a dit de bien nous couvrir pour sortir.] • **3.** [Il faudra] [que j'apprenne pour les paupières,] [ça a l'air de marcher drôlement, ce truc !]

EXPLICATION
Les propositions reliées par coordination ou par juxtaposition sont indépendantes : on pourrait les séparer pour en faire deux phrases, par exemple : *Nous sommes descendus dans le salon. J'ai demandé à maman...*

8 La phrase complexe (2)

1 [Il parle,] [mange] [et rit en même temps :] [cela ne se fait pas !] [Il exagère.]

2 **1.** Il lui a demandé si elle préférait dîner à la maison ou au restaurant. • **2.** Des gens cheminaient entre les champs. • **3.** Une personne, dont j'ai oublié le nom, m'a demandé de vos nouvelles. • **4.** Lorsque j'entends le tonnerre, je me réfugie sous les draps parce que je suis terrifiée. • **5.** Une joie exubérante et forte remplissait les cœurs et éclairait les visages.

EXPLICATION
- La phrase 2 est une phrase simple ; la phrase 5 est une phrase complexe constituée de deux propositions indépendantes coordonnées.
- Observe qu'une proposition subordonnée peut se placer avant la principale (4), après (1 et 4), ou être insérée dans la principale (3).

3 **1.** Elle connaît un parc où il y a une aire de pique-nique.
2. Si tu rencontres Jeanne, dis-lui bonjour de ma part.

EXPLICATION
Une proposition relative a une fonction : dans la phrase 1, elle est complément du nom *parc* ; dans la phrase 2, elle est complément circonstanciel de condition de la principale.

9 Les subordonnées relatives

1 Un petit sac de filet contenait les plus belles billes, qu'une à une l'on m'avait données et que je ne mêlais pas aux vulgaires. Et puis, dans un gros sac de toile, tout un peuple de billes grises qu'on gagnait, qu'on perdait, et qui servaient d'enjeu lorsque, plus tard, je pus trouver de vrais camarades de jeu. Un autre jeu dont je raffolais, c'était cet instrument de merveilles qu'on appelle kaléidoscope : une sorte de lorgnette qui, dans l'extrémité opposée à celle de l'œil, propose au regard une toujours changeante rosace, formée de mobiles en verres de couleur emprisonnés entre deux vitres translucides.

EXPLICATION
Lorsque, plus tard, je pus trouver de vrais camarades de jeu n'est pas une proposition subordonnée relative mais une proposition subordonnée conjonctive circonstancielle de temps.

2 **1.** qu' → billes **2.** que → billes **3.** qu' → billes **4.** qu' → billes **5.** qui → billes **6.** dont → jeu **7.** qu' → instrument **8.** qui → lorgnette

3 **1.** Ce sont des fleurs. Elles fanent vite. → Ce sont des fleurs qui fanent vite. • **2.** C'est un oranger. Ses fruits sont petits. → C'est un oranger dont les fruits sont petits. • **3.** C'est une plage. J'aime y aller. → C'est une plage où j'aime aller. • **4.** C'est un ami. Nous le voyons souvent. → C'est un ami que nous voyons souvent. • **5.** Ce sont des livres. J'y tiens énormément. → Ce sont des livres auxquels je tiens énormément. • **6.** C'est un livre. J'en ai entendu parler. → C'est un livre dont j'ai entendu parler.

EXPLICATION
Phrase 5 : *auxquels* est un pronom relatif composé ; il s'agit du pronom relatif *lequel* au masculin pluriel (*lesquels*) combiné avec la préposition *à* (*à* + *lesquels* = *auxquels*).

10 Les terminaisons de l'indicatif présent

1 **1.** Je *souris* (sourire) au photographe. • **2.** Je n'*envie* (envier) pas le sort de certains. • **3.** Tu te *confies* (confier) à tes amis. • **4.** Le ciel *noircit* (noircir) avant l'orage. • **5.** Tu *vis* (vivre) à la campagne ou en ville ? • **6.** Je *trie* (trier) mes affaires avant le déménagement.

EXPLICATION
Seuls les verbes du 1er groupe peuvent se terminer par -ie, -ies. Les verbes des 2e et 3e groupes peuvent se terminer par -is, -it : noircit, vis.

2 **1.** Le chirurgien ☒ effectue ☐ effectut une opération délicate. • **2.** Il ☐ conclue ☒ conclut son spectacle par un long monologue. • **3.** Le coureur ☒ accentue ☐ accentut son effort. • **4.** Tu ☐ exclues ☒ exclus cette possibilité. • **5.** Tu ☒ sues ☐ sus à grosses gouttes.

EXPLICATION
Seuls les verbes du 1er groupe peuvent se terminer par -ue, -ues. Seuls les verbes du 3e groupe peuvent se terminer par -us, -ut.

3 **1.** Tu *joues* (jouer) du saxophone. • **2.** Elle *échoue* (échouer) de peu à son examen. • **3.** Je *bous* (bouillir) de colère. • **4.** Il *coud* (coudre) aussi bien qu'une couturière. • **5.** Je *loue* (louer) son courage.

EXPLICATION
La terminaison -oud est réservée au verbe coudre et à ses dérivés (*découdre, recoudre*...) ; les autres verbes en -oudre prennent un -t à la 3e personne du singulier.

4 Très souvent, je déjeune dans un fast-food, et je pense pouvoir dire que, chaque jour, je grossis un peu plus. Mon diététicien, qui connaît ma gourmandise, me conseille de faire des efforts. Il me prescrit un régime sévère qui ne me réjouit pas du tout.

11 Les verbes *dire, faire, pouvoir* et *vouloir* à l'indicatif présent

1 **1.** je dis : nous disons **2.** il dit : ils disent **3.** tu veux : vous voulez **4.** il peut : ils peuvent **5.** tu fais : vous faites **6.** il fait : ils font

EXPLICATION
Aux 1re et 2e personnes du pluriel, les verbes pouvoir et vouloir se conjuguent respectivement sur les radicaux pouv- et voul-.

2 **1.** dis – peuvent – ~~disez~~ – fais • **2.** ~~voulont~~ – font – disent – pouvons • **3.** prenons – ~~fesons~~ – disons – peut • **4.** veux – ~~dirent~~ – peux – fait • **5.** dit – dites – pouvez – ~~faîtes~~ • **6.** disons – ~~veulons~~ – faisons – veulent

EXPLICATION
- On dit *vous dites* et non *vous disez*.
- On écrit *nous faisons* et non *nous fesons*.
- *Vous faites* ne prend pas d'accent circonflexe sur le i.

3 **1.** « S'il te plaît... apprivoise-moi ! » dit-il. « Je veux bien, répondit le petit prince, mais je n'ai pas beaucoup de temps. » • **2.** « Les serpents boas avalent leur proie tout entière, sans la mâcher. Ensuite, ils ne peuvent plus bouger et ils dorment pendant les six mois de leur digestion. » • **3.** Et je lançai : « Ça, c'est la caisse. Le mouton que tu veux est dedans. » • **4.** Alors, le petit prince remarqua gravement : « Ça ne fait rien, c'est tellement petit chez moi. » • **5.** « S'il s'agit d'une brindille de radis ou de rosier, on peut la laisser pousser comme elle veut. »

12 L'imparfait, le passé simple et le futur simple

1 Michel Strogoff, poussé par les gardes, s'approcha de la terrasse, et alors, dans cette langue tartare qu'il comprenait, Féofar lui dit : « Tu es venu pour voir, espion des Russes. Tu as vu pour la dernière fois. Dans un instant, tes yeux seront à jamais fermés à la lumière. » Ce n'était pas de mort mais de cécité qu'allait être frappé Michel Strogoff.

1. *s'approcha*, passé simple **2.** *comprenait*, imparfait **3.** *dit*, passé simple **4.** *es venu*, passé composé **5.** *as vu*, passé composé **6.** *seront*, futur **7.** *était*, imparfait **8.** *allait*, imparfait

EXPLICATION
Dans la partie narrative, le temps de base est le passé simple. On trouve aussi des imparfaits pour décrire l'arrière-plan du récit. Dans le discours direct, les verbes sont au futur simple et au passé composé.

2

	Présent	Imparfait	Futur simple	Passé simple
écrire (elle)	écrit	écrivait	écrira	écrivit
bondir (vous)	bondissez	bondissiez	bondirez	bondîtes
venir (je)	viens	venais	viendrai	vins
boire (il)	boit	buvait	boira	but
salir (tu)	salis	salissais	saliras	salis

13 Les temps composés de l'indicatif

1

- Il *a répondu* à ma lettre. → passé composé
- Tu *avais oublié* notre rendez-vous. → plus-que-parfait
- *Aurez*-vous *fini* avant demain ? → futur antérieur
- Les voisins *s'étaient plaints* du bruit. → plus-que-parfait
- L'été *est revenu*, avec sa chaleur harassante. → passé composé
- Quand il *fut sorti*, nous reprîmes le débat. → passé antérieur

EXPLICATION
Retiens bien les correspondances : *a répondu* est un passé composé car l'auxiliaire est au présent ; *avais oublié* est un plus-que-parfait car l'auxiliaire est à l'imparfait, etc.

2 **1.** Les citoyens ont élu le président de la République. • **2.** Quand elle aura dîné, elle pourra regarder la télévision. • **3.** Si vous l'aviez vu ! Il était splendide ! • **4.** Le paysage avait changé après l'orage. • **5.** Il a décliné mon invitation. • **6.** Je me réjouissais car tu étais revenu sain et sauf. • **7.** Le chat a bondi si vite que je n'ai pu l'attraper. • **8.** Ses cheveux ont éclairci avec le soleil.

14 La voix passive

1 Adèle a été attaquée par son chat. Au réveil, elle était couverte de griffures. C'est Adèle qui subit l'action.

2 **1.** Pendant les soldes, les vêtements sont vendus à prix réduits. → P • **2.** Ce sportif a grimpé les marches de la tour Eiffel sans s'arrêter une seule fois. → PC • **3.** La souris est poursuivie par le chat. → P • **4.** Avec cette chaleur, il a vendu tout son stock de bouteilles d'eau. → PC • **5.** Pierre est encore arrivé en retard. → PC • **6.** Le plastique est fabriqué à partir des dérivés du pétrole. → P • **7.** À Noël, les enfants sont couverts de cadeaux. → P

EXPLICATION
Les phrases 1, 6 et 7 sont à la voix passive, mais l'agent (celui qui fait l'action) n'est pas exprimé. Dans la phrase 3, également à la voix passive, l'agent (*le chat*) se trouve en position de complément d'agent, introduit par la préposition *par*.

3 **1.** La falaise est battue par les flots. • **2.** Elle fut surprise par sa réaction. • **3.** Ce roman a été tiré à mille exemplaires. • **4.** Nous sommes protégés par les vaccins. • **5.** Les graines étaient choisies par les agriculteurs. • **6.** Je pense que ton ami sera séduit par cet endroit.

15 L'impératif présent

1

- Évite de manger trop de chocolat. → conseil
- Prends le courrier. → ordre
- Appelle-moi quand tu veux. → proposition

2 **1.** manger → manges-en. • **2.** penser → penses-y. • **3.** aller → vas-y. • **4.** cueillir → cueilles-en.

EXPLICATION
Cueillir est un verbe du 3e groupe dont les terminaisons sont identiques à celles du 1er groupe (*-e*, *-ons*, *-ez*).

3 **1.** Il ne faut pas fumer. → Ne fumez pas. • **2.** Il faut savoir où sont les extincteurs. → Sachez où sont les extincteurs. • **3.** Il ne faut jamais encombrer les sorties de secours. → N'encombrez jamais les sorties de secours.

EXPLICATION
Une interdiction peut être formulée à l'aide d'un verbe à l'impératif, mais aussi d'autres manières : par exemple, pour la phrase 1, on aurait pu utiliser l'infinitif (*ne pas fumer*) ou la formule « interdiction de... » (*interdiction de fumer*).

4 • Pèle les oignons, la pomme de terre et les carottes. Puis découpe-les. • Dans la cocotte, fais revenir les légumes ensemble. Assaisonne. • Rajoute 1 litre d'eau bouillante. Fais cuire, puis mixe. La soupe est prête !

16 Le conditionnel présent

1

	Indicatif futur	Conditionnel présent
placer (nous)	placerons	placerions
courir (je)	courrai	courrais
jeter (tu)	jetteras	jetterais
dire (on)	dira	dirait
voir (je)	verrai	verrais

EXPLICATION
- Comme au futur, les verbes *courir et voir* doublent le *r* au conditionnel présent.
- Les verbes en *-eter* qui doublent le *t* au futur (comme *jeter*), le doublent également au conditionnel présent.

2 « Comme j'aimerais sortir de là ! » À ce moment, Alice se met à repenser à sa chatte Dinah qui est restée à la maison et elle se promet d'être très gentille avec elle dès qu'elle la retrouvera. « Je lui donnerai du lait tiède tous les matins, je lui fabriquerai une souris en chiffon. Oh, mon Dieu, que j'aimerais qu'elle soit ici avec moi, je pourrais lui parler ! »

EXPLICATION
• Les actions qu'Alice prévoit de faire dans l'avenir, quand elle retrouvera sa chatte, sont au futur.
• Le conditionnel est utilisé pour exprimer un souhait ou une action imaginée (*aimerais, pourrais*).

17 Le subjonctif présent

1 **1.** broyer : que je broie
2. sauter : que nous sautions
3. dormir : que tu dormes
4. finir : qu'il finisse
5. aller : qu'ils aillent
6. lire : que vous lisiez

EXPLICATION
Retiens la forme particulière du verbe aller au subjonctif présent : *que j'aille, que tu ailles, qu'il aille, que nous allions, que vous alliez, qu'ils aillent.*

2

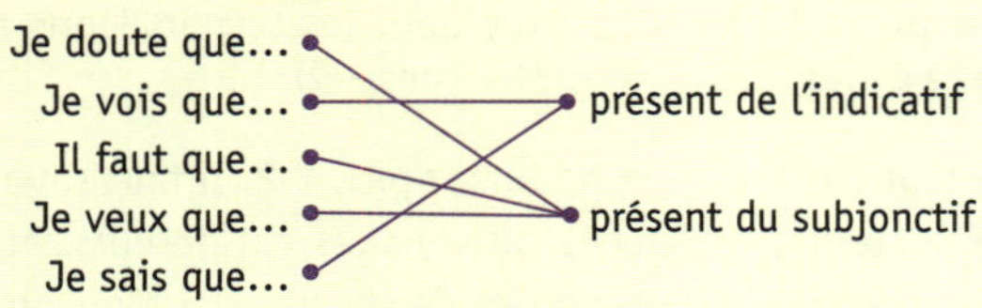

EXPLICATION
Les verbes *voir* et *savoir* introduisent une situation réelle (donc indicatif dans la subordonnée) ; le verbe *vouloir* exprime le souhait, le verbe *falloir*, l'obligation et le verbe *douter*, l'incertitude (donc subjonctif dans la subordonnée).

3 **1.** Je suis sûr que tu ☒ peux ☐ puisses courir plus vite. • **2.** Le pompier ☒ secourt ☐ secoure les blessés. • **3.** Il n'est pas certain qu'il ☐ a ☒ ait bien compris.

EXPLICATION
Les verbes d'opinion comme *être sûr, être certain* sont suivis de l'indicatif quand ils sont à la forme affirmative (phrase 1), du subjonctif quand ils sont à la forme négative (phrase 3).

18 Les formes verbales en *-ant*

1 Ulysse maniait l'arc, le retournant en tous sens, l'examinant sous tous les angles, craignant que les vers n'aient mangé la corne durant son absence.

2 **1.** Dans la cuisine se répandait une odeur de tarte aux pommes lui *rappelant* (P) son enfance. • **2.** C'est en *voyageant* (G) que l'on apprend. • **3.** Des résultats *satisfaisants* (A) qui sont *encourageants* (A). • **4.** Tout le monde avait remarqué cet énergumène *déambulant* (P) dans la rue.

EXPLICATION
Dans la phrase 3, on pourrait remplacer par : *des notes satisfaisantes* qui sont *encourageantes* : ce sont donc des adjectifs verbaux, qui s'accordent.

3

Verbe	Participe présent	Adjectif verbal
communiquer	communiquant	communicant
intriguer	intriguant	intrigant

EXPLICATION
Le participe présent est une forme verbale, il conserve donc le radical en entier : *communiqu-, intrigu-.*

19 Accorder le verbe avec son sujet

1

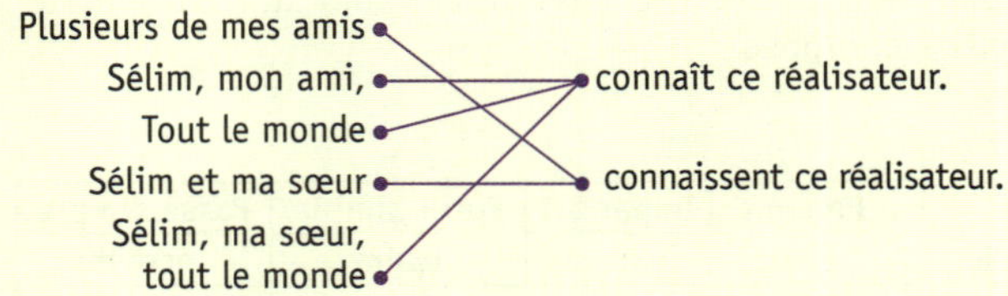

EXPLICATION
• L'expression *Sélim, mon ami,* ne forme qu'un seul sujet car il s'agit de la même personne.
• Quand le sujet est constitué d'une énumération reprise par un groupe de mots de sens collectif au singulier (*tout le monde*), le verbe est au singulier.

2 Lord Evandale possède cette sûreté que donnent une fortune imposante, un nom historique et une beauté parfaite. Cette année-là, accompagné d'un savant et d'un médecin, il visitent l'Égypte ; c'est vers les rochers de la funèbre vallée des Rois qu'ils se dirigent lorsque brusquement entre en scène un nouveau personnage. Il s'agit d'un grec, Argyropoulos, entrepreneur de fouilles, qui a découvert l'entrée d'un tombeau. Sa connaissance des lieux et sa grande expérience lui ont permis de trouver une tombe où personne jusqu'à présent n'est entré.

EXPLICATION
Les sujets des verbes *donnent, se dirigent* et *entre* sont inversés (ils sont placés après les verbes).

20 Reconnaître un participe passé en *-é*

1 Arrivés dans la cour d'honneur, nous nous sommes séparés ; mais, par suite du même chemin qu'avait pris notre pensée, nous nous sommes rencontrés de nouveau devant la porte de la chambre du père Jacques. Nous avons trouvé le vieux serviteur au lit et constaté tout de suite que les effets qu'il avait jetés sur une chaise étaient dans un état lamentable. Ce n'était certainement pas en aidant à transporter le cadavre du garde et en allant chercher une lanterne aux cuisines que le père Jacques avait arrangé de la sorte ses chaussures et trempé ses habits.

EXPLICATION
• Le participe passé sert à former les temps composés : il est donc le plus souvent précédé par l'auxiliaire *avoir* ou *être* (sommes *séparés*, avait *pris*, sommes *rencontrés*, avons *trouvé*, avait *jetés*, avait *arrangé*).
• L'auxiliaire peut être sous-entendu : *arrivés, constaté, trempé.*

2 **1.** J'ai regardé un bon film à la télévision. • **2.** Je dois ranger la maison avant son retour. • **3.** Ne criez pas trop fort, je vous prie, pour ne pas effrayer les oiseaux. • **4.** Tu as travaillé dur pour y arriver. • **5.** Elle l'a photographié pendant qu'il dormait. **6.** Le chat va s'installer sur le canapé. • **7.** Vous jouez pendant des heures dans le jardin. • **8.** Je dois remplacer l'ampoule qui a grillé.

21 Reconnaître un participe passé en *-i* ou en *-u*

1 **1.** La lionne ☐ nourrie ☒ nourrit ses petits.
2. Il ☐ voulu ☒ voulut intervenir.
3. Le malade, enfin ☒ guéri ☐ guérit, retrouve ses forces.
4. Le notaire a ☒ inclus ☐ inclut cette clause dans le contrat.
5. Tu as ☒ menti ☐ mentis à tout le monde.
6. Il n'a pas ☒ su ☐ sut me dire où tu étais.
7. Il n'a pas ☒ appris ☐ apprit sa leçon.

EXPLICATION
Phrase 3 : *guéri* est un participe utilisé comme adjectif.
Phrase 4 : le participe passé masculin singulier du verbe *inclure* est *inclus* ; il constitue une exception (normalement, les participes passés en *-u* s'écrivent *-u* au masculin singulier, et non *-us*).

2 **1.** L'oiseau prit son envol. • **2.** L'ébéniste vernit un meuble ancien. • **3.** Il s'aperçut qu'il avait omis d'acheter le journal. • **4.** Le candidat apprit qu'il avait réussi, ce qui l'emplit de joie. • **5.** Il but avec plaisir un café en terrasse. • **6.** Ta visite matinale m'a surpris. • **7.** L'air a fraîchi en fin de journée.

3 **1.** Les vacanciers furent *pris* dans un embouteillage. • **2.** Il *dut* s'arrêter pour souffler. • **3.** Le médicament *prescrit* ne *fit* pas l'effet *prévu* • **4.** Ce matin, la voiture n'a pas *voulu* démarrer, et je *vis* le moment où j'allais être en retard à mon rendez-vous *pris* la veille avec mon banquier. • **5.** Cet œillet *flétri* doit être jeté. • **6.** La campagne *reverdit* chaque printemps. • **7.** Il *voulut* intervenir dans la discussion, mais il ne *sut* que dire de plus pour faire avancer le débat.

EXPLICATION
Pour connaître la terminaison d'un participe passé en *-i*, mets-le au féminin : par exemple, on écrit *pris*, *prescrit*, car au féminin on dit *prise*, *prescrite*.

22 Accorder un participe passé

1 Les mains de Soledad avaient ☐ descendues ☒ descendu et avaient ☒ découvert ☐ découverts ses yeux ☐ rempli ☒ remplis de larmes. Un instant, elle avait ☐ pressée ☒ pressé sur son visage la grappe de raisin ; puis d'un geste vif et doux à la fois, elle l'avait ☒ portée ☐ porté à sa bouche.

EXPLICATION
Le participe passé *portée* s'accorde avec son COD (mis pour *la grappe de raisin*).

2 **1.** Sandrine est *allée* au cinéma ce week-end.
→ Bob et moi sommes allés au cinéma ce week-end.
2. J'ai *lu* tous les livres de la bibliothèque.
→ Les élèves ont lu tous les livres de la bibliothèque.
3. L'ami que j'ai *rencontré* l'été dernier m'a *invité* chez lui. → Les amis que j'ai rencontrés l'été dernier m'ont invité chez eux.
4. Mon oncle a *visité* la tour Eiffel ; il est *monté* par l'ascenseur, a *admiré* la vue de Paris et est *redescendu* par l'escalier. → Cette touriste a visité la tour Eiffel ; elle est montée par l'ascenseur, a admiré la vue de Paris et est redescendue par l'escalier.

EXPLICATION
• Modifier le genre et le nombre du sujet entraîne de nouveaux accords pour les participes passés employés avec *être*.
• Modifier le genre et le nombre du COD entraîne de nouveaux accords pour les participes passés employés avec *avoir* si ces COD sont placés avant le verbe.

23 Accorder un adjectif

1 Elle avait un large chapeau de paille, avec des rubans roses qui palpitaient au vent. Ses bandeaux noirs, contournant la pointe de ses grands sourcils, semblaient presser amoureusement l'ovale de sa figure. Sa robe de mousseline claire, tachetée de petits pois, se répandait à plis nombreux.

EXPLICATION
Claire et *tachetée* s'accordent au féminin singulier avec le nom *robe*.

2 **1.** un fruit mûr → des fruits mûrs • **2.** un repas délicieux → des repas délicieux • **3.** un plat régional → des plats régionaux • **4.** un accident fatal → des accidents fatals

3 Des ballons, il y en avait de toutes les couleurs : des bleu pâle, des jaune citron, des cerise, des ocre, des vert olive et des roses.

EXPLICATION
L'ocre est un colorant minéral naturel, jaune brun ou rouge : cet adjectif de couleur étant dérivé d'un nom, il reste invariable.

24 Distinguer *es, est, ai, aie, aies, ait*

1 **1.** Je ne sais pas si tu ☐ ai ☒ es ☐ est au courant, mais il ☐ ai ☐ es ☒ est très malade. • **2.** J'aimerais qu'il ☐ est ☐ aie ☒ ait de meilleures notes. • **3.** C'☐ es ☒ est ☐ ait toi qui ☐ ai ☒ es ☐ est responsable de cette situation. • **4.** Bien qu'il y ☐ est ☐ ai ☒ ait du brouillard, il ☒ est ☐ es ☐ ait possible d'apercevoir ma maison en contrebas.

2 **1.** Nous avons appris qu'ils sont arrivés les premiers. Vous êtes au courant ? → J'ai appris qu'il est arrivé le premier. Tu es au courant ?
2. Il faut que nous ayons un peu d'avance pour passer les contrôles. → Il faut qu'il ait un peu d'avance pour passer les contrôles.

EXPLICATION
Quand tu hésites, tu peux remplacer la personne du singulier par une personne du pluriel : ainsi, tu entendras s'il s'agit du verbe *être* ou du verbe *avoir*, et s'il s'agit de l'indicatif ou du subjonctif.

3 J'ai désormais un nouveau téléphone : mon père m'a donné le sien. Du coup, j'ai décidé d'utiliser mes économies pour m'équiper d'un nouveau lecteur mp3. J'ai donné rendez-vous à ma sœur devant le magasin pour qu'elle m'aide à choisir. Mais

elle s'est trompée d'itinéraire et est arrivée avec une demi-heure de retard. Je l'ai accueillie avec mauvaise humeur :
« Il est 18 h 30, ai-je répété trois fois.
— Je suis déjà bien gentille d'être venue jusqu'ici, a-t-elle rétorqué. Et il faudrait que j'aie des remords parce que j'ai un peu de retard ? Tu es incroyable !
— Cette course est peut-être sans importance pour toi, lui ai-je répondu, mais demain je voyage, et si je n'ai pas de musique, je vais m'ennuyer !
— Je te rappelle que tu peux aussi écouter de la musique sur ton nouveau téléphone !

EXPLICATION
Quand tu hésites, conjugue à l'imparfait : si tu peux remplacer par *avais*, il s'agit du verbe *avoir* ; si tu peux remplacer par *étais/était*, il s'agit du verbe *être*.

25 Tenir compte des lettres muettes

1 **1.** aboyer : un aboiement **4.** bégayer : un bégaiement
2. payer : un paiement **5.** renier : un reniement
3. rapatrier : un rapatriement **6.** éternuer : un éternuement

EXPLICATION
Note que le y de l'infinitif devient i devant un e muet.

2 **1.** sanguin : le sang **3.** planter : un plant
2. l'outillage : un outil **4.** blanchir : le blanc

EXPLICATION
Chercher un mot de la même famille peut t'aider à deviner la présence d'un grand nombre de lettres finales muettes.

3 **1.** un *cou* de girafe – un coup de téléphone • **2.** *Hou* ! je suis un fantôme. – une branche de houx • **3.** un *seau* à glace – au saut du lit • **4.** Le *tan* sert à préparer le cuir. – Je n'ai pas le temps. • **5.** Cela va de *soi*. – Cette étoffe, c'est de la soie. • **6.** Il est rejeté, mis au *ban*. – Les amoureux s'embrassent sur les bancs publics.

4 **1.** une améthyste **4.** de la rhubarbe
2. une pastèque (sans *h*) **5.** un luthier
3. une anthologie **6.** un dahlia

EXPLICATION
Le mot dahlia a pour origine le nom d'un botaniste suédois : Dahl.

26 Distinguer les différents sens d'un mot

1 **1.** une carte à jouer ; la carte d'un restaurant ; une carte routière • **2.** une danseuse étoile ; une étoile lumineuse ; avoir sa première étoile • **3.** un champ de blé ; un champ de bataille ; un champ d'investigation

EXPLICATION
Un mot polysémique peut avoir plusieurs sens propres et plusieurs sens figurés.

2 **1.** C'est une boisson *amère* (P). • **2.** Ses opinions montrent l'*étroitesse* (F) de son esprit. • **3.** La *fleur* (P) du pissenlit est comestible. • **4.** J'ai une pensée *amère* (F). • **5.** Elle est dans la *fleur* (F) de l'âge. • **6.** Cette rue est impraticable pour les voitures à cause de son *étroitesse* (P). • **7.** La vache est un animal qui *rumine* (P). • **8.** Il *rumine* (F) de vieilles histoires.

3 Agitée, enfiévrée, Isabelle ouvrit la fenêtre pour éteindre, à la fraîcheur de la nuit, les feux de ses joues et de son front.

4 **1.** une note de musique ; une note en maths
2. des gerbes de fleurs ; des gerbes d'étincelles
3. débiter du bois ; débiter des bêtises
4. essuyer la vaisselle ; essuyer un échec

EXPLICATION
- Brasser des millions, c'est posséder, gérer beaucoup d'argent.
- Débiter des bêtises, c'est dire des bêtises de manière continue (comme une machine qui débite du bois).
- Au sens figuré, essuyer (un échec, un refus) a le sens de « subir ».

27 Distinguer des homonymes

1 **1.** Clara n'arrive pas à passer le fil dans le ☐ chat ☒ chas de l'aiguille. • **2.** Mon ☒ cher ☐ chaire ami, nous avons fait bonne ☒ chère ☐ chair aujourd'hui. • **3.** Il pense en son ☐ fort ☒ for intérieur qu'il a tort. • **4.** Je ne me souviens plus de la ☒ date ☐ datte de son anniversaire. • **5.** Soyez tranquille, c'est un homme ☒ sensé ☐ censé.

EXPLICATION
Dans l'expression faire bonne chère, le mot *chère* désigne la nourriture en général et non seulement la viande (*chair*) comme on pourrait le penser en se trompant d'homonyme.

2 **1.** coup – il coud **4.** pair – elle perd
2. rond – elle rompt **5.** mou – elle moud
3. pain – elle peint **6.** prix – elle prie

EXPLICATION
Les mots homonymes peuvent appartenir à des classes grammaticales différentes.

3 **1.** L'affaire est passée devant la cour de justice. • **2.** Pour préparer le marathon, il court deux heures par jour. • **3.** Ce collégien ne va plus au cours de sport car il est dispensé. • **4.** Julien fait une cour assidue à Marie depuis plusieurs mois. • **5.** Mon grand-père est un amateur de chasse à courre.

EXPLICATION
Attention à ne pas confondre cour et cours : *la cour du collège* mais *un cours de français*.

4 **1.** Les patients de ce médecin vont devoir être patients car il y a beaucoup de monde dans la salle d'attente. • **2.** Même si mon grand-père ne voit plus aussi bien qu'avant, il a repéré la voie ferrée avant nous. • **3.** Samia a deux passions en ce moment : son petit chat tigré et le chat sur Internet avec ses amis.

EXPLICATION
Seuls *chat* (l'animal) et *chat* (discussion) se prononcent différemment ; le mot *chat* (sur Internet) se prononce « tchat » : c'est à l'origine un mot anglais qui signifie « bavardage ».

28 Utiliser des synonymes

1 1. lieu → endroit
2. vitesse → rapidité
3. cesser → arrêter
4. forcer → contraindre
5. content → heureux
6. captif → prisonnier
7. têtu → entêté
8. peur → crainte

EXPLICATION
Des mots synonymes peuvent appartenir à la même famille : têtu – entêté (famille de *tête*).

2

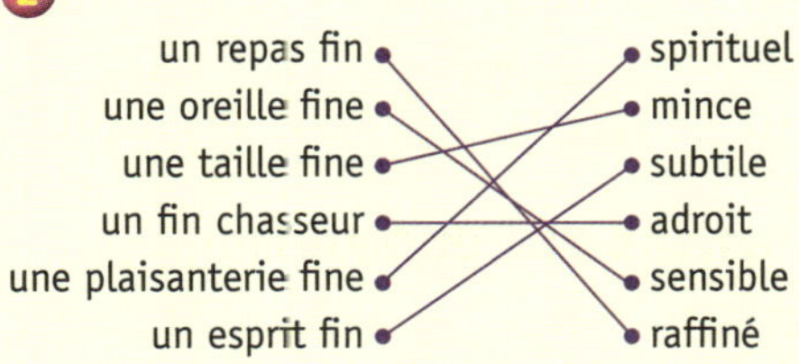

EXPLICATION
Deux mots peuvent être synonymes dans un certain contexte et ne pas l'être dans un autre ; par exemple, *mince* et *fin* sont synonymes si l'on parle d'une « taille », mais ils ne sont pas synonymes lorsqu'on parle d'un « chasseur ».

3 1. déluge – averse – ondée → ondée, averse, déluge • 2. effrayant – inquiétant – troublant → troublant, inquiétant, effrayant

EXPLICATION
Les nuances d'intensité entre les synonymes permettent de s'exprimer avec précision et ainsi d'être mieux compris par ses interlocuteurs ou ses lecteurs.

4 1. audace – culot – effronterie → effronterie, audace, culot • 2. ficher le camp – prendre congé – s'en aller → prendre congé, s'en aller, ficher le camp • 3. se grouiller – se dépêcher – se hâter → se hâter, se dépêcher, se grouiller

EXPLICATION
Le choix du synonyme doit aussi respecter le niveau de langage, qui dépend de la situation d'énonciation (qui parle ? à qui ? dans quelles circonstances ?).

29 Former un antonyme

1 1. occident → orient
2. lâcheté → courage
3. ami → ennemi
4. acceptation → refus
5. gain → perte
6. hausse → baisse

EXPLICATION
L'orient, c'est l'est ; l'occident, c'est l'ouest.

2 1. sensible → insensible
2. beau → laid
3. juste → faux
4. privé → public
5. reposant → fatigant
6. nomade → sédentaire

EXPLICATION
On oppose les peuples sédentaires, qui vivent à un endroit fixe, aux peuples nomades, qui se déplacent.

3 1. construire → détruire
2. enrichir → appauvrir
3. lever → baisser
4. vendre → acheter
5. défendre → attaquer
6. arriver → partir

4 1. beaucoup → peu
2. hier → demain
3. peut-être → certainement
4. jamais → toujours
5. facilement → difficilement
6. lentement → vite

5 1. inspirer → expirer
2. enterrer → déterrer
3. monoculture → polyculture
4. matériel → immatériel
5. limité → illimité
6. prénatal → postnatal

EXPLICATION
Il faut ajouter un préfixe de sens négatif (il-, im-...) ou remplacer le préfixe d'origine par un préfixe de sens contraire (mono-/poly-...).

6 J'ai de l'antipathie pour mes ennemis. Je souhaite leur échec à l'examen de début d'année. Pourvu que les épreuves soient difficiles.

30 Reconnaître une famille de mots

1 1. armure, armement, armée ; radical : arm-. • 2. campement, champêtre, décamper ; radical : camp- et champ-. • 3. charnu, acharnement ; radical : charn-.

EXPLICATION
Les mots de la famille de *chair* (*carnis* en latin) ont deux radicaux : *charn-* (*charnu*, *acharnement*) ou *carn-* (*carnivore*, *incarner*).

2

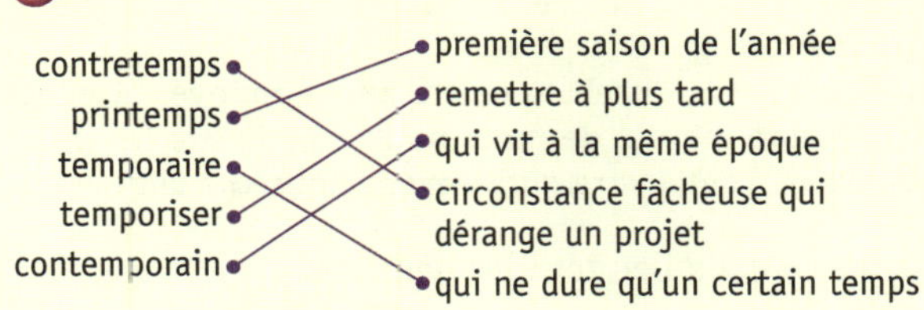

EXPLICATION
▸ Le suffixe -iser sert à former des verbes.
▸ Le préfixe prin- signifie ici « premier » (*printemps* = « premier temps de l'année ») ; con- signifie « ensemble ».

3 Dérivation : sonnette, parapluie, dégoût
Composition : pourboire, portemanteau, terre-plein, bonhomme

EXPLICATION
Les mots obtenus par composition n'ont pas nécessairement un trait d'union : ils peuvent être soudés comme *pourboire*, *portemanteau*, *bonhomme*.

4

Nom	Verbe	Adjectif	Adverbe
ouverture	ouvrir	ouvert	ouvertement
grandeur	grandir	grand	grandement
bruit	bruire	bruyant	bruyamment

EXPLICATION
Bruire ne s'emploie qu'à l'infinitif et à la 3e personne du singulier et du pluriel ; l'adjectif *bruyant* vient de l'ancien participe présent de ce verbe.

31 Reconnaître les préfixes

1 Préfixes d'origine latine : aqua-, péd-, omni-, centi-.
Préfixes d'origine grecque : anti-, para-, péri-, photo-.

EXPLICATION
De nombreux mots sont construits avec ces préfixes : *pédestre, photosynthèse, paratonnerre, antinucléaire, aquagym, omniscient, centilitre, périphrase*...

2

Définition	Mot	Préfixe	Sens du préfixe
Récipient en verre pour les poissons.	aquarium	aqua-	eau
Actionner les pédales d'une bicyclette.	pédaler	péd-	pied
Phare utilisé par temps de brouillard.	antibrouillard	anti-	contre
Objet qui protège de la pluie.	parapluie	para-	contre
Ligne qui délimite le contour d'une figure.	périmètre	péri-	autour
Qui mange de tout.	omnivore	omni-	tout
Centième de mètre.	centimètre	centi-	cent
Obtenir une image par la photographie.	photographier	photo-	lumière

EXPLICATION
- *Photo-* signifie « lumière » : la photographie est un procédé de reproduction qui fonctionne grâce à la lumière.
- *Omnivore* est composé du préfixe *omni-* (= tout) et du suffixe *-vore* (= qui mange).
- Le préfixe *anti-* est probablement le plus employé : il peut servir à créer une infinité de mots nouveaux. Parmi les plus récents, on trouve : *antiguerre, antisismique, antisèche, antitabac*...

3 **1.** bisannuel : qui a lieu tous les deux ans.
2. polymorphe : qui peut avoir plusieurs formes.
3. omniprésent : qui est présent partout.

32 Reconnaître les suffixes

1 Mots formés à l'aide d'un suffixe grec : géographies, géographe. Quel est le sens de ce suffixe (*-graphe*) ? Écrire.

EXPLICATION
- *Géo-* signifie *Terre* : la géographie est donc « ce qu'on écrit sur la Terre » ; le géographe est « celui qui écrit sur la Terre ».
- Le verbe grec *graphein* signifie « écrire ».

2 **1.** C'est un passionné des courses de chevaux, il va chaque dimanche à l'hippodrome. • **2.** Le suspect est accusé d'avoir tué un homme, mais on ne sait pas s'il s'agit d'un homicide volontaire ou involontaire. • **3.** Deux mots qui ont un sens voisin sont des synonymes. • **4.** Il installe de nouveaux rayonnages dans la bibliothèque pour ranger ses livres. • **5.** Comme l'homme, l'autruche marche sur ses deux pieds, c'est un bipède. • **6.** Une figure qui possède six côtés est un hexagone. • **7.** Je m'intéresse à la culture des jardins et je suis allé à une exposition horticole.

EXPLICATION
Tous ces mots sont formés d'un suffixe précédé d'un préfixe de la même origine : *hippo-* (cheval), *homi-* (homme), *biblio-* (livre), *bi-* (deux), *horti-* (jardin)... L'association des deux révèle le sens du mot.

3

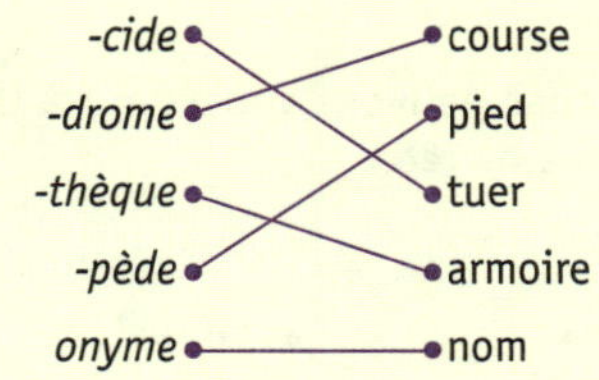

33 Utiliser le temps qui convient dans un récit

1 **1. a.**

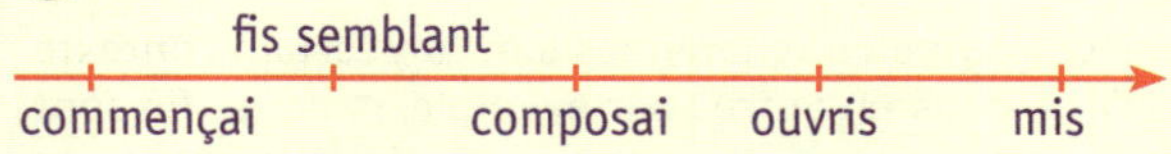

b. Ces verbes sont au passé simple.
c. Il y a trois verbes à l'imparfait dans cet extrait : était, prenait, faisait.
Ils permettent de décrire les circonstances de l'action.
2. a. Le temps de base du récit est le passé simple.
b. Le verbe surligné en jaune est au conditionnel présent (futur du passé).

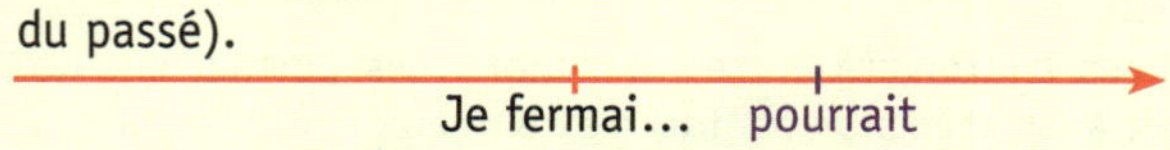

c. Les verbes surlignés en bleu sont au plus-que-parfait.

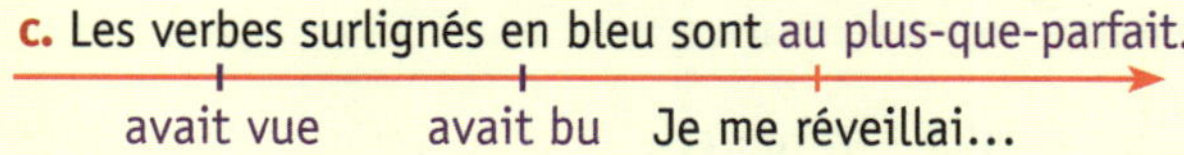

EXPLICATION
Les actions successives du narrateur, qui forment le premier plan du récit – *voulus, fermai, m'endormis, me réveillai* – sont exprimées par des verbes au passé simple. Le passé simple est en effet le temps de base du récit.

3. Le soir suivant, j'ai voulu faire la même épreuve. J'ai donc fermé ma porte à clef pour être certain que personne ne pourrait pénétrer chez moi. Je me suis endormi et je me suis réveillé comme chaque nuit. On avait bu toute l'eau que j'avais vue deux heures plus tôt.
4. Par exemple, pour l'option 1.
Le week-end dernier, j'ai eu l'occasion de faire la connaissance d'une cousine plus âgée que moi puisqu'elle a vingt-huit ans. Elle était de retour en France, après plusieurs années passées à Haïti au sein d'une organisation humanitaire. Elle m'a raconté le terrible séisme qui s'est produit début 2010 et qui a fait des centaines de milliers de morts et plus d'un million de sans-abri. Très ému, je l'ai interrogée sur sa vie là-bas. Cette discussion a eu beaucoup d'effets sur moi. Depuis, je communique régulièrement

par mail avec ma cousine qui est repartie pour une autre mission en Bolivie. Je lis plus souvent des articles en ligne sur des pays en difficulté. Et il se pourrait bien que, plus tard, j'aie moi aussi le projet de me consacrer aux autres.

34 Rapporter des paroles

1 Un garçon âgé d'une trentaine d'années se montra et salua.
« [Vous êtes français et vous vous nommez John ?] Lui demanda Phileas Fogg.
— [Jean, n'en déplaise à monsieur,] répondit le nouveau venu, [Jean Passepartout, un surnom qui m'est resté, et que justifiait mon aptitude naturelle à me tirer d'affaire. Or, me trouvant sans place et ayant appris que Monsieur Phileas Fogg était l'homme le plus exact et le plus sédentaire du Royaume-Uni, je me suis présenté chez monsieur avec l'espérance d'y vivre tranquille.]
— [Passepartout me convient,] répondit le gentleman. [Vous m'êtes recommandé. J'ai de bons renseignements sur votre compte. Vous connaissez mes conditions ?]
— [Oui, monsieur.]
— [Bien. Quelle heure avez-vous ?]
— [Onze heures vingt-deux,] répondit Passepartout, en tirant des profondeurs de son gousset une énorme montre d'argent.
— [Vous retardez,] dit M. Fogg.
— [Que monsieur me pardonne, mais c'est impossible.]
— [Vous retardez de quatre minutes. N'importe. Il suffit de constater l'écart. Donc, à partir de ce moment, onze heures vingt-neuf du matin, ce mercredi 2 octobre 1872, vous êtes à mon service.] »
Cela dit, Phileas Fogg se leva, prit son chapeau de la main gauche, le plaça sur sa tête avec un mouvement d'automate et disparut sans ajouter une parole.

EXPLICATION
Dans les passages au discours direct, les verbes sont au présent de l'énonciation.

2 **a.** Les verbes soulignés dans le texte ci-dessus sont au passé simple. • **b.** Il fallait encadrer : les tirets, les guillemets (voir le texte ci-dessus). • **c.** Deux. Phileas Fogg, un gentleman anglais, et Passepartout, qui va devenir son domestique. • **d.** Phileas Fogg est un homme extrêmement ponctuel et précis, jusqu'à en paraître maniaque. Il est d'un caractère résolu et prend rapidement ses décisions.

EXPLICATION
Dans ce texte, observe que les verbes qui introduisent le discours direct sont soit placés après les paroles (*Vous êtes français et vous vous nommez John ? lui demanda Phileas Fogg*), soit insérés dans les paroles (*Jean, n'en déplaise à monsieur, répondit le nouveau venu, Jean Passepartout*…).

3 Chaque soir, quand il revenait de l'école, son père lui demandait :
« Qu'est-ce que tu as fait, aujourd'hui ?
— Je suis allé à l'école, répondait-il timidement.
— Petit imbécile ! Tu avais fait tes devoirs ? le questionnait-il d'un air soupçonneux.
— Oui, papa, répliquait-il.
— Petit crétin ! Tu savais tes leçons ? insistait-il, perdant déjà patience.
— Oui, papa, répétait-il.
— Petit malheureux ! Au moins, j'espère que tu t'es dissipé ? demandait-il avec une lueur d'espoir.
— Ben…, murmurait-il un peu honteux.
— As-tu battu tes petits camarades ? hasardait-il avec dépit.
— Non, papa, répondait-il, tout penaud.
— As-tu seulement pensé à mettre des punaises sur le siège du maître pour qu'il se pique le derrière ? se désolait-il.
— Non, papa.
— Mais alors, qu'est-ce que tu as fait ? implorait-il, désespéré.
— Eh bien, j'ai fait une dictée, deux problèmes, un peu d'histoire, de la géographie…, commençait-il à énumérer.
— Qu'est-ce que j'ai bien pu faire à la Terre pour avoir un enfant pareil ? », se lamentait-il.

EXPLICATION
- Il peut y avoir plusieurs propositions possibles ; l'important est de montrer une progression dans le désespoir croissant du père, de manière que la dernière réplique prenne tout son sens.
- Note que les sentiments des personnages sont exprimés soit directement par des verbes de parole : *implorait-il*, *se lamentait-il*… soit par des verbes plus neutres associés à un complément circonstanciel de manière : *répondait-il timidement*…

35 Distinguer auteur et narrateur

1

	Extrait 1	Extrait 2
Qui est l'auteur de ce texte ?	G. Flaubert	G. Leroux
De quel genre de texte s'agit-il ?	roman	roman
À quelle personne sont les pronoms ?	3e personne	1re personne
Qui sont les personnages de l'histoire ?	Madame Bovary	Rouletabille, les concierges
Le narrateur est-il un personnage ? Si oui, lequel ?	Non	Oui : Rouletabille
Le narrateur s'identifie-t-il à l'auteur ?	Non	Non

	Extrait 3	Extrait 4
Qui est l'auteur de ce texte ?	M. Tournier	Ovide
De quel genre de texte s'agit-il ?	récit autobiographique	récit mythologique
À quelle personne sont les pronoms ?	1re personne	3e personne
Qui sont les personnages de l'histoire ?	Michel Tournier, les jeunes détenus	Dédale, Icare
Le narrateur est-il un personnage ? Si oui, lequel ?	Oui : Michel Tournier	Non
Le narrateur s'identifie-t-il à l'auteur ?	Oui	Non

EXPLICATION
- Dans les extraits 1 et 4, le narrateur est extérieur à l'histoire (récits à la 3e personne).
- Dans l'extrait 3, qui est un récit autobiographique, auteur et narrateur se confondent (récit à la 1re personne).

▸ Dans l'extrait 2, le narrateur est Rouletabille, un des personnages de l'histoire (récit à la 1re personne) ; dans ce cas, le personnage-narrateur est souvent le héros. Comme on peut le voir ici, le fait que le récit soit mené à la 1re personne ne signifie pas forcément qu'auteur et narrateur se confondent.

2 — Levez-vous, dit le professeur.
Je me levai ; ma casquette tomba. Toute la classe se mit à rire. Je me baissai pour la reprendre. Un voisin la fit tomber d'un coup de coude, je la ramassai encore une fois. Il y eut un rire éclatant des écoliers qui me décontenança, si bien que je ne savais s'il fallait garder ma casquette à la main, la laisser par terre ou la mettre sur ma tête.

EXPLICATION
Il fallait remplacer les pronoms de la 3e personne ainsi que la reprise nominale *ce pauvre garçon* (on ne parle pas ainsi de soi-même) par les pronoms de la 1re personne ; il fallait également changer les déterminants possessifs et accorder les verbes avec leurs nouveaux sujets.

36 Décrire

1 **a.** Un paysan, le maître du troupeau de taureaux.
b. ☒ physique ☐ moral
2 **a.** et **b.** ses oreilles → velues et grandes comme celles d'un éléphant ; ses yeux → de chouette ; sa bouche → fendue comme celle d'un loup ; ses dents → de sanglier, aiguës et brunes ; sa silhouette → le menton soudé à la poitrine, une longue échine bossue
c. L'auteur compare le paysan à différents animaux : roncin, éléphant, chouette, chat, loup, sanglier. Il veut donner du personnage une image négative : celle d'un être effrayant et si laid qu'il en est à peine humain.

3 **a.** Éléments du premier plan → l'attelage (mule tirant une charrette) – un nain – le chevalier Lancelot – un homme à cheval, à visage découvert • Éléments de l'arrière-plan → un autre homme à cheval – une colline plantée d'un arbre
b. Le fond de l'arrière-plan ne représente pas un décor naturel (paysage, ciel…). Il nous renvoie à une tapisserie médiévale.
c. Au premier plan de cette image se trouve une charrette conduite par un nain. Dans cette charrette est assis le chevalier Lancelot, le heaume fermé, l'écu dressé, empli de honte certainement. Derrière lui, un homme vêtu de bleu, visage découvert, monte un cheval fauve et semble observer tristement la scène. Au second plan, un chevalier en armure monte un autre cheval avec pour fond une campagne symbolique. Le décor, une tapisserie, fait songer à un ciel constellé.

EXPLICATION
▸ En général, l'arrière-plan présente le décor, les personnages occupant plutôt le premier plan.
▸ Il y a plusieurs descriptions possibles, l'important est de faire apparaître avec précision tous les éléments de l'image (personnages, décor…) et d'essayer d'indiquer l'effet produit.

MATHÉMATIQUES

Cette partie te propose un **entraînement guidé** sur les principales notions du programme de 5e :

La partie comprend aussi :

1 Respecter les priorités

Comment utiliser les règles de priorité des opérations ?

- En l'absence de parenthèses, on effectue les **multiplications** et les **divisions** avant les **additions** et les **soustractions**.
  Exemples :
  $a = 2 + 3 \times 5 = 2 + 15 = 17$ $b = 15 \times 3 - 8 \div 2 = 45 - 4 = 41.$
- S'il n'y a que des multiplications et des divisions, on effectue les calculs dans l'ordre, de **gauche à droite** :
  $c = 3 \times 4 \div 5 \times 2 = 12 \div 5 \times 2 = 2{,}4 \times 2 = 4{,}8.$

★ 1 Priorité de × sur +

$a = 4 \times 4 + 4 \times 4 =$ (4x4)+(4x4)

$b = 4 + 4 \times 4 + 4 =$ 4+(4x4)+4

$c = 4 + 4 \times 4 \times 4 =$ 4+(4x4x4)

$d = 6 + 6 \times (6 \times 6 + 6) =$ 6+(6x6x6)+6

COUP DE POUCE
Pour *d*, effectue d'abord les calculs à l'intérieur des parenthèses.

★ 2 La chasse aux fausses

Parmi les égalités suivantes, certaines sont fausses. Corriger alors le second membre.

a. $3 \times 9{,}2 + 0{,}2 - 1 = 26{,}8$ ✓

b. $5 \times 0{,}7 - 0{,}7 = 0$ ✓

c. $67 + 3 \times 100 = 7\,000$ ✗ 367

d. $15 \div 3 + 2 - 2 = 1$ ✗ 5

★ 3 Trop, c'est trop !

Dans les expressions suivantes, rayer les parenthèses inutiles puis effectuer le calcul.

$a = ((3 \times 7) + (7 \times 8)) =$ (3x7)+(7x8)

$b = (5 + 4) + (5 \times 4) =$ 5+4+(5x4)

$c = 11 \times (8 \times 9) =$ 11x8x9

$d = 2 + (9 - (7 + 1)) =$ 2+9-7+1

★★ 4 Avec 2 016

Compléter les cases avec l'un des signes +, −, × pour que les égalités soient vraies.

0 = 2 [×] 0 [×] 1 [−] 6 2 = 2 [ ] 0 [ ] 1 [ ] 6

6 = 2 [−] 0 [−] 1 [×] 6 7 = 2 [ ] 0 [ ] 1 [ ] 6

8 = 2 [ ] 0 [ ] 1 [ ] 6 9 = 2 [ ] 0 [ ] 1 [ ] 6

COUP DE POUCE
Exemple :
7 = 2 + 0 − 1 + 6.
Cette réponse n'est pas unique.

5 **Bien barrer**

Barrer les expressions qui ne sont pas égales à 15.

$a = 5 + 4 + 3 \times 2 \times 1$ ~~$b = 5 + 4 \times 3 + 2 \times 1$~~ ~~$c = 5 + 4 \times 3 \times 2 + 1$~~

6 **Suppression**

Supprimer une paire de parenthèses dans les expressions suivantes pour que les égalités soient vraies.

$a = (9 + 5) \times (8 + 2) = 114$ $b = (9 + 5) \times (8 + 2) = 59$ $c = 2 + 3 \times ((5 + 2) \times 4) = 41$

7 **Traduction**

Écrire sous forme de calculs « en ligne » puis effectuer :

a. le produit de 3 par la somme de 7 et 9.

....

b. la somme de 16 et du produit de 4 par 5.

....

c. la somme des produits de 13 par 11 et de 14 par 19.

....

8 **Périmètre et aire**

a. Calculer le périmètre de cette figure.

....

....

....

b. Calculer son aire. ....

....

....

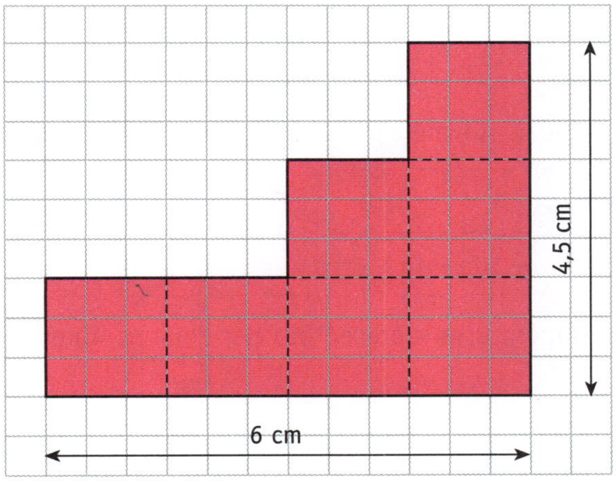

9 **Calcul d'un périmètre**

Calculer, à 0,1 cm près, le périmètre de cette figure.

....

....

....

....

....

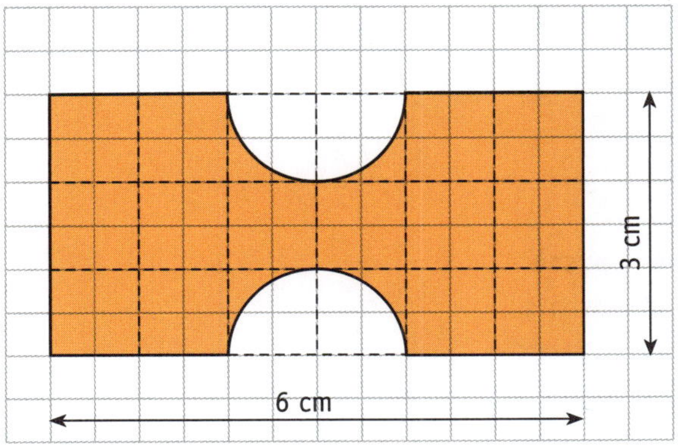

COUP DE POUCE

Vérifie, dans le formulaire de géométrie page 115, la formule du périmètre d'un cercle.

Corrigés p. 116

2 Utiliser des nombres relatifs

Où rencontre-t-on des nombres relatifs ?

Exemples de nombres relatifs

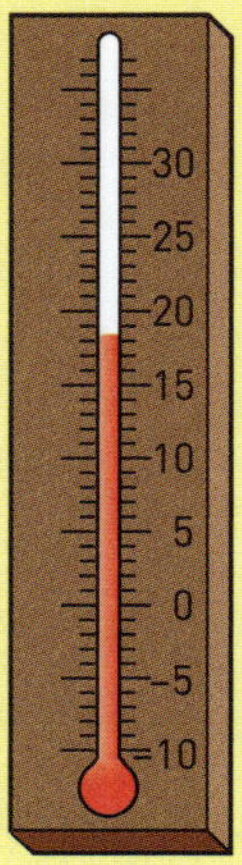

Sur ce thermomètre, on peut lire des **nombres relatifs.**

nombres positifs (supérieurs à zéro) — nombres **de signe +** (mais souvent écrits sans le signe)

nombres négatifs (inférieurs à zéro) — nombres **de signe –**

Zéro est à la fois **positif et négatif.**

Nombres relatifs opposés

Les nombres – 2 et + 2 sont opposés.
+ 4,3 et – 4,3 sont aussi des nombres opposés ; etc.
L'opposé de 0 est 0.

– 5 et + 3 sont de signes contraires mais ne sont pas opposés.

★ 1 Le thermomètre

a. Compléter le tableau suivant, en observant le thermomètre.

Niveau du liquide	A			F	H			R	U
Température (°C)	+ 10	+ 40	0			– 4	– 6		

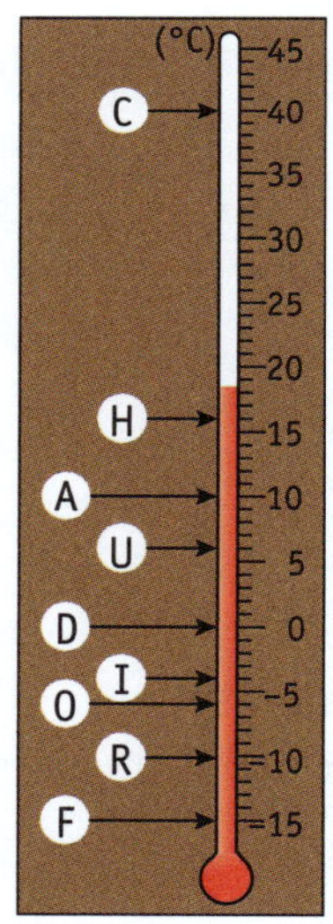

b. Donner deux températures représentées par deux nombres relatifs opposés.

....

c. Donner deux températures de signes contraires mais non opposées.

....

★ 2 Trouver la phrase fausse

a. + 5 et + 8 sont positifs.
b. – 2 et – 9 sont négatifs.
c. 3 et – 4 sont de signes contraires.
d. 30 et – 30 sont opposés.
e. 2 et – 3 sont opposés.

La phrase fausse est : ....

ATTENTION
Ne confonds pas « opposés » et « de signes contraires ».

3 Altitudes et profondeurs

Dans le tableau suivant placer le signe + ou le signe – devant chaque altitude (une profondeur est une altitude négative).

Mer Rouge	Mont Blanc	Mer Baltique	Pic du Vignemale	Col Bayard	Mer Adriatique	Mer Noire
.... 3 040 m	.... 4 807 m	.... 470 m	.... 3 298 m	.... 1 248 m	.... 1 260 m	.... 2 245 m

4 Avant ou après Jésus-Christ

Une date comme 200 avant Jésus-Christ peut se noter par le nombre négatif – 200.
Une date comme 400 après Jésus-Christ peut se noter par le nombre positif + 400.
Dans le tableau suivant placer le signe + ou le signe – devant chaque date.

Fondation légendaire de Rome par Romulus	Bataille de Marignan	Bataille d'Alésia	Les Hébreux quittent l'Égypte sous la conduite de Moïse	Fin de la Grande Guerre	Naissance de Jésus-Christ
.... 753	.... 1 515	 52	.... 1 440	.... 1 918	 0

INFO
Zéro est à la fois positif et négatif.

MATHS

5 Opposés

Compléter le tableau.

5			–10	52,7		– 8		0	
– 5	– 2	1,8			+ 85		+ 3,6		–1,1

Opposé

6 Petits matins frais

a. Pendant ses 7 jours de vacances en montagne, Julien a relevé les températures à 8 h du matin. Il a tracé le graphique ci-contre. Compléter le tableau suivant.

Jour	1	2	3	4	5	6	7
Température (°C)							

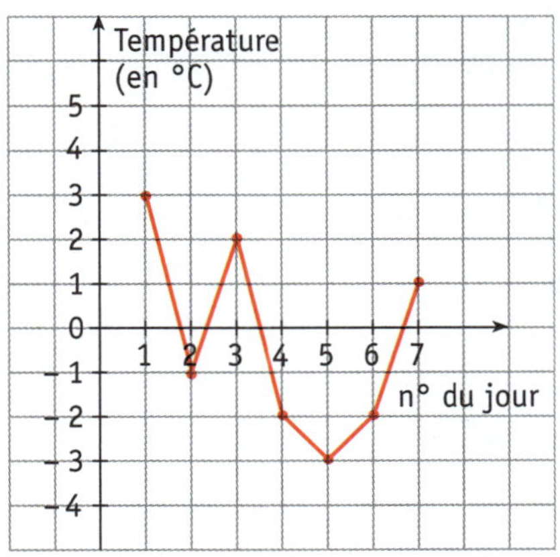

INFO
Lis les températures sur l'axe vertical. Les températures négatives sont représentées par des points situés en dessous de l'axe des abscisses.

b. En même temps que Julien, Norman a relevé, dans une autre station, les températures suivantes :

Jour	1	2	3	4	5	6	7
Température (°C)	– 3	– 2	2	5	0	1	– 1

Représenter cette suite de températures sur le graphique ci-dessus (avec une autre couleur).

Corrigés p. 116-117

Plus d'exercices sur www.hatier-entrainement.com

3 Comparer des nombres relatifs

Comment comparer des nombres relatifs ?

Rangement des nombres entiers relatifs

$-7 < -6 < -5 < -4 < -3 < -2 < -1 < 0 < 1 < 2 < 3 < 4 < 5 < 6 < 7$

Comparaison de deux nombres...

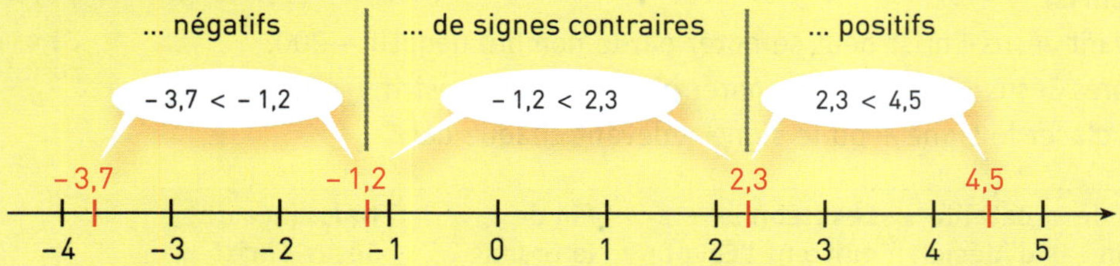

- Tout nombre **positif** est **supérieur ou égal à 0.**
- Tout nombre **négatif** est **inférieur ou égal à 0.**
- Tout nombre **positif** est **supérieur ou égal** à tout nombre **négatif.**

1 Comparaisons (1)

Compléter avec $<$, $=$ ou $>$.

a. 6 3	**d.** – 3 3,1	**g.** 8,2 ..... – 1,2	**j.** 0 6,3
b. – 32 ..... – 26	**e.** – 8 ..... – 8	**h.** 18,7 ..... – 18,7	**k.** 5,4 ..... – 5,4
c. – 7 ..... – 89	**f.** – 12 18	**i.** 0,6 ..... – 1	**l.** – 35 0,1

> **INFO**
> $a < b$ se lit :
> « a est strictement inférieur à b ».

2 Comparaisons (2)

Compléter avec $\leqslant$ ou $\geqslant$.

a. 119 47	**d.** – 3,51 ..... – 3,52	**g.** 8 0	**j.** 0 0
b. 5,34 3,44	**e.** – 6 ..... – 6	**h.** – 3,46 ..... – 3,56	**k.** – 2 ..... – 135
c. 0 ..... – 5	**f.** – 6 0	**i.** – 2,31 2,31	**l.** 0,01 0,1

> **INFO**
> $a \leqslant b$ se lit :
> « a est inférieur ou égal à b ».
> Remarque :
> $a \leqslant a$ et
> $a \geqslant a$ aussi.

3 Bien entourées

Entourer les phrases vraies.

a. $-1{,}3 < -6{,}7$	**d.** $0 < 131$	**g.** $-8 \leqslant 0$	**j.** $0 \geqslant 0$
b. $-3 \leqslant 24$	**e.** $0 \leqslant -1{,}8$	**h.** $2 < -3$	**k.** $0{,}1 > -79$
c. $-1\,995 > -8$	**f.** $8{,}5 \leqslant 0$	**i.** $-1{,}2 \leqslant -1{,}3$	**l.** $-6 \leqslant -6$

4 Devinette

Quel est le nombre x tel que : $x \leqslant -7$ et $x \geqslant -7$? ....

> **INFO**
> « et » signifie
> « à la fois ».

5 Trouver les erreurs

Parmi les inégalités suivantes, certaines sont fausses. Les rayer.

a. – 3,21 ⩽ – 3,201

b. – 2,91 ⩾ – 3,27

c. – 8,34 ⩽ – 8,43

d. – 3,5 ⩽ – 12

e. 8,66 ⩾ 8,56

f. – 5,73 ⩽ – 4,99

6 Ordre croissant

Ranger dans l'ordre croissant les nombres suivants.

12,3 ; – 2,31 ; 1,23 ; – 3,12 ; 3,21 ; – 1,32.

....

INFO
Dans l'ordre croissant signifie : du plus petit au plus grand.

7 Ordre décroissant

Ranger dans l'ordre décroissant les nombres suivants.

1,001 ; – 0,101 ; 10,01 ; – 11 ; 0,011 ; – 10,01.

....

INFO
Dans l'ordre décroissant signifie : du plus grand au plus petit.

8 Dans l'Antiquité

Nous vivons actuellement aux environs de l'an 2000 après J.-C.
Ranger dans l'ordre croissant quelques dates voisines de l'an 2000 avant J.-C.
– 2010 ; – 1992 ; – 2002 ; – 1999 ; – 1997 ; – 2000.

....

9 Coincés

Donner la liste des nombres entiers relatifs compris entre – 3,99 et 4,99.

....

10 Encadrements

Encadrer les nombres suivants par deux entiers relatifs consécutifs.

a. .... < 2,1 < ....

b. .... < 10,5 < ....

c. .... < – 5,8 < ....

d. .... < – 10,5 < ....

e. .... < – 0,2 < ....

f. .... < – 3,14 < ....

COUP DE POUCE
Exemples d'encadrements :
2 < 2,4 < 3
avec 2 et 3 consécutifs.
– 6 < – 5,7 < – 5
avec – 6 et – 5 consécutifs.

11 Les thermomètres

L'alcool gèle à – 112 °C et bout à 78 °C. Le mercure gèle à – 39 °C et bout à 357 °C.
Dans quel intervalle de températures peut-on utiliser indifféremment des thermomètres à alcool ou à mercure ?

....

....

....

COUP DE POUCE
Représente les intervalles sur une droite graduée.

MATHS

Corrigés p. 117

4 Additionner des nombres relatifs

Comment additionner des nombres relatifs ?

Addition de deux nombres de même signe

Exemples : (+ 4,5) + (+ 2,3) = + 6,8

(− 4,5) + (− 2,3) = − 6,8

On additionne 4,5 et 2,3 et on donne à la somme le signe des deux nombres.

Addition de deux nombres de signes contraires

Exemples : (+ 4,5) + (− 2,3) = + 2,2

On met + car 4,5 > 2,3

On calcule 4,5 − 2,3 = 2,2

(− 4,5) + (+ 2,3) = − 2,2

On met − car 4,5 > 2,3

Cas particulier de deux nombres opposés

La somme de deux nombres opposés est égale à zéro.

Exemple : (+ 4) + (− 4) = 0

1 Additions de deux termes

a = (− 3) + (+ 5) = ... *d* = 26 + (− 4,5) = ... *g* = 1 + (− 99) = ...

b = 6 + (− 8) = ... *e* = − 2 + (− 4) = ... *h* = 1,5 + (− 3) = ...

c = 0 + 5 = ... *f* = − 0,1 + (− 0,3) = ... *i* = 15 + (− 15) = ...

INFO
Habituellement on écrit 17 au lieu de (+ 17).

2 Additions en chaînes

a = −1 + (− 4) + 6 = ...

b = 4 + (− 5,5) + 1 = ...

c = − 3 + (− 2) + (−10) + 20 = ...

d = 8 + 1 + (− 9) + 0 + (− 4) = ...

e = 100 + (−10) + 1 + (−1 000) = ...

f = − 5 + 7 + 5 + (− 7) = ...

ATTENTION
Tu peux vérifier avec une calculatrice. Mais comment tapes-tu un nombre négatif sur ta calculatrice ?

3 Grille de nombres

Compléter la grille.

+	− 4	− 3,2	− 7	0	2	5,6	7	4,8
− 5,6								
− 8								
− 2,7								
− 0,5								

4 Le damier

Compléter chaque case blanche en y inscrivant la somme des nombres marqués sur les 4 cases voisines en couleur.

		0		0		0		
	7		− 2		1		4	
0		− 8		0		3		0
	6		0		3		6	
0		3		4		− 6		0
	4		1		− 4		− 1	
0		− 6		6		8		0
	1		− 2		− 9		− 5	
		0		0		0		

COUP DE POUCE

Exemple :

	−4	
6	**−2**	3
	−7	

car
$-4+3+(-7)+6$
$=-2$

5 Chassez l'intrus

L'une de ces quatre sommes n'est pas égale aux autres. Laquelle ? ....

$a = -3 + (-8) + 3 + 5$

$b = -6 + (-1) + 4$

$c = -9 + 16 + (-10)$

$d = 10 + (-2) + (-5)$

6 Les deux égales

Parmi ces sommes, il y en a deux qui sont égales. Lesquelles ? ....

$a = 7 + (-4) + 0 + (-8)$

$b = 10 + (-3) + (-9) + 2$

$c = -3 + (-5{,}1) + (-0{,}9) + 8$

$d = 6{,}3 + 5{,}2 + (-3{,}5) + (-9)$

7 Avec le geste auguste du « sommeur »

$a = (-1) + 2 + (-3) + 4 + (-5) + 5 + (-4) + 3 + (-2) + 1 =$ ....

....

$b = (-10) + 9 + (-8) + 7 + (-6) + 5 + (-4) + 3 + (-2) + 1 =$ ....

....

$c = (-1) + 2 + (-3) + 4 + (-5) + 6 + (-7) + 8 =$ ....

....

COUP DE POUCE

Observe avant de calculer !

Corrigés p. 118

5 Soustraire des nombres relatifs

Comment soustraire des nombres relatifs ?

Pour soustraire, on ajoute l'opposé :
$x - y = x + \text{opp}(y) = x + (-y)$

Exemples :
- $(+5{,}3) - (-3{,}2) = (+5{,}3) + (+3{,}2) = 8{,}5$
- $(-1{,}2) - (+9{,}5) = (-1{,}2) + (-9{,}5) = -10{,}7$
- $4 - 7 = 4 + (-7) = -3$
- $(-5) - (-5) = -5 + 5 = 0$
- $(+9) - (-9) = 9 + 9 = 18$
- $0 - 8 = 0 + (-8) = -8$

★ 1 Premières soustractions

$a = 7 - 2 =$ ....

$b = 7 - (-3) =$ ....

$c = -2 - (-7) =$ ....

$d = 2 - 7 =$ ....

$e = -3 - 7 =$ ....

$f = -7 - (-2) =$ ....

$g = 1 - 2\,000 =$ ....

$h = -103 - 7 =$ ....

$i = 13 - 213 =$ ....

$j = 0 - (-5) =$ ....

★ 2 Carrés magiques

Compléter les carrés magiques suivants.

a.

– 4	– 5	
	– 3	
	– 1	

b.

– 2		– 6
		4
		2

c.

		2,4
	0,3	
– 1,8		1

INFO

Dans un carré magique, la somme des nombres situés sur une ligne, sur une colonne ou sur une diagonale, est toujours la même.

Exemple :

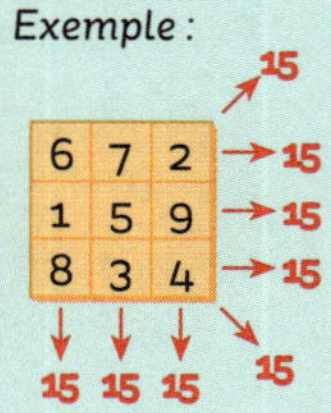

★★ 3 Grillades

Compléter les grilles suivantes.

a.

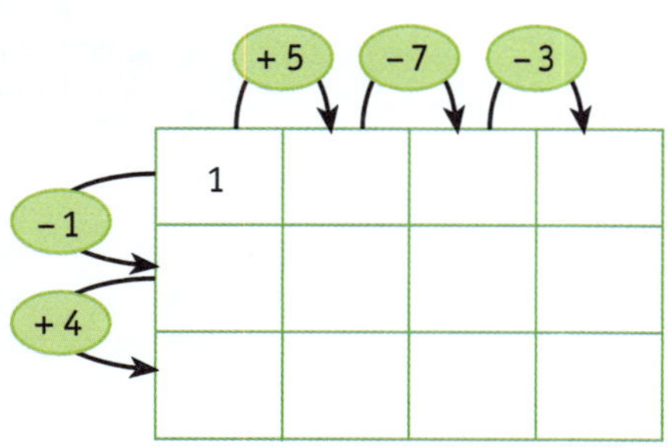

b.

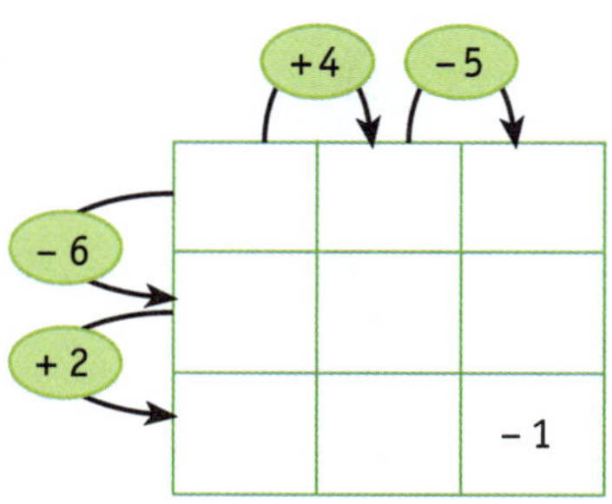

INFO

On ajoute 5.

On soustrait 7.

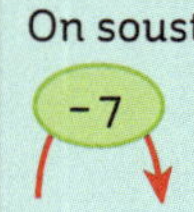

c.

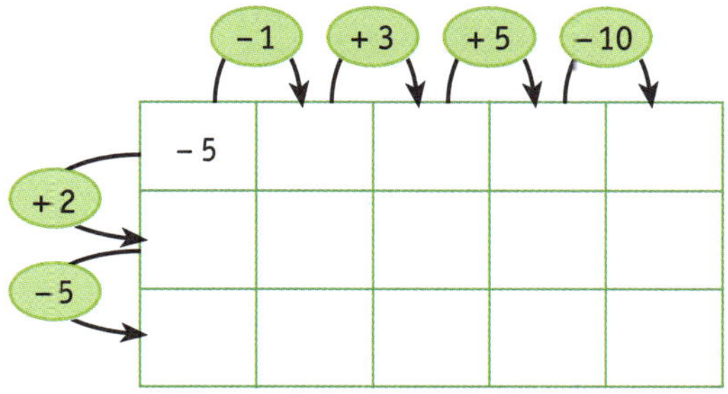

d.

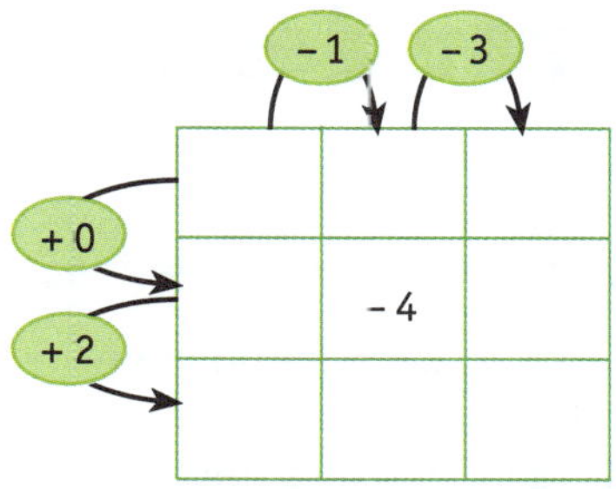

Comment calculer une expression ?

Pour calculer une expression, on peut appliquer la démarche suivante :
- effectuer les calculs à l'intérieur des parenthèses,
- transformer les soustractions en additions,
- effectuer les additions.

Exemple :
$(7 - 5) + (2 - 3) - (-8 + 5 + 1)$
$= 2 + (-1) - (-2)$
$= 2 + (-1) + (+2)$
$= 3$

★ 4 Additions et soustractions (1)

Calculer les expressions suivantes.

$a = -12 + (-4) - 3 =$ ....

$b = 8{,}2 - 4{,}1 + (-6{,}1) =$ ....

$c = (-22) + (-40) - (-50) =$ ....

$d = (+33) - (-44) + (-22) - (+55) =$ ....

★ 5 Additions et soustractions (2)

Calculer les expressions suivantes.

$a = (7 - 4) + (3 - 8) =$ ....

$b = (-6 + 4) + (35 - 13{,}5) =$ ....

$c = (5 - 7{,}5 + 1) - (2 + 7 - 3) =$ ....

$d = (200 - 2\,000) + (2\,000 - 20\,000) =$ ....

COUP DE POUCE
Effectue d'abord les calculs entre parenthèses.

★ 6 En somme, on ne peut s'y soustraire

Calculer les expressions suivantes.

$a = (-5 - 4) - (-3 - 2) =$ ....

$b = 9 - (11 - 4 + 5) =$ ....

$c = (-6 + 2 - 14) + (2 - 3) - (8 - 13) =$ ....

Corrigés p. 118-119

6 Comparer des fractions

Comment changer l'écriture d'une fraction ?

- En multipliant ou en divisant par un même nombre (non nul) le numérateur et le dénominateur d'une fraction, on obtient une **fraction égale** à la première fraction.

$$\frac{k \times a}{k \times b} = \frac{a}{b} \qquad \frac{k}{k} = 1$$

- **Cette propriété permet de...**
  - **Simplifier** une fraction

$$\frac{56}{40} = \frac{8 \times 7}{8 \times 5} = \frac{7}{5}$$

On a simplifié par 8

  - **Remplacer** une fraction par une autre fraction de même valeur mais ayant un autre dénominateur

$$\frac{2}{3} = \frac{?}{12}$$

Réponse : $\frac{2}{3} = \frac{2 \times 4}{3 \times 4} = \frac{8}{12}$

  - **Supprimer** des virgules dans un quotient

$$\frac{7}{0{,}25} = \frac{7 \times 100}{0{,}25 \times 100} = \frac{700}{25} = 28 \quad \text{et} \quad \frac{6{,}1}{34{,}7} = \frac{6{,}1 \times 10}{34{,}7 \times 10} = \frac{61}{347}$$

★ 1 Simplifications

Simplifier les fractions suivantes.

$a = \frac{4}{6} = \frac{2 \times 2}{2 \times 3} = \frac{....}{....}$ $\quad b = \frac{2}{20} = \frac{.... \times ....}{.... \times ....} = \frac{....}{....}$ $\quad c = \frac{6}{12} = \frac{....}{....}$ $\quad d = \frac{25}{35} = \frac{....}{....}$

★ 2 Fractions égales

Compléter.

$a = \frac{7}{4} = \frac{7 \times ....}{4 \times ....} = \frac{....}{12}$

$b = \frac{8}{5} = \frac{.... \times ....}{.... \times ....} = \frac{....}{20}$

$c = \frac{3}{20} = \frac{.... \times ....}{.... \times ....} = \frac{21}{....}$

$d = \frac{25}{35} = \frac{.... \times 5}{.... \times ....} = \frac{....}{7} = \frac{.... \times ....}{.... \times ....} = \frac{....}{14}$

COUP DE POUCE
Multiplie le numérateur et le dénominateur par un **même** nombre.

★ 3 Même dénominateur (1)

Écrire des fractions égales à A et à B et ayant un même dénominateur.

a. $A = \frac{17}{8} = \frac{....}{....}$ et $B = \frac{8}{4} = \frac{....}{....}$ $\qquad$ **b.** $A = \frac{31}{100} = \frac{....}{....}$ et $B = \frac{4}{10} = \frac{....}{....}$

★ 4 Même dénominateur (2)

Même exercice avec :

a. $A = \frac{2}{3} = \frac{....}{....}$ et $B = \frac{3}{2} = \frac{....}{....}$ $\qquad$ **b.** $A = \frac{7}{6} = \frac{....}{....}$ et $B = \frac{7}{10} = \frac{....}{....}$

COUP DE POUCE
a. Prends 6 pour dénominateur commun.
b. Prends 30 pour dénominateur commun.

★ 5 Chasse aux virgules

Écrire les quotients suivants avec des dénominateurs entiers.

$a = \frac{3{,}6}{7{,}49} = ...$ $\qquad b = \frac{48}{0{,}009} = ...$ $\qquad c = \frac{3{,}14}{2{,}2} = ...$

Comment comparer des fractions ?

- Des fractions de même dénominateur sont rangées dans l'ordre de leurs numérateurs.

  Exemple : $\frac{12}{23} < \frac{15}{23}$

- Pour comparer deux fractions, on les écrit avec un même dénominateur.

6 Comparaisons (1)

Compléter avec < ou >.

a. $\frac{25}{16}$ ..... $\frac{31}{16}$

b. $\frac{31}{17}$ ..... $\frac{30}{17}$

c. $\frac{20}{100}$ ..... $\frac{19}{100}$

d. $\frac{89}{100}$ ..... $\frac{850}{1\,000}$

7 Comparaisons (2)

Compléter avec < , > ou = en ayant d'abord modifié la première fraction.

a. $\frac{13}{3} = \frac{....}{....}$ ..... $\frac{24}{6}$

b. $\frac{4}{10} = \frac{....}{....}$ ..... $\frac{31}{100}$

c. $\frac{155}{500} = \frac{....}{....}$ ..... $\frac{312}{1\,000}$

d. $\frac{11}{5} = \frac{....}{....}$ ..... $\frac{55}{25}$

> **COUP DE POUCE**
> Écris les deux fractions avec le même dénominateur.

8 Rangement

a. Compléter les égalités suivantes.

$\frac{3}{4} = \frac{....}{12}$ $\frac{1}{2} = \frac{....}{12}$ $\frac{2}{3} = \frac{....}{12}$

b. Ranger dans l'ordre croissant les six fractions suivantes : $\frac{10}{12}$; $\frac{7}{12}$; $\frac{11}{12}$; $\frac{3}{4}$; $\frac{1}{2}$; $\frac{2}{3}$.

....

c. Vérifier en utilisant une valeur approchée de chaque fraction.

....

> **COUP DE POUCE**
> **b.** Utilise les résultats du **a.**

9 Fractions d'un carré

Chaque partie coloriée est une fraction du carré. Indiquer cette fraction au-dessus de chaque figure et ranger ces fractions dans l'ordre croissant.

A = ... *B* = ... *C* = ... *D* = ... *E* = ... *F* = ...

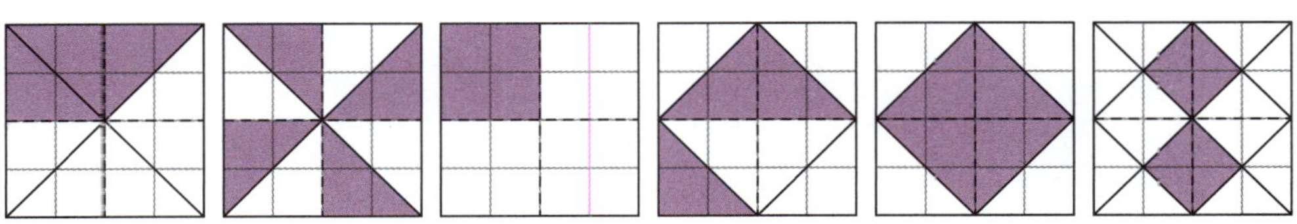

....

....

MATHS

Corrigés p. 119-120

7 Additionner et soustraire des fractions

Comment additionner et soustraire des fractions ?

- **Dans le cas où les deux fractions ont le même dénominateur :**

Exemples : $\frac{2}{7}+\frac{4}{7}=\frac{2+4}{7}=\frac{6}{7}$ | $\frac{13}{9}-\frac{8}{9}=\frac{13-8}{9}=\frac{5}{9}$

Pour additionner deux fractions de même dénominateur, on ajoute les numérateurs et on garde le dénominateur commun.

Remarque : parfois on peut simplifier.

$\frac{5}{12}+\frac{3}{12}=\frac{5+3}{12}=\frac{8}{12}=\frac{2\times 4}{3\times 4}=\frac{2}{3}$ | $\frac{11}{4}-\frac{3}{4}=\frac{11-3}{4}=\frac{8}{4}=2$

- **Dans le cas où un dénominateur est multiple de l'autre :**

Exemples : $\frac{4}{7}+\frac{5}{14}=\frac{4\times 2}{7\times 2}+\frac{5}{14}=\frac{8}{14}+\frac{5}{14}=\frac{13}{14}$

$\frac{4}{7}-\frac{5}{14}=\frac{4\times 2}{7\times 2}-\frac{5}{14}=\frac{8}{14}-\frac{5}{14}=\frac{3}{14}$

On transforme $\frac{4}{7}$ pour avoir un dénominateur commun.

★ 1 Avec le même dénominateur

Calculer et, si possible, simplifier.

a. $\frac{1}{5}+\frac{2}{5}=$ ....

b. $\frac{4}{7}-\frac{2}{7}=$ ....

c. $\frac{2}{15}+\frac{4}{15}=$ ....

d. $\frac{17}{15}-\frac{2}{15}=$ ....

★ 2 Même exercice

a. $\frac{5}{10}+\frac{3}{10}=$ ....

b. $\frac{17}{25}-\frac{12}{25}=$ ....

c. $\frac{21}{24}+\frac{8}{24}=$ ....

d. $\frac{27}{8}-\frac{3}{8}=$ ....

★ 3 Avec un dénominateur multiple de l'autre

Calculer et, si possible, simplifier.

a. $\frac{3}{10}+\frac{2}{100}=$ ....

b. $\frac{2}{100}-\frac{6}{1000}=$ ....

c. $\frac{1}{3}+\frac{1}{6}=$ ....

d. $\frac{3}{4}-\frac{5}{8}=$ ....

4 Même exercice

a. $\frac{5}{77} + \frac{4}{7} =$ ....

b. $\frac{5}{10} - \frac{1}{2} =$ ....

c. $\frac{5}{6} + \frac{1}{3} =$ ....

d. $\frac{13}{20} - \frac{2}{5} =$ ....

5 Avec des entiers

Calculer.

a. $1 + \frac{1}{4} =$ ....

b. $3 - \frac{2}{3} =$ ....

c. $\frac{2}{3} + 5 =$ ....

d. $7 - \frac{5}{4} =$ ....

COUP DE POUCE

- $1 = \frac{a}{a}$
- $a = \frac{a}{1}$

MATHS

6 Avec des tableaux

Compléter les tableaux. Simplifier les résultats, si possible.

a.

a	$\frac{7}{25}$		$\frac{4}{5}$	$\frac{9}{14}$	$\frac{5}{4}$	
b	$\frac{4}{25}$	$\frac{4}{31}$	$\frac{2}{10}$	$\frac{2}{7}$	$\frac{3}{4}$	$\frac{2}{5}$
a + b		$\frac{11}{31}$				$\frac{11}{5}$

b.

a	$\frac{7}{25}$	$\frac{5}{24}$		$\frac{14}{5}$	$\frac{9}{4}$	$\frac{2}{3}$
b	$\frac{4}{5}$		$\frac{4}{6}$	$\frac{13}{20}$	$\frac{21}{16}$	
a + b		$\frac{1}{3}$	$\frac{11}{3}$			$\frac{13}{18}$

7 Le budget des Pensatou

Compléter la case vide par une fraction.

....

....

....

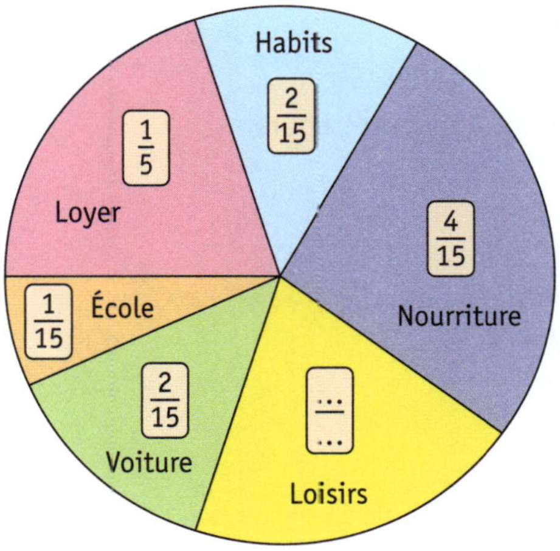

Corrigés p. 120

8 Découvrir le calcul littéral

Comment utiliser des lettres dans un calcul ?

Exemple d'écriture littérale

Pour $a = 2{,}3$ cm et $b = 6{,}2$ cm, le périmètre P de la figure ci-contre vaut : $P = 3 \times 2{,}3 + 2 \times 6{,}2 = 19{,}3$ cm.

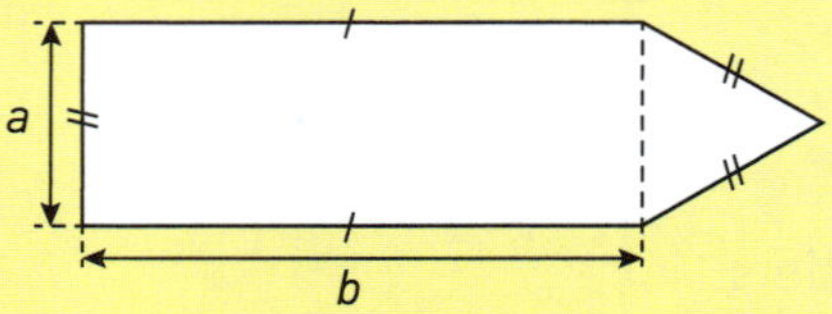

En utilisant les lettres a et b on obtient : $P = 3a + 2b$.

On dit que P est exprimé **en fonction de** a et b.

Cette formule peut maintenant s'utiliser pour toutes les autres valeurs de a et b.

Alléger l'écriture d'une expression

Exemples : $x \times y$ peut s'écrire xy ; $3 \times a$ peut s'écrire $3a$;
$2 \times (b + 1)$ peut s'écrire $2(b + 1)$; mais bien sûr 2×3 ne s'écrit pas 23.

★ 1 Podium

a. Exprimer le périmètre p de cette figure en fonction de a et b :

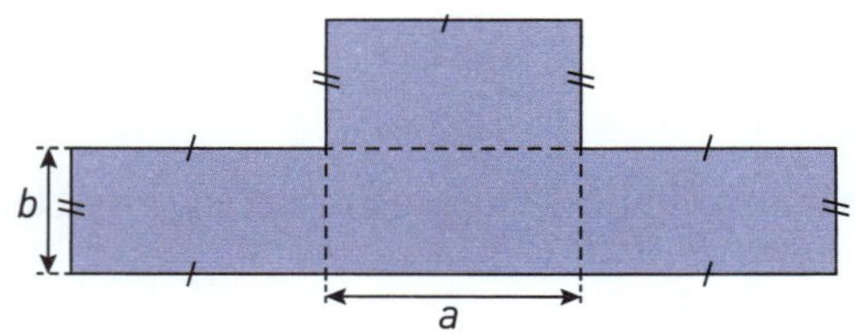

$p =$ ....

b. Théa a écrit $p = 4(a + b) + 2a$. Est-ce correct ? ....

c. Calculer p pour $a = 9{,}2$ et $b = 2{,}9$.

$p =$ ....

d. On double a et on triple b. Exprimer le nouveau périmètre p en fonction de a et de b :

$p =$ ....

★★ 2 Et π alors ?

a. On donne $a = 2$ cm et $b = 5$ cm.
Calculer le périmètre p de cette figure.
(Prendre $\pi = 3{,}14$.)

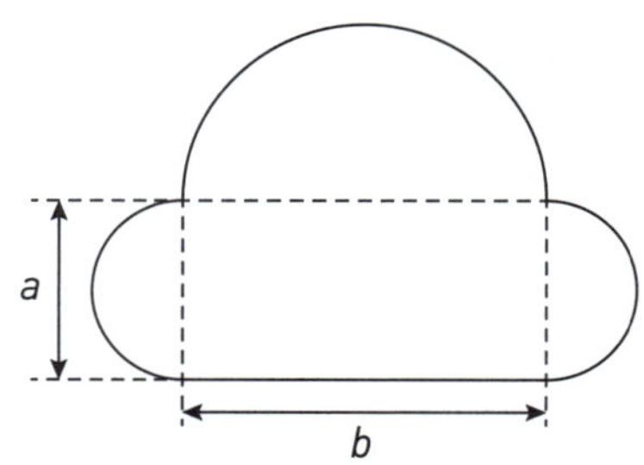

$p =$ ....

b. Exprimer p en fonction de a, b et π.

$p =$ ....

★★ 3 Avec un tableau

Compléter le tableau suivant.

a	b	c	ac	bc	$(a + b)c$	$ac + bc$
5	11	3				
13	9			45		
4			12	15		

INFO
On observe que $(a + b)c = ac + bc$.
Cette formule sera étudiée en 4e.

4 Vrai ou faux ?

Compléter la case par V ou F.

a. Si $x = 0{,}25$ et $y = 1$ alors $3y = 4x + 2$ ☐

b. Si $x = 1{,}5$ et $y = 2{,}5$ alors $3y = 4x + 2$ ☐

c. Si $x = 10$ et $y = 14$ alors $3y = 4x + 2$ ☐

d. Si $x = 0{,}01$ et $y = 0{,}65$ alors $3y = 4x + 2$ ☐

MATHS

5 Des chiffres et des lettres

Compléter :

a. Si $x = 2$ et $y = 1$ alors $3x + 5y =$ ....

b. Si $c = 3$ et $b = 5$ alors $a + 2 \times 5 + b =$ ....

c. Si $r = 4$ et $h = 7$ alors $2rh =$ ....

d. Si $x = 6$ et $y = 2$ alors $3 + 5x + y =$ ....

6 Des chiffres et des lettres (bis)

On cherche une formule permettant de calculer le nombre N des carrés qui composent l'équerre à l'étape n.

> **INFO**
> Cette formule contiendra la lettre n ; on dit que l'on exprime N en fonction de n.

étape 1 étape 2 étape 3 étape 4

a. Léa propose $N = 2n - 1$. Vérifier sa formule pour les 4 premières étapes.

....

b. On peut démontrer que la formule de Léa est correcte.

Combien obtient-on de carrés à l'étape 2 021 ? ....

....

c. Proposer une formule qui donne le périmètre P en fonction de n (on suppose que le côté mesure 1 cm). ....

Quelle est l'étape qui correspond à un périmètre $P = 2\ 024$ cm ? ....

7 Simplifier les écritures

a. $7 \times a + 2 \times b =$ ....

b. $r \times h =$ ....

c. $2 \times \pi \times r =$ ....

d. $4 \times \pi \times r \times r =$ ....

e. $c \times c \times c =$ ....

f. $2x \times x \times 3x =$ ....

> **INFO**
> ab signifie a multiplié par b, $2b$ signifie 2 multiplié par b mais 23 ne signifie pas 2×3

Corrigés p. 120-121

NOMBRES ET CALCULS

9 Utiliser la distributivité

Qu'est-ce que la distributivité et comment l'utiliser ?

- La multiplication est **distributive** par rapport à l'addition et à la soustraction.

$$k \times (a + b) = k \times a + k \times b$$
$$k \times (a - b) = k \times a - k \times b$$

• Dans un sens

Exemples :

$12 \times 21 = 12 \times (20 + 1) = 12 \times 20 + 12 \times 1 = 240 + 12 = 252$

$15 \times 39 = 15 \times (40 - 1) = 15 \times 40 - 15 \times 1 = 600 - 15 = 585$

• Dans l'autre

Exemples :

$4 \times 11 - 4 \times 7 = 4 \times (11 - 7) = 4 \times 4 = 16$

$7 \times 9 + 7 = 7 \times 9 + 7 \times 1 = 7 \times (9 + 1) = 7 \times 10 = 70$

Excellent pour le calcul mental.

★ 1 De la pratique...

Effectuer de deux façons différentes.

$a = 11 \times (7 + 6)$ = { $11 \times$ .... = ...
$11 \times 7 + 11 \times 6 = 77 +$ .... }

$b = 13 \times (100 - 2)$ = { ....
.... }

$c = 40 \times (40 + 3)$ = { ....
.... }

$d = (20 - 3) \times 15$ = { ....
.... }

★ 2 Encore...

Effectuer de deux façons différentes.

$a = 7 \times (13{,}1 + 14{,}3)$ = { ....
.... }

$b = (5{,}4 + 9{,}8) \times 23$ = { ....
.... }

$c = 2{,}3 \times 5{,}7 + 2{,}3 \times 4{,}3$ = { ....
.... }

$d = 9{,}73 \times 15{,}3 - 9{,}73 \times 14{,}3$ = { ....
.... }

COUP DE POUCE

On emploie les égalités
$ka + kb = k(a + b)$
$ka - kb = k(a - b)$

★ 3 Une multiplication

Calculer les expressions suivantes en n'effectuant dans chaque cas qu'une seule multiplication.

$a = 151 \times 47 + 151 \times 53 =$ ....

$b = 13 \times 2{,}3 + 5{,}7 \times 13 =$ ....

$c = 21 \times 3{,}4 + 21 \times 5{,}4 - 0{,}8 \times 21 =$ ....

$d = 32 \times 23{,}5 - 3{,}5 \times 32 =$ ....

INFO
On généralise facilement :
$ka + kb - kc = k(a + b - c)$

★ 4 Mentalement

Calculer mentalement les expressions suivantes.

$a = 2{,}5 \times 17{,}3 + 2{,}5 \times 2{,}7 =$ ....

$b = 2{,}5 \times 17{,}3 - 2{,}5 \times 7{,}3 =$ ....

$c = 22{,}4 \times 41 + 77{,}6 \times 41 =$ ....

$d = 22{,}4 \times 41 - 41 \times 2{,}4 =$ ....

COUP DE POUCE
a. Combien vaut $17{,}3 + 2{,}7$?
d. N'oublie pas que $a \times b = b \times a$.

MATHS

★ 5 Multiplications par 9 et par 99

Calculer mentalement les expressions suivantes.

$a = 37 \times 9 = 37 \times (10 - 1) =$ ....

$b = 375 \times 9 =$ ....

$c = 37 \times 99 = 37 \times (100 - 1) =$ ....

$d = 375 \times 99 =$ ....

★ 6 Multiplications par 11 et par 101

Calculer mentalement les expressions suivantes.

$a = 37 \times 11 =$ ....

$b = 375 \times 11 =$ ....

$c = 37 \times 101 =$ ....

$d = 375 \times 101 =$ ....

★★ 7 À la boulangerie

Garry achète 3 pains à 0,85 € l'un et 3 baguettes à 0,65 € l'une.
Calculer de deux façons le montant des achats de Garry.

....

....

....

Corrigés p. 121-122

10 Utiliser la proportionnalité

Comment calculer un quatrième nombre quand il y a proportionnalité ?

Exemple :

Nombre de pantalons	3	5
Prix (en euros)	243	x

(×....)

On trouve **le coefficient de proportionnalité** : $\frac{243}{3} = 81$

D'où $x = 5 \times \frac{243}{3} = 5 \times 81 = 405$

Donc 5 pantalons valent 405 €.

Ici le coefficient de proportionnalité est le prix d'un pantalon : $\frac{243}{3}$ = **81€**

1 Recherche d'un quatrième nombre (1)

Trouver le nombre manquant dans les tableaux de proportionnalité suivants.

a.

5	7
12,5	

b.

4	9
	11,7

c.

17	1
	3

2 Recherche d'un quatrième nombre (2)

Même exercice avec les tableaux suivants.

a.

6	8,4
6,9	

b.

202,5	1 575
	63

c.

33,6	
24	2,1

3 Laissons passer l'orage

Nous entendîmes le tonnerre 20 secondes après avoir vu l'éclair.
Quelle distance nous séparait de l'orage ?

....

INFO
La vitesse du son est de 340 m / s.

4 Heures et minutes

Compléter le tableau de proportionnalité suivant.

h	1	0,5		0,15		0,8		0,2	0,75
min	60		24		42		15		

ATTENTION
0,50 h désigne une demi-heure et non pas 50 min.

5 Autour du cercle

Compléter le tableau de proportionnalité où L est le périmètre du cercle de rayon R.
Utiliser la calculatrice et donner des valeurs approchées avec 2 décimales.

R **(m)**	10	15	12			7
L **(m)**				6,28	150	

6 Ça marche ?

a. Un menuisier fabrique des escaliers qu'il vend aux tarifs suivants.

Nombre de marches	9	12	16	18
Prix en euros	235	280	340	370

Le prix est-il proportionnel au nombre de marches ?

....

....

....

b. Le menuisier dessine le plan d'un escalier à l'échelle 1/10.
Compléter le tableau de proportionnalité.

Dimensions réelles (cm)	60		125	4,8	21
Dimensions sur le plan (cm)		43			

×.....

> **COUP DE POUCE**
> Compare, à l'aide de la calculatrice, $\frac{235}{9}$ et $\frac{370}{18}$, par exemple.

> **COUP DE POUCE**
> « à l'échelle 1/10 » signifie que chaque dimension de l'escalier est divisée par 10 pour être représentée sur le plan.

7 Petits pavés

Dans le tableau suivant la lettre H désigne la hauteur des pavés de base 7 cm² et V désigne leur volume en cm³.

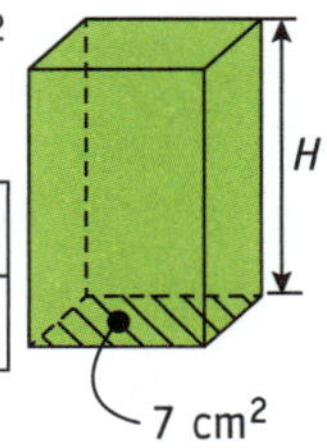

H (cm)	4	2,5	6	10	8,5	
V (cm³)						91

Ce tableau est un tableau de proportionnalité. Pourquoi ?

....

Le compléter.

8 Tableau de proportionnalité et graphique

a. Compléter le tableau de proportionnalité suivant.

×.....

2	3			0
1,4		2,8	3,15	

b. Représenter graphiquement les données du tableau.

c. Que dire des points du graphique ?

....

....

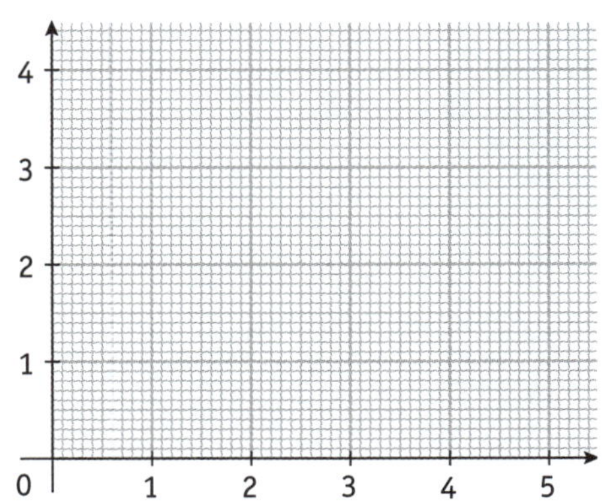

> **COUP DE POUCE**
> Les nombres de la première ligne du tableau sont à placer sur l'axe horizontal (axe des abscisses). Voir le chapitre 12 page 84.

MATHS

Corrigés p. 122-123

11 Calculer un taux de pourcentage

Comment calculer un taux de pourcentage ?

▶ *Exemple* :

Dans un collège, il y a 264 filles sur un total de 550 élèves.
Calculons le taux de pourcentage de filles dans ce collège :

Nombre d'élèves	550	100
Nombre de filles	264	?

$\frac{264}{550}$

On utilise un tableau de proportionnalité.

$$100 \times \frac{264}{550} = 48$$

Il y a 48 % de filles dans ce collège.

1 Calculs de taux de pourcentage

a. Les .... % de 450, c'est 135.

b. Les .... % de 35, c'est 91.

c. Les .... % de 350, c'est 49.

d. Les .... % de 30, c'est 22,2.

e. Les .... % de 123, c'est 12,3.

f. Les .... % de 46, c'est 23.

g. Les .... % de 57, c'est 57.

h. Les .... % de 9, c'est 18.

COUP DE POUCE
Utilise un tableau de proportionnalité.

2 Un peu d'aires

Un carré ABCD de 50 × 50 a été partagé en trois rectangles R_1, R_2 et R_3.

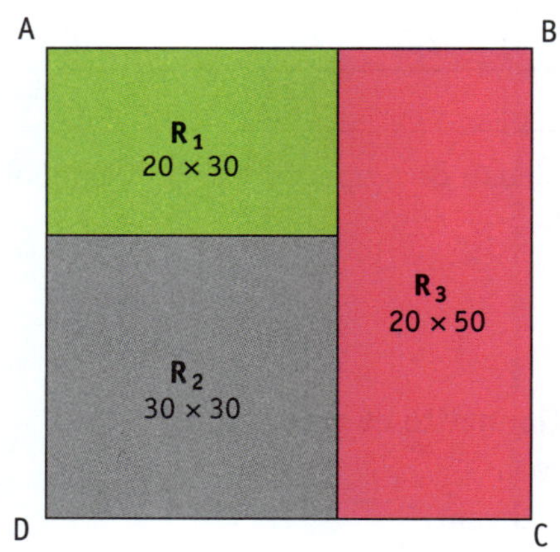

a. Quel pourcentage d'aire occupe le rectangle R_1 dans le carré ABCD ?

....

....

....

....

b. Même question avec le carré R_2.

....

....

c. Même question avec le rectangle R_3.

....

....

d. Quel pourcentage du côté AB représente le côté du carré R_2 ?

....

....

INFO
En mathématiques, on peut aussi raisonner sans utiliser d'unités pour les dimensions.

3 « Vingt fois sur le métier remettez votre ouvrage »

L'un des trois auteurs d'un livre de mathématiques a consacré :

①: 517 h pour l'écriture du manuscrit ②: 204 h pour la relecture des épreuves
③: 36 h pour la mise en page ④: 60 h en déplacements.

a. Combien d'heures de travail a-t-il totalisées (déplacements compris) ? ....

....

b. Quels pourcentages du temps total a-t-il consacrés à chacun des quatre postes ? (Arrondir à 0,1 % près.)

① : ....

....

② : ....

....

③ : ....

....

④ : ....

....

COUP DE POUCE
Vérifie en ajoutant les 4 pourcentages.

MATHS

4 Budget vacances

Pour camper pendant trois semaines à la montagne, la famille Pensatout adopte le budget vacances correspondant au diagramme ci-dessous.

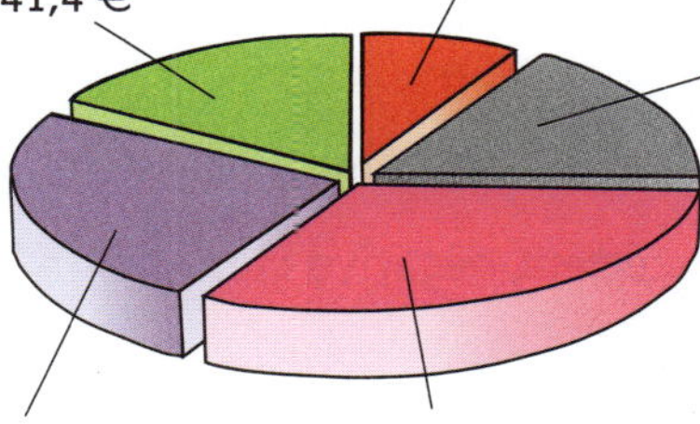

a. Calculer le budget total. ....

b. Combien coûte la nourriture ? ....

c. Compléter le diagramme après avoir calculé les pourcentages manquants.

....

....

....

Corrigés p. 123

12 Dessiner et exploiter des graphiques

Comment repérer des points sur une droite graduée ?

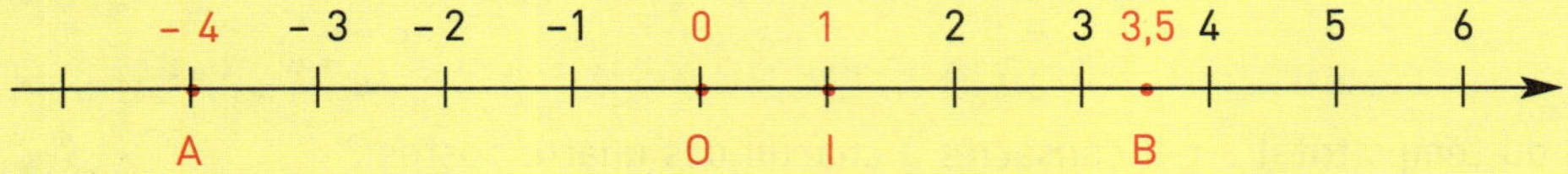

Sur la droite ci-dessus, le point I a pour abscisse 1, l'abscisse de A est – 4, celle de B est 3,5.

★ 1 Sur une droite graduée

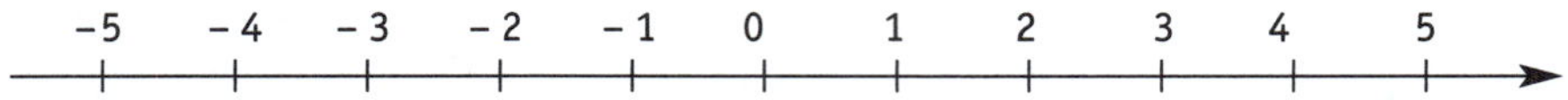

Placer le point A d'abscisse 3, le point B d'abscisse – 1,5, le point C d'abscisse – 3, le point I d'abscisse 1 et le point O d'abscisse nulle.
Placer « au mieux » le point P d'abscisse π.

★ 2 Pour savoir

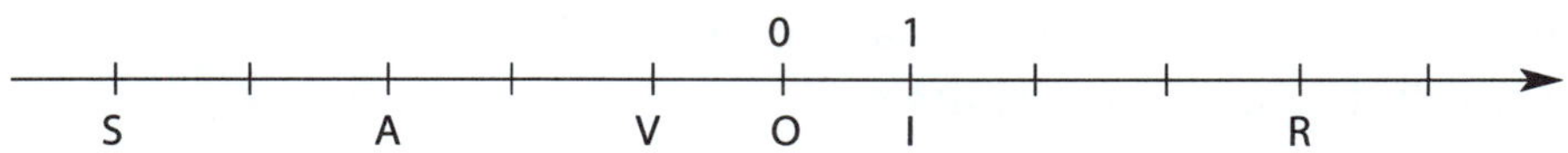

a. Quelles sont les abscisses des points S, A, V, O, I, R ?

....

....

b. Placer le point L d'abscisse – 4, le point E d'abscisse 3 et le point N d'abscisse 2.

c. Donner le point qui a la plus grande abscisse strictement négative : ....

Citer deux points ayant des abscisses oppposées : ....

Comment repérer des points dans le plan ?

- Deux droites graduées qui se coupent en O permettent d'indiquer la position d'un point du plan.
  Sur le plan ci-dessous, le point A a pour **abscisse** 3 et pour **ordonnée** 2.
  Les **coordonnées** du point A sont (3 ; 2). Les coordonnées du point O sont (0 ; 0).

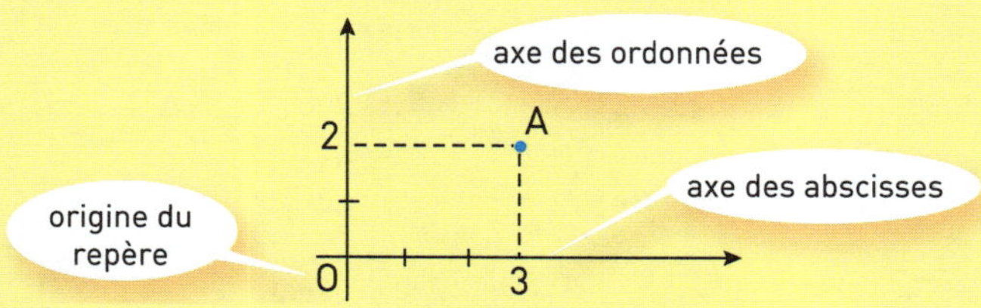

3 Repérage dans le plan

La courbe suivante représente la hauteur de l'eau dans un port en fonction de l'heure.

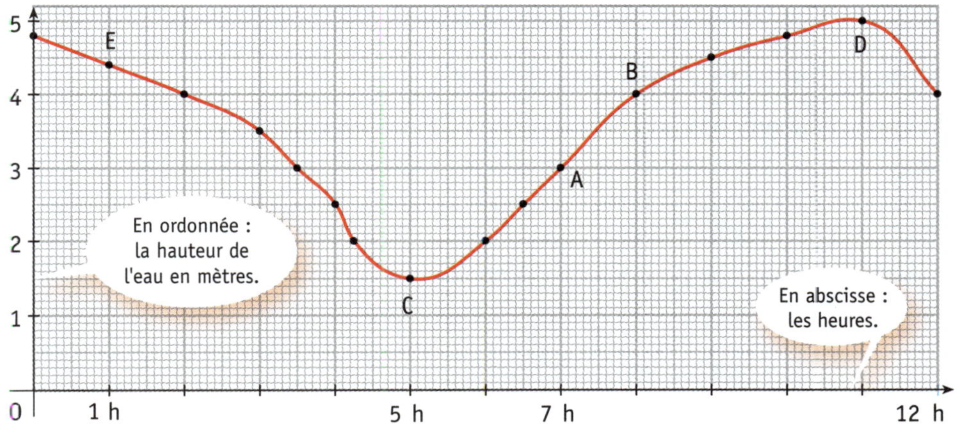

Répondre en lisant le graphique ci-dessus.

a. Quelles sont les coordonnées du point A ? A (....... ; ....) ; du point B ? ....

b. Quelles sont les coordonnées du point E ? .... ; du point C ? ....

c. L'un des points de la courbe a pour abscisse 3. Quelle est son ordonnée ? ....

Même question pour le point d'abscisse 8 ? ....

et pour le point d'abscisse 0 ? ....

d. Quelles sont les abscisses des points de la courbe dont l'ordonnée est 3 ? ....

e. Placer le point F de coordonnées (2 ; 4).

Le point G de coordonnées (4 ; 2) est-il sur la courbe ? ....

Placer le point H de coordonnées (6 ; 2).

f. Donner les coordonnées du point de la courbe ayant la plus grande ordonnée :

.... ; ayant la plus petite ordonnée : ....

INFO
Les points ayant pour abscisse zéro sont sur l'axe des ordonnées.

4 Petit rat deviendra grand

Le tableau ci-contre donne la masse moyenne d'un rat (en grammes) en fonction de son âge.

Âge en jours	0	10	100	200	300	400	500	600	700
Masse moyenne	5	50	130	190	240	270	290	300	305

a. Construire la courbe de croissance de notre petit rat.

b. Marquer le point B (600 ; 300).

c. Sur la courbe, marquer le point A d'abscisse 300. Quelle est son ordonnée ? ....

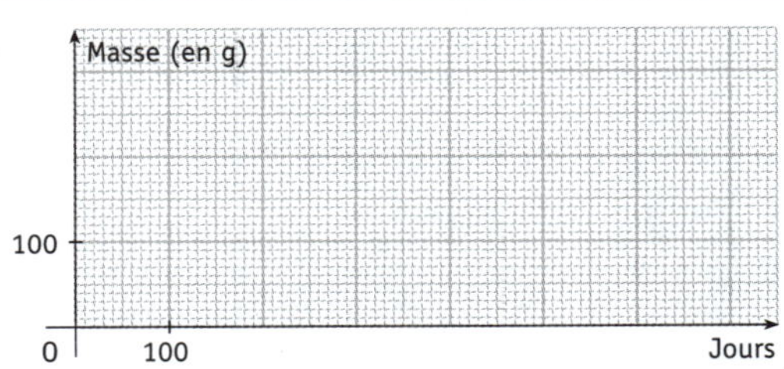

d. La masse du petit rat est-elle proportionnelle à son âge ?

....

MATHS

Corrigés p. 123-124

13 Représenter et traiter des données

Comment calculer des moyennes et des fréquences ?

- *Exemple* : Pendant 5 jours, on a noté les nombres d'heures d'ensoleillement sur une plage :
  9 h ; 3 h ; 7 h ; 1 h ; 8 h.
  La **moyenne** des heures d'ensoleillement est $m = \dfrac{9+3+7+1+8}{5}$ donc $m = 5{,}6$ h.
- Les **fréquences** (souvent exprimées en pourcentage) s'obtiennent à l'aide de la formule :

$$\text{fréquence} = \frac{\text{effectif}}{\text{effectif total}}$$

Exemple : Dans une classe de 24 élèves, 9 élèves portent des lunettes.
Calculer la fréquence des élèves portant des lunettes.
On a : effectif total = 24, effectif = 9 } d'où fréquence = $\dfrac{9}{24} = 0{,}375 = 37{,}5\ \%$

★ 1 Semaine pluvieuse

Voici les hauteurs quotidiennes d'eau de pluie tombées à Chouette-Ville en une semaine :
17 mm ; 5 mm ; 32 mm ; 2 mm ; 3 mm ; 10 mm ; 8 mm.

a. Calculer la moyenne des hauteurs d'eau : ....

b. En tapant le premier nombre sur la calculatrice, Bécassine s'est trompée et elle a obtenu une moyenne de 13 mm. Quel nombre a-t-elle tapé ? ....

★ 2 C'est un devoir

Après avoir corrigé ses copies, un professeur construit le diagramme en bâtons ci-contre.

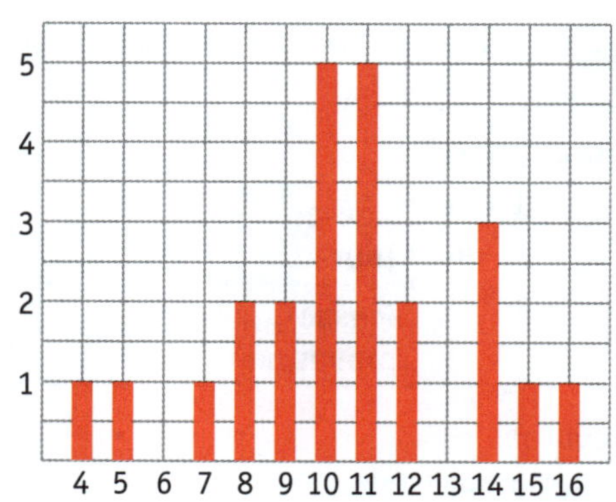

a. Combien de fois a-t-il mis la note 12 ?

....

b. Quelles sont les notes figurant sur trois copies au moins ? ....

c. Calculer l'effectif de la classe : ....

d. Compléter le tableau des fréquences exprimées en pourcentage (arrondir à 0,1 près).

Note	4	5	7	8	9	10	11	12	14	15	16
Fréquence (en %)											

e. Calculer la fréquence des devoirs qui n'ont pas obtenu la moyenne :

....

COUP DE POUCE
b. Le professeur n'a mis qu'une seule fois la note 4.

3 Allez les bleus !

Voici les tailles (en cm) de 24 joueurs minimes d'un club de football.

134	136	156	152	146	139	158	140
145	148	138	151	147	148	162	156
141	151	147	160	157	143	153	149

a. Compléter le tableau suivant où l'on regroupe les tailles en 7 classes.

Taille (en cm)	130 ⩽ T < 135	135 ⩽ T < 140	140 ⩽ T < 145	145 ⩽ T < 150	150 ⩽ T < 155	155 ⩽ T < 160	160 ⩽ T < 165
Effectif							

b. Construire l'histogramme représentant ce tableau.

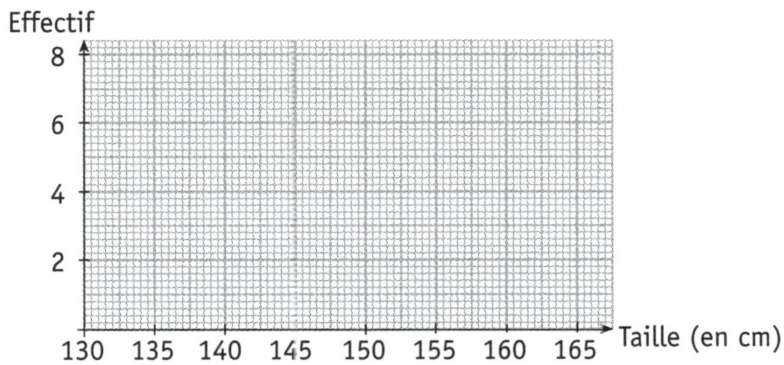

c. À l'aide de la calculatrice, calculer la moyenne des tailles de joueurs :

....

> **COUP DE POUCE**
> **a.** Entre 135 et 140 cm (140 exclu), il y a trois joueurs. L'effectif de la classe « 135 ⩽ T < 140 » est donc 3.

> **INFO**
> Un histogramme est un diagramme en bâtons épais. Chaque bâton a pour base la classe correspondante.

MATHS

4 Diagramme circulaire

Voici le « camembert » des cinq sports pratiqués par les 288 adhérents d'un club.
Compléter le tableau suivant en mesurant d'abord les angles sur le dessin.
Arrondir les fréquences à 0,1 % près.

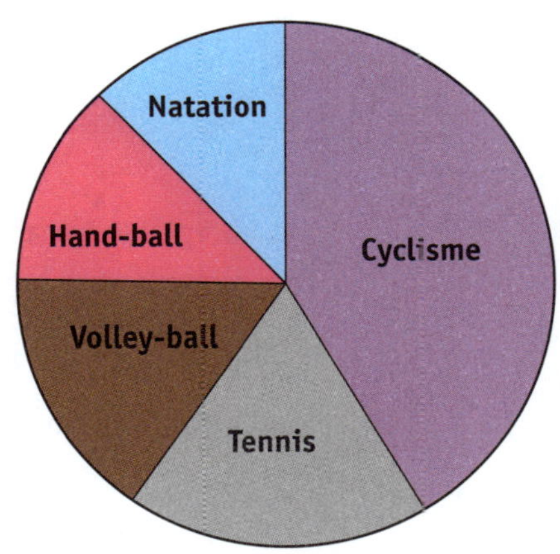

Sport	**Cyclisme**	**Natation**	**Hand-ball**	**Volley-ball**	**Tennis**	**Total**
Degrés						360°
Effectif						288
Fréquence (en %)						100 %

> **COUP DE POUCE**
> Prolonge les rayons pour mieux mesurer les angles.
> Rappelle-toi que : fréquence $= \dfrac{\text{effectif}}{\text{effectif total}}$.

Corrigés p. 124

14 Calculer des moyennes pondérées

Qu'est-ce qu'une série statistique ?

Voici un exemple de série statistique

Répartition des familles d'une petite ville selon le nombre d'enfants mineurs.

Nombre d'enfants	0	1	2	3	4	5	6	7
Nombre de familles	290	170	155	95	43	27	20	10

Nombre total de familles : 810.

Moyenne pondérée

Le nombre moyen d'enfants par famille est :

C'est la moyenne des nombres 0, 1, ..., 7 **pondérée** par les nombres de familles.

$$\frac{0 \times 290 + 1 \times 170 + 2 \times 155 + 3 \times 95 + 4 \times 43 + 5 \times 27 + 6 \times 20 + 7 \times 10}{290 + 170 + 155 + 95 + 43 + 27 + 20 + 10} = \frac{1\,262}{810} \approx 1{,}56$$

à 0,01 près

1 À partir d'un tableau

Valeur	2	5	7	10
Effectif	8	21	18	3

Calculer la moyenne de cette série statistique.

$m = \dfrac{2 \times 8 + 5 \times \ldots + \ldots \times \ldots + \ldots \times \ldots}{8 + \ldots + \ldots + \ldots}$

$m = \ldots\ldots\ldots\ldots$

2 À partir d'un tableau (bis)

Valeur	– 3	0	5	9
Effectif	3	3	2	2

Calculer la moyenne de cette série.

$m = \ldots\ldots\ldots\ldots$

$m = \ldots\ldots\ldots\ldots$

3 Diagramme en bâtons

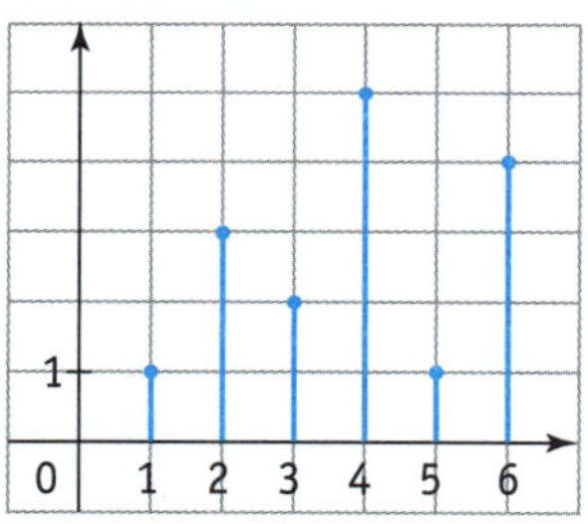

a. Compléter le tableau suivant.

Valeur	1	2	3	4	5	6
Effectif	1	3				

b. Calculer la moyenne de cette série statistique.

$m = \ldots\ldots\ldots\ldots$

INFO
Les valeurs de la série se lisent sur l'axe des abscisses, les longueurs des bâtons indiquent les effectifs.

4 Diagramme en bâtons (bis)

Ce graphique donne la répartition des familles selon le nombre d'enfants dans le village de Chouette-Ville.

Calculer le nombre moyen d'enfants par famille.

....

....

....

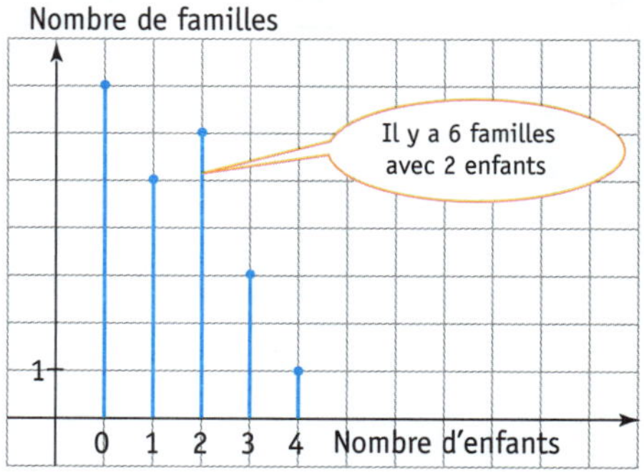

COUP DE POUCE
Le nombre demandé est : $\dfrac{\text{nombre total d'enfants}}{\text{nombre total de familles}}$

5 À Chouette-Ville en avril

Voici la liste des températures relevées à Chouette-Ville chaque jour du mois d'avril.

Jour	1	2	3	4	5	6	7	8	9	10	11	12	13	14	15
Température	7	6	6	5	2	5	7	12	12	15	17	17	17	15	12
Jour	16	17	18	19	20	21	22	23	24	25	26	27	28	29	30
Température	12	12	9	9	12	12	15	17	20	20	17	17	20	20	20

a. Compléter le tableau suivant.

Température						12			
Nbre de jours						7			

COUP DE POUCE
Fais les calculs au brouillon.

b. Calculer la température moyenne en avril. ....

6 Élève très moyen en français !

Au trimestre 1, Julien a eu 2 fois la note 6, 3 fois la note 10 et 3 fois la note 12.
Au trimestre 2, Julien a eu 3 fois la note 8, 2 fois la note 10 et 4 fois la note 12.

a. Calculer la moyenne de Julien au premier trimestre puis au second, à 0,01 près.

....

....

b. Calculer la moyenne des deux trimestres, à 0,01 près. ....

c. Contrairement au résultat obtenu à la question **b.**, Julien prétend qu'il a la moyenne sur les deux trimestres. Il a calculé la moyenne de toutes ses notes obtenues au cours des deux trimestres. Refaire son calcul. A-t-il raison ?

....

....

7 Moyennes et tableur

Las d'effectuer des grands calculs avec des petits moyens, Erwan lance son tableur et construit la feuille de calculs suivante.

	A	B	C	D	E	F
1	Valeur	2	5	7	10	Somme
2	Effectif	8	21	18	3	
3	Produit					
4				Moyenne =		
5						

COUP DE POUCE
En F2, inscris la fonction =SOMME(B2:E2). « B2:E2 » signifie de B2 jusqu'à E2.

a. Quelles formules doit-il inscrire en B3, en C3, en D3 et en E3 ? ....

....

Puis en F2, en F3 et en F4 ? ....

b. Les données ci-dessus sont celles de l'exercice 1. Retrouve-t-on la même moyenne ? ......

c. Tester le tableau avec les données de l'exercice 2.

d. En insérant cinq colonnes supplémentaires, retrouver le résultat de l'exercice 5.

Corrigés p. 124-125

15 Mesurer le hasard

Qu'est-ce que la probabilité d'un événement ?

Un premier exemple

Le jeu consiste à jouer à pile ou face avec une pièce.
On a 1 chance sur 2 d'obtenir pile et, bien sûr, 1 chance sur 2 d'obtenir face.

On dit que « La **probabilité** d'obtenir pile est $\frac{1}{2}$ ». Celle d'obtenir face aussi.

Un second exemple

On tire une carte au hasard dans un jeu de 32 cartes.
On a 1 chance sur 32 d'obtenir le roi de cœur. La probabilité d'obtenir le roi de cœur est $\frac{1}{32}$.
On a aussi 4 chances sur 32 d'obtenir un as, c'est-à-dire 1 chance sur 8.
La probabilité d'obtenir un as est donc $\frac{4}{32} = \frac{1}{8}$
On a donc 12,5 % de chance d'obtenir un as.

$$\frac{4}{32} = \frac{\text{nombre d'as}}{\text{nombre de cartes}} = \frac{\text{nombre de cas favorables}}{\text{nombre de cas possibles}}$$

Événement

Dans l'exemple ci-dessus, « Obtenir un as » est un **événement** de probabilité $\frac{1}{8}$.
« Obtenir le roi de cœur » est un événement de probabilité $\frac{1}{32}$
La probabilité d'un événement est comprise entre 0 et 1.

★ 1 Lancer d'un dé

On lance un dé à 6 faces.

a. Quelle est la probabilité d'obtenir un 2 ? ……………………………………

b. Quelle est la probabilité d'obtenir un nombre pair ? ……………………………

INFO
En l'absence de précision, on suppose que toutes les faces ont la même probabilité de sortir.

★ 2 L'astragale romain

Pour jouer aux dés, les Romains utilisaient des osselets d'agneau appelés astragales.
Un astragale comporte 4 faces numérotées I, II, III, IV, mais les quatre faces sont différentes et n'ont pas la même probabilité d'apparaître.
On lance un astragale. Compléter le tableau.

Obtenir	I	II	III	IV
Probabilité	$\frac{4}{10}$	$\frac{4}{10}$	$\frac{1}{10}$	…

INFO
La somme des probabilités de tous les cas possibles est égale à 1.

★ 3 Dans l'urne

Dans une urne, on dispose de 2 boules rouges, 4 boules blanches et 1 boule noire.
On prend une boule au hasard. Quelle est la probabilité d'obtenir :

a. une boule blanche ? ……………………………………

b. la boule noire ? ……………………………………

c. une boule qui n'est pas blanche ? ……………………………………

★ 4 Dans ma classe

a. Compléter le tableau suivant.

	Garçons	Filles	Total
Pratiquent l'informatique	6	12	
Ne pratiquent pas l'informatique	4	8	
Total			

b. On choisit un élève au hasard.

On note E_1 l'événement « Choisir une fille qui pratique l'informatique »,

E_2 l'événement « Choisir un garçon »,

et E_3 l'événement « Choisir un élève qui ne pratique pas l'informatique ».

Calculer la probabilité de E_1, puis celle de E_2, puis celle de E_3 ....

....

INFO
Choisir un élève « au hasard » signifie que tous les élèves ont la même probabilité d'être choisis.

★ 5 À la loterie

Dans un carnet de 100 billets de loterie, 1 billet permet de gagner 100 €, 9 autres 10 €, 20 autres 2 €. Les billets restants ne rapportent rien.
On choisit au hasard un billet dans le carnet.

a. Quelle est la probabilité de gagner 10 € ? ....

b. Quelle est la probabilité de ne rien gagner ? ....

★ 6 Taper le carton

On tire une carte au hasard dans un jeu de 32 cartes.

a. Quelle est la probabilité d'obtenir un roi ?

....

b. Quelle est la probabilité d'obtenir un roi ou une reine ?

....

c. Quelle est la probabilité d'obtenir un roi ou un trèfle ?

....

COUP DE POUCE
a. Combien y a-t-il de rois dans un jeu de 32 cartes ?

★★ 7 Pile ou face

On jette une pièce deux fois de suite.

a. Compléter le tableau.

2e jet \ 1er jet	Pile	Face
Pile		FP
Face		

b. Quelle est la probabilité d'obtenir :

- 2 fois pile ? ....
- 2 fois face ? ....
- 1 fois pile et 1 fois face ? ....

COUP DE POUCE
b. Lis les réponses dans le tableau.

Corrigés p. 125

GÉOMÉTRIE ET MESURES

16 Revoir et construire la médiatrice

Comment construire la médiatrice d'un segment ?

Avec l'équerre et la règle graduée

La médiatrice du segment [AB] est la perpendiculaire à la droite (AB) passant par le milieu de [AB].
D'où la construction ci-contre.

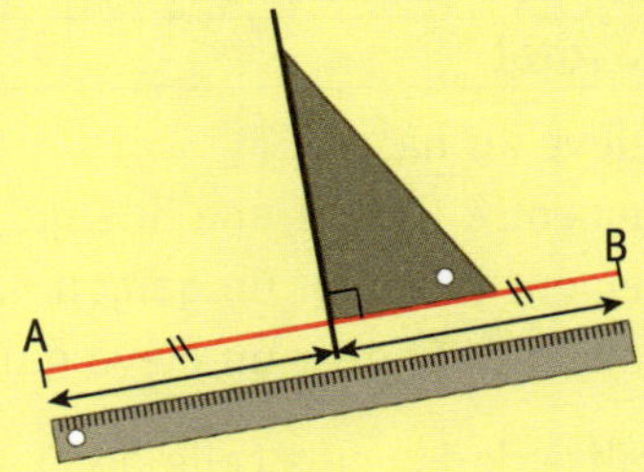

Avec la règle et le compas

La médiatrice de [AB] est l'ensemble des points **équidistants** de A et de B.
Avec le même écartement de compas, on commence par tracer des arcs de cercle de centre A et B.
Puis on trace la médiatrice avec la règle.

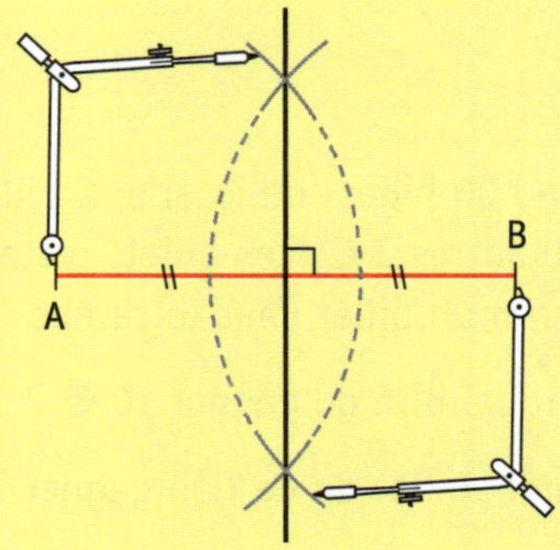

1 Dans un triangle isocèle

Le triangle LMT est isocèle en T.

a. Construire la médiatrice *d* de [LM].

b. Expliquer pourquoi *d* passe par T.

....

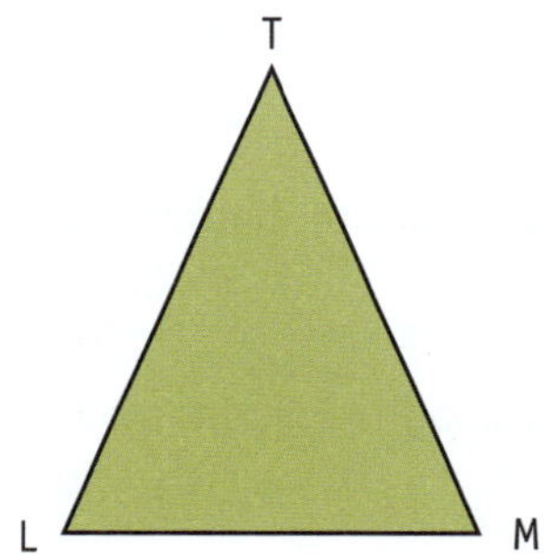

c. Compléter la phrase suivante :

La médiatrice *d* est aussi la .... du triangle LMT issue de ....

2 Avec un triangle rectangle

Le triangle ABC est rectangle en B.

a. Construire la médiatrice de [AC]. Elle coupe (AB) en E et (BC) en F.

b. Expliquer pourquoi AE = CE.

....

....

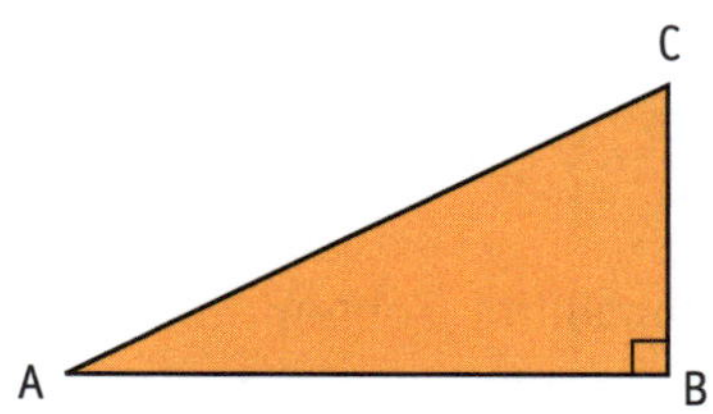

c. Que dire du triangle FAC ?

....

d. Vérifier, à l'aide de l'équerre, que (EC) $\perp$ (AF).

3 Avec un triangle isocèle

Le triangle BON est isocèle en O.

a. Tracer le cercle $\mathscr{C}$ de centre N et passant par O.
Tracer l'arc de cercle de centre O passant par B qui coupe le cercle $\mathscr{C}$ en D sous la droite (BN).

b. Démontrer que DN = ON, puis que DN = DO.

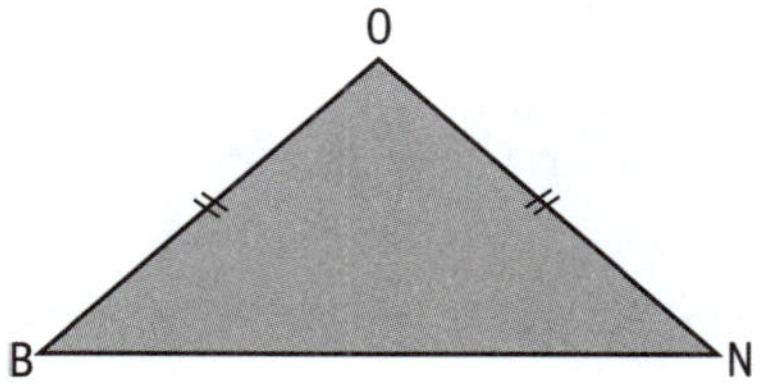

....

c. Construire la médiatrice du segment [ON]. Expliquer pourquoi elle passe par D.

....

....

d. Que dire du triangle DON ? ....

4 Une démonstration

a. Construire les trois médiatrices du triangle ABC.
Elles se coupent en O.

b. Expliquer pourquoi OA = OB.

....

Et pourquoi OB = OC.

....

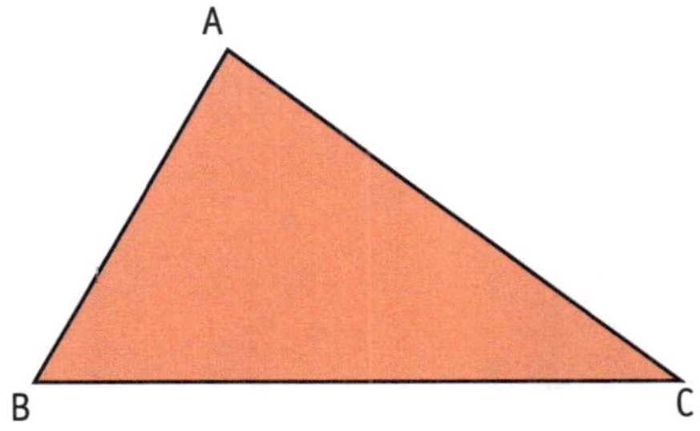

c. Donc OA = ... = ...

et les points A, B et C sont sur un même cercle de centre ....

d. Tracer finalement le cercle de centre O passant par A, B et C.

> **INFO**
> **d.** On dit que ce cercle est circonscrit au triangle ABC.

5 Le puits

Trois voisins habitant en A, B et C veulent forer un puits situé à égale distance des trois maisons.

a. Construire le point P où sera foré le puits.

b. Placer une quatrième maison en un point D situé à la même distance du puits que les trois autres maisons.

> **COUP DE POUCE**
> Pour le **b.**, il y a plusieurs solutions.

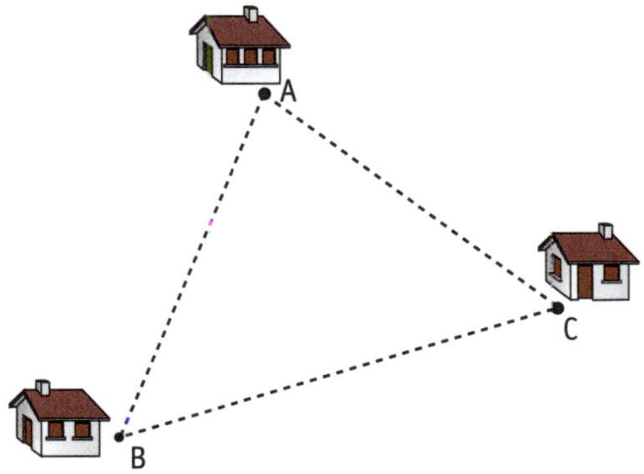

Corrigés p. 126

17 Construire des symétriques par rapport à un point

Que signifie : « A′ est le symétrique de A par rapport à O » ?

- A′ est le symétrique de A par rapport à O si **O est le milieu de [AA′]**.
- Seul le point O est symétrique de lui-même.

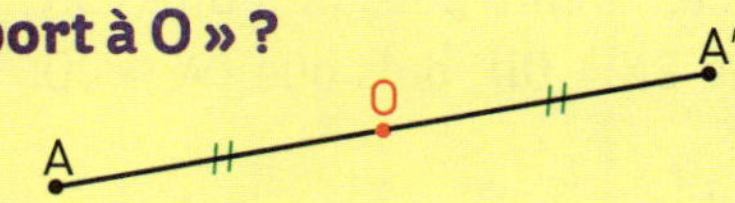

On dit aussi que A et A′ sont symétriques par rapport à O.

1 Symétriques de points (1)

Marquer en couleur les symétriques A′, B′, C′, D′ et E′ des points A, B, C, D et E par rapport au point O.

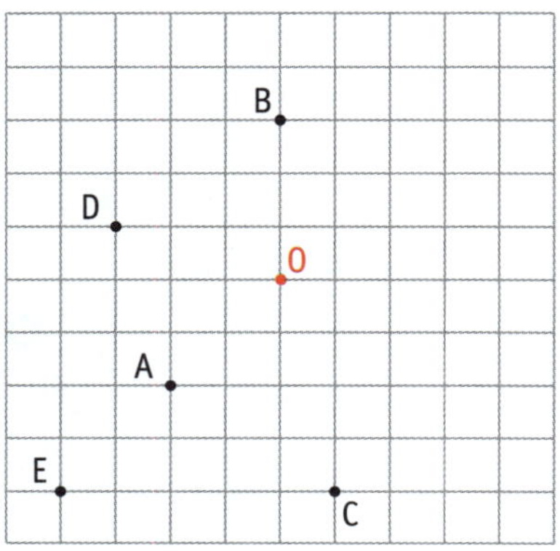

2 Symétriques de points (2)

Même travail qu'à l'exercice précédent.

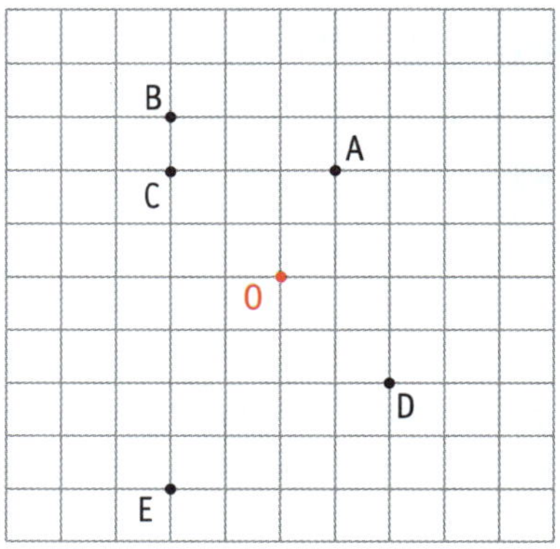

COUP DE POUCE
Compte les carreaux pour construire les symétriques sur les quadrillages.

Quelles sont les propriétés utiles ?

- Le symétrique d'une droite *d* par rapport à O est une droite **parallèle** à *d*.
- Le symétrique par rapport à O d'un segment [AB] est un segment [A′B′] de **même longueur**.
- Le symétrique d'un cercle par rapport à O est un cercle de **même rayon**. Les centres sont symétriques par rapport à O.

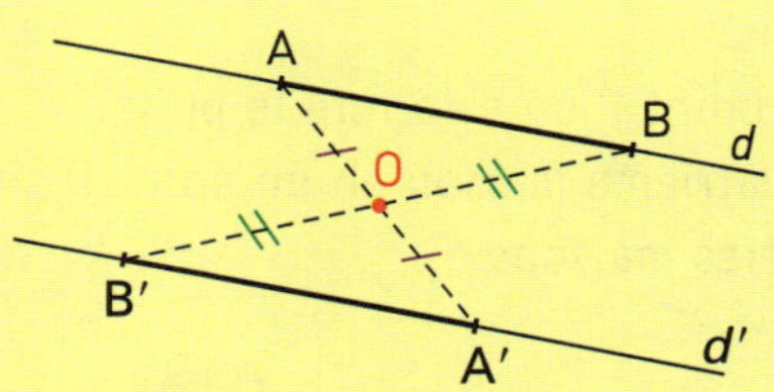

3 Symétrique d'un triangle (1)

Construire le symétrique du triangle par rapport au point O.

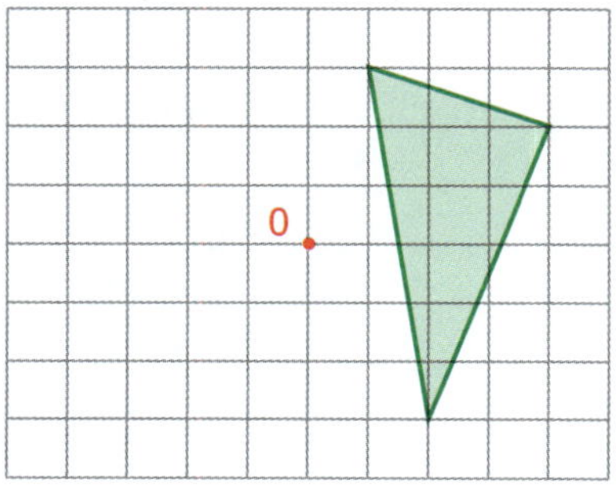

4 Symétrique d'un triangle (2)

Même travail qu'à l'exercice précédent.

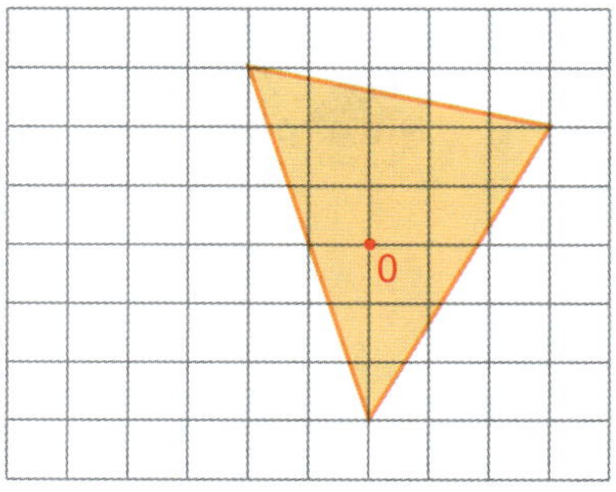

5 Symétrique d'un triangle (3)

O est le milieu de [AC].

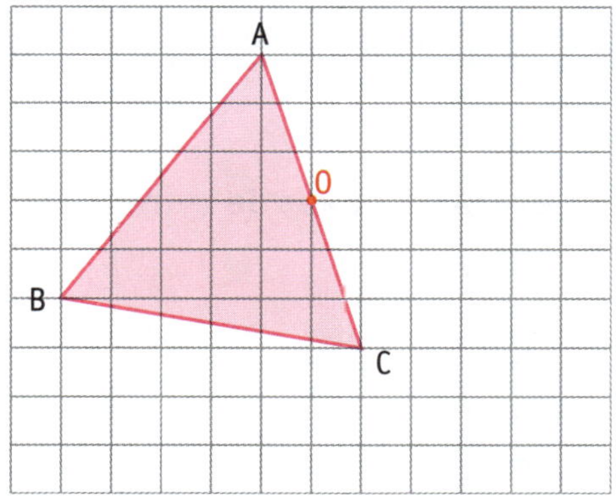

a. Construire D le symétrique de B par rapport à O.

b. Quel est le symétrique par rapport à O :

- de A ? ......
- de C ? ......
- de D ? ......

c. Quel est le symétrique par rapport à O

- du segment [BC] ? ......
- du segment [AB] ? ......

d. Que dire du quadrilatère ABCD ? ....

6 Le TOUR

a. Construire le symétrique T′O′U′R′ du quadrilatère TOUR, par rapport au point J.

b. En ajoutant les périmètres de TOUR et de T′O′U′R′ on obtient 22,8 cm.
Quel est le périmètre de TOUR ?

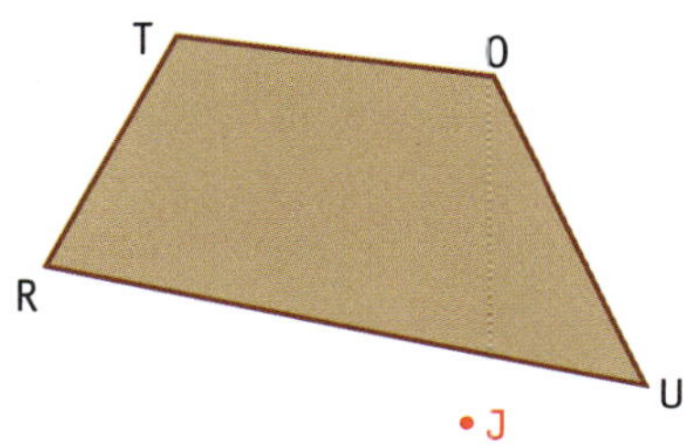

....

....

COUP DE POUCE
a. À l'aide de la règle et du compas commence par construire T′ tel que J soit le milieu de [TT′].

7 Symétrique d'une droite

Construire le point A symétrique de E par rapport à O, puis le point B symétrique de F par rapport à O.
Que dire des droites (AB) et (EF) ?

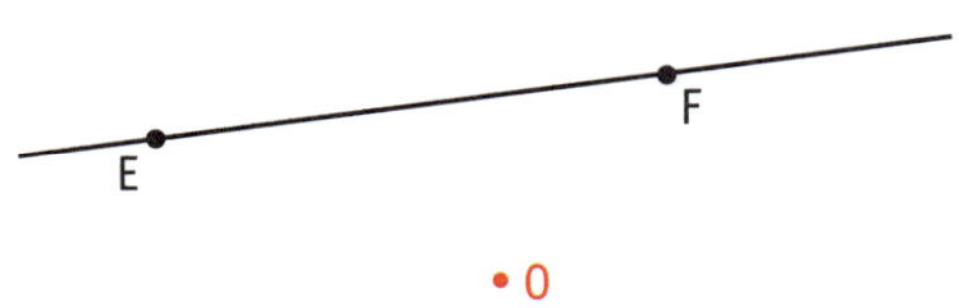

....

....

8 Symétriques d'un cercle

a. Construire le symétrique du cercle par rapport au point A.

b. Même travail avec le point B.

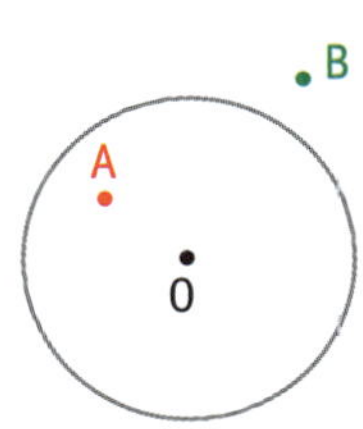

MATHS

Corrigés p. 126-127

18 Reconnaître des axes et des centres de symétrie

Quels sont les éventuels axes de symétrie d'une figure ?

- *Exemples :*
- *Contre-exemples :*

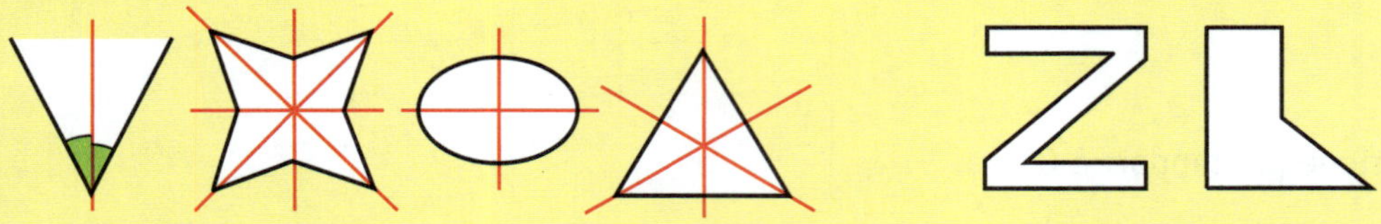

1 axe — 4 axes — 2 axes — 3 axes — aucun axe de symétrie

★ 1 Mal axé

Colorier un minimum d'autres cases pour que ces figures soient symétriques par rapport à la droite Δ.

a.

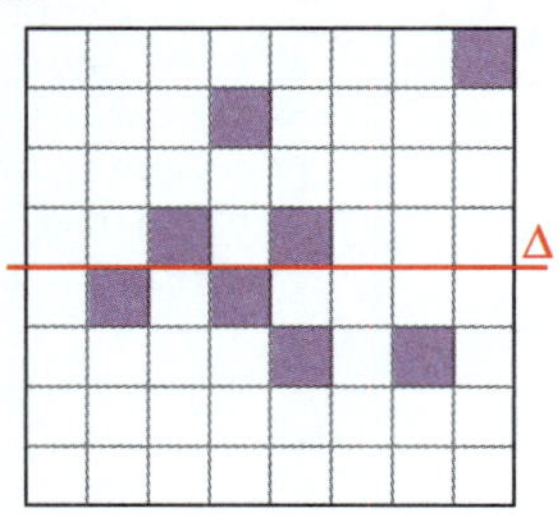

b.

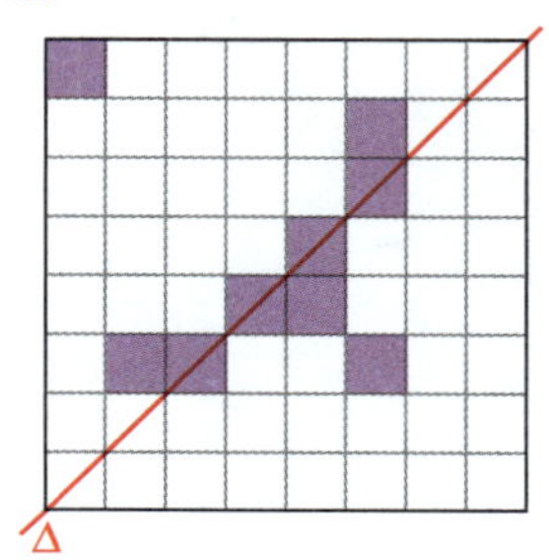

c.

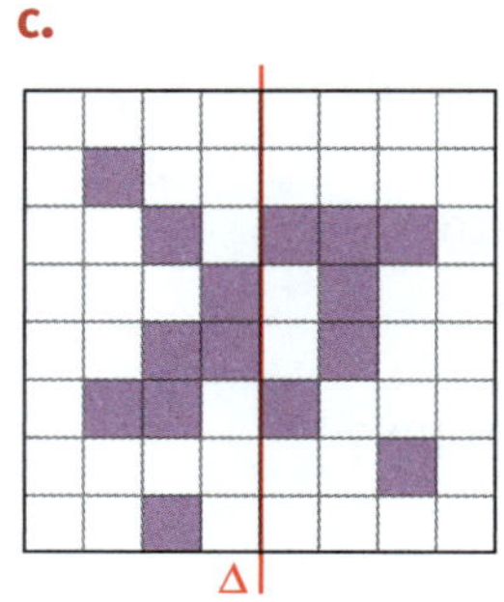

INFO

Δ est une lettre grecque qui se lit « delta ».
Rappel :

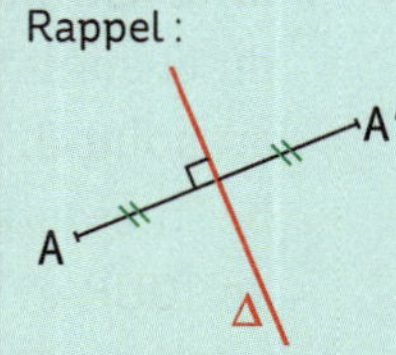

A et A' sont symétriques par rapport à Δ, car Δ est la médiatrice de [AA'].

Quels sont les éventuels centres de symétrie d'une figure ?

- *Exemples :*
- *Contre-exemples :*

pas de centre de symétrie

★ 2 Mal centré

Colorier un minimum d'autres cases pour que O soit centre de symétrie de ces figures.

a.

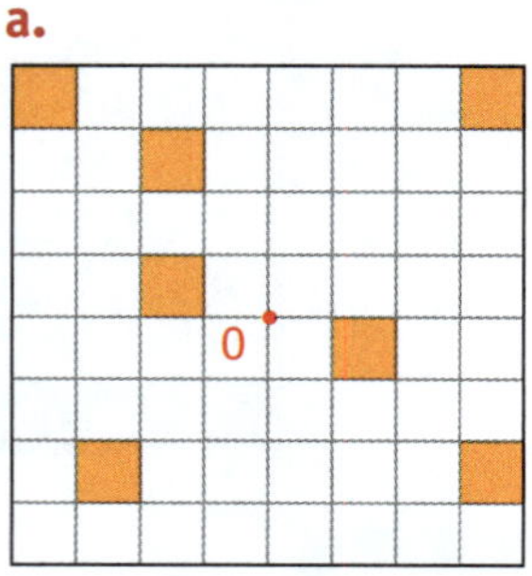

b.

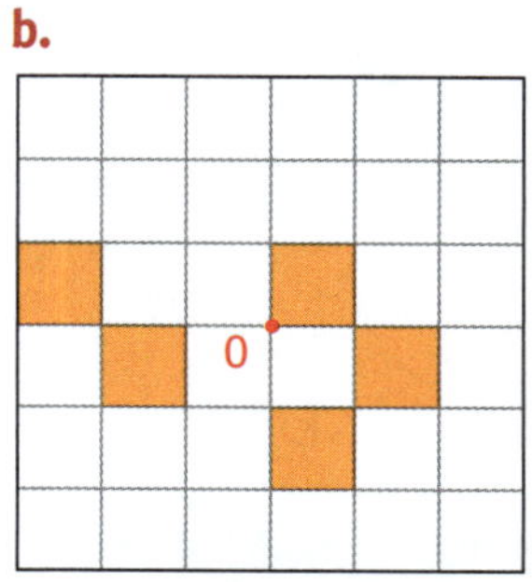

c.

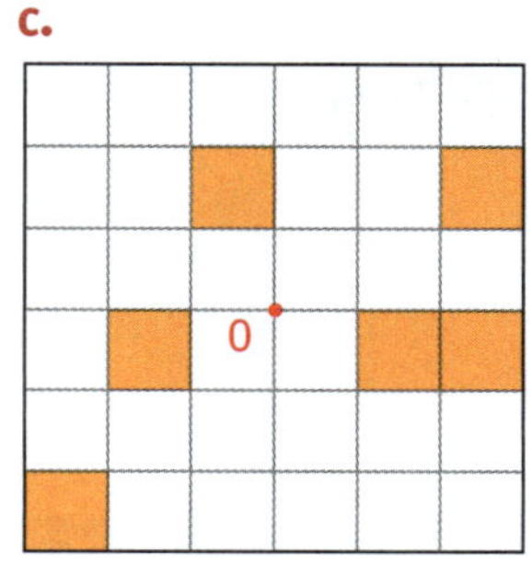

3 Objets géométriques (1)

Sur chaque dessin, tracer les axes et centres de symétrie (s'ils existent !).

COUP DE POUCE
Tu peux utiliser l'équerre, la règle ou le compas.

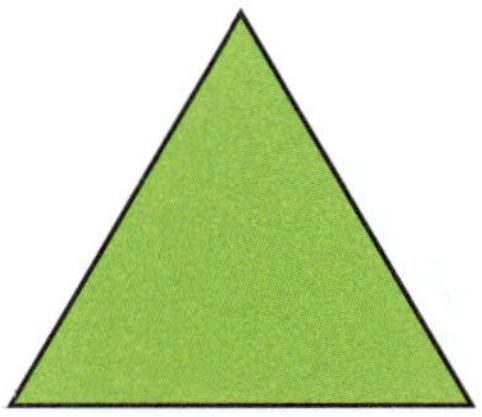

triangle équilatéral

rectangle

parallélogramme

4 Objets géométriques (2)

Même travail qu'à l'exercice précédent.

carré

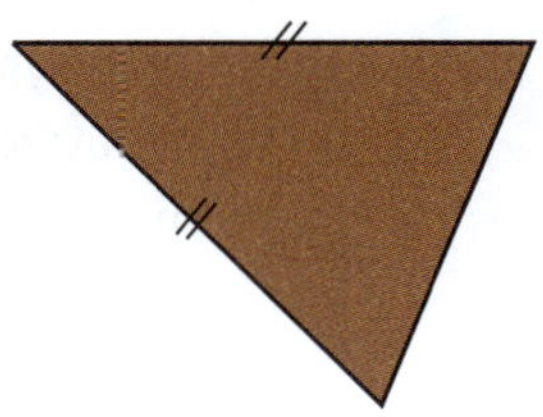

triangle isocèle

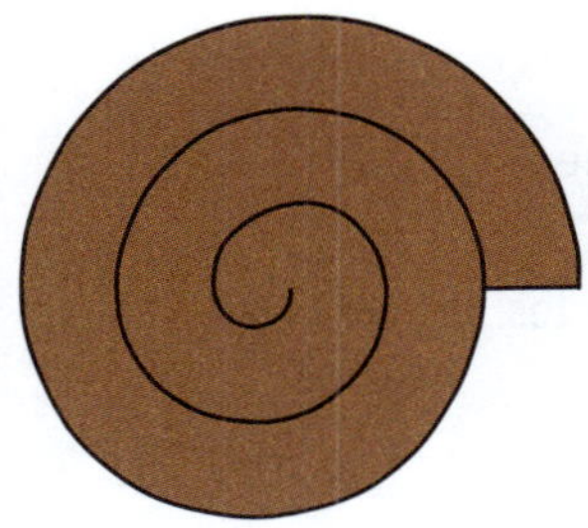

spirale

5 Rosace et fleur

Dans chaque cas, la figure possède deux axes de symétrie d et Δ.
Seule une partie de la figure a été dessinée.

a. Compléter les deux dessins à l'aide du compas.

COUP DE POUCE
Commence par placer les symétriques des centres des arcs de cercle.

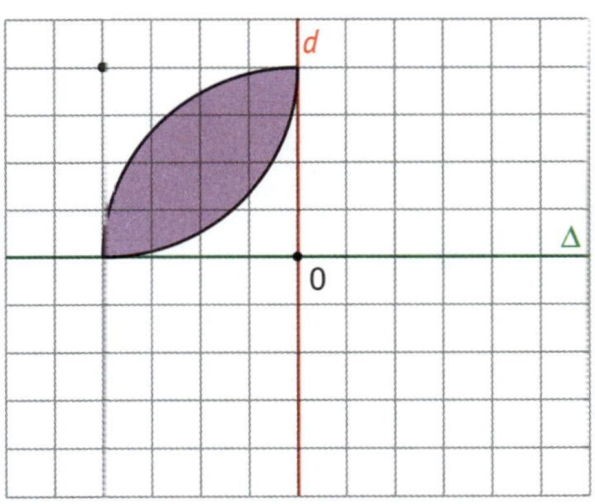

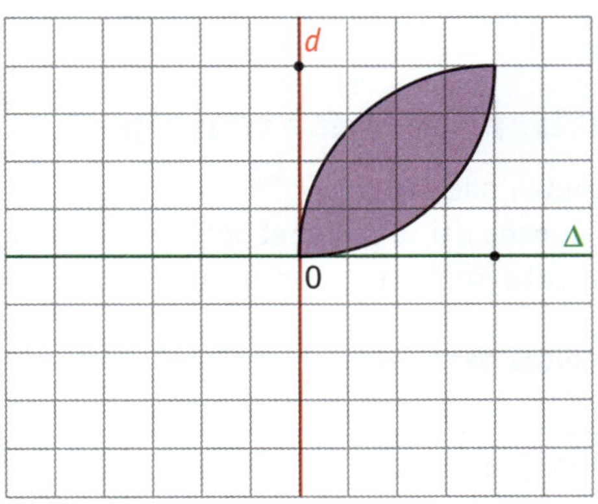

b. Ces figures admettent-elles un centre de symétrie ? ....

Si oui, lequel ? ....

Admettent-elles d'autres axes de symétrie ? ....

Si oui, les tracer.

Corrigés p. 127-128

GÉOMÉTRIE ET MESURES

19 Étudier les angles symétriques

Qu'est-ce que le symétrique d'un angle ?

Par rapport à une droite

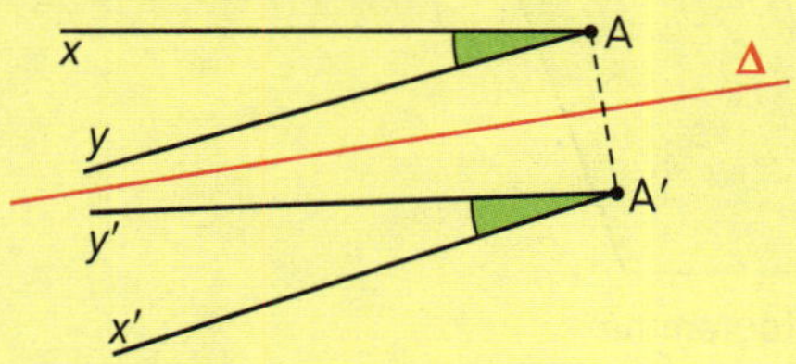

Par rapport à un point

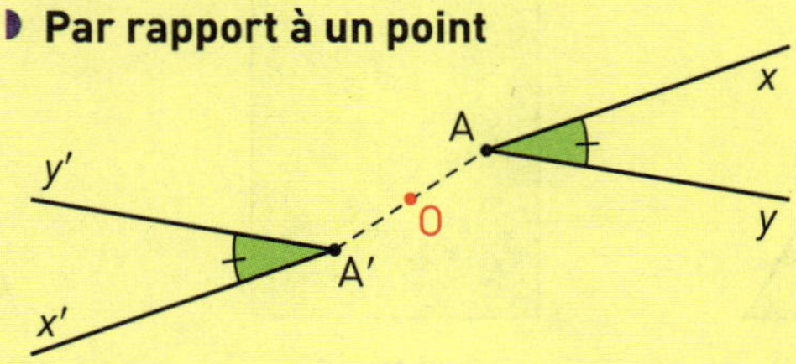

Propriété

Deux angles symétriques par rapport à une droite ou à un point ont la même mesure.

★ 1 Avec un triangle

a. Tracer le symétrique F'A'C' du triangle FAC par rapport au point J.

b. Noter sur le dessin les angles de même mesure.

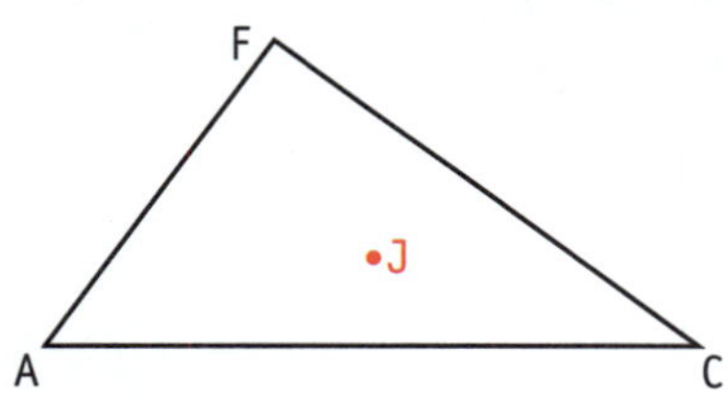

★ 2 Avec un quadrilatère

a. Tracer le symétrique T'O'Q'P' du quadrilatère TOQP par rapport à la droite *d*.

b. Colorier d'une même couleur les angles de même mesure.

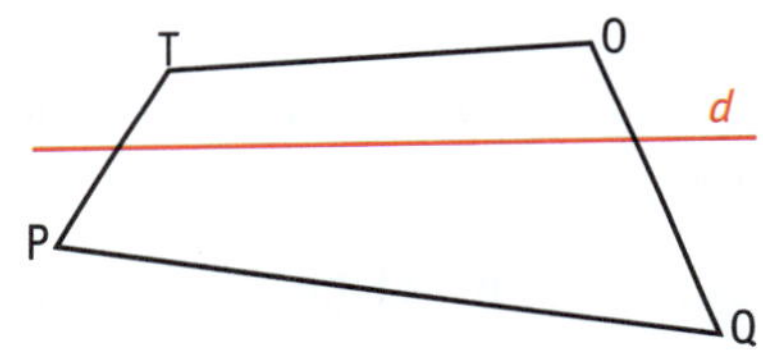

INFO

Exercice 2. Rappel :

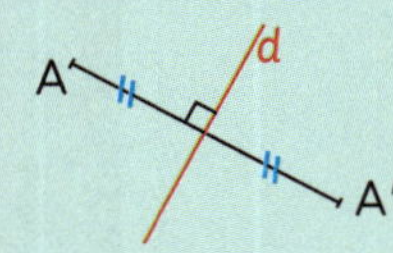

A et A' sont symétriques par rapport à *d*.

Quelles sont les propriétés à connaître ?

Angles et droites sécantes

Les angles **opposés par le sommet** ont même mesure. (En effet, ils sont symétriques par rapport à J.)

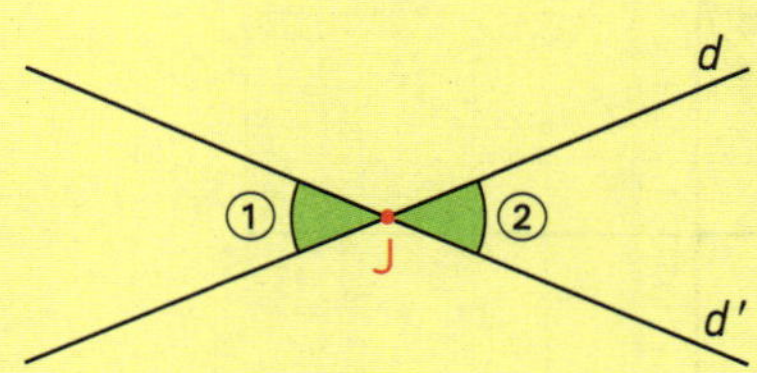

Angles et droites parallèles

Propriétés

- Si les droites *d* et *d'* sont parallèles alors :
– les angles **alternes internes** ② et ③ ont même mesure ;
– les angles **correspondants** ① et ④ ont même mesure.

Réciproques

- Si les angles **alternes internes** ② et ③ ont même mesure alors les droites *d* et *d'* sont parallèles.
- Si les angles **correspondants** ① et ④ ont même mesure alors les droites *d* et *d'* sont parallèles.

Les angles ② et ③ ont la même mesure car ils sont symétriques par rapport au milieu I de [AB].

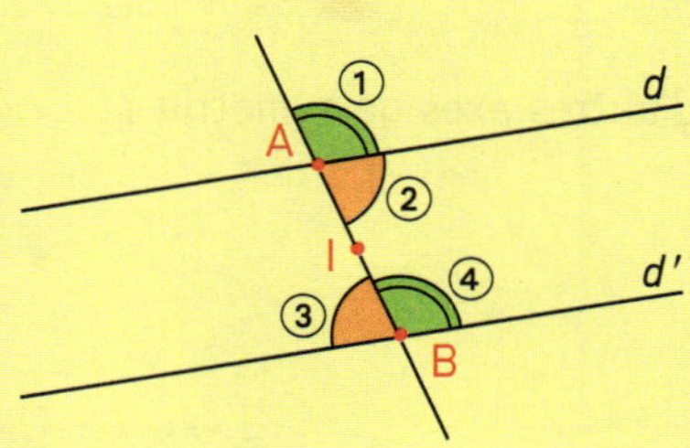

3 Avec des parallèles

Les droites D, D' et D'' sont parallèles.
Donner la mesure des angles :

$\widehat{a}$ = ... $\widehat{b}$ = ...

$\widehat{c}$ = ... $\widehat{d}$ = ...

$\widehat{e}$ = ... $\widehat{f}$ = ...

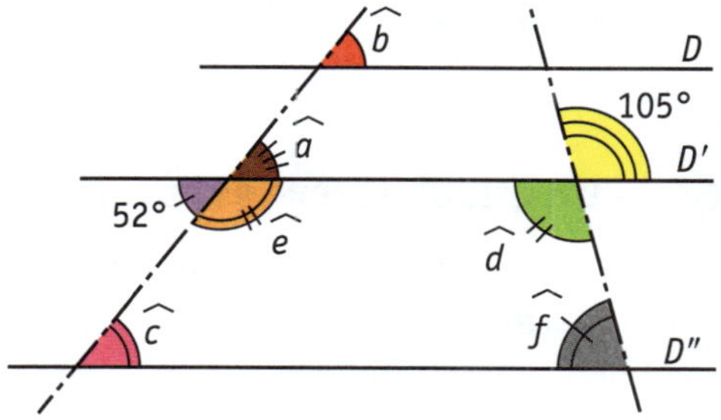

4 Parallèles ?

Les droites (Ay) et (Bz) sont-elles parallèles ? Pourquoi ?

....

....

....

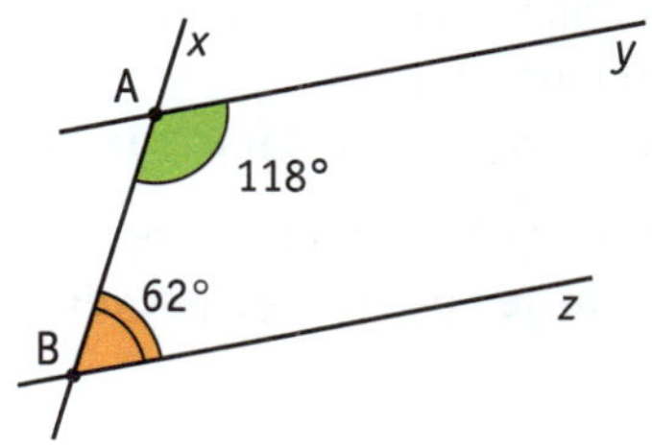

5 Avec un trapèze ABCD

a. Tracer la parallèle à (BD) passant par C.
Tracer la parallèle à (AC) passant par D.
Ces deux droites se coupent en O.

b. Indiquer sur le dessin les angles mesurant 28° puis ceux mesurant 22°.

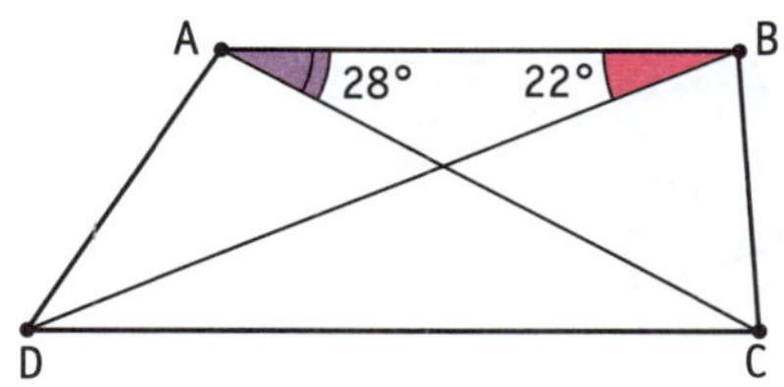

6 Avec un triangle rectangle (1)

La droite Δ est parallèle à (BC).
Combien mesure l'angle $\widehat{x}$?

....

Et l'angle $\widehat{y}$? ....

....

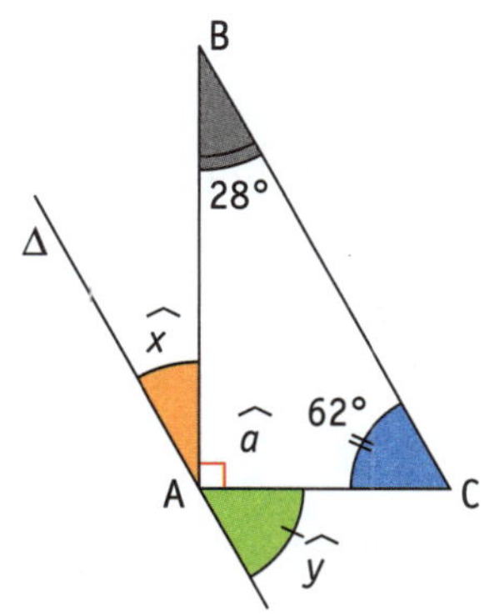

7 Avec un triangle rectangle (2)

Le triangle ABC est rectangle en A.

a. Combien mesure l'angle $\widehat{x}$? ....

b. Expliquer pourquoi (BD) est parallèle à (AI).

....

....

....

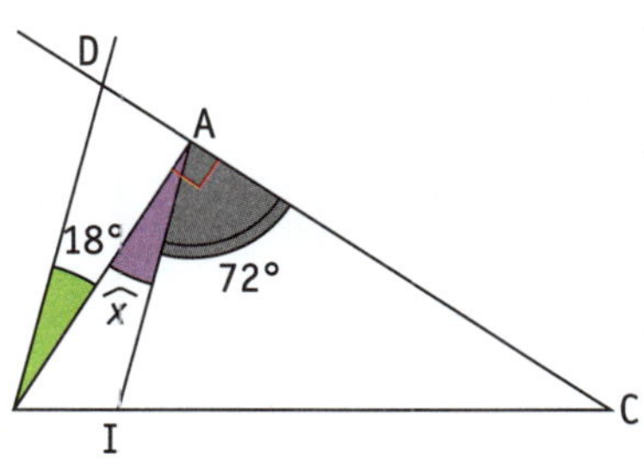

Corrigés p. 128

MATHS

20 Connaître les parallélogrammes

Comment prouver qu'un quadrilatère est un parallélogramme ?

- Un quadrilatère vérifiant l'une des conditions suivantes est un parallélogramme :
  - les côtés opposés sont parallèles,
  - les diagonales se coupent en leur milieu,
  - les côtés opposés ont même longueur,
  - les angles opposés ont même mesure,
  - deux côtés opposés sont parallèles et ont même longueur,
  - le quadrilatère admet un centre de symétrie.

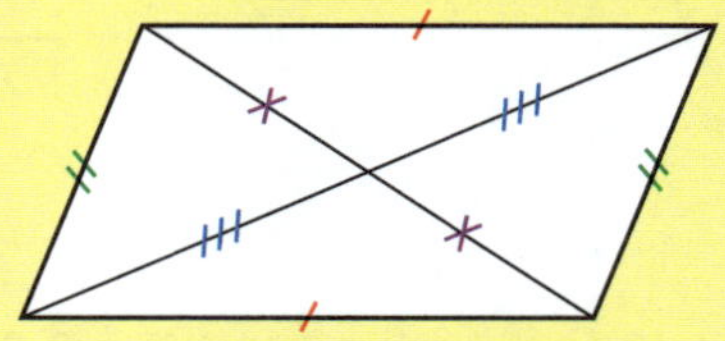

- Pour démontrer qu'un quadrilatère est un parallèlogramme, il suffit donc de prouver qu'**une seule** de ces propriétés est vérifiée.

1 Reconnaître des parallélogrammes

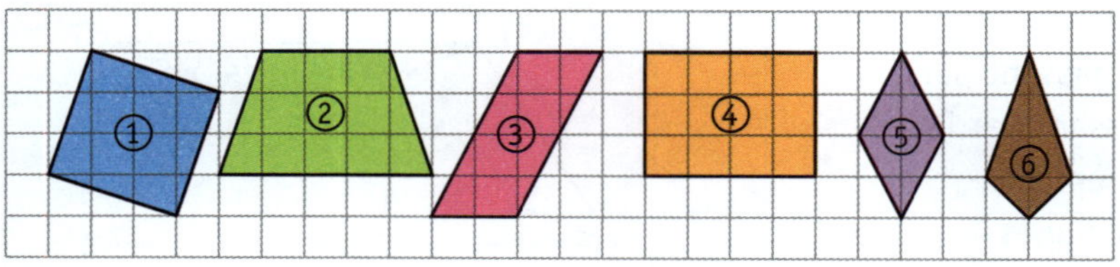

Citer tous les quadrilatères qui sont des parallélogrammes : ....

2 Avec les diagonales

Soit ABC un triangle et J le milieu de [BC].
Soit D le symétrique de A par rapport à J.

a. Compléter la figure.

b. Que dire du quadrilatère ABDC ? Pourquoi ?

....

....

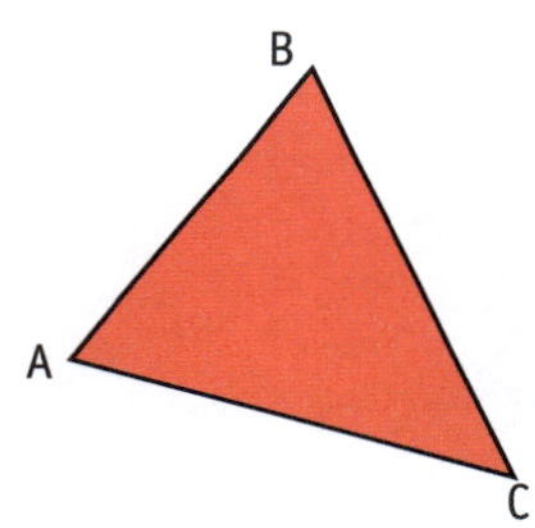

ATTENTION
Il s'agit bien de ABDC et non de ABCD.

3 Avec les côtés opposés

Soit un segment [AB] et deux points K et J.

a. Construire les symétriques C et D des points A et B par rapport à K.

b. Construire les symétriques E et F des points C et D par rapport à J.

c. Démontrer que (AB) // (DC) et AB = DC.

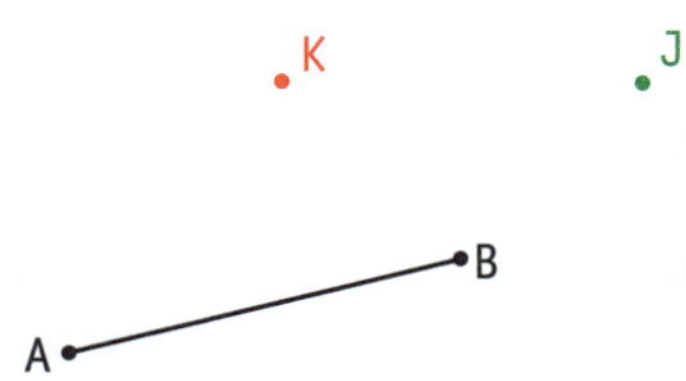

....

d. De même démontrer que (DC) // (EF) et DC = EF.

....

e. Que dire du quadrilatère ABFE ? ....

....

INFO
e. Rappel : un quadrilatère ayant deux côtés opposés parallèles et de même longueur est un parallélogramme.

Quelles sont les propriétés du parallélogramme ?

- Un parallélogramme admet un **centre de symétrie** : le point commun aux deux diagonales.
- Les **diagonales** d'un parallélogramme se coupent en leur milieu.
- Les **côtés opposés** d'un parallélogramme sont parallèles et de même longueur.
- Les **angles opposés** d'un parallélogramme ont la même mesure.
- Deux **angles consécutifs** d'un parallélogramme sont **supplémentaires**.

(Cela signifie que la somme de leurs mesures vaut 180°.)

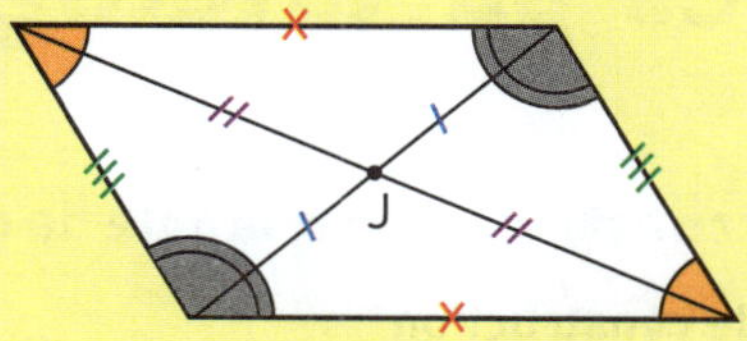

MATHS

4 Angles et parallélogramme

ABCD est un parallélogramme dont l'angle $\hat{A}$ mesure 113°.
Donner :

- $\hat{C}$ = ...
- $\hat{B}$ = ...
- $\hat{D}$ = ...

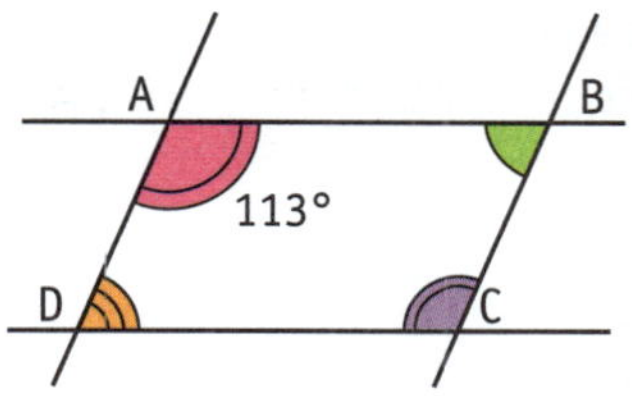

5 Côté commun

Soit ABCD et CDEF deux parallélogrammes ayant le côté [CD] en commun.

a. Compléter la figure.

b. Prouver que AB = EF et (AB) // (EF).

....

....

....

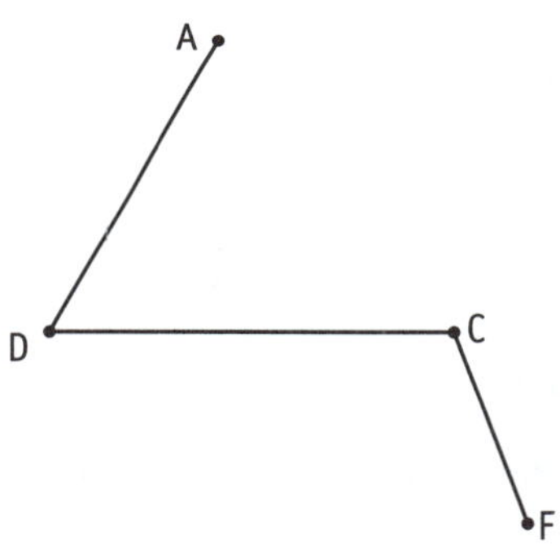

COUP DE POUCE
b. Utilise les propriétés des parallélogrammes.

c. Citer un troisième parallélogramme. ....

d. Démontrer que les segments [AF] et [BE] ont le même milieu. ....

....

6 Cercles et parallélogramme

Les deux cercles ont le même centre.
Prouver que AD = BC et (AD)//(BC).

....

....

....

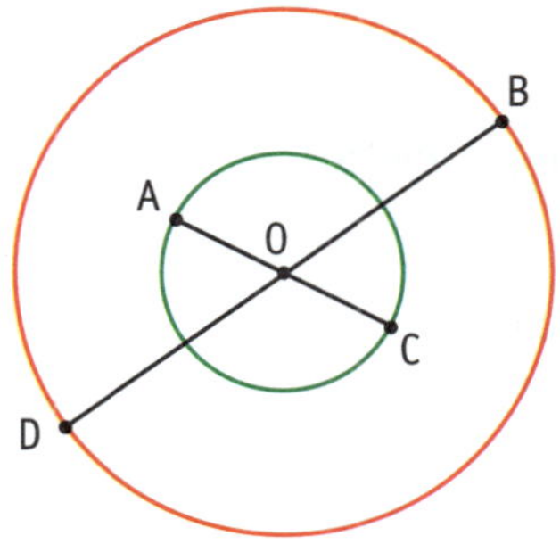

COUP DE POUCE
Tu peux commencer par démontrer que ABCD est un parallélogramme.

Corrigés p. 128-129

21 Construire des triangles et des parallélogrammes

Comment construire un triangle de dimensions données ?

Exemple de construction

Pour construire un triangle ABC tel que AB = 4 cm, AC = 3 cm et BC = 2 cm, on trace un segment de longueur donnée, par exemple [AB], puis on reporte les deux autres dimensions à l'aide d'un compas.

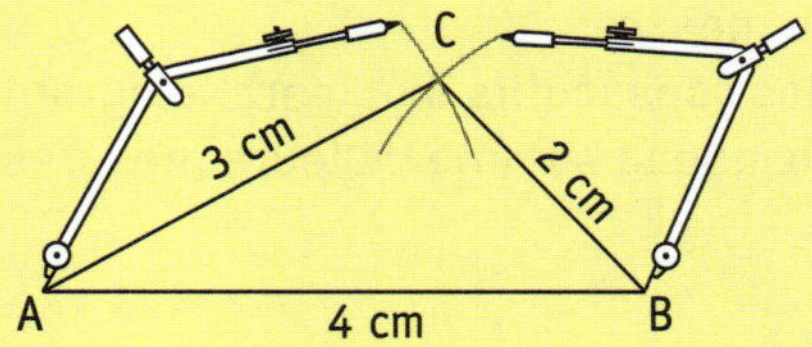

Inégalité triangulaire

Dans un triangle, tout côté est plus petit que la somme des deux autres côtés.
Dans l'exemple précédent, AB < AC + BC ; AC < AB + BC et BC < AB + AC.

★ 1 Avec trois côtés connus

a. Construire un triangle ABC tel que :
AB = 6 cm
BC = 5 cm
AC = 4 cm
Quel est le périmètre de ABC ?

.... cm.

A B

b. Hector prétend que l'on peut construire un triangle ABC tel que AB = 6 cm, BC = 2 cm et AC = 3 cm. Hélène pense que c'est impossible. Qui a raison et pourquoi ?

....

....

★ 2 Avec un angle entre deux côtés

Construire un triangle EFG tel que :
EF = 6 cm
EG = 4 cm
$\widehat{FEG} = 40°$
Mesurer FG et donner le périmètre de EFG.

FG ≈ .... cm.

Périmètre ≈ .... cm.

E F

COUP DE POUCE
Utilise la règle graduée, le compas et le rapporteur.

3 Avec un côté entre deux angles

Construire un triangle LMN tel que :

MN = 5 cm

$\widehat{NML} = 70°$

$\widehat{MNL} = 50°$

4 Avec un angle et deux côtés

Construire deux triangles PQR tels que :

PQ = 5 cm

$\widehat{QPR} = 35°$

QR = 3 cm

COUP DE POUCE
Ici, l'un des côtés de l'angle donné est inconnu.
Il y a plusieurs solutions.

MATHS

5 Construction d'un parallélogramme

Construire le parallélogramme ABCD tel que :

l'angle $\hat{A}$ mesure 65° et AB = 3 cm.

6 Construction d'un autre parallélogramme

Construire le parallélogramme ABCD ayant ses diagonales qui se coupent en O.

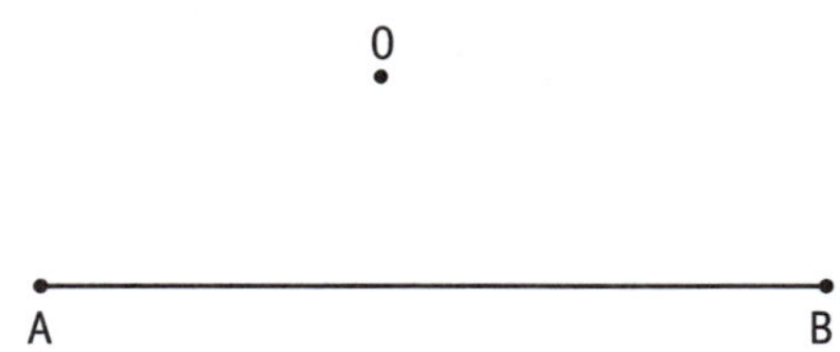

7 Un triangle et trois parallélogrammes

Construire les parallélogrammes ABEC, BCFA et CAGB.

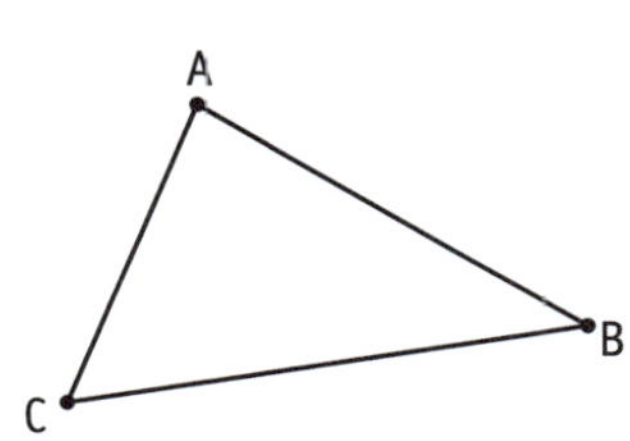

Corrigés p. 129-130

22 Calculer l'aire d'un triangle et d'un parallélogramme

Comment calculer des aires ?

Hauteurs d'un triangle ABC

La hauteur issue de A est la droite passant par A et perpendiculaire à (BC).
Il arrive qu'une hauteur soit à l'extérieur d'un triangle.

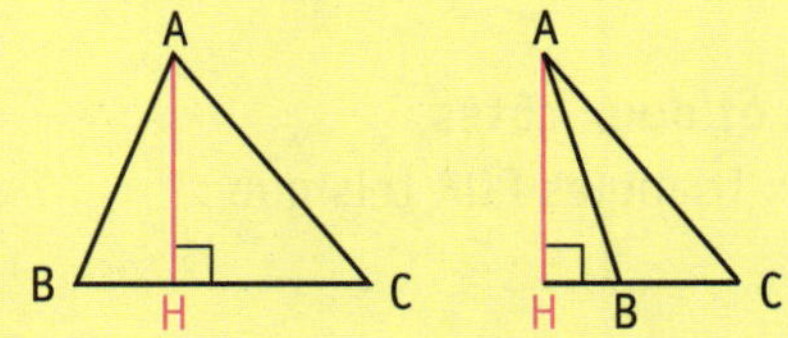

Aire d'un parallélogramme et aire d'un triangle

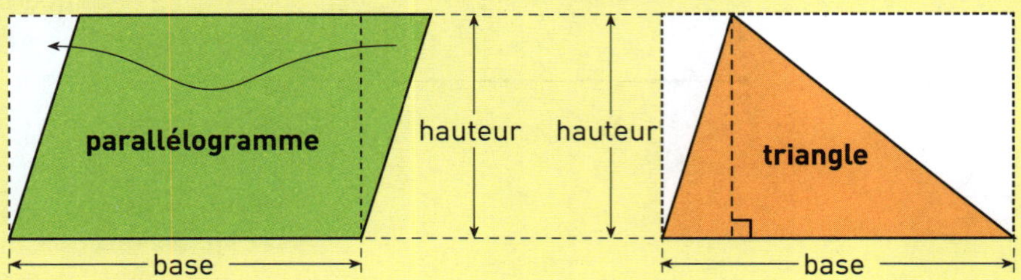

aire = base × hauteur

aire = (base × hauteur) ÷ 2

Exemple : L'aire d'un triangle dont la base mesure 9 cm et la hauteur 7 cm est :
aire = (9 × 7) ÷ 2 = 31,5 cm²

Car le triangle est la moitié d'un rectangle.

★ 1 Aires de tout repos

Indiquer sous chaque figure son aire en cm².

ATTENTION Les dessins ne sont pas faits à l'échelle.

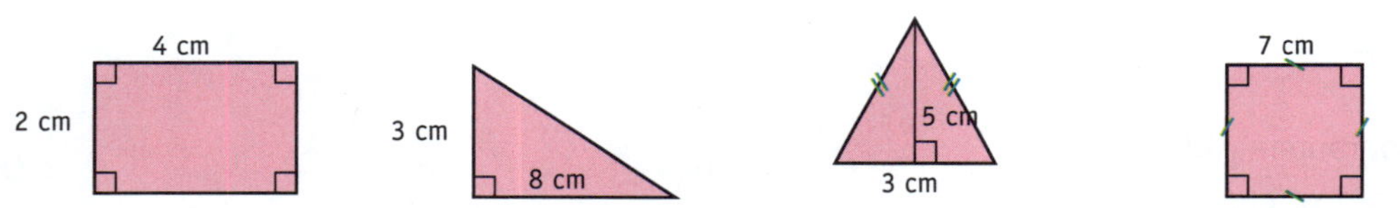

.... cm²   .... cm²   .... cm²   .... cm²

★ 2 Aires en carreaux

Compléter le tableau en indiquant les mesures en nombre de carreaux.

	Base	Hauteur	Aire en carreaux
Parallélogramme ABCD			
Parallélogramme DEFG			
Triangle DEH			
Triangle BCK			

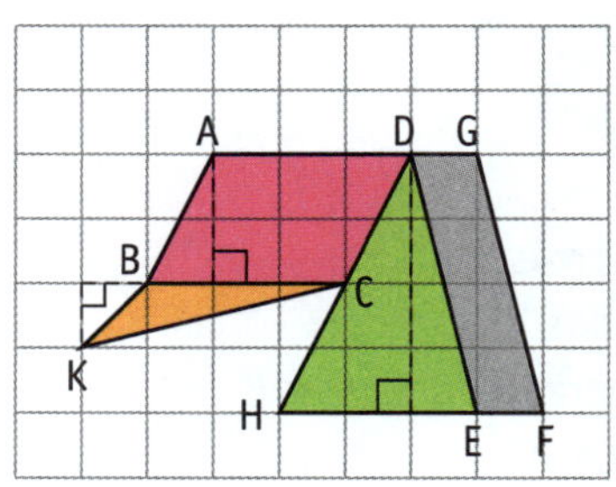

COUP DE POUCE Pour le triangle BCK, la hauteur issue de K est à l'extérieur du triangle.

3 Aire d'autoroute

Une autoroute traverse un champ rectangulaire (dimensions indiquées sur la figure).

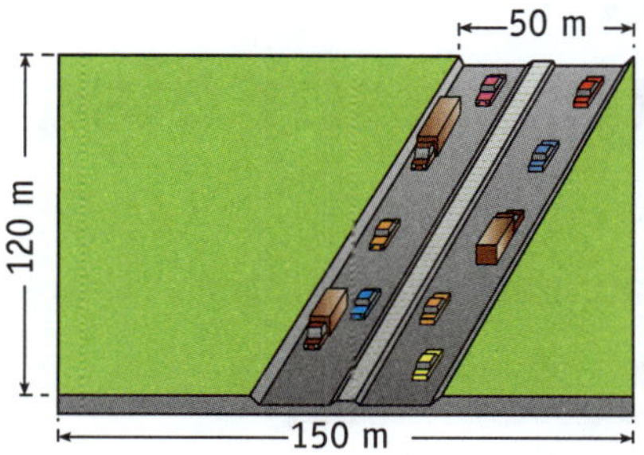

a. L'aire du tronçon d'autoroute est :

....

b. L'aire de la surface cultivable restante est :

....

> **COUP DE POUCE**
> Le tronçon d'autoroute a la forme d'un ....

4 Dans un quadrillage

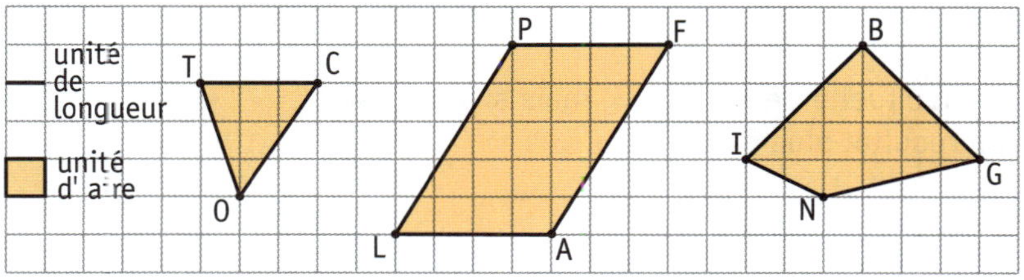

a. Aire du triangle TOC. ....

b. Aire du parallélogramme PLAF. ....

c. Aire du quadrilatère BING. ....

> **ATTENTION**
> Ici, l'unité d'aire est l'aire d'un petit carreau.

> **COUP DE POUCE**
> Pour le troisième cas, trace la diagonale [IG].

5 Exercice à la hauteur

a. Un triangle ABC a une aire de 42 cm². Le côté [BC] mesure 12 cm. Combien mesure la hauteur issue de A ?

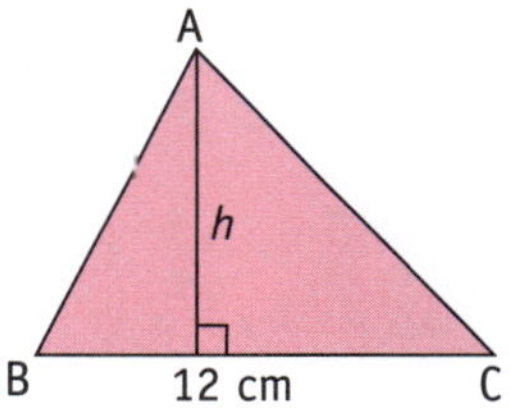

....

....

b. La hauteur d'un parallélogramme mesure 4 m et la base correspondante 13 m. L'autre hauteur mesure 12 m. Combien mesure la base correspondante ?

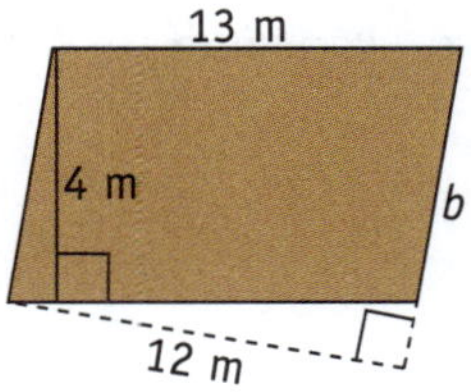

....

....

....

....

> **COUP DE POUCE**
> **a.** Écris la formule de l'aire d'un triangle en utilisant les données et en notant h la hauteur.

> **COUP DE POUCE**
> **b.** Commence par calculer l'aire du parallélogramme.

6 Autour du périmètre

Un triangle ABC isocèle en A a une aire de 12 cm².
La hauteur issue de A mesure 4 cm et celle issue de B mesure 4,8 cm.
Calculer le périmètre du triangle.

....

....

....

> **COUP DE POUCE**
> Commence par faire une figure à main levée puis calcule BC et AC.

Corrigés p. 130

MATHS

23 Calculer le périmètre et l'aire d'un disque

Comment calculer le périmètre et l'aire d'un disque ?

- Pour un disque de rayon *R* :

périmètre $= 2 \times \pi \times R = 2\pi R$

aire $= \pi \times R \times R = \pi R^2$

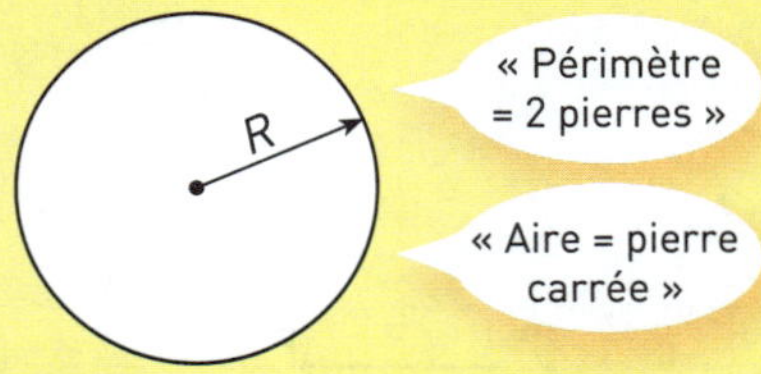

Remarque : Dans les calculs, on prend habituellement $\pi \approx 3{,}14$, mais si on utilise la calculatrice, la touche (π) donne un résultat plus précis.

★ 1 Les coins ou le carreau ?

Comparer les aires des parties coloriées des figures ① et ②.

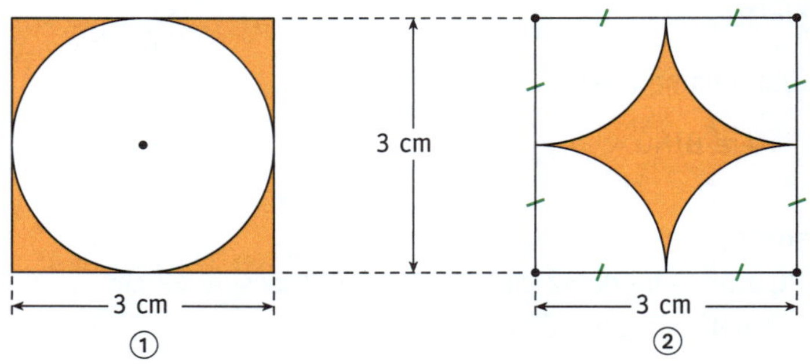

ATTENTION Ne te lance pas dans les calculs. Réfléchis et observe !

....

★ 2 Aire d'un disque

Compléter le tableau suivant en donnant les résultats à 0,01 près.

Rayon	Diamètre	Périmètre	Aire
4 m			
	4 m		
		4 m	

★ 3 Le joli cœur

Calculer l'aire du cœur sachant que ABCD est un carré de côté 4.

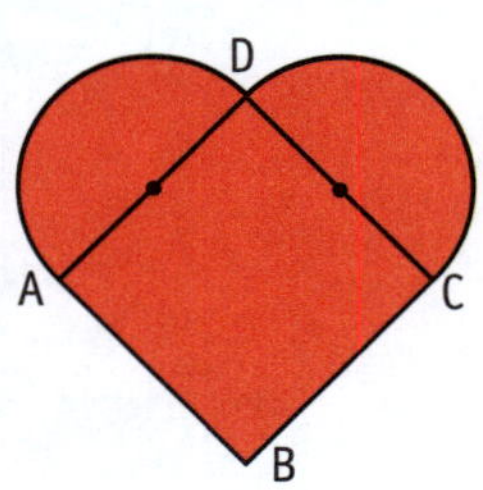

....

....

....

4 La ficelle

Avec une ficelle nouée 
de longueur 24 cm, on a fabriqué :

un carré un disque un rectangle

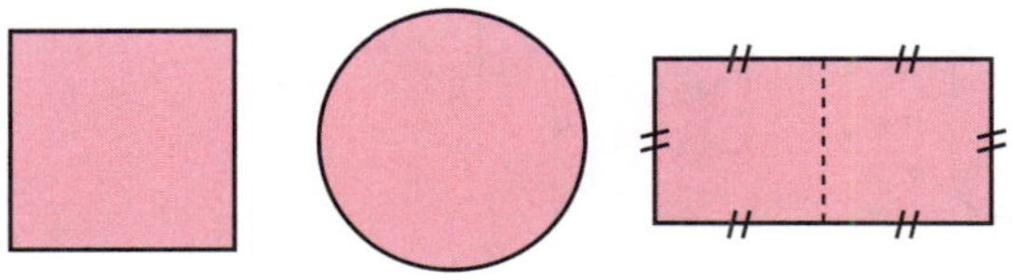

Calculer et comparer les aires
de ces trois figures.

> **INFO**
> Les mathématiciens ont prouvé que, quelle que soit la longueur de la ficelle, l'aire du disque est toujours supérieure à celle du carré, qui est elle-même supérieure à l'aire de tout autre rectangle.

MATHS

5 La fleur de crucifère

Calculer en carreaux l'aire de la partie coloriée (à 0,01 près).

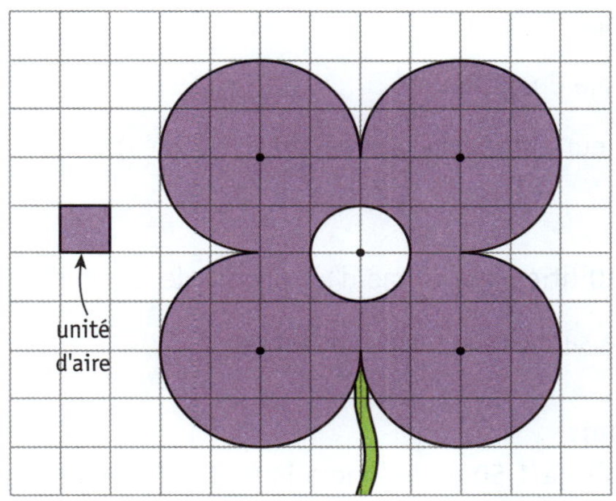

6 La piscine

On a donné la forme ci-contre
à une piscine.

a. Calculer l'aire de cette piscine en m^2.

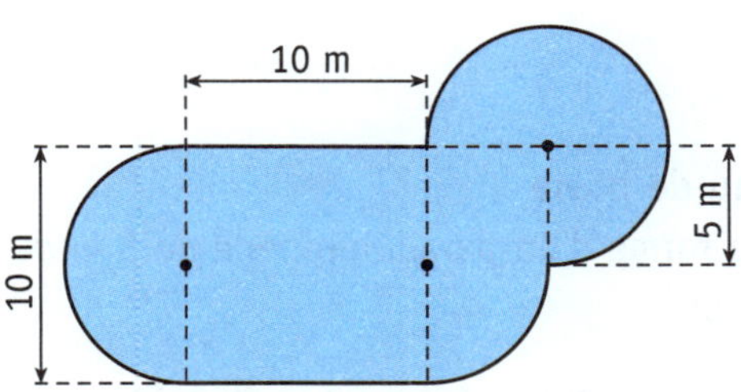

b. Calculer le périmètre de la piscine.

Corrigés p. 130-131

24 Calculer des aires et des volumes

Comment calculer des volumes ?

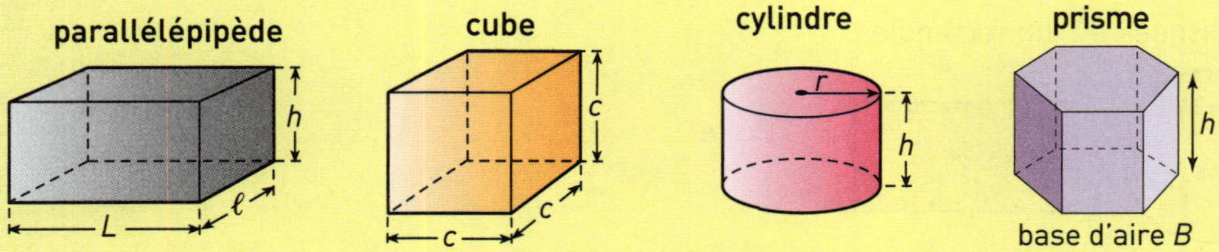

volume = $(L \times \ell) \times h$	volume = $(c \times c) \times c = c^3$	volume = $(\pi r^2) \times h$	volume = $B \times h$

Dans tous les cas présents, on a : **volume = aire de la base × hauteur**

★ 1 Un cylindre dans un cube

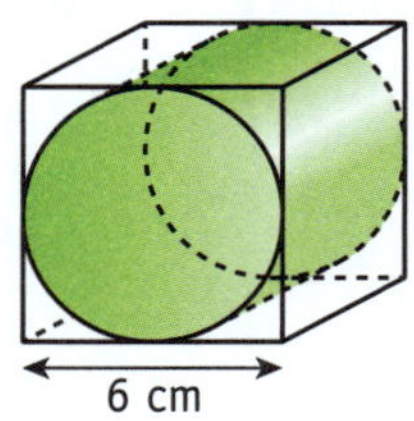

a. Calculer le volume du cube : ....

b. Calculer volume du cylindre : ....

(Donner une valeur approchée par défaut à 0,1 près).

★ 2 L'arrosoir

Un arrosoir de 10 litres a la forme d'un prisme de 25 cm de hauteur.

Calculer l'aire de sa base en cm^2, puis en dm^2. ....

★ 3 Une pièce de bois

Une pièce de bois de 1,50 m de long a la forme d'un parallélépipède dont la base est un carré de 30 cm de côté.
Calculer le volume en m^3 de cette pièce de bois.

ATTENTION ... aux unités !

....

....

★★ 4 La citerne d'eau de pluie

Une citerne a la forme d'un parallélépipède de 3 m de largeur, 4,5 de longueur et 5 m de hauteur.

a. Calculer, en m^3, le volume total de la citerne. ....

....

....

b. Après un gros orage, 27 m^3 d'eau ont coulé dans la citerne.
De combien de mètres est monté le niveau de l'eau dans la citerne ?

....

....

Comment calculer des aires ?

Aire totale des faces d'un parallélépipède

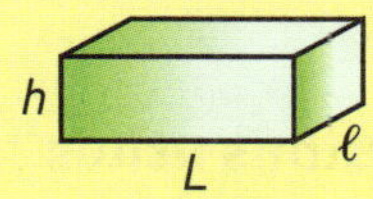

aire totale des faces = $2 \times (L \times \ell + L \times h + \ell \times h)$

Cas du cube d'arête c : aire totale = $6 \times c^2$

Aire latérale d'un cylindre

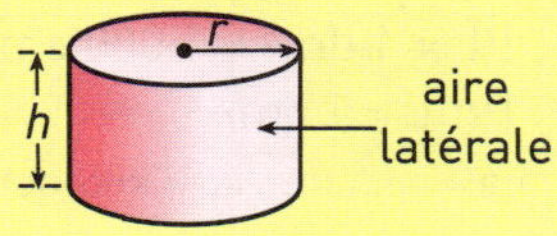

aire latérale = $2 \times \pi \times r \times h$

★ 5 Aires à comparer

Comparer les aires totales des faces :
- d'un cube de 23 cm d'arête ;
- d'un parallélépipède de dimensions : 41 cm, 19 cm, 13 cm.

....

★ 6 Le bon tuyau

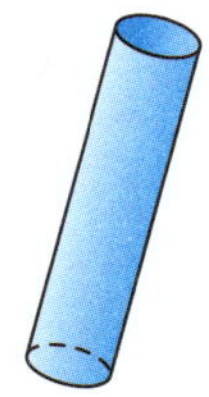

On veut fabriquer un tuyau de poêle de 70 cm de long et 7,5 cm de rayon.
Quelle surface de tôle, en cm² puis en m², faut-il employer ?

....

★ 7 Pile de cubes

Cinq cubes identiques posés l'un sur l'autre atteignent une hauteur de 45 cm.
Calculer le volume de l'un de ces cubes.

....

★ 8 Cylindres

Compléter le tableau avec des valeurs approchées à 0,1 près. (*Faire les calculs au brouillon.*)

Rayon r (en cm)	**Diamètre** (en cm)	**Hauteur h** (en cm)	**Périmètre de base** (en cm)	**Aire de base** (en cm²)	**Aire latérale** (en cm²)	**Volume** (en cm³)
2		10				
	5	7				
		6	10			

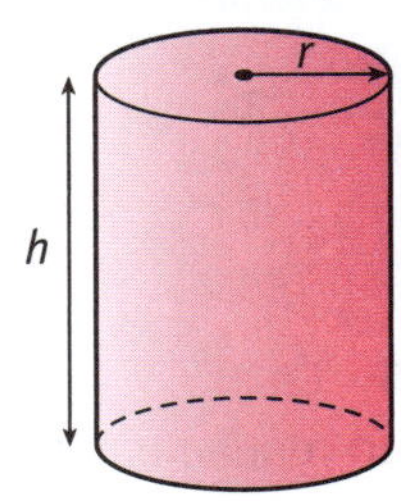

COUP DE POUCE
- Utilise la touche π de la calculatrice.
- Pour la troisième ligne : $10 = 2\pi r$, donc $r = 10 \div (2\pi) = \ldots$

★ 9 Longueur, aire et volume avec Scratch

a. Assembler et exécuter ce programme concernant un cube. Que donne-t-il ?

b. Ajouter 2 lignes pour que le programme affiche, à l'aide de la variable a, l'aire totale des faces du cube.

c. Même travail, mais le programme doit afficher la longueur totale des arêtes du cube (utiliser la variable L).

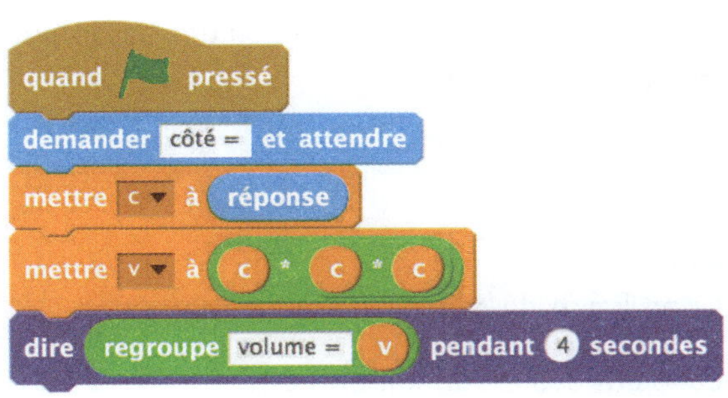

COUP DE POUCE
Pour découvrir ou réviser la programmation en Scratch, vois le chapitre 26.

Corrigés p. 131

25 Changer d'unités

Quelles sont les conversions utiles ?

- 1 t (*) = 10 q (*) = 1 000 kg — 1 m^3 = 1 000 L = 10 hL — 1 ha (*) = 1 hm^2 = 10 000 m^2
  1 h = 3 600 s — 1 L = 1 dm^3 = 1 000 cm^3 — 1 a (*) = 100 m^2
  1 j = 24 h — 1 mL = 1 cm^3 — 1 Mo (*) = 1 000 ko (*)
  (*) t = tonne ; q = quintal ; a = are ; ha = hectare ; ko = kilo-octet ; Mo = mégaoctet.
- Pour les autres cas, se reporter à la carte mentale *Les unités de mesure* à la fin du livre.

COUP DE POUCE
Pour les exercices 1 et 2, pense à utiliser des unités intermédiaires.

★ 1 Des unités à foison

Compléter en respectant les unités.

a. 1,2 dam = ... cm
b. 13,2 mm = ... dm
c. 4 hm = ... km
d. 150 cm^2 = ... m^2
e. 6 000 m^2 = ... hm^2
f. 3 ha = ... m^2
g. 125 g = ... kg
h. 314 cg = ... g
i. 4,3 t = ... kg
j. 13 q = ... kg
k. 100 min = ... h .... min
l. 7 200 s = ... h

★ 2 Avec des volumes

Compléter en respectant les unités.

a. 1,5 L = ... cm^3
b. 3 cm^3 = ... cL
c. 0,4 m^3 = ... dm^3
d. 15 cm^3 = ... mL
e. 100 hL = ... m^3
f. 125 cm^3 = ... L
g. 8 dL = ... cm^3
h. 3,8 dL = ... dm^3
i. 0,5 L = ... dm^3
j. 2 500 L = ... m^3

★★ 3 Unités agraires

a. Une vigne a un rendement de 42 hL à l'hectare. Donner ce rendement en litres sur un are.

....

b. Dans un champ de blé, on a relevé un rendement de 60 quintaux à l'hectare. Donner ce rendement en kg par are.

....

★ 4 Vitesses d'oiseaux

Calculer la vitesse en km/h de chacun de ces oiseaux :

a. La pie écorcheuse qui avale 700 km en 20 h : ....
b. Le tourne-pierre qui parcourt 825 km en 25 h : ....
c. Le foulque qui peut faire 730 km en 2 jours : ....

5 ★ **Mur du son**

Un avion a une vitesse de 1 100 km/h. Dépasse-t-il la vitesse du son qui est de 330 m/s ?

....

6 ★ **Digital**

a. Comparer les capacités de deux disques durs, l'un de 800 Go et l'autre de 2 To.

....

b. Une clé USB a une capacité de 32 Go. Exprimer cette capacité en Mo.

....

c. La capacité d'une carte mémoire est de 36 Go. Combien de fois est-elle plus grande qu'une ancienne carte mémoire de 18 Mo ?

....

> **INFO**
> Mo : mégaoctet
> Go : gigaoctet
> (1 Go = 1 000 Mo)
> To : téraoctet
> (1 To = 1 000 Go)

7 ★★ **Le geyser**

Aux États-Unis, le geyser « Le géant » rejette 13 850 hL d'eau chaude en 4 min.

Calculer le débit du geyser en m^3 par seconde. ....

....

8 ★★ **Consommation**

Dans certains pays d'Amérique du Sud, la consommation d'une voiture s'exprime en kilomètres (parcourus) par litre (consommé).

a. Une voiture consomme 8 L aux 100 km. Exprimer cette consommation

en km par litre de carburant. ....

....

b. Une voiture chilienne parcourt 15 km par litre. Exprimer cette consommation

en litres pour 100 km. ....

....

> **COUP DE POUCE**
> Tu peux utiliser un tableau de proportionnalité.

9 ★★ **Dans la vie courante**

a. 1,5 km de câble électrique coûte 900 euros. Combien coûtent 2 dam de ce câble ?

....

b. 4 m de tube de cuivre pèsent 3 kg. Combien pèsent, en grammes, 6 dm de ce tube ?

....

c. Au cours d'un orage, il est tombé 15 cm^3 d'eau sur une surface de 10 cm^2.
Quel volume d'eau (en litres) est-il tombé sur 1 m^2 ? Et sur un champ de 1 ha (en m^3) ?

....

....

Corrigés p. 131-132

26 Découvrir l'algorithmique et la programmation

Qu'est-ce que l'algorithmique ?

- Un **algorithme** est une suite d'opérations élémentaires qui doivent s'exécuter dans un certain ordre afin d'obtenir un résultat. L'**algorithmique** est la science des algorithmes. Le mot « algorithme » vient du nom du mathématicien **Al Khwarizmi** (Bagdad, vers l'an 800).
- Un algorithme est appelé **programme** lorsqu'il est enregistré et susceptible d'être exécuté par un ordinateur.
- Dans les exercices suivants, on utilise le logiciel **Scratch**, téléchargeable gratuitement sur Internet à l'adresse : scratch.mit.edu/scratch2download.

INFO Selon la version de Scratch, le drapeau vert peut être cliqué ou pressé. L'effet est le même dans les deux cas.

★ 1 Avec un carré

a. Le programme ci-contre demande le côté d'un carré et donne un certain résultat. Assembler ce programme sans oublier de créer la variable *A*.
Faire exécuter plusieurs fois avec des côtés différents. Que donne ce programme ?

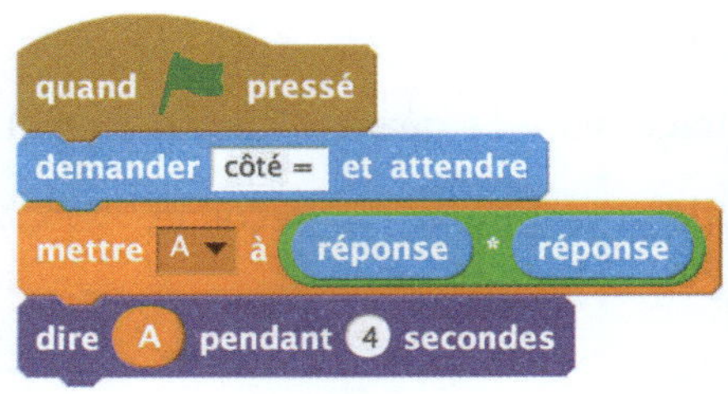

....

b. Modifier la troisième et la quatrième ligne du programme pour qu'il donne le périmètre du carré. (Utiliser la variable *P*.)

INFO réponse est une variable qui reçoit le nombre tapé.

★ 2 Avec un rectangle

Compléter ce programme qui demande la longueur et la largeur d'un rectangle, et qui donne l'aire du rectangle.

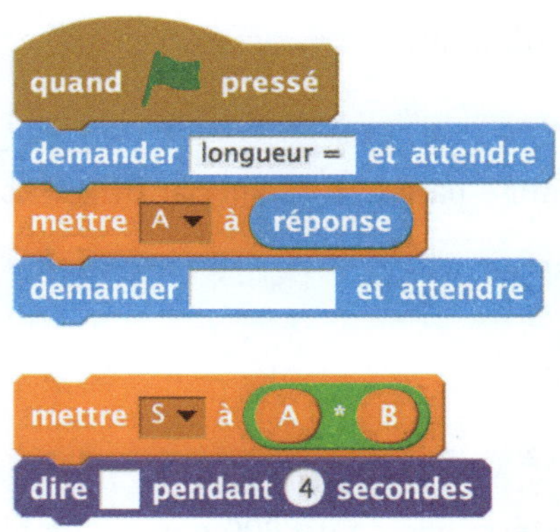

INFO Ici, on utilise plusieurs variables (A, B et S) afin d'éviter les conflits entre les différentes valeurs de réponse

★ 3 Pour mieux communiquer

Remplacer la ligne suivante du programme de l'exercice 2 :

par la ligne suivante :

Exécuter ce nouveau programme. Observer l'exécution.

....

INFO L'instruction regroupe rassemble deux objets, ici du texte et une variable.

★ 4 Dessin géométrique

Le programme ci-contre demande une longueur puis dessine sur l'écran deux segments perpendiculaires de cette longueur.

a. Exécuter ce programme avec plusieurs valeurs.

b. Compléter ce programme pour qu'il dessine un carré de longueur donnée.

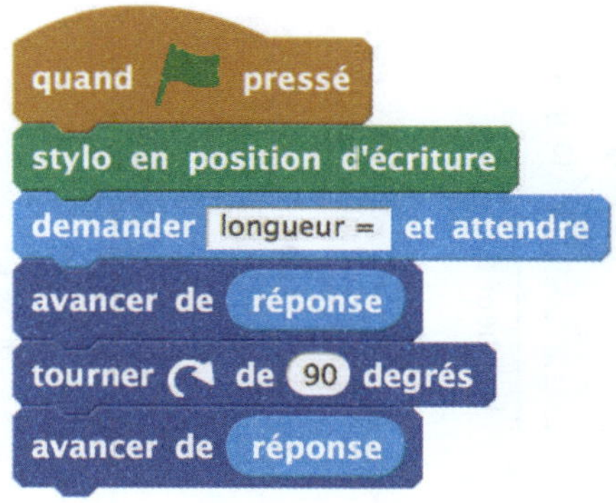

★★ 5 Deux variables à dessin

En s'inspirant du programme précédent, écrire un programme qui :
- demande la longueur et la largeur d'un rectangle ;
- les met dans les variables *A* et *B* ;
- trace ensuite ce rectangle.

> **INFO**
> Pour faire disparaître le lutin, ajoute l'instruction :
>
> 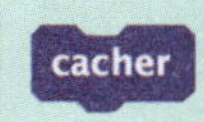
>

★ 6 Avec un triangle équilatéral

a. Compléter :
chaque angle d'un triangle équilatéral mesure ....

b. Dans le programme donné au début de l'exercice 4, remplacer la cinquième ligne par :

Ainsi on obtient, à l'écran, deux segments de même longueur formant un angle de 60°.

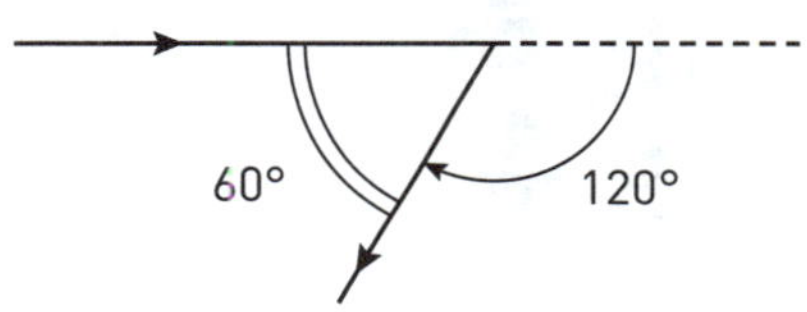

Exécuter ce programme.

c. Modifier ce programme pour qu'il trace un triangle équilatéral de côté donné.

★★ 7 Une maison

Écrire un programme qui demande une longueur et dessine la maison ci-contre.

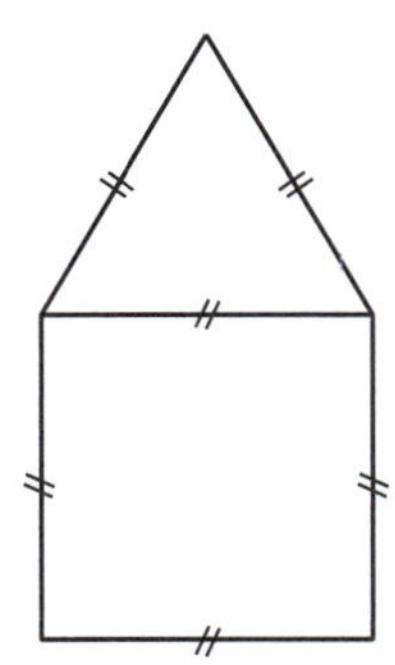

> **INFO**
> On peut le faire sans lever le crayon.

Corrigés p. 132-133

le formulaire de géométrie

figures planes

QUADRILATÈRES

rectangle

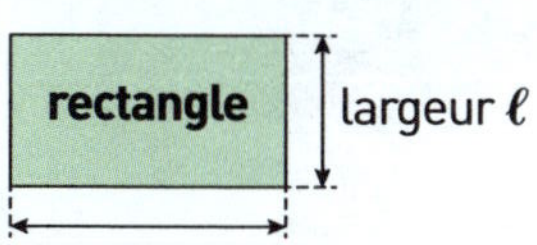

périmètre = $2 \times (L + \ell)$
aire = $L \times \ell$

carré

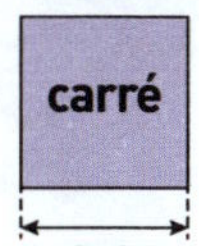

périmètre = $4 \times c$
aire = $c \times c = c^2$

parallélogramme

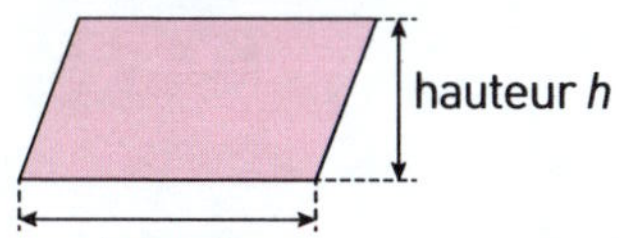

aire = $b \times h$

losange

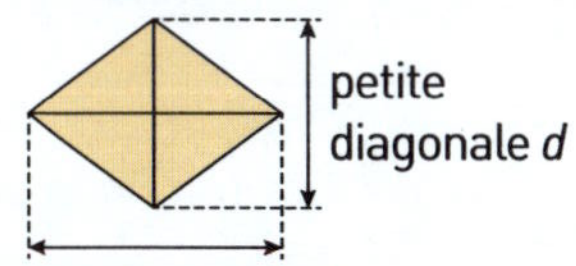

aire = $\dfrac{D \times d}{2}$

trapèze

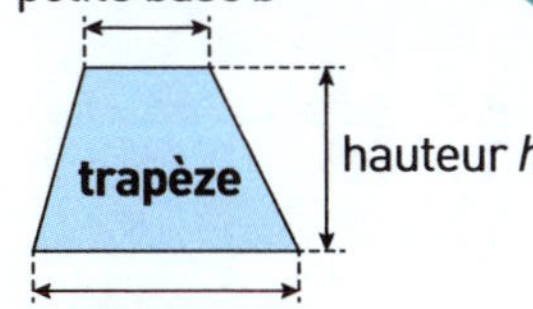

aire = $\dfrac{(B + b) \times h}{2}$

TRIANGLES

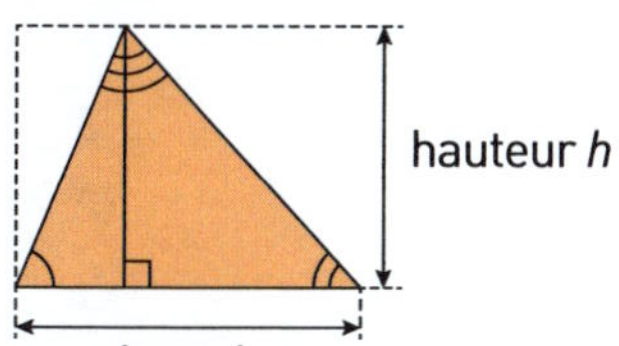

aire = $\dfrac{b \times h}{2}$
somme des angles = 180°

CERCLES ET DISQUES

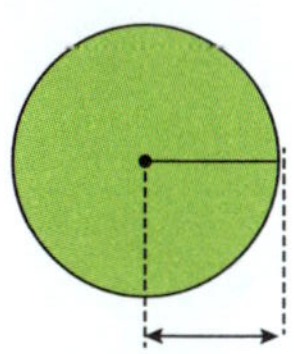

périmètre = $2\pi \times r$
aire = $\pi \times r^2$

solides

PARALLÉLÉPIPÈDES

parallélépipède

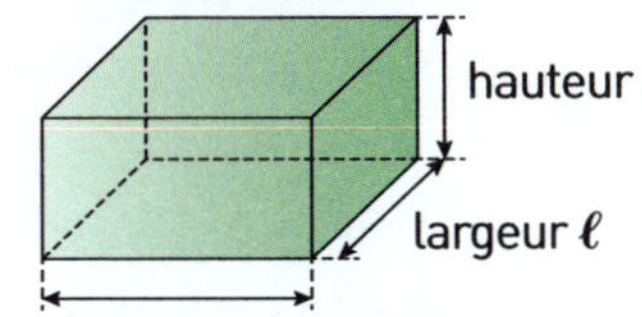

volume = $L \times \ell \times h$
aire totale = $2 \times (L \times \ell + L \times h + \ell \times h)$

cube

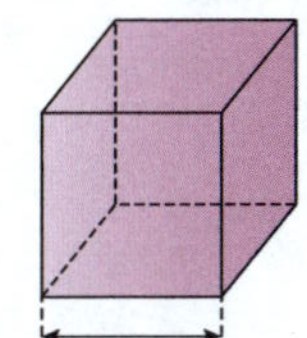

volume = $c \times c \times c = c^3$
aire totale = $6 \times c^2$

PRISMES ET CYLINDRES

prisme

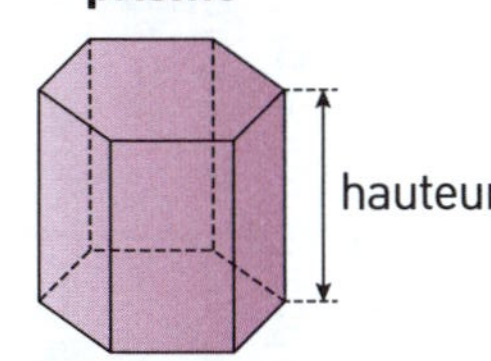

base d'aire B
et de périmètre p

volume = $B \times h$
aire latérale = $p \times h$

cylindre

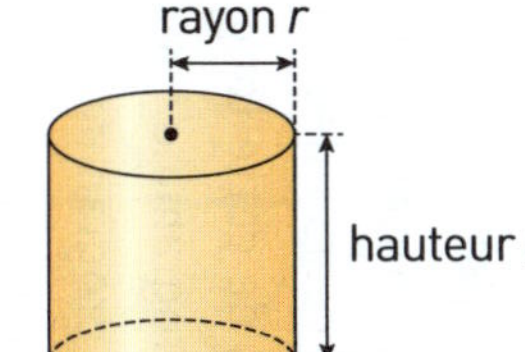

aire de la base = $\pi \times r^2$
volume = $\pi \times r^2 \times h$
aire latérale = $2\pi \times r \times h$

notations

ANGLES

$\widehat{AOB}$ angle

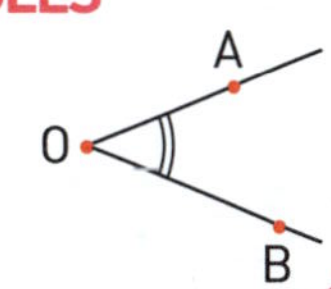

SEGMENTS ET DROITES

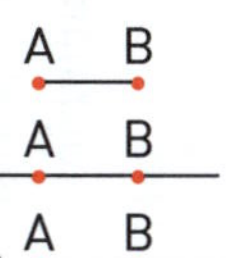

[AB] segment
(AB) droite
[AB) demi-droite

AB longueur ou distance de A à B, c'est un nombre
$d \,//\, d'$ d est parallèle à d'
$d \perp d'$ d est perpendiculaire à d'

les unités de mesure

LONGUEURS

- L'unité de référence est le **mètre (m)**.

kilomètre	km	1 km = 1 000 m
hectomètre	hm	1 hm = 100 m
décamètre	dam	1 dam = 10 m
mètre	**m**	
décimètre	dm	1 dm = 0,1 m
centimètre	cm	1 cm = 0,01 m
millimètre	mm	1 mm = 0,001 m

AIRES

- L'unité de référence est le **mètre carré (m^2)**.

kilomètre carré	km^2	
hectomètre carré	hm^2	1 hm^2 = 10 000 m^2
décamètre carré	dam^2	1 dam^2 = 100 m^2
mètre carré	**m^2**	
décimètre carré	dm^2	1 dm^2 = 0,01 m^2
centimètre carré	cm^2	1 cm^2 = 0,0001 m^2
millimètre carré	mm^2	

- En **agriculture**, on utilise aussi :

hectare	ha	1 ha = 100 a = 10 000 m^2
are	a	1 a = 100 m^2

VOLUMES

- L'unité de référence est le **mètre cube (m^3)**.

kilomètre cube	km^3	
hectomètre cube	hm^3	
décamètre cube	dam^3	1 dam^3 – 1 000 m^3
mètre cube	**m^3**	
décimètre cube	dm^3	1 dm^3 = 0,001 m^3
centimètre cube	cm^3	
millimètre cube	mm^3	

- Dans la vie courante, on utilise aussi les unités de contenance. L'unité de référence est le **litre (L)**.

hectolitre	hL	1 hL = 100 L	= 0,1 m^3
décalitre	daL	1 daL = 10 L	= 0,01 m^3
litre	**L**	1 L	= 1 dm^3
décilitre	dL	1 dL = 0,1 L	
centilitre	cL	1 cL = 0,01 L	
millilitre	mL	1 mL = 0,001 L	= 1 cm^3

Les unités de **contenance** vont de 10 en 10.

Les unités de **longueur** vont de 10 en 10.
Les unités d'**aire** vont de 100 en 100.
Les unités de **volume** vont de 1 000 en 1 000.

QUANTITÉS D'INFORMATION

- L'unité de référence est l'**octet (o)**.

octet	**o**	
kilo-octet	ko	1 ko = 1 000 o
mégaoctet	Mo	1 Mo = 1 000 ko = 10^6 o
gigaoctet	Go	1 Go = 1 000 Mo = 10^9 o
téraoctet	To	1 To = 1 000 Go = 10^{12} o

DURÉES

- L'unité de référence est la **seconde (s)**.

seconde	**s**	
minute	min	1 min = 60 s
heure	h	1 h = 60 min = 3 600 s
jour	j	1 j = 24 h = 86 400 s

- On utilise aussi les **divisions décimales** de l'heure.
  Exemple : 3,5 h = 3 h 30 min.

MASSES

- L'unité de référence est le **kilogramme (kg)**.

kilogramme	**kg**	1 kg = 1 000 g
hectogramme	hg	1 hg = 100 g
décagramme	dag	1 dag = 10 g
gramme	g	
décigramme	dg	1 dg = 0,1 g
centigramme	cg	1 cg = 0,01 g
milligramme	mg	1 mg = 0,001 g

Les unités de **masse** vont de 10 en 10.

- On utilise aussi :
  – la tonne (t) : 1 t = 1 000 kg ;
  – le quintal (q) : 1 q = 100 kg.

Corrigés

1 Respecter les priorités

1 $a = 4 \times 4 + 4 \times 4 = 16 + 16 = 32$
$b = 4 + 4 \times 4 + 4 = 4 + 16 + 4 = 24$
$c = 4 + 4 \times 4 \times 4 = 4 + 64 = 68$
$d = 6 + 6 \times (6 \times 6 + 6) = 6 + 6 \times (36 + 6)$
$= 6 + 6 \times 42 = 6 + 252 = 258$

EXPLICATION
On applique les règles de priorité.

2 **a.** Vrai car $3 \times 9{,}2 + 0{,}2 - 1 = 27{,}6 + 0{,}2 - 1 = 26{,}8$
b. Faux car $5 \times 0{,}7 - 0{,}7 = 3{,}5 - 0{,}7 = 2{,}8$
c. Faux car $67 + 3 \times 100 = 67 + 300 = 367$
d. Faux car $15 \div 3 + 2 - 2 = 5 + 2 - 2 = 5$

EXPLICATION
Seul **a.** est correct. On corrige donc **b.**, **c.** et **d.**

3 $a = ((3 \times 7) + (7 \times 8)) = 3 \times 7 + 7 \times 8 = 21 + 56 = 77$
$b = (5 + 4) + (5 \times 4) = 5 + 4 + 5 \times 4 = 9 + 20 = 29$
$c = 11 \times (8 \times 9) = 11 \times 8 \times 9 = 792$
$d = 2 + (9 - (7 + 1)) = 2 + 9 - (7 + 1) = 2 + 9 - 8 = 3$

EXPLICATION
Les règles de priorité permettent de supprimer les parenthèses superflues.

4 Pour chaque exemple plusieurs solutions sont possibles.
$0 = 2 \times 0 \times 1 \times 6$; $2 = 2 + 0 \times 1 \times 6$
$6 = 2 \times 0 \times 1 + 6$; $7 = 2 \times 0 + 1 + 6$
$8 = 2 + 0 + 1 \times 6$; $9 = 2 + 0 + 1 + 6$

5 $a = 5 + 4 + 3 \times 2 \times 1 = 9 + 6 = 15$
$b = 5 + 4 \times 3 + 2 \times 1 = 5 + 12 + 2 = 19$
$c = 5 + 4 \times 3 \times 2 + 1 = 5 + 24 + 1 = 30$
Il faut donc barrer b et c.

EXPLICATION
On calcule chaque expression pour conclure.

6 En tenant compte des règles de priorité, on obtient :
$a = (9 + 5) \times (8 + 2) = 114$
$b = (9 + 5) \times (8 + 2) = 59$
$c = 2 + 3 \times ((5 + 2) \times 4) = 41$

7 **a.** $3 \times (7 + 9) = 3 \times 16 = 48$.
b. $16 + 4 \times 5 = 16 + 20 = 36$.
c. $13 \times 11 + 14 \times 19 = 143 + 266 = 409$.

EXPLICATION
Pour le **b.** et le **c.**, les parenthèses sont inutiles car la multiplication est prioritaire sur l'addition.

8

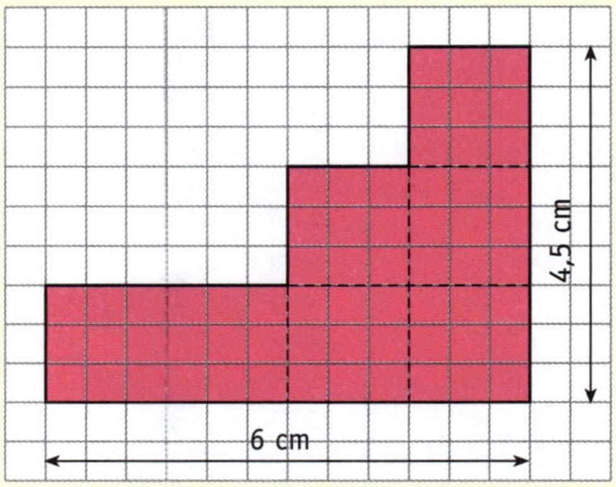

a. Le périmètre de cette figure est :
$6 + 4{,}5 + 5 \times 1{,}5 + 3 = 10{,}5 + 7{,}5 + 3 = 21$ (en cm).
b. On compte 7 carrés de 1,5 cm de côté.
Donc Aire $= 7 \times 1{,}5^2 = 7 \times 2{,}25 = 15{,}75$ (en cm^2).

EXPLICATION
$1{,}5^2$ signifie $1{,}5 \times 1{,}5$ et se prononce « 1,5 au carré ».

9 La figure proposée est un rectangle amputé de deux demi-disques. Pour calculer le périmètre de la figure, il faut remplacer deux segments par deux demi-cercles.

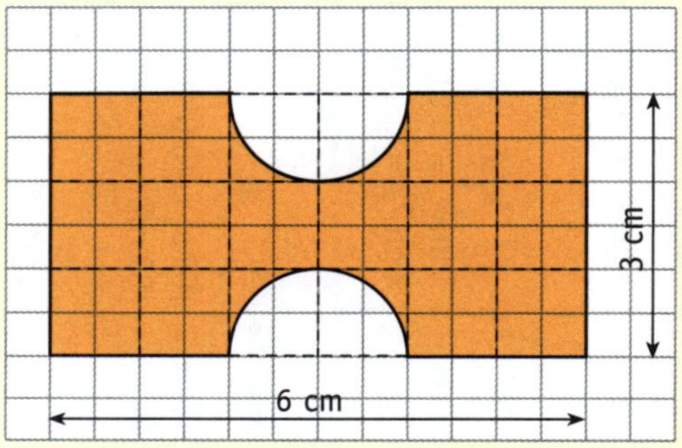

$(3 + 6) \times 2 - 2 \times 2 + 2 \times \pi \times 1 = 9 \times 2 - 4 + 2 \times \pi$
$= 18 - 4 + 2\pi = 14 + 2\pi$
soit environ 20,3 cm.

2 Utiliser des nombres relatifs

1

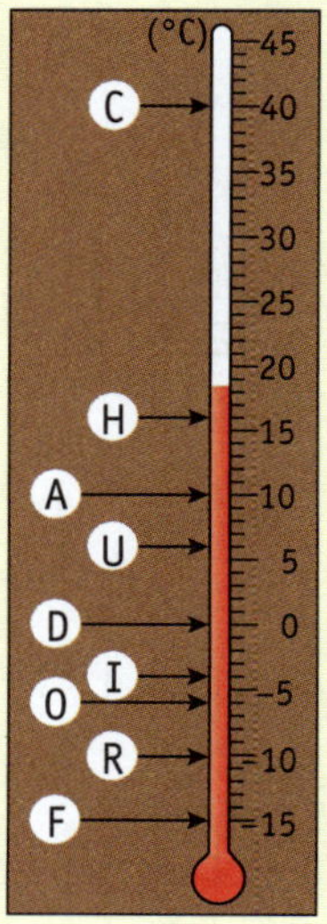

a.

Niveau du liquide	A	C	D	F	H	I	O	R	U
Température (°C)	+ 10	+ 40	0	– 15	+ 16	– 4	– 6	– 10	+ 6

b. Par exemple : + 10 et – 10.
c. Par exemple : + 40 et – 6.

Remarque : Pour le **c.** on pouvait aussi donner + 10 et – 15 ou bien + 6 et – 4.

2 La phrase fausse est : **e**

EXPLICATION
2 et – 3 sont de signes contraires mais ils ne sont pas opposés.

3

Mer Rouge	Mont Blanc	Mer Baltique	Pic du Vignemale
– 3 040 m	+ 4 807 m	– 470 m	+ 3 298 m

Col Bayard	Mer Adriatique	Mer Noire
+ 1 248 m	– 1 260 m	– 2 245 m

Remarque : Belle occasion pour réviser la géographie !

4

Fondation légendaire de Rome par Romulus	Bataille de Marignan	Bataille d'Alésia
– 753	+ 1515	– 52

Les Hébreux quittent l'Égypte sous la conduite de Moïse	Fin de la Grande Guerre	Naissance de Jésus-Christ
– 1440	+ 1918	+ 0 ou – 0

Remarque : Belle occasion pour réviser l'histoire !

5

5	**+ 2**	**– 1,8**	–10	52,7	**– 85**	–8	**– 3,6**	0	**– 1,1**
– 5	–2	1,8	**+ 10**	**–52,7**	+85	**+ 8**	+3,6	**0**	–1,1

Opposé

Remarque : 0 est le seul nombre égal à son opposé.

6 a.

Jour	1	2	3	4	5	6	7
Température (°C)	+ 3	– 1	+ 2	– 2	– 3	– 2	+ 1

b.

Jour	1	2	3	4	5	6	7
Température (°C)	–3	–2	2	5	0	1	–1

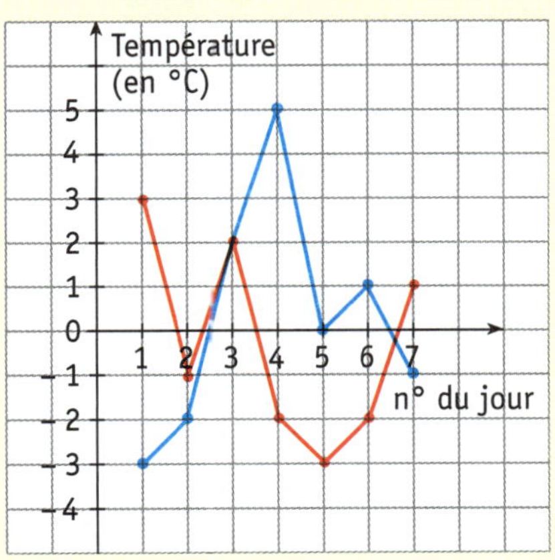

3 Comparer des nombres relatifs

1 **a.** 6 > 3
b. – 32 < – 26
c. – 7 > – 89
d. – 3 < 3,1
e. – 8 = – 8
f. – 12 < 18
g. 8,2 > – 1,2
h. 18,7 > – 18,7
i. 0,6 > – 1
j. 0 < 6,3
k. 5,4 > – 5,4
l. – 35 < 0,1

2 **a.** 119 ⩾ 47
b. 5,34 ⩾ 3,44
c. 0 ⩾ – 5
d. – 3,51 ⩾ – 3,52
e. – 6 ⩽ – 6
f. – 6 ⩽ 0
g. 8 ⩾ 0
h. – 3,46 ⩾ – 3,56
i. – 2,31 ⩽ 2,31
j. 0 ⩽ 0
k. – 2 ⩾ – 135
l. 0,01 ⩽ 0,1

Remarque : Pour le **e.** et le **j.** on aurait pu mettre – 6 ⩾ – 6 et 0 ⩾ 0.

3 **a.** – 1,3 < – 6,7
b. – 3 ⩽ 24
c. – 1995 > – 8
d. 0 < 131
e. 0 ⩽ – 1,8
f. 8,5 ⩽ 0
g. – 8 ⩽ 0
h. 2 < – 3
i. – 1,2 ⩽ – 1,3
j. 0 ⩾ 0
k. 0,1 > – 79
l. – 6 ⩽ – 6

4 C'est – 7 !

Remarque : En revanche, il n'existe pas de nombre x tel que $x > -7$ et $x < -7$.

5 Les inégalités à rayer sont : **c** et **d**.

6

CONSEIL
On peut commencer à ranger séparément les nombres positifs et les nombres négatifs.

– 3,12 < – 2,31 < – 1,32 < 1,23 < 3,21 < 12,3

7 Même conseil.
10,01 > 1,001 > 0,011 > – 0,101 > – 10,01 > – 11

8 – 2010 < – 2002 < – 2000 < – 1999 < – 1997 < – 1992

9 Ce sont : – 3 ; – 2 ; – 1 ; 0 ; 1 ; 2 ; 3 ; 4.

10 **a.** 2 < 2,1 < 3
b. 10 < 10,5 < 11
c. – 6 < – 5,8 < – 5
d. – 11 < – 10,5 < – 10
e. – 1 < – 0,2 < 0
f. – 4 < – 3,14 < – 3

11

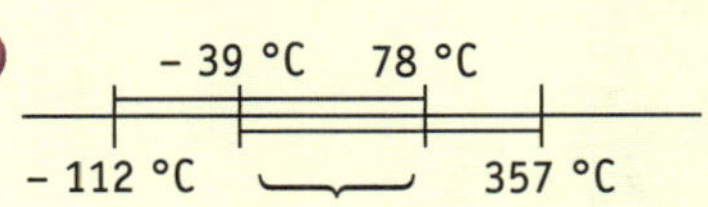

Rangeons les températures en ordre croissant :
– 112 < – 39 < 78 < 357.
Entre – 39 °C et 78 °C on peut utiliser les deux thermomètres car l'alcool et le mercure sont tous les deux liquides entre ces deux températures.

4 Additionner des nombres relatifs

1 $a = (-3) + (+5) = +2$
$b = 6 + (-8) = -2$
$c = 0 + 5 = 5$
$d = 26 + (-4{,}5) = 21{,}5$
$e = -2 + (-4) = -6$
$f = -0{,}1 + (-0{,}3) = -0{,}4$
$g = 1 + (-99) = -98$
$h = 1{,}5 + (-3) = -1{,}5$
$i = 15 + (-15) = 0$

EXPLICATION
Dans (+ 5) on supprime les parenthèses et le signe +, alors que dans 6 + (– 8) les parenthèses sont indispensables pour éviter l'écriture : + –.

2 $a = -1 + (-4) + 6 = 1$
$b = 4 + (-5{,}5) + 1 = -0{,}5$
$c = -3 + (-2) + (-10) + 20 = 5$
$d = 8 + 1 + (-9) + 0 + (-4) = -4$
$e = 100 + (-10) + 1 + (-1000) = -909$
$f = -5 + 7 + 5 + (-7) = 0$

EXPLICATION
Pour *f* on peut changer l'ordre des termes et écrire
$f = -5 + 5 + 7 + (-7)$.

3

+	–4	–3,2	–7	0
– 5,6	– 9,6	– 8,8	– 12,6	– 5,6
– 8	– 12	– 11,2	– 15	– 8
– 2,7	– 6,7	– 5,9	– 9,7	– 2,7
– 0,5	– 4,5	– 3,7	– 7,5	– 0,5

+	2	5,6	7	4,8
– 5,6	– 3,6	0	1,4	– 0,8
– 8	– 6	– 2,4	– 1	– 3,2
– 2,7	– 0,7	2,9	4,3	2,1
– 0,5	1,5	5,1	6,5	4,3

4

		0		0		0		
	7	– 3	–2	– 1	1	8	4	
0	5	–8	–10	0	7	3	13	0
	6	1	0	7	3	6	6	
0	13	3	8	4	– 3	–6	– 1	0
	4	2	1	7	–4	– 3	–1	
0	– 1	–6	– 1	6	1	8	2	0
	1	– 7	–2	– 5	–9	– 6	–5	
		0		0		0		

Remarque : Une erreur sur une case n'entraîne pas un résultat faux dans les autres cases.
En fait les calculs sont indépendants les uns des autres.

5 C'est la *d*.
$a = -3 + (-8) + 3 + 5 = -3$
$b = -6 + (-1) + 4 = -3$
$c = -9 + 16 + (-10) = -3$
$d = 10 + (-2) + (-5) = 3$

CONSEIL
Vérifier éventuellement les résultats à la calculatrice.

6 $c = d = -1$
$a = 7 + (-4) + 0 + (-8) = -5$
$b = 10 + (-3) + (-9) + 2 = 0$
$c = -3 + (-5{,}1) + (-0{,}9) + 8 = -1$
$d = 6{,}3 + 5{,}2 + (-3{,}5) + (-9) = -1$

7 $a = (-1) + 2 + (-3) + 4 + (-5) + 5 + (-4) + 3 + (-2) + 1$
$= (-1) + 1 + 2 + (-2) + (-3) + 3 + 4 + (-4) + (-5) + 5 = 0$
$b = (-10) + 9 + (-8) + 7 + (-6) + 5 + (-4) + 3 + (-2) + 1$
$= -1 + (-1) + (-1) + (-1) + (-1) = -5$
$c = (-1) + 2 + (-3) + 4 + (-5) + 6 + (-7) + 8$
$= 1 + 1 + 1 + 1 = 4$

EXPLICATION
- Il est utile de réfléchir avant de commencer le calcul en observant par exemple que dans le *a* certains nombres sont opposés.
- Pour le *b* et le *c*, on peut regrouper un nombre positif et un nombre négatif dont la somme fait 1 ou – 1.

5 Soustraire des nombres relatifs

1 $a = 7 - 2 = 5$
$b = 7 - (-3) = 7 + (+3) = 7 + 3 = 10$
$c = -2 - (-7) = -2 + (+7) = -2 + 7 = 5$
$d = 2 - 7 = 2 + (-7) = -5$
$e = -3 - 7 = -3 + (-7) = -10$
$f = -7 - (-2) = -7 + 2 = -5$
$g = 1 - 2\,000 = 1 + (-2\,000) = -1\,999$
$h = -103 - 7 = -103 + (-7) = -110$
$i = 13 - 213 = 13 + (-213) = -200$
$j = 0 - (-5) = 0 + (+5) = 5$

EXPLICATION
Pour *a*, l'étape 7 + (– 2) n'est pas nécessaire.

2 **a.**

–4	–5	0
1	–3	– 7
– 6	–1	– 2

b.

–2	8	–6
– 4	0	4
6	– 8	2

c.

– 0,4	– 1,1	2,4
3,1	0,3	– 2,5
–1,8	1,7	1

EXPLICATION
On calcule d'abord la somme commune aux lignes, aux colonnes et aux diagonales.
Pour le **a.** : – 9 (2e colonne), le **b.** : 0 (3e colonne), le **c.** : 0,9 (diagonale).

3

a.

Colonnes : +5, –7, –3 ; lignes : –1, +4

1	6	– 1	– 4
0	5	– 2	– 5
4	9	2	– 1

b.

Colonnes : +4, –5 ; lignes : –6, +2

4	8	3
– 2	2	– 3
0	4	–1

c.

Colonnes : –1, +3, +5, –10 ; lignes : +2, –5

–5	– 6	– 3	2	– 8
– 3	– 4	– 1	4	– 6
– 8	– 9	– 6	– 1	– 11

d.

Colonnes : –1, –3 ; lignes : +0, +2

– 3	– 4	– 7
– 3	–4	– 7
– 1	– 2	– 5

4 $a = -12 + (-4) - 3 = -16 - 3 = -16 + (-3) = -19$
$b = 8{,}2 - 4{,}1 + (-6{,}1) = 4{,}1 + (-6{,}1) = -2$
$c = (-22) + (-40) - (-50) = -62 - (-50)$
$= -62 + (+50) = -12$
$d = (+33) - (-44) + (-22) - (+55)$
$= 33 + 44 + (-22) + (-55) = 77 + (-77) = 0$

5 $a = (7 - 4) + (3 - 8) = 3 + (-5) = -2$
$b = (-6 + 4) + (35 - 13{,}5) = (-2) + (21{,}5) = 19{,}5$
$c = (5 - 7{,}5 + 1) - (2 + 7 - 3) = (-1{,}5) - 6$
$= -1{,}5 + (-6) = -7{,}5$
$d = (200 - 2\,000) + (2\,000 - 20\,000)$
$= (-1\,800) + (-18\,000) = -19\,800$

6 $a = (-5 - 4) - (-3 - 2) = -9 - (-5) = -9 + 5 = -4$
$b = 9 - (11 - 4 + 5) = 9 - 12 = 9 + (-12) = -3$
$c = (-6 + 2 - 14) + (2 - 3) - (8 - 13)$
$= (-18) + (-1) - (-5) = -18 + (-1) + 5 = -14$

6 Comparer des fractions

1 $a = \frac{4}{6} = \frac{2 \times 2}{2 \times 3} = \frac{2}{3}$ $c = \frac{6}{12} = \frac{6 \times 1}{6 \times 2} = \frac{1}{2}$

$b = \frac{2}{20} = \frac{2 \times 1}{2 \times 10} = \frac{1}{10}$ $d = \frac{25}{35} = \frac{5 \times 5}{7 \times 5} = \frac{5}{7}$

CONSEIL
Il est bon de connaître les tables de multiplication pour simplifier aisément.

2 $a = \frac{7}{4} = \frac{7 \times 3}{4 \times 3} = \frac{21}{12}$ $b = \frac{8}{5} = \frac{8 \times 4}{5 \times 4} = \frac{32}{20}$

$c = \frac{3}{20} = \frac{3 \times 7}{20 \times 7} = \frac{21}{140}$

$d = \frac{25}{35} = \frac{5 \times 5}{7 \times 5} = \frac{5}{7} = \frac{5 \times 2}{7 \times 2} = \frac{10}{14}$

Remarque : C'est l'apprentissage de la réduction au même dénominateur.

3 **a.** $A = \frac{17}{8} = \frac{17}{8}$ et $B = \frac{8}{4} = \frac{16}{8}$

b. $A = \frac{31}{100} = \frac{31}{100}$ et $B = \frac{4}{10} = \frac{40}{100}$

EXPLICATION
Dans ces cas particuliers, le dénominateur commun est le plus grand des dénominateurs.

4 **a.** $A = \frac{2}{3} = \frac{4}{6}$ et $B = \frac{3}{2} = \frac{9}{6}$

b. $A = \frac{7}{6} = \frac{35}{30}$ et $B = \frac{7}{10} = \frac{21}{30}$

EXPLICATION
Le dénominateur commun est multiple de celui de A et de celui de B. C'est le cas le plus courant.

5 $a = \frac{3{,}6}{7{,}49} = \frac{360}{749}$ $b = \frac{48}{0{,}009} = \frac{48\,000}{9}$

$c = \frac{3{,}14}{2{,}2} = \frac{31{,}4}{22}$

EXPLICATION
Il suffit de multiplier numérateur et dénominateur par 10, 100, 1 000,...

6 **a.** $\frac{25}{16} < \frac{31}{16}$ **c.** $\frac{20}{100} > \frac{19}{100}$

b. $\frac{31}{17} > \frac{30}{17}$ **d.** $\frac{89}{100} > \frac{850}{1\,000}$.

7 **a.** $\frac{13}{3} = \frac{26}{6} > \frac{24}{6}$ **c.** $\frac{155}{500} = \frac{310}{1000} < \frac{312}{1000}$

b. $\frac{4}{10} = \frac{40}{100} > \frac{31}{100}$ **d.** $\frac{11}{5} = \frac{55}{25} = \frac{55}{25}$

EXPLICATION
On écrit les deux fractions avec le même dénominateur, puis on compare les numérateurs.

8 **a.** $\frac{3}{4} = \frac{9}{12}$ $\quad \frac{1}{2} = \frac{6}{12}$ $\quad \frac{2}{3} = \frac{8}{12}$

b. $\frac{1}{2} < \frac{7}{12} < \frac{2}{3} < \frac{3}{4} < \frac{10}{12} < \frac{11}{12}$

c. $\frac{1}{2} = 0{,}5$; $\frac{7}{12} \approx 0{,}58$; $\frac{2}{3} \approx 0{,}67$;

$\frac{3}{4} = 0{,}75$; $\frac{10}{12} \approx 0{,}83$; $\frac{11}{12} \approx 0{,}92$.

9 $A = \frac{3}{8}$ $\quad C = \frac{1}{4} = \frac{2}{8}$ $\quad E = \frac{1}{2} = \frac{4}{8}$

$B = \frac{1}{2} = \frac{4}{8}$ $\quad D = \frac{3}{8}$ $\quad F = \frac{1}{4} = \frac{2}{8}$

D'où $C = F < A = D < B = E$

EXPLICATION
Suivant les cas on peut, en utilisant des symétries, regrouper ou décomposer les parties coloriées.

7 Additionner et soustraire des fractions

1 **a.** $\frac{1}{5} + \frac{2}{5} = \frac{1+2}{5} = \frac{3}{5}$

b. $\frac{4}{7} - \frac{2}{7} = \frac{4-2}{7} = \frac{2}{7}$

c. $\frac{2}{15} + \frac{4}{15} = \frac{6}{15} = \frac{2 \times 3}{5 \times 3} = \frac{2}{5}$

d. $\frac{17}{15} - \frac{2}{15} = \frac{15}{15} = 1$

2 **a.** $\frac{5}{10} + \frac{3}{10} = \frac{8}{10} = \frac{2 \times 4}{2 \times 5} = \frac{4}{5}$

b. $\frac{17}{25} - \frac{12}{25} = \frac{5}{25} = \frac{5 \times 1}{5 \times 5} = \frac{1}{5}$

c. $\frac{21}{24} + \frac{8}{24} = \frac{29}{24}$

d. $\frac{27}{8} - \frac{3}{8} = \frac{24}{8} = \frac{3 \times 8}{1 \times 8} = 3$

3 **a.** $\frac{3}{10} + \frac{2}{100} = \frac{3 \times 10}{10 \times 10} + \frac{2}{100} = \frac{30}{100} + \frac{2}{100}$

$= \frac{32}{100} = \frac{4 \times 8}{4 \times 25} = \frac{8}{25}$

b. $\frac{2}{100} - \frac{6}{1\,000} = \frac{20}{1\,000} - \frac{6}{1\,000} = \frac{14}{1\,000} = \frac{2 \times 7}{2 \times 500} = \frac{7}{500}$

c. $\frac{1}{3} + \frac{1}{6} = \frac{2}{6} + \frac{1}{6} = \frac{3}{6} = \frac{3 \times 1}{3 \times 2} = \frac{1}{2}$

d. $\frac{3}{4} - \frac{5}{8} = \frac{6}{8} - \frac{5}{8} = \frac{1}{8}$

4 **a.** $\frac{5}{77} + \frac{4}{7} = \frac{5}{77} + \frac{44}{77} = \frac{49}{77} = \frac{7 \times 7}{7 \times 11} = \frac{7}{11}$

b. $\frac{5}{10} - \frac{1}{2} = \frac{5}{10} - \frac{5}{10} = 0$

c. $\frac{5}{6} + \frac{1}{3} = \frac{5}{6} + \frac{2}{6} = \frac{7}{6}$

d. $\frac{13}{20} - \frac{2}{5} = \frac{13}{20} - \frac{8}{20} = \frac{5}{20} = \frac{5 \times 1}{5 \times 4} = \frac{1}{4}$

5 **a.** $1 + \frac{1}{4} = \frac{4}{4} + \frac{1}{4} = \frac{5}{4}$

b. $3 - \frac{2}{3} = \frac{3}{1} - \frac{2}{3} = \frac{9}{3} - \frac{2}{3} = \frac{7}{3}$

c. $\frac{2}{3} + 5 = \frac{2}{3} + \frac{5}{1} = \frac{2}{3} + \frac{15}{3} = \frac{17}{3}$

d. $7 - \frac{5}{4} = \frac{7}{1} - \frac{5}{4} = \frac{28}{4} - \frac{5}{4} = \frac{23}{4}$

6 **a.**

a	$\frac{7}{25}$	$\frac{7}{31}$	$\frac{4}{5}$	$\frac{9}{14}$	$\frac{5}{4}$	$\frac{9}{5}$
b	$\frac{4}{25}$	$\frac{4}{31}$	$\frac{2}{10}$	$\frac{2}{7}$	$\frac{3}{4}$	$\frac{2}{5}$
$a+b$	$\frac{11}{25}$	$\frac{11}{31}$	1	$\frac{13}{14}$	2	$\frac{11}{5}$

b.

a	$\frac{7}{25}$	$\frac{5}{24}$	3	$\frac{14}{5}$	$\frac{9}{4}$	$\frac{2}{3}$
b	$\frac{4}{5}$	$\frac{1}{8}$	$\frac{4}{6}$	$\frac{13}{20}$	$\frac{21}{16}$	$\frac{1}{18}$
$a+b$	$\frac{27}{25}$	$\frac{1}{3}$	$\frac{11}{3}$	$\frac{69}{20}$	$\frac{57}{16}$	$\frac{13}{18}$

7 La somme de toutes les fractions doit donner 1.

$\frac{4}{15} + \frac{2}{15} + \frac{1}{5} + \frac{1}{15} + \frac{2}{15} + \boxed{\frac{\ }{\ }} = 1,$

soit $\frac{9}{15} + \frac{1}{5} + \boxed{\frac{\ }{\ }} = 1$, soit $\frac{3}{5} + \frac{1}{5} + \boxed{\frac{\ }{\ }} = 1,$

donc $\frac{4}{5} + \boxed{\frac{\ }{\ }} = 1$, donc $\frac{4}{5} + \boxed{\frac{\ }{\ }} = \frac{5}{5}$.

Donc la fraction à inscrire dans la case est $\frac{1}{5}$.

8 Découvrir le calcul littéral

1 **a.** On compte 6 fois la longueur a et 4 fois la longueur b d'où $p = 6a + 4b$.

b. On compte aussi 4 sommes $(a + b)$ et 2 fois la longueur a d'où $p = 4(a + b) + 2a$. C'est donc correct.

c. Pour $a = 9{,}2$ et $b = 2{,}9$ on obtient :
$p = 6 \times 9{,}2 + 4 \times 2{,}9 = 66{,}8$.
d. $p = 6 \times (2a) + 4 \times (3b) = 12a + 12b$.

2 a. $p = 5 + 3.14 \times 2 + 3{,}14 \times 5 \div 2 = 5 + 6{,}28 + 7{,}85$
d'où $p = 19{,}13$ cm.
b. $p = b + \pi \times c + b \times \pi \div 2 = b + \pi a + \pi b \div 2$.

3

a	b	c	ac	bc	$(a+b)c$	$ac+bc$
5	11	3	15	33	48	48
13	9	5	65	45	110	110
4	5	3	12	15	27	27

EXPLICATION
Pour la 2e ligne du tableau :
comme $bc = 45$ et $b = 9$ alors $c = 5$.
Pour la 3e ligne du tableau :
comme $ac = 12$ et $a = 4$ alors $c = 3$ et comme $bc = 15$ alors $b = 5$.

4 a. $3y = 3$;
$4x + 2 = 4 \times 0{,}25 + 2 = 1 + 2 = 3$: V
b. $3y = 3 \times 2{,}5 = 7{,}5$;
$4x + 2 = 4 \times 1{,}5 + 2 = 6 + 2 = 8$: F
c. $3y = 3 \times 14 = 42$;
$4x + 2 = 4 \times 10 + 2 = 42$: V
d. $3y = 3 \times 0{,}65 = 1{,}95$;
$4x + 2 = 4 \times 0{,}01 + 2 = 2{,}04$: F

5 a. $3x + 5y = 3 \times 2 + 5 \times 1 = 6 + 5 = 11$
b. $a + 2 \times 5 + b = 3 + 10 + 5 = 18$
c. $2rh = 2 \times 4 \times 7 = 56$
d. $3 + 5x + y = 3 + 5 \times 6 + 2 = 3 + 30 + 2 = 35$

6 a. Pour $n = 1$ $N = 2 \times 1 - 1 = 1$
Pour $n = 2$ $N = 2 \times 2 - 1 = 3$
Pour $n = 3$ $N = 2 \times 3 - 1 = 5$
Pour $n = 4$ $N = 2 \times 4 - 1 = 7$

b. Pour $n = 2\,021$ $N = 2 \times 2\,021 - 1 = 4\,041$

c. Pour $n = 1$ on a $P = 4$
Pour $n = 2$ on a $P = 8$
Pour $n = 3$ on a $P = 12$
Pour $n = 4$ on a $P = 16$
On peut proposer $P = 4n$

EXPLICATION
Quand on passe d'une étape à l'autre, on ajoute 2 carrés. Donc on ajoute 2×3 côtés au périmètre mais on cache 2 côtés. On ajoute finalement 4 côtés.

Pour $P = 2\,024$, le nombre d'étapes est $2\,024 \div 4 = 506$.

7 a. $7 \times a + 2 \times b = 7a + 2b$
b. $r \times h = rh$
c. $2 \times \pi \times r = 2\pi r$
d. $4 \times \pi \times r \times r = 4\pi r^2$
e. $c \times c \times c = c^3$
f. $2x \times x \times 3x = 6x^3$

9 Utiliser la distributivité

1 $a = 11 \times (7 + 6)$
$= \begin{cases} 11 \times 13 = 143 \\ 11 \times 7 + 11 \times 6 = 77 + 66 = 143 \end{cases}$
$b = 13 \times (100 - 2)$
$= \begin{cases} 13 \times 98 = 1\,274 \\ 13 \times 100 - 13 \times 2 = 1\,300 - 26 = 1\,274 \end{cases}$
$c = 40 \times (40 + 3)$
$= \begin{cases} 40 \times 43 = 1\,720 \\ 40 \times 40 + 40 \times 3 = 1\,600 + 120 = 1\,720 \end{cases}$
$d = (20 - 3) \times 15$
$= \begin{cases} 17 \times 15 = 255 \\ 20 \times 15 - 3 \times 15 = 300 - 45 = 255 \end{cases}$

Remarque : Dans un cas on effectue une seule multiplication, dans l'autre cas on effectue deux multiplications mais elles sont souvent plus simples.

2 $a = 7 \times (13{,}1 + 14{,}3)$
$= \begin{cases} 7 \times 27{,}4 = 191{,}8 \\ 7 \times 13{,}1 + 7 \times 14{,}3 = 91{,}7 + 100{,}1 = 191{,}8 \end{cases}$
$b = (5{,}4 + 9{,}8) \times 23$
$= \begin{cases} 15{,}2 \times 23 = 349{,}6 \\ 5{,}4 \times 23 + 9{,}8 \times 23 = 124{,}2 + 225{,}4 = 349{,}6 \end{cases}$
$c = 2{,}3 \times 5{,}7 + 2{,}3 \times 4{,}3$
$= \begin{cases} 13{,}11 + 9{,}89 = 23 \\ 2{,}3 \times (5{,}7 + 4{,}3) = 2{,}3 \times 10 = 23 \end{cases}$
$d = 9{,}73 \times 15{,}3 - 9{,}73 \times 14{,}3$
$= \begin{cases} 148{,}869 - 139{,}139 = 9{,}73 \\ 9{,}73 \times (15{,}3 - 14{,}3) = 9{,}73 \end{cases}$

3 $a = 151 \times 47 + 151 \times 53 = 151 \times (47 + 53)$
$= 151 \times 100 = 15\,100$
$b = 13 \times 2{,}3 + 5{,}7 \times 13 = 13 \times (2{,}3 + 5{,}7)$
$= 13 \times 8 = 104$
$c = 21 \times 3{,}4 + 21 \times 5{,}4 - 0{,}8 \times 21$
$= 21 \times (3{,}4 + 5{,}4 - 0{,}8) = 21 \times 8 = 168$
$d = 32 \times 23{,}5 - 3{,}5 \times 32 = 32 \times (23{,}5 - 3{,}5)$
$= 32 \times 20 = 640$

4 $a = 2{,}5 \times 17{,}3 + 2{,}5 \times 2{,}7 = 2{,}5 \times (17{,}3 + 2{,}7)$
$= 2{,}5 \times 20 = 50$
$b = 2{,}5 \times 17{,}3 - 2{,}5 \times 7{,}3 = 2{,}5 \times (17{,}3 - 7{,}3)$
$= 2{,}5 \times 10 = 25$
$c = 22{,}4 \times 41 + 77{,}6 \times 41 = 41 \times (22{,}4 + 77{,}6)$
$= 41 \times 100 = 4\,100$
$d = 22{,}4 \times 41 - 41 \times 2{,}4 = 41 \times (22{,}4 - 2{,}4)$
$= 41 \times 20 = 820$

5 $a = 37 \times 9 = 37 \times (10 - 1) = 370 - 37 = 333$
$b = 375 \times 9 = 375 \times (10 - 1) = 3\,750 - 375 = 3\,375$
$c = 37 \times 99 = 37 \times (100 - 1) = 3\,700 - 37 = 3\,663$
$d = 375 \times 99 = 375 \times (100 - 1) = 37\,500 - 375 = 37\,125$

6 $a = 37 \times 11 = 37 \times (10 + 1) = 370 + 37 = 407$
$b = 375 \times 11 = 375 \times (10 + 1) = 3\,750 + 375 = 4\,125$
$c = 37 \times 101 = 37 \times (100 + 1) = 3\,700 + 37 = 3\,737$
$d = 375 \times 101 = 375 \times (100 + 1) = 37\,500 + 375 = 37\,875$

7 Prix payé pour les pains : $3 \times 0{,}85$
Prix payé pour les baguettes : $3 \times 0{,}65$.
Montant des achats : $3 \times 0{,}85 + 3 \times 0{,}65 = 2{,}55 + 1{,}95 = 4{,}50$ (en euros)
Ou bien : $3 \times (0{,}85 + 0{,}65) = 3 \times 1{,}5 = 4{,}50$ (en euros).

Remarque : Ici la deuxième forme facilite le calcul mental.

10 Utiliser la proportionnalité

1 **a.**

5	7
12,5	17,5

$7 \times \frac{12{,}5}{5} = 7 \times 2{,}5 = 17{,}5$

b.

4	9
5,2	11,7

$4 \times \frac{11{,}7}{9} = 4 \times 1{,}3 = 5{,}2$

c.

17	1
51	3

$17 \times \frac{3}{1} = 51$

2 **a.**

6	8,4
6,9	9,66

$8{,}4 \times \frac{6{,}9}{6} = 8{,}4 \times 1{,}15 = 9{,}66$

b.

202,5	1 575
8,1	63

$202{,}5 \times \frac{63}{1\,575} = 202{,}5 \times 0{,}04 = 8{,}1$

c.

33,6	2,94
24	2,1

$2{,}1 \times \frac{33{,}6}{24} = 2{,}1 \times 1{,}4 = 2{,}94$

3 Dans ce cas, la distance est proportionnelle au temps : $340 \times 20 = 6\,800$ m.

CONSEIL
On retient la formule $d = v \times t$, où d est la distance, v la vitesse et t le temps.

4

h	1	0,5	0,4	0,15	0,7	0,8	0,25	0,2	0,75
min	60	30	24	9	42	48	15	12	45

Remarque : On peut aussi à cette occasion observer que :

$0{,}5\text{ h} = \frac{1}{2}\text{ h}$; $0{,}25\text{ h} = \frac{1}{4}\text{ h}$; $0{,}75\text{ h} = \frac{3}{4}\text{ h}$.

5 On utilise la formule $L = 2\pi \times R$.

R **(m)**	10	15	12	1	23,87	7
L **(m)**	62,83	94,25	75,40	6,28	150	43,98

6 **a.**

Nombre de marches	9	12	16	18
Prix en euros	235	280	340	370

Le coefficient de proportionnalité devrait être $\frac{235}{9} \approx 26{,}11$ ou $\frac{370}{18} \approx 20{,}56$. Donc il n'y a pas de proportionnalité.

Remarque : S'il y avait proportionnalité, quand on double le nombre de marches le prix devrait aussi doubler.

b.

Dimensions réelles (cm)	60	430	125	4,8	21
Dimensions sur le plan (cm)	6	43	12,5	0,48	2,1

Le coefficient multiplicateur qui permet de passer de la première ligne à la seconde est $\frac{1}{10} = 0{,}1$

7

H **(cm)**	4	2,5	6	10	8,5	13
V **(cm^3)**	28	17,5	42	70	59,5	91

On a $V = B \times H$ pour le volume d'un parallélépipède rectangle. Comme B est constant et égal à 7 alors V est proportionnel à H (le coefficient de proportionnalité est 7).

8 **a.** ×0,7

2	3	**4**	**4,5**	**0**
1,4	**2,1**	2,8	3,15	**0**

b.

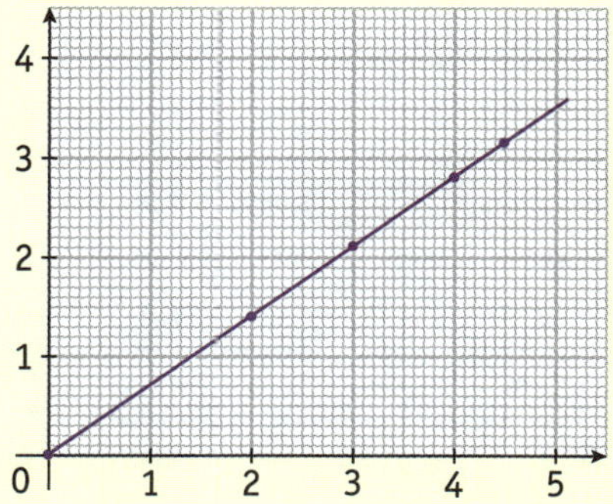

c. Les points du graphique sont alignés sur une droite passant par l'origine O.

11 Calculer un taux de pourcentage

1 **a.** Les 30 % de 450, c'est 135.
b. Les 260 % de 35, c'est 91.
c. Les 14 % de 350, c'est 49.
d. Les 74 % de 30, c'est 22,2.
e. Les 10 % de 123, c'est 12,3.
f. Les 50 % de 46, c'est 23.
g. Les 100 % de 57, c'est 57.
h. Les 200 % de 9, c'est 18.

2 **a.** Le carré ABCD a pour aire : $50 \times 50 = 2\,500$ et l'aire de R_1 est $30 \times 20 = 600$ d'où le tableau

2 500	100
600	x

$\times \frac{600}{2500}$

d'où $x = 100 \times \frac{600}{2\,500} = 24$

Donc R_1 occupe 24 % de l'aire de ABCD.
b. L'aire de R_2 est : $30 \times 30 = 900$, d'où le tableau

2 500	100
900	x

$\times \frac{900}{2500}$

$x = 100 \times \frac{900}{2\,500} = 36.$

Donc, R_2 occupe 36 % de l'aire de ABCD.
c. R_3 a pour aire $20 \times 50 = 1\,000$.
Donc R_3 occupe 40 % de l'aire de ABCD.
d. On utilise le tableau

50	100
30	x

d'où $x = 100 \times \frac{30}{50} = 60$; soit 60 %.

CONSEIL
Pour vérifier on ajoute les trois pourcentages calculés dans les questions **a.**, **b.** et **c.** On doit obtenir 100 %.

3 **a.** $517 + 204 + 36 + 60 = 817$ h.
b. ① : On utilise le tableau

817	100
517	x

d'où $x = 100 \times \frac{517}{817}$ soit 63,3 %.

② : On utilise le tableau

817	100
204	x

on obtient $x = 100 \times \frac{204}{817}$ soit 25 %.

③ : De même avec le tableau

817	100
36	x

$x \approx 4,4$ %.

④ : De même et enfin

817	100
60	x

$x = 7,3$ %.

Vérification : 63,3 % + 25 % + 4,4 % + 7,3 % = 100 %.

4

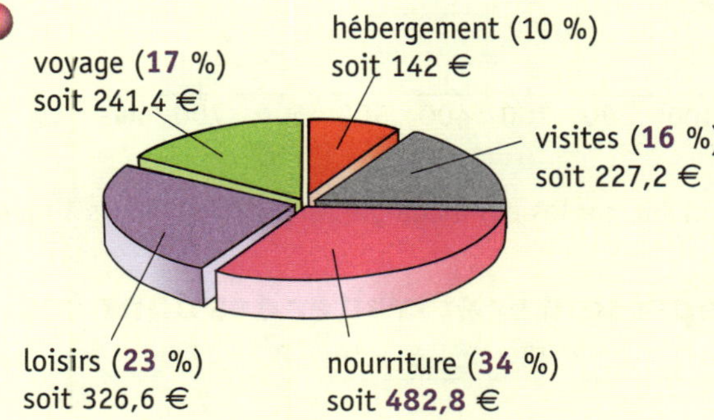

a. Le tableau

10	100
142	x

donne $x = 1\,420$.

b. $1\,420 - (142 + 241,4 + 227,2 + 326,6) = 482,8$
c. Voyage : 241,4 € soit 17 % ; Visites : 16 % ;
Loisirs : 23 % ; Nourriture : 34 %.
Calculs non détaillés.

Remarque : pour le **a.**, on peut conclure aussi en observant que 100 % est 10 fois 10 %, donc 10×142.

12 Dessiner et exploiter des graphiques

1

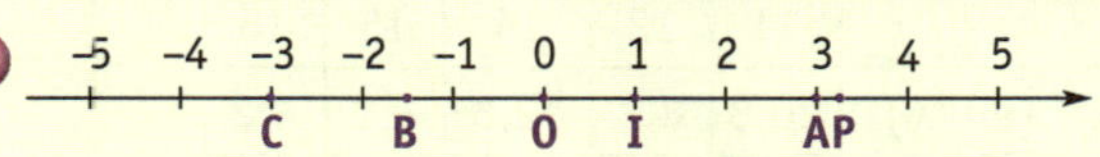

2

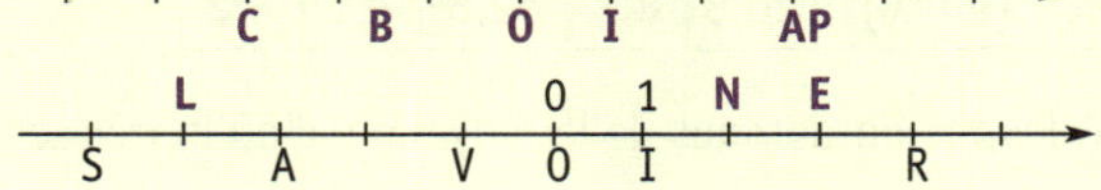

a. S(– 5) ; A(– 3) ; V(– 1) ; O(0) ; I(1) ; R(4).
b. Voir le dessin.
c. Le point V a la plus grande abscisse strictement négative : – 1.
Il y a 3 paires de points d'abscisses opposées : A et E, V et I, L et R.

3

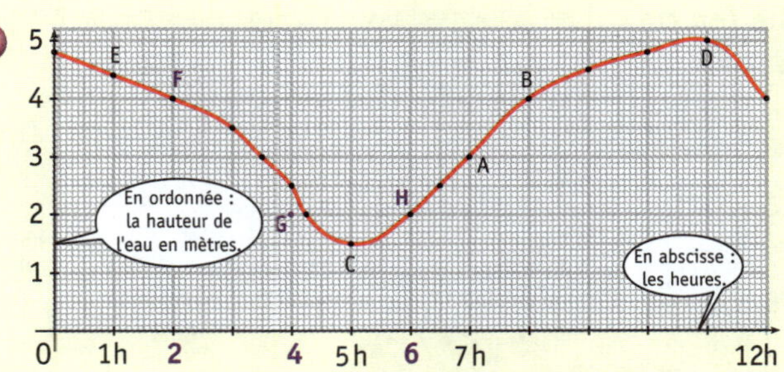

Remarque : On cite toujours l'abscisse avant l'ordonnée.
a. A (7 ; 3) ; B (8 ; 4)

b. E (1 ; 4,4) ; C (5 ; 1,5)
c. L'ordonnée du point de la courbe d'abscisse 3 : 3,5
d'abscisse 8 : 4 ; d'abscisse 0 : 4,8
d. 3,5 et 7
e. Non le point G n'est pas sur la courbe.
f. D(11 ; 5) ; C(5 ; 1,5)

4 **a.** et **b.**

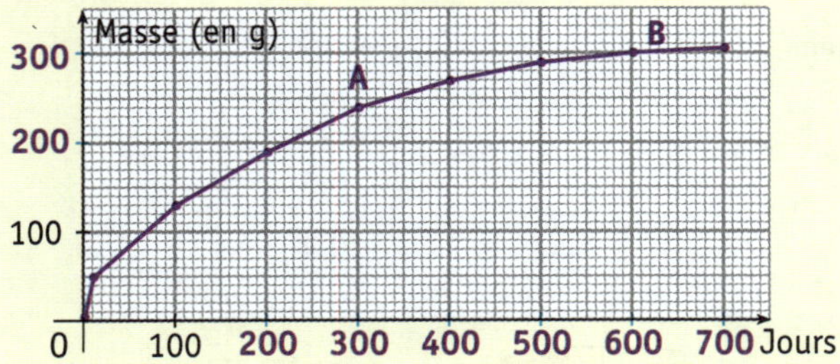

c. 240
d. Non bien sûr, car les points du graphique ne sont pas alignés.

13 Représenter et traiter des données

1 **a.** $m = \dfrac{17 + 5 + 32 + 2 + 3 + 10 + 8}{7} = \dfrac{77}{7}$

donc $m = 11$ mm.
b. Bécassine a une moyenne de 13, parce que son total était $7 \times 13 = 91$. Ce total dépassait le total exact de $91 - 77 = 14$. Donc Bécassine avait tapé $14 + 17 = 31$ mm.

2 **a.** Le professeur a mis 2 fois la note 12.
b. 10 ; 11 et 14.
c. L'effectif total est 24.
d. D'où les fréquences.

Note	4	5	7	8	9	10
Fréquence (en %)	4,2	4,2	4,2	8,3	8,3	20,8

Note	11	12	14	15	16
Fréquence (en %)	20,8	8,3	12,5	4,2	4,2

e. Il ya 7 devoirs en-dessous de la moyenne, d'où la fréquence :
$\dfrac{7}{24} \approx 0,29$ soit 29 %.

3 **a.**

Taille (en cm)	130 ⩽ T < 135	135 ⩽ T < 140	140 ⩽ T < 145	145 ⩽ T < 150
Effectif	1	3	3	7

Taille (en cm)	150 ⩽ T < 155	155 ⩽ T < 160	160 ⩽ T < 165
Effectif	4	4	2

b.

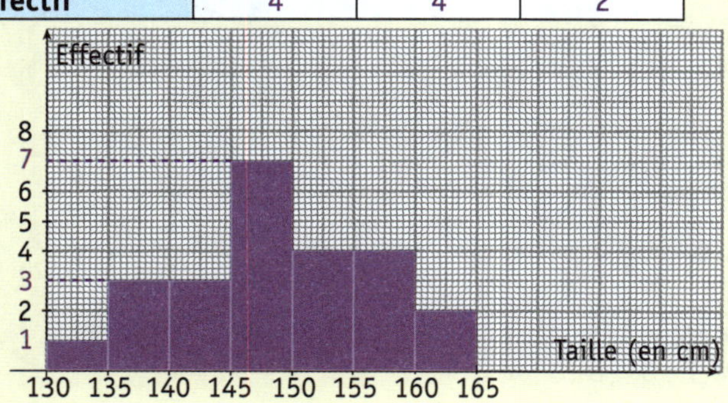

c. On trouve $m = \dfrac{3557}{24} \approx 148,2$ cm.

4

Sport	Cyclisme	Natation	Hand-ball	Volley-ball	Tennis	Total
Degrés	150°	45°	45°	55°	65°	360°
Effectif	120	36	36	44	52	288
Fréquence (en %)	41,7 %	12,5 %	12,5 %	15,3 %	18 %	100 %

EXPLICATION
On commence par mesurer l'angle de chaque secteur angulaire.
Ces mesures ne sont qu'approximatives car liées à la lecture de l'angle au rapporteur.

14 Calculer des moyennes pondérées

1 $m = \dfrac{2 \times 8 + 5 \times 21 + 7 \times 18 + 10 \times 3}{8 + 21 + 18 + 3}$

$m = \dfrac{277}{50} = 5,54$

2 $m = \dfrac{-3 \times 3 + 0 \times 3 + 5 \times 2 + 9 \times 2}{3 + 3 + 2 + 2}$

$m = \dfrac{19}{10} = 1,9$

Remarque : Il y a des nombres négatifs : ce sont peut-être des températures.

3 **a.**

Valeur	1	2	3	4	5	6
Effectif	1	3	2	5	1	4

b. $m = \dfrac{1 \times 1 + 2 \times 3 + 3 \times 2 + 4 \times 5 + 5 \times 1 + 6 \times 4}{1 + 3 + 2 + 5 + 1 + 4}$

$= \dfrac{62}{16} = 3,875$

4 On peut remplir un tableau au brouillon.
$m = \dfrac{0 \times 7 + 1 \times 5 + 2 \times 6 + 3 \times 3 + 4 \times 1}{7 + 5 + 6 + 3 + 1}$

$= \dfrac{30}{22} \approx 1,36$

Donc le nombre moyen d'enfants par famille est d'environ 1,36.

Remarque : Il est cocasse de trouver un nombre moyen d'enfants qui ne soit pas un entier. Cela montre qu'une moyenne n'est pas nécessairement un nombre de la série.

5 **a.**

Température	2	5	6	7	9	12	15	17	20
Nbre de jours	1	2	2	2	2	7	3	6	5

CONSEIL
On vérifie que la somme des nombres de jours est égale à 30.

b. $m = \dfrac{2\times1+5\times2+6\times2+7\times2+9\times2+12\times7+15\times3+17\times6+20\times5}{1+2+2+2+2+7+3+6+5}$

$= \dfrac{387}{30} = 12{,}9$ degrés

6 **a.** 1er trimestre : $\dfrac{2\times6+3\times10+3\times12}{2+3+3} = 9{,}75$

2e trimestre : $\dfrac{3\times8+2\times10+4\times12}{3+2+4} \approx 10{,}22$

b. Moyenne des deux trimestres : $\dfrac{9{,}75+10{,}22}{2} \approx 9{,}99$

c. $\dfrac{2\times6+3\times10+3\times12+3\times8+2\times10+4\times12}{2+3+3+3+2+4} = 10$

Le calcul de Julien est donc exact.

Remarque :
Bien faire attention quand on calcule une moyenne de moyennes. En fin d'année scolaire, il est plus commode de calculer la moyenne des trois trimestres que la moyenne de toutes les notes de l'année. C'est pourquoi le calcul de Julien n'est pas celui qui se pratique.

7 **a.** Formule en B3 : =B2*B1
Formule en C3 : =C2*C1, etc.
Formule en F2 : =SOMME(B2:E2)
Formule en F3 : =SOMME(B3:E3)
Formule en F4 : =F3/F2

EXPLICATION
Pour le tableur :
toute formule commence par le signe égal =,
le signe de la multiplication est l'étoile *,
le signe de la division est le slash /,
le signe de la soustraction est le tiret - de la touche 6.

	A	B	C	D	E	F
1	Valeur	2	5	7	10	Somme
2	Effectif	8	21	18	3	50
3	Produit	16	105	126	30	277
4				Moyenne =		5,54

b., **c.** et **d.** Sauf erreur, on retrouve évidemment les mêmes moyennes.

15 Mesurer le hasard

1 **a.** $\dfrac{1}{6}$.   **b.** $\dfrac{3}{6} = \dfrac{1}{2}$.

EXPLICATION
Il y a 6 possibilités qui ont chacune la même probabilité de sortir.

2 La probabilité d'obtenir I, II ou III est $\dfrac{9}{10}$.

Donc la probabilité d'obtenir IV est $\dfrac{1}{10}$.

3 **a.** $\dfrac{\text{nombre de boules blanches}}{\text{nombre total de boules}} = \dfrac{4}{7}$.

Donc la probabilité d'obtenir une boule blanche est $\dfrac{4}{7}$.

b. $\dfrac{1}{7}$.   **c.** $\dfrac{3}{7}$.

EXPLICATION
b. et **c.** Même type de raisonnement qu'en **a.**

4 **a.**

	Garçons	Filles	Total
Pratiquent l'informatique	6	12	18
Ne pratiquent pas l'informatique	4	8	12
Total	10	20	30

EXPLICATION
Il suffit de faire des additions.

b. La probabilité de E_1 est $\dfrac{12}{30} = \dfrac{2}{5}$.

La probabilité de E_2 est $\dfrac{10}{30} = \dfrac{1}{3}$.

La probabilité de E_3 est $\dfrac{12}{30} = \dfrac{2}{5}$.

EXPLICATION
Les réponses se lisent dans le tableau.

5 **a.** Il y a 9 billets qui permettent de gagner 10 €.
Donc la probabilité de gagner 10 € est : $\dfrac{9}{100} = 0{,}09 = 9\ \%$.

b. Il y a 30 billets gagnants donc 70 billets perdants.
Donc la probabilité de ne rien gagner est : $\dfrac{70}{100} = \dfrac{7}{10} = 70\ \%$.

6 **a.** Il y a 4 rois. Le nombre de cas favorables est donc 4.
La probabilité d'obtenir un roi est donc : $\dfrac{4}{32} = \dfrac{1}{8} = 0{,}125$.

b. Il y a 4 rois et 4 reines.
Le nombre de cas favorables est donc 8.
La probabilité d'obtenir un roi ou une reine est donc :
$\dfrac{8}{32} = \dfrac{1}{4} = 0{,}25$.

c. Il y a 4 rois et 8 trèfles. Cependant le roi de trèfle ne doit être compté qu'une fois. Le nombre de cas favorables est donc 11.
La probabilité d'obtenir un roi ou un trèfle est donc : $\dfrac{11}{32}$.

7 **a.**

1er jet / 2e jet	Pile	Face
Pile	PP	FP
Face	PF	FF

b. La probabilité d'obtenir 2 fois pile est $\dfrac{1}{4}$.

Celle d'obtenir 2 fois face est $\dfrac{1}{4}$.

Celle d'obtenir 1 fois pile et 1 fois face est $\dfrac{2}{4} = \dfrac{1}{2}$.

16 Revoir et construire la médiatrice

1 **a.** On utilise ici le compas pour construire la médiatrice de [LM].

b. Comme LMT est isocèle en T alors TM = TL. Donc T est équidistant de L et de M. Donc T est sur la médiatrice de [LM].

c. La médiatrice d est aussi la hauteur du triangle LMT issue de T.

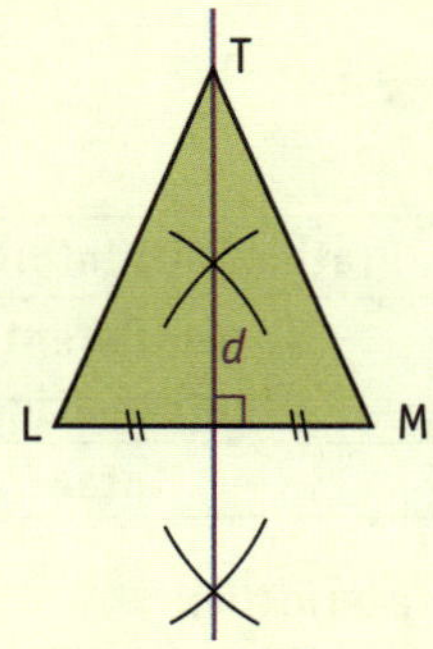

2 **a.**

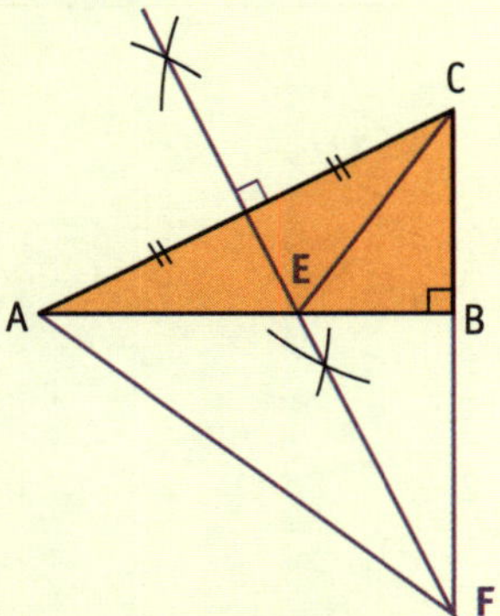

b. E est sur la médiatrice de [AC], donc AE = EC.

c. Comme F est sur la médiatrice de [AC] alors FC = FA, donc FAC est isocèle en F.

d. Il semble que (EC) ⊥ (AF). On peut démontrer cette propriété.

3 **a.**

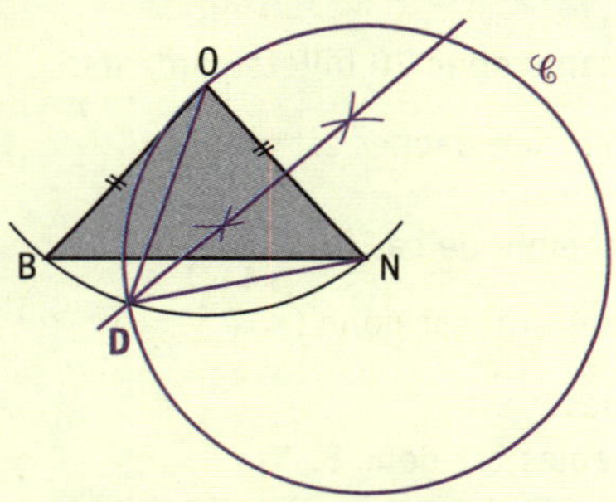

b. D est sur le cercle de centre N passant par O, donc DN = ON. D est sur le cercle de centre O passant par B, donc DO = OB. Mais le triangle OBN est isocèle en O donc OB = ON.
Finalement DN = DO.

c. Comme DN = DO, D est équidistant de O et N. Donc D est sur la médiatrice de [ON].

d. Le triangle DON est équilatéral, en effet on a vu que OD = DN = ON.

4 **a.**

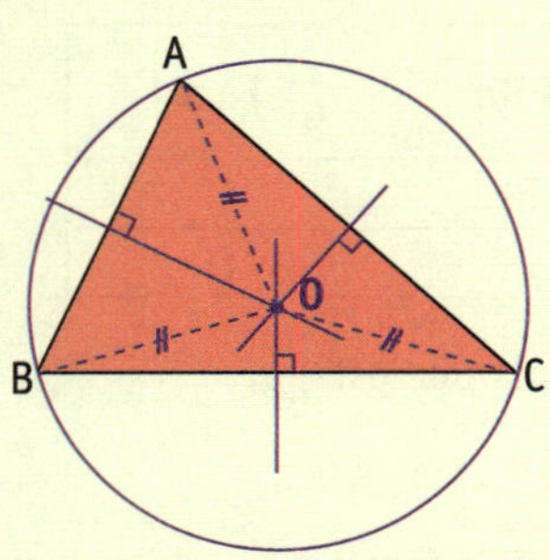

b. O est sur la médiatrice de [AB] donc OA = OB.
O est aussi sur la médiatrice de [BC] donc OB = OC.

c. Donc OA = OB = OC et les points A, B et C sont sur un même cercle de centre O.

d. On trace ainsi ce cercle qui est le « cercle circonscrit » au triangle ABC.

EXPLICATION
Rappel : Tout point de la médiatrice de [AB] est équidistant de A et de B.

5 **a.**

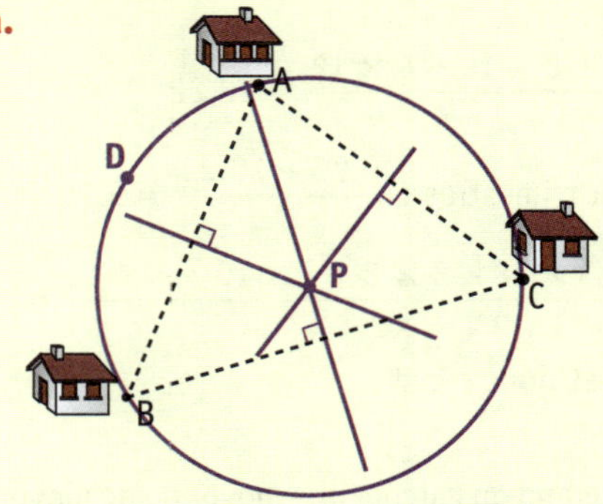

b. On place D sur le cercle circonscrit à ABC.

EXPLICATION
a. P est équidistant de A, B et C donc AP = BP = CP, donc P est le centre du cercle circonscrit à ABC.

17 Construire des symétriques par rapport à un point

1

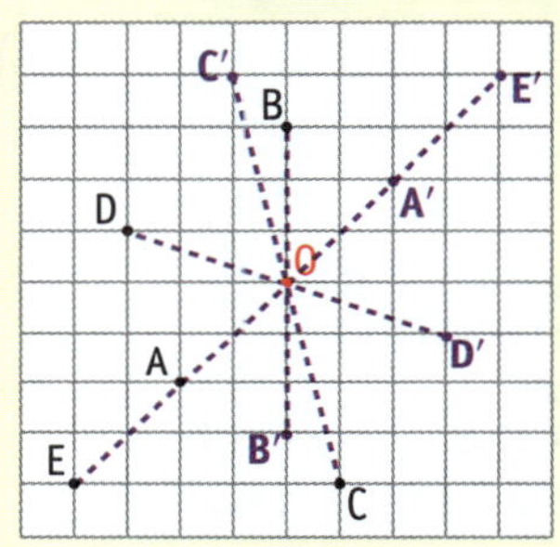

2

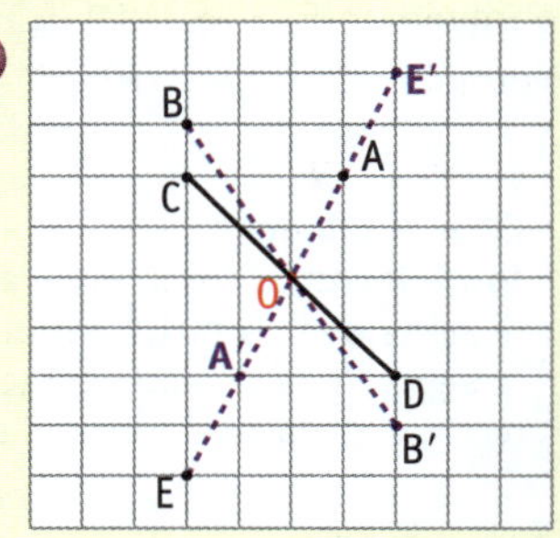

EXPLICATION
Exercice 2 : comme O est le milieu de [CD], alors C′ = D et D′ = C.

3

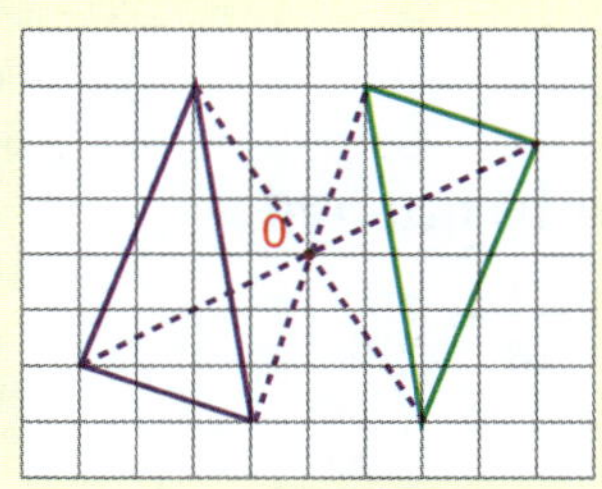

Remarque : Le point O est à l'extérieur des deux triangles qui n'ont alors aucun point en commun.

4

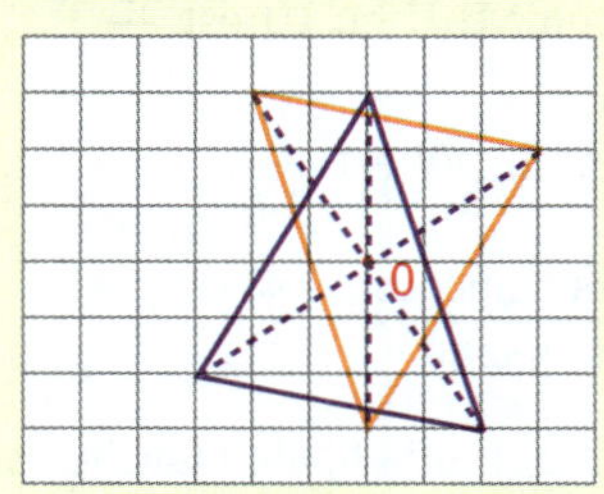

Remarque : Le point O est à l'intérieur du triangle qui « chevauche » alors son symétrique.

5 **a.**

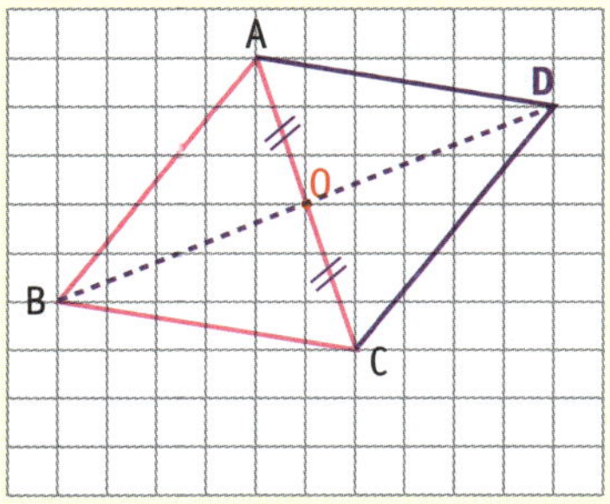

b. Le symétrique par rapport à O :
de A : C de C : A de D : B

c. Le symétrique par rapport à O :
du segment [BC] : [AD] du segment [AB] : [DC]

d. ABCD est alors un parallélogramme.

EXPLICATION
d. Le symétrique d'une droite par rapport à un point est une droite parallèle. Donc les côtés opposés de ABCD sont parallèles, donc ABCD est un parallélogramme.

6 **a.** Pour construire le symétrique T′ de T, on trace la droite (TJ) puis à l'aide du compas on construit T′ tel que : JT′ = JT.

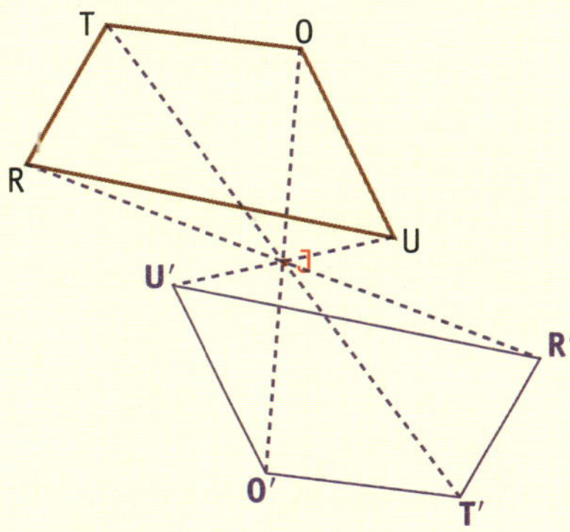

b. Le symétrique d'un segment, par rapport à un point, est un segment de même longueur.
Donc en ajoutant les périmètres de TOUR et T′O′U′R′ on obtient 2 fois le périmètre de TOUR.
Donc, le périmètre de TOUR est $\frac{22,8}{2} = 11,4$ cm.

7

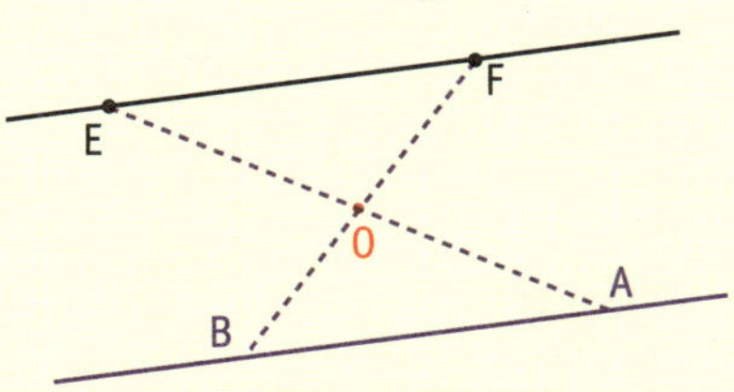

Le symétrique d'une droite, par rapport à un point, est une droite parallèle. Donc (AB) // (EF).

8 **a.** On commence par construire le symétrique du centre puis on trace un cercle de même rayon.

b.

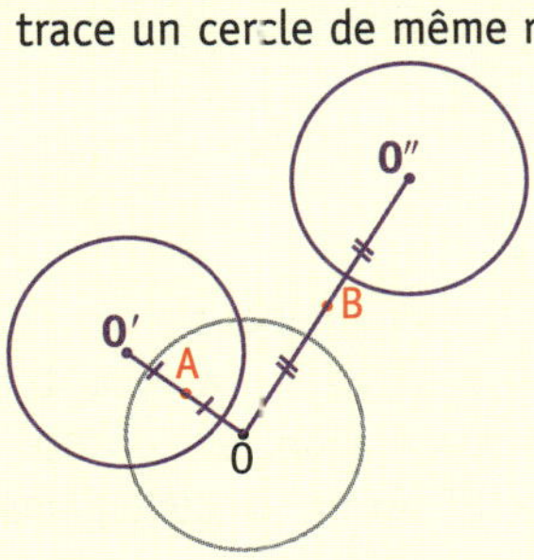

18 Reconnaître des axes et des centres de symétrie

1 **a.**

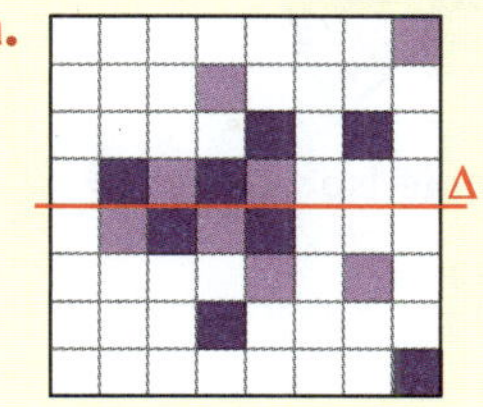

b.

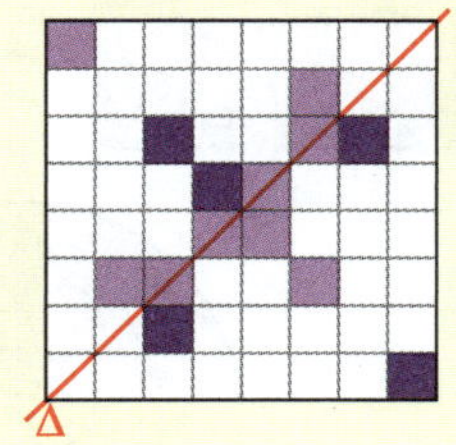

c.

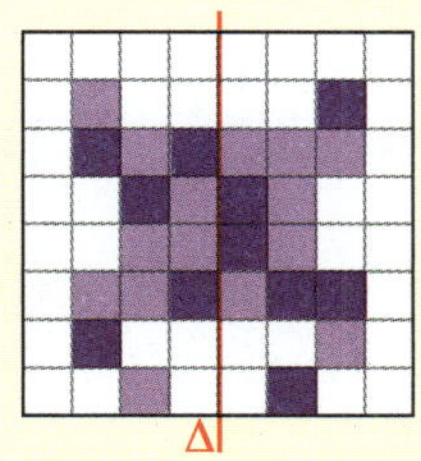

CONSEIL
Pour la symétrie par rapport à la droite Δ, penser au pliage du dessin le long de la droite Δ.

2 **a.**

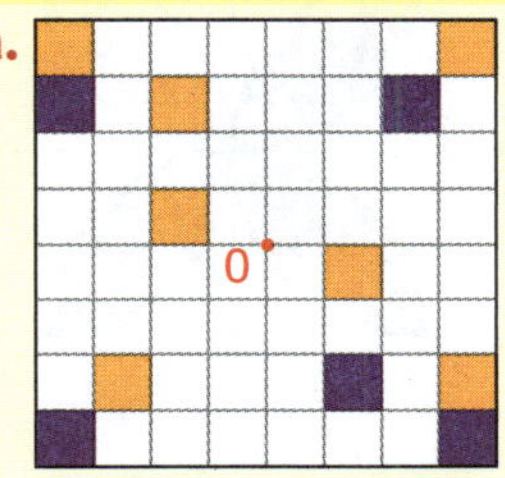

b.

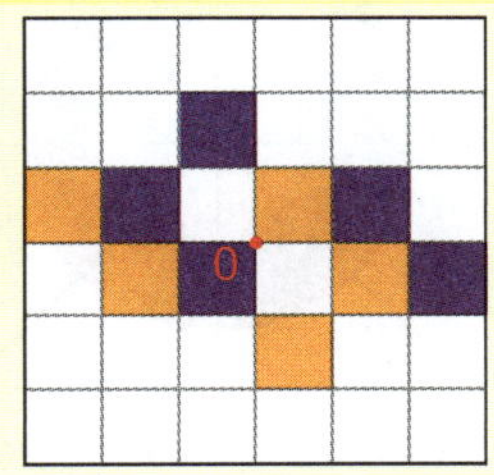

c.

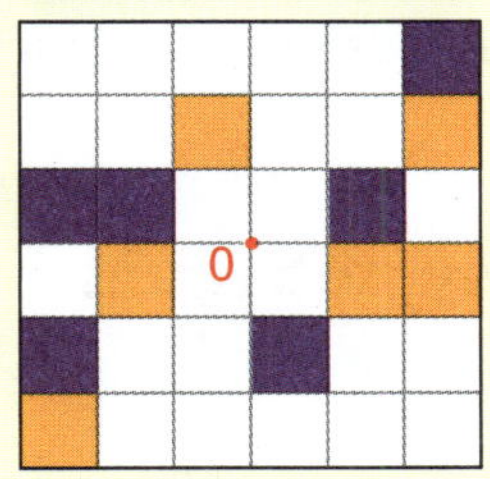

3

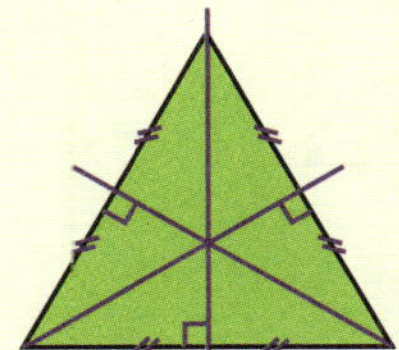

triangle équilatéral

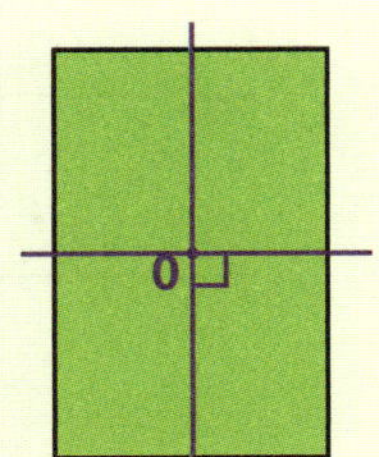

rectangle

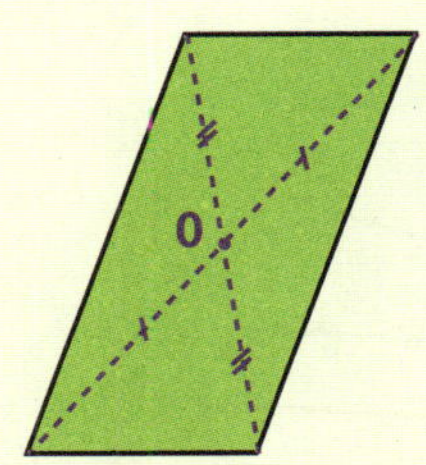

parallélogramme

EXPLICATION
- Pour le triangle équilatéral, trois axes de symétrie.
- Pour le rectangle, deux axes et un centre de symétrie.
- Pour le parallélogramme, un centre de symétrie.

4
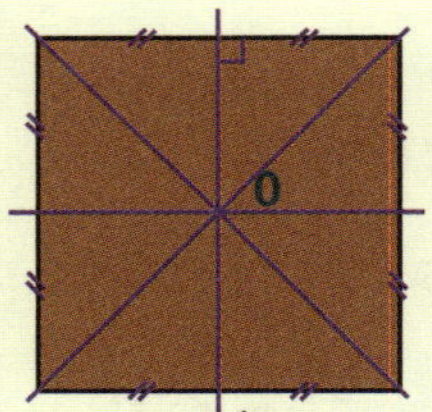
carré

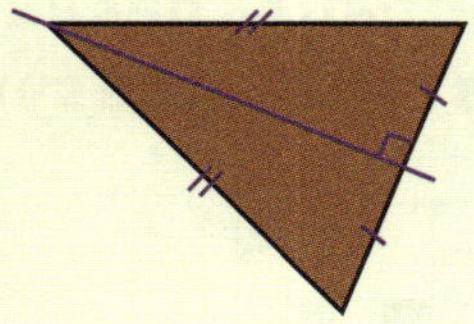
triangle isocèle

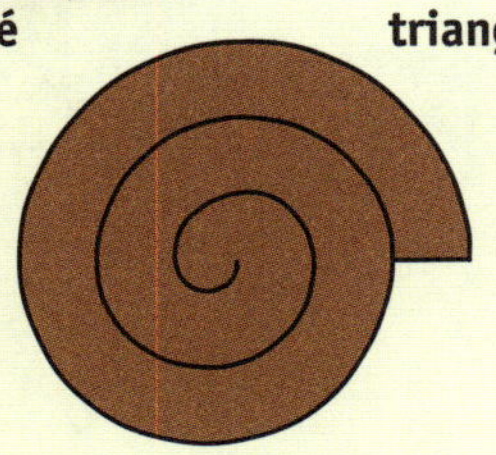
spirale

EXPLICATION
- Pour le carré, quatre axes et un centre de symétrie.
- Pour le triangle isocèle, un axe de symétrie.
- Et rien pour la spirale.

5 **a.**

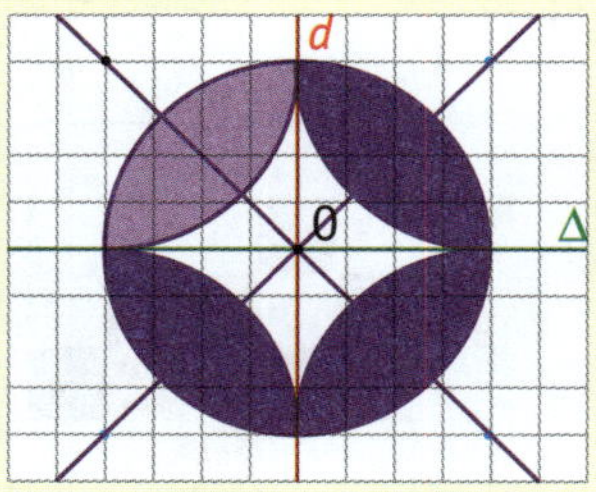

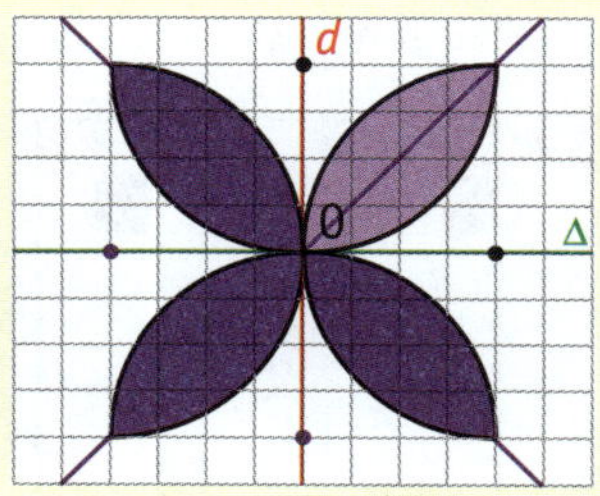

b. Oui, O est un centre de symétrie.
Ces figures admettent deux autres axes de symétrie qui sont les droites obliques inclinées à 45°.

19 Étudier les angles symétriques

1 **a.**

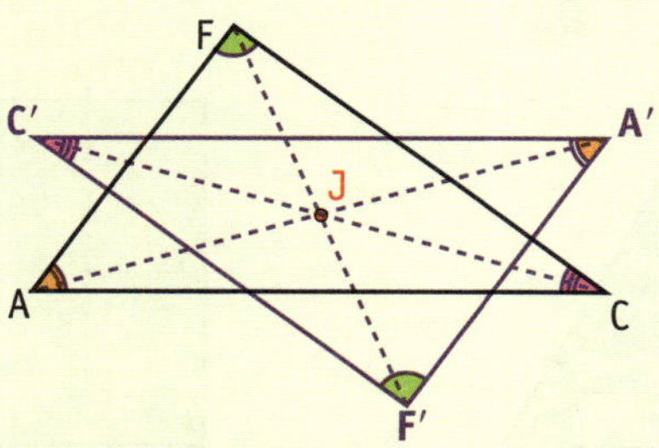

b. Des angles symétriques par rapport à un point ont la même mesure.

2 **a.**

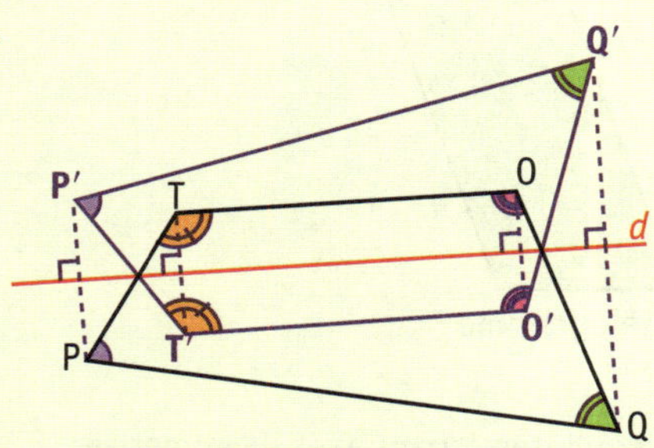

b. Des angles symétriques par rapport à une droite ont la même mesure.

3
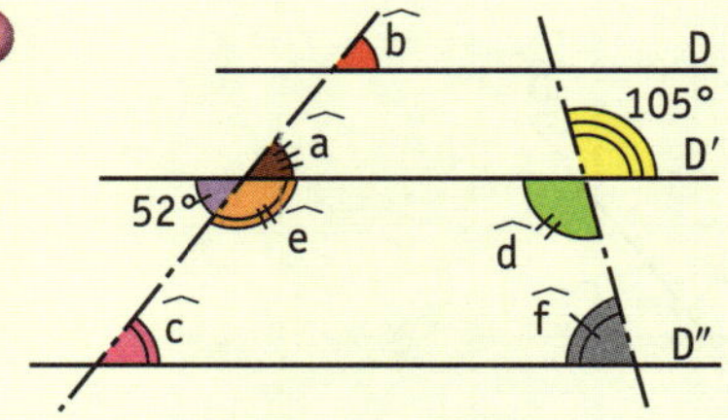

$\widehat{a} = 52°$ (angles opposés par le sommet)
$\widehat{b} = 52°$ ($\widehat{a}$ et $\widehat{b}$: angles correspondants)
$\widehat{c} = 52°$ ($\widehat{a}$ et $\widehat{c}$: angles correspondants)
$\widehat{d} = 105°$ (angles opposés par le sommet)
$\widehat{e} = 180° - 52° = 128°$
$\widehat{f} = 180° - 105° = 75°$ (on calcule la mesure d'un angle correspondant à $\widehat{f}$).

4 L'angle $\widehat{xAy}$ mesure $180° - 118° = 62°$.
Les angles correspondants $\widehat{xAy}$ et $\widehat{ABz}$ ont même mesure donc (Ay) et (Bz) sont parallèles.

5 **a.**

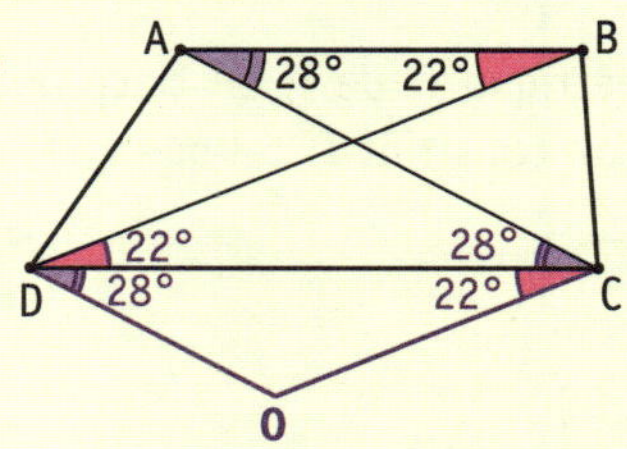

b. Par exemple, on a (AB)//(DC) donc les angles alternes-internes $\widehat{ABD}$ et $\widehat{BDC}$ ont la même mesure 22°. On trouve 3 angles de 22° et 3 angles de 28°.

6 On a Δ // (BC), donc les angles alternes-internes $\widehat{x}$ et $\widehat{B}$ sont égaux, donc $\widehat{x}$ mesure 28°.
Pareillement $\widehat{y}$ et $\widehat{C}$ sont alternes-internes, $\widehat{y}$ mesure donc 62°.

7 **a.** $\widehat{BAC}$ est un angle droit donc $\widehat{x} = 90° - 72° = 18°$.
b. Les angles alternes-internes $\widehat{x}$ et $\widehat{ABD}$ sont égaux. Donc (BD) est parallèle à (AI).

20 Connaître les parallélogrammes

1 ①, ③, ④, ⑤ sont des parallélogrammes.

EXPLICATION
Le quadrilatère
① est aussi un carré ;
④ est aussi un rectangle ;
⑤ est aussi un losange ;
② est un trapèze mais pas un parallélogramme ;
⑥ est un cerf–volant mais pas un parallélogramme.

2 **a.**

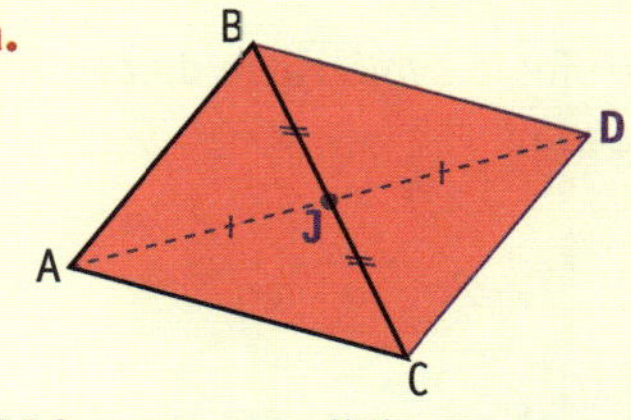

b. ABDC est un parallélogramme et voici pourquoi :
J est le milieu de [BC]. J est aussi le milieu de [AD] car D est le symétrique de A par rapport à J. Les diagonales de ABDC se coupent donc en leur milieu. Donc ABDC est un parallélogramme.

3 **a.** et **b.**

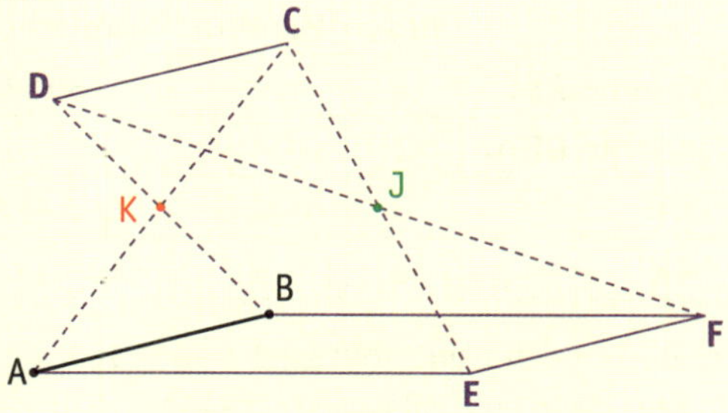

c. [CD] est le symétrique de [AB] par rapport à K, donc AB = DC et (AB) // (DC).

d. Pareillement, [EF] est le symétrique de [DC] par rapport à J, donc DC = EF et (DC) // (EF).

e. ABFE ayant deux côtés opposés parallèles et de même longueur est un parallélogramme.

EXPLICATION
Le symétrique d'un segment [AB] par rapport à un point est un segment parallèle à (AB) et de même longueur que [AB].

4 $\hat{C} = 113°$ (angles opposés du parallélogramme ABCD)

$\hat{B} = 67°$ ($\hat{A}$ et $\hat{B}$ sont consécutifs, donc supplémentaires, donc $\hat{B} = 180° - 113° = 67°$).

$\hat{D} = 67°$ ($\hat{B}$ et $\hat{D}$ sont deux angles opposés du parallélogramme, donc $\hat{D} = \hat{B} = 67°$).

5 **a.**

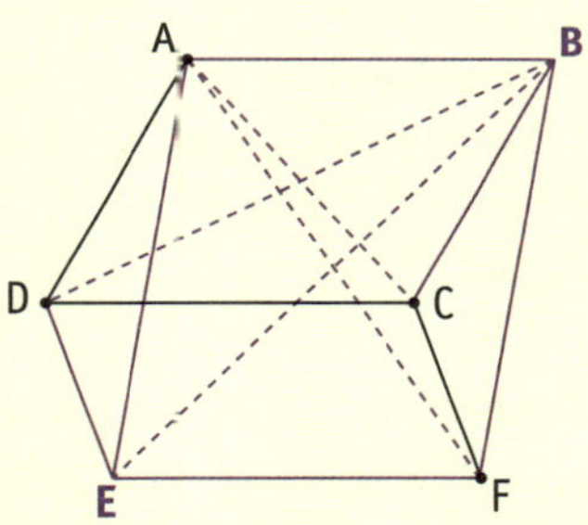

b. Comme ABCD est un parallélogramme alors AB = DC et (AB) // (DC).
De même, CDEF est un parallélogramme, donc DC = EF et (DC) // (EF).
Donc AB = EF et (AB) // (EF).

c. D'après le **b.**, ABFE est un quadrilatère ayant deux côtés opposés parallèles et de même longueur. Donc ABFE est un parallélogramme.

d. Les diagonales [AF] et [BE] du parallélogramme ABFE se coupent en leur milieu.

EXPLICATION
Dans **b.** et **d.** on utilise des propriétés du parallélogramme.

6 [BD] est un diamètre d'un cercle de centre O, alors O est le milieu de [BD].
De même O est le milieu de [AC].

Comme [AC] et [BD] ont le même milieu O, alors le quadrilatère ABCD est un parallélogramme. Or dans un parallélogramme les côtés opposés sont parallèles et de même longueur ; donc AD = BC et (AD) // (BC).

21 Construire des triangles et des parallélogrammes

1 **a.**

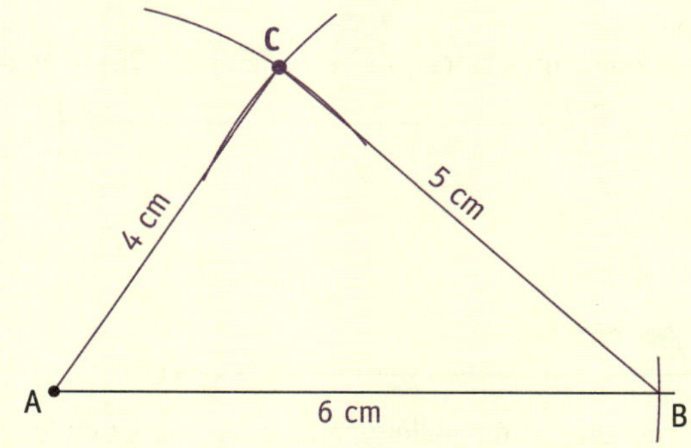

L'arc de cercle de centre A et de rayon 4 cm coupe en C l'arc de cercle de centre B et de rayon 5 cm.
AB + BC + AC = 6 + 5 + 4 = 15 cm.

b. Hélene a raison car AC + BC < AB.

2 Placer d'abord le point F.
Puis tracer l'angle $\widehat{FEG}$ avec le rapporteur.
Placer ensuite le point G et tracer [FG].

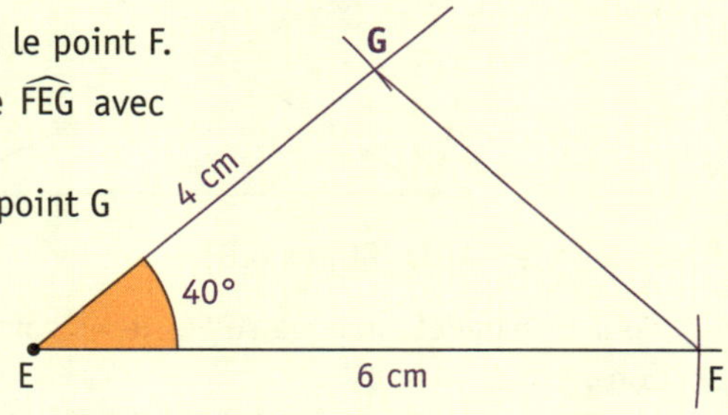

En mesurant on trouve FG ≈ 3,9 cm.
Périmètre ≈ 6 + 4 + 3,9 = 13,9 cm.

3 Placer d'abord le point N puis tracer les angles $\widehat{NML}$ et $\widehat{MNL}$ avec le rapporteur.

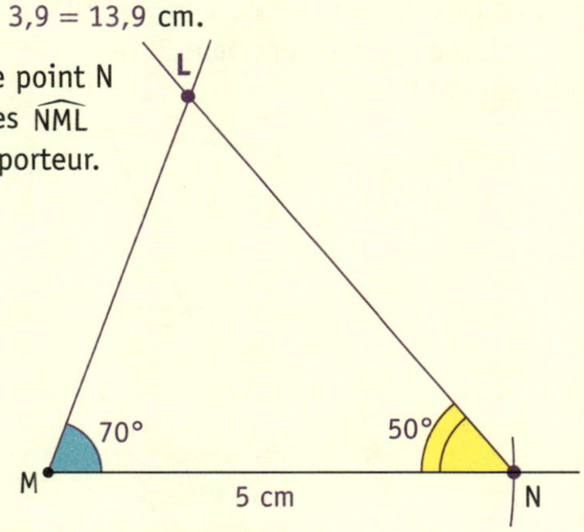

4 Placer d'abord le point Q puis tracer l'angle $\widehat{QPR}$.
Tracer ensuite un arc de cercle de centre Q et de rayon 3 cm.
On a donc deux solutions QPR_1 et QPR_2.

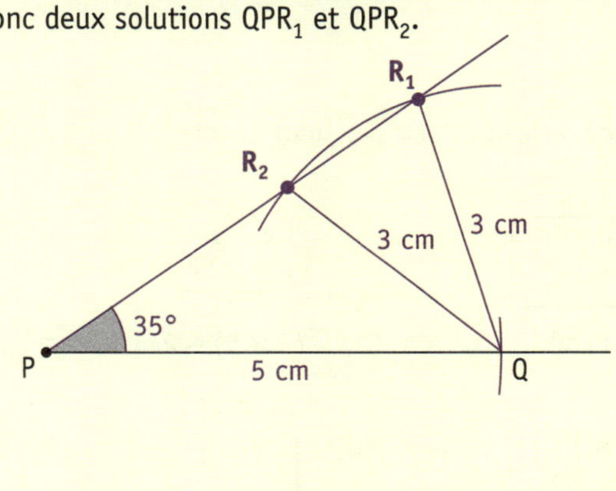

5 • On construit d'abord le côté (AB) à l'aide du rapporteur.
• On place ensuite le point B avec la règle graduée.
• Par la suite, deux coups de compas permettent de construire le point C.
• Il ne reste plus qu'à tracer les côtés [BC] et [DC] avec la règle.

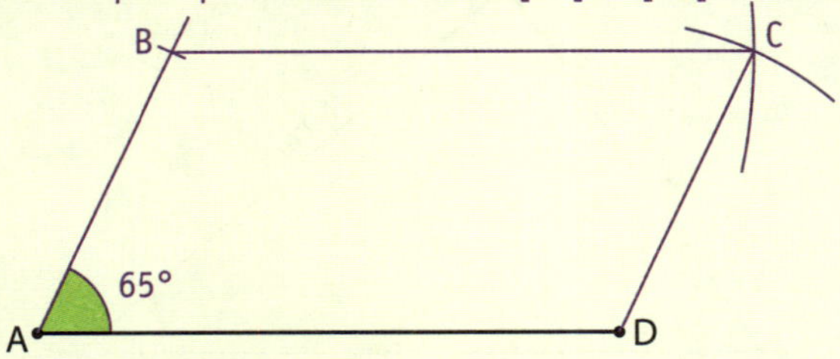

6 Les diagonales d'un parallélogramme se coupent en leur milieu. On construit les symétriques de A et de B par rapport à O.
Ces deux points sont les sommets de C et D du parallélogramme.

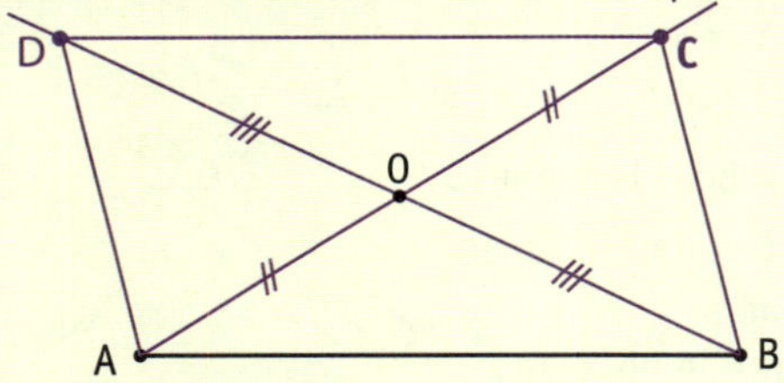

Reste à tracer [AD], [DC] et [CB].

7 Pour le parallélogramme ABEC, le 4e sommet E est l'intersection :
- de l'arc de centre B et de rayon AC ;
- et de l'arc de centre C et de rayon AB.

On procède pareillement pour BCFA et pour CAGB.

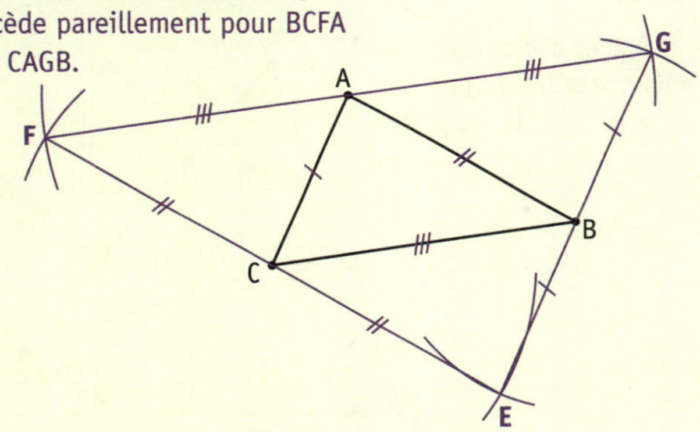

22 Calculer l'aire d'un triangle et d'un parallélogramme

1

CONSEIL
Inutile de faire appel à la calculatrice ici !

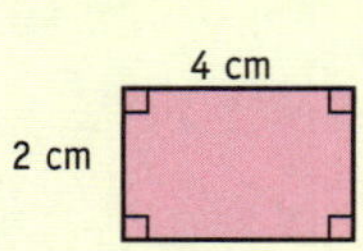

$2 \times 4 = 8$ cm²

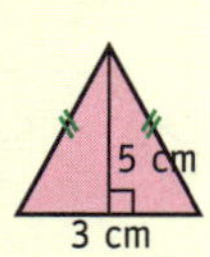

$(3 \times 5) \div 2 = 7{,}5$ cm²

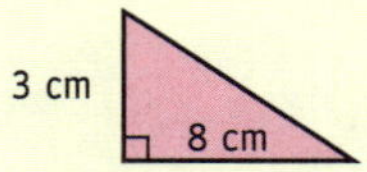

$(3 \times 8) \div 2 = 12$ cm²

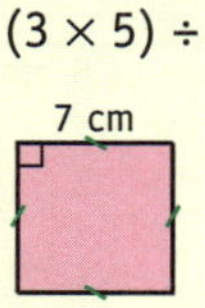

$7 \times 7 = 49$ cm²

2

	Base	Hauteur	Aire en carreaux
Parallélogramme ABCD	3	2	$3 \times 2 = 6$
Parallélogramme DEFG	1	4	$1 \times 4 = 4$
Triangle DEH	3	4	$(3 \times 4) \div 2 = 6$
Triangle BCK	3	1	$(3 \times 1) \div 2 = 1{,}5$

3 **a.** L'aire du tronçon d'autoroute est : $50 \times 120 = 6\,000$ m².
b. L'aire de la surface cultivable restante est :
(Aire du rectangle) – (aire du parallélogramme) :
$120 \times 150 - 6\,000 = 12\,000$ m².

EXPLICATION
a. Le tronçon d'autoroute est un parallélogramme de base 50 m et de hauteur 120 m.

4 **a.** Aire du triangle TOC.
Aire = (base × hauteur) ÷ 2 = $(3 \times 3) \div 2 = 4{,}5$ carreaux.
b. Aire du parallélogramme PLAF.
base × hauteur = $4 \times 5 = 20$ carreaux.
c. Aire du quadrilatère BING.
Aire de BIG + Aire de IGN =
$(6 \times 3) \div 2 + (6 \times 1) \div 2 = 12$ carreaux.

EXPLICATION
c. Le quadrilatère BING se décompose en deux triangles dont on peut facilement calculer l'aire.

5 **a.** Si on note h la hauteur issue de A, on a :
$(12 \times h) \div 2 = 42$ d'où $12 \times h = 84$ donc $h = 84 \div 12$, soit $h = 7$ cm.
b. L'aire du parallélogramme mesure $4 \times 13 = 52$ m².
Notons b la base cherchée : on a : $12 \times b = 52$,
donc $b = 52 \div 12$ soit $b \approx 4{,}33$ m.

6 On a $BC \times 4 \div 2 = 12$ donc $BC \times 4 = 24$ donc $BC = 6$ cm.
De même $AC \times 4{,}8 \div 2 = 12$ donc $AC \times 4{,}8 = 24$ donc $AC = 5$.
Or AB = AC, donc le périmètre de ABC mesure : $6 + 2 \times 5 = 16$ cm.

EXPLICATION
D'abord on calcule la base BC puis le côté AC.
Comme le triangle est isocèle en A, alors AB = AC et on peut conclure.

23 Calculer le périmètre et l'aire d'un disque

1

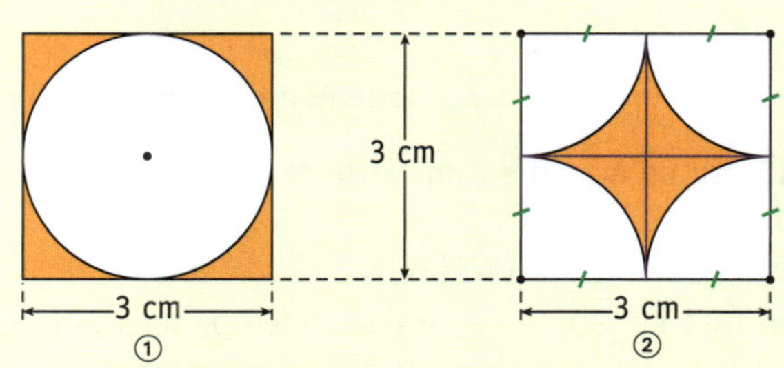

En traçant les 2 médianes du carré de la figure ② on fait apparaître les 4 morceaux coloriés de la figure ①. Les deux aires sont donc égales.

Remarque : On peut, ici, comparer les deux aires sans les calculer.

2 À la 3e ligne du tableau le périmètre mesure 4 m donc le diamètre mesure $4 \div \pi$ soit 1,27 m environ.

Rayon	Diamètre	Périmètre	Aire
4 m	8 m	25,13 m	50,27 m^2
2 m	4 m	12,57 m	12,57 m^2
0,64 m	1,27 m	4 m	1,27 m^2

3 Le cœur est constitué d'un carré d'aire $4 \times 4 = 16$ et d'un disque de rayon 2.
D'où l'aire du cœur : $16 + 4\pi$ soit environ 28,57.

Remarque : Le périmètre du joli cœur est $8 + 4\pi$.

4 Carré : côté = $24 \div 4 = 6$ cm ; aire = $6 \times 6 = 36$ cm^2.
Disque : on a $2 \times \pi \times R = 24$, donc $R = 24 \div (2\pi)$ soit $R \approx 3{,}82$ cm d'où aire = $\pi R^2 \approx 45{,}84$ cm^2.

Rectangle :
largeur = $24 \div 6 = 4$, d'où longueur = $2 \times 4 = 8$ cm
aire = $4 \times 8 = 32$ cm^2.
On constate que :
aire du rectangle < aire du carré < aire du disque.

5

CONSEIL
Il est intéressant de conduire le calcul avec la lettre π jusqu'à ce que l'on trouve la valeur exacte de l'aire de la fleur qui est $11\pi + 16$. Ensuite on trouve une valeur approchée avec la calculatrice.

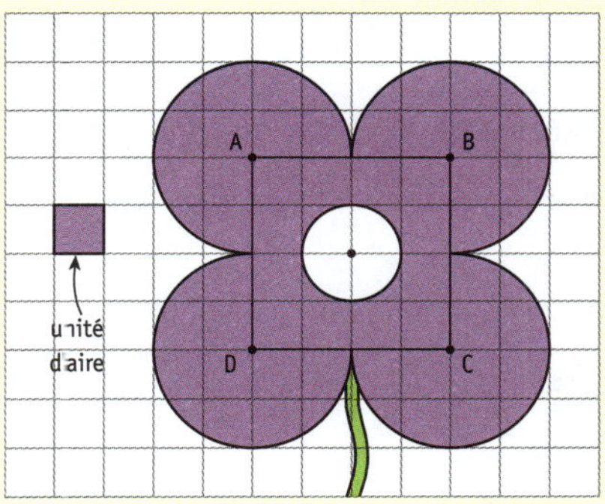

Aire du carré ABCD : $4 \times 4 = 16$
Aire des 4 pétales : aire de 4 fois $\frac{3}{4}$ de disque
$= 4 \times (\pi \times 2 \times 2) \times \frac{3}{4} = 12\pi$
Aire du disque central : $1 \times 1 \times \pi = \pi$
L'aire de la fleur est donc : $12\pi + 16 - \pi = 11\pi + 16 \approx 50{,}56$.

6

CONSEIL
Il est intéressant de conduire le calcul avec la lettre π jusqu'à ce que l'on trouve la valeur exacte de l'aire de la piscine. Même remarque pour le périmètre.

a. Il y a deux carrés, un demi-disque de rayon 5 m et 1 disque de rayon 5 m. L'aire de la piscine est donc :
$10 \times 10 + 5 \times 5 + 25 \times \pi \div 2 + 25\pi = 125 + 37{,}5\pi \approx 242{,}81$ m^2.
b. Le périmètre mesure : $2 \times 10 + 10 \times \pi \div 2 + 10 \times \pi$
$= 20 + 15\pi$ soit environ 67,12 m.

24 Calculer des aires et des volumes

1 **a.** $V = 6 \times 6 \times 6 = 216$ cm^3.
b. Le diamètre du cylindre est 6 cm ; sa hauteur 6 cm.
Donc $V' = \pi \times 3 \times 3 \times 6 = 54\pi$ d'où V' vaut environ 169,6 cm^3.

2 Pour trouver une aire en cm², le volume doit être exprimé en cm^3 et la hauteur en cm.
On a 10 L = 10 000 cm^3. Donc l'aire de base est : $10\,000 \div 25 = 400$ cm², soit 4 dm².

3 Volume d'un parallélépipède : $L \times l \times h$. 30 cm = 0,30 m.
Volume de la pièce de bois : $(0{,}30)^2 \times 1{,}50$ soit 0,135 m^3.

4 **a.** Volume de la citerne = $3 \times 4{,}5 \times 5 = 67{,}5$ m^3.
b. L'aire de la base de la citerne est : $3 \times 4{,}5 = 13{,}5$ m^2.
Donc l'eau est montée de $\frac{27}{13{,}5} = 2$ m.

5 Aire totale des faces du cube : $6 \times 23^2 = 3\,174$ cm^2.
Aire totale des faces du parallélépipède :
$2 \times (41 \times 19 + 41 \times 13 + 19 \times 13) = 3\,118$ cm^2, c'est la plus petite des deux aires.

6 La surface de tôle est un rectangle de 70 cm sur $2 \times 7{,}5 \times \pi$ soit 15π cm.
D'où son aire : $70 \times 15\pi = 1\,050\pi$, soit 3 298,7 cm^2 ou 0,33 m^2 environ.

7 L'arête du cube est $45 \div 5$ soit 9 cm.
Le volume du cube est donc 9^3 soit 729 cm^3.

8

Rayon r (en cm)	Diamètre (en cm)	Hauteur h (en cm)	Périmètre de base (en cm)	Aire de base (en cm^2)	Aire latérale (en cm^2)	Volume (en cm^3)
2	4	10	12,6	12,6	125,7	125,7
2,5	5	7	15,7	19,6	110	137,4
1,6	3,2	6	10	8	60	48,25

9 **a.** Ne pas oublier de créer les variables c et v. Le programme donne le volume du cube.
b. On crée la variable a puis on ajoute les deux lignes :

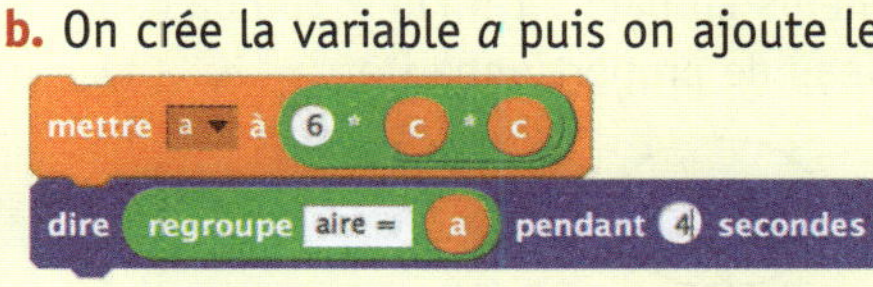

c. On crée la variable L et on ajoute les deux lignes :

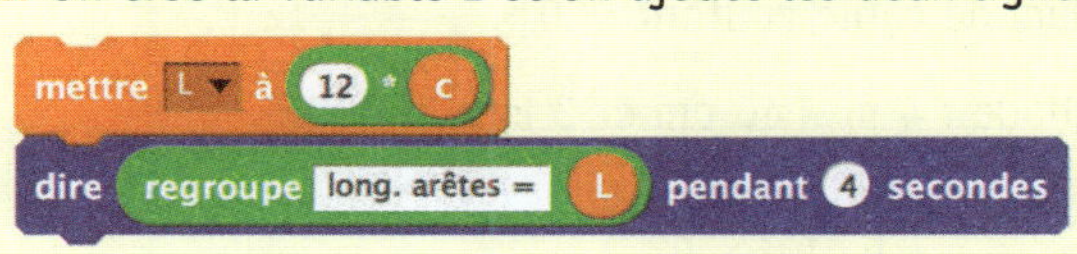

25 Changer d'unités

1 **a.** 1,2 dam = 1 200 cm
b. 13,2 mm = 0,132 dm
c. 4 hm = 0,4 km
d. 150 cm^2 = 0,015 m^2
g. 125 g = 0,125 kg
h. 314 cg = 3,14 g
i. 4,3 t = 4 300 kg
j. 13 q = 1 300 kg

e. 6 000 m² = 0,6 hm²
f. 3 ha = 30 000 m²

k. 100 min = 1 h 40 min
l. 7 200 s = 2 h

2 a. 1,5 L = 1 500 cm^3
b. 3 cm^3 = 0,3 cL
c. 0,4 m^3 = 400 dm^3
d. 15 cm^3 = 15 mL
e. 100 hL = 10 m^3

f. 125 cm^3 = 0,125 L
g. 8 dL = 800 cm^3
h. 3,8 dL = 0,38 dm^3
i. 0,5 L = 0,5 dm^3
j. 2 500 L = 2,5 m^3

3 a. 42 hL à l'hectare → 4200 L à l'hectare → 42 L sur un are.
b. 60 q à l'hectare → 6 000 kg à l'hectare → 60 kg sur un are.

4 a. 700 km en 20 h → 70 km en 2 h → 35 km/h.
b. 825 km en 25 h → $\frac{825}{25}$ km/h = 33 km/h.
c. 730 km en 2 jours → 730 km en 48 h → $\frac{730}{48}$ km/h ≈ 15,2 km/h.

5 1 100 km par heure correspondent à 1 100 km en 3 600 s, soit 1 100 ÷ 3 600 ≈ 0,305 km/s, soit 305 m/s. Donc la réponse est non.

6 a. 2 To = 2 000 Go. Donc le disque de 2 To a la plus grande capacité.
b. 32 Go = 32 000 Mo.
c. 36 Go = 36 000 Mo. Donc la première carte a une capacité 2 000 fois plus grande que celle de 18 Mo.

7 13 850 hL en 4 min → 1 385 m^3 en 4 min
→ 1 385 m^3 en 240 s → $\frac{1\,385}{240}$ m^3/s ≈ 5,77 m^3/s.

8 a. Cette voiture consomme 8 litres pour faire 100 km. Donc, avec un litre, elle parcourt
100 ÷ 8 = 12,5 km.
b. Utilisons un tableau de proportionnalité.

15 km	1 L
100 km	x ?

× 6,7

Le coefficient de proportionnalité est : $c = \frac{100}{15} \approx 6{,}7$.
Donc la consommation est proche de :
1 × 6,7 = 6,7 L pour 100 km.

9 a. On écrit les longueurs en dam : 1,5 km = 150 dam.
Puis on remplit un tableau de proportionnalité.

150 dam	900 €
2 dam	x ?

$\times \frac{2}{150}$

Donc, les 2 dam de câble coûtent $900 \times \frac{2}{150} = 12$ €.

b. Même méthode : 4 m = 40 dm et 3 kg = 3 000 g.

40 dm	3 000 g
6 dm	x ?

$\times \frac{6}{40}$

Donc les 6 m de tube pèsent $3\,000 \times \frac{6}{40} = 450$ g.

c. 15 cm^3 sur 10 cm² → 1,5 cm^3 sur 1 cm²
→ 15 000 cm^3 sur 1 m², car 1 m² = 10 000 cm².
Donc, il est tombé 15 L d'eau sur 1 m².
1ha = 10 000 m². Donc sur un ha il est tombé 15 L × 10 000 = 150 000 L = 150 m^3 d'eau.

26 Découvrir l'algorithmique et la programmation

1 a. Ce programme donne l'aire du carré.
b.

```
mettre P à (4 * réponse)
dire P pendant 4 secondes
```

2 Il faut créer 3 variables A, B et S.

```
quand [drapeau] pressé
demander [longueur =] et attendre
mettre A à réponse
demander [largeur =] et attendre
mettre B à réponse
mettre S à (A * B)
dire S pendant 4 secondes
```

3 Sur l'écran, on voit apparaître :
« aire = » suivi de la valeur de cette aire.

4 a. Exécution du programme.
b.

```
quand [drapeau] pressé
stylo en position d'écriture
demander [longueur =] et attendre
avancer de réponse
tourner ↻ de 90 degrés
avancer de réponse
tourner ↻ de 90 degrés
avancer de réponse
tourner ↻ de 90 degrés
avancer de réponse
```

5

```
quand [drapeau] pressé
effacer tout
stylo en position d'écriture
demander [longueur =] et attendre
mettre A à réponse
demander [largeur =] et attendre
mettre B à réponse
avancer de A
tourner ↻ de 90 degrés
avancer de B
tourner ↻ de 90 degrés
avancer de A
tourner ↻ de 90 degrés
avancer de B
```

6 **a.** Chaque angle d'un triangle équilatéral mesure 60°.

b. Exécution du programme.

c.

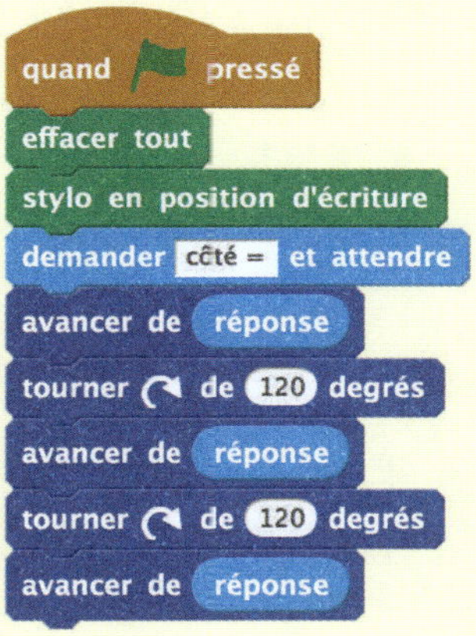

7 Le programme suivant parcourt le circuit ABCADEC.

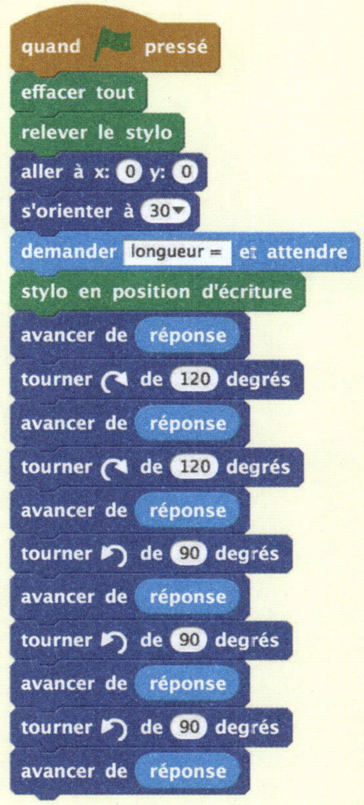

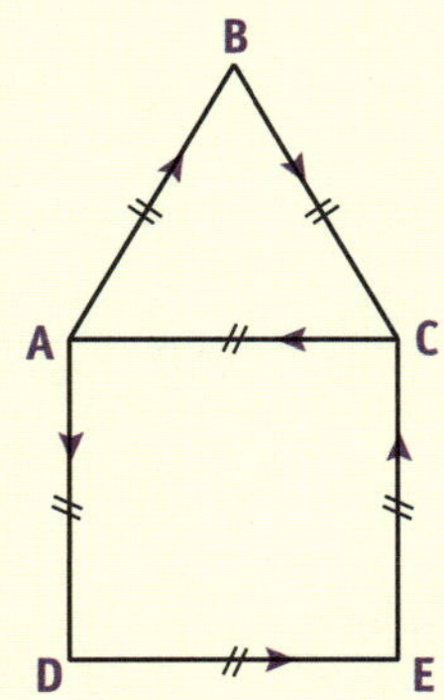

EXPLICATION

S'orienter à 30°, c'est s'orienter dans le sens de la flèche rouge.

HISTOIRE-GÉO/EMC

C'est l'essentiel du programme d'histoire-géographie et d'enseignement moral et civique (EMC) qui est récapitulé dans cette partie. Sur chacun des **thèmes clés** du programme te sont proposés des rappels de cours et des exercices qui concernent :

Cette partie comprend aussi :

HISTOIRE

1 L'Empire byzantin (330-1204)

Un empire héritier de l'Empire romain

- À la tête de l'Empire romain d'Orient de 527 à 565, l'empereur **Justinien** tente de recréer l'ancien Empire romain à partir de sa capitale, **Constantinople**, construite à l'image de Rome. Il part à la **conquête de l'Espagne, de l'Italie du Sud et de l'Afrique du Nord**. Mais en 636, les armées arabes font perdre à l'Empire la Syrie-Palestine et l'Égypte.
- Puis, de 857 à 1057, la **dynastie macédonienne** agrandit à nouveau le territoire, **en direction de la Bulgarie et à l'est des monts Taurus**. Cependant, affaibli par les attaques répétées des Turcs, l'Empire byzantin perd le contrôle des échanges en mer Méditerranée au profit des Italiens.

★★ 1 Complète la carte de l'Empire byzantin en coloriant, sur la carte et dans la légende :
– en jaune les flèches correspondant aux conquêtes de Justinien ;
– en orange les flèches correspondant aux conquêtes de la dynastie macédonienne.

L'extension de l'Empire byzantin (VIe-XIe siècle)

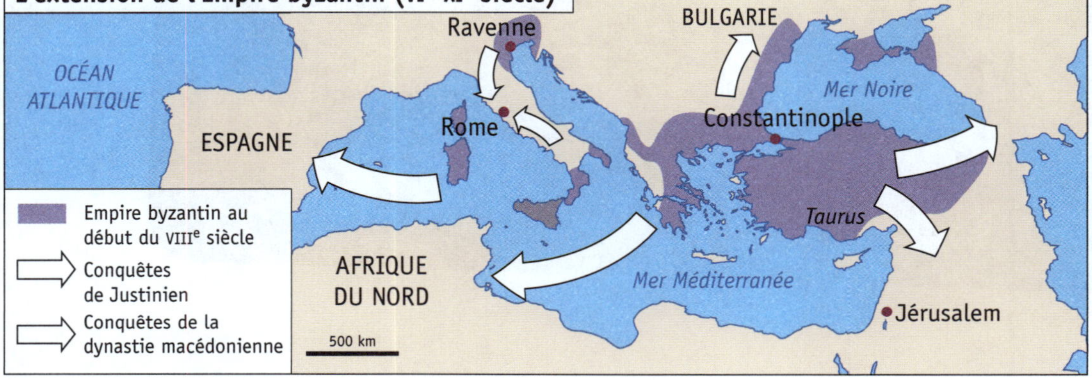

SCORE ..../ 2

INFO
En juillet 1014, l'empereur byzantin Basile II remporte une victoire foudroyante sur la **Bulgarie**. Il fait aveugler 15 000 prisonniers, sauf un sur cent chargé de ramener ses compagnons au roi bulgare vaincu.

Un empire chrétien

- Depuis 380, le **christianisme est la religion officielle** de l'Empire romain. L'Empire byzantin est donc un empire chrétien. Mais **les rites qui y sont pratiqués sont très différents de ceux pratiqués dans l'ouest de l'Europe** : les messes sont dites en **grec** ; les croyants prient des **images sacrées** (icônes) et leurs prêtres (popes) peuvent se marier.
- Doté d'un pouvoir absolu, l'empereur byzantin, le ***basileus***, est à la fois le chef politique et religieux de l'Orient chrétien. Il nomme le **patriarche de Constantinople** (en charge de la nomination des popes).

★★ 2 Observe le plan de Constantinople au VIe siècle p. 137, puis réponds aux questions.
a. Sur le plan, entoure :
– en rouge les deux bâtiments qui rappellent que Constantinople est une ville romaine ;
– en bleu le bâtiment qui rappelle que Constantinople est une ville chrétienne ;
– en vert le lieu qui concentre l'activité économique de la ville.
b. Comment vois-tu sur ce plan que le pouvoir politique et le pouvoir religieux sont très proches ?

....

....

1 Grand Palais : résidence de l'empereur et de sa famille.
2 Basilique Sainte-Sophie.
3 Hippodrome d'une capacité d'accueil de 50 000 personnes.
4 Mésè : la plus vaste avenue de la ville qui abritait de nombreuses boutiques.

SCORE ..../ 4

INFO
Constantinople est peuplée de **500 000 habitants** sous le règne de Justinien.

HISTOIRE-GÉO/EMC

Le schisme

- Le **christianisme grec (orthodoxie)** de l'Empire byzantin s'éloigne progressivement du **christianisme latin (catholicisme)**. En **1054**, c'est le **schisme** : le divorce entre ces deux branches du christianisme est officiellement prononcé. Le patriarche de Constantinople et le pape s'excommunient réciproquement.
- Cette fracture devient irréversible lorsque les chevaliers catholiques (les **croisés**), venus au départ aider les Byzantins contre les Turcs musulmans, **pillent Constantinople et massacrent ses habitants en 1204**.

★★ 3 Complète la frise chronologique à l'aide des consignes.

a. Colorie en jaune les périodes où l'Empire byzantin s'agrandit et en violet celles où son territoire diminue. Complète la légende.

b. Complète, dans la légende :

– la date des deux événements essentiels pour l'Empire byzantin. Situe-les sur la frise par des croix bleues ;

– la date des deux grandes défaites byzantines. Situe-les sur la frise par des croix rouges.

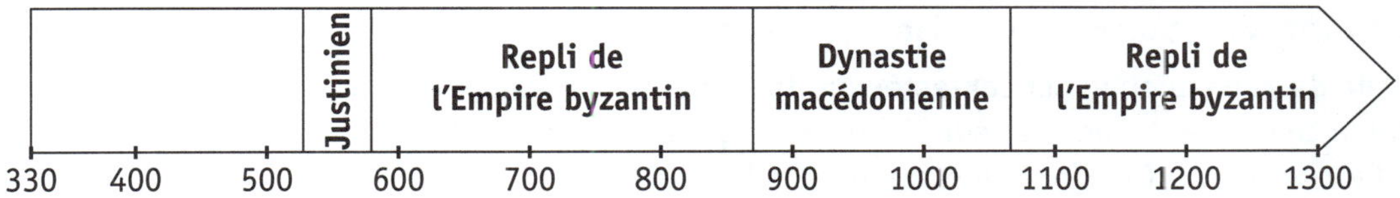

(jaune)	(violet) ....
Événements essentiels	**Défaite militaire**
× .... : fondation de Constantinople	× .... : sac de Constantinople par les Croisés
× .... : schisme	

COUP DE POUCE
Pour compléter la frise chronologique, relis les **trois cours**.

INFO
b. En 330, Constantin s'installe sur les rives du Bosphore et donne son nom à la nouvelle capitale : Constantinople.

Corrigés p. 180

SCORE ..../ 6

TOTAL ..../ 12

HISTOIRE

2 L'Empire carolingien (800-843)

La formation de l'empire

- En 751, **Pépin le Bref** devient **roi des Francs**. Ses deux fils, Carloman et Charles, lui succèdent en 768. À la mort de Carloman en **771, Charles gouverne seul**.
- Grâce à ses **nombreuses victoires militaires,** notamment contre les Lombards en Italie et les Saxons en Germanie, Charles contrôle un **immense territoire** jusqu'à sa mort en 814. Selon son conseiller Alcuin, il détient l'**autorité politique sur plusieurs royaumes**. À ce titre, il est **empereur** avant même son couronnement à Rome en 800.

★ 1 Complète la définition du mot « empire ».

Un empire est un vaste ...., composé de plusieurs ....

sur lesquels un empereur détient l'.......................... politique.

SCORE ..../ 3

★★ 2 À l'aide du cours et du texte, complète les informations sur Charlemagne.

« Charles ne combattit l'ennemi que deux fois en bataille rangée [...]. Dans ces deux actions générales, les Saxons furent tellement défaits et taillés en pièces qu'ils n'osèrent plus ni provoquer ce prince ni l'attendre et lui résister. »
« Il essaya même d'écrire [...] ; mais il réussit peu dans cette étude commencée trop tard et à un âge peu convenable. »

Eginhard, *Vie de Charlemagne*, vers 830.

Père : ....

Dates du règne : ....

Principale qualité : ....

Principale faiblesse : ....

Moment fort du règne : ....

SCORE ..../ 5

INFO
Charles fut surnommé **Charlemagne** (du latin Carolus Magnus, qui signifie Charles le Grand) car il était très grand (1,84 m) et avait remporté beaucoup de batailles.

L'empereur, un intermédiaire entre Dieu et les hommes

- En 799, l'autorité du pape Léon III est contestée par la noblesse romaine. Le souverain pontife ne peut, à ce moment, compter sur l'aide de son protecteur naturel, l'empereur byzantin. Il fait alors appel à Charlemagne, auquel il offre la **dignité impériale** en échange d'une protection militaire.
- Le **25 décembre 800**, dans la basilique Saint-Pierre à **Rome**, le pape pose la couronne impériale sur la tête de l'empereur et s'agenouille devant lui. Charlemagne est acclamé par la foule. Léon III affirme ainsi, qu'en Occident, **le pouvoir vient d'abord de Dieu**.

★★ 3 Observe la photographie et le plan de la chapelle palatine d'Aix-la-Chapelle p. 139, puis réponds aux consignes.

a. Entoure sur la photographie ❶ et sur le plan ❷ : en rouge, le trône de Charlemagne ; en bleu ce qui symbolise Dieu.

COUP DE POUCE
a. Sur la coupe de la chapelle, le trône de Charlemagne est représenté par une **couronne**.

1

2

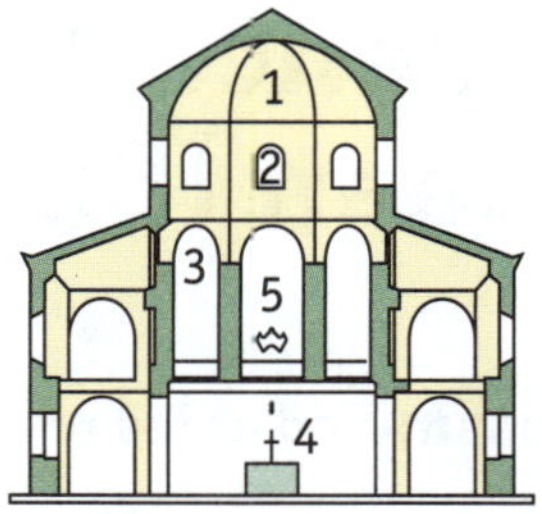

1. La coupole
2. Les hautes fenêtres
3. Les tribunes
4. Autel où est célébrée la messe
5. Trône de l'empereur

b. En te référant à cette disposition, explique comment Charlemagne conçoit son rôle dans la religion chrétienne.

....

....

SCORE ..../ 3

> **INFO**
> En 795, Charlemagne fait construire à **Aix-la-Chapelle** un immense palais qui devient sa résidence permanente. Il ne reste aujourd'hui que la chapelle qui fait partie de l'actuelle cathédrale.

Un immense empire difficile à gouverner

- L'Empire carolingien est divisé en **300 comtés** dirigés par des comtes qui sont nommés par l'empereur. Des ***missi dominici*** (« envoyés du maître ») parcourent le territoire pour contrôler la gestion et l'exercice du pouvoir des comtes.
- En **843**, l'Empire est **divisé** entre les trois petits-fils de Charlemagne. Le titre impérial est attribué à l'aîné, **Lothaire**. **Charles le Chauve** reçoit la Francie occidentale, qui devient le royaume de France en 987. **Louis le Germanique** gouverne la Francie orientale, qui devient en 962 le Saint-Empire romain germanique.

★★ **4** **Observe la carte des royaumes francs en 843, puis réponds aux consignes.**

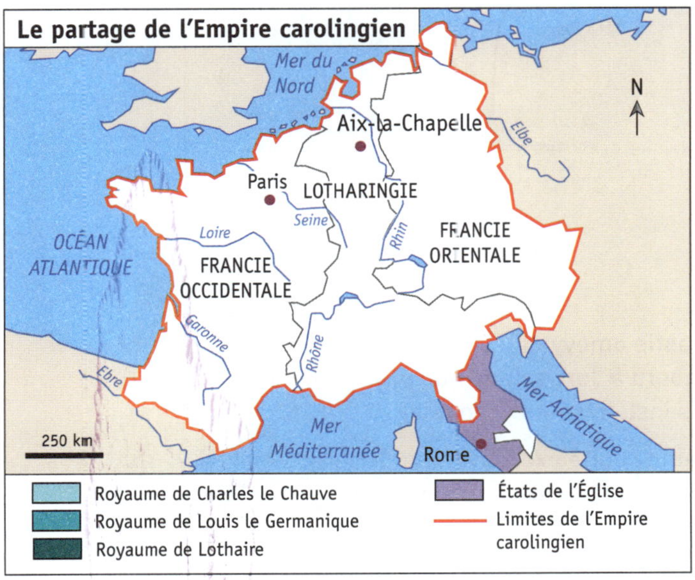

a. À l'aide du cours et de la légende, colorie la carte.

b. De quels pays actuels la Francie orientale et la Francie occidentale sont-ils les ancêtres ?

....

....

....

....

SCORE ..../ 6

> **INFO**
> Dans la deuxième moitié du IXe siècle, l'Europe de l'Ouest est attaquée par les **musulmans** au sud, les **Vikings** au nord et à l'ouest et les **Hongrois** à l'est ; le pouvoir royal en sort affaibli.

Corrigés p. 180-181

TOTAL ..../ 17

HISTOIRE

3 La naissance du premier empire musulman (622-750)

Le prophète Mohammed et les premières conquêtes arabo-musulmanes

- D'après la tradition musulmane, **Mohammed**, un marchand arabe né à **La Mecque**, devient **prophète de l'islam**. Rejeté par les habitants de sa ville, il s'enfuit à **Médine** en **622**. En 630, il entre dans La Mecque et convertit ses habitants à l'islam.
- Après sa mort en 632, ses successeurs, les **califes**, chefs religieux et politique de la communauté musulmane, partent à la conquête des terres voisines occupées par l'Empire byzantin et l'Empire perse. Leurs armées, unies autour de l'islam, remportent des **victoires foudroyantes**.

★★ **1** **Complète la carte du monde musulman au Moyen Âge à l'aide des consignes suivantes.**

a. Écris le nom des mers et océan : *mer Méditerranée, mer Rouge, océan Indien*.

b. Colorie :
- en jaune les territoires musulmans à la mort de Mohammed en 632 ;
- en vert clair les territoires conquis par les premiers califes entre 634 et 661 ;
- en vert foncé les territoires conquis par les califes omeyyades de 661 à 750.

c. Complète la légende.

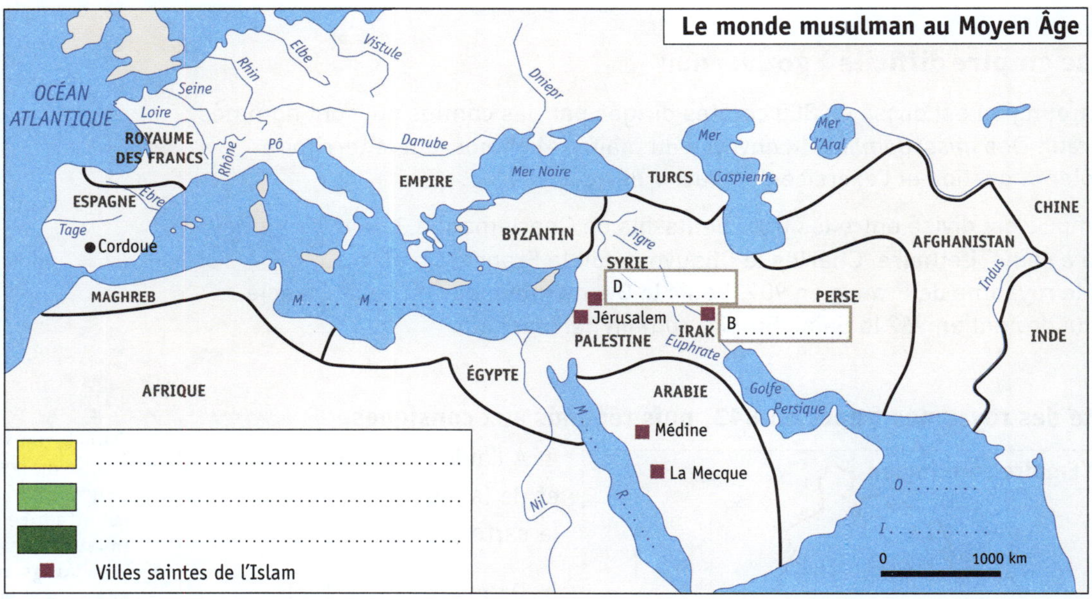

SCORE .... / 9

INFO

L'année 622 correspond à l'**Hégire** (« exil » en arabe) de Mohammed de La Mecque vers Médine. Cette date marque l'an 1 du calendrier musulman.

COUP DE POUCE

b. Les territoires conquis par les **premiers califes** sont l'Égypte, la Palestine-Syrie, l'Irak et la Perse. Les **Omeyyades** étendent leur domination sur le Maghreb, sur l'Espagne à l'ouest et jusqu'à l'Indus à l'est.

Le califat omeyyade

- En 661, le **calife arabe** Mu'awiya fonde la **dynastie omeyyade**. Ses descendants construisent de **splendides lieux de culte**, d'abord à **Jérusalem**, autre ville sainte de l'islam, puis à **Damas** (Syrie actuelle) où ils installent leur capitale.
- En 705, le calife Al-Walid fait construire un lieu de culte exclusivement réservé aux musulmans, la **Grande mosquée de Damas**, non loin de l'ancien temple grec dédié à Zeus et sur le site de la basilique chrétienne.

2 Place la ville de Damas sur la carte de l'exercice 1.

SCORE ..../ 1

3 **Observe la photographie et le plan de la Grande mosquée de Damas, puis réponds aux consignes.**

a. Sur le plan, entoure en vert les parties du bâtiment typiques d'une mosquée :
- le bassin aux ablutions ;
- la qibla : le mur qui indique la direction de La Mecque ;
- le mihrab : la niche de prière, symbolisant la présence de Mohammed ;
- le minbar : l'escalier où l'imam prononce la prière ;
- le minaret : la grande tour, du haut de laquelle un homme, le muezzin, appelle à la prière.

b. Sur la photographie et sur le plan, entoure en rouge les éléments du bâtiment d'influence chrétienne.

Entrée de la Grande mosquée de Damas et bassin aux ablutions.

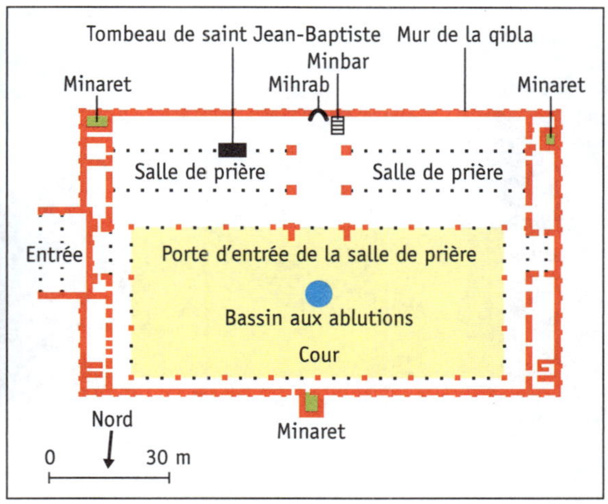

SCORE ..../ 5

COUP DE POUCE
b. Les **mosaïques à fond d'or** sont typiques des basiliques chrétiennes construites par les Byzantins.

Deux courants rivaux : le sunnisme et le chiisme

- Dans l'empire omeyyade, **chrétiens et juifs sont tolérés** par le calife s'ils paient l'impôt réservé aux non-musulmans.
- Les relations sont plus conflictuelles avec les partisans d'**Ali**, cousin et mari de la fille de Mohammed, qui s'est proclamé **calife de 656 à 661.** À sa mort, ses fils revendiquent le califat. Leurs partisans, les **chiites** (de *sh'ia* qui signifie « parti »), affrontent les califes omeyyades (les **sunnites**). Selon les chiites, seul un **descendant de la famille de Mohammed** peut exercer le califat.

4 **Complète le tableau qui présente les principales différences entre sunnites et chiites.**

	Sunnites	Chiites
Origine du mot	....	....
Nom d'un des premiers califes	....	....
Qui peut exercer le pouvoir ?	....	....

SCORE ..../ 6

COUP DE POUCE
Pour les **sunnites**, n'importe quel musulman respectueux de la *sunna* (« tradition » en arabe) peut devenir calife.

Corrigés p. 181-182

TOTAL ..../ 21

HISTOIRE

4 La diversité du monde musulman de 750 à 1258

Le califat abbasside

- En 750, **Abou al-Abbas**, d'origine perse, renverse les Omeyyades et **fonde la dynastie des Abbassides**. En **762**, son successeur installe sa nouvelle capitale à **Bagdad en Irak**.
- L'empire abbasside est concurrencé par le califat arabe de **Cordoue** dès 756, puis par celui des Fatimides en **Égypte** à partir de 909. En **1258**, le califat de Bagdad disparaît après la mise à sac de la ville par les **Mongols**, venus du nord de la Chine.

★★ **1** **Observe attentivement ce plan de Bagdad au xᵉ siècle.**

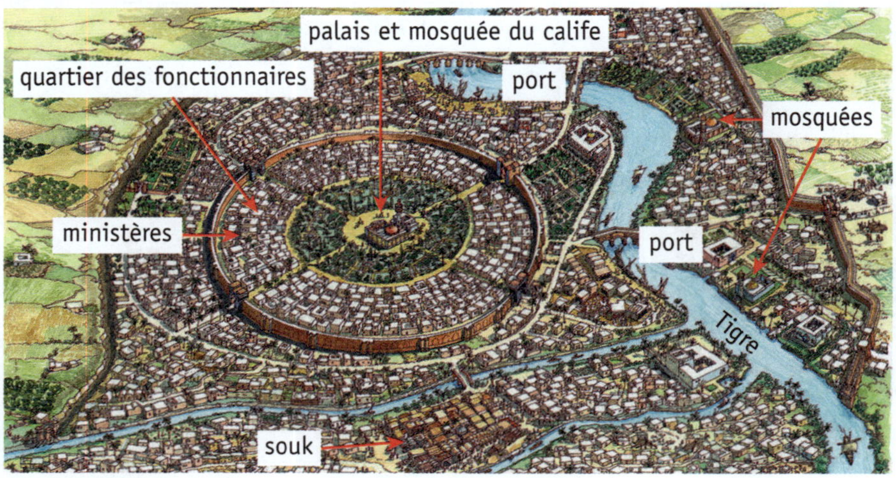

INFO Le calife vit dans son **palais** situé à côté de la mosquée, au centre de la « ville ronde ». Il est secondé par le **vizir** qui commande de nombreux fonctionnaires.

a. Place Bagdad sur la carte de l'exercice 1 p. 140.

b. Attribue à chaque fonction d'une capitale le ou les bâtiments correspondants sur le plan.

	Bâtiments
Fonction politique	....
Fonction religieuse	....
Fonction économique	....

c. Quelles sont les deux dates marquantes de l'histoire de Bagdad ?

....

SCORE ..../ 5

Les échanges autour de la mer Méditerranée

- Les **relations commerciales** entre les rives sud et nord sont intenses. Au ixᵉ siècle, Byzantins et musulmans revendent aux chrétiens les produits en provenance d'Asie et d'Afrique. À partir du xᵉ siècle, les marchands italiens dominent ce commerce.
- En 1096, le pape appelle les chrétiens à reprendre **Jérusalem**, où se trouve le tombeau de Jésus. Lors de la 1ʳᵉ **croisade** (1099), les croisés massacrent les musulmans de la ville. Au cours des sept autres croisades, des chevaliers sont envoyés pour défendre ce lieu saint.

2 Lis le texte puis réponds aux questions.

> « En l'an 1227, moi, Alfaquin, musulman d'Alexandrie, reconnais avoir reçu à titre d'achat à crédit de toi, Bernard de Manduel [marchand de Marseille] 2 quintaux d'aloès[1] et 1 quintal et 80 livres d'écorce de cannelle et [du] corail, pour lesquels je te dois 135 besants de bonne monnaie vieille et de juste poids [...]. Ces 135 besants, je promets par contrat de les remettre à toi Bernard ou à ton représentant qualifié à Ceuta[2], dans le délai de 20 jours après que la nef "Le Faucon" ait accosté en ce port. »
>
> *Pays d'islam et monde latin xe-xiiie siècles. Textes et documents*, Presses universitaires de Lyon, 2000, D.R.
>
> 1. Plante d'Afrique.
> 2. Ville espagnole situé sur le territoire marocain actuel.

a. De quel empire vient Alfaqin ? Avec qui commerce-t-il ? D'où vient cette personne ?

....

....

b. Quelles sont les marchandises reçues par Alfaquin ?

....

....

c. Souligne l'expression qui prouve que Bernard, le marchand de Marseille, commerce régulièrement avec l'Afrique.

SCORE .... / 3

Al-Andalous

- En 750, alors que les Abbassides massacrent la famille des Omeyyades, un prince parvient à s'enfuir et **se réfugie à Cordoue en Espagne**. Ses successeurs, Abd al-Rahman III et son fils Al-Hakam II, règnent sur le sud de l'Espagne.
- Au xe siècle, ils font de leur royaume **une terre de culture et de tolérance. Averroès**, médecin et juriste arabe né à Cordoue, traduit les textes du philosophe grec Aristote en arabe. Son travail est ensuite traduit en latin et en hébreu par les chrétiens et les juifs qui vivent en paix dans le califat de Cordoue.

3 **a.** Complète le schéma expliquant comment les textes des philosophes grecs ont été redécouverts en Europe.

Texte grec d'Aristote, célèbre philosophe ► .... ► ....

b. À partir de cet exemple, explique pourquoi Al-Andalous est un lieu de tolérance.

....

....

....

....

SCORE .... / 3

COUP DE POUCE
b. Recense toutes les religions présentes dans Al-Andalous au Moyen Âge.

Corrigés p. 182

TOTAL .... / 11

HISTOIRE

5 L'ordre seigneurial : la formation et la domination des campagnes

Des villages dominés par des seigneurs

- Au Xe siècle, la majorité de la population européenne habite dans les campagnes. L'effondrement de l'Empire carolingien en 843 et les invasions vikings ouvrent une période de **grande insécurité**. Les **paysans** se regroupent dans des **villages**, souvent autour d'un protecteur, le **seigneur**.
- La **seigneurie** est composée de terres, de bâtiments (granges, moulins, ponts, etc.) et d'hommes, l'ensemble étant **contrôlé** par le seigneur. Le territoire de la seigneurie comprend deux parties : la **réserve**, domaine personnel du seigneur dont les récoltes lui reviennent directement et les **tenures**, terres louées par le seigneur aux paysans.

★★ **1** **Voici la seigneurie de l'abbaye de Chertsey, située dans le sud de l'Angleterre. Le seigneur est l'abbé de Chertsey.**

a. Sur le dessin, colorie en jaune la réserve et en orange les tenures.

b. Complète la légende avec ces expressions :
- *domaine personnel du seigneur ;*
- *terres louées aux paysans.*

c. Sur le dessin, entoure en bleu les bâtiments contrôlés par l'abbé et en rose le lieu où vivent les villageois.

d. Complète la légende.

Cartulaire de l'abbaye de Chertsey, Angleterre, vers 1432.

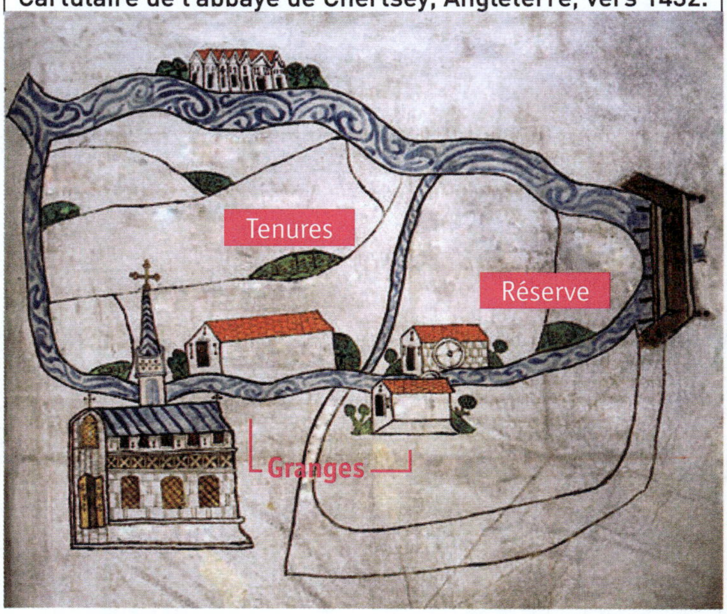

☐	....	Bâtiments contrôlés par l'abbé
☐	....	Village

SCORE ..../ 8

INFO
Un **cartulaire** est un recueil de documents officiels.

COUP DE POUCE
Le village se situe au nord des tenures.

La vie dans les campagnes

- Au printemps et en été, **les paysans cultivent les jardins** qui bordent leur maison ainsi que **les tenures et les terres du seigneur**. En automne et en hiver, **ils ramassent du bois** pour le chauffage et **entretiennent les chemins, les fossés et le château.** Ce travail non rémunéré imposé par le seigneur est appelé la **corvée**.
- Les paysans paient également des **taxes** au seigneur pour la location des tenures (le **cens**), pour l'utilisation des bâtiments (les **banalités**) et pour la protection qu'ils reçoivent (la **taille**). Le **dimanche** et lors des **fêtes religieuses**, ils cessent de travailler et se rassemblent dans l'**église** du village.

② Observe cette enluminure puis décris le travail paysan.

1. village
2. homme conduisant un âne
3. homme coupant du bois
4. pigeonnier
5. pigeons
6. homme ayant nourri les pigeons

INFO
Posséder un **pigeonnier** (ou un colombier) est un privilège accordé à la noblesse.

a. Présente le document.

– Nature : ....

– Auteur : ....

– Date : ....

– Sujet : ....

COUP DE POUCE
L'auteur n'est pas indiqué : l'œuvre est anonyme.

Les Riches heures du duc de Berry	enluminure	XVe siècle	BNF, Paris
↑ Titre (toujours en italique)	↑ Nature du document	↑ Date	↑ Lieu de conservation

b. Repère les corvées effectuées par les paysans pour le compte du seigneur.

....

....

SCORE .... / 5

L'amélioration de la vie paysanne

- En Europe de l'Ouest, la **population double entre le XIe et le XIIIe siècle** grâce au radoucissement du climat (petit optimum médiéval) et aux progrès des techniques agricoles (charrue à roues). Plus nombreux, les paysans obtiennent des **« chartes de franchises »**, des textes qui les libèrent des droits et obligations face au seigneur.
- Ainsi libres, les paysans mettent en valeur de nouvelles terres : ils défrichent les forêts et assèchent les marais. Ces territoires portent encore aujourd'hui des noms tels que « Villeneuve » ou « Bourgneuf ».

③ Lis le graphique puis réponds aux questions.

a. Écris le nom des siècles en bas de la courbe, sur les pointillés prévus à cet effet.

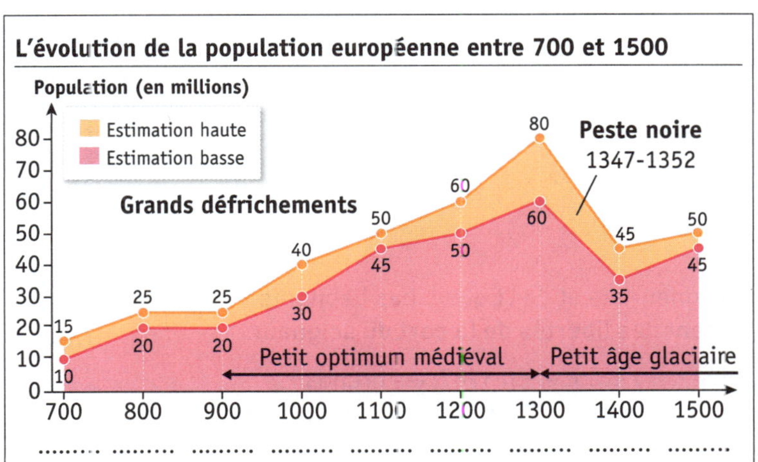

b. Comment évolue la population européenne entre le Xe et le XVe siècle ?

....

....

c. Quelles sont les causes de cette évolution ?

....

....

COUP DE POUCE
c. Relis le cours mais essaie aussi de comprendre ce que signifie « petit âge glaciaire ».

Corrigés p. 182

SCORE .... / 3

TOTAL .... / 16

HISTOIRE

6 L'émergence d'une nouvelle société urbaine (XIIe siècle)

Une renaissance urbaine

- Dans l'Empire romain, les villes étaient nombreuses et peuplées. Toutefois, leur population diminue pendant le haut Moyen Âge (V-IXe siècles). À partir du XIe **siècle**, grâce à l'**essor de l'artisanat et du commerce**, les villes se repeuplent.
- La **réforme grégorienne**, mise en place par le pape Grégoire VII au XIe siècle, renforce l'influence du pouvoir de l'Église. Ainsi, les **évêques** prêchent dans les **cathédrales des villes** et exercent leur autorité sur les prêtres des paroisses des campagnes alentours.

1 **Observe la carte puis réponds aux consignes.**

Le développement des villes européennes (XIIe siècle)

a. Entoure en rouge la ville de Sienne en Italie.

b. Repasse en orange la route terrestre que les pèlerins empruntent depuis Lyon.

c. Trace des pointillés sur la route maritime suivie par les marchands pour importer des produits venus d'Orient jusqu'à Sienne.

d. Pourquoi Sienne est-elle devenue une ville riche ?

....

....

SCORE .... **/ 4**

INFO

Sienne est une étape pour les habitants du royaume de France qui se rendent en pèlerinage à Rome.

COUP DE POUCE

d. Commence ta phrase par « Sienne est une ville riche grâce à ... ».

Des villes autonomes

- Les villes s'émancipent de la domination seigneuriale et de l'Église. Les habitants des villes, organisés en **communes**, obtiennent **des libertés de la part du seigneur**.
- À partir de 1184, Sienne n'est plus gouvernée par l'évêque. En 1287, les grands marchands et banquiers prennent le pouvoir et forment le **Conseil des Neuf**, qui se réunit dans le **Palazzo Pubblico**. Ils se font construire de **somptueux palais** au cœur de la ville.

2 **Sur la photographie de Sienne, entoure en respectant les couleurs indiquées en légende :** la cathédrale • le Palazzo Pubblico • au moins deux tours des palais des riches siennois.

Cathédrale : siège de l'évêque qui commande la ville de 1053 à 1184
Palazzo Pubblico : siège du gouvernement des Neuf de 1297 à 1366
Palais des riches marchands siennois

SCORE ..../ 3

INFO

Les riches habitants des villes sont appelés les **bourgeois** car ils habitent dans le bourg (la ville), par opposition à la campagne.

COUP DE POUCE

La **cathédrale** est un immense bâtiment surmonté d'une coupole. Le **Palazzo Pubblico** est bordé d'une grande place. Les **tours des riches demeures** siennoises se situent à proximité de la grande place.

Les habitants des villes

- La majorité de la population est composée d'**artisans** qui fabriquent des **objets** (habits, bottes, etc.) ou **confectionnent de la nourriture** (pain, charcuterie, etc.). Ceux qui exercent le même métier se regroupent en **corporations** pour se protéger de la concurrence.
- Les marchands et les artisans envoient leurs enfants dans les **écoles municipales**. Certains continuent leurs études dans les **écoles épiscopales** (dépendant de l'évêque) puis, à partir du XIIIe siècle, dans les **universités** (placées sous l'autorité du pape).

3 **Identifie les éléments 1 à 5, puis place les puces correspondantes sur la fresque.**

1 Maçons sur un chantier
2 Éleveurs avec leurs bêtes
3 Leçon d'un professeur
4 Tisserand
5 Marchand consultant son livre de compte

Ambrogio Lorenzetti, *Effets du bon gouvernement dans la ville*, fresque, 140 cm, vers 1337-1340, Palazzo Pubblico de Sienne.

COUP DE POUCE

Pour le tisserand, repère les fils tendus et le tissu noir.

SCORE ..../ 6

Corrigés p. 182-183

TOTAL ..../ 13

HISTOIRE

7 L'affirmation du pouvoir royal en France (XIe-XVe siècles)

Hugues Capet, roi des Francs

- Le 1er juin 987, le duc de France, **Hugues Capet, est élu roi des Francs**. Le 1er juillet, il est **sacré dans la cathédrale de Reims**.
- Le soutien de l'Église lui donne une plus grande légitimité face à ses vassaux. En effet, il est le **suzerain** de tous les seigneurs ayant des terres dans le royaume de France. Mais son « **domaine** » (les terres qu'il possède) se limite à **l'Île-de-France** et à **l'Orléanais**.

INFO Les **Capétiens** sont les descendants d'Hugues Capet. Ils règnent sur le royaume de France jusqu'en 1328.

1 Lis la description du sacre du roi de France puis réponds aux questions.

> Aux Xe et XIe siècles, la cérémonie du sacre débute par l'onction. L'archevêque de Reims dépose le saint chrême (une huile sacrée venue de Rome) sur la tête du roi à l'aide d'une aiguille d'or. Puis le roi reçoit les vêtements royaux et les *regalia* : la tunique bleue, l'anneau, le sceptre et la main de justice. L'archevêque couronne ensuite le roi. Enfin, le roi s'engage « face à Dieu, au clergé et au peuple ».

a. Numérote les vignettes dans l'ordre des étapes du sacre.

Miniatures de l'*Ordo de Reims*, XIIIe siècle, BNF, Paris.

b. Définis les termes suivants :

– onction : ....

– saint chrême : ....

– *regalia* : ....

COUP DE POUCE **b.** Les ***regalia*** sont les insignes de la royauté. Tu peux au moins en relever quatre dans le texte.

c. Quelles étapes du sacre illustrent l'alliance entre l'Église et le roi ?

....

....

COUP DE POUCE **c.** L'**anneau** est le symbole du mariage spirituel entre le roi et l'Église.

SCORE ..../8

De véritables souverains

- À partir de 1083, les Capétiens portent le titre de « **roi de France** ». En s'affirmant non plus comme suzerain mais comme **souverain**, ils **exercent leur autorité sur la totalité du royaume** et non plus sur leurs vassaux. Pour cela, **ils s'appuient sur la population des villes et sur de nouvelles lois**, rédigées à partir du règne de Philippe IV dit le « Bel » (1285-1314).
- **Les Capétiens agrandissent le domaine royal** par des mariages et des guerres. **En 1214**, Philippe Auguste (1180-1223) remporte la **bataille de Bouvines** contre le roi d'Angleterre et ses alliés, et prend ainsi possession du nord du royaume.

2 Complète les cartes de l'évolution du domaine royal entre 987 et 1223.

a. Sur les deux cartes, colorie le domaine royal en bleu et entoure en rouge la ville du sacre.

b. Place le nom de la célèbre victoire de Philippe Auguste à l'endroit correspondant.

c. Décris en une phrase l'évolution du domaine royal entre 987 et 1223.

....

....

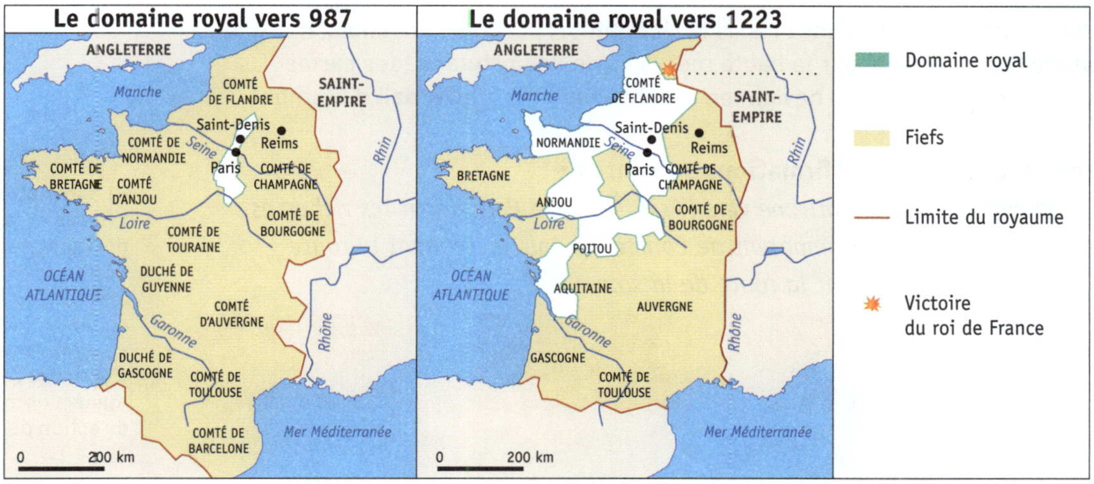

SCORE ..../ 4

Le renforcement de l'État pendant la guerre de Cent Ans (1337-1453)

- **Au début du XIVe siècle,** le dernier Capétien meurt sans enfant. Son cousin, Philippe de Valois, monte sur le trône en 1328. Cette succession est contestée par le **roi d'Angleterre** qui **revendique la Couronne**.
- Entre 1337 et 1453, Anglais et Français s'affrontent. En 1429, **Jeanne d'Arc** (1412-1431) **repousse les Anglais, aide le roi Charles VII à reprendre Orléans puis le conduit à Reims où il est sacré**. Les Anglais sont définitivement battus à Castillon en 1453.
- Pendant le conflit, les rois Valois renforcent la monarchie, grâce à la **levée d'un impôt permanent** (1360) et à la **mise en place d'une armée professionnelle**.

3 Complète le tableau à l'aide des consignes.

a. Attribue à chaque roi ou dynastie une innovation qui améliore l'organisation du royaume : *agrandissement du domaine royal • levée d'un impôt permanent • mise en place d'une armée et d'une administration professionnelles • création de nouvelles lois grâce aux légistes.*

b. Écris les dates de début et de fin de règne de Philippe Auguste et de Philippe Le Bel.

c. Complète la date du début de la dynastie des Valois.

Philippe Auguste (............-............)	• ....
Philippe Le-Bel (............-............)	• ....
Dynastie des Valois (............-1589)	• .... • ....

SCORE ..../ 8

COUP DE POUCE
c. Pour **décrire l'évolution**, compare le domaine royal entre 987 et 1223. N'oublie pas de dire quel roi règne à ces deux dates.

ATTENTION
Pour compléter ce tableau, tu dois aussi relire les **trois cours**.

COUP DE POUCE
• Les **légistes** sont des juristes, des professionnels du droit.
• La dynastie arrête de régner sur la France en 1589, à la **mort d'Henri III**.

Corrigés p. 184

TOTAL ..../ 20

HISTOIRE

8 L'ouverture de l'Europe sur le monde

À la recherche de nouvelle routes vers l'Asie

- Depuis le récit fait par **Marco Polo** de son **voyage en Chine en 1298**, les Européens sont fascinés par les richesses de l'Asie. Au **XIVe siècle**, ils sont de plus en plus nombreux à emprunter la **route de la soie** pour découvrir ce continent. Mais en **1453**, la **prise de Constantinople** par les Turcs ottomans ferme ce chemin aux Occidentaux.
- Les **Portugais**, soutenus par le prince Henri le Navigateur, puis les **Espagnols**, naviguent sur leurs **caravelles**, conçues pour la haute mer, à l'aide de **portulans** (des cartes précises) et de nouveaux outils de navigation : l'**astrolabe** et le **gouvernail d'étambot**.

★★ **1** **Complète ce schéma à l'aide des affirmations suivantes :**

Les Européens cherchent une route maritime vers l'Asie. • Marco Polo décrit les richesses de l'Asie dans son livre. • Les Turcs s'emparent de Constantinople et ferment la route de la soie. • Les Européens empruntent la route de la soie.

1298	XIVe siècle	1453	Milieu du XVe siècle
....	....	....	....

SCORE .... / 4

INFO
- L'**astrolabe** sert à mesurer la position exacte où l'on se trouve lorsque l'on est en pleine mer.
- Le **gouvernail d'étambot** permet de mieux contrôler la direction du bateau.

Les voyages de découvertes

- Les **navigateurs portugais** sont les premiers à chercher un nouveau chemin vers l'Asie. En 1498, **Vasco de Gama** parvient en Inde en contournant l'Afrique.
- Les **Espagnols** partent à leur tour à la découverte de nouvelles voies maritimes. Ainsi, en **1492, Christophe Colomb**, au service des rois d'Espagne, franchit l'**océan Atlantique** et découvre ainsi l'**Amérique**. Finalement, Espagnols et Portugais se partagent ces nouveaux territoires avec le **traité de Tordesillas** en 1494.
- Entre **1519 et 1521**, **Fernand de Magellan,** un autre navigateur espagnol, effectue le **premier tour du monde**.

★★ **2** **Complète la carte p. 151 à l'aide des consignes ci-dessous.**

a. Sur la carte, repasse en vert le trajet de Vasco de Gama. Écris son nom et la date de son voyage dans la case correspondante.

b. Repasse en rouge le voyage de Christophe Colomb. Écris son nom et la date de son voyage dans la case correspondante.

c. Repasse en jaune le voyage de Magellan. Écris son nom et la date de son voyage dans la case correspondante.

SCORE .... / 6

COUP DE POUCE

c. Le navires de **Magellan** contournent le sud de l'Amérique (détroit de Magellan) et traversent l'océan Pacifique via les Philippines.

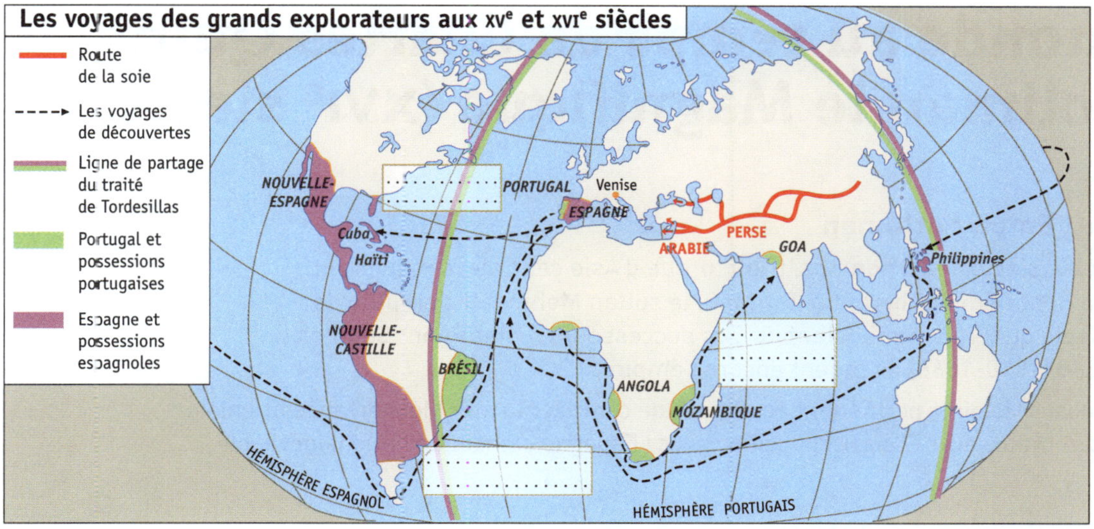

La première mondialisation

- Ces découvertes entraînent d'importants changements. Les Européens fréquentent moins la mer Méditerranée et se tournent vers l'**océan Atlantique**. L'Espagne et le Portugal s'enrichissent grâce à l'**afflux d'or** et de **produits tropicaux**. Leurs **ports** (Lisbonne, Séville...) se développent grâce au commerce avec l'Amérique et l'Asie.
- Les **échanges de produits entre les continents s'intensifient**. Les populations commencent à s'influencer les unes les autres : **c'est la première mondialisation**.

3 Lis le texte de cette chanson du XVIe siècle puis réponds aux questions.

« Vers [la grande] Lisbonne[1],
[tout] se dirige : Arabie, Perse et Goa[2]. [...]
Or, perles et pierreries, Résines et épices, Et autres drogueries
S'amassent au Portugal.
Des hommes nouveaux, inconnus
Qui n'avaient jamais été vus,
Nous sont désormais aussi familiers
Que les habitants de nos contrées.
C'est, pour les Allemands et les Latins,
La porte principale pour chercher [...]
Abyssins, Chinois, étrangers. »

Diogo Velho da Chancelaria, *Cancioneiro geral*, 1516.

1. Capitale du Portugal. 2. Port indien conquis par les Portugais en 1510.

a. Avec quel continent Lisbonne entretient-elle des relations commerciales ?

....

b. Quels sont les principaux produits échangés à Lisbonne ?

....

c. Souligne la phrase qui montre que les populations des différents continents entrent en contact régulièrement à Lisbonne.

d. Complète la phrase suivante à partir de ce que tu as compris du texte de la chanson.

Le début du XVIe siècle correspond à la première .... parce que des .... et des .... circulent entre tous les continents.

SCORE .... / 4

INFO
La **mondialisation** désigne l'augmentation des flux marchands et humains à travers le monde.

Corrigés p. 184

TOTAL .... / 14

HISTOIRE

9 Le monde au temps de Charles Quint et Soliman le Magnifique (XVIe siècle)

L'apogée de l'Empire ottoman

- **À partir du XIVe siècle, les Ottomans**, tribu turque d'Asie centrale, conquièrent progressivement l'Empire byzantin. En 1453, le sultan Mehmet II s'empare de Constantinople qu'il renomme **Istanbul**. Ses successeurs, notamment **Soliman le Magnifique (1520-1566)**, étendent encore l'empire.
- Ces nombreuses victoires permettent aux califes de contrôler la mer Méditerranée orientale et donc le commerce avec l'Asie. **L'opposition avec l'Espagne catholique** devient inévitable.

INFO
La puissance de l'armée ottomane est due en partie aux janissaires, qui constituent le corps d'élite de l'infanterie.

★★ **1** **Réponds aux questions à l'aide de la carte.**

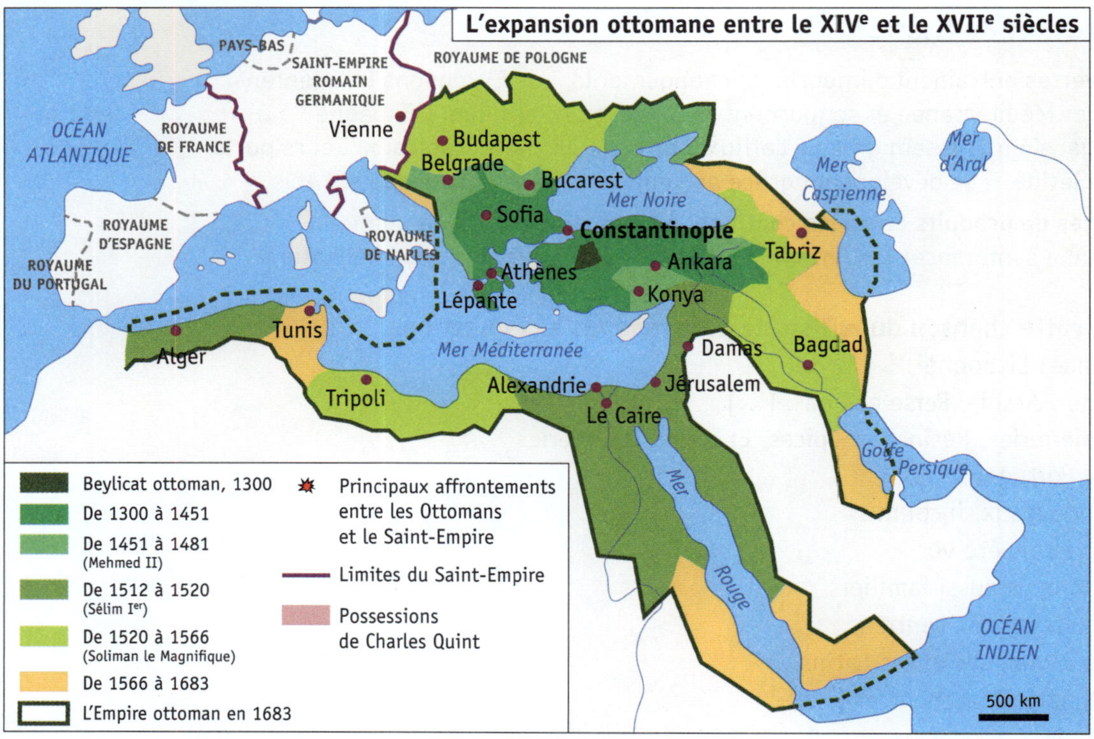

a. Quelle ville est conquise par Mehmet II en 1453 ? ....

b. Dans quelles directions Soliman le Magnifique étend-il l'Empire ottoman ?

....

SCORE ..../ 2

Charles Quint, le souverain le plus puissant de la chrétienté

- Charles Quint est **l'héritier du trône d'Espagne, des Pays-Bas, de l'Autriche et du royaume de Naples**. En 1519, il est élu à la tête du **Saint-Empire romain germanique**.
- En 1529, Soliman le Magnifique assiège **Vienne**, la capitale de l'empire de Charles Quint. Les affrontements pour le contrôle de la mer Méditerranée sont nombreux.
- En **1555**, épuisé par un long règne, **Charles Quint abdique**. Il offre le Saint-Empire à son frère Ferdinand et le royaume d'Espagne et des Pays-Bas à son fils aîné, Philippe II.

2 Complète la carte de l'exercice 1 à l'aide du rappel de cours à la page précédente.

a. Colorie en rose les possessions de Charles Quint.

b. Dessine une étoile rouge à l'emplacement du siège de Vienne en 1529. SCORE ..../ 2

> **COUP DE POUCE**
> La femme qui symbolise le continent américain porte une coiffe avec des plumes.

3 Observe le tableau puis réponds aux consignes.

Frans Francken, *Allégorie de l'abdication de l'empereur Charles Quint à Bruxelles, 25 octobre 1555*, huile sur panneau, 172 x 134 cm, vers 1620, Rijksmuseum, Amsterdam.

a. Sur le tableau, entoure Charles Quint en rouge et ses deux successeurs, Philippe II et Ferdinand, en bleu.

b. Quel personnage incarne le continent américain ? Quelle est son attitude ? Pourquoi ?

....

....

SCORE ..../ 4

> **INFO**
> L'empereur **Charles Quint** règne également sur une partie du **continent américain**, depuis les voyages de Christophe Colomb.

Un affrontement inévitable

- Charles Quint cherche à **unir la chrétienté** contre l'Empire ottoman. Mais le roi de France **François Ier**, qui voit dans le roi espagnol son plus grand rival, **s'allie à Soliman le Magnifique.** En 1543, il ouvre la première ambassade française à Istanbul.
- En 1570, les Ottomans se rendent maîtres de l'île de Chypre. Le pape Pie V décide alors de fédérer les puissances catholiques sous le commandement de l'Espagne de Philippe II. La **ligue chrétienne** vainc la flotte ottomane lors de la **bataille de Lépante en 1571** et met fin aux prétentions des califes.

4 Finis de compléter la carte de l'exercice 1 en dessinant une autre étoile rouge à l'emplacement de la bataille de Lépante. SCORE ..../ 1

> **COUP DE POUCE**
> **Lépante** est une bataille navale qui se déroule à l'ouest de la Grèce, dans le prolongement du talon de la botte de la péninsule italienne.

5 Lis le texte puis réponds aux questions.

> « Toi qui es François, roi de France, vous avez envoyé une lettre à ma Porte [Istanbul], asile des souverains, par votre fidèle agent Frankipan, vous lui avez aussi recommandé quelques communications verbales : vous avez fait savoir que l'ennemi s'est emparé de votre pays, et que vous êtes actuellement en prison, et vous avez demandé ici aide et secours pour votre délivrance. »
>
> Lettre de Soliman le Magnifique à François Ier, prisonnier de Charles Quint après la bataille de Pavie en 1525.

a. Pourquoi François Ier demande-t-il de l'aide à Soliman le Magnifique ?

....

b. Souligne en vert le nom de la ville où se trouve Soliman. SCORE ..../ 2

Corrigés p. 185

TOTAL ..../ 11

HISTOIRE

10 Humanisme, réforme et conflits religieux

L'humanisme

- Le XVe siècle est une **rupture** dans le domaine de la pensée européenne car des hommes de lettres redécouvrent **les textes et l'art de l'Antiquité**. Rompant avec le Moyen Âge qui plaçait Dieu au centre de toute chose, ils affirment leur profonde **confiance en l'Homme**.
- L'**imprimerie**, inventée en 1455 par l'Allemand Johannes Gutenberg, permet de **diffuser ces idées nouvelles**. Les livres ne sont plus alors recopiés à la main par des moines dans des abbayes mais imprimés sur du papier avec des caractères en métal, réutilisables. La production de livres s'accélère et, vers 1500, des textes humanistes sont imprimés.

★★ **1** **Complète le schéma en indiquant, pour chaque aspect de l'humanisme, l'auteur de la phrase correspondante.**

1. « Je veux que tu apprennes parfaitement les langues : premièrement, le grec ; deuxièmement le latin ; puis l'hébreu, le chaldéen et l'arabe. »

Rabelais, *Pantagruel*, 1532.

2. « Les lettres ont repris leur véritable mission qui est de faire le bonheur de l'homme. »

Étienne Dolet, *Commentaires de la langue latine*, 1536.

3. « L'Architecte suprême a choisi l'homme, créateur d'une nature imprécise et, l'[a placé] au centre du monde. »

Pic de La Mirandole, *De La Dignité de l'homme*, 1486.

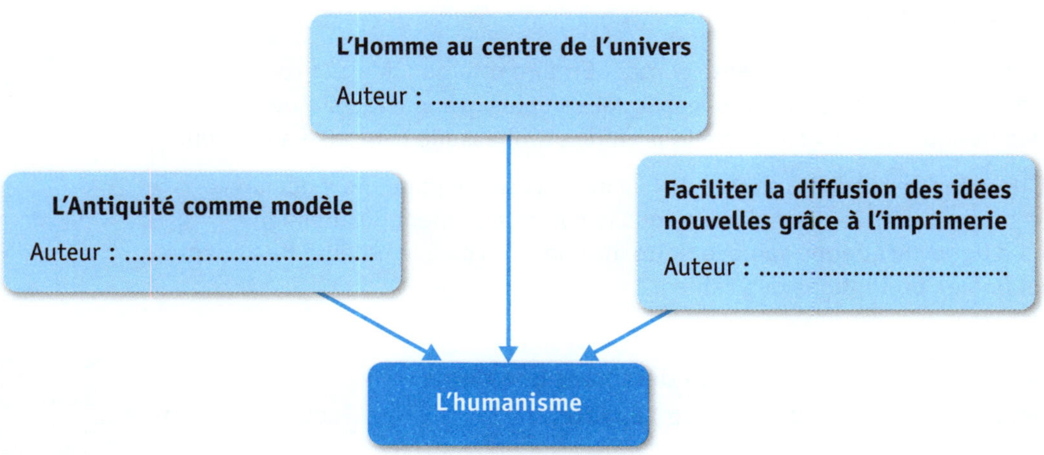

SCORE ..../ 3

INFO
Le **chaldéen** est la langue parlée par Jésus. Elle est encore utilisée en Syrie et au Liban.

ATTENTION
Les « **lettres** » désignent ici l'étude des livres.

La naissance du protestantisme

- Au **début du XVIe siècle**, une partie des fidèles reproche au clergé catholique d'être plus préoccupé par l'argent que par le salut de leur âme. En 1517, **Martin Luther**, un moine allemand, est révolté par la vente des indulgences. Il **proteste contre l'Église catholique** en affichant sur la porte de l'église les ***Quatre-vingt-quinze thèses***.
- Luther met en place une **nouvelle religion chrétienne, le protestantisme**. Il affirme que seule la foi, telle qu'elle a été enseignée dans la Bible, permet d'accéder au paradis.

2 Observe le dessin puis réponds aux questions.

a. Numérote les cases pour indiquer l'ordre dans lequel se déroule l'action.
b. À l'aide du cours et du dessin, complète les phrases.

– Luther est en colère contre ....

– Luther proteste en affichant ....

– Luther crée ....

SCORE .... / 6

INFO
Les **indulgences** correspondent au pardon des péchés dans l'Église catholique. À la fin du Moyen Âge, l'Église les vendait.

COUP DE POUCE
Pour retrouver l'ordre dans lequel se déroule l'action, relis le rappel du cours à la page précédente.

Les guerres de religion

- Les chrétiens se divisent entre **catholiques** et **protestants**. Les catholiques sont surtout présents dans le **sud de l'Europe** (Espagne, Italie, Portugal). Les protestants se concentrent au **Nord** (Angleterre, Écosse, pays scandinaves).
- Mais en **Allemagne** et en **France**, les deux religions s'affrontent dans des **conflits sanglants** (massacre de la Saint-Barthélemy ; guerre de Trente Ans en Allemagne). Les conflits s'apaisent temporairement, en 1565 avec la signature de la paix d'Augsbourg en Allemagne et en 1598 avec la signature de l'édit de Nantes en France.

3 Complète la légende de la carte des religions en Europe en 1648.

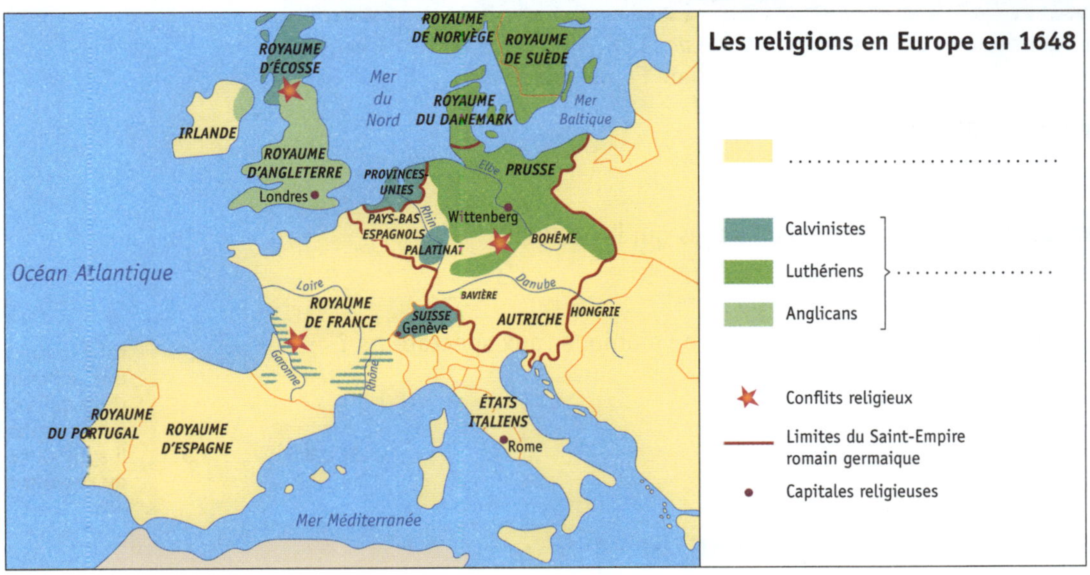

a. Écris dans la légende le nom des deux religions chrétiennes présentes en 1648.
b. Comment expliques-tu la présence de conflits religieux en France, en Allemagne et en Angleterre ?

....

SCORE .... / 3

INFO
Les **protestants**, ou Reformés, sont eux-mêmes divisés en plusieurs branches : les luthériens, les anglicans qui ont comme chef le souverain d'Angleterre, et les calvinistes.

HISTOIRE-GÉO/EMC

Corrigés p. 185

TOTAL .... / 12

HISTOIRE

11 Du prince de la Renaissance au roi absolu (XVIe-XVIIe siècles)

François Ier, prince de la Renaissance (1515-1547)

- François Ier participe à la **diffusion de la Renaissance italienne** en France. Il invite des **artistes italiens** à la cour, comme Léonard de Vinci, et fait construire de nombreux **châteaux**. Il crée le **Collège de France** et facilite ainsi l'étude du grec et de l'hébreu.
- Il s'entoure d'un **personnel spécialisé** en créant en 1523 la charge de trésorier. En 1527, il ordonne aux parlementaires de ne plus critiquer ses décisions. Il renforce l'unité du royaume en **imposant l'usage du français** dans tous les actes administratifs.

1 **Observe la fresque puis réponds aux questions.**

Rosso Fiorentino et Le Primatice, *L'Unité de l'État*, stuc et peinture à fresque, vers 1530-1540, château de Fontainebleau.

a. À ton avis, qui est le personnage central ?

....

b. Quelle est l'attitude des différents personnages qui l'entourent ?

....

c. Quelle idée politique cette fresque veut-elle communiquer aux spectateurs ?

....

SCORE ..../ 3

INFO
Située au premier étage du château de Fontainebleau, la **Galerie François Ier** a été décorée à partir de 1528 par des artistes italiens. Elle représente une allégorie du règne du prince de la Renaissance.

COUP DE POUCE
c. Le fruit que le personnage tient dans sa main est une **grenade**. Il symbolise l'**unité du royaume**.

Henri IV, le roi des consensus (1589-1610)

- Au XVIe siècle, l'autorité des rois de France est contestée par les **grands nobles pendant les guerres de religion** (1562-1598), qui utilisent les querelles religieuses entre catholiques et protestants pour se révolter et ainsi **affaiblir l'unité du pays et le pouvoir du roi.**
- En **1598, Henri IV** met fin à cette agitation en obligeant le Parlement à accepter l'**édit de Nantes**. Ce texte impose la **coexistence pacifique entre catholiques et protestants** et permet de **rétablir l'autorité royale**.

2 Lis le texte puis réponds aux questions.

> « Je vous prie d'enregistrer l'édit que j'ai accordé à ceux de la religion prétendue réformée. Vous devez m'obéir compte tenu que je suis le roi et de l'obligation qu'ont tous mes sujets envers moi. [...] Je suis roi maintenant et parle en roi, et veux être obéi. Faites ce que je vous commande. Vous ne le ferez pas seulement pour moi mais aussi pour vous et pour le bien de la paix. »
>
> Discours d'Henri IV devant les magistrats du Parlement de Paris réunis au Louvre, 1599.

a. Souligne en noir les expressions verbales qui montrent qu'Henri IV affirme son autorité.
b. Henri IV était protestant et s'est converti au catholicisme pour devenir roi de France. Souligne en rouge la phrase qui prouve que son pouvoir est récent.
c. Quelles sont les trois raisons pour lesquelles Henri IV doit être obéi ?

– ....

– ....

– ....

SCORE .... / 5

COUP DE POUCE
c. Relis la **dernière phrase du texte**. Derrière chaque « pour », tu trouveras une des raisons.

Louis XIV, monarque absolu (1661-1715)

- En 1643, à l'âge de cinq ans, Louis XIV devient roi. En 1661, il décide de gouverner sans Premier ministre. Il exerce un **pouvoir absolu** en nommant personnellement les ministres qui ne sont responsables que devant lui. Il rétablit l'**unité religieuse du royaume** en annulant l'édit de Nantes (1685).
- En 1682, pour échapper aux menaces de rébellion des nobles, Louis XIV quitte le Louvre, la résidence royale parisienne, pour s'installer à **Versailles** où il a fait construire un magnifique château.
- Durant la journée, il commande les affaires depuis son cabinet avec des ministres professionnels issus de la bourgeoisie. Le soir, il organise des **fêtes** dans la **galerie des Glaces** pour divertir la noblesse.

3 À l'aide de la photographie du château de Versailles et du cours, raconte une journée type de Louis XIV.

– Dans la chambre du roi, Louis XIV ....

....

....

– Dans le cabinet du conseil, Louis XIV ......

....

....

....

– Dans la galerie des Glaces, Louis XIV......

....

....

1 chambre du roi
2 cabinet du conseil où Louis XIV reçoit ses ministres
3 chapelle
4 galerie des Glaces
5 appartements de la reine

SCORE .... / 3

INFO
Les **nobles** assistent au lever du roi. Ils l'aident à s'habiller, lui parlent et espèrent ainsi recevoir de l'argent qu'ils dépensent le soir lors des fêtes somptueuses qu'il donne.

Corrigés p. 186

TOTAL .... / 11

GÉOGRAPHIE

12 La croissance démographique et ses effets dans le monde

Le défi démographique

- Depuis le XIXe siècle, **la croissance démographique mondiale s'est accélérée**, d'abord dans les pays du Nord puis, depuis 1945, dans les pays du Sud. En 2019, la planète compte **7,7 milliards d'habitants**. Nous serons presque **10 milliards vers 2050** !
- **L'Asie est le continent le plus peuplé**, avec 4,6 milliards d'habitants. Deux pays font figure de géants : la **Chine**, avec 1,434 milliard d'habitants, et l'**Inde**, avec 1,366 milliard d'habitants, qui dépassera la Chine en 2022.
- La **croissance démographique** est très faible dans les pays du Nord, les plus riches, où la transition démographique est achevée. Elle demeure soutenue dans les pays émergents, mais ralentit rapidement. Dans les pays pauvres (PMA), la croissance reste forte, avec plus de 5 enfants par femme en Afrique centrale et occidentale.

★ **1** **À l'aide du cours, replace les pays de la liste dans la colonne qui convient.**

France • Brésil • Allemagne • Niger • Inde • Japon • Éthiopie • Afghanistan • Maroc

Croissance démographique faible	Croissance démographique modérée	Croissance démographique forte
....	....	....
....	....	....
....	....	....

SCORE ..../ 9

★★ **2** **Observe ce graphique puis réponds aux questions.**

a. À quel rythme la croissance démographique mondiale va-t-elle se poursuivre d'ici à 2100 ?

....

....

b. Quelle région représente aujourd'hui plus de la moitié de la population mondiale ?

....

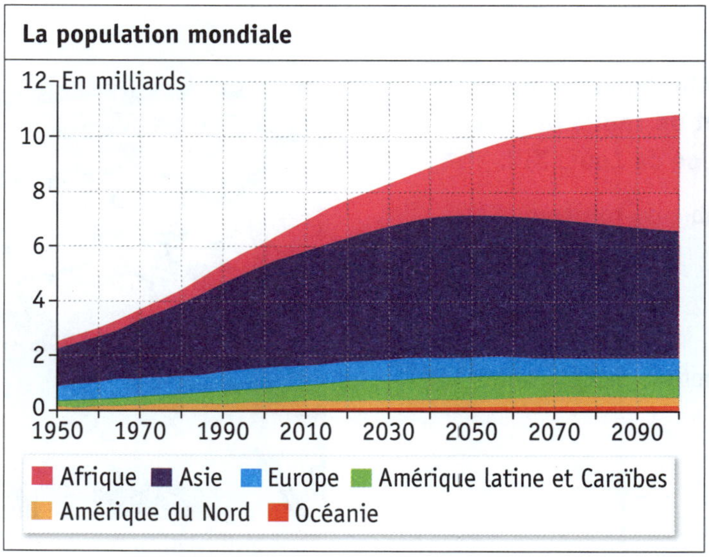

c. Quelle région va voir sa population augmenter fortement au XXIe siècle ?

....

SCORE ..../ 3

ATTENTION
Observe bien les **axes du graphique** : l'axe vertical représente la population en milliards, l'axe horizontal les années jusqu'en 2100 ! Il s'agit donc de prévisions à partir d'aujourd'hui.

Des besoins croissants mais différents

- Une telle croissance démographique crée de **fortes tensions sur les ressources**. Dans les pays du Sud, la mise en culture de nouveaux espaces (**fronts pionniers**) dévaste la biodiversité. **La pression sur l'environnement augmente**. L'**exode rural**, qui accélère l'urbanisation, crée d'énormes besoins en logements, équipements, services.
- Hormis en Afrique, **la population mondiale vieillit**. Déjà bien avancé dans les pays développés (Europe), le vieillissement s'accélère dans de nombreux pays émergents (Chine). Il crée des problèmes économiques et sociaux (besoins en services, financement des retraites, etc.).

3 **Ces deux photographies montrent une partie de l'État du Rondônia, au Brésil, en 1975 (à gauche) puis en 2013 (à droite).**

ATTENTION Le vert représente la **forêt amazonienne**. Ce n'est pas exactement le même, car les deux photos n'ont pas été prises à la même date. Sur la photo de droite, les zones claires correspondent aux zones défrichées.

a. Complète le texte en cochant la bonne solution parmi celles proposées.
La forêt amazonienne couvre ❒ le quart ❒ la moitié ❒ la quasi-totalité du territoire photographié en 1975. En 2013, la forêt amazonienne ❒ s'est maintenue ❒ a un peu reculé ❒ a considérablement reculé. De nouveaux villages sont apparus et les villages existants ❒ ont grossi ❒ ont rétréci ❒ n'ont pas changé.

b. Comment appelle-t-on ce phénomène ? ....

SCORE ..../ 4

4 **Observe le graphique puis réponds aux questions.**

a. À quel groupe de pays appartiennent les 4 premiers pays ?
❒ Pays développés ❒ Pays émergents
❒ Pays en développement

b. Quelle est leur caractéristique commune ?

....

c. Existe-t-il sur le graphique un pays qui ne soit pas en situation de vieillissement ? Que peux-tu en conclure au niveau mondial ?

....

....

....

Le vieillissement du monde

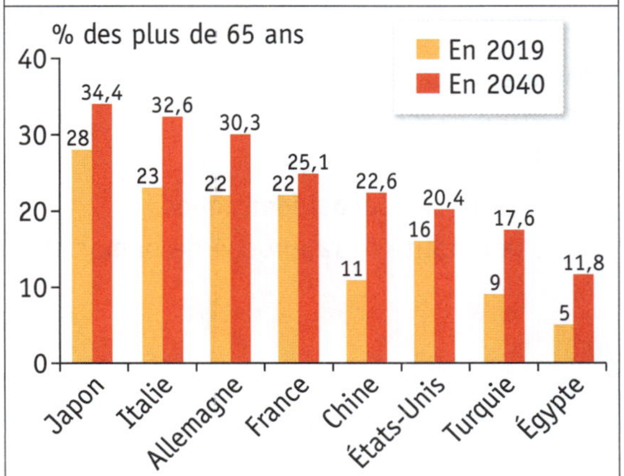

Source : US Census Bureau, 2008.

COUP DE POUCE
d. Regarde dans quel pays **l'écart entre les deux barres est le plus important**.

d. Entoure le pays qui va vieillir le plus vite.

SCORE ..../ 4

Corrigés p. 186

TOTAL ..../ 20

HISTOIRE-GÉO/EMC

GÉOGRAPHIE

13 La croissance démographique et ses effets en Chine

Le pays le plus peuplé du monde

- Avec **1 434 milliard d'habitants**, la Chine représente à elle seule 18,6 % de l'humanité. La population chinoise a doublé depuis 1960 ! Néanmoins, on constate un ralentissement depuis 2000.
- La **transition démographique a été très rapide** : en 1971, les autorités chinoises limitent le nombre de naissances par couple et, entre 1979 et 2015, mettent en place la politique de l'enfant unique.
- Les **provinces littorales**, les plus riches, sont les plus densément peuplées ; **l'intérieur** du pays, moins développé, connaît des densités plus faibles, mais la croissance démographique y est la plus forte.

★ **1 Vrai ou faux ? Coche la bonne réponse.**

	vrai	faux
a. La Chine est encore en forte croissance démographique.	❒	❒
b. La Chine compte plus d'un milliard d'habitants.	❒	❒
c. Les provinces littorales sont moins riches et moins peuplées que celles de l'intérieur.	❒	❒

SCORE ..../ 3

★★ **2 Observe ce graphique puis réponds aux questions.**

a. Comment a évolué la population chinoise de 1960 à 2019 ?

....

....

b. Décris l'évolution du taux de mortalité puis celle du taux de natalité entre 1960 et 2019.

....

....

....

L'évolution de la population chinoise

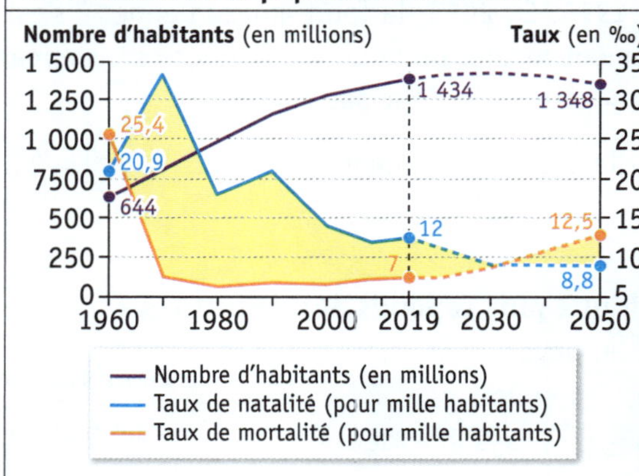

Source : ONU, 2019.

c. La transition démographique de la Chine est-elle achevée ? Justifie ta réponse.

❒ Non, la natalité est encore très élevée.

❒ Oui, natalité et mortalité sont quasi identiques.

❒ Oui, c'est en cours, la natalité se rapproche de la mortalité.

....

....

d. Que se passera-t-il après 2030-2035 ?

....

....

SCORE ..../ 5

ATTENTION
Les courbes postérieures à 2019 sont en pointillés, ce qui indique des **prévisions**.

COUP DE POUCE
b. Ne te contente pas de citer le chiffre de départ et d'arrivée. Essaie de calculer un **facteur multiplicateur** (doublement, triplement, etc.).

La croissance économique chinoise et ses conséquences

- Depuis 1979, la Chine a connu un **développement économique rapide**. Elle est aujourd'hui la **2e économie mondiale.** Mais l'explosion des transports et de la production d'énergie par les centrales à charbon entraînent une **dégradation très grave de l'environnement**, responsable de nombreux décès chaque année.
- Le freinage démographique provoqué par la politique de l'enfant unique (1979-2015) a conduit à un **vieillissement accéléré de la population**. Depuis 2016, les couples sont à nouveau autorisés à avoir 2 enfants afin d'enrayer cette tendance. En 2030, le pays devrait compter **350 millions de retraités**, dont le financement des retraites et le poids des dépenses de santé vont alourdir le **budget de l'État**.

3 Observe les deux photographies puis réponds aux questions.

Trafic urbain en Chine dans les années 1960...

et aujourd'hui.

a. Comment a évolué le trafic urbain entre 1960 et aujourd'hui ?

....

b. Comment peut-on expliquer le passage de l'un à l'autre moyen de transport ?

....

....

c. Quels problèmes cela pose-t-il ?

....

SCORE .... / 3

4 Observe le graphique puis réponds aux questions.

a. Dans la légende, surligne d'une couleur les pays émergents. Surligne d'une autre couleur les pays développés.

b. Comment a évolué l'âge moyen des populations des deux groupes de pays ?

....

....

....

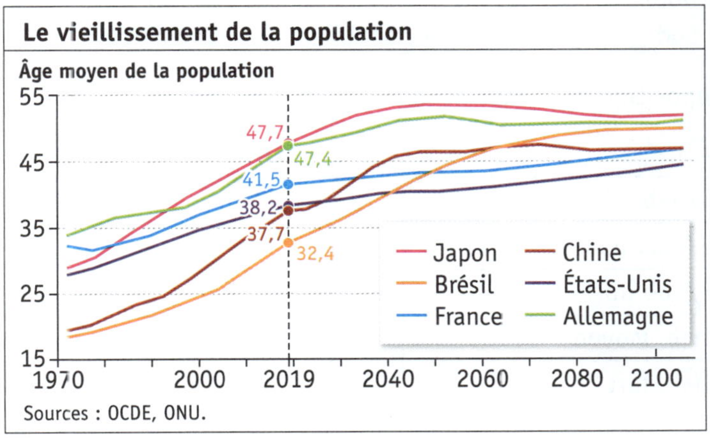

SCORE .... / 3

COUP DE POUCE
b. Compare les situations en 1970, en 2019 et en 2100. Mesure en particulier l'**écart entre les groupes de pays**.

Corrigés p. 186

TOTAL .... / 14

14 Richesse et pauvreté dans le monde

Différents niveaux de richesse

- Les **pays développés** produisent un peu moins de 50 % de la richesse mondiale pour 17 % de la population.
- Toutefois, les **pays en développement**, particulièrement les **pays émergents**, produisent plus de richesse que les pays développés. Mais les inégalités y demeurent très fortes : l'Inde compte 170 millions de pauvres, presque le quart des pauvres dans le monde.
- Les 47 **PMA** (pays les moins avancés), en Afrique subsaharienne et en Asie du Sud, restent englués dans la grande pauvreté : 1 milliard d'habitants produisent moins de 2 % de la richesse mondiale.

★★ **1 Observe la carte puis réponds aux questions.**

INFO Cette carte est en **anamorphose** : les États sont représentés de façon simplifiée et leur superficie sur la carte est proportionnelle à leur PIB (donc à leur richesse).

Les inégalités de richesse dans le monde

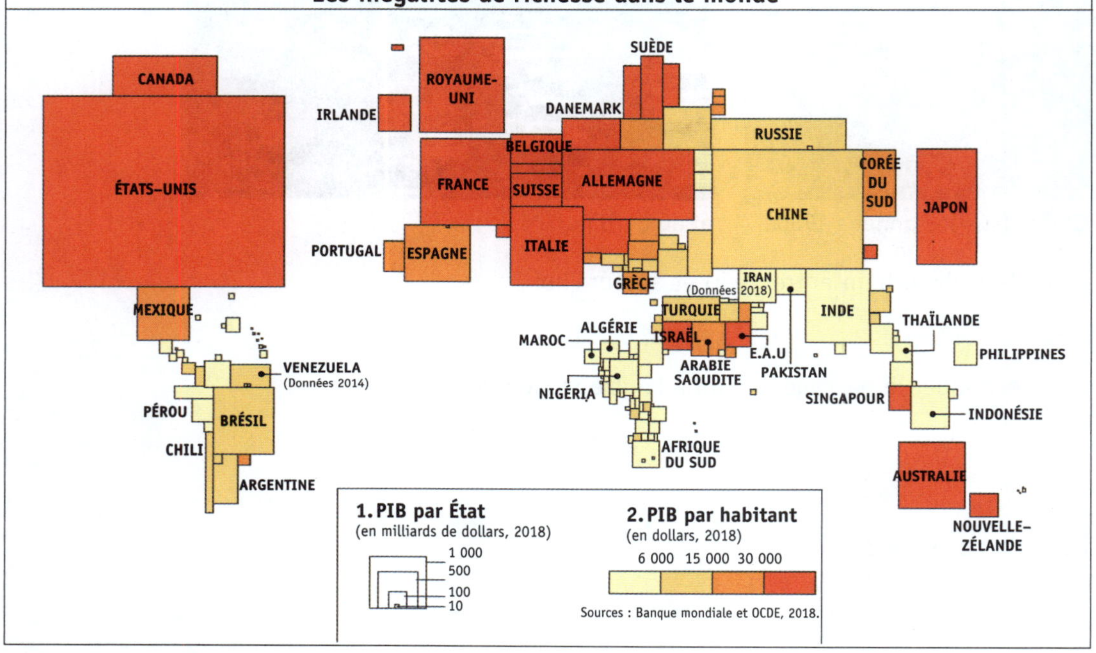

a. Quelles sont les régions du monde dont le PIB est important et le PIB par habitant élevé ?

❒ Amérique du Nord ❒ Japon ❒ Afrique ❒ Asie de l'Est
❒ Amérique du Sud ❒ Europe occidentale ❒ Asie du Sud

b. Choisis la proposition qui convient le mieux.

	Chine	Continent africain
PIB faible, PIB/hab faible	❒	❒
PIB faible, PIB/hab. moyen	❒	❒
PIB faible, PIB/hab. fort	❒	❒
PIB fort, PIB/hab. moyen	❒	❒
PIB fort, PIB/hab. fort	❒	❒

SCORE ..../ 8

Des inégalités multiples

- Les inégalités existent dans tous les **pays** : ainsi, les pays développés comptent environ 15 % de pauvres.
- Elles sont souvent très fortes entre les habitants des **régions littorales**, plus riches, et les **régions intérieures**, mais aussi **entre ceux des villes et ceux des campagnes**.
- Dans les **villes**, les contrastes sont très marqués entre quartiers résidentiels et bidonvilles dans les pays en développement, mais aussi dans les villes des pays développés (SDF).

2 **Observe la carte puis réponds aux questions.**

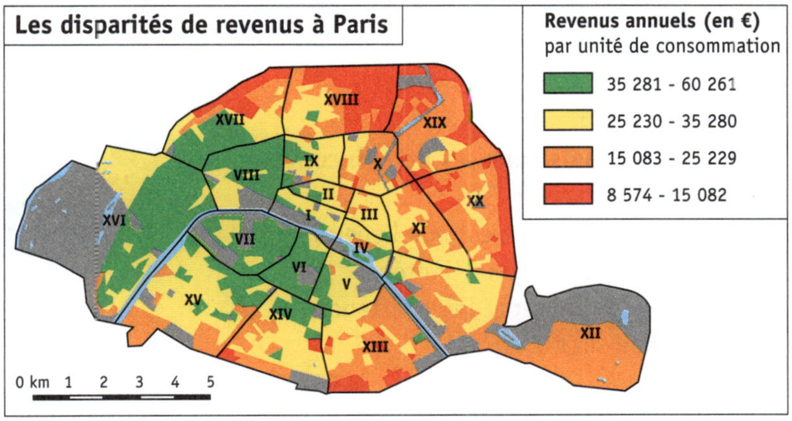

a. À quel type de pays (développé, émergent, PMA) appartient la ville représentée ?

....

b. De combien de fois les zones vertes sont-elles plus riches que les zones rouges ?

....

c. Où se trouvent les zones les moins riches ? les plus riches ?

....

SCORE ..../ 3

COUP DE POUCE
b. Utilise la légende pour répondre : prend un chiffre moyen dans la classe la plus faible et la plus élevée et compare-les.

La lutte contre la pauvreté

- Entre 1990 et 2018, le nombre de personnes en situation d'extrême pauvreté est passé de 1,9 milliard à 736 millions. En Asie, 400 millions de Chinois sont sortis de la pauvreté depuis 1980.
- Toutefois des **inégalités persistent** entre les catégories les plus riches et les plus pauvres.
- En 2015, l'ONU a mis en place **17 Objectifs de développement durable**, qui prévoient de faire disparaitre la pauvreté et la faim à l'horizon 2030.

3 **Visite le site Internet du programme des Nations unies pour le développement : Les objectifs de développement durable.**

a. Clique sur l'objectif n° 1. Quel est le but de l'ONU concernant la pauvreté ?

....

....

b. Quelles sont les principales causes de la pauvreté ?

....

....

SCORE ..../ 2

INFO
Voici l'**adresse du site** : www.un.org/sustainabledevelopment/fr/objectifs-de-developpement-durable/

Corrigés p. 187

TOTAL ..../ 13

15 L'énergie : une ressource à ménager et à mieux utiliser

Des besoins énergétiques mondiaux considérables

- La **consommation mondiale d'énergie a explosé** depuis les années 1950. Elle est **couverte à 84 % par les énergies fossiles** (pétrole, charbon, gaz naturel) qui alimentent l'industrie, les transports, le chauffage, etc.
- **Les plus gros consommateurs** sont les **pays développés**, mais les besoins des **pays émergents** ne cessent de croître. Ainsi, la Chine consomme 23,6 % de l'énergie mondiale, suivie par les États-Unis (16,6 %) et l'UE (12 %).

★ 1 Cherche sur Internet ce qu'est une énergie fossile et quels sont ses deux inconvénients. Coche ensuite la ou les bonne(s) réponse(s).

a. Une énergie fossile est...
- ❒ une énergie ancienne.
- ❒ une énergie riche en carbone.
- ❒ une énergie pauvre en carbone.

b. Un inconvénient est que l'énergie fossile...
- ❒ dispose de réserves limitées.
- ❒ est disponible par intermittence.
- ❒ produit du CO_2.

SCORE ..../ 2

COUP DE POUCE
Utilise un **moteur de recherche** ou le **cours** !

★★ 2 Observe le graphique et réponds aux questions.

a. Quelle était l'énergie dominante au début du XXe siècle ?

....

b. Comment a évolué la consommation totale d'énergie jusqu'à aujourd'hui ?

....

....

c. Quelle est la source d'énergie la plus utilisée aujourd'hui ? Quelle est celle qui a le plus progressé le plus dans ces vingt dernières années ?

....

....

L'évolution de la consommation d'énergie primaire (1900-2018)

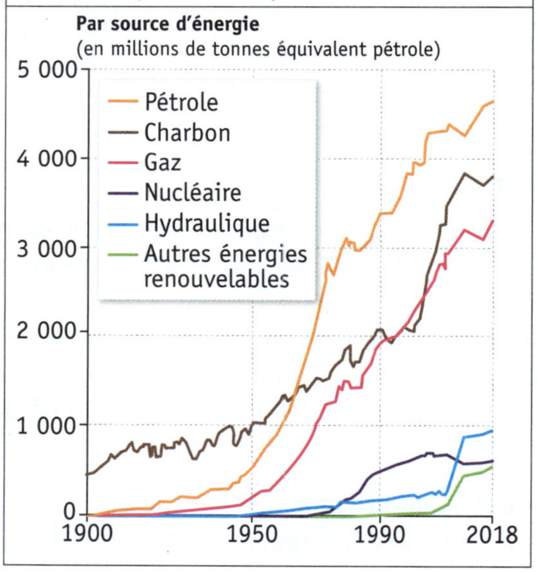

SCORE ..../ 3

INFO
La **tonne équivalent-pétrole** permet de comparer les énergies entre elles. Par exemple, une tonne de pétrole est égale à 1,4 tonne de charbon.

Énergie et environnement

- **Les ressources d'énergie fossiles sont inégalement réparties**. Les **réserves** de pétrole se situent majoritairement dans les régions les plus instables politiquement (Moyen-Orient, Afrique) ou difficiles d'accès (Arctique, offshore profond).
- **Les énergies fossiles ne sont pas renouvelables**, et les ressources s'épuisent lentement. La dépendance des États importateurs est donc forte vis-à-vis des États exportateurs.
- L'utilisation massive des énergies à travers le monde a un **coût en matière environnementale** : émissions de gaz à effet de serre responsables du réchauffement climatique, marées noires, catastrophes nucléaires (Tchernobyl, Fukushima), etc.

3 Lis le texte puis réponds aux questions.

> « La prochaine décennie verra les États-Unis dépasser l'Arabie saoudite et la Russie pour devenir le premier producteur mondial d'hydrocarbures. Cet optimisme s'explique par le flot grandissant aussi bien de pétrole que de gaz de schiste.
> La fracturation hydraulique et le forage horizontal ont transformé la production américaine de gaz, ouvrant des réserves qui pourraient durer une centaine d'années. Ces techniques ont eu un impact similaire sur la production pétrolière. D'ores et déjà, l'Amérique a ramené la part de sa consommation de pétrole importé à 47 % en 2010, contre plus de 60 % en 2005. L'un des bénéfices directs de cette évolution est une réduction du déficit commercial américain. »
>
> D'après Ed Crooks, « Les États-Unis à deux doigts de l'indépendance énergétique », *Financial Times*, in *Courrier international*, 13 novembre 2012.

a. Quel pourrait être le rang des États-Unis dans la production mondiale d'hydrocarbures vers 2020 ?

b. Comment expliquer une pareille performance ? Quelles nouvelles techniques l'ont permis ?

c. Quelles sont les conséquences économiques et commerciales du boom des hydrocarbures de schiste pour les États-Unis ?

SCORE ..../ 4

INFO
Le **pétrole** et le **gaz de schiste** ne sont que deux des hydrocarbures qu'on appelle « non conventionnels ». Leur coût d'extraction (et les risques environnementaux) sont plus élevés, mais leurs réserves sont considérables dans le monde.

Quelles énergies demain ?

- En raison des difficultés d'approvisionnement et de l'urgence environnementale, **le mix énergétique mondial se diversifie** progressivement, faisant une part plus importante aux **énergies renouvelables**.
- Toutefois, les pays du Nord peinent à prendre le virage de « **l'économie verte** ». Les pays du Sud, quant à eux, poursuivent une consommation toujours plus élevée d'énergie. Seuls quelques grands pays émergents (Chine, Brésil) développent des filières « vertes ». **La transition énergétique massive est encore à venir.**

4 Relie chaque type d'énergies à sa définition.

Énergie nucléaire •	• Énergie qui utilise la force d'une chute d'eau.
Énergie solaire •	• Énergie qui utilise la combustion des matières organiques végétales.
Énergie hydraulique •	• Énergie qui utilise l'énergie produite par le soleil.
Énergie géothermique •	• Énergie qui utilise la radioactivité pour produire de la chaleur puis de l'électricité.
Énergie éolienne •	• Énergie qui utilise la chaleur interne de la Terre.
Biomasse énergie •	• Énergie qui utilise la force du vent.

SCORE ..../ 6

INFO
Les **énergies renouvelables** sont des énergies dont les ressources sont inépuisables à l'échelle humaine, ce qui n'est pas le cas des énergies fossiles.

Corrigés p. 187

TOTAL ..../ 15

16 L'eau : une ressource à ménager et à mieux utiliser

L'inégal accès à l'eau

- L'eau douce représente 1 % de l'eau sur Terre (3 % avec les glaciers). Cette **ressource renouvelable** permet théoriquement à chacun de consommer 6 000 m^3 d'eau par an.
- L'eau est **inégalement répartie** : stress hydrique voire pénurie dans les régions méditerranéennes et tropicales. La **répartition saisonnière** est pareillement inégale ; les régions méditerranéennes sont affectées d'une sécheresse estivale prolongée.
- L'accès des populations à l'eau varie selon la capacité des pays à la capter, la traiter puis à la distribuer. Depuis 1990, **plus de 2,6 milliards de personnes ont obtenu un accès à l'eau potable, mais 663 millions de personnes en sont encore privées.**

★★ **1** **Observe la carte puis réponds aux questions.**

La disponibilité en eau douce dans le monde

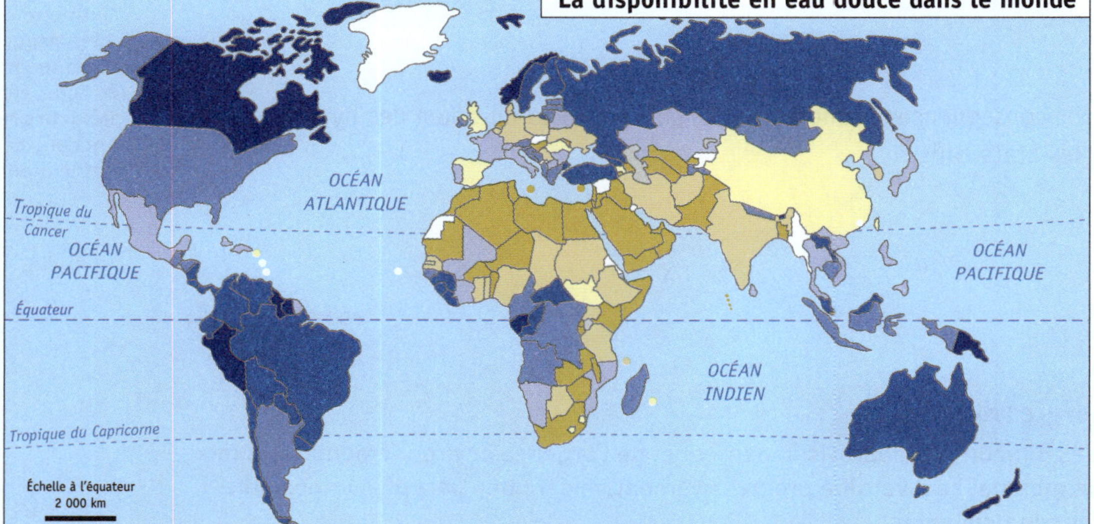

Disponibilité en eau douce en mètres cubes par personne et par an en 2014

0 | 1 000 | 1 700 | 2 500 | 5 000 | 15 000 | 50 000 | 605 000

Vulnérabilité
Stress hydrique
État de pénurie

Absence de données

Source : Banque mondiale, données 2014.

a. Quelle est l'unité utilisée ?

....

b. Dans la légende, entoure les seuils qui définissent les états de « stress hydrique » et de « pénurie ».

c. À partir de quel seuil la disponibilité en eau est-elle considérée comme suffisante ?

....

d. Dans quelles régions se trouve la majorité des pays en situation de pénurie ?

....

SCORE ..../ 5

> **COUP DE POUCE**
> **b.** Observe les **couleurs de la légende** pour répondre.

L'eau : aménagements et tensions

- La consommation mondiale d'eau a doublé en un siècle. L'**agriculture irriguée** consomme **environ 70 % de l'eau disponible**, devant l'industrie et l'usage domestique.
- Des **équipements hydrauliques** sont construits pour utiliser l'eau disponible : les barrages géants régulent les crues (barrage des Trois-Gorges en Chine), fournissent l'eau pour l'irrigation et produisent de l'hydroélectricité.
- Le **partage de cette ressource** suscite des **tensions entre pays** (Égypte et Éthiopie pour le Nil) ou **entre utilisateurs** (touristes et agriculteurs).

2 Lis le texte puis réponds aux questions.

« L'Éthiopie a commencé à détourner le cours du Nil Bleu pour construire le barrage "Renaissance", qui devrait entrer en fonction dans cinq ans. Mais l'Égypte redoute qu'une redistribution des eaux du Nil ne la transforme à terme en désert. Autrefois privée de la plus grande partie des eaux du Nil au profit des pays d'aval, l'Éthiopie revendique un partage de l'or bleu plus équitable pour assurer son développement. Car ce pays, château d'eau de l'Afrique, affronte régulièrement la sécheresse. Sur les 3,7 millions d'hectares de terres agricoles, 3 % seulement sont irriguées. Depuis quelques années, elle multiplie donc les projets de barrages sur le cours du Nil Bleu, qui fournit 80 % de l'eau qui abreuve les pays en aval. »

D'après Arielle Thedrel, « La guerre du Nil Bleu rebondit entre l'Éthiopie et l'Égypte », *Le Figaro*, 29 mai 2013, D.R.

a. Pourquoi l'Éthiopie a-t-elle décidé de construire le barrage de la Renaissance ?

....

b. En quoi est-ce un problème pour l'Égypte ?

....

SCORE ..../ 2

La gestion durable de l'eau

- Une « **révolution bleue** », plus économe de la ressource, est possible (irrigation goutte-à-goutte, élimination des fuites, recyclage, dessalement de l'eau de mer…).
- La **qualité de l'eau** touche tous les pays. Au Nord, la pollution de l'eau est réduite par une agriculture raisonnée et le traitement des eaux usées. Au Sud, beaucoup reste à faire, et les **problèmes sanitaires** liés aux eaux contaminées persistent.

3 Consulte la page du site des Objectifs de développement durable et réponds aux questions.

OBJECTIFS DE DÉVELOPPEMENT DURABLE

INFO
Connecte-toi sur www.un.org/sustainabledevelopment/fr/water-and-sanitation/

a. Quels sont les deux objectifs spécifiques de l'objectif de développement durable n° 6 ?

....

b. Vrai ou faux ?

	vrai	faux
1. Il n'y a pas assez d'eau douce sur la planète pour réaliser l'objectif n° 6.	❒	❒
2. D'ici à 2050, au moins une personne sur quatre est susceptible de vivre dans un pays affecté par des pénuries d'eau.	❒	❒
3. Plus de 2 milliards de personnes manquent d'installations sanitaires de base.	❒	❒
4. Environ 40 % de toute l'eau douce prélevée est utilisée pour l'irrigation.	❒	❒

SCORE ..../ 6

Corrigés p. 187

TOTAL ..../ 13

GÉOGRAPHIE

17 L'alimentation : comment nourrir une humanité en croissance ?

Le défi alimentaire : la quantité

- Malgré le doublement de la population depuis 50 ans, la part des personnes sous-alimentées a nettement diminué. Toutefois, **820 millions de personnes sont toujours sous-alimentées**, un nombre qui augmente depuis plusieurs années.
- Pour nourrir les 9,7 milliards d'humains prévus en 2050, la **production agricole devra augmenter de 70 %**. Or, **les réserves de terres se réduisent et l'agriculture productiviste intensive** atteint des limites (appauvrissement des sols, épuisement des ressources en eau...).

★★ **1** **Observe la carte puis réponds aux questions.**

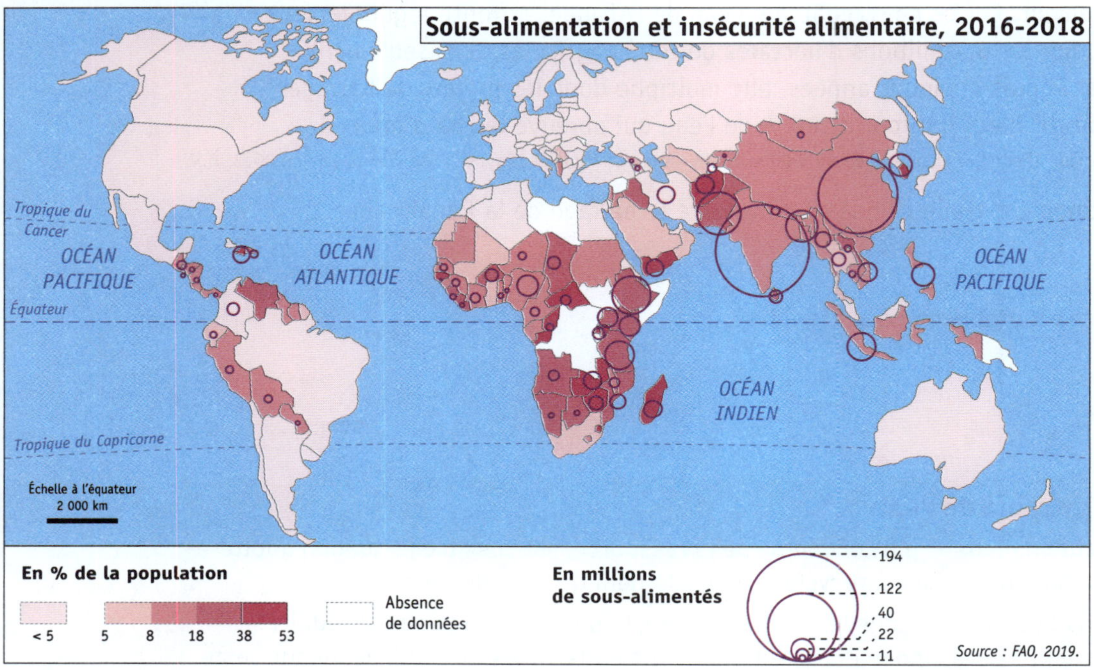

a. Que représentent les cercles ? les plages de couleur ?

....

b. Quelle région a la plus forte proportion de personnes sous-alimentées ?

....

c. Quels sont les deux pays qui comptent le plus de sous-alimentés ?

- ☐ L'Inde
- ☐ L'Indonésie
- ☐ La Chine
- ☐ Le Pakistan
- ☐ Les États-Unis
- ☐ Madagascar

d. Sachant que la population mondiale aura augmenté d'un tiers d'ici 2050, la sécurité alimentaire mondiale sera-t-elle suffisante ?

....

....

COUP DE POUCE
d. N'hésite pas à parcourir les **cours suivants** pour nuancer ta réponse.

SCORE .... / 6

Le défi alimentaire : la qualité

- L'utilisation d'engrais et de pesticides, dangereux pour la santé, ainsi que l'introduction de plants OGM font **débat**. L'obésité est devenue un **problème de santé publique**.
- Les **consommateurs des pays du Nord** sont devenus plus exigeants sur la qualité des aliments, soutenant ainsi une agriculture plus respectueuse de l'environnement.
- Dans les **pays du Sud, le développement a modifié les habitudes alimentaires**. On mange plus de viande et de produits laitiers.

INFO
OGM : organisme génétiquement modifié.

2 **Les photographies représentent ce que ces jeunes femmes mangent dans une journée.**

En Namibie (Afrique australe) : 1 500 kcal.

À Shanghai (Chine) : 2 600 kcal.

a. Compare le bilan calorique de chaque femme.

....

b. En quoi consiste l'alimentation de la jeune Namibienne ? Est-elle variée ?

....

c. En quoi consiste l'alimentation de la Chinoise ? Fais deux groupes d'aliments.

....

d. En quoi ce régime alimentaire représente-t-il un défi pour l'agriculture mondiale ?

....

INFO
Une **femme** qui exerce une activité modérée a besoin d'environ **2 000 kcal par jour**.

SCORE .... **/ 4**

Un accès inégal aux ressources alimentaire

- Les **pays du Nord** ainsi que certains pays du Sud (Brésil, Argentine) dégagent **des excédents agricoles qui leur permettent d'approvisionner le marché mondial.** Mais **l'augmentation des prix agricoles** empêche les pays pauvres d'y avoir accès. Des **émeutes de la faim** ont eu lieu dans une vingtaine de pays en 2007-2008.
- Enfin, certains pays (Chine, pays du Golfe) achètent ou louent des terres à l'étranger. Cet « **accaparement des terres** » représente 2 % des terres agricoles mondiales.

3 **Connecte-toi sur tinyurl.com/jut75ve et consulte la carte des opérations d'accaparement des terres (transactions foncières en 2016). Puis complète le tableau pour relever les régions du monde les plus affectées par ce type d'opération.**

●●● Très affectée ●● Modérément affectée ● Peu ou pas affectée

Amérique du Nord		Afrique du Nord	
Amérique du Sud		Afrique subsaharienne	
Europe occidentale		Asie du Sud-Est/Australie	
Europe orientale et Russie		Reste de l'Asie	

COUP DE POUCE
N'hésite pas à **zoomer sur les régions concernées**, pour mieux voir les données.

Corrigés p. 187-188

SCORE .... **/ 8**

TOTAL .... **/ 18**

GÉOGRAPHIE

18 Le changement global et ses effets

Le changement global

- La planète Terre connaît depuis deux siècles un changement global qui se manifeste d'abord dans les **mutations démographiques ou économiques** : croissance démographique et urbaine, défrichement des forêts...
- Ces activités humaines ont des **effets sur l'environnement** : destructions d'espèces, donc de la biodiversité, pollution de l'air et des océans, réchauffement climatique.

★ **1** **Classe les termes suivants dans la bonne colonne du tableau.**

étalement urbain • augmentation des tempêtes • croissance démographique • destruction des forêts • réduction de la biodiversité • croissance des bidonvilles • disparition de la banquise • marées noires • continent de plastique • mobilités humaines

ATTENTION Certains des termes ne sont pas dans le cours !

Mutations démographiques et économiques	Mutations environnementales
....	....
....	....
....	....
....	....

SCORE .... / 10

Le réchauffement climatique

- Le globe se réchauffe à un rythme jusqu'alors inconnu : **+ 0,85 °C de 1880 à 2016.**
- Ce réchauffement est attribué à la libération dans l'atmosphère de **gaz à effet de serre** liés aux activités humaines. **La température terrestre devrait augmenter de 2 °C d'ici 2100.**

★★ **2** **Observe la carte puis réponds aux questions.**

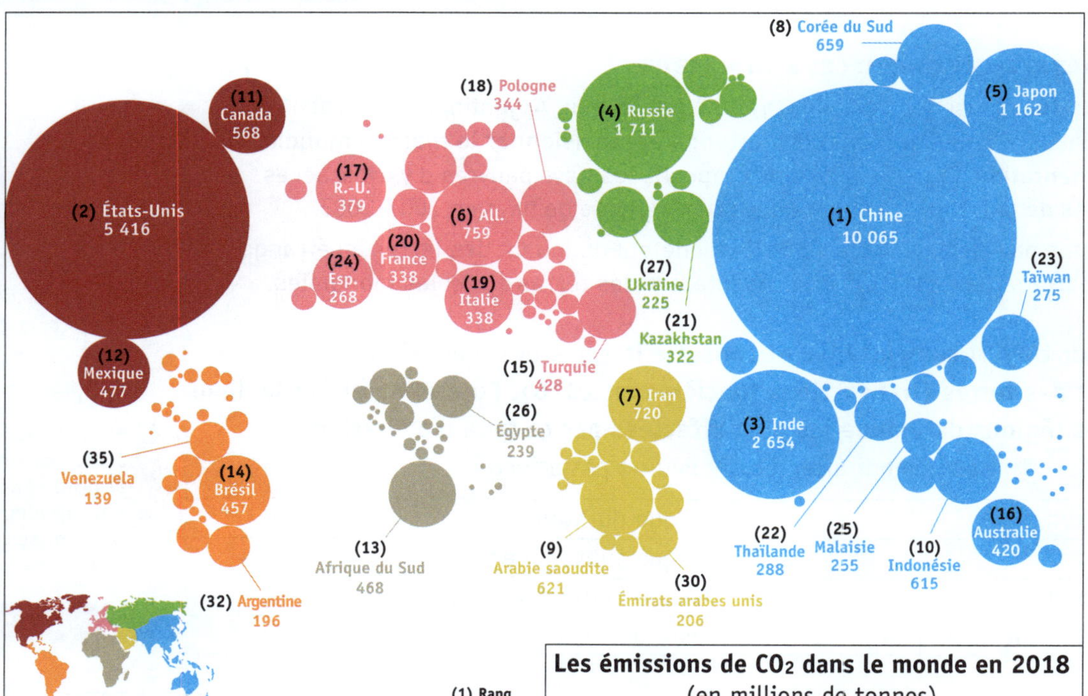

Les émissions de CO_2 dans le monde en 2018
(en millions de tonnes)

a. Relève les cinq premiers émetteurs de CO_2.

....

b. Comment peut-on expliquer le score chinois ?

....

c. Quel continent émet le moins de CO_2 ? Comment l'expliquer ?

....

SCORE ..../ 4

> **COUP DE POUCE**
> **b.** L'**émission de CO_2** est liée à la combustion du charbon, gaz, pétrole. Une économie puissante en émet davantage qu'une économie pauvre.

Les effets du réchauffement climatique

- **Les effets les plus médiatisés du réchauffement climatique sont négatifs** : fonte des glaces et dilatation des océans ; élévation du niveau marin (+ 60 cm d'ici à 2100) ; sècheresses ou inondations selon les régions ; accidents climatiques plus violents.
- Les principales zones menacées sont les **archipels du Pacifique** (Maldives, Kiribati) ou certaines **grandes villes** (Miami, Amsterdam).
- Les experts invitent les États à **adopter des politiques pour lutter contre le réchauffement climatique** : géo-ingénierie, économies d'énergie, capture du CO_2, développement des énergies vertes. Les émissions de CO_2 n'ont pas augmenté entre 2014 et 2016, mais sont reparties à la hausse depuis.

3 **Observe la carte puis réponds aux questions.**

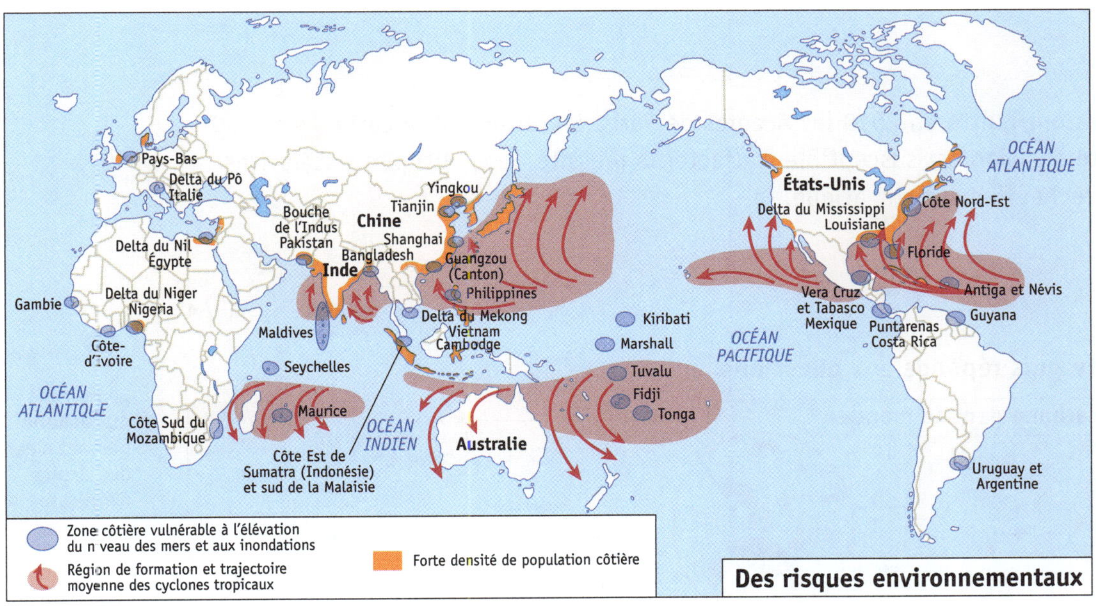

Des risques environnementaux

a. Quels sont les deux risques représentés sur cette carte ?

....

b. Dans quelle mesure ces risques sont-ils liés au réchauffement climatique ?

....

c. Donne deux exemples de politique d'adaptation face à ces risques.

....

SCORE ..../ 5

HISTOIRE-GÉO/EMC

Corrigés p. 188

TOTAL ..../ 19

19 L'adaptation des sociétés au changement global

Les actions à l'échelle internationale

- Plus de 3 milliards de personnes ont été affectées par des catastrophes naturelles depuis 15 ans. **Le changement global affecte déjà une grande partie de l'humanité.**
- Si le **Sommet de la Terre à Rio de Janeiro**, en 1992, a reconnu officiellement la responsabilité humaine dans le dérèglement climatique, le **protocole de Kyoto**, en 1997, n'a été ratifié ni par les États-Unis, ni par les pays émergents.
- Les esprits semblent toutefois évoluer. La Chine, premier pollueur mondial, a lancé des politiques en ce sens. Lors de la COP21, en 2015 à Paris, les délégations de 195 pays ont signé un accord ambitieux de **limitation du réchauffement mondial entre 1,5 °C et 2 °C d'ici 2100**. Mais les États-Unis ont quitté l'accord en 2019.

★ **1** **Connecte-toi sur le site dédié à la COP21.**

INFO www.gouvernement.fr/action/la-cop-21

a. Quels sont les objectifs visés par les Accords de Paris ?

....

....

b. Relève deux exemples de manifestations du dérèglement climatique.

....

....

c. Les États-Unis ont quitté en 2019 les Accords de Paris. En observant la carte **2** p. 170, explique si cette décision est susceptible d'affecter la réussite des politiques entreprises pour limiter le réchauffement climatique.

....

.... **SCORE** ..../ 4

★★ **2** **Observe la carte puis réponds aux questions.**

INFO Le **marché du carbone** permet d'échanger des droits d'émission de CO_2.

Le marché du carbone dans le monde

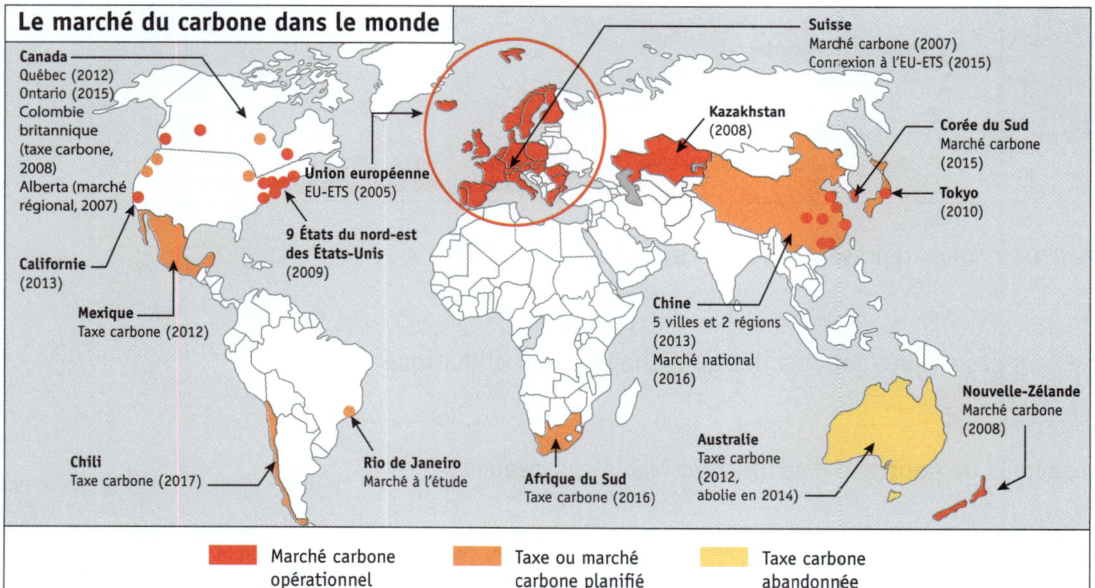

a. Sur la carte, écris le nom des grandes régions du monde qui n'ont pas adopté de taxe carbone.
b. Quelles sont les régions où le marché carbone est opérationnel ? Les États-Unis sont-ils dans ce cas ?

....

c. Quel pays a abandonné la taxe carbone après l'avoir instituée ?

....

SCORE .... **/ 6**

Les actions à l'échelle nationale et régionale

- Dans les **pays riches,** les États mettent en place des **politiques de prévention et de modération** du changement climatique (plans de prévention des risques, encouragement aux énergies vertes, formation des populations). Dans les **pays pauvres, le développement reste prioritaire**, même si 100 milliards de dollars seront transférés vers les pays pauvres d'ici à 2020.
- Dans certaines régions, **des projets voient le jour** : dans la zone sahélienne, menacée par la désertification, un vieux projet de **grande muraille verte** a été relancé par l'Union africaine et entreprend de planter une couverture forestière pour freiner l'avancée du Sahara.

3 **Recherche « Grande muraille verte (Chine) » sur Wikipédia puis dresse une fiche d'identité du projet chinois.**

Pays concerné/désert visé	....
Problème environnemental	....
Date de fin envisagée	....
Moyens mis en œuvre	....
Critique du projet	....

COUP DE POUCE
Tu peux aussi faire une recherche dans « **Google Actualités** ».

SCORE .... **/ 5**

Les actions à l'échelle locale

- Les **collectivités territoriales**, notamment les **villes**, jouent un rôle essentiel. La ville de Paris a instauré la fermeture aux voitures de certaines portions de la capitale ou la circulation alternée les jours de forte pollution ; Londres a mis en place un péage urbain pour les voitures souhaitant se rendre dans le centre-ville.
- En France, de nombreuses communes disposent d'un **agenda 21** local, ensemble de mesures en faveur du développement durable. La lutte contre le changement global est l'**affaire de tous**, des collectivités territoriales comme du citoyen.

4 **Dans un moteur de recherche, tape le nom de ta commune et « agenda 21 ».**
a. Comment ta commune définit-elle un agenda 21 ?

....

b. Cite quelques-unes des mesures mises en œuvre dans ta commune.

....

COUP DE POUCE
Si tu ne tombes pas sur ta commune, ajoute le nom du département dans la recherche.

Corrigés p. 188

SCORE .... **/ 2**

TOTAL .... **/ 17**

GÉOGRAPHIE

20 Prévenir les risques industriels et technologiques

Des risques technologiques

- **Les activités humaines** peuvent engendrer des risques. Ainsi, les industries chimique ou nucléaire manipulent des produits dangereux pour l'**environnement** et les **populations**. Ces risques peuvent ainsi devenir des **catastrophes** en cas d'accident.
- Les risques industriels sont plus importants dans les **pays du Nord industrialisés**, aux densités de population importantes (États-Unis, Europe, Japon) : explosion de l'usine AZF de Toulouse en 2001, accident nucléaire de Fukushima au Japon en 2011.
- Les **pays émergents** peuvent également être fortement impactés : les industries s'y développent rapidement et les normes de sécurité y sont souvent moins strictes.

★★★ 1 Complète les tableaux en t'aidant de tes recherches sur Internet.

SCORE ..../ 9

a. Marée noire de l'Érika sur les côtes françaises

Description de la catastrophe	....
Impact environnemental	....
Impact économique et humain	....

b. Explosion de l'usine AZF à Toulouse

Description de la catastrophe	....
Impact environnemental	....
Impact économique et humain	....

c. Accident nucléaire de Fukushima au Japon

Description de la catastrophe	....
Impact environnemental	....
Impact économique et humain	....

COUP DE POUCE
Entre dans ton **moteur de recherche** l'intitulé de chaque tableau. À chaque fois, le premier résultat te dirigera vers un article de **Wikipédia**.

★★ 2 Réponds aux questions.

a. Quelle est l'unité utilisée ?

....

b. Quelle est l'évolution générale des catastrophes technologiques ?

....

c. Comment expliquer le nombre de catastrophes en Afrique, un continent pourtant peu industrialisé ?

....

L'évolution du nombre de catastrophes technologiques par continent

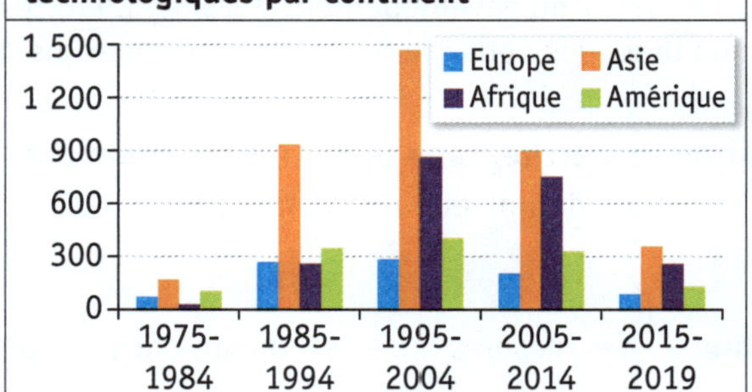

Source : International Disaster Database, 2015.

SCORE ..../ 3

COUP DE POUCE
Observe d'abord l'ensemble des barres et leur hauteur moyenne (**consigne b.**), puis sélectionne chaque couleur pour suivre l'évolution continent par continent (**consigne c.**).

Une vulnérabilité à géométrie variable

- La vulnérabilité est la **fragilité d'une population face à un risque**. Elle dépend de sa **culture du risque**.
- **Les pays du Nord sont ainsi mieux protégés**. Les normes de sécurité sont souvent contrôlées par des organismes gouvernementaux ou indépendants. Après une catastrophe, leur capacité à se relever est forte.
- **Les pays pauvres ou émergents sont confrontés à des défis plus graves**, car les populations sont moins bien informées des risques et les infrastructures sont plus souvent défaillantes.

3 **Relis les deux cours précédents, observe la carte et réponds aux questions.**

a. Qu'est-ce qui montre que l'usine chimique est à proximité immédiate de la ville ?

....

....

b. Combien de personnes au minimum vivaient à moins de 2 kilomètres de l'usine ?

....

c. Combien de personnes ont finalement été indemnisées ?

....

La catastrophe de Bhopal (Inde) en 1984

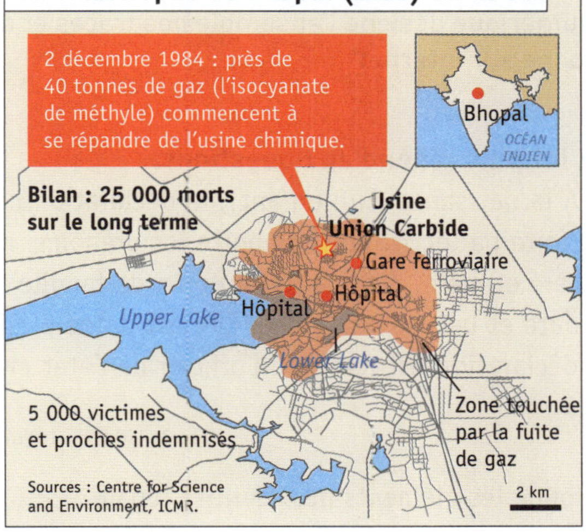

Sources : Centre for Science and Environment, ICMR.

SCORE .... / 3

Les politiques de prévention des risques

- Dans les **pays du Nord, des mesures de prévention permettent de limiter les risques** (surveillance des sites industriels dangereux) **et les effets des catastrophes**.
- Dans les **pays émergents** et surtout dans les **pays pauvres, les politiques de prévention sont plus rarement adoptées ou appliquées**. Les populations affectées par une catastrophe sont souvent dépendantes de l'aide internationale.
- **Les populations sont formées aux risques**. Les établissements scolaires, par exemple, effectuent des exercices réguliers d'alerte incendie ou chimique.

4 **Connecte-toi sur le site www.georisques.gouv.fr/ Entre ton code postal dans la barre de recherche, clique sur le nom de ta commune puis sur « Description des risques ».**

a. Quels sont les types de risques répertoriés près de chez toi ?

....

b. Choisis le risque qui concerne le plus ton lieu de résidence et précises-en les détails. Si ta commune est pourvue d'un dossier d'information communal des risques majeurs (Dicrim), consulte-le pour répondre.

....

c. Recherche si ta commune dispose d'une affiche d'information communale sur les risques et consignes.

SCORE .... / 2

HISTOIRE-GÉO/EMC

Corrigés p. 189

TOTAL .... / 17

21 Avoir une identité

Les différentes identités

- L'**identité légale** (ou juridique) est enregistrée dès la naissance par les services d'état civil. Elle est essentielle car **elle donne des droits** (aller à l'école, voter…) et **nous différencie** des autres personnes. On peut modifier notre identité légale en changeant de nom, de prénom (exceptionnellement) et de nationalité.
- L'**identité personnelle** est liée à l'histoire familiale, la culture (artistique, littéraire, sportive…), la religion, aux engagements politiques ou associatifs ou encore au parcours professionnel. **Elle évolue** au cours de la vie.
- L'**identité numérique** désigne l'ensemble des traces et données disponibles au sujet d'une personne sur **Internet**.

1 **Lis ce texte de loi puis répond aux questions.**

> « **Article 1.** [À la naissance d'un enfant], la déclaration conjointe du choix du nom de famille est faite par écrit. Elle comporte les prénoms, nom, date et lieu de naissance, domicile des père et mère, l'indication du nom de famille choisi ainsi que, pour l'enfant, ses prénoms, date et lieu de naissance. Elle est datée et signée par les parents.
> **Article 2.** La déclaration est remise à l'officier de l'état civil chargé d'établir l'acte de naissance. »
>
> D'après la loi du 18 juin 2003 sur la dévolution du nom de famille.

a. Souligne en rouge les éléments de l'identité légale.

b. Quelle est la personne chargée d'enregistrer l'identité légale de l'enfant ?

....

c. Comment se nomme le document, délivré par la mairie, garantissant notre identité légale ?

....

SCORE ..../ 3

INFO

À partir de l'acte de naissance, la mairie pourra par la suite délivrer les **pièces d'identité officielles** (carte d'identité, permis de conduire, passeport).

2 **À partir de la chronologie retraçant la vie de Milan Kundera, complète le schéma.**

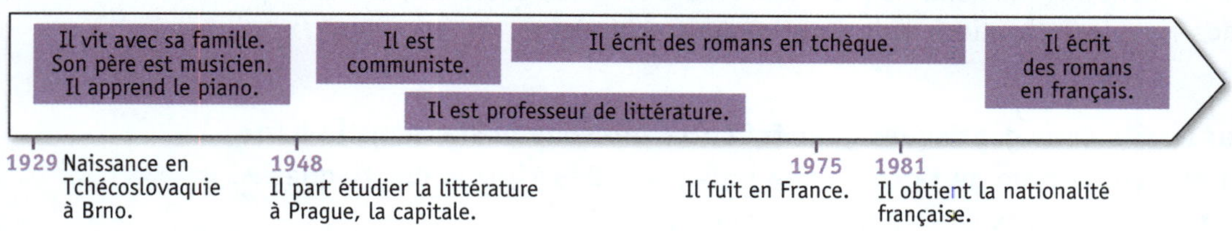

IDENTITÉ LÉGALE

Prénom : ....

Nom : ....

Date et lieu de naissance : ....
....

Nationalités : ....

IDENTITÉ PERSONNELLE

Goût familial :
....

Opinion politique :
....

Professions :
....

SCORE ..../ 7

ATTENTION

La **nationalité** est un élément important de l'identité légale mais elle peut changer au cours de la vie. La nationalité française peut être acquise à la naissance ou ultérieurement.

Corrigés p. 189

TOTAL ..../ 10

22 Les droits spécifiques des enfants

Les enfants, des mineurs avec des droits et des devoirs

- **L'enfant est un mineur**, soit une personne de moins de 18 ans placée sous **la protection et l'autorité de ses parents** qui veillent à son bien-être, sa santé et son éducation.
- Jusqu'au XVIIIe siècle, les enfants pouvaient être abandonnés, vendus ou exploités. Au XIXe siècle, en France et en Angleterre, des lois **réglementent le travail et la scolarité des enfants**. Au début du XXe siècle, le médecin polonais **Janusz Korczak** réclame des droits spécifiques pour les enfants, finalement définis en 1989 par la **Convention internationale des droits de l'enfant** (CIDE).
- **L'enfant a aussi des devoirs**. Il doit respecter les règles communes. À partir de 13 ans, il peut être poursuivi par la justice, condamné et emprisonné en cas de délit grave.

1 **Observe les documents ci-dessous.**

a. Écris sous chaque dessin la date (année ou siècle) correspondante.

A ....

B ....

C ....

D ....

b. Complète la frise en plaçant au bon endroit la lettre correspondant à chaque dessin.

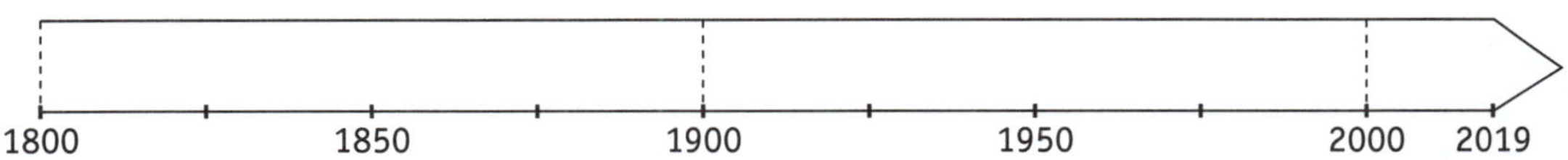

SCORE .... / 8

INFO

La **CIDE** a valeur de loi dans les pays qui l'ont signée. Seuls les États-Unis ne l'ont pas signée car certains États continuent à exécuter des mineurs.

2 **Lis le texte et réponds aux questions suivantes.**

Geneviève, 17 ans, a fugué. Elle s'est installée, avec des opposants à la construction de l'aéroport Notre-Dame-des-Landes, dans une tente dans une forêt près de Nantes et ne souhaite pas rentrer chez elle.

« Selon le [juge], ramener de force Geneviève "n'est pas la meilleure solution pour les relations avec sa famille [...]", explique-t-il, précisant que l'adolescente, élevée par sa mère avec ses deux sœurs et son frère handicapé mental, a perdu son père il y a environ un an. [...] Toutefois, selon le code civil, les enfants mineurs doivent résider avec leurs parents ou l'autorité parentale, sauf en cas d'émancipation ce qui n'est pas le cas de Geneviève. Ainsi, "pour respecter la loi, on peut recourir à la force publique, la police ou la gendarmerie", précise-t-il. »

« Fugueuse du Puy-en-Velay », leparisien.fr, 30 décembre 2012.

a. Est-ce que Geneviève peut rester vivre dans les bois, selon le juge et la loi ?

....

b. Comment le juge peut-il faire respecter la loi ? Explique la dernière phrase.

....

SCORE .... / 2

INFO

Certaines **lois limitent les droits des mineurs** dans leur intérêt : interdiction d'acheter de l'alcool et des cigarettes, de jouer de l'argent, de sortir après 22 heures dans certaines villes.

Corrigés p. 190

TOTAL .... / 10

23 Penser les différences et refuser les discriminations

Les différentes formes de discriminations

- Tous les êtres humains appartiennent à **une seule et même espèce, l'humanité**, mais ils sont **différents** les uns des autres : ils ont des **caractéristiques physiques** particulières, et se distinguent **socialement** ou **culturellement**. Ces différences conduisent parfois à des **discriminations**, c'est-à-dire à la mise à l'écart d'un individu ou d'un groupe d'individus. Les formes de discriminations sont nombreuses.
- Toute forme de discrimination est une **atteinte aux Droits de l'homme** car elle ne respecte pas le **principe d'égalité** entre tous les êtres humains. L'article 1 de la Déclaration des droits de l'homme et du citoyen de 1789 puis l'article 2 de la Déclaration universelle des droits de l'homme de 1948 rappellent ces principes.

★ 1 Relie chaque mot à sa définition.

Racisme •	• Rejet et hostilité dirigée contre les juifs.
Antisémitisme •	• Rejet et mépris des homosexuels, hommes ou femmes.
Sexisme •	• Idée selon laquelle les hommes et les femmes ne sont pas égaux.
Homophobie •	• Rejet et mépris des étrangers.
Xénophobie •	• Idée selon laquelle il existe plusieurs « races » humaines et que celles-ci ne sont pas égales entre elles.

SCORE ..../ 5

INFO
En France, les actes et les propos discriminants sont **punis par la loi**, pouvant entraîner jusqu'à 3 ans d'emprisonnement.

★★ 2 Observe attentivement la photographie puis réponds aux questions.

Alabama (États-Unis), 1955.

a. Quelle catégorie de personnes est-elle discriminée sur cette photographie ?

....

b. Comment s'exerce cette discrimination ?

....

c. Comment s'appelle ce système de discrimination ?

....

SCORE ..../ 3

COUP DE POUCE
La **ségrégation entre les Noirs et les Blancs** (ou apartheid) était forte dans le sud des États-Unis jusque dans les années 1960. En 1955, Rosa Parks a lutté pour que les Afro-Américains aient le droit de s'asseoir dans le bus.

Corrigés p. 190

TOTAL ..../ 8

24 Faire face aux risques majeurs

Prévention des risques et gestion des catastrophes

- Les **aléas**, d'origine naturelle ou humaine, peuvent parfois représenter une **menace pour l'homme ou l'environnement.** S'ils provoquent d'importants dégâts, ils deviennent des **risques** soit **naturels** (inondations, cyclones, éruptions volcaniques, etc.), soit **technologiques**, causés par les activités industrielles ou encore le transport de produits toxiques.
- La prévention a pour objectif de **réduire les risques avant qu'ils ne se produisent.** En France, l'État et les collectivités territoriales sont en charge de la gestion des risques majeurs (**plan de prévention des risques naturels prévisibles**, PPRN).
- Après la catastrophe, l'État prend en charge les **victimes** et aide à **reconstruire**.

1 Observe la carte puis réponds aux questions.

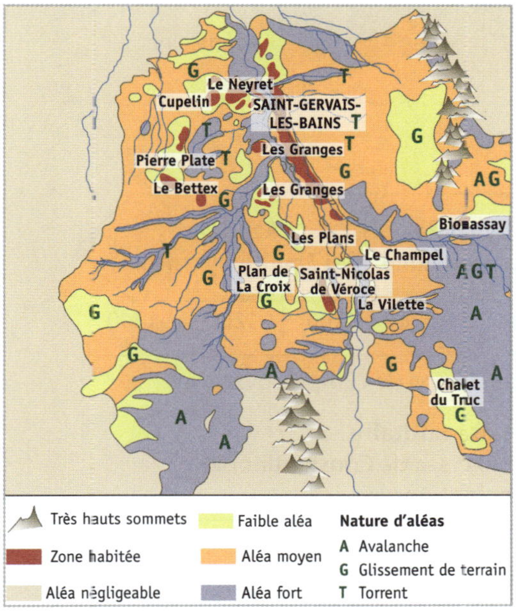

Le PPRN de Saint-Gervais-les-Bains en Haute-Savoie

a. Dans quel type de milieu se situe la zone cartographiée ?

....

b. Quels sont les différents aléas recensés par le PPRN ?

....

c. Quels lieux semblent avoir été construits en priorité ?

....

d. Si tu devais faire construire un chalet, où l'installerais-tu ? Justifie ta réponse.

....

....

SCORE ..../ 4

COUP DE POUCE
a. Le **milieu** est l'ensemble des données naturelles (relief, climat, végétation, faune) d'un lieu. On parle de milieu montagnard, littoral, urbain, etc.

INFO
Un **aléa** est une menace pour les hommes ou l'environnement.

2 Lis le texte et réponds aux questions.

> « Vers 10 h, les directeurs des établissements scolaires sont avertis par e-mails et par téléphone par le préfet. Sifflet à la bouche ou corne de brume à la main, ils parcourent les couloirs afin de déclencher le plan particulier de mise en sûreté (PPMS) approprié. En effet, les consignes générales doivent être adaptées aux caractéristiques des écoles. L'exercice doit également intégrer des points essentiels, comme la prise en charge des élèves faisant des malaises ou des crises d'angoisse, de ceux qui suivent des traitements, ainsi que la gestion des parents d'élèves qui veulent récupérer leur enfant. »
>
> D'après Anna-Maria Conté, « Exercice grandeur nature », *Rueil Infos*, n° 312, décembre 2013.

a. Par qui les directeurs des établissements scolaires sont-ils prévenus du début du PPMS ?

....

b. Quelles sont les deux actions que les enseignants doivent accomplir ?

....

SCORE ..../ 4

ATTENTION
Le **PPMS** prévoit deux types de procédure en cas de catastrophe : l'évacuation ou le confinement, c'est-à-dire le maintien des élèves dans un espace fermé.

Corrigés p. 190

TOTAL ..../ 8

Corrigés

1 L'Empire byzantin (330-1204)

1 Voir la carte A ci-dessous.

2 **a.** Il faut entourer en rouge l'hippodrome et le Grand Palais, en bleu la basilique, en vert la Mésè.

b. La basilique Sainte-Sophie est située en face du palais impérial. Le patriarche et l'empereur peuvent facilement se rencontrer.

3 Voir la frise B ci-dessous.

A

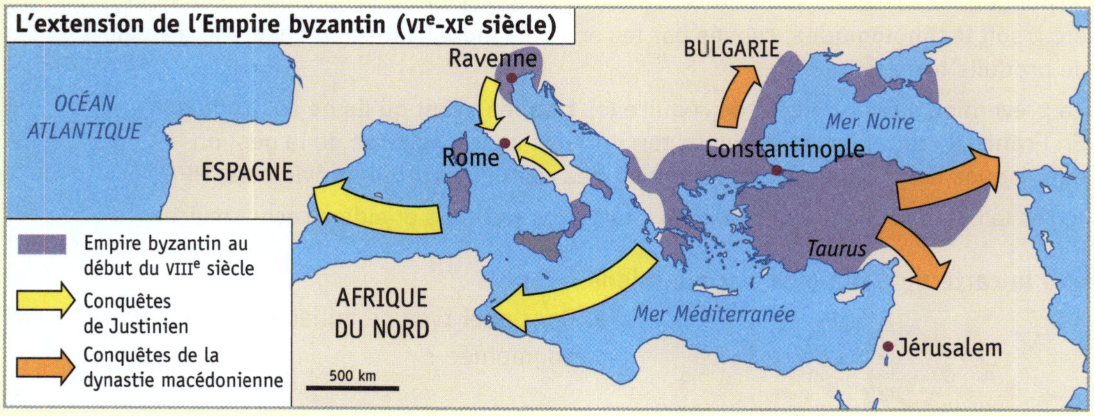

B

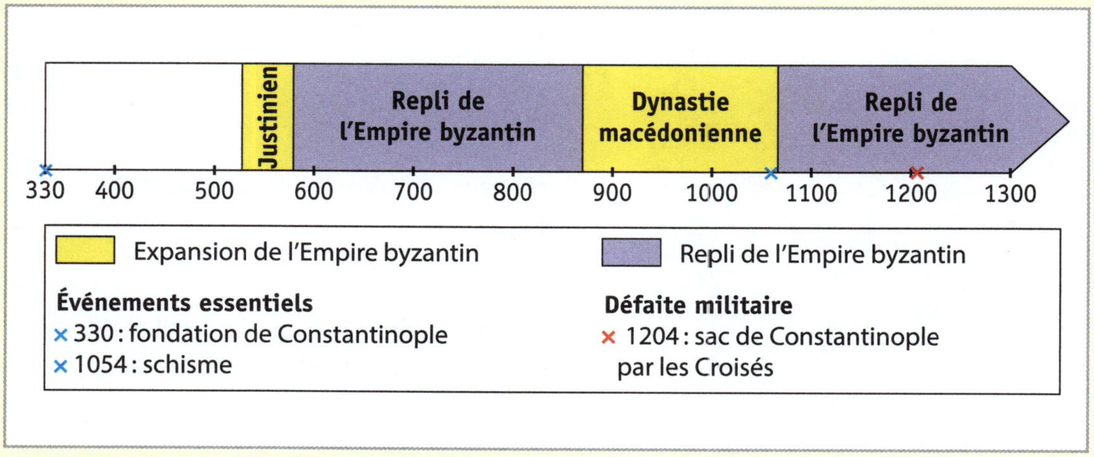

2 L'Empire carolingien (800-843)

1 Un empire est un vaste territoire composé de plusieurs royaumes sur lesquels un empereur détient l'autorité politique.

2 Père : Pépin le Bref • Dates du règne : 768/771-814 • Principale qualité : C'est un excellent guerrier. • Principale faiblesse : Il ne sait ni lire ni écrire. • Moment fort du règne : Son couronnement à Rome par le pape en 800.

3 **a.** Voir la photographie et le plan ci-dessous.

1

2

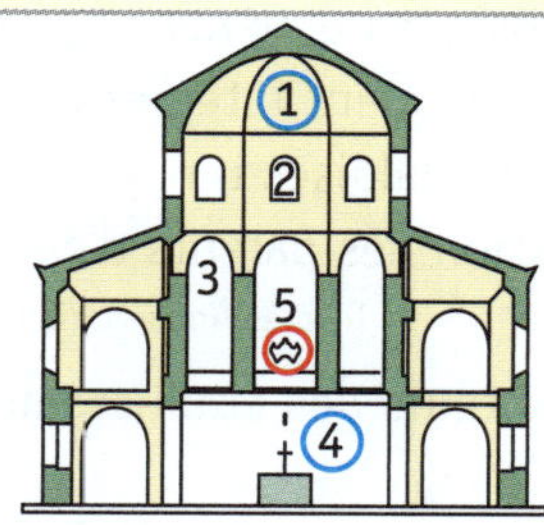

1. La coupole
2. Les hautes fenêtres
3. Les tribunes
4. Autel où est célébrée la messe
5. Trône de l'empereur

b. Charlemagne se considère comme le représentant de Dieu sur Terre. Son pouvoir lui vient de Dieu.

4 a. Voir ci-contre.
b. La Francie occidentale devient la France ; la Francie orientale devient l'Allemagne.

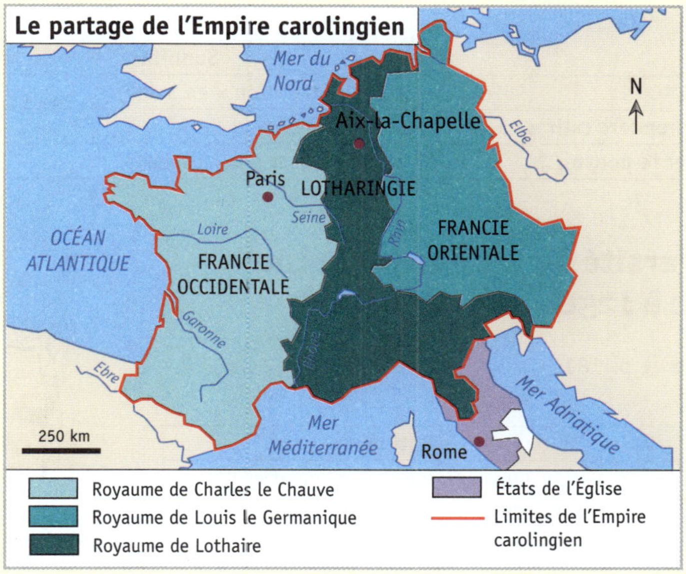

3 La naissance du premier empire musulman (622-750)

1 et **2**

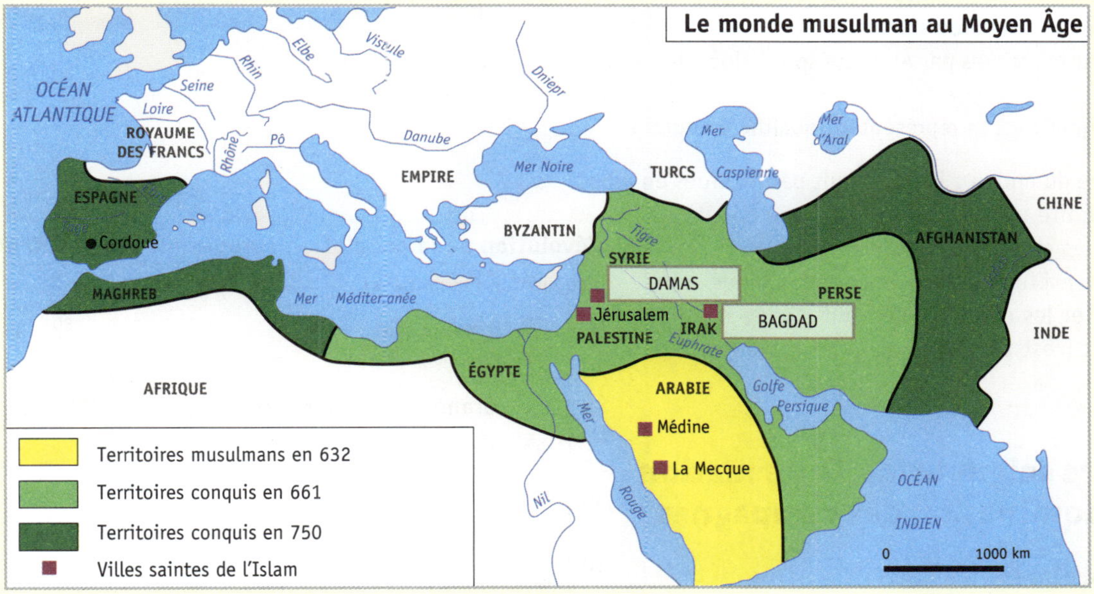

3 a.

b.

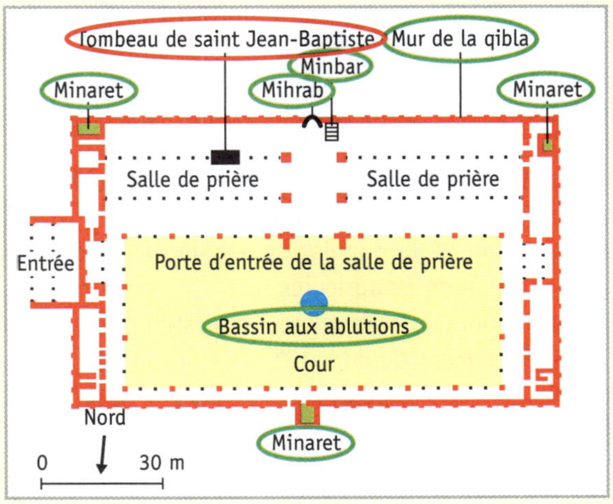

4

	Sunnites	Chiites
Origine du mot	*Sunna* (« tradition » en arabe)	*Sh'ia* (« parti » en arabe)
Nom d'un des premiers califes	Mu'awiya, Al-Walid	Ali
Qui peut exercer le pouvoir ?	N'importe quel bon musulman	Un descendant de la famille de Mohammed

4 La diversité du monde musulman de 750 à 1258

1 **a.** Voir carte 1 p. 181.

b.

	Bâtiments
Fonction politique	Palais du calife, ministères, quartier des fonctionnaires
Fonction religieuse	Mosquée du calife, mosquée
Fonction économique	Souk, port

c. 762 : fondation de Bagdad • 1258 : mise à sac de Bagdad par les Mongols.

2 **a.** Alfaquin vient de l'empire musulman. Il commerce avec Bernard de Manduel, venu de Marseille.

b. Les marchandises reçues par Alafquin sont l'aloès, la cannelle et le corail.

c. Il faut souligner : « ton représentant qualifié à Ceuta ».

3 **a.** Cartouche du milieu : Texte traduit par Averroès en arabe. Cartouche de droite : Texte traduit de l'arabe en latin et en hébreu par les chrétiens et juifs de Cordoue.

b. Al-Andalous est un lieu de tolérance car les juifs, les musulmans et les chrétiens peuvent y vivre en paix. Aucun habitant n'est persécuté pour ses croyances religieuses.

5 L'ordre seigneurial : la formation et la domination des campagnes

1 Voir le document A ci-contre.

2 **a.** Nature : enluminure (dessin pour décorer un livre) • Auteur : anonyme • Date : XVe siècle • Sujet : le travail des paysans l'hiver.

b. La coupe du bois (3), nourrir les pigeons (6).

3 **a.** Voir le graphique B ci-contre.

b. La population européenne augmente entre le Xe et le XIVe siècle. Du XIVe au XVe siècle, elle diminue.

c. L'augmentation de la population est liée au radoucissement du climat et aux progrès agricoles.

La baisse de la population est liée à la Peste noire (1347-1352) et au rafraîchissement du climat (températures plus basses).

A

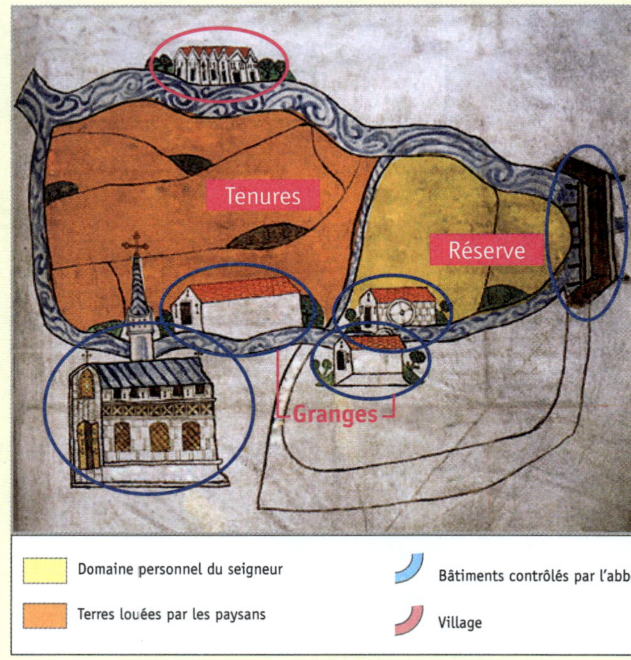

B

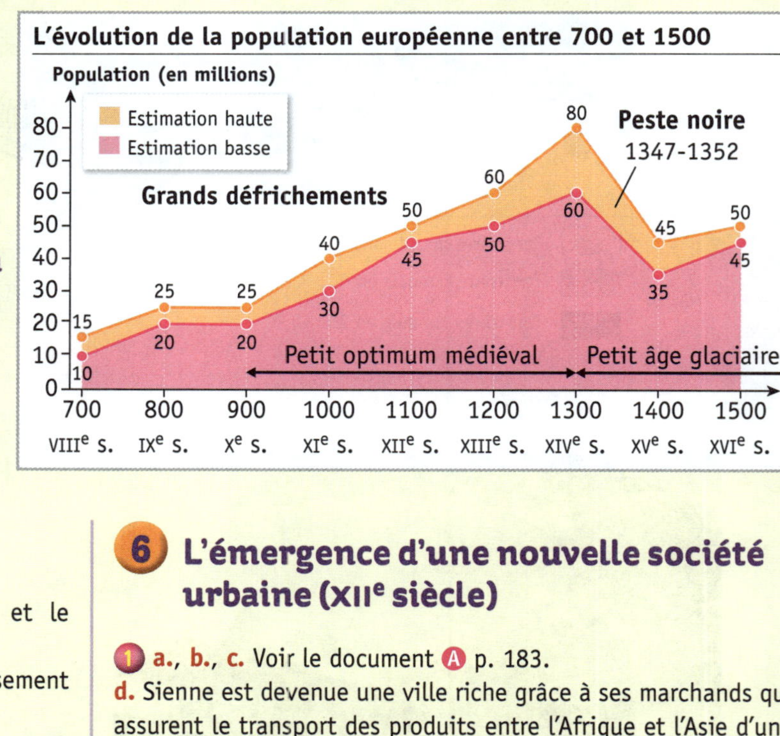

6 L'émergence d'une nouvelle société urbaine (XIIe siècle)

1 **a., b., c.** Voir le document A p. 183.

d. Sienne est devenue une ville riche grâce à ses marchands qui assurent le transport des produits entre l'Afrique et l'Asie d'une part et l'Europe d'autre part ainsi qu'aux pélerins qui s'y arrêtent lors de leur voyage vers Rome.

2 Voir le document B p. 183.

3 Voir le document C p. 183.

A

Le développement des villes européennes (XIIe siècle)

B

C

7 L'affirmation du pouvoir royal en France (XIe-XVe siècles)

1 a. 4, 1, 2, 3

b. Onction : action de déposer l'huile sainte sur le front du roi. Saint chrême : huile sainte conservée à Rome qui aurait servi au baptême de Clovis.
Regalia : insignes de la royauté (sceptre, main de justice, manteau, anneau).

c. Les étapes qui illustrent l'alliance entre l'Église et le roi sont l'onction, le couronnement et lorsque le roi s'engage « face à Dieu ».

2 a., b., c. Voir les deux cartes ci-dessous.

d. De 987 (règne d'Hugues Capet) à 1223 (fin du règne de Philippe Auguste), le domaine royal s'agrandit.

3

Philippe Auguste (1180-1223)	• Agrandissement du domaine royal.
Philippe Le Bel (1285-1314)	• Création de nouvelles lois grâce aux légistes.
Dynastie des Valois (1328-1589)	• Levée d'un impôt permanent. • Mise en place d'une armée et d'une administration professionnelles.

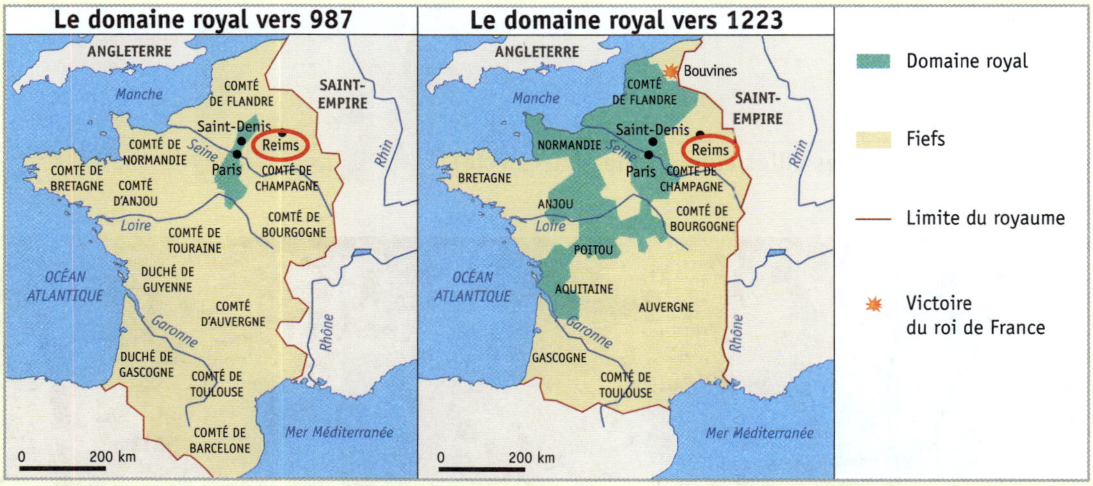

8 L'ouverture de l'Europe sur le monde

1 1298 : Marco Polo décrit les richesses de l'Asie dans son livre. • XIVe siècle : Les Européens empruntent la route de la soie. • 1453 : Les Turcs s'emparent de Constantinople et ferment la route de la soie. • Milieu du XVe siècle : Les Européens cherchent une route maritime vers l'Asie.

2 Voir la carte ci-dessous.

3 a. Lisbonne entretient des relations commerciales avec l'Asie.

b. Les produits échangés à Lisbonne sont l'or, les perles et les épices.

c. Des hommes nouveaux, inconnus
Qui n'avaient été jamais été vus,
Nous sont aussi familiers
Que les habitants de nos contrées.

d. Le début du XVIe siècle correspond à la première mondialisation parce que des hommes et des marchandises circulent entre tous les continents.

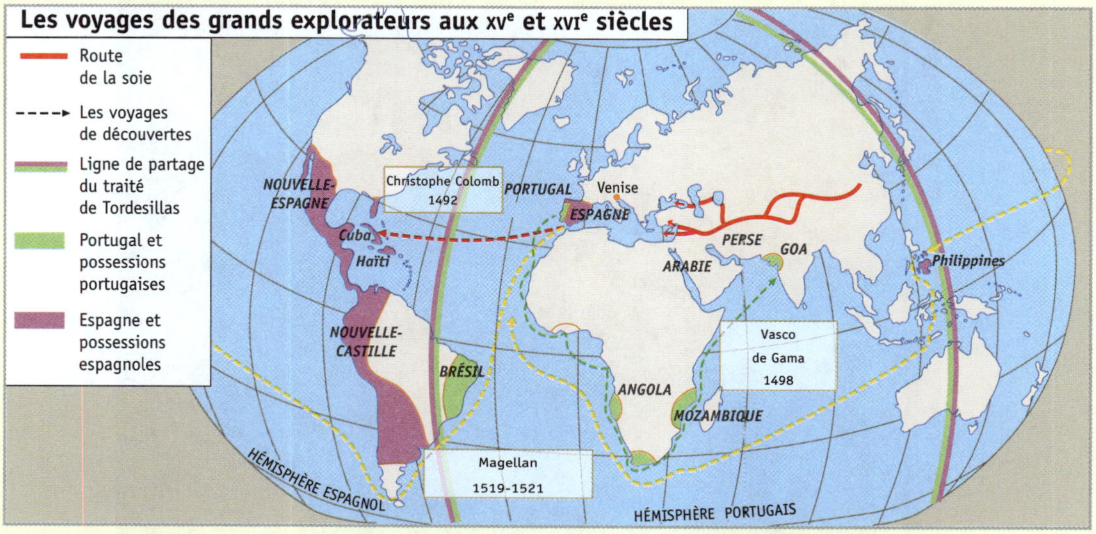

9 Le monde au temps de Charles Quint et Soliman le Magnifique (XVIe siècle)

1 **a.** Mehmet II conquiert Constantinople en 1453.
b. Soliman étend son empire en Europe, en Asie et en Afrique.

2 Voir la carte ci-dessous.

3 **a.** Voir le document ci-contre.
b. Le personnage qui incarne le continent américain est la femme avec une robe bleue et des plumes. Elle offre des bijoux et de l'or à Charles Quint car les Espagnols ont découvert des mines de métaux précieux en Amérique.

4 Voir la carte ci-dessous.

5 **a.** François Ier demande de l'aide à Soliman le Magnifique pour battre Charles Quint, son principal rival.
b. Il faut souligner « Istanbul », à la fin de la 1re ligne du texte.

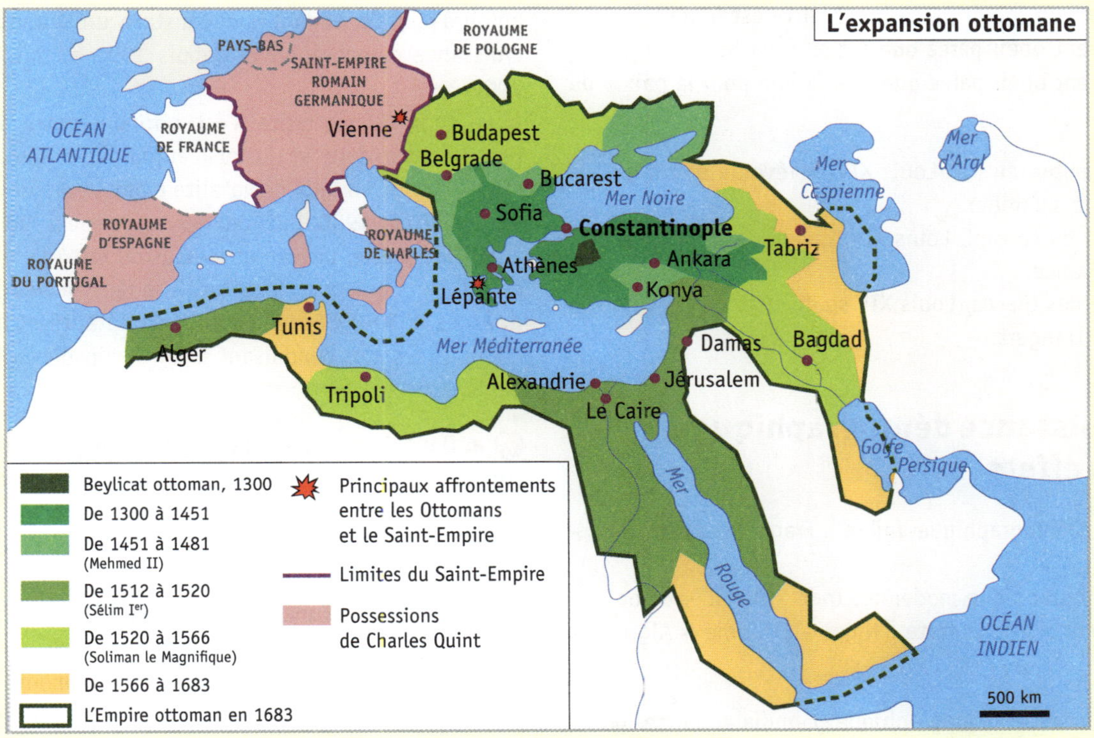

10 Humanisme, réforme et conflits religieux

1 L'Homme au centre de l'univers. Auteur : Pic de la Mirandole
L'Antiquité comme modèle. Auteur : Rabelais
Faciliter la diffusion des idées nouvelles grâce à l'imprimerie. Auteur : Étienne Dolet.

2 **a.** Ordre des dessins : 3 ; 1 ; 2.
b. Luther est en colère contre l'Église catholique et la vente des indulgences. • Luther proteste en affichant les 95 thèses sur la porte de son église. • Luther crée le protestantisme.

3 **a.**

Catholiques

Calvinistes, Luthériens, Anglicans : Protestants

Conflits religieux

Limites du Saint-Empire romain germaique

Capitales religieuses

b. En France, en Allemagne et en Angleterre, les catholiques et les protestants doivent cohabiter, ce qui donne lieu à des conflits.

11 Du prince de la Renaissance au roi absolu (XVIe-XVIIe siècles)

1 **a.** Le personnage central représente François Ier habillé à la romaine.
b. Les personnages s'agenouillent ou saluent respectueusement le souverain.
c. Cette fresque veut communiquer l'idée de l'unité du royaume et de l'autorité du souverain.

2 **a.** et **b.** « Je vous prie d'enregistrer l'édit que j'ai accordé à ceux de la religion prétendue réformée. Vous devez m'obéir compte tenu que je suis le roi et de l'obligation qu'ont tous mes sujets envers moi. [...] Je suis roi maintenant et parle en roi, et veux être obéi. Faites ce que je vous commande. Vous ne le ferez pas seulement pour moi mais aussi pour vous et pour le bien de la paix. »
c. Les sujets doivent obéir parce qu'Henri IV est le roi.
Les sujets doivent obéir parce que cet édit est bon pour eux.
Les sujets doivent obéir parce que c'est « bon pour la paix » du royaume.

3 Dans la chambre du roi, Louis XIV se réveille et les grands nobles l'aident à s'habiller.
Dans le cabinet du conseil, Louis XIV travaille et commande les affaires de la France.
Dans la galerie des Glaces, Louis XIV se divertit avec les nobles et les princes étrangers.

12 La croissance démographique et ses effets

1 Croissance démographique faible : France – Allemagne – Japon
Croissance démographique modérée : Inde – Brésil – Maroc
Croissance démographique forte : Niger – Éthiopie – Afghanistan

2 **a.** La croissance démographique mondiale va se poursuivre d'ici à 2100, mais sur un rythme ralenti. Les projections montrent que la population du globe devrait se stabiliser vers 2100 autour de 10 à 11 milliards.
b. La région qui représente aujourd'hui 60 % de la population mondiale est l'Asie.
c. Mais c'est l'Afrique qui va voir sa population augmenter fortement au XXIe siècle : de 1 milliard aujourd'hui, elle pourrait atteindre 4 milliards vers 2100, selon les projections.

3 **a.** La forêt amazonienne couvre la quasi-totalité du territoire photographié en 1975. En 2013, la forêt amazonienne a considérablement reculé. De nouveaux villages sont apparus et les villages existants ont grossi.
b. Ce paysage témoigne du passage du front pionnier dans l'État de Rondônia.

4 **a.** Les 4 premiers pays sont des pays développés.
b. Leur vieillissement est déjà bien avancé en 2010 et va se poursuivre en 2040.
c. Tous les pays sur le graphique sont en situation de vieillissement (la barre rouge est plus élevée que la barre orange). Si l'on généralise cette situation, cela signifie que la population mondiale est en voie de vieillissement.
d. Le pays qui va vieillir le plus (où l'écart entre les deux barres est le plus important) est la Chine (voir chapitre 13).

13 La croissance démographique et ses effets en Chine

1 **a.** Faux. **b.** Vrai. **c.** Faux.

2 **a.** La population chinoise a plus que doublé de 1960 à 2019, passant de 644 millions à plus de 1 400 millions (1,4 milliard) aujourd'hui. Cependant, on constate un ralentissement de la croissance démographique depuis 1990 et plus encore depuis 2000.
b. Le taux de mortalité s'est effondré entre 1960 et 1970. Depuis cette date et jusqu'à aujourd'hui, il est stable à un niveau faible. Le taux de natalité a baissé rapidement, lui aussi, entre 1970 et 1980, puis de nouveau entre 1990 et 2000. Il est à présent stable, un peu au-dessus du taux de mortalité.
c. Oui, c'est en cours, la natalité se rapproche de la mortalité.
d. Après 2030-2035, les courbes de natalité et mortalité pourraient s'inverser, conduisant à un déclin démographique de la Chine.

3 **a.** Dans les années 1960, le trafic urbain était surtout constitué de bicyclettes, mais aussi de transports en commun, visibles à l'arrière-plan. Aujourd'hui, le trafic est constitué d'automobiles individuelles circulant sur des voies rapides.
b. La croissance économique chinoise a permis l'apparition et l'enrichissement d'une classe moyenne et supérieure. L'achat d'une voiture a fait partie des achats principaux d'une population dont le niveau de vie a beaucoup augmenté.
c. Outre la congestion du trafic urbain, visible sur l'image, la circulation de millions d'automobiles dans les métropoles chinoises entraîne de graves problèmes de pollution atmosphérique.

4 **a.** Pays émergents : Brésil, Chine.
Pays développés : Japon, États-Unis, France, Allemagne.
b. Dans les années 1970, les pays émergents sont nettement plus jeunes que les pays développés. En 2019, la Chine a vieilli et a pratiquement rejoint les États-Unis, mais les autres pays développés ont encore vieilli et leur âge moyen est nettement supérieur à 40 ans. Vers 2100, tous les pays auront vieilli et leur âge moyen dépassera, dans la plupart des cas, 45 ans. Les pays émergents auront donc rejoint les pays développés.

14 Richesse et pauvreté dans le monde

1 **a.** Amérique du Nord – Europe occidentale – Japon.
b. Chine : PIB fort, PIB/hab. moyen ;
Continent africain : PIB faible, PIB/hab. faible.

2 **a.** La ville de Paris, capitale de la France, appartient aux pays développés.
b. D'après la légende, les zones vertes sont 5 fois plus riches que les zones rouges (de 10 000 à 50 000 € environ).
c. Les zones les moins riches se trouvent surtout en périphérie de Paris et dans les quartiers nord et est. Les quartiers les plus riches sont dans le centre et l'ouest de la ville.

3 **a.** L'objectif est de « mettre fin à la pauvreté sous toutes ses formes et partout dans le monde d'ici à 2030 ».
b. La pauvreté est de natures très diverses, mais parmi ses causes figurent le chômage, l'exclusion sociale et la grande vulnérabilité de certaines populations aux catastrophes, maladies et autres phénomènes qui les empêchent d'être productives.

15 L'énergie : une ressource à ménager et à mieux utiliser

1 **a.** Une énergie fossile est une énergie riche en carbone.
b. Un inconvénient est que l'énergie fossile dispose de réserves limitées et produit du CO_2.

2 **a.** Au début du XXe siècle, l'énergie dominante était le charbon, source privilégiée de la première révolution industrielle.
b. La consommation totale d'énergie a littéralement explosé, notamment à partir de 1950. Toutes les sources d'énergie connaissent une forte progression.
c. La source d'énergie la plus utilisée aujourd'hui est le pétrole, avec plus de 4 milliards de TEP (Tonne Équivalent Pétrole). C'est le charbon qui connaît la plus forte progression ces quinze dernières années, passant de 2 milliards de TEP à près de 4.

3 **a.** Les États-Unis pourraient devenir le premier producteur mondial d'hydrocarbures vers 2020.
b. Une pareille performance s'expliquerait par le développement foudroyant de la production de pétrole et de gaz de schiste. De nouvelles techniques – fracturation hydraulique et forage horizontal – ont rendu possible cet essor.
c. Le boom des hydrocarbures de schiste permet aux États-Unis de réduire leur dépendance envers le pétrole importé (passant de 60 % en 2005 à 47 % dès 2010) et corrélativement leur déficit commercial.

4 Énergie nucléaire → Énergie qui utilise la radioactivité pour produire de la chaleur puis de l'électricité.
Énergie solaire → Énergie qui utilise l'énergie produite par le Soleil.
Énergie hydraulique → Énergie qui utilise la force d'une chute d'eau.
Énergie géothermique → Énergie qui utilise la chaleur interne de la Terre.
Énergie éolienne → Énergie qui utilise la force du vent.
Biomasse énergie → Énergie qui utilise la combustion des matières organiques végétales.

16 L'eau : une ressource à ménager et à mieux utiliser

1 **a.** L'unité de la carte est le mètre cube par personne et par an.
b. Le « stress hydrique » signifie (d'après la légende) qu'une personne dispose de 1 000 à 1 700 m^3 d'eau par an seulement. En deçà de 1 000 m^3, on est en situation de « pénurie ».
c. La disponibilité en eau est considérée comme suffisante à partir de 2 500 m^3 par personne et par an.
d. Les pays en situation de pénurie se situent dans le monde tropical, entre la Méditerranée et le Sahara, mais aussi en Hongrie ou à Singapour, où la demande peut être très forte.

2 **a.** L'Éthiopie a décidé de construire le barrage Renaissance sur le Nil Bleu pour produire de l'hydroélectricité et faire de l'agriculture irriguée. L'Éthiopie souffre régulièrement de la sécheresse et seules 3 % de ses terres agricoles sont irriguées.
b. Ce projet de barrage est perçu par l'Égypte comme une menace, car le Nil Bleu est le principal affluent du Nil, dont il fournit 80 % de l'eau. La multiplication des barrages en Éthiopie pourrait à terme priver d'eau l'agriculture égyptienne.

3 **a.** Les deux buts spécifiques de l'objectif de développement durable n° 6 sont de garantir l'accès de tous à l'eau et à l'assainissement et d'assurer une gestion durable des ressources en eau.
b. **1.** faux ; **2.** vrai ; **3.** vrai ; **4.** faux (70 % de l'eau douce prélevée est utilisée par l'irrigation.)

17 L'alimentation : comment nourrir une humanité en croissance ?

1 **a.** Les cercles représentent le nombre de personnes sous-alimentées en millions. Les plages de couleur représentent la proportion de personnes sous-alimentées en pourcentage de la population de chaque pays.
b. La zone du globe avec la plus forte proportion de sous-alimentés est l'Afrique, notamment l'Afrique subsaharienne, en particulier orientale.
c. L'Inde et la Chine.
d. La sécurité alimentaire mondiale est encore insuffisante de nos jours. Avec un tiers d'habitants supplémentaires sur Terre, elle risque fort d'être compromise, sauf si des progrès agricoles conséquents sont enregistrés dans les prochaines années.

2 **a.** La jeune Namibienne consomme 1 500 kcal par jour, tandis que la jeune Chinoise en consomme un peu moins du double, 2 600 kcal. La première est donc en dessous du seuil de

l'apport calorique quotidien recommandé, tandis que la seconde est nettement au-dessus.

b. L'alimentation de la jeune Namibienne est peu variée et semble surtout constituée d'une sorte de bouillie de farine de maïs et de lait, probablement issu d'un élevage proche.

c. L'alimentation de la jeune Chinoise comprend manifestement deux groupes d'aliments : le repas du soir est composé de nourriture chinoise traditionnelle (soupe, riz, légumes, viande cuisinée). Son repas du midi, pris en ville, est issu d'une chaîne de restauration rapide américaine et comprend notamment un hamburger et une crème glacée.

d. Ce régime alimentaire montre bien l'évolution de la consommation alimentaire qui accompagne le développement. On consomme davantage de viande (hamburger) et de produits laitiers (crème glacée), ce qui implique une hausse de la production agricole mondiale.

3

Amérique du Nord	●
Amérique du Sud	●●●
Europe occidentale	●
Europe orientale et Russie	●●●
Afrique du Nord	●●
Afrique subsaharienne	●●●
Asie du Sud-Est/Australie	●●●
Reste de l'Asie	●

18 Le changement global et ses effets

1

Mutations démographiques et économiques	Mutations environnementales
étalement urbain, croissance démographique, croissance des bidonvilles, mobilités humaines	augmentation des tempêtes, réduction de la biodiversité, disparition de la banquise, marées noires, continent de plastique, destruction des forêts

2 **a.** Les cinq premiers émetteurs de CO_2 sont la Chine (10 065 Mt), les États-Unis (5 416), l'Inde (2 654), la Russie (1 711) et le Japon (1 162).

b. La Chine est le premier émetteur mondial de CO_2. Son total est deux fois supérieur à celui des États-Unis ! Le développement rapide et fortement consommateur d'énergie de l'économie chinoise explique ce chiffre très élevé.

c. Le continent qui émet le moins de CO_2 est l'Afrique : malgré une population de plus d'un milliard d'habitants, la région reste globalement pauvre et les économies encore peu développées, donc faiblement émettrices de CO_2.

3 **a.** Les deux risques représentés sont le risque d'inondation et de submersion lié à l'élévation du niveau marin ainsi que le risque cyclonique.

b. Le risque cyclonique est lié au réchauffement climatique dans la mesure où celui-ci entraîne un accroissement de la brutalité des accidents climatiques. Le risque d'inondation et de submersion est lié à l'élévation du niveau marin qu'entraînent la fonte des glaces et la dilatation des océans. Les deux risques sont donc fortement corrélés au réchauffement climatique.

c. Pour prévenir le risque de submersion, on peut envisager de construire des digues ou, comme aux Pays-Bas, des polders flottants. Pour prévenir le risque cyclonique, on peut améliorer les systèmes d'alerte et mieux former les populations à se protéger des vents violents générés par les cyclones.

19 L'adaptation des sociétés au changement global

1 **a.** Les objectifs sont de « contenir l'augmentation de la température moyenne en-dessous de 2 degrés, et de s'efforcer de limiter cette augmentation à 1,5 degré, afin de réduire les risques et les impacts liés aux conséquences du changement climatique ».

b. Quatre manifestations sont énumérées :
- la température moyenne annuelle a augmenté de 0,85 °C depuis 1880 et pourrait croître jusqu'à près de 5 °C d'ici à 2100 ;
- plus de 90 % de l'énergie due au réchauffement climatique est stockée dans l'océan ;
- l'océan Arctique pourrait être libre de glace avant le milieu du XXIe siècle et les glaciers de montagne continueront à se vider. Le niveau de la mer s'est élevé de 0,19 mètre au cours de la période 1901-2010 ;
- les concentrations de CO_2 liées à l'homme ont augmenté de 40 % depuis 1750 et de 20 % depuis 1958.

c. Les États-Unis sont le 2e plus gros émetteur de CO_2 après la Chine, avec 5 416 millions de tonnes de CO_2. Historiquement, les États-Unis ont toujours favorisé une consommation d'énergie fossile. Leur retrait de l'accord de Paris augure donc mal de la réussite des efforts des pays signataires.

2 **a.** Les grandes régions du monde où la taxe carbone n'est pas mise en œuvre sont : l'Amérique du Nord, pour l'essentiel, l'Amérique du Sud, l'Afrique, l'Europe orientale et la Russie, l'Asie tout entière, centrale (sauf le Kazakhstan !), occidentale, orientale (sauf la Corée du Sud), du Sud et du Sud-Est, et l'Océanie (sauf la Nouvelle-Zélande).

b. L'Union européenne et la Suisse sont les seules régions du monde à avoir institué un marché carbone. Les États-Unis n'ont pas de marché carbone national, mais certains États (Nord-Est et Californie) ont pris les devants.

c. L'Australie.

3 **a.**

Pays concerné/désert visé	Chine/désert de Gobi
Problème environnemental	Perte de 3 600 km² de terres par an, tempêtes de sable
Date de fin envisagée	2074
Moyens mis en œuvre	Plantation d'arbres sur 4 480 km de long
Critique du projet	Faible efficacité, consommation d'eau

4 **a.** Un Agenda 21 constitue à l'échelle d'un territoire ou d'une ville un projet d'avenir partagé en faveur du développement durable.

b. Les mesures les plus courantes sont la sensibilisation des populations au développement durable, la distribution gratuite de sacs durables en échange des sacs en plastique, le tri sélectif des déchets, le développement des transports en commun, l'aide à la construction d'habitations « vertes », etc.

20 Prévenir les risques industriels et technologiques

1 **a.** Marée noire de l'Érika sur les côtes françaises

Description de la catastrophe	Naufrage du pétrolier Érika le 12 décembre 1999 au large de la Bretagne. Il contenait 30 884 tonnes de fioul lourd.
Impact environnemental	400 km de côtes polluées. 150 000 à 300 000 oiseaux morts.
Impact économique et humain	Coût financier du nettoyage et risques cancérigènes en raison des produits dispersés.

b. Explosion de l'usine AZF à Toulouse

Description de la catastrophe	Explosion dans l'usine AZF, le 21 septembre 2001 à Toulouse, d'un stock de nitrate d'ammonium, destiné à la production d'engrais.
Impact environnemental	Environnement local à dépolluer.
Impact économique et humain	31 morts, 2 500 blessés. Dégâts matériels estimés à 2 milliards d'euros.

c. Accident nucléaire de Fukushima

Description de la catastrophe	Un séisme a provoqué un tsunami qui a endommagé la centrale nucléaire de Fukushima, dans le centre-nord du Japon, le 11 mars 2011. La fusion du cœur de la centrale a entraîné l'explosion d'une partie de la centrale et le rejet de matières radioactives dans l'environnement.
Impact environnemental	Contamination radioactive de l'environnement par diffusion de particules dans l'océan et l'atmosphère.
Impact économique et humain	32 millions de personnes exposées ; 18 000 morts dans le tsunami, au moins 1 700 cancers mortels. Le coût est estimé à 210 milliards de dollars.

2 **a.** L'unité du graphique est le nombre de catastrophes technologiques par continent.

b. Le nombre de catastrophes technologiques augmente rapidement pour tous les continents, mais connaît une baisse récente, de 2005 à 2014, et plus encore sur les 5 ans de 2015 à 2019, sans doute en raison des efforts de sécurité entrepris.

c. L'Afrique est le moins industrialisé des continents. Le nombre de catastrophes technologiques devrait donc y être moindre. Or, dès la période 1995-2004, il occupe la deuxième place, derrière l'Asie. On peut supposer que les normes de sécurité y sont moins bien appliquées qu'ailleurs et que la pauvreté contribue à accroître les risques.

3 **a.** L'usine chimique est située à proximité immédiate de la ville (on le voit au réseau routier, très dense autour de l'usine) et à moins de 2 km de la gare et des hôpitaux.

b. Le bilan s'élevant à 25 000 morts, c'est donc le chiffre minimum de personnes vivant à proximité immédiate de l'usine, mais le nombre total est vraisemblablement très supérieur.

c. Au final, seules 5 000 personnes – proches et victimes – ont été indemnisées, ce qui semble peu au regard du bilan global.

4 Le corrigé dépend de ton adresse. Demande à tes parents de vérifier ton travail ou de le faire avec toi.

21 Avoir une identité

1 **a.** « Art. 1 [À la naissance d'un enfant], la déclaration conjointe du choix du nom de famille est faite par écrit. Elle comporte les prénoms, nom, date et lieu de naissance, domicile des père et mère, l'indication du nom de famille choisi, ainsi que, pour l'enfant, ses prénoms, date et lieu de naissance. Elle est datée et signée par les parents. »

b. La personne chargée d'enregistrer l'identité légale de l'enfant est l'officier de l'état civil.

c. Le document se nomme l'acte de naissance.

2 Voir ci-dessous.

22 Les droits spécifiques des enfants

1 **a.** A : 1989 • B : XIXe siècle • C : XVIIIe siècle • D : début du XXe siècle.
b. Voir la frise ci-dessous.

2 **a.** Non, Geneviève ne peut pas vivre dans les bois. Selon le code civil et donc le juge, elle doit vivre avec sa famille, donc sa mère.
b. Le juge peut faire appel à la police ou à la gendarmerie pour aller chercher Geneviève et la ramener à sa famille.

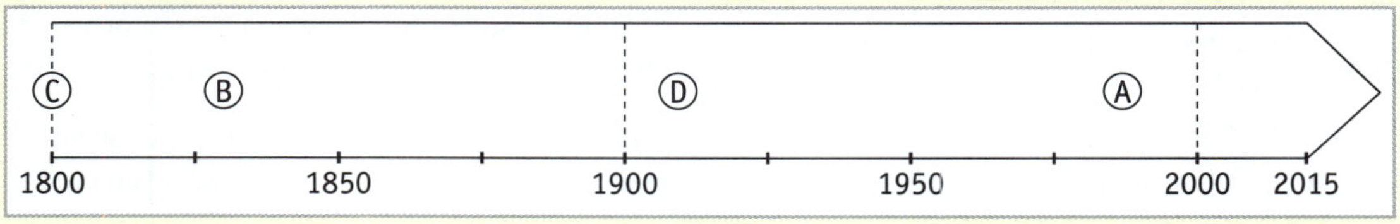

23 Penser les différences et refuser les discriminations

1 Racisme → Idée selon laquelle il existe plusieurs « races » humaines et que celles-ci ne sont pas égales entre elles.
Antisémitisme → Rejet et hostilité dirigée contre les juifs.
Sexisme → Idée selon laquelle les hommes et les femmes ne sont pas égaux.
Homophobie → Rejet et mépris des homosexuels, hommes ou femmes.
Xénophobie → Rejet et mépris des étrangers.

2 **a.** Les personnes noires de peau sont discriminées.
b. Elles sont discriminées parce qu'elles doivent s'asseoir à l'arrière du bus.
c. Ce système de discrimination se nomme l'apartheid.

24 Faire face aux risques majeurs

1 **a.** La zone se situe dans une zone montagnarde.
b. Les aléas recensés sont les avalanches, les glissements de terrain et les torrents.
c. Les vallées semblent avoir été construites en priorité.
d. Au Champel ou au Chalet du Truc car les aléas sont faibles et la zone n'est pas encore construite.

2 **a.** Les directeurs des établissements scolaires sont prévenus par le préfet.
b. Les deux actions que les enseignants doivent accomplir sont la prise en charge des élèves malades ou angoissés et la prise en charge des parents qui veulent récupérer leur enfant.

PHYS.-CHIMIE, SVT & TECHNO

Cette partie récapitule tout le programme de physique-chimie, SVT et technologie de ton année. Sur chacun des **thèmes clés du programme** te sont proposés des rappels de cours et des exercices progressifs qui concernent :

Cette partie comprend aussi :

PHYSIQUE-CHIMIE

1 Décrire les propriétés et les états de la matière

Propriétés physiques

- Une **propriété physique** est une propriété que nous pouvons observer (à l'œil nu ou à l'aide de mesures) sans modifier la nature de la substance.
- Les propriétés physiques peuvent être **mesurées par des appareils** (thermomètre, balance, etc.) : point de fusion, point d'ébullition, densité, etc. Certaines d'entre elles peuvent être perçues par les sens : couleur, texture, dureté, etc.

★ 1 Distinguer masse et volume

Complète les phrases suivantes.

a. L'air contenu dans ce ballon occupe .... important, mais .... est très faible.

b. .... de cette bille en plomb est élevée, mais .... est très faible.

SCORE ..../ 4

> **COUP DE POUCE**
> Utilise deux fois chacun des mots suivants : *masse* ; *volume*.

★★ 2 Propriétés physiques caractéristiques

a. Associe chaque mesure à la propriété physique correspondante.

100 °C •	• densité
0 °C •	• point d'ébullition
1 g/cm^3 •	• point de fusion

b. Détermine l'identité de l'élément qui peut être caractérisé par ces trois propriétés.

....

SCORE ..../ 4

> **INFO**
> La fusion correspond au passage d'un solide à l'état liquide tandis que l'ébullition correspond au passage d'un liquide à l'état gazeux.

★★★ 3 Propriétés physiques caractéristiques (bis)

- Je suis une matière qui est, par nature, dure à l'état solide.
- Je suis conducteur de la chaleur et de l'électricité.
- Je suis un ....

SCORE ..../ 3

Propriétés chimiques

- Les **propriétés chimiques** permettent d'identifier une substance pure à l'aide d'une réaction chimique qui changera la nature de la substance. Elles décrivent la réaction d'une substance avec d'autres substances chimiques.
  Exemple : la combustibilité (réaction d'une substance avec le dioxygène).

★★ 4 **Propriété physique ou chimique ?**

Complète le tableau suivant en cochant les bonnes cases.

	Propriété physique	Propriété chimique
Solidité		
Conductibilité à la chaleur		
Inflammabilité		
Transparence à la lumière		

SCORE ..../ 4

INFO

La conductibilité est la propriété d'une substance de transmettre la chaleur ou l'électricité, etc.

États de la matière

- La matière peut exister sous **trois états** : solide, liquide ou gaz (exemple de l'eau : glace, eau liquide, vapeur d'eau).
- Chaque état dépend de deux paramètres : la **température** et la **pression**.
- Comparons les propriétés de chaque état pour voir celles qui les distinguent.

	Solide	Liquide	Gaz
Compression	Non	Non	Oui
Forme propre	Oui	Non	Non
Volume propre	Oui	Oui	Non

Remarque : le terme *propre* signifie indépendant du récipient dans lequel est placée la substance.

★ 5 **Vrai ou faux ?**

Coche la bonne réponse.

	V	F
a. Un gaz occupe tout l'espace et n'a pas de volume propre.		
b. Lorsque je déplace un liquide d'un bécher à une éprouvette, il conserve le même volume.		
c. Lorsque je saisis un solide, celui-ci conserve sa forme.		

SCORE ..../ 3

★★ 6 **L'eau dans tous ses états**

Indique par une croix l'état de l'eau pour ces différentes substances.

Substance	Solide	Liquide	Gaz
pluie			
neige			
grêle			
verglas			
buée			
vapeur			
rosée			

SCORE ..../ 7

7 ★★★ **Le sable**

Recherche des éléments qui justifient l'appartenance du sable aux solides, mais aussi aux liquides.

....

....

....

....

....

....

....

SCORE ..../ 2

COUP DE POUCE

Exercice 7. Compare la situation des grains de sable dans un tas de sable et lorsque le sable s'écoule.

PHYSIQUE-CHIMIE

Corrigés p. 243

TOTAL ..../ 27

PHYSIQUE-CHIMIE

2 Mesurer le volume, la masse et la température

Mesure du volume

- Le **volume** correspond à l'espace occupé par une substance (liquide, solide ou gazeuse). Il existe des formules de calcul de volume de différents solides (cube, cylindre, etc.).
- Pour **mesurer le volume d'un liquide**, on peut utiliser différents récipients : une éprouvette graduée (bonne précision), un bécher, un erlenmeyer, une fiole jaugée, etc.

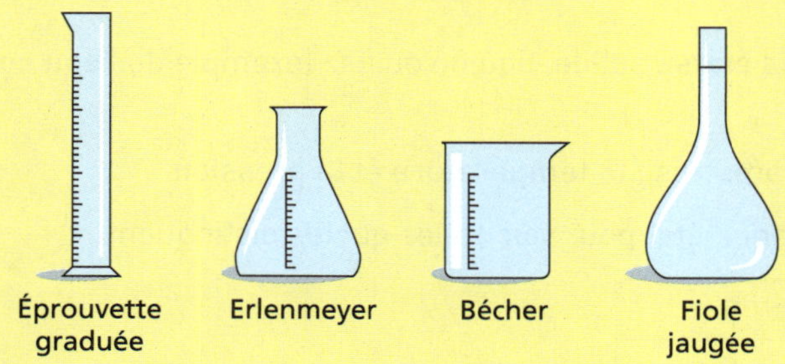

- L'unité légale de volume est le **mètre cube (m^3)**, mais, pour les liquides, on utilise couramment une autre unité : le **litre (L)**. Correspondances entre unités :
  $1\ m^3 = 1\,000\ L$ $\quad$ $1\ dm^3 = 1\ L$ $\quad$ $1\ cm^3 = 1\ mL$.

★ 1 Lire les graduations pour mesurer un volume

Détermine le volume de liquide dans chaque récipient.
Attention, tous les récipients ne sont pas gradués de façon identique !

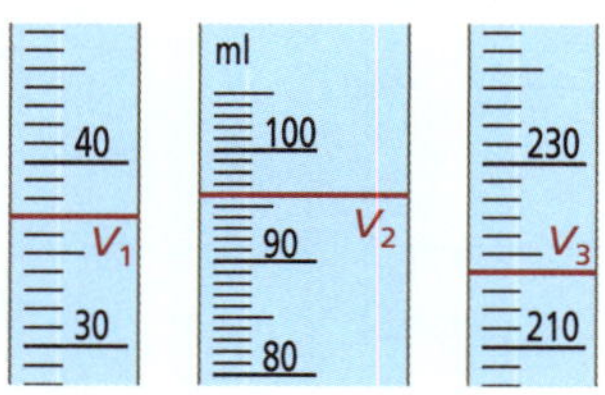

V_1 = ... mL

V_2 = ... mL

V_3 = ... mL

COUP DE POUCE
Les deux récipients de gauche sont gradués de 1 mL en 1 mL tandis que celui de droite est gradué de 2 mL en 2 mL.

SCORE ..../ 3

★★ 2 Ça roule !

Propose deux techniques pour déterminer le volume d'une grosse bille de verre.

a. Pour l'une d'elles, tu ne disposes que de ta règle graduée.

....

....

....

b. Pour la seconde, tu dois utiliser une éprouvette graduée.

....

....

....

INFO
Le volume d'une boule de rayon r est :
$V = \frac{4 \times \pi \times r \times r \times r}{3}$.

SCORE ..../ 2

Mesure de la masse et de la température

- La **masse** représente la quantité de matière que contient un objet ou une substance. La masse d'un objet se mesure avec une balance. L'unité légale de la masse est le **kilogramme (kg)**. L'unité usuelle de masse au laboratoire est le **gramme (g)**. On a :

  1 kg = 1 000 g.

- Pour mesurer une **température**, on utilise un thermomètre. L'unité courante de température est le **degré Celsius (°C)**. L'unité légale est le **kelvin (K)**, utilisée uniquement par les scientifiques.

★ 3 Convertir des unités de volume et de masse

Convertis les données suivantes.

1,2 L = ... mL

450 mL = ... L

0,3 m^3 = ... L

25,6 mL = ... cm^3

50 g = ... kg

0,2 kg = ... g

SCORE .... / 6

INFO
On a : 1 L = 1 000 mL.

★ 4 Masse d'un litre d'eau

Pour vérifier qu'un litre d'eau a une masse de 1 kg, on a procédé en trois étapes.

Ce procédé est-il correct ?

....

....

SCORE .... / 1

COUP DE POUCE
À l'étape 2, on appuie sur le bouton « tare ».

★★ 5 Masse et volume

On a rassemblé les résultats de mesures concernant différents liquides.

	Eau	Huile	Éthanol
Masse (g)	70	54	79
Volume (mL)	70	60	100

Quel est le liquide le plus « léger » ?

....

....

SCORE .... / 1

COUP DE POUCE
Il serait tentant de comparer les masses des trois liquides mais ce n'est pas possible directement car leurs volumes ne sont pas les mêmes.

PHYSIQUE-CHIMIE

Corrigés p. 243

TOTAL .... / 13

3 Réaliser des expériences pour caractériser des mélanges

Corps pur et mélange

- Un **corps pur** est une substance formée d'un seul constituant.
  Exemples : sucre, sel, dioxygène, etc.
- Un **mélange** est une substance contenant plusieurs constituants différents.
  Exemples : eau salée, jus d'orange, eau minérale, lait, air, etc.
- Un mélange est **homogène** si on ne distingue pas les constituants à l'œil nu.
  Exemple : jus de pomme.
- Un mélange est **hétérogène** si on distingue à l'œil nu différents constituants.
  Exemple : jus d'orange pressé (pulpe et jus).

★★ 1 Eau minérale

Voici une étiquette d'eau minérale.

Analyse moyenne en mg/L

Calcium	Ca^{2+}	36	Hydrogénocarbonate	HCO_3^-	263
Magnésium	Mg^{2+}	22	Chlorure	Cl^-	4
Sodium	Na^+	22	Sulfate	SO_4^{2-}	4
Potassium	K^+	1,5	Nitrate	NO_3^-	< 1

Résidu sec à 180 °C : 260 mg/L   pH = 7,7

a. Cette eau minérale est-elle un corps pur ?

....

....

b. Que signifie l'expression « résidu sec » ?

....

....

SCORE ..../ 2

★★ 2 Eau du robinet

Après avoir versé un peu d'eau du robinet dans une coupelle, on a chauffé la coupelle jusqu'à ce qu'il n'y ait plus d'eau. On observe un dépôt blanc à l'intérieur de la coupelle. Que peux-tu en conclure ?

....

....

SCORE ..../ 1

COUP DE POUCE
Tu dois déterminer si l'eau du robinet est un corps pur ou un mélange.

★★★ 3 Composition de l'air

a. À ton avis, l'air est-il un corps pur ou un mélange ? ....

b. Quelle est la composition de l'atmosphère ?

....

....

SCORE ..../ 2

COUP DE POUCE
b. Tu peux faire une recherche sur Internet avec les mots clés *composition* et *atmosphère*.

Miscibilité et solubilité

- Deux liquides sont **miscibles** s'ils forment un mélange homogène (eau et sirop). Ils sont **non miscibles** (ou **immiscibles**) s'ils forment un mélange hétérogène (eau et huile).
- On peut parfois **dissoudre** un solide ou un gaz (le soluté) dans l'eau (solvant). Le mélange homogène obtenu est une solution. La **solubilité** correspond alors à la quantité maximale de soluté qui peut être dissoute dans un solvant donné.

★ 4 Mélanges huile + eau + acétone

L'acétone est un dissolvant c'est-à-dire un produit qui peut dissoudre les résines, les huiles, etc. Il est également très soluble dans l'eau.
À partir de ces informations, complète le tableau suivant en cochant les bonnes cases.

Mélange	Homogène	Hétérogène
eau-acétone		
eau-huile		
huile-acétone		

INFO
Certains liquides ne sont pas miscibles avec l'eau, mais le sont avec d'autres liquides. C'est le cas de l'acétone qui se mélange facilement avec l'huile.

SCORE .... / 3

★★ 5 Connaître les techniques de séparation d'un mélange hétérogène

On utilise principalement deux méthodes pour séparer les constituants d'un mélange hétérogène.

INFO
La distillation permet de séparer les constituants d'un mélange homogène (voir le chapitre suivant).

1. La **filtration** : le liquide qui traverse le filtre est le filtrat ; les particules solides les plus grosses restent dans le filtre.

2. La **décantation** : si on laisse reposer un mélange hétérogène, on peut séparer les deux phases avec une ampoule à décanter.

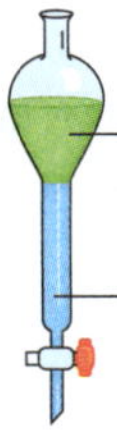

a. Propose une phrase qui explique le principe de la filtration en utilisant les mots : *mélange • hétérogène • solides • liquide • particules.*

....

....

....

b. Propose une phrase qui explique le principe de la décantation en utilisant les mots : *mélange • hétérogène • miscibles • liquides.*

....

....

....

SCORE .... / 2

Corrigés p. 243

TOTAL .... / 10

PHYSIQUE-CHIMIE

4 Caractériser les changements d'état de la matière

Changements d'état de l'eau

- L'eau peut exister sous trois états : solide, liquide et gaz. L'état sous lequel se trouve l'eau dépend de deux paramètres : la **température** et la **pression**.
- Quand la matière passe d'un état à un autre, on dit qu'il y a **changement d'état**.

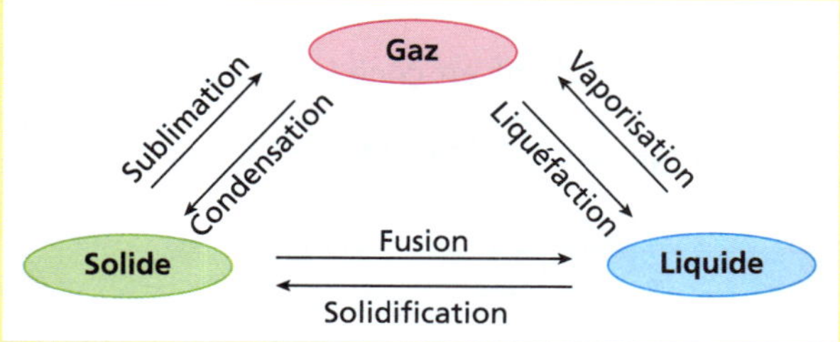

- Les températures de changement d'état sont **spécifiques** à chaque substance :
  – la température de fusion (ou de solidification) de l'eau est de 0 °C ;
  – la température de vaporisation (ou de liquéfaction) de l'eau est de 100 °C.

★★ 1 Solidification de l'eau douce

Complète le texte avec les températures qui conviennent.

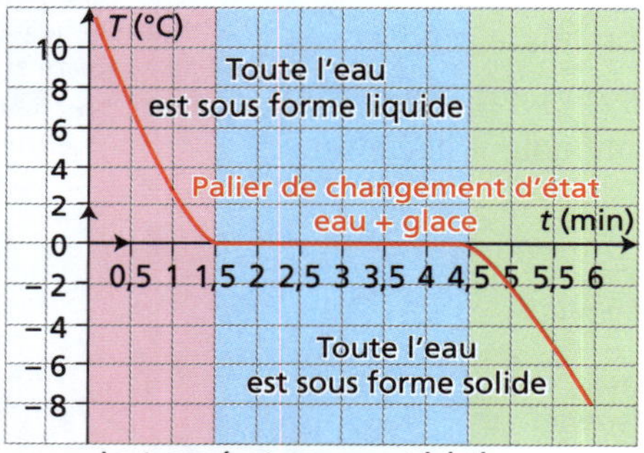

La température caractéristique de solidification de l'eau pure est $T = 0$ °C.

La température initiale de l'eau liquide est de ...... °C. En refroidissant cette eau, sa température va chuter.

Lorsque $T =$ ...... °C (à 1,5 min), les premiers cristaux de glace se forment.
À 4,5 min, la dernière goutte d'eau gèle (on observe un palier à ...... °C pendant la solidification). Puis, la glace continue de se refroidir ($T <$ ...... °C).

SCORE ..../ 4

COUP DE POUCE
L'axe vertical de la température est gradué de 2 °C en 2 °C.

★★★ 2 Fusion de la glace

Voici une courbe d'évolution de la température de fusion de la glace.

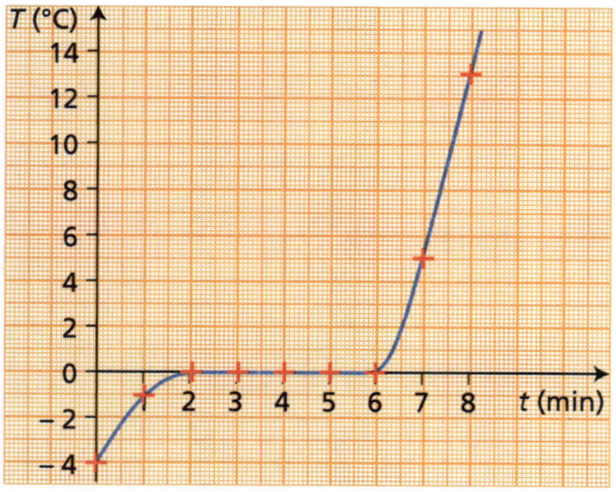

a. Quelle est la température initiale de la glace ?

$T_i =$ ....

b. À quel instant, la première goutte d'eau se forme-t-elle ?

$t =$ ....

c. Que se passe-t-il à partir de la 6e minute ?

....

d. Combien de temps dure la fusion de la glace ?

....

SCORE ..../ 4

COUP DE POUCE
d. On observe un palier pendant la fusion.

3 Distillation d'un jus d'orange

On souhaite extraire l'eau contenue dans un jus d'orange par « distillation ».
À partir du montage ci-contre, peux-tu en décrire le principe ?

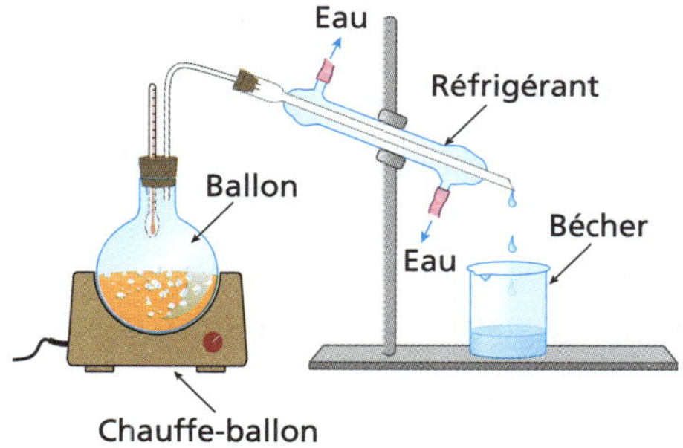

....

....

....

....

SCORE ..../ 1

INFO
La distillation est un procédé permettant de séparer les constituants d'un mélange homogène.

Modèle particulaire et conservation de la masse

- À l'état **solide**, les particules sont disposées de manière compacte et ordonnée.
À l'état **liquide**, les particules sont disposées de manière compacte mais désordonnée.
À l'état **gazeux**, les particules sont disposées de manière dispersée et désordonnée.

- Lors d'un changement d'état, le nombre de particules reste le même, bien que leur agencement ait été modifié : **la masse se conserve.**

4 Modèle particulaire

Indique par des croix l'agencement des particules pour chaque état de la matière.

	Solide	Liquide	Gaz
Ordonnées			
Désordonnées			
Rapprochées			
Espacées			
Liées			
Non liées			
Peu liées			

SCORE ..../ 9

5 Conservation de la masse ou du volume

On s'intéresse aux gaz contenus dans quatre flacons.

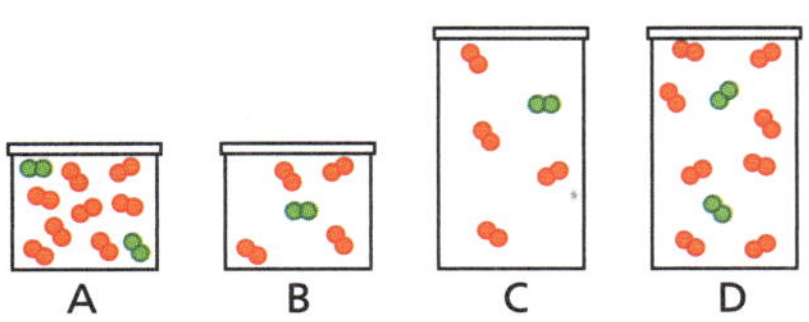

a. Classe les flacons selon les masses de gaz.

....

b. Classe les flacons selon les volumes de gaz.

....

SCORE ..../ 2

COUP DE POUCE
a. La masse de gaz correspond au nombre de molécules (particules) contenues dans le flacon.
b. Le volume de gaz correspond à l'espace occupé, donc aux dimensions du flacon.

Corrigés p. 243-244

TOTAL ..../ 20

5 Décrire le mouvement d'un objet

Mouvement et référentiel

- La notion de mouvement est **relative au référentiel** par rapport auquel on l'étudie.
  Exemple : Tu es sur le trottoir et tu regardes passer un bus. Quel est le mouvement des passagers du bus ? Les passagers sont immobiles par rapport au bus (ils sont assis), mais en mouvement horizontal par rapport au trottoir.
- Il existe deux principaux référentiels :
  – le **référentiel terrestre** constitué par la Terre (et tout ce qui est fixe par rapport à la Terre : le référentiel du laboratoire, etc.) et adapté à l'étude des mouvements des objets sur la Terre ;
  – le **référentiel géocentrique** (ayant pour origine le centre de la Terre) adapté à l'étude du mouvement de la Lune et des satellites de la Terre.

1 Référentiels

Un bus se déplace lentement. Un passager A est assis dans le bus.
Un second passager B marche dans le bus et fait des signes à son copain C qui reste immobile sur le trottoir. B marche dans le bus pour rester à la hauteur de C.
Qui est en mouvement par rapport à qui ?
Complète le tableau par « oui » ou par « non ».

	A	B	C	Bus	Trottoir
A					
B					
C					
Bus					
Trottoir					

COUP DE POUCE
B est en mouvement par rapport au bus, donc le bus est aussi en mouvement par rapport à B.

SCORE ..../ 10

Trajectoire et vitesse

- Tout objet en mouvement suit une **trajectoire**. La trajectoire d'un point mobile est l'ensemble des positions occupées par ce point au cours du mouvement.

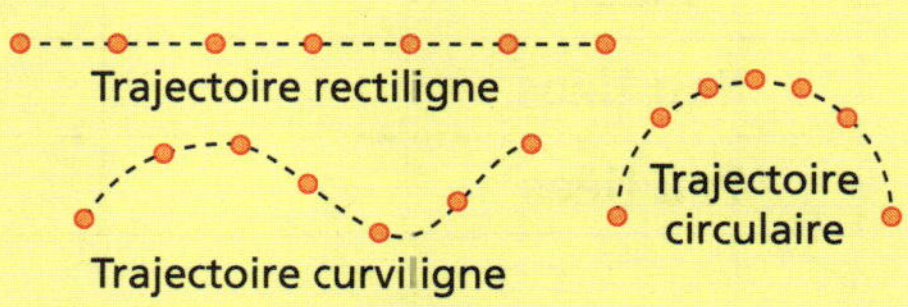

- La **vitesse instantanée** se mesure à un moment précis du déplacement.
- La **vitesse moyenne**, par contre, se calcule sur une durée. C'est le quotient de la distance parcourue d par la durée t du parcours : $v = \frac{d}{t}$.
- L'unité officielle de la vitesse est le **mètre par seconde (m/s)**.

2 Diagramme vitesse-temps

Voici un diagramme qui représente l'évolution de la vitesse d'un objet en mouvement en fonction du temps. Pour décrire son mouvement, on observe trois phases.

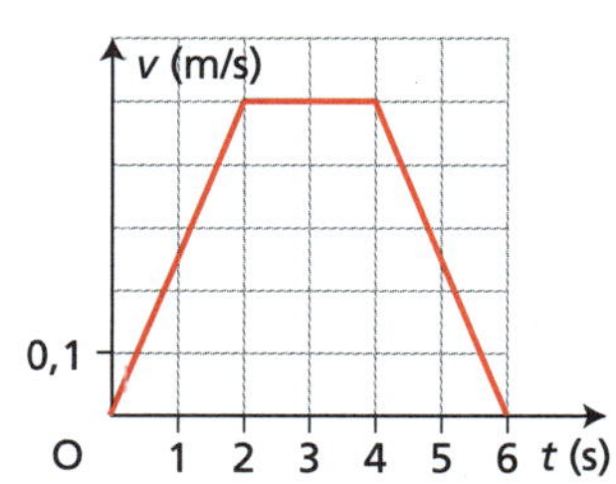

Complète en utilisant les mots : *ralenti* • *accéléré* • *uniforme*.

0 s à 2 s : la vitesse augmente.	**2 s à 4 s :** la vitesse est constante.	**4 s à 6 s :** la vitesse diminue et devient nulle.
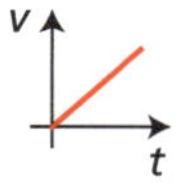 Mouvement	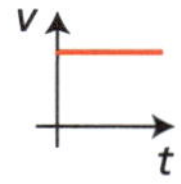 Mouvement	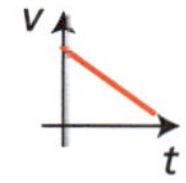 Mouvement ....

SCORE ..../ 3

3 La bonne trajectoire

Associe la trajectoire avec le bon mouvement.

a.  •

b.  •

c. 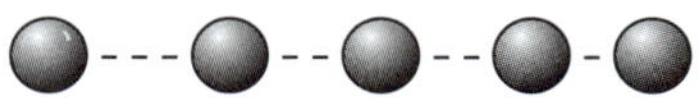 •

• **1.** Mouvement rectiligne ralenti

• **2.** Mouvement rectiligne accéléré

• **3.** Mouvement rectiligne uniforme

SCORE ..../ 3

4 Histoire de trajet

Par l'autoroute, une voiture met 3 h 30 pour aller de Rennes à Paris (soit environ 350 km).

a. Lors du trajet, le mouvement a-t-il été uniforme ?

....

b. Quelle est la vitesse que l'on peut calculer sur ce trajet ?

....

c. Le conducteur a-t-il fait un excès de vitesse ?

....

SCORE ..../ 3

COUP DE POUCE

c. Pas besoin de connaître le code de la route pour répondre...

5 Décrire un mouvement à l'aide d'un diagramme vitesse-temps

Observe bien le diagramme ci-dessous d'un objet qui se déplace sur un axe horizontal.

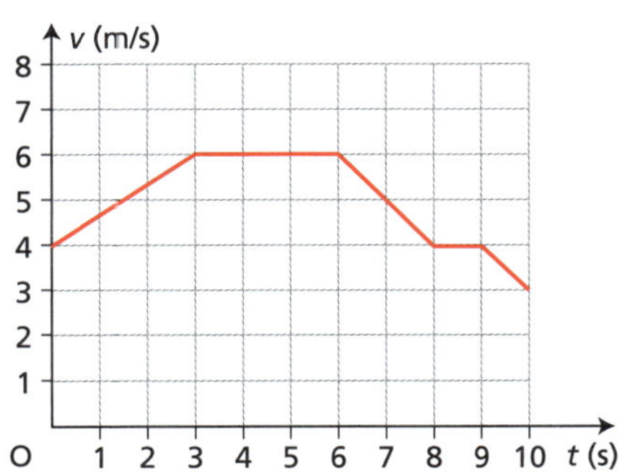

a. Décris les différentes phases de ce mouvement rectiligne.

....

....

....

....

....

b. L'objet s'est-il arrêté ? ....

SCORE ..../ 2

PHYSIQUE-CHIMIE

Corrigés p. 244

TOTAL ..../ 21

6 Distinguer les différents types de signaux

Signal

- Un **signal** est une information donnée par un **émetteur** et transmise à destination d'un **récepteur**.
- Il en existe de **nombreux types** : signaux sonores (voix, détonations), optiques (signaux de fumée, mouvements), lumineux (couleurs, intermittents), radio (radiodiffusion, talkies-walkies), électriques (télécommunications, électronique).

★ 1 Émetteur ou récepteur ?

Voici une liste de dispositifs qui utilisent des signaux radio pour communiquer. Sont-ils émetteurs et/ou récepteurs de signaux ? Coche les cases qui conviennent.

Dispositif	Émetteur	Récepteur
poste radio		
enceinte bluetooth		
téléphone mobile		
antenne-relais		
parabole TV		

SCORE ..../ 5

★★ 2 Alarme lumineuse et sonore

Beaucoup de systèmes d'alarme et de signalisation combinent des signaux lumineux et sonores. Explique pourquoi ces deux éléments sont complémentaires.

....

....

SCORE ..../ 2

★★ 3 Sonar d'un bateau

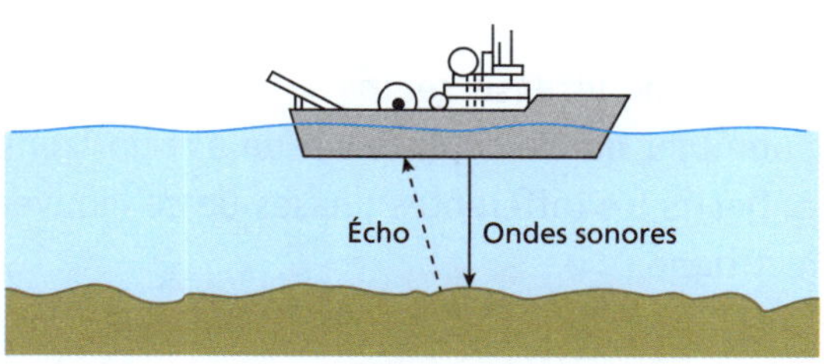

Un sonar est un appareil utilisant les propriétés particulières de la propagation du son dans l'eau. Explique comment cette technologie peut être un dispositif utile pour la navigation et la pêche.

....

....

....

SCORE ..../ 1

INFO
Certains mammifères marins (baleines, dauphins...) utilisent également des systèmes similaires au sonar pour localiser leurs proies et leurs prédateurs.

Ondes mécaniques ou électromagnétiques

- Les signaux se propagent *via* des **ondes** particulières. Il en existe deux grands types : les ondes mécaniques et les ondes électromagnétiques.

- Les **ondes mécaniques** mettent en mouvement leur environnement (les vagues agitent la mer, les tremblements de terre secouent le sol) ; l'énergie est transmise par ce mouvement. Elles ne peuvent se propager que **dans de la matière** : l'air, le sol, l'eau, etc. (ainsi, le son ne peut pas se propager dans l'espace car il n'y a pas d'air !).

  Exemple : En donnant une courte impulsion au ressort ci-contre, on crée une perturbation locale. Cette perturbation se transmet, constituant une onde mécanique qui se propage avec une vitesse *v* le long du ressort sans déplacement de celui-ci (il reste sur place). C'est pourquoi on parle de **propagation** et non de déplacement. Cette onde transporte l'énergie mécanique liée au mouvement.

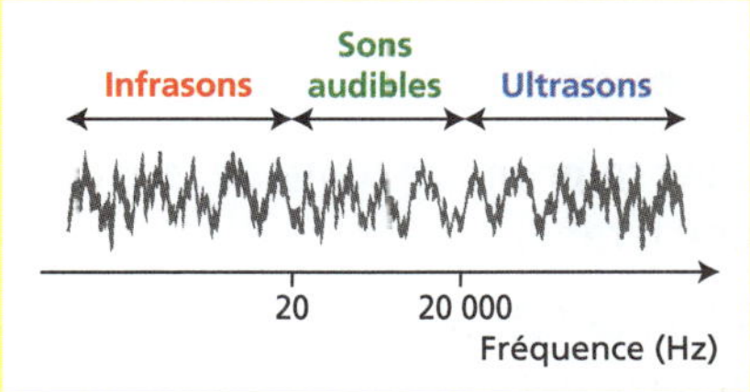

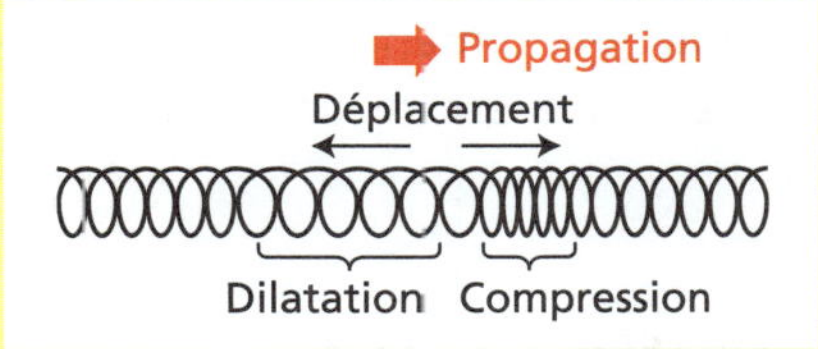

- Les **ondes électromagnétiques** n'interagissent pas mécaniquement avec leur environnement. Elles peuvent se propager **dans le vide** (lumière du Soleil, ondes radio des smartphones) **et dans la matière** (lumière du Soleil à travers une vitre).

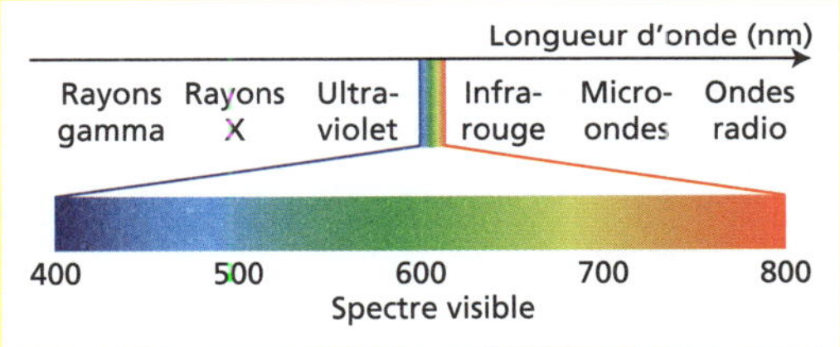

★ 4 Mécanique ou électromagnétique ?

Associe chaque signal avec le bon type d'onde.

lumière •	
vibration •	• onde mécanique
radio •	• onde électromagnétique
son •	

SCORE .... / 4

★ 5 Milieu de propagation

Indique par des croix les milieux dans lesquels chaque type de signal peut se propager.

	Air	Eau	Vide	Métal
Signal lumineux				
Signal sonore				

SCORE .... / 2

INFO
Un milieu transparent laisse passer la lumière (voir chapitre suivant).

Corrigés p. 244

TOTAL .... / 14

PHYSIQUE-CHIMIE

7 Distinguer les sources primaires et les objets diffusants

Sources de lumière

- On appelle **source primaire** toute source qui produit sa propre lumière (Soleil, braises, filament d'une lampe).
- On appelle **objet diffusant** tout objet qui renvoie de la lumière. Il n'est donc visible que s'il est éclairé par une autre source (Lune, écran de cinéma...). La diffusion est un phénomène au cours duquel un corps renvoie la lumière reçue dans toutes les directions.

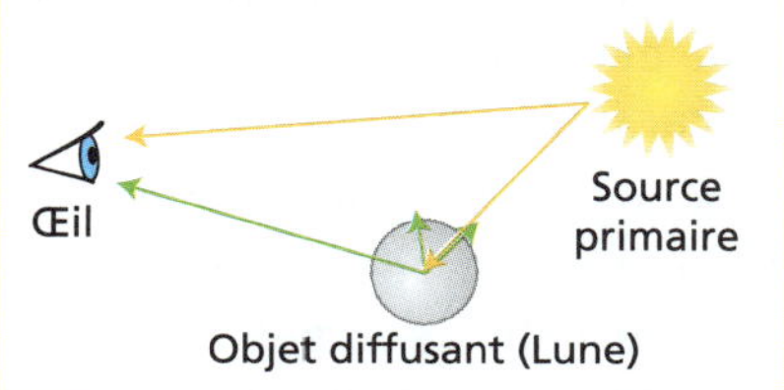

★ 1 Source primaire ou objet diffusant

Pour chaque objet, indique par une croix de quel type de source de lumière il s'agit.

Objet	Source primaire	Objet diffusant
pomme		
Jupiter		
nuage		
TV allumée		
TV éteinte		

SCORE .... / 5

INFO
Jupiter est la plus grosse planète du Système solaire.

Conditions de visibilité

- Pour **voir un objet**, il faut que la lumière pénètre dans l'œil de l'observateur. Pour voir un objet diffusant, il faut donc qu'il soit éclairé par une source primaire et que sa lumière diffusée pénètre dans l'œil de l'observateur.
- Un objet **transparent** laisse passer la lumière qu'il reçoit. Un objet **opaque** ne laisse pas passer la lumière, il la renvoie. Un objet **translucide** (papier-calque) laisse passer une partie de la lumière.

★ 2 Propriétés de matériaux

Pour préparer un théâtre d'ombres, il faut classer les matériaux selon leurs propriétés. Indique par une croix si chaque matériau est transparent, translucide et/ou opaque.

Matériau	Transparent	Translucide	Opaque
bois			
plastique			
toile			
carton			
calque			

SCORE .... / 5

COUP DE POUCE
Le plastique peut prendre des aspects très variés.

Origine de la couleur des objets

- La lumière du Soleil est **blanche** et contient toutes les couleurs du **spectre visible**.
- En combinant les **trois couleurs primaires** (rouge, vert, bleu), on obtient toutes les nuances de couleur. Les écrans d'ordinateur et les projecteurs de cinéma utilisent ce procédé.
- Les **objets colorés** diffusent (ou absorbent) une partie de la lumière et des couleurs qu'ils reçoivent.

Exemple : un objet jaune diffuse le rouge et le vert qu'il reçoit, mais absorbe toujours le bleu.

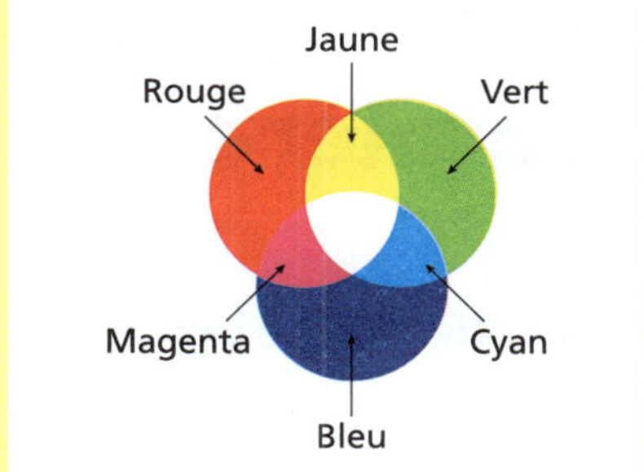

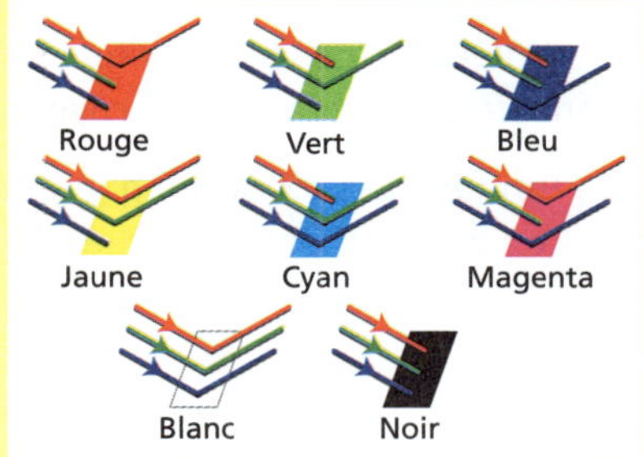

3 Couleurs primaires et secondaires

Place les couleurs primaires sur le schéma.

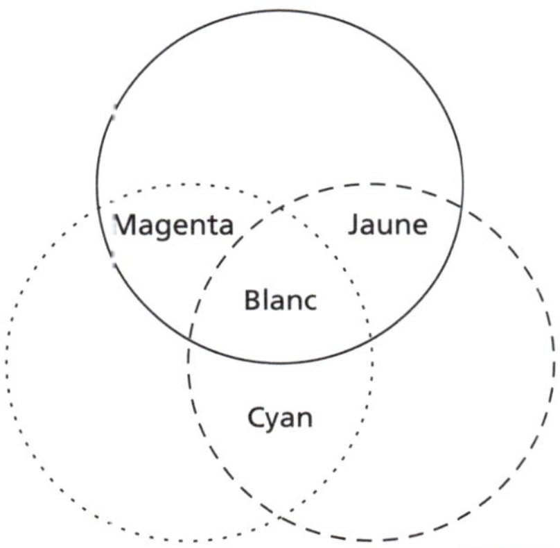

SCORE ..../ 3

4 Une bonne blague

Dans l'obscurité, j'éclaire le drapeau français avec un spot jaune. Comment va-t-il apparaître ?

SCORE ..../ 1

COUP DE POUCE

Exercice 4. On obtient les couleurs du drapeau d'un pays voisin de la France.

5 Filtres de couleur et photographie

a. Un filtre de couleur empêche le passage de la lumière de couleur complémentaire à sa propre couleur. Indique les couleurs primaires transmises ou bloquées.

Couleur du filtre	Couleurs primaires transmises	Couleurs primaires bloquées
rouge		
bleu		
jaune		

b. La lumière émise par un superbe ciel bleu intense est formée essentiellement de rayons bleus et de très peu de rayons rouges et verts. Les nuages blancs correspondent à un mélange de 33 % de bleu, 33 % de vert et 33 % de rouge.
La solution pour faire des photos du ciel en noir et blanc est d'utiliser un filtre appelé filtre de contraste. Quel filtre peux-tu proposer : bleu ou jaune ? ....

SCORE ..../ 4

COUP DE POUCE

Le jaune est une couleur secondaire composée de rouge et de vert.

PHYSIQUE-CHIMIE

Corrigés p. 244

TOTAL ..../ 18

PHYSIQUE-CHIMIE

8 Exploiter la propagation rectiligne de la lumière

Propagation rectiligne de la lumière

- Dans un milieu transparent et homogène comme l'air ou le vide, la lumière se propage en ligne droite : on dit que sa **propagation** est **rectiligne**.
- Le trajet de la lumière peut être modélisé par des demi-droites munies d'une flèche indiquant le sens de propagation : les **rayons lumineux**.
- Un **faisceau de lumière** est constitué d'une infinité de rayons lumineux provenant d'une même source. Les bords du faisceau lumineux sont représentés par ses rayons limites.

★★ 1 Rayon laser

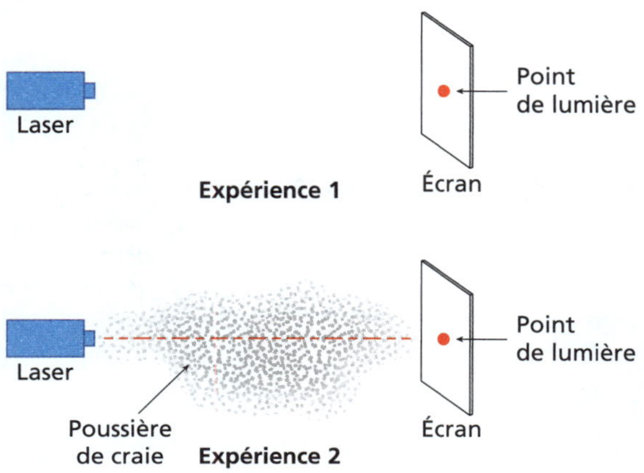

Observe attentivement les deux expériences ci-contre.
Que peux-tu répondre à l'affirmation « la lumière est invisible » ?

....

....

....

....

SCORE .... / 2

INFO Les rayons laser sont très utilisés en laboratoire, notamment car ils ont un faisceau très fin.

Formation des ombres

- Une **source ponctuelle** est une source lumineuse de très petite dimension par rapport à celle de l'objet. Quand la source est vue depuis l'objet, tout se passe comme s'il n'y avait qu'un point qui émet de la lumière.
- Une partie seulement de l'objet est éclairée : la zone sombre de l'objet opaque est appelée **ombre propre**. Sur l'écran, la partie non éclairée est appelée **ombre portée**. Entre l'écran et la sphère, il y a le **cône d'ombre**.

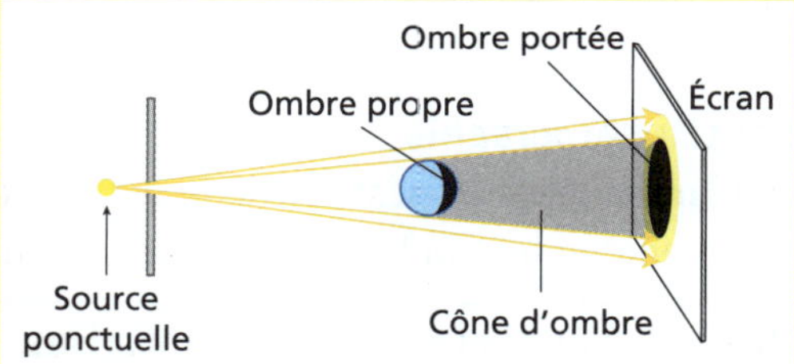

★★ 2 Zone d'ombre

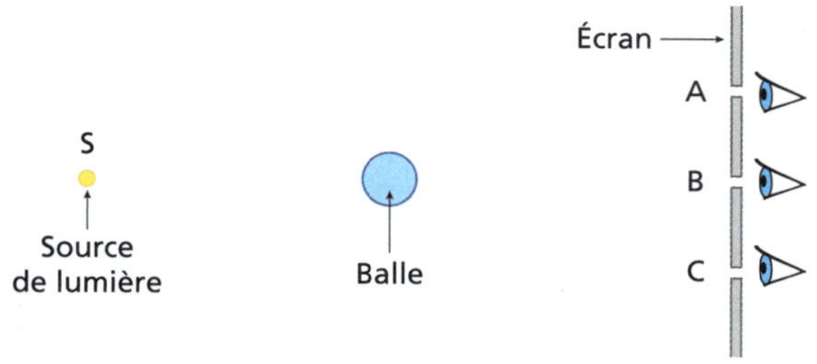

Que voit l'observateur lorsqu'il regarde par le trou A ? par le trou B ? par le trou C ?

....

....

....

....

SCORE .... / 3

Zones d'ombre et de pénombre

- La plupart des sources réelles ne sont pas ponctuelles : on dit qu'elles sont **étendues**.
- L'ombre d'un objet éclairé par une source étendue est plus ou moins nette à cause d'une pénombre qui l'entoure. La **pénombre** est cette zone partiellement éclairée située autour de l'ombre portée.
- Pour déterminer les zones d'ombre et de pénombre, il faut **tracer les rayons lumineux** partant des extrémités de la source étendue.

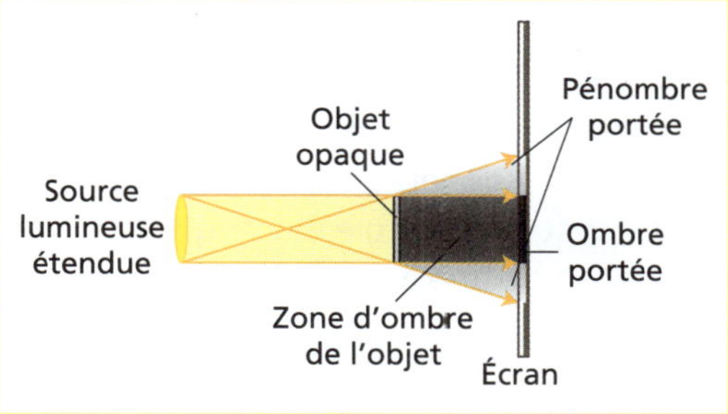

3 Source ponctuelle ou étendue ?

Voici une lampe de poche. Elle est équipée d'une ampoule à filament.
Tu veux l'utiliser au laboratoire pour étudier les ombres.
Est-ce une bonne idée ?

....

....

....

SCORE ..../ 2

4 Avec deux sources ponctuelles

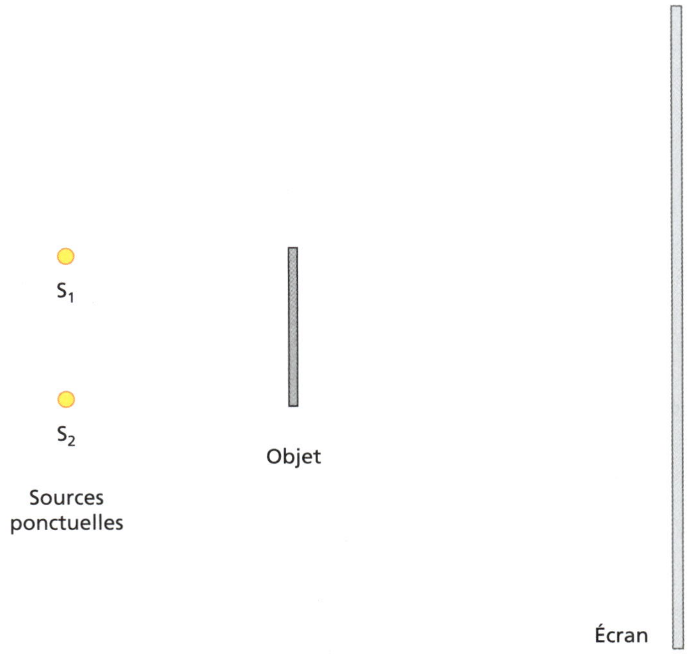

Peux-tu prévoir ce qui se passe sur l'écran ?

....

....

SCORE ..../ 2

COUP DE POUCE
Commence par tracer les rayons lumineux partant de chaque source ponctuelle et passant par les extrémités de l'objet.

PHYSIQUE-CHIMIE

Corrigés p. 245

TOTAL ..../ 9

9 Schématiser les circuits électriques

Les circuits électriques

- Un circuit électrique est un assemblage d'au moins deux composants (ou **dipôles**) : un **générateur** (une pile généralement) et un **récepteur** (ampoule, moteur, etc.). Le générateur produit de l'énergie électrique. Le récepteur convertit l'énergie électrique qu'il reçoit en une autre forme d'énergie (lumière, mouvement, chaleur).
- Les **fils de connexion** véhiculent l'énergie électrique dans le circuit. Un **interrupteur** assure l'ouverture (le courant ne passe pas) ou la fermeture (le courant passe) du circuit électrique. Par convention, le courant électrique circule **de la borne + vers la borne –** du générateur.

★★ 1 Test de matériaux

Pour tester certains matériaux, on réalise le montage suivant.
Les résultats obtenus sont donnés dans le tableau.

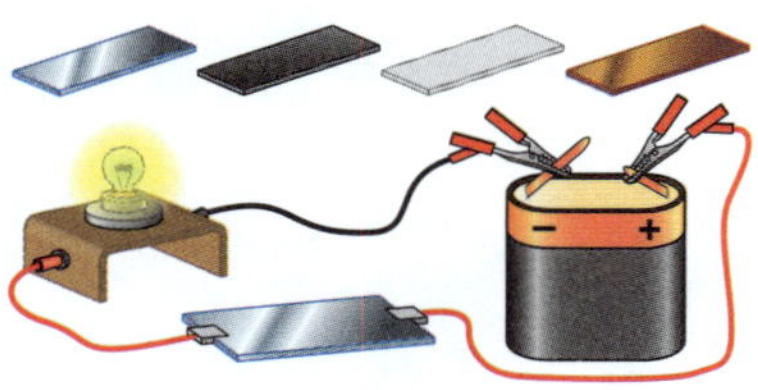

Matériau	Éclat de l'ampoule
bois	non
aluminium	++
graphite	+
fer	++

Que peux-tu en conclure sur les propriétés de ces quatre matériaux ?

....

....

....

....

SCORE .... / 4

INFO
Le graphite sert notamment à fabriquer la mine des crayons à papier.

Schématiser un circuit

- Des règles ont été fixées pour représenter les circuits. On a défini :
  – des **symboles** associés à chaque composant d'un circuit ;
  – des **règles** précises pour schématiser correctement les montages électriques.
- Voici les principaux symboles rencontrés au collège.

- Pour faire un bon **schéma**, il faut d'abord dessiner le symbole du générateur, sans oublier la borne + et la borne –. On peut ensuite partir de la borne +, par exemple, et représenter dans l'ordre les dipôles présents sur la boucle du circuit. Les fils de connexion sont toujours représentés par des traits horizontaux et/ou verticaux.

2 Identifier des symboles

Nomme les symboles ci-contre en précisant lesquels sont des récepteurs ou des générateurs.

....

....

SCORE .... / 7

3 Compléter un schéma

Voici un circuit composé d'une pile, de trois lampes et de quatre fils de connexion.
Termine le schéma.

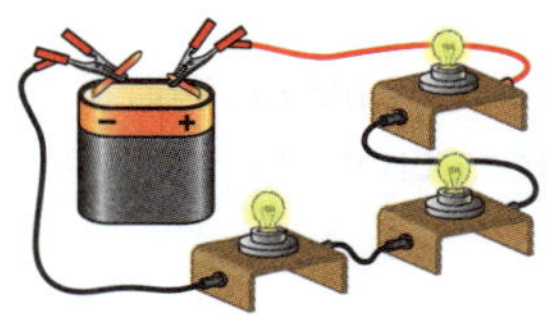

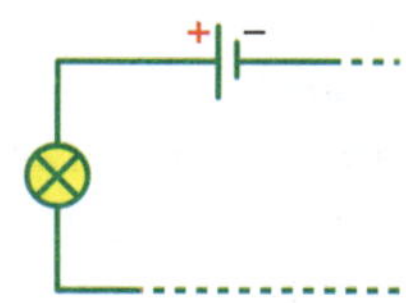

SCORE .... / 2

4 Interrupteur avant ou après ?

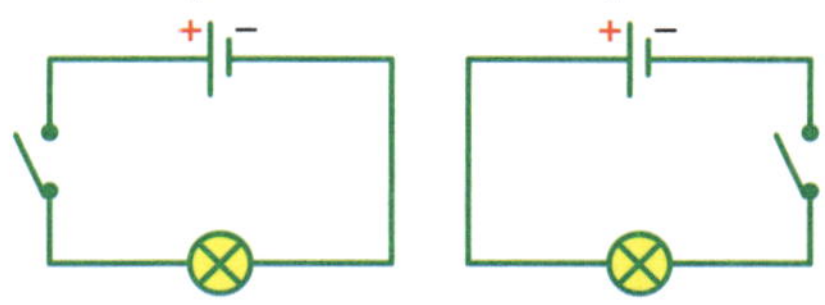

Montage 1 — Montage 2

Voici deux montages qui se ressemblent.
Seule la position de l'interrupteur a été modifiée.

a. Que va-t-il se passer dans chacun de ces montages si l'on ferme l'interrupteur ?

....

b. Que peux-tu conclure sur la position de l'interrupteur dans ces deux circuits ?

....

SCORE .... / 2

> **COUP DE POUCE**
> **a.** Lorsque l'on ferme l'interrupteur, le courant passe.

5 Schématiser des circuits

Observe bien les deux montages suivants.
Repère leurs différences, puis représente les deux schémas correspondants.

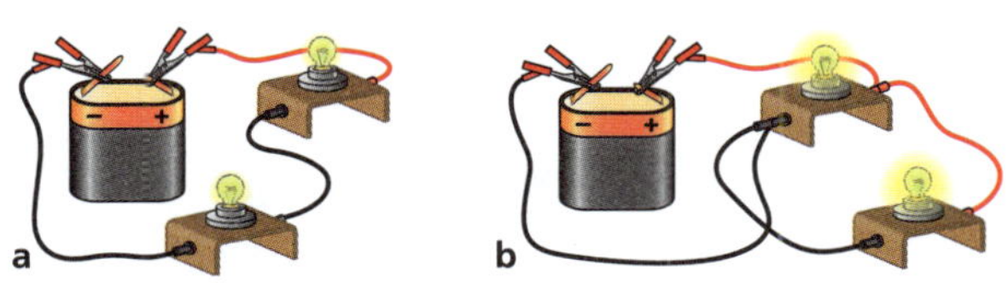

SCORE .... / 2

6 Un nouveau dipôle : la DEL

Une DEL est un dipôle qui ne laisse passer le courant électrique que dans un seul sens.
Dans certains appareils sensibles (par exemple un robot comme ci-contre), une DEL dite « de protection » est placée juste après la batterie.
Quel est son intérêt, selon toi ?

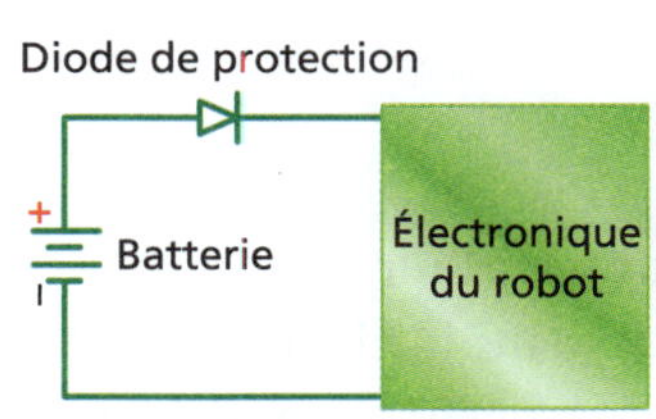

....

....

SCORE .... / 2

> **INFO**
> On dit que la DEL est un dipôle polarisé car son fonctionnement dépend de son sens de branchement.

Corrigés p. 245

TOTAL .... / 19

PHYSIQUE-CHIMIE

10 Distinguer circuit en série et circuit en dérivation

Lampes en série ou en dérivation

- Pour faire briller deux lampes dans un circuit, il y a deux façons de les associer.
- Dans le montage 1, les deux lampes se « suivent » : elles sont placées sur la même **boucle de circuit**. On dit que les deux lampes sont branchées **en série**.
  Inconvénients du circuit en série :
  – les lampes brillent faiblement ;
  – si l'une des lampes ne fonctionne plus, le courant ne circule plus dans le circuit et l'autre lampe s'éteint !

Montage 1 : en série

- Dans le montage 2, les deux lampes ne se « suivent » pas. Le circuit est formé de **deux boucles** : chaque lampe est directement reliée à la pile. On dit que les lampes sont branchées **en dérivation**.
  Avantages du circuit en dérivation :
  – les deux lampes brillent mieux qu'en série ;
  – si l'une des lampes ne fonctionne plus, l'autre continue de briller car elle est directement reliée au générateur.

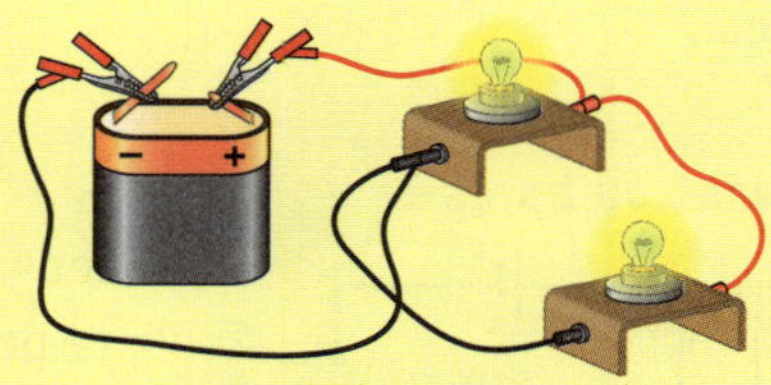

Montage 2 : en dérivation

★ 1 En série ou en dérivation ?

Pour chaque montage, indique si les deux lampes sont branchées en série ou en dérivation.

a.

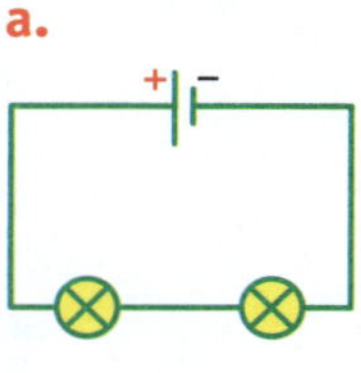

....

b.

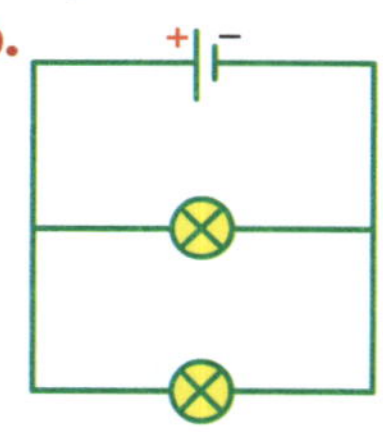

....

c.

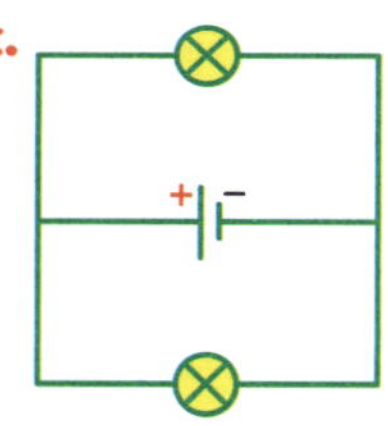

....

d.

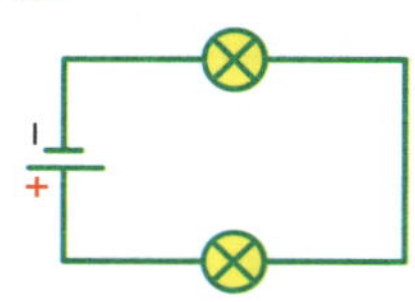

....

SCORE .... / 4

★★ 2 À la maison

Chez toi, des appareils électriques fonctionnent souvent en même temps.
À ton avis, tous ces appareils sont-ils branchés en série ou en dérivation ?

....

SCORE .... / 2

COUP DE POUCE
Chaque appareil doit pouvoir fonctionner même si les autres sont éteints.

★★ 3 Attention à l'interrupteur !

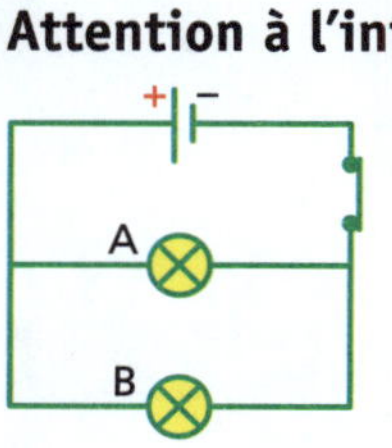

Dans le circuit ci-contre, si on ouvre l'interrupteur, les lampes A et B, branchées en dérivation, s'éteignent.
On souhaite le déplacer pour qu'il puisse commander uniquement la lampe A et laisser la lampe B briller.
Où faut-il le mettre ? Modifie le schéma en conséquence.

SCORE .... / 2

4 Circuits et schémas

Les deux montages suivants sont chacun composés de trois lampes.
Représente les deux schémas correspondants.

a.

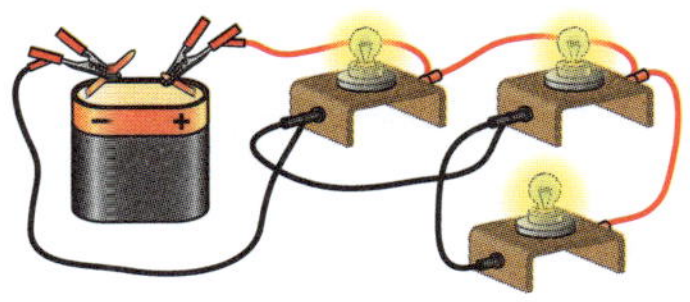

b.

SCORE .... / 2

5 Je ne veux voir qu'une seule lampe briller !

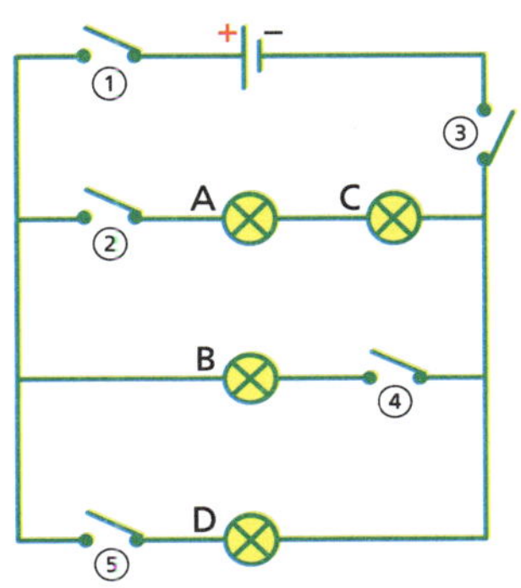

Quels interrupteurs faut-il fermer pour faire briller uniquement la lampe B ?

....

....

SCORE .... / 2

6 À l'aide !

Passionné de modèles réduits, Jules a fabriqué une maquette de voiture.
Pour équiper ce bolide d'un moteur et d'un système d'éclairage, il fait appel à ton aide.
Voici ses consignes :
– les phares peuvent être allumés même si le moteur est éteint (et inversement) ;
– si un phare ne fonctionne plus, l'autre doit rester allumé ;
– on commande les deux phares en même temps.
Représente le schéma qui correspond aux consignes (avec une seule pile).

SCORE .... / 2

COUP DE POUCE
Commence par compter le nombre de boucles dans chaque circuit.

PHYSIQUE-CHIMIE

Corrigés p. 245

TOTAL .... / 14

11 Mesurer une tension électrique dans un circuit

Mesurer la tension électrique avec un voltmètre

- La **tension électrique** (notée ***U***) est une grandeur se mesurant entre deux bornes d'un dipôle (générateur, récepteur). Elle s'exprime en **volts (V)**.
- Les récepteurs (lampes, moteur, etc.) ont une **tension nominale**. Pour qu'un récepteur fonctionne normalement, le générateur doit délivrer une tension correspondant à sa tension nominale.
- La tension électrique se mesure à l'aide d'un appareil appelé **voltmètre**, de symbole —Ⓥ—. Il se branche **en dérivation** aux bornes d'un dipôle (récepteur ou générateur).

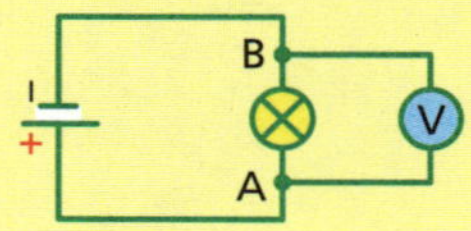

INFO
Le volt a été nommé ainsi en l'honneur d'Alessandro Volta, inventeur de la première pile en 1800.

★ 1 Vocabulaire

Complète le texte suivant.

La tension électrique est une grandeur qui s'exprime en .... La lettre associée à la tension est .... On mesure une tension à l'aide d'un .... qui se branche toujours en .... aux bornes du dipôle.

SCORE .... / 4

★★ 2 Utiliser le mode voltmètre d'un multimètre

Voici un protocole pour utiliser un multimètre en mode voltmètre (sans l'endommager !).

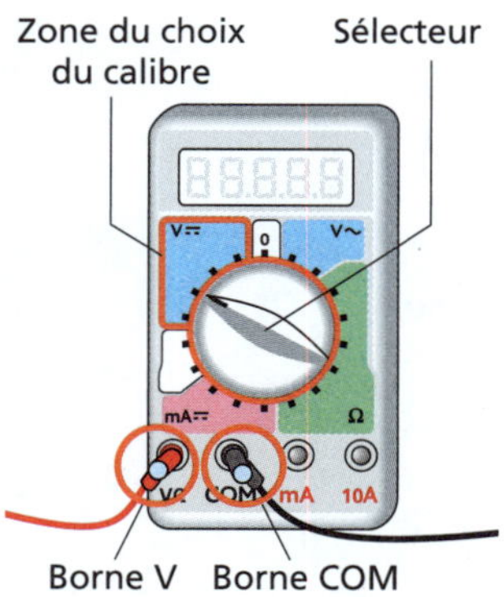

1. Toujours placer le sélecteur sur un calibre supérieur à la mesure supposée (20 V courant continu, en classe).
2. Placer un fil noir sur la borne COM et un fil rouge sur la borne V.
3. Relier au circuit par un fil de connexion rouge la borne V (sur la borne du dipôle par laquelle entre le courant).
4. Relier au circuit par un fil de connexion noir la borne COM (sur la borne du dipôle par laquelle sort le courant).
5. Si la mesure est inférieure à la valeur du calibre suivant (2 V), on peut alors modifier le sélecteur pour obtenir une valeur plus précise.

À ton avis, que se passe-t-il si l'on inverse, par erreur, les deux fils de connexion ?

....

....

....

SCORE .... / 2

Mesurer des tensions dans un circuit en série ou en dérivation

- On suppose que la tension nominale des lampes est de 6 volts.

Montage	Deux lampes en série	Deux lampes en dérivation
Schéma	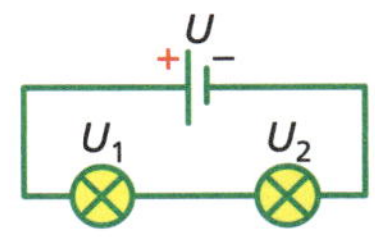	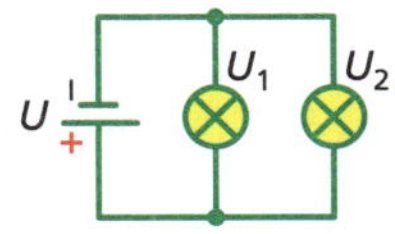
Résultats de mesures	$U = 6$ V ; $U_1 = 3$ V ; $U_2 = 3$ V.	$U = 6$ V ; $U_1 = 6$ V ; $U_2 = 6$ V.
Commentaire	Chaque lampe ne reçoit qu'une partie de la tension délivrée par la pile. La tension qu'elle reçoit est inférieure à sa tension nominale. Elle brille donc faiblement.	Chaque lampe reçoit la tension délivrée par la pile, qui correspond à sa tension nominale. Elle brille donc normalement.
Loi des tensions	$U = U_1 + U_2$	$U = U_1 = U_2$

★★ **3** **Problème de tension**

a. Sidonie imagine le schéma suivant, avec une lampe dont la tension nominale est de 6 V, une résistance et une pile de 4,5 V. Elle sait que $U = U_1 = U_2$.
Quelles valeurs vont afficher les voltmètres V, V_1 et V_2 : 4,5 V ou 6 V ?

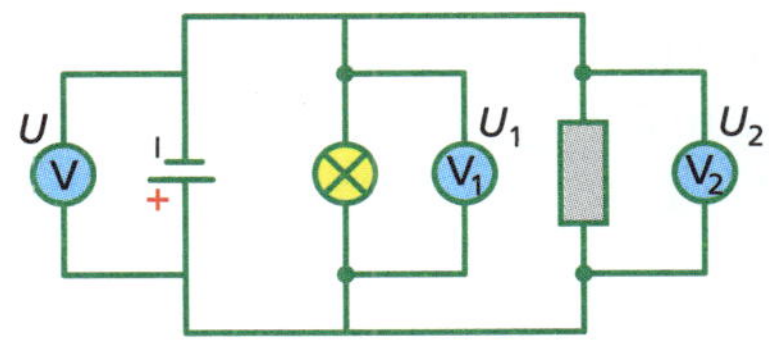

....

b. Penses-tu que ce montage soit optimal ?

....

SCORE .... / 2

> **COUP DE POUCE**
> **b.** Détermine l'éclat de la lampe : brillera-t-elle normalement ou faiblement ?

★★ **4** **Attention danger !**

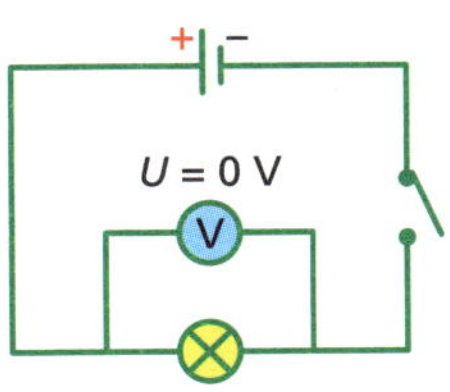

1.

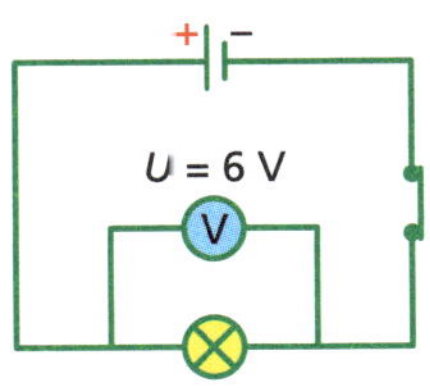

2.

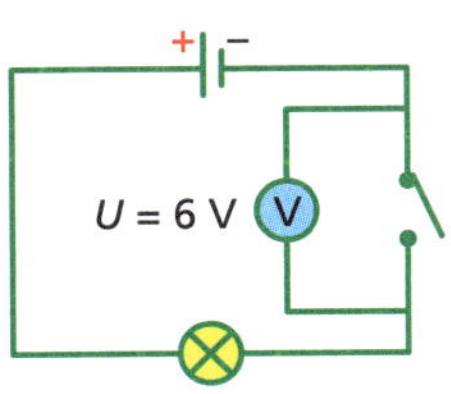

3.

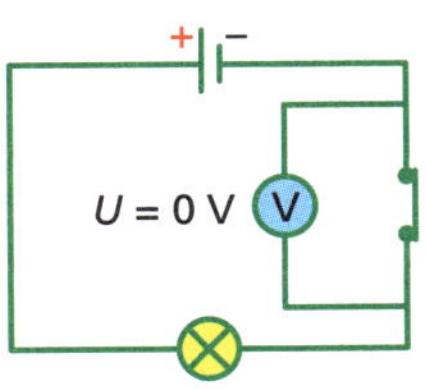

4.

a. Dans les situations 1 et 2, les mesures de tensions aux bornes de la lampe te semblent-elles logiques ?

....

....

b. Analyse les situations 3 et 4.
À l'affirmation : « Lorsqu'un circuit est ouvert, la tension est nulle dans tout le circuit », que peux-tu répondre ?

....

....

SCORE .... / 2

> **COUP DE POUCE**
> **b.** Dans les situations 3 et 4, la tension U mesurée avec le voltmètre est celle de l'interrupteur (et non celle de la lampe).

Corrigés p. 245-246

TOTAL .... / 10

PHYSIQUE-CHIMIE

12 Mesurer l'intensité du courant dans un circuit

Mesurer l'intensité du courant électrique avec un ampèremètre

- **L'intensité du courant électrique** (notée ***I***) est une grandeur qui mesure le débit d'électricité qui circule en un point du circuit.
  Elle s'exprime en **ampères (A)**.
- L'intensité du courant se mesure à l'aide d'un appareil appelé **ampèremètre**, de symbole —(A)—. Il se branche **en série** avec le dipôle (juste avant ou après).

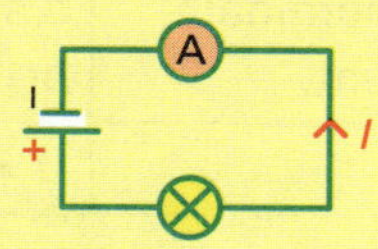

- Utilisation du mode ampèremètre d'un multimètre :
  1. mettre le sélecteur sur 10 A ;
  2. placer un fil (noir) sur la borne COM et un autre (rouge) sur la borne 10 A.

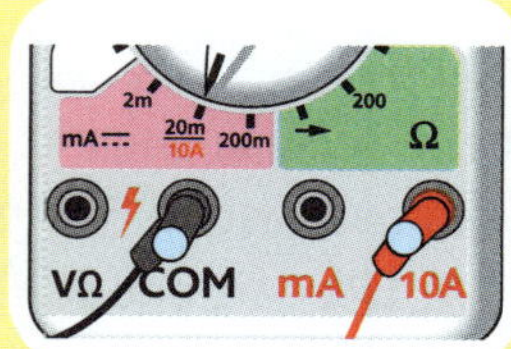

INFO
L'ampère a été nommé ainsi en l'honneur du physicien français André-Marie Ampère.

★ 1 Vocabulaire

Complète le texte suivant.

L'.................. du courant électrique en un point du circuit représente

le .... du courant électrique en ce point.

L'unité est l'.................. (symbole ....).

Pour mesurer l'intensité du courant électrique en un point du circuit, on utilise

un .... que l'on branche en .... au point considéré.

La lettre .... désigne l'intensité du courant électrique.

SCORE ..../ 7

★ 2 Position de l'ampèremètre

Je voudrais mesurer l'intensité du courant qui traverse la lampe dans le montage ci-dessous.
J'hésite entre les deux positions proposées pour placer l'ampèremètre.
Peux-tu m'aider ?

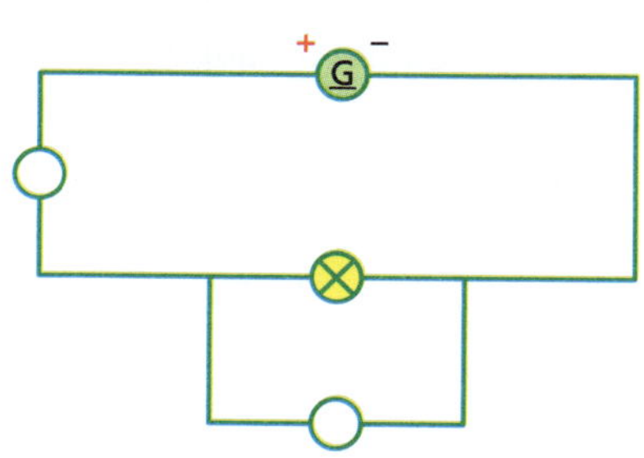

SCORE ..../ 2

Mesurer des intensités dans un circuit en série ou en dérivation

- On suppose que la tension nominale des lampes est de 6 volts.

Montage	Deux lampes en série	Deux lampes en dérivation
Schéma	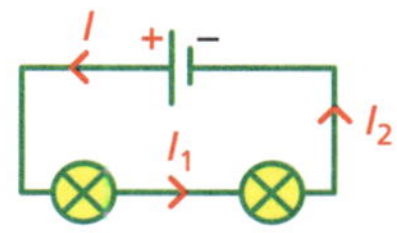	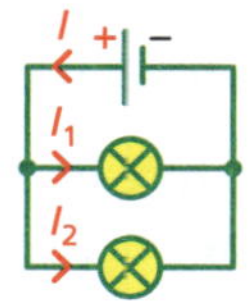
Résultats de mesures	I = 0,6 A ; I_1 = 0,6 A ; I_2 = 0,6 A.	I = 1,8 A ; I_1 = 0,9 A ; I_2 = 0,9 A.
Commentaire	L'intensité du courant est la même dans toute la boucle de circuit. L'intensité avant et après un dipôle est donc identique.	L'intensité dans la branche principale est égale à la somme des intensités des courants dans chaque branche.
Loi des tensions	$I = I_1 = I_2$	$I = I_1 + I_2$

3 Problème d'intensité

Selon sa position dans le circuit, l'ampèremètre affiche soit 0,2 A, soit 0,4 A.
Pour chacune de ses positions, peux-tu donner la valeur affichée par l'ampèremètre ?

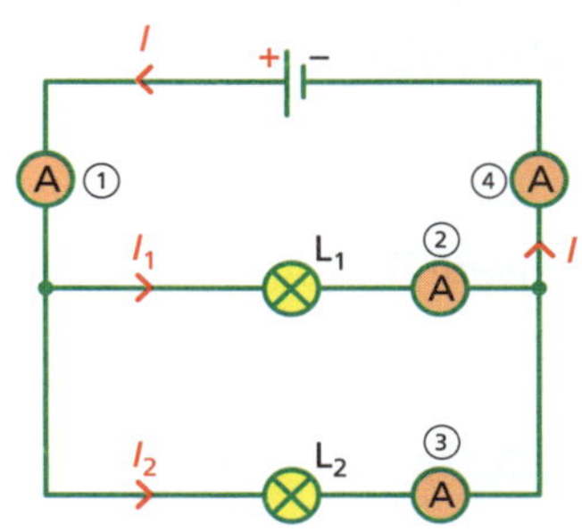

Position 1 : ....

Position 2 : ....

Position 3 : ....

Position 4 : ....

SCORE .... / 4

COUP DE POUCE
Détermine d'abord quels ampèremètres mesurent l'intensité dans la branche principale.

4 Voyage « Ampère inconnu »

Voici un montage composé d'une pile qui délivre 6 V, d'un interrupteur, d'une lampe L_1 (tension nominale 6 V ; 0,2 A) et d'une lampe L_2 (tension nominale 6 V).

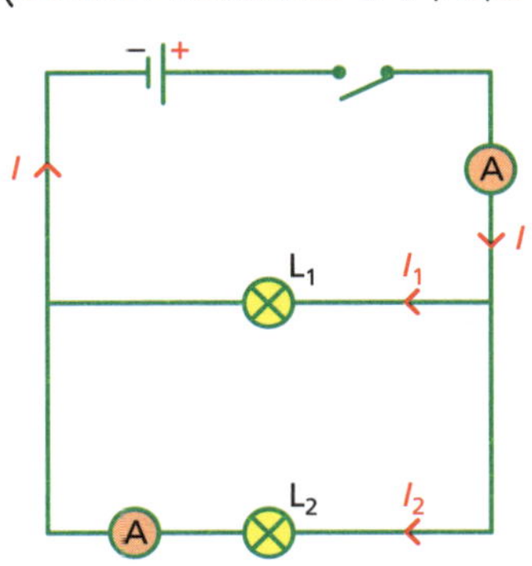

a. Dans cette configuration, peux-tu prévoir les valeurs affichées par les deux ampèremètres ?

....

b. On ferme l'interrupteur. Sur l'ampèremètre en série avec L_2, on peut lire I_2 = 0,3 A.
Que va afficher l'autre ampèremètre ?

....

c. On dévisse la lampe L_1. (Rappel : pas de danger pour une tension continue de 6 V.)
Qu'est-ce que cela change au niveau des ampèremètres ?

....

....

SCORE .... / 3

COUP DE POUCE
a. L'interrupteur est ouvert…

PHYSIQUE-CHIMIE

Corrigés p. 246

TOTAL .... / 16

13 La Terre, planète active

Des manifestations de l'activité de la Terre

- Un **séisme** est un ébranlement bref et brutal de la partie superficielle du globe terrestre.
- Un **volcan** est une ouverture de la croûte terrestre, par laquelle des éléments solides (lave) et des gaz issus des profondeurs du globe arrivent en surface.

★★ 1 Le sismographe

Un sismographe est un appareil qui enregistre les vibrations du sol. Les scientifiques en ont installé dans les zones du globe terrestre où les séismes sont fréquents. En cas de séisme, les vibrations ou ondes sismiques qui se propagent dans les roches peuvent être enregistrées à de grandes distances.

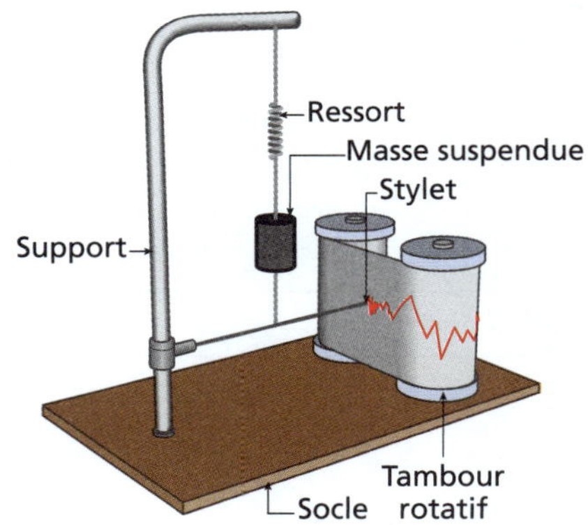

En utilisant les données du texte et le schéma :

a. Écris une définition d'onde sismique.

....

b. Précise si un sismographe peut empêcher un séisme.

....

c. Rédige un court texte présentant l'intérêt d'installer des sismographes.

....

....

SCORE .... / 3

INFO
Installés en divers endroits de la planète, les sismographes permettent aux scientifiques de suivre en continu l'intensité de l'activité sismique du globe.

Localisation des séismes et des volcans

- Les séismes et les volcans ne sont pas répartis au hasard. Ils forment des alignements délimitant de vastes zones à la surface du globe : ces zones sont les **plaques lithosphériques**.
- Ces plaques **se déplacent** les unes par rapport aux autres. Certaines **s'affrontent**, provoquant la formation de chaînes de montagnes comme l'Himalaya, né de la collision entre l'Inde et l'Asie. D'autres **s'écartent** et entraînent l'ouverture des océans, tel que l'Atlantique, par exemple.

★ 2 Des signes de l'activité de la Terre

Écris une phrase utilisant les mots et expressions suivants :
témoins • volcans • activité du globe • séismes • plaques lithosphériques.

....

....

SCORE .... / 2

INFO
Une plaque lithosphérique est la partie rigide de la couche superficielle du globe, limitée par des zones étroites d'intense activité volcanique et sismique.

Prévention des risques liés aux séismes et au volcanisme

- Les **forces** mises en jeu par ces phénomènes sont **incontrôlables** par l'Homme.
- Au Japon, où les séismes sont fréquents, beaucoup d'immeubles sont construits sur des **structures déformables**, qui absorbent les secousses sans se briser.
- Des observatoires surveillent l'activité des volcans. En cas de signes d'éruption prochaine, l'**évacuation** des populations peut être ordonnée.

3 La prévention face au volcan Kilauea

En juin 2014, le Kilauea, localisé sur l'île d'Hawaï, a libéré une coulée de lave qui s'est répandue à une vitesse de 18 m par heure.

a. Cette coulée de lave présentait-elle un danger immédiat pour la population ?

....

b. Dans cette circonstance, quelle mesure de prévention aurais-tu proposée ?

....

c. Une telle coulée représente-t-elle une menace pour la population ?

....

SCORE ..../ 3

INFO
Certains volcans explosent sans prévenir, d'autres laissent échapper lentement la lave.

4 La prévention des risques : des enjeux multiples

Le 11 mars 2011, un violent séisme se produit au large de Fukushima (Japon). La secousse crée en mer une vague de 15 m de haut recouvrant les terres sur 10 km : c'est un tsunami, ou raz-de-marée. Sous l'effet de la secousse, le système de refroidissement de la centrale nucléaire située à Fukushima s'arrête. Deux réacteurs fondent, des substances radioactives en quantité considérable se dégagent dans l'atmosphère et dans l'océan Pacifique. Cet accident nucléaire est à l'origine d'une radioactivité imperceptible immédiatement, mais qui provoque une pollution durable, affectant gravement toutes les formes de vie alentour et au-delà.

a. Situe le Japon sur une carte.

b. À ton avis, l'installation d'une centrale nucléaire à Fukushima était-elle judicieuse ?

....

c. Pour quelle raison a-t-elle été installée ?

....

d. Y avait-il, selon toi, de meilleurs emplacements ?

....

e. En réalité, choisir le lieu d'implantation d'une centrale nucléaire doit prendre en compte de multiples aspects, comme les nécessités économiques et la prévention des risques. Rédige une phrase expliquant ces deux aspects.

....

....

SCORE ..../ 5

INFO
La consommation d'énergie augmente sans cesse.
Il faut en produire toujours davantage mais ce n'est pas sans risques !

Corrigés p. 246

TOTAL ..../ 13

14 Des ressources naturelles exploitées par l'Homme

Des sources d'énergie non renouvelables à l'échelle humaine

- La **consommation mondiale d'énergie** a augmenté de 40 % entre 1990 et 2008. Cette croissance est amenée à se poursuivre en raison d'une demande toujours plus forte au niveau mondial. Comment y répondre ?
- Le **pétrole**, le **gaz naturel** et le **charbon** proviennent de la décomposition de débris organiques au cours des temps géologiques. Leur formation est si lente qu'ils ne se renouvellent pas à l'échelle de la vie humaine.
- L'**énergie nucléaire** est considérée comme presque inépuisable, car très peu de matière suffit à fournir beaucoup d'énergie. Elle est produite à partir de matière première (uranium) non renouvelable et inégalement répartie sur la planète. Son exploitation comporte donc des enjeux économiques, politiques et environnementaux importants (voir l'exercice 4 du chapitre 13).

★★ 1 **La production d'électricité en France en 2012**

a. Recherche la signification des termes suivants : *hydraulique • éolien • biomasse • photovoltaïque.*

....

....

....

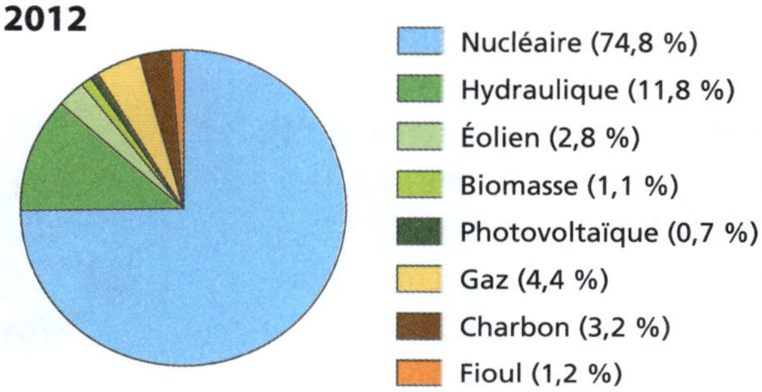

INFO
L'énergie nucléaire est l'énergie contenue dans le noyau des atomes, particules qui constituent la matière.

b. En utilisant les données du document ci-dessus, classe par ordre croissant les cinq principales sources d'électricité françaises.

....

c. Précise la part fournie par la source d'électricité la plus importante.

....

d. La production d'uranium (minerai utilisé dans les centrales nucléaires) est aujourd'hui minime en France. Les principaux fournisseurs d'uranium sont le Kazakhstan, le Gabon, le Niger et le Canada. Rédige une phrase précisant les avantages et les inconvénients pour la production d'électricité nucléaire par la France.

....

....

COUP DE POUCE
d. L'idéal pour un pays est de pouvoir produire son énergie sans avoir recours à des pays étrangers.

SCORE .... / 4

Des sources d'énergie renouvelables

- Le **vent**, le **soleil**, l'**eau** (force du courant des fleuves et des mers) sont des sources d'énergie inépuisables à l'échelle planétaire. La mise en œuvre technique pour les utiliser étant chère et de rendement limité, elles ne sont à ce jour que des ressources de complément.
- L'**eau** est une ressource précieuse à double titre : outre la production d'énergie, elle est également un élément **indispensable à la vie**. Sa préservation est donc essentielle.

2 L'eau, une ressource précieuse

À partir des informations fournies dans le cours, précise pourquoi on peut dire que l'eau est une ressource doublement précieuse pour l'humanité.

....

....

SCORE ..../ 2

3 L'usine marémotrice de la Rance

Les installations. Cette usine marémotrice, construite en 1966, est la première usine au monde à produire de l'électricité en utilisant la force des marées. Elle est installée dans l'estuaire de la Rance, rivière située au nord-est de la Bretagne, près de Saint-Malo.

Le fonctionnement. Les marées, montante et descendante, provoquent un mouvement de l'eau de mer, qui actionne les turbines. Celles-ci transforment le mouvement en électricité.

La production. Les 24 turbines produisent annuellement 500 GWh (500 milliards de wattheures) d'électricité, soit environ 3,5 % de la consommation électrique de la Bretagne.

Écris une phrase précisant si, à ton avis, l'énergie fournie par les marées peut devenir la principale source d'électricité pour la France.

....

....

SCORE ..../ 2

4 Les éoliennes en France

En France, en 2011, la consommation moyenne d'électricité par habitant était de 7 289 kWh (kilowattheures). La population française était d'environ 66 000 000 d'habitants. Une éolienne, comme celles que l'on voit dans nos paysages, produit environ 4 000 000 kWh par an.

a. Calcule le nombre d'éoliennes qu'il faudrait installer pour que le vent soit l'unique source d'électricité en France. ....

....

b. Écris une phrase précisant dans quelle mesure un tel projet serait actuellement réalisable ou non.

....

....

SCORE ..../ 2

SVT

COUP DE POUCE
b. Imagine le paysage !

Corrigés p. 246

TOTAL ..../ 10

15 Gérer la planète

Un exemple d'exploitation problématique : la surpêche

- L'Homme prélève dans son environnement des **ressources** en essayant de limiter les conséquences de son action sur le milieu.
- La **surpêche**, prélèvement excessif de certaines espèces maritimes, résulte d'une consommation croissante et touche tous les pays. Il y a un risque de déséquilibre du peuplement du milieu, voire de disparition des espèces.
- La prévention passe par l'instauration de **quotas** et l'ouverture de **fermes aquacoles**.

★★ 1 La surpêche en chiffres

Sur le document ci-contre, la colonne de gauche présente les années et celle de droite indique la diminution des poissons prédateurs.

a. Par rapport à l'année de référence (1910), entoure dans le document le pourcentage de diminution de la population des poissons prédateurs en 1960 et en 2000.

b. Si rien n'est fait, souligne en bleu, dans le document, ce qu'il risque de se produire en 2050.

c. Souligne en rouge un exemple d'attitude irresponsable.

d. Propose une solution pour préserver la population des poissons pêchés pour l'alimentation humaine.

1 siècle de surpêche
Combien de poissons reste-t-il par rapport à 1910 ?

Années	Poissons prédateurs (thon…)
1920	– 2 %
1940	– 6 %
1960	– 10 %
1980	– 41 %
2000	– 71 %

2050
Si la surpêche ne ralentit pas, les océans seront vides de poissons à cette date.

1/10
Les navires chinois ne déclarent que 10 % de leurs prises hors de leurs eaux territoriales.

154 000 000 de tonnes
L'aquaculture a produit 154 Mt de poissons en 2011.

INFO
Une ferme aquacole est une entreprise de reproduction et d'élevage de certaines espèces de poissons, mollusques ou crustacés, pour une production optimale.

....

SCORE ..../ 4

Des actions qui marquent l'environnement

- En France, l'**exploitation du charbon** a profondément modifié le paysage de certaines régions (terrils du nord de la France, mines à ciel ouvert en Aveyron). Depuis la fermeture des mines, les aménagements paysagers visent à tirer le meilleur parti de ces modifications du paysage.
- Les **centrales électriques** utilisent de l'eau pour refroidir leurs installations. Le peuplement animal et végétal est affecté par le réchauffement des eaux avoisinantes. Des dispositifs complexes sont mis en place pour le limiter.

Réhabilitation de sites industriels

- Au terme de l'exploitation industrielle d'une ressource (épuisement des réserves, perte de rentabilité), la loi française oblige à **réhabiliter le site**.
- Celui-ci ne doit pas être abandonné en l'état, mais **dépollué** et **réaménagé**, en accord avec les autorités territoriales (région, département, communes).

2 La retenue d'eau de Serre-Ponçon (Hautes-Alpes)

La retenue a été aménagée pour alimenter une centrale hydroélectrique (qui produit de l'électricité à partir de l'énergie liée à la chute d'eau).
Les forêts la bordant ont été surexploitées au XIXe siècle et n'ont pas été reboisées. L'eau ruisselle sur les pentes et entraîne le sol, dont les particules s'accumulent au fond de la retenue d'eau au rythme de 3 millions de m^3 par an.
La retenue d'eau tend à se combler progressivement, et la durée de son exploitation doit être revue à la baisse.

a. À partir du document, propose un aménagement qui aurait pu être mis en place pour empêcher le comblement de la retenue d'eau.

....

b. Précise l'intérêt qu'une telle disposition aurait eu pour l'industriel d'une part, et pour la population locale d'autre part.

....

....

SCORE .... / 2

INFO En montagne, une retenue d'eau est réalisée par la construction d'un barrage sur un cours d'eau.

3 En ville : le devenir des eaux de pluie

Autrefois, en zone urbaine, rues et trottoirs étaient revêtus de pavés d'environ 15 à 20 cm de côté. Les espaces libres entre les pavés étaient comblés par du sable ou de la terre.
Ce revêtement, particulièrement inconfortable car très inégal, est aujourd'hui presque partout remplacé par un « enrobé », lisse et imperméable. On constate une nette augmentation des inondations de caves en cas de fortes pluies.

Écris un court texte mettant en relation ces informations.

....

....

SCORE .... / 2

SVT

4 Le rôle des oyats

Les oyats sont des plantes herbacées qui ne peuvent pousser que sur le sable.
Elles se caractérisent par la présence de très longues racines (plusieurs mètres) qui leur permettent de puiser l'eau en profondeur et de rester ancrées dans le sol.
Sur certaines dunes très exposées au vent, l'Homme plante des oyats.

Propose une explication à ce choix.

....

SCORE .... / 2

INFO Sur les rivages sableux, le vent emporte le sable qui peut alors envahir les villages de l'arrière-pays.

Corrigés p. 246-247

TOTAL .... / 10

16 Le transport de matière dans un organisme animal

Les besoins des organismes

- **Besoin en dioxygène.** Pour assurer sa survie et son fonctionnement, un organisme consomme du dioxygène, gaz contenu dans l'air (organismes terrestres) comme dans l'eau (organismes aquatiques).
- **Besoin en nutriments.** Les glucides, lipides et protides sont apportés par l'alimentation au niveau de l'appareil digestif. Ils sont utilisés par tous les organes. Privé de nourriture, un organisme maigrit et s'affaiblit.

★ 1 Les organes consommateurs de matière

a. Complète le texte suivant.

Tous les organes sont consommateurs de .... et de ....

Ces substances leur sont apportées *via* un réseau de ....

qui relie tous les .... entre eux.

Le cœur est comparable à une ....

qui assure cette ....

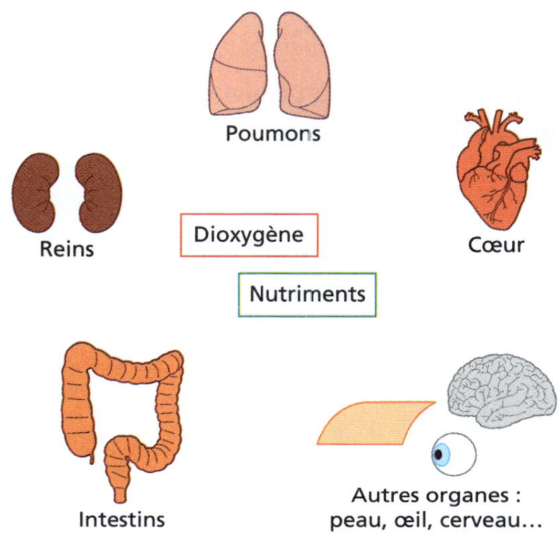

b. En utilisant le rouge pour le dioxygène et le vert pour les nutriments, trace des flèches montrant l'envoi de ces substances aux organes qui les utilisent.

SCORE .... / 7

> **COUP DE POUCE**
> **a.** Utilise les mots ou expressions suivants : *nutriments* ; *pompe* ; *circulation sanguine* ; *dioxygène* ; *organes* ; *vaisseaux sanguins*.

La circulation de matière dans l'organisme

- Le **sang** circule dans un réseau de **vaisseaux** qui relient tous les organes. Il assure ainsi la circulation de matière au sein de l'organisme.
- Une pompe, le **cœur**, permet la mise en mouvement du sang dans les vaisseaux.

★★ 2 Les apports de substances à un organe : un muscle

À l'aide des informations du cours, complète le schéma fonctionnel ci-contre. Une flèche rouge symbolisera le passage du dioxygène, une flèche verte celui des glucides, une flèche jaune celui des protides.

SCORE .... / 2

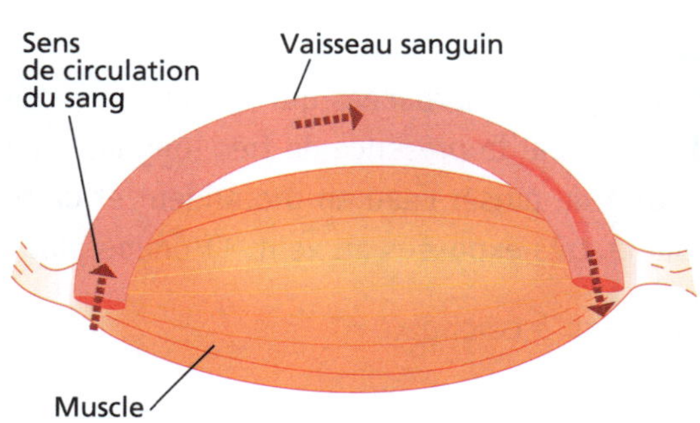

Les apports de substances à un organe : un muscle

> **INFO**
> Les vaisseaux sanguins constituent un réseau de « tubes » qui assure la circulation de matière et la communication entre les organes grâce au sang.

Des besoins constants, des prises de nourriture ponctuelles

- Le fonctionnement des organes nécessite des **apports constants en nutriments**. Cependant, la prise de nourriture est variable selon les moments de la journée, les saisons ou les périodes de la vie.
- Des organes (le foie) et les cellules graisseuses de certains tissus assurent la **mise en réserve** des nutriments en excès et leur remise en circulation à mesure des besoins.
- **Conclusion** : tous les organes sont reliés entre eux et concourent ensemble au fonctionnement harmonieux de l'organisme.

3 Le stockage de matière

Le « foie gras », comme son nom l'indique, est un foie (généralement d'oie ou de canard), que l'on a forcé à s'enrichir en matière grasse et à grossir. Ce produit alimentaire, généralement consommé pendant les fêtes, est très apprécié par certains, tandis que d'autres le refusent en raison du mauvais traitement que sa production fait subir à l'animal.

INFO
Pour faire grossir les foies, il faut alimenter de force les animaux très au-delà de leurs besoins et de leur désir : c'est le gavage.

Documente-toi et écris quelques lignes expliquant la production du foie gras.

....

....

....

SCORE .... / 2

4 Une question d'équilibre

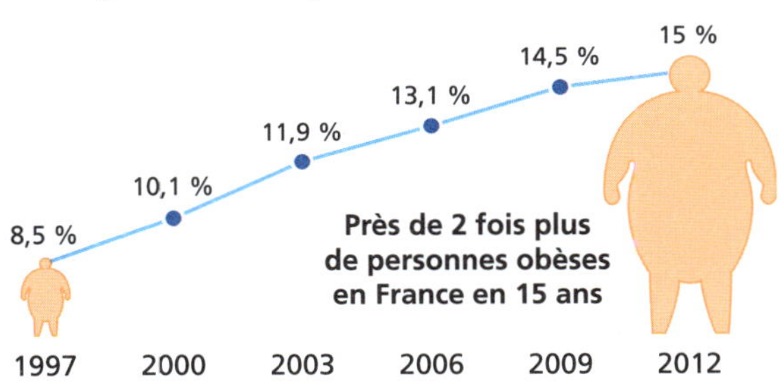

a. Donne le pourcentage de personnes obèses en 1997 et en 2012. Calcule la différence.

....

....

....

b. Le nombre de personnes obèses est-il en augmentation ou en diminution ?

....

c. Donne une cause possible de l'obésité.

....

d. Documente-toi et indique une conséquence possible de l'obésité sur la santé.

....

e. Indique deux moyens de lutter contre l'obésité.

....

....

SCORE .... / 5

Corrigés p. 247

TOTAL .... / 16

SVT

17 Le transport de matière dans une plante chlorophyllienne

Le prélèvement de matière par la plante

- Les végétaux sont des organismes vivants. Comme pour les animaux, chacun de leurs organes a besoin de **matière nutritive**.
- Une plante a **besoin d'eau** qu'elle puise dans le sol par ses racines, au niveau des minuscules poils absorbants qui les couvrent en partie. L'eau contient des **sels minéraux**, composés chimiques présents dans le sol.
- Les végétaux verts (chlorophylliens) produisent de la matière organique à partir du **dioxyde de carbone** de l'air. Ceci se fait surtout dans les feuilles, grâce à la **chlorophylle** (couleur verte) qu'elles contiennent et à la **lumière** du Soleil.

★★ 1 Montrer le rôle des poils absorbants

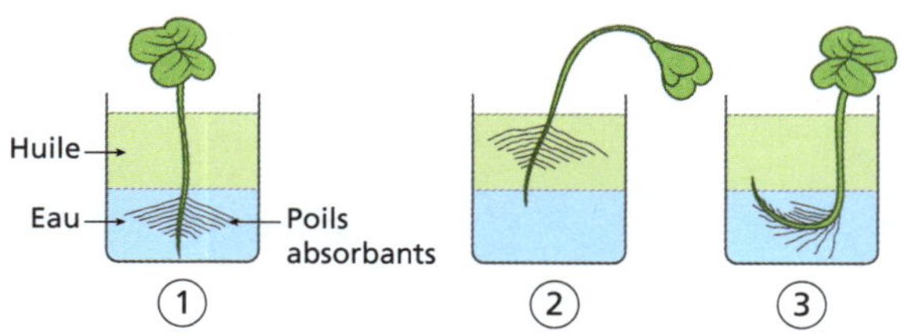

a. Compare l'aspect de la plante dans les récipients 1, 2 et 3.

....

b. Compare la situation des poils absorbants dans les récipients 1, 2 et 3.

....

c. Conclus en précisant le rôle des poils absorbants.

....

SCORE ..../ 3

COUP DE POUCE
b. L'eau et l'huile sont des liquides qui ne se mélangent pas. L'huile reste en surface.

La circulation de matière dans la plante

- En froissant une feuille entre les doigts ou en cassant une tige, on voit que l'intérieur est humide : l'**eau** puisée par les racines circule dans la plante.
- Les **nervures** des tiges et des feuilles sont les traces des **vaisseaux** conducteurs de sève. La **sève brute** est constituée d'eau et de sels minéraux. En recevant la matière organique fabriquée par le végétal, elle devient la **sève élaborée**, qui est redistribuée à tous les organes de la plante.

★★ 2 L'excès d'eau dans une plante

L'arrosage d'une plante doit être régulièrement renouvelé. La quantité d'eau mise à disposition du végétal est bien supérieure à la quantité d'eau contenue dans la plante. On réalise cette expérience pour déterminer ce que devient l'eau en excès.

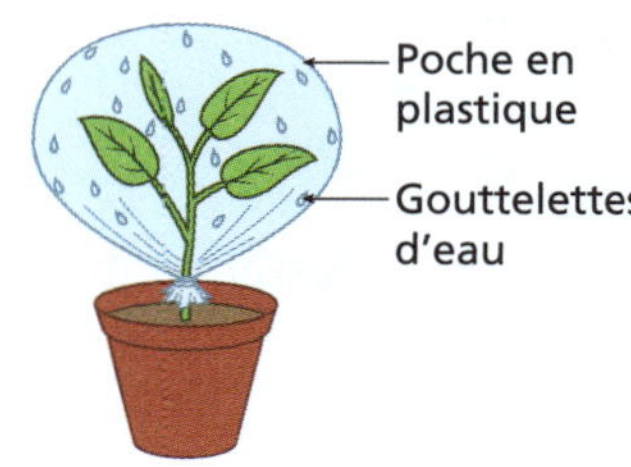

a. Décris ce que montre ce document.

....

INFO
Tu peux réaliser cette expérience à la maison.

b. Précise le nom des organes au niveau desquels se fait le rejet d'eau.

....

c. Par comparaison avec l'Homme, quel nom donnerais-tu à ce phénomène de rejet d'eau à la surface de l'organisme ?

....

d. Utilise ta réponse à la question précédente pour donner un titre au document présenté.

....

SCORE ..../ 4

Le devenir de la matière dans la plante

- Une partie de la matière minérale (eau et sels minéraux) et organique est utilisée par le végétal pour la **constitution de ses organes**.
- Le reste est **stocké** dans des organes particuliers tels que les **tubercules** (pommes de terre), les **bulbes** (oignons), etc.

3 La croissance d'un arbre

Au XVIIe siècle, un biologiste plante un saule (arbre), dont la masse est de 2,3 kg, dans un pot contenant 90,99 kg de terre. Il arrose régulièrement la terre avec de l'eau sans sels minéraux. Au bout de cinq ans, il déplante l'arbre. Sa masse est alors de 76,8 kg, tandis que la masse de terre dans le pot est de 90,84 kg.

INFO La matière nécessaire à la croissance d'un végétal ne provient pas seulement de la terre !

a. À l'aide du texte, complète ce tableau.

	Masse de terre	Masse de l'arbre
Au moment de la plantation		
Cinq ans plus tard		

b. Explique les résultats obtenus dans cette expérience.

....

SCORE ..../ 5

4 Schéma bilan

a. Complète le schéma ci-contre avec les éléments suivants :
Dioxyde de carbone • Production de matière organique • Circulation de sève brute • Poil absorbant • Stockage de matière • Absorption d'eau et de sels minéraux • Circulation de sève élaborée • Eau.

b. Donne un titre à ce schéma.

....

....

SCORE ..../ 8

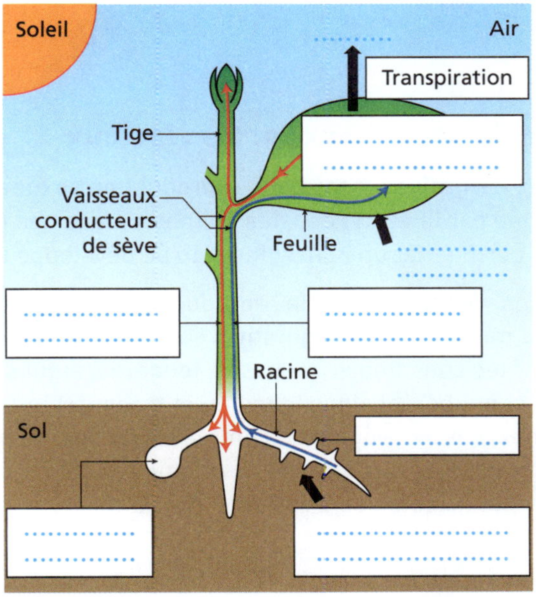

SVT

Corrigés p. 247

TOTAL ..../ 20

18 Reproductions sexuée et asexuée : le peuplement des milieux

Le peuplement des milieux par certains animaux

- Chez de nombreux animaux aquatiques, les cellules reproductrices, ou **gamètes**, sont libérées dans le milieu. Un nouvel individu naîtra de leur union, ou **fécondation**, très loin des parents.
- Chez d'autres, comme la grenouille, ce sont les **œufs**, issus de la fécondation, qui se dispersent dans le milieu.
- Les papillons **adultes** parcourent de grandes distances à la recherche d'un partenaire pour la reproduction.

★★ 1 Reproduction sexuée et peuplement du milieu par des moules

La reproduction des moules

Les moules sont des invertébrés marins vivant fixés sur des rochers. Les gamètes mâles et femelles sont libérés dans l'eau, où ont lieu la fécondation puis le développement en larves. Au hasard des courants marins, certaines de ces larves se déposeront sur un rocher et se transformeront en adultes.
La dispersion des gamètes, des œufs et des larves permet aux moules, animaux fixés, de coloniser de nouveaux milieux.

Explique pourquoi la plupart des gamètes produits ne donneront jamais des moules adultes.

....

....

....

SCORE .... / 2

COUP DE POUCE
Les gamètes, les cellules-œufs, les larves, sont dispersés dans la mer. Pense à tout ce qui peut leur arriver avant de se fixer… peut-être sur un rocher.

Le peuplement des milieux par les végétaux

- Les **fruits** et les **graines** issus de la **reproduction sexuée** des plantes à fleurs peuvent être emportés par le vent, l'eau, les animaux. Dans des conditions favorables, les graines germent et un nouvel individu se développe loin de la plante d'origine.
- Chez certains végétaux, outre la reproduction sexuée, des mécanismes de **reproduction asexuée**, ou **multiplication végétative**, contribuent au peuplement du milieu. Ainsi, chez les plantes sans fleurs (mousses, fougères, algues), des cellules particulières, les **spores**, sont libérées dans le milieu et transportées avant de donner un nouvel individu. Chez d'autres végétaux, comme le fraisier, c'est une **partie d'organe** (tige, feuille) qui peut se séparer du pied d'origine et se développer en un nouvel individu complet : la plante colonise alors le territoire voisin.

2 Reproduction et peuplement du milieu par une fougère

a. En observant le document ci-contre donne le nom de l'élément qui participe essentiellement au peuplement de nouveaux milieux par la fougère.

....

....

....

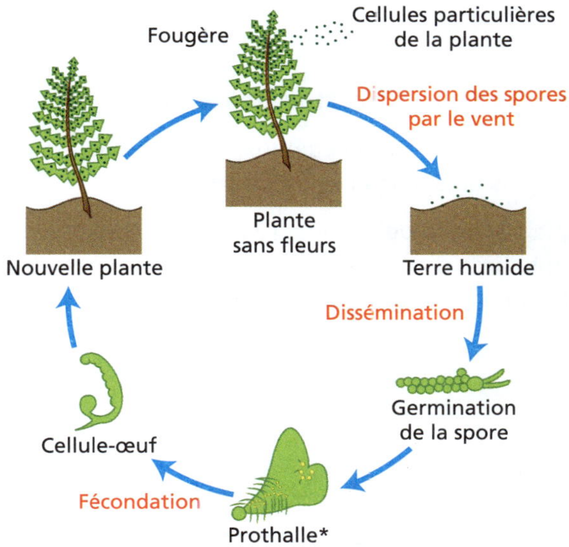

* Étape issue de la germination et portant les gamètes.

b. S'agit-il de reproduction sexuée ou asexuée ? Justifie ta réponse.

....

....

....

SCORE .... / 2

> **INFO**
> La reproduction sexuée est le mode de reproduction de la plupart des êtres vivants, faisant intervenir des cellules reproductrices, ou gamètes, mâle et femelle. À l'inverse, la production asexuée, ou multiplication végétative, est un mode de reproduction ne faisant pas intervenir les gamètes.

3 Un cerisier à la conquête de nouveaux milieux

> Les grives sont des oiseaux très friands des cerises. Elles en consomment de grandes quantités, qu'elles avalent en entier. Mais le noyau (la graine) n'est pas digéré, il est rejeté dans les excréments parfois très loin, au hasard des déplacements de l'oiseau.

a. Le noyau de cerise rejeté par la grive pourra-t-il donner naissance à un cerisier ?

....

....

b. Cela fonctionnera-t-il à chaque fois ?

....

c. Quel est le rôle de la grive dans le peuplement du milieu par le cerisier ?

....

SCORE .... / 3

4 Le peuplement d'un jardin par le trèfle

Lis le texte suivant, puis décris en une phrase le rôle des tiges aériennes pour la plante.

> Dans un jardin dont la pelouse a été négligée d'année en année, le trèfle prend une place envahissante. En observant de plus près, on remarque que les différents pieds de trèfle sont reliés par des tiges aériennes qui courent sur le sol.

....

....

SCORE .... / 2

Corrigés p. 248

TOTAL .... / 9

19 La parenté des êtres vivants

L'évolution et la diversification des espèces

- Les êtres vivants, animaux et végétaux, qui ont peuplé autrefois la Terre ont laissé des traces, ou **fossiles**, dans certaines roches.
- Leur étude, la **paléontologie**, suggère que, de l'apparition de la vie sur Terre (il y a environ 3,5 milliards d'années) à nos jours, il n'y a pas eu création d'espèces nouvelles, mais **transformation progressive** à partir d'un **ancêtre commun** à tous les êtres vivants.
- Les espèces nouvelles côtoient celles dont elles proviennent, qui **se maintiennent** (fougères) ou **disparaissent** (dinosaures).

★★ 1 L'étude d'une espèce fossile

L'Archéoptéryx est un fossile célèbre car :
– des oiseaux, il possédait les ailes fonctionnelles et les plumes ;
– des reptiles, il avait les griffes à l'extrémité des membres antérieurs et une longue queue vertébrée.
Présentant des caractères qui permettent de le classer à la frontière entre les reptiles et les oiseaux, l'Archéoptéryx est un exemple qui appuie la théorie de l'évolution, selon laquelle les espèces dérivent les unes des autres.

INFO L'évolution désigne la transformation des animaux et végétaux, au cours de l'histoire de la Terre, donnant de nouvelles espèces. Les bases de la théorie de l'évolution ont été formulées par Darwin au XIXe siècle.

a. À l'aide du document et de la frise chronologique de l'exercice 4, propose une date d'apparition de l'Archéoptéryx.

....

b. Écris une phrase montrant comment procèdent les scientifiques pour déterminer à quel groupe animal appartient un fossile.

....

....

INFO Pour étudier les fossiles, les scientifiques ne disposent que des fossiles eux-mêmes et des espèces actuelles.

SCORE ..../ 2

★★ 2 Définir une nouvelle espèce

À partir des informations du cours, écris une phrase expliquant pourquoi il est difficile de dater précisément la formation d'une nouvelle espèce.

....

....

....

SCORE ..../ 2

Des repères dans l'histoire de la vie

- Les **premières traces de vie** en milieu terrestre sont des végétaux datés de – 500 millions d'années.
- Les **premiers animaux** trouvés sur la terre ferme datent de – 410 millions d'années.
- L'**Homme primitif** daterait de – 2,8 millions d'années. Il est difficile de préciser à quel moment les différences deviennent suffisamment importantes pour qu'on parle d'espèce nouvelle.

La cellule, unité de constitution des êtres vivants

- L'étude de l'évolution des espèces suggère que la vie est **apparue dans l'eau**.
- Les premiers êtres vivants étaient constitués d'une seule cellule. Il en est de même pour les êtres vivants actuels les plus simples : les **bactéries**. L'Homme, lui, est constitué de plusieurs milliards de cellules.
- Ainsi, la cellule est l'**unité de constitution** des êtres vivants.

★ 3 L'histoire de la vie sur Terre

a. À l'aide de la frise chronologique de l'exercice 4, écris les noms des êtres vivants suivants dans l'ordre de leur apparition : *Dinosaure* • *Homme* • *Bactérie* • *Plante à fleurs*.

b. Précise dans quel milieu, terrestre ou aquatique, est apparue la vie.

c. Donne le nom du mécanisme qui a conduit des bactéries à l'Homme.

SCORE ..../ 3

INFO

D'une cellule unique à un ensemble complexe de plusieurs milliards de cellules, c'est une longue histoire continue et progressive.

★★ 4 Une frise chronologique de la vie sur Terre

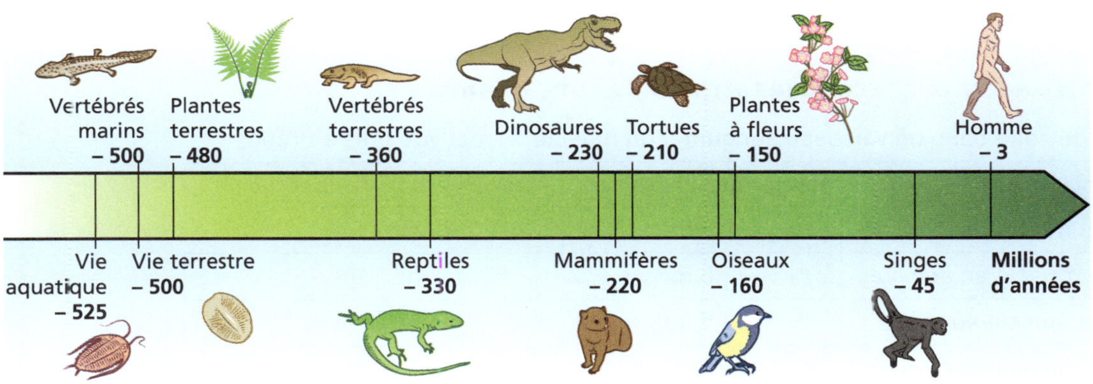

Source : Wikipédia, « Histoire évolutive du vivant ».

a. Donne une date approximative d'apparition de la vie en milieu terrestre.

b. Situe de même l'apparition des plantes à fleurs.

c. Précise si les mammifères peuvent être à l'origine des reptiles.

SCORE ..../ 3

Corrigés p. 248

TOTAL ..../ 10

20 Activité et fonctionnement de l'organisme

Relation entre activité et fonctionnement de l'organisme

- Une augmentation de l'activité physique entraîne l'**accélération des rythmes respiratoire** (on respire plus vite) et **cardiaque** (le cœur bat plus vite).

Rythme respiratoire (en nombre de respirations par minute)		
Au repos : 22	Après une course rapide : 40	Après une récupération de 10 min : 24
Rythme cardiaque (en nombre de battements du cœur par minute)		
Au repos : 80	Après une course rapide : 150	Après une récupération de 10 min : 85

Ces rythmes varient dans le même sens que l'activité de l'organisme. Ils assurent l'apport nécessaire de dioxygène et de nutriments.

- La **température** du corps croît.

★★ 1

Mesure de l'activité physique

En laboratoire, on mesure l'activité de l'organisme : une personne pédale sur un vélo. Différents capteurs la relient à un ordinateur. Sur l'écran, des courbes témoignent des modifications de l'activité de certains organes.

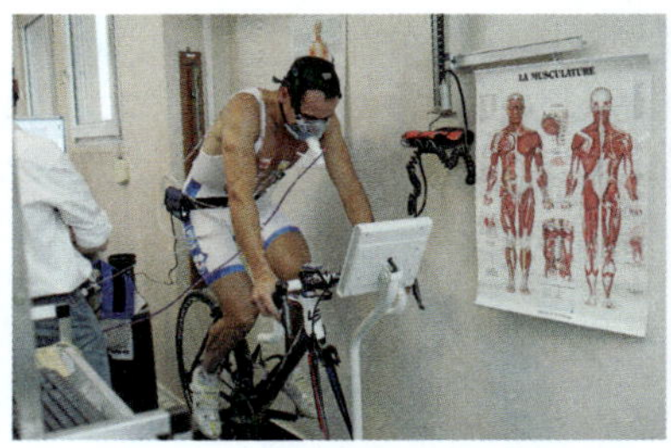

INFO
Le rythme respiratoire désigne le nombre de respirations par minute ; le rythme cardiaque, le nombre de battements du cœur par minute.

a. En observant la photo, précise ce que l'on mesure grâce au masque qui couvre le nez et la bouche de la personne. ....

b. De même, que mesure-t-on par les capteurs disposés sur sa poitrine ?

....

SCORE ..../ 2

Relation entre activité et échanges au sein de l'organisme

- On prélève du sang dans un **vaisseau sanguin d'un muscle**, en activité puis au repos :

Dans 100 mL de sang	Volume de dioxygène	Volume de dioxyde de carbone
arrivant au muscle en activité	19,5 mL	50,2 mL
quittant le muscle en activité	11,8 mL	58,1 mL
arrivant au muscle au repos	19,5 mL	50,2 mL
quittant le muscle au repos	14,5 mL	53 mL

- On analyse aussi les **substances nutritives** lors de l'activité du muscle :

Nutriments	Sang arrivant au muscle (mg/L)	Sang quittant le muscle (mg/L)
glucides	1 000	650 à 720
lipides	4 000 à 6 000	4 000 à 6 000
protides	450	225

- Les organes réalisent des échanges avec le sang. Ils y prélèvent des nutriments et du dioxygène, et y rejettent du dioxyde de carbone. **L'importance de ces échanges varie avec l'activité.**

2 Circulation du sang dans les organes

On mesure le débit sanguin dans différents organes, au repos et au cours d'un exercice intense. Les résultats sont exprimés en millilitres par minute.

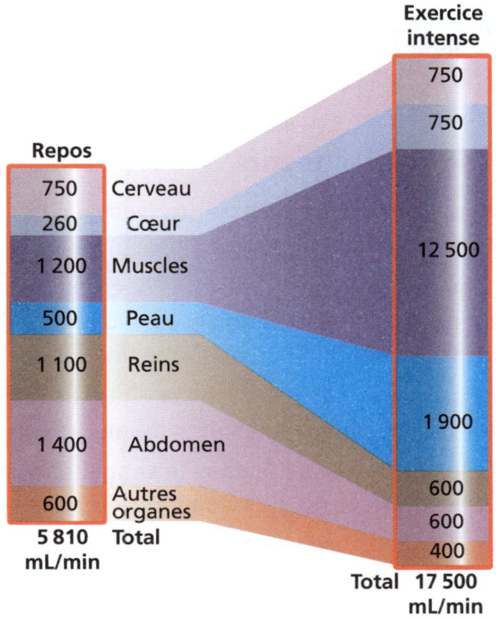

a. Complète le tableau suivant en indiquant les organes dans lesquels le débit sanguin augmente à l'occasion d'un effort intense et ceux dans lesquels il diminue.

Le débit sanguin augmente	Le débit sanguin diminue

b. Cite les organes dans lesquels le débit sanguin augmente le plus.

....

c. Explique ce fait.

....

....

SCORE ..../ 3

3 Activité et fonctionnement de l'organisme

En utilisant les trois tableaux du cours, écris une phrase mettant en relation l'activité et le fonctionnement de l'organisme.

....

....

SCORE ..../ 5

COUP DE POUCE

Utilise les mots ou expressions suivants : *rythme cardiaque* ; *dioxygène* ; *rythme respiratoire* ; *nutriments* ; *dioxyde de carbone*.

Aux limites des capacités de l'organisme

- Lors d'un **effort prolongé**, on constate une fatigue musculaire, accompagnée d'une diminution de l'attention. La perte d'efficacité de l'organisme est liée à l'**épuisement des ressources** nutritives nécessaires à l'activité.

4 L'alimentation des sportifs

Les sportifs consomment de grandes quantités de nourriture. Malgré cela, ils ne grossissent pas, leur poids reste stable. Explique en une phrase ce phénomène.

....

....

SCORE ..../ 2

Corrigés p. 248

TOTAL ..../ 12

21 Les besoins nutritionnels

Des aliments aux nutriments

- Les nutriments utilisés par les organes (voir le chapitre 16) proviennent de la **digestion** des aliments dans le tube digestif.
- Dans la bouche, les aliments sont coupés, écrasés par les dents : la digestion commence par une **transformation mécanique** des aliments. La langue les mélange à la salive, l'ensemble forme une bouillie finalement avalée : c'est la déglutition.
- Les enzymes produites par l'estomac et l'intestin grêle transforment les aliments en particules microscopiques, les nutriments : c'est une **transformation chimique**.
- Les nutriments passent ensuite **dans le sang au niveau de l'intestin grêle**. Sa surface très vascularisée (parcourue de très nombreux vaisseaux sanguins) favorise l'absorption.
- Un ensemble de micro-organismes, la **flore intestinale**, participe à la digestion des aliments.

★★ 1 Une expérience de digestion

En 1752, Réaumur fait avaler à une buse (oiseau rapace) un petit tube métallique grillagé aux deux bouts, et contenant un morceau de viande. Vingt-quatre heures plus tard, le tube est vomi par l'animal.
Le tube a gardé sa forme, aucune trace de frottement n'est visible à sa surface. Le morceau de viande qui était à l'intérieur s'est transformé en une bouillie blanchâtre.
Le morceau de viande, contenu dans le tube, a été transformé, sans action mécanique mais par une action chimique au niveau du tube digestif.

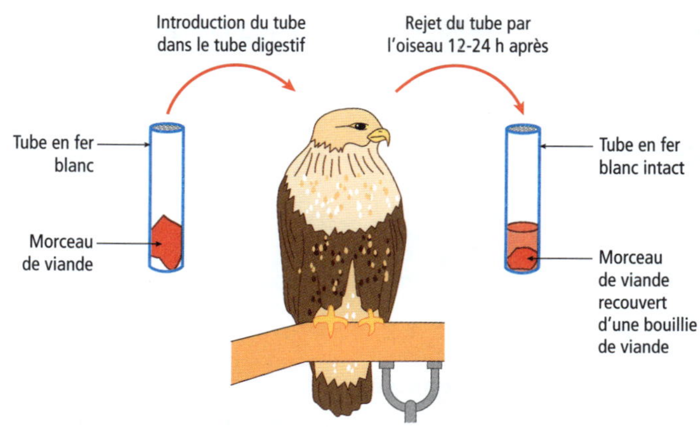

INFO
La digestion est la transformation mécanique et chimique des aliments en nutriments dans le tube digestif, sous l'action d'enzymes.

À l'aide des informations fournies par le document :

a. Précise le nom des substances responsables de la transformation de la viande.

....

b. Afin de compléter l'expérience de Réaumur, on fait avaler à la buse une petite éponge, que l'on récupère pour en extraire le liquide contenu dans son estomac. On y place un morceau de viande, comme le montre le schéma ci-dessous.
Dessine le récipient et son contenu une dizaine d'heures plus tard.

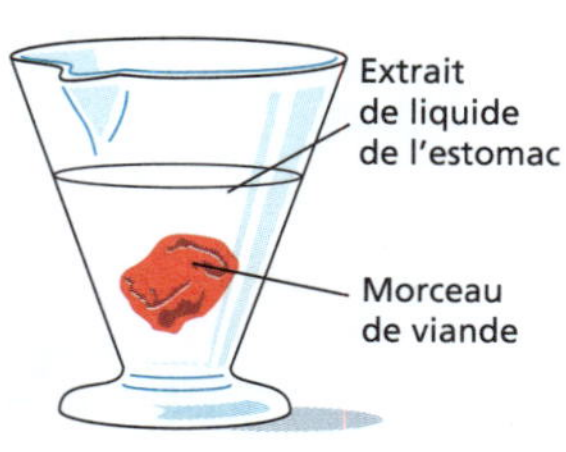

Début d'expérience

c. Explique ce résultat.

....

....

SCORE ..../ 3

2 Une bonne habitude à prendre

Les parents conseillent souvent à leurs enfants de prendre le temps de bien mâcher la nourriture. Explique l'importance de ce conseil pour une bonne digestion.

....

....

SCORE ..../ 2

INFO
Pour agir, les enzymes doivent être en contact étroit avec la matière alimentaire.

3 Rôle de l'intestin grêle

Certaines personnes doivent subir une intervention chirurgicale au cours de laquelle on leur enlève une grande partie de l'intestin grêle. Elles peuvent alors mener une vie presque normale, à condition de compléter leur repas par des comprimés composés uniquement de nutriments.

Propose une explication.

....

....

SCORE ..../ 2

Les nutriments dans l'organisme

- L'énergie nécessaire au fonctionnement des organes est libérée au cours de réactions chimiques entre le dioxygène, apporté par la respiration, et des nutriments : les **glucides** (sucres et féculents) et les **lipides** (corps gras).
- Les **protides**, nutriments bâtisseurs, participent à la construction de l'organisme.
- L'eau et les **sels minéraux** qui y sont dissous sont utilisables par l'organisme sans transformation.

4 Schéma bilan

a. Indique sur le schéma ci-contre, par des flèches de couleur, le trajet des aliments dans le tube digestif.

b. Précise le lieu des transformations mécaniques (écrasement) et celui des transformations chimiques (réduction en nutriments).

....

....

....

c. Indique par des flèches d'une autre couleur le lieu de passage des nutriments dans le sang.

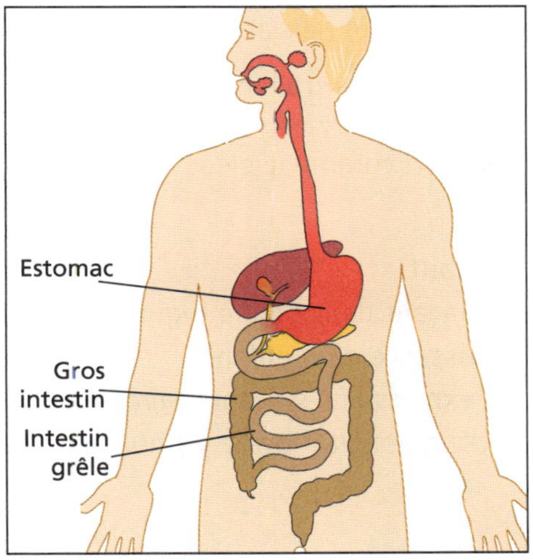

L'appareil digestif

SCORE ..../ 3

SVT

Corrigés p. 248-249

TOTAL ..../ 10

22 Les principaux mécanismes de la reproduction humaine

La capacité de transmettre la vie

- La **puberté** s'accompagne de transformations physiques et psychologiques.
- Les **testicules** du garçon produisent en continu des **spermatozoïdes**, petits, nombreux, mobiles, dans un liquide, le sperme, émis par le pénis.
- Les **ovaires** de la fille libèrent un **ovule** de façon cyclique. À chaque cycle, l'utérus se prépare à une grossesse éventuelle. Si celle-ci n'a pas lieu, la paroi de l'utérus se dégrade : ce sont les règles.

★★ 1 Étymologie : le choix des mots

a. « Puberté » vient du latin *pubes,* qui signifie poil. Justifie l'origine de ce mot.

....

b. « Adolescence » vient du latin *adulescere,* qui signifie grandir. Justifie l'origine de ce mot.

....

SCORE ..../ 2

Rencontre des gamètes et développement de l'embryon

- Lors d'un **rapport sexuel**, l'éjaculation libère les spermatozoïdes dans le vagin de la femme.
- Ils remontent dans l'utérus, et s'ils rencontrent un ovule dans l'une des trompes, il peut y avoir **fécondation**, par un unique spermatozoïde. La cellule-œuf qui en résulte se divise, donnant un **embryon**.
- Puis les organes se forment, et l'embryon devient **fœtus**. Après 9 mois de grossesse, c'est l'**accouchement**.

Responsabilité et transmission de la vie

- Si les organes reproducteurs sont fonctionnels dès la puberté, la **maturité** nécessaire à l'éducation d'un enfant ne s'acquiert que progressivement.
- Différentes **méthodes contraceptives** permettent d'éviter une grossesse. Parmi celles-ci, le préservatif masculin protège d'**infections sexuellement transmissibles** (IST) comme le sida.

★ 2 Des gamètes à l'enfant

Écris une phrase retraçant dans l'ordre logique la transmission de la vie, de la formation des gamètes à la naissance d'un enfant.
Utilise les mots ou expressions suivants : *grossesse* • *cellule-œuf* • *spermatozoïde* • *fécondation* • *accouchement* • *ovule* • *fœtus* • *embryon.*

....

....

SCORE ..../ 8

INFO
Un gamète est une cellule reproductrice mâle (spermatozoïde) ou femelle (ovule).

3 Le placenta, organe de communication entre la mère et l'embryon

Environ une semaine après le rapport sexuel, lorsqu'il y a eu fécondation, l'embryon s'implante dans la paroi de l'utérus : c'est la nidation.
Il s'y développe grâce à un organe particulier qui se forme pour assurer les échanges entre la mère et l'embryon : le placenta. Celui-ci subsiste pendant toute la grossesse et sera éliminé peu après l'accouchement. Le sang de la mère et celui de l'embryon ne se mélangent jamais. C'est au niveau du placenta que passent les nutriments, du sang de la mère vers celui de l'embryon, et les déchets dans le sens inverse.

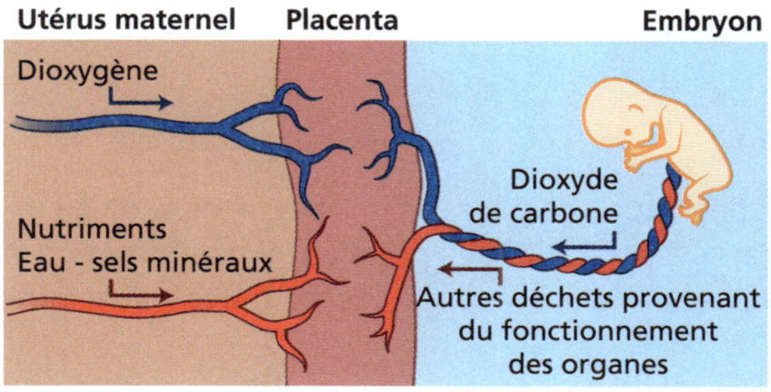

a. À l'aide du document, explique pourquoi il est fortement recommandé à une femme enceinte de ne consommer ni alcool ni tabac.

....

....

b. Illustre cette explication par une flèche légendée sur le schéma.

SCORE .... / 2

INFO
Dès sa formation, l'embryon est un organisme au fonctionnement autonome.
Le placenta est un organe intermédiaire entre la mère et l'enfant en formation.

4 Mécanismes de la reproduction humaine

À l'aide du document ci-dessous, indique la localisation des événements suivants :
Fabrication des spermatozoïdes • Émission du sperme • Fabrication des ovules • Libération des ovules • Fécondation • Nidation de l'embryon • Développement de l'embryon.

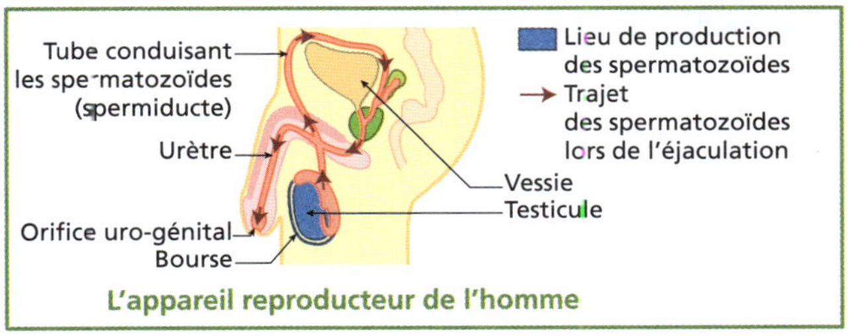

L'appareil reproducteur de l'homme

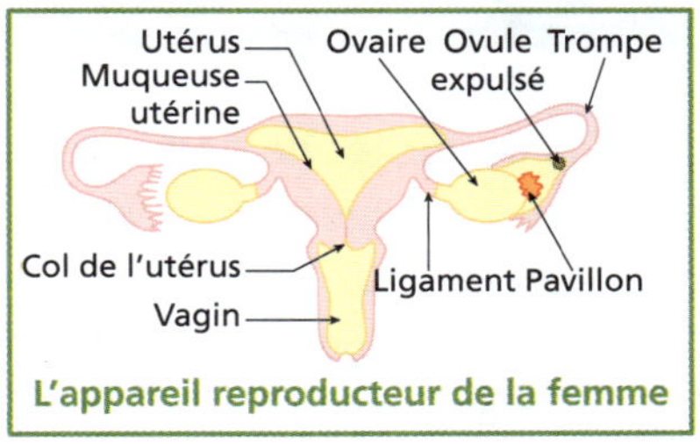

L'appareil reproducteur de la femme

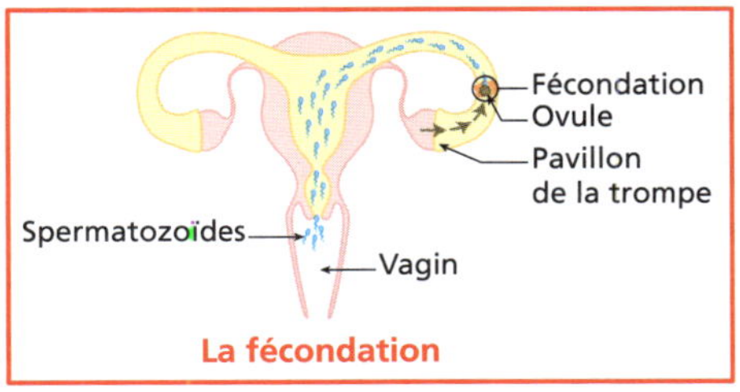

La fécondation

....

....

....

....

SCORE .... / 7

INFO
La fécondation désigne l'union d'un gamète mâle et d'un gamète femelle, donnant une cellule-œuf.

SVT

Corrigés p. 249

TOTAL .... / 19

TECHNOLOGIE

23 Construire une gare moderne

Le problème

- Les tracés spécifiques des lignes à grande vitesse (LGV) nécessitent la création de nouvelles gares à proximité des grandes villes. Comment concevoir ces nouvelles gares pour qu'elles répondent à la fois à des **exigences humaines et environnementales** ?

★ 1 La gare d'Avignon TGV

Observe le document et coche la ou les bonnes réponses.

On remarque :

❑ des parkings ❑ des montagnes ❑ une voie cyclable ❑ un fleuve

Doc. 1 Vue aérienne de la gare d'Avignon TGV, construite en 2001.

SCORE ..../ 4

INFO

La gare d'Avignon TGV est une gare de la LGV Méditerranée, ligne qui relie Lyon aux régions Provence-Alpes-Côte d'Azur et Occitanie.

★★ 2 Le cahier des charges du projet de nouvelle gare

Complète le tableau avec les éléments suivants pour définir le cahier des charges du projet de nouvelle gare d'Avignon TGV.

- Coordination de plusieurs modes de transport (ferroviaire, routier) ou intermodalité
- Tracé de la LGV à proximité de la ville d'Avignon
- Sécurité et confort des usagers
- Respect du paysage (espace naturel et patrimonial)
- Risque d'inondation (proximité du Rhône)
- Espace de services et loisirs (salle d'attente, boutiques...)
- Climat méditerranéen (fort ensoleillement, vent violent : mistral)

Contraintes environnementales	Besoins humains à satisfaire

SCORE ..../ 7

INFO

Le cahier des charges est un document regroupant les besoins et les contraintes d'un projet.

★★ 3 Environnement et architecture de la nouvelle gare

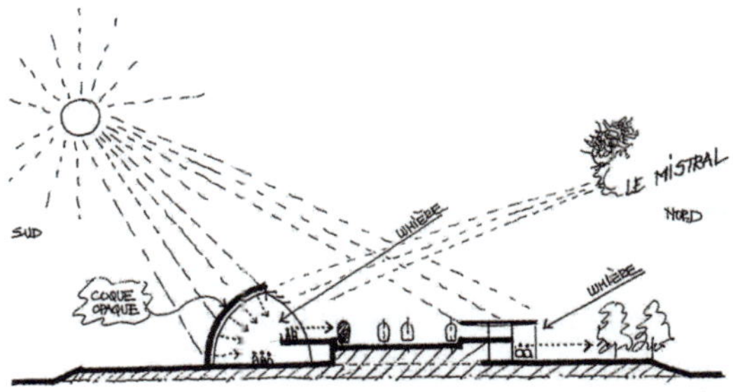

Doc. 2 Croquis des contraintes climatiques.

Doc. 3 Coupe transversale de la gare.

a. Relie les différents éléments naturels aux solutions conceptuelles apportées par l'architecture de la nouvelle gare.

 • • 

 • • 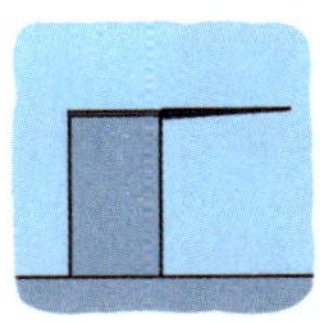

 • • 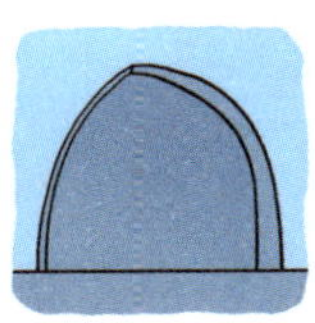

b. Coche les bonnes réponses.

- La gare est à l'abri des crues du Rhône et des rivières proches car l'ensemble se trouve ❑ enterré ❑ surélevé ❑ éloigné, en particulier les voies ferrées.
- À l'intérieur, l'espace est ❑ ouvert ❑ fermé et offre une zone agréable de transit aux passagers.
- Une partie de la structure est vitrée afin de se protéger ❑ du vent ❑ du soleil, tout en respectant le paysage.
- L'autre partie, opaque, protège ❑ du vent ❑ du soleil. Elle est conçue en couleur claire avec des matériaux naturels et nobles (bois et acier).

SCORE .... / 7

★★ 4 Conclusion

Complète le texte.

Dans un projet de gare moderne, les .... environnementales et les .... humains doivent être identifiés dans un ....

Les choix de .... apportent les solutions nécessaires à l'avancement du projet.

Une gare n'est pas seulement un espace de voyage mais s'intègre dans un .... et offre des .... aux usagers.

SCORE .... / 6

COUP DE POUCE
Utilise les mots ou expressions suivants : *conception ; paysage ; cahier des charges ; contraintes ; services ; besoins.*

Corrigés p. 249

TOTAL .... / 24

TECHNOLOGIE

24 Favoriser le travail collaboratif

Le problème

- Les employés d'une entreprise ont parfois besoin de travailler à distance : c'est le **télétravail**.
- La **confidentialité des données** échangées est nécessaire au bon fonctionnement d'une entreprise. Cependant, la connexion à un réseau public (exemple : wi-fi dans une gare, un hôtel...) présente un risque car les données peuvent être visibles par des personnes extérieures.
- Comment concevoir un espace de travail qui permette de collaborer à distance ? Quels sont les éléments de sécurité des données à mettre en place pour travailler en toute sérénité ?

★ 1 Le bureau du futur ?

Observe le document et coche la ou les bonnes réponses.

On identifie : ❑ un lieu de vie ❑ un lieu de travail

Doc. 1 Exemple de poste de travail à domicile.

SCORE ..../ 2

★★ 2 Les bons réseaux

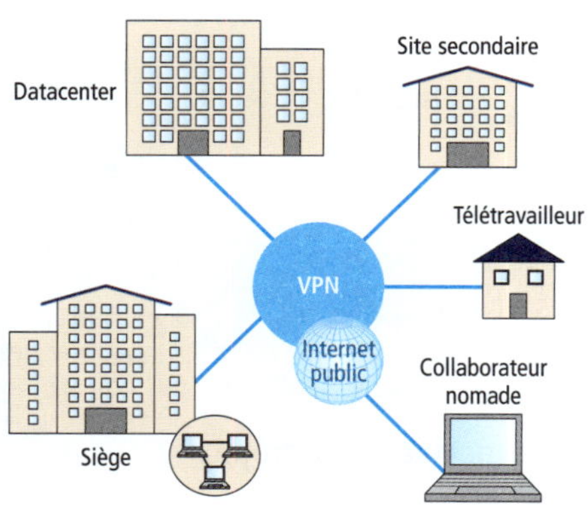

Doc. 2 Pour l'entreprise, un réseau sécurisé de type VPN (*Virtual Private Network* ou réseau privé virtuel).

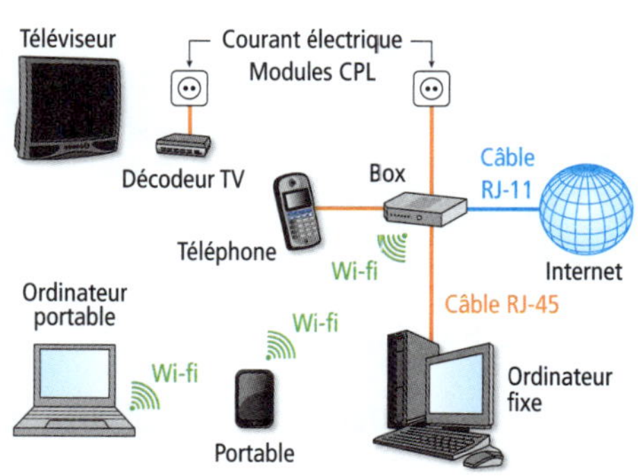

Doc. 3 Pour la maison, des connexions adaptées aux différents usages.

INFO

Un **réseau public** est une connexion informatique accessible à tous, tandis que l'accès à un **réseau privé** est restreint à des utilisateurs identifiés.

Trouve les réseaux appropriés à chaque situation.

a. À l'occasion d'un déplacement professionnel, un travailleur a un rendez-vous dans la salle de réunion d'un hôtel. Pour présenter son travail confidentiel dont les informations se situent sur un serveur de l'entreprise, il connecte son ordinateur à un réseau ❑ public ❑ privé.

b. Après la réunion, pour se connecter au réseau de l'entreprise et envoyer par courriel un fichier confidentiel à un collègue, il utilise
❑ le wi-fi de l'hôtel ❑ un réseau sécurisé VPN.

c. Le lendemain, ce même travailleur reste à la maison car son fils est malade. Il se connecte chez lui pour faire un achat personnel avec
❑ le wi-fi ou le CPL ❑ un réseau sécurisé VPN.

d. En fin de journée, il doit assister à une réunion confidentielle mais il ne peut sortir de chez lui. Il envoie des documents professionnels à distance en utilisant
❑ l'Internet ❑ un réseau sécurisé VPN.

SCORE ..../ 4

★★ 3 Différentes technologies de communication

Retrouve la technologie de communication à laquelle correspond chaque définition : *bluetooth* • *CPL* • *wi-fi*.
Tu peux t'aider des documents 2 et 3 de la page précédente.

a. Procédé qui utilise les câbles électriques domestiques d'un bâtiment pour transmettre les données informatiques : ....

b. Technologie de réseau sans fil (par ondes radio) qui connecte des appareils électroniques entre eux sur une distance limitée (quelques mètres) : ....

c. Technologie de réseau sans fil (par ondes radio) qui connecte des appareils électroniques entre eux sur une courte distance (quelques centimètres) : ....

SCORE ..../ 3

> **INFO**
> On distingue les technologies de communication selon leur type de transmission : **filaire** (par câbles) ou **sans fil** (par ondes radio).

★★ 4 Conclusion

Complète le texte.

Le fait de disposer d'un bureau .... permet de travailler à différents endroits tout en restant en contact avec le reste de l'entreprise par l'intermédiaire d'un réseau .... disponible à tout moment.

Pour échanger des informations confidentielles, il est facile de créer une .... sécurisée à partir d'une liaison .... publique.

Chez soi, il est parfois possible de travailler sans installer une connexion filaire dédiée. Pour cela, on utilise une connexion sans fil de type ....

SCORE ..../ 5

> **COUP DE POUCE**
> Utilise les mots suivants : *Internet* ; *connexion* ; *privé* ; *wi-fi* ; *virtuel*.

Corrigés p. 249

TOTAL ..../ 14

TECHNOLOGIE

25 Adapter son habitation à l'environnement

Le problème

▸ Un toit doit être solide, isolant, adapté au climat, mais également durable et respectueux du paysage. Comment **concilier ces fonctions** particulières ?

★ 1 **Des régions et leurs toits**

Voici des toits traditionnels de certaines régions de France ou du monde.

Doc. 1 Toit en ardoise en Bretagne : une pente forte et des pignons protecteurs.

Doc. 2 Toit en chaume et lauze en montagne, dans le Vercors : un matériau local et économique.

Doc. 3 Toit en tuile canal dans le Sud de la France : un matériau économique sur un toit à faible pente.

Doc. 4 Yourte kazakhe : un matériau isolant et une structure démontable.

INFO
Les yourtes kazakhes sont adaptées à un mode de vie nomade qui se caractérise par des déplacements fréquents d'un lieu de pâturage à un autre.

Relie les éléments entre eux comme il convient.

a. À quelles contraintes sont adaptés les toits des documents 1 à 4 ?

toit en ardoise breton •	• aux exigences esthétiques
toit en chaume alpin •	• au mode de vie nomade
toit en tuile « romaine » •	• à la rudesse climatique (vent, pluie, neige, gel)
toit bâché kazakh •	• aux fortes pluies

b. Sur les documents 1 à 4, à quelles contraintes sont associés les choix techniques ?

précipitations abondantes •	• extrémités protégées
richesses naturelles locales •	• structure démontable
vent •	• inclinaison forte
nomadisme •	• composition minérale ou végétale

SCORE ..../ 8

★★ 2 Les fonctions d'un toit

Indique la caractéristique du toit associée à chacune des fonctions suivantes.

Caractéristique d'un toit	Fonction d'un toit	Réponse technique adaptée à l'environnement
	résistance au vent	fixations, poids, protections spécifiques (extrémités relevées...)
	isolation thermique	composition isolante végétale ou minérale (bois, pierre)
	mise hors d'eau (et de la neige)	pente guidant l'eau hors de la zone à protéger
	mimétisme avec le paysage	toit végétal en zone herbacée, en pierre locale en zone pierreuse
	protection des générations futures	utilisation de matières premières renouvelables
	facilité de construction	matériaux locaux et réutilisables
	lieu de vie	luminosité et aménagement (toit-terrasse, fenêtre)

SCORE ..../ 7

> **COUP DE POUCE**
> Utilise les mots ou expressions suivants : *durable* ; *isolant* ; *solide* ; *habitable* ; *adapté au climat* ; *économique* ; *esthétique.*

★★ 3 Choix des matériaux

Recherche sur Internet des explications aux faits suivants.

a. Pour fabriquer le toit des maisons, les paysans du Vercors privilégient traditionnellement l'utilisation de matériaux comme le chaume ; les Kazakhs, le feutre ; les Méditerranéens, la terre cuite ; les Bretons, l'ardoise.

....

....

b. Une maison norvégienne typique possède un toit végétal.

....

c. Quel type de toit est traditionnel dans ta région ? Explique sa forme et le choix des matériaux.

....

....

SCORE ..../ 6

★★ 4 Conclusion

Complète le texte.

Un objet technique est d'autant plus efficace qu'il s'adapte à son ....

Cela suppose que les réponses techniques aux .... à remplir doivent prendre en compte des paramètres ...., esthétiques, ergonomiques et d'approvisionnement ....

Les constructions qui respectent les objectifs d'un .... durable utilisent des .... disponibles et ....

SCORE ..../ 7

> **COUP DE POUCE**
> Utilise les mots suivants : *développement* ; *fonctions* ; *local* ; *renouvelables* ; *environnement* ; *matières premières* ; *climatiques.*

Corrigés p. 250

TOTAL ..../ 28

Définitions clés

Mot clé	Définition
absorption	Passage des nutriments du tube digestif dans le sang.
boucle	Circuit électrique (ou branche de circuit) fermé.
chlorophylle	Substance contenue dans les végétaux verts et leur permettant de fabriquer la matière organique à partir de matière minérale.
circuit en série / en dérivation	Les composants d'un circuit en série appartiennent à la même boucle. Un circuit en dérivation est composé de plusieurs boucles.
corps pur / mélange	Un corps pur est une substance formée d'un seul constituant. Un mélange est une substance contenant plusieurs constituants différents.
digestion	Transformation mécanique et chimique des aliments en nutriments dans le tube digestif, sous l'action d'enzymes.
dipôle	Composant d'un circuit électrique possédant deux bornes.
états de la matière	La matière peut exister sous trois états : solide, liquide ou gaz.
évolution	Transformation des animaux et végétaux, au cours de l'histoire de la Terre, donnant de nouvelles espèces.
fécondation	Union d'un gamète mâle et d'un gamète femelle, donnant une cellule-œuf.
gamète	Cellule reproductrice mâle (spermatozoïde) ou femelle (ovule).
intensité du courant électrique	Grandeur mesurant le débit d'électricité qui circule en un point du circuit et exprimée en ampères.
masse	Quantité de matière que contient un objet ou une substance.
objet diffusant	Objet qui diffuse (renvoie dans toutes les directions) la lumière qu'il reçoit.
onde	Perturbation se propageant dans l'espace.
plaque lithosphérique	Partie rigide de la couche superficielle du globe limitée par des zones étroites d'intense activité volcanique et sismique.
rayon lumineux	Trajet suivi par la lumière pour aller d'un point à un autre.
référentiel	Objet par rapport auquel on étudie un mouvement.
reproduction sexuée / asexuée	La reproduction sexuée fait intervenir gamètes mâles et femelles. La reproduction asexuée ne fait pas intervenir les gamètes.
signal	Information transmise par une onde mécanique ou électromagnétique.
source d'énergie	Matière première ou phénomène naturel utilisé pour produire de l'énergie.
source primaire	Objet produisant sa propre lumière.
tension électrique	Grandeur se mesurant entre deux bornes d'un dipôle et exprimée en volts.
trajectoire	Ensemble des positions successives d'un objet au cours du temps.
vaisseaux conducteurs de sève	« Tubes » qui parcourent toute la plante et où circule la sève pour être distribuée à tous les organes.
vaisseaux sanguins	Réseau de « tubes » assurant la circulation de matière et la communication entre tous les organes grâce au sang.
vitesse moyenne	Quotient de la distance parcourue par la durée du parcours.
volume	Espace occupé par un objet ou une substance.

Corrigés

1 Décrire les propriétés et les états de la matière

1 a. L'air contenu dans ce ballon occupe un volume important, mais sa masse est très faible.
b. La masse de cette bille en plomb est élevée, mais son volume est très faible.

2 a.

Mesure	Propriété physique
100 °C	point d'ébullition
0 °C	point de fusion
1 g/cm³	densité

b. Il s'agit de l'eau pure.

3 Je suis un métal.

4 Propriété chimique : inflammabilité. Les autres sont des propriétés physiques.

5 a. Vrai. Contrairement aux solides et aux liquides, les gaz occupent tout l'espace.
b. Vrai. Lorsque l'on transvase un liquide, son volume reste identique, seule sa forme change en fonction du contenant.
c. Vrai. Un solide conserve sa forme et son volume.

6 Solide : neige, grêle, verglas.
Liquide : pluie, buée, rosée.
Gaz : vapeur.

7 Les grains de sable sont immobiles les uns par rapport aux autres comme dans un solide. Mais le sable s'écoule comme un liquide. On parle d'état granulaire.

2 Mesurer le volume, la masse et la température

1 $V_1 = 37$ mL $V_2 = 96$ mL $V_3 = 218$ mL

2 a. Méthode 1 : mesurer le rayon r de la bille et appliquer la formule $V = \frac{4 \times \pi \times r \times r \times r}{3}$.

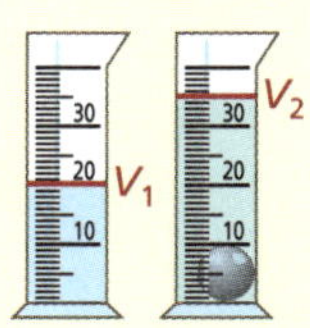

b. Méthode 2 : plonger l'objet dans un liquide ; le volume du solide correspond au volume de liquide déplacé : $V = V_2 - V_1$.

3 1,2 L = 1 200 mL 450 mL = 0,450 L
0,3 m³ = 300 L 25,6 mL = 25,6 cm³
50 g = 0,050 kg 0,2 kg = 200 g

4 Oui, le procédé est correct. La fiole vide a une masse de 220 g. Une balance électronique a un bouton « tare » qui permet de réinitialiser la balance à zéro avec le récipient vide. Elle affiche ainsi ensuite uniquement la masse du liquide contenu dans le récipient.

5 Il faut calculer la masse volumique ρ de chaque liquide avec la formule $\rho = \frac{m}{V}$.

C'est l'éthanol qui est le liquide le plus léger :

$$\rho = \frac{79}{100} = 0{,}79 \text{ g/mL}.$$

3 Réaliser des expériences pour caractériser des mélanges

1 a. Cette eau minérale n'est pas un corps pur car elle contient beaucoup de sels minéraux.
b. Lorsqu'on chauffe 1 L de cette eau à 180 °C, on recueille 260 mg de ces sels minéraux (le « résidu sec »).

2 Le dépôt blanc observé provient de substances dissoutes dans l'eau, invisibles à l'œil nu et appelées sels minéraux. L'eau du robinet est un mélange homogène, mais n'est pas un corps pur.

3 a. L'air est un mélange gazeux.
b. L'atmosphère est composée à 78 % de diazote, 21 % de dioxygène et 1 % d'autres gaz (dont le dioxyde de carbone).

4

Mélange	Homogène	Hétérogène
eau-acétone	X	
eau-huile		X
huile-acétone	X	

5 a. La filtration est une technique de séparation d'un mélange hétérogène, qui permet de séparer les grosses particules solides du liquide.
b. La décantation est une autre technique de séparation d'un mélange hétérogène composé de deux liquides non miscibles.

4 Caractériser les changements d'état de la matière

1 La température initiale de l'eau liquide est de 12 °C. En refroidissant cette eau, sa température va chuter.
Lorsque $T = 0$ °C (à 1,5 min), les premiers cristaux de glace se forment.
À 4,5 min, la dernière goutte d'eau gèle (on observe un palier à 0 °C pendant la solidification). Puis, la glace continue de se refroidir ($T < 0$ °C).

2 a. $T_i = -4$ °C
b. $t = 2$ min
c. Les derniers cristaux de glace fondent.
d. La fusion de la glace correspond au palier de changement d'état.
Elle dure donc : 6 min – 2 min = 4 min.

3 En chauffant le jus d'orange, l'eau va passer sous forme de vapeur, puis sera récupérée sous forme liquide, par liquéfaction au contact du tube réfrigérant. Les produits les moins volatils (colorants...) restent dans le ballon.

4

	Solide	Liquide	Gaz
Ordonnées	X		
Désordonnées		X	X
Rapprochées	X	X	
Espacées			X
Liées	X		
Non liées			X
Peu liées		X	

5 **a.** Pour comparer les masses de gaz, on compte le nombre de molécules (particules) contenues dans chaque flacon.
D'où : $m_B = m_C < m_A = m_D$.
b. Pour comparer les volumes de gaz, on compare l'espace occupé donc les dimensions de chaque flacon.
D'où : $V_A = V_B < V_C = V_D$.

5 Décrire le mouvement d'un objet

1

	A	B	C	Bus	Trottoir
A		oui	oui	non	oui
B	oui		non	oui	non
C	oui	non		oui	non
Bus	non	oui	oui		oui
Trottoir	oui	non	non	oui	

2 Dans l'ordre : accéléré, uniforme, ralenti.

3 **a.** Mouvement rectiligne uniforme.
b. Mouvement rectiligne accéléré.
c. Mouvement rectiligne ralenti.

4 **a.** Le mouvement est non uniforme car la voiture n'a pas gardé une vitesse constante tout au long du trajet.
b. La distance parcourue est : $d = 350$ km.
La durée du parcours est : $t = 3$ h 30 min = 3,5 h.
D'où : $v_{moyenne} = \frac{d}{t} = \frac{350}{3,5} = 100$ km/h.
c. On ne sait pas car il est impossible de connaître les vitesses instantanées du véhicule.

5 **a.** 0 s à 3 s : mouvement rectiligne accéléré ;
3 s à 6 s : mouvement rectiligne uniforme ;
6 s à 8 s : mouvement rectiligne ralenti ;
8 s à 9 s : mouvement rectiligne uniforme ;
9 s à 10 s : mouvement rectiligne ralenti.
b. Non, la vitesse n'est jamais nulle tout le long du parcours.

6 Distinguer les différents types de signaux

1

Dispositif	Émetteur	Récepteur
poste radio		X
enceinte bluetooth	X	X
téléphone mobile	X	X
antenne-relais	X	X
parabole TV		X

2 Au signal visuel d'alerte s'ajoute le signal sonore qui se propage à travers les murs.

3 Le principe du sonar est d'émettre un son puis de capter son écho. L'analyse des signaux permet de cartographier les fonds marins ou de détecter des bancs de poissons.

4 Lumière et radio : ondes électromagnétiques.
Vibration et son : ondes mécaniques.

5 Lumière : air, eau, vide.
Son : air, eau, métal.

7 Distinguer les sources primaires et les objets diffusants

1 Source primaire : TV allumée.
Les autres sont des objets diffusants.

2

Matériau	Transparent	Translucide	Opaque
bois			X
plastique	X	X	X
toile		X	
carton			X
calque		X	

3 Voir le schéma du cours.

4 Le spot jaune émet 2 couleurs primaires : rouge et vert.
Le bleu absorbe ces 2 couleurs : il apparaît donc noir.
Le blanc diffuse les 2 couleurs : il deviendra donc jaune.
Le rouge absorbe le vert et diffuse sa propre couleur.

Drapeau français

Drapeau belge

5 **a.**

Couleur du filtre	Couleurs primaires transmises	Couleurs primaires bloquées
rouge	rouge	vert-bleu
bleu	bleu	rouge-vert
jaune	rouge-vert	bleu

b. Un filtre jaune, car il arrête le bleu. Le ciel deviendra très sombre (presque noir) et les nuages gris clair.

8 Exploiter la propagation rectiligne de la lumière

1 Expérience 1 : La lumière est uniquement visible sur l'écran qui diffuse la lumière vers nos yeux. En réalité, c'est un rayonnement invisible.
Expérience 2 : Là où tu crois voir un faisceau lumineux, ce sont en fait les poussières de craie éclairées qui diffusent une partie de la lumière vers nos yeux !

2 En A, l'observateur voit la source au-dessus de la balle.
En B, il ne voit pas la source qui est cachée par la balle (zone d'ombre portée).
En C, il voit la source au-dessous de la balle.

3 Ce n'est pas une bonne idée. En effet, le réflecteur de cette lampe transforme la source quasi ponctuelle du filament en une source étendue qui génère des zones de pénombre. Il n'y aura donc pas d'ombres nettes.

4 Comme pour une source lumineuse étendue, on observe une zone de pénombre autour de l'ombre portée.

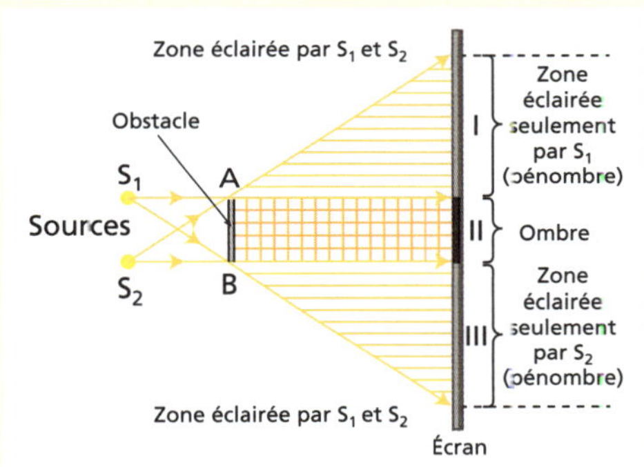

9 Schématiser les circuits électriques

1 La lampe brille lorsque le circuit est fermé. Le courant circule donc lorsque le matériau est conducteur.
Les métaux (fer, aluminium) sont d'excellents conducteurs, le graphite l'est un peu moins, et le bois est un isolant (il ne laisse pas circuler le courant).

2 Récepteurs : la lampe, le moteur et la résistance.
Générateurs : la pile et le générateur.
Remarque : l'interrupteur (fermé ou ouvert) n'est pas considéré comme un récepteur car il ne transforme pas l'énergie électrique qu'il reçoit.

3 Le circuit est composé d'une seule boucle de courant : il y a une pile, trois lampes et quatre fils de connexion.

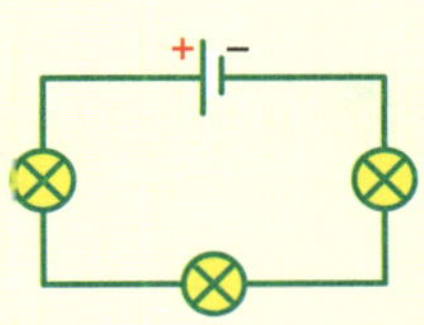

4 **a.** Lorsque l'interrupteur est fermé, le courant circule dans la boucle de courant : la lampe brille.
b. L'interrupteur peut être placé indifféremment avant ou après la lampe.

5

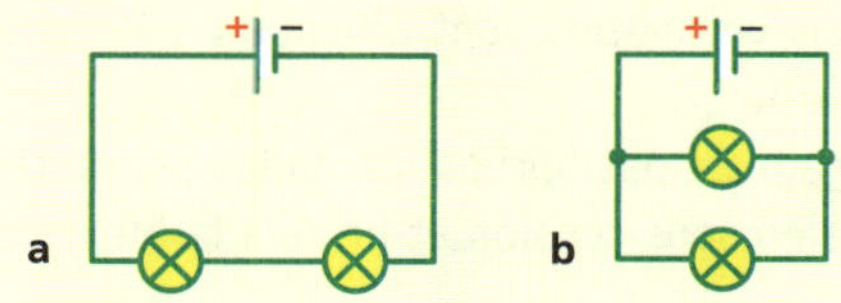

6 La diode a pour fonction de protéger l'électronique du robot d'une erreur de branchement de sa source d'alimentation. Si la batterie est mal branchée, le courant arrive dans le mauvais sens et la diode est non-passante : elle ne laisse pas passer le courant.

10 Distinguer circuit en série et circuit en dérivation

1 **a.** série • **b.** dérivation • **c.** dérivation • **d.** série
Les montages **a** et **d** n'ont qu'une seule boucle de courant, contrairement aux montages **b** et **c**.

2 Les appareils sont généralement branchés en dérivation pour qu'ils puissent fonctionner indépendamment les uns des autres. S'ils étaient branchés en série, ils seraient allumés ou éteints tous ensemble, ce qui ne serait pas très pratique !

3 Deux solutions sont possibles :

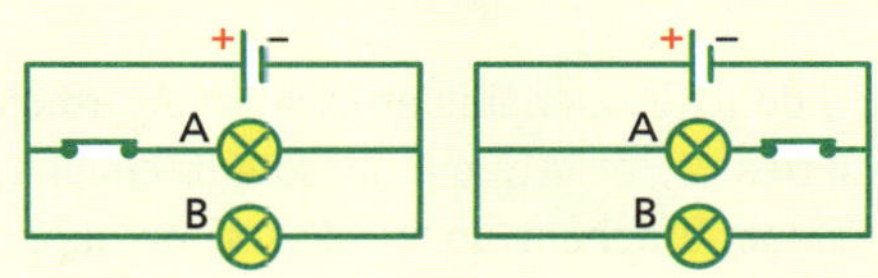

4 **a.**

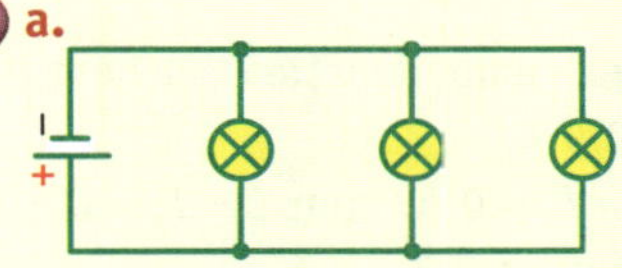

b.

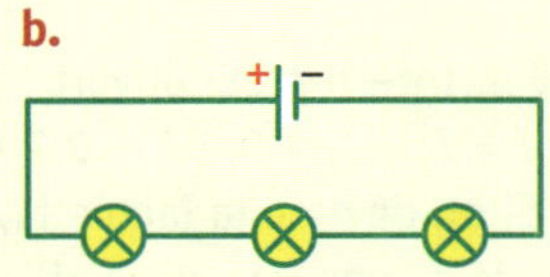

5 Il faut fermer les interrupteurs ①, ③ et ④. Les interrupteurs ② et ⑤ restent ouverts.

6

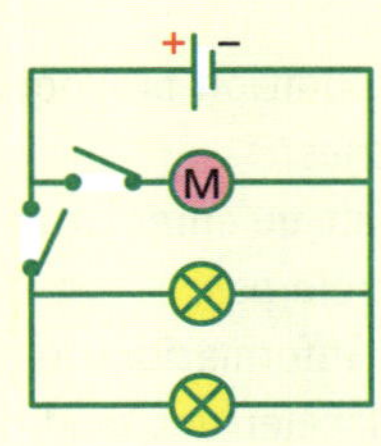

11 Mesurer une tension électrique dans un circuit

1 volts – *U* – voltmètre – dérivation.

2 Si on inverse le sens de branchement des deux fils de connexion, le voltmètre affiche une valeur de tension négative. Cela n'endommage pas l'appareil mais signale simplement l'erreur de branchement. Il suffit de permuter les deux fils pour retrouver une valeur de tension positive.

3 **a.** Les trois voltmètres vont afficher 4,5 V (la tension délivrée par la pile).
b. Ce montage n'est pas optimal car la lampe, de tension nominale 6 V, sera en sous-tension et brillera faiblement.

4 **a.** Les résultats de mesure sont parfaitement logiques.
Situation 1 : interrupteur ouvert, lampe non reliée à la pile, $U = 0$ V.
Situation 2 : interrupteur fermé, $U = U_{pile} = 6$ V.
b. $U_{pile} = U_{lampe} + U_{interrupteur}$ (montage en série)
Situation 3 : $U_{pile} = 0 \text{ V} + U_{interrupteur}$.
Situation 4 : $U_{pile} = U_{lampe} + 0$ V.
Il ne faut donc jamais oublier que, dans un circuit ouvert, il existe des portions du circuit qui restent sous tension.

12 Mesurer l'intensité du courant dans un circuit

1 intensité – débit – ampère – A – ampèremètre – série – I.

2 L'ampèremètre mesure l'intensité du courant en un point précis du circuit. Il doit être placé sur une boucle de courant et impérativement en série avec le dipôle.

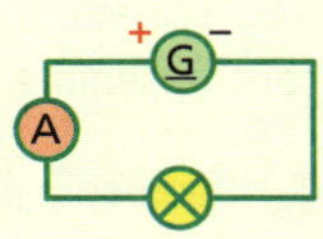

3 $I = I_1 + I_2$, donc les ampèremètres A_1 et A_4 affichent 0,4 A. Les ampèremètres A_2 et A_3, qui mesurent chacun l'intensité d'une seule lampe, affichent donc 0,2 A si on suppose que les deux lampes sont identiques.

4 **a.** Interrupteur ouvert : les deux ampèremètres affichent 0 A.
b. $I = I_1 + I_2 = 0{,}2 \text{ A} + 0{,}3 \text{ A} = 0{,}5 \text{ A}$.
c. Si on dévisse la lampe L_1, on a $I_1 = 0$ A, donc $I = I_2 = 0{,}3$ A : les deux ampèremètres affichent donc 0,3 A.

13 La Terre, planète active

1 **a.** Onde sismique : vibration provoquée par le séisme, et se propageant dans les roches.
b. Un sismographe ne fait qu'enregistrer les ondes causées par le séisme, il ne les contrôle pas.
c. Le recoupement des informations reçues par plusieurs sismographes permet de déceler des modifications dans l'activité interne du globe, et ainsi de prévoir, dans une certaine mesure, l'éventualité d'un séisme.

2 Volcans et séismes, en limite des plaques lithosphériques, sont des témoins de l'activité interne du globe.

3 **a.** Il n'y a pas de danger immédiat en raison de la faible vitesse de la coulée.
b. Il faut évacuer les habitations.
c. Il n'y a pas ou peu de risques pour la population, mais les habitations et les biens peuvent être détruits, et tout un village être réduit à la misère.

4 **b.** L'installation est peu judicieuse car le Japon est situé dans une zone très sismique bien connue.
c. La centrale a été installée pour produire de l'électricité.
d. Il n'y a pas vraiment d'autre possibilité, toute la région présente un risque sismique élevé.
e. Les responsables politiques ont dû prendre en compte la nécessité économique de produire de l'électricité pour le pays et le risque d'accident pour la population.

14 Des ressources naturelles exploitées par l'Homme

1 **a.** Hydraulique : énergie tirée du mouvement de l'eau (fleuves, marées).
Éolien : énergie produite par le vent.
Biomasse : énergie tirée des végétaux (chauffage au bois, biocarburants…).
Photovoltaïque : se dit du procédé produisant de l'électricité à partir de la lumière solaire.
b. 1er : éolien ; 2e : charbon ; 3e : gaz ; 4e : hydraulique ; 5e : nucléaire.
c. 74,8 %.
d. La France achète l'uranium à plusieurs fournisseurs. Ceci constitue un élément de sécurité (avantage), car si l'un fait défaut, les autres peuvent compenser. Par contre, la France ne produisant quasiment pas d'uranium, elle dépend de ces pays étrangers, et donc des relations qu'elle entretient avec eux. C'est donc un élément de risque (inconvénient).

2 L'eau est une source d'énergie (barrage sur les fleuves, usines marémotrices). Elle est aussi indispensable à la vie de tous les êtres vivants (milieu de vie, eau de boisson pour les animaux, développement des végétaux…).

3 Une usine marémotrice fournit une production d'électricité limitée et ne peut être installée qu'en de rares endroits, où la force des marées est maximale. C'est donc pour le moment un procédé d'appoint, qui nécessiterait un grand nombre d'usines pour devenir la principale source d'électricité pour la France.

4 **a.** $\dfrac{7\,289 \times 66\,000\,000}{4\,000\,000}$, soit environ 120 269 éoliennes.
b. L'installation d'éoliennes nécessite des lieux dégagés, bien exposés au vent, comme en bord de mer ou au large. Un tel nombre d'éoliennes serait donc difficile à implanter actuellement.

15 Gérer la planète

1 **a.** 1960 : – 10 % ; 2000 : – 71 %.
b. La disparition des poissons dans les océans.
c. La fausse déclaration des quantités de poissons pêchés.
d. Les fermes aquacoles sont une solution, car elles permettent de produire en grande quantité certains poissons parmi les plus demandés.

2 a. Il aurait fallu planter des arbres sur les pentes : les racines auraient retenu le sol.
b. Pour l'industriel, le lac restant profond, la chute d'eau aurait continué à être forte, et la production d'électricité aurait été plus importante et plus durable. Pour la population, cela aurait permis un aménagement paysager plus agréable.

3 Les espaces séparant les pavés formaient une vaste surface d'infiltration de l'eau de pluie dans le sol. Le revêtement actuel, imperméable, entraîne le ruissellement de l'eau vers les égouts. En cas de forte pluie, ceux-ci sont saturés ; ils ne parviennent plus à évacuer l'eau assez vite. L'eau s'accumule : c'est l'inondation.

4 Les racines, en s'étendant dans le sol, emprisonnent les grains de sable. Le vent a ainsi moins tendance à les emporter et cela permet de préserver les dunes et le milieu naturel du littoral.

16 Le transport de matière dans un organisme animal

1 a. dioxygène – nutriments – vaisseaux sanguins – organes – pompe – circulation sanguine.
b.

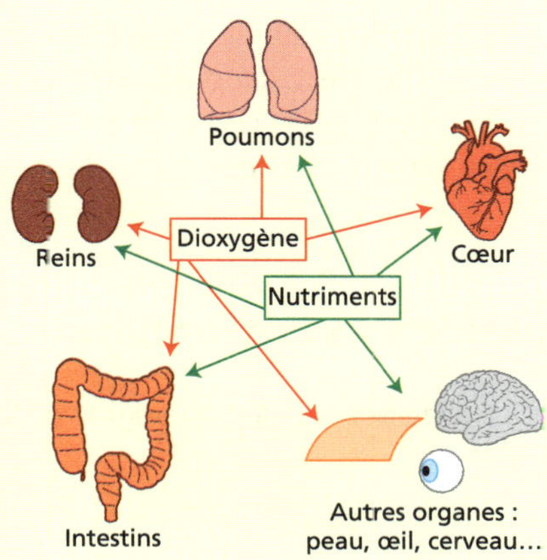

2

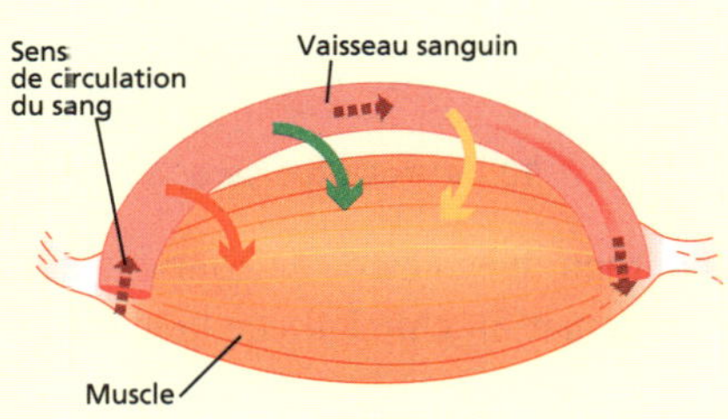

3 Pour obtenir du foie gras, on « gave » l'animal, c'est-à-dire qu'on lui fait ingurgiter de force une grande quantité de nourriture, bien au-delà des besoins de son organisme. La matière en excès s'accumule dans le foie, qui devient très gros. L'animal est alors sacrifié, et le foie, récupéré et cuit, fait les délices de certaines personnes.

4 a. En 1997 : 8,5 % de personnes obèses ; 15 % en 2012, soit 6,5 % de plus.
b. Le nombre d'obèses est en augmentation.
c. Excès alimentaire et manque d'activité physique sont deux causes possibles d'obésité.
d. L'obésité peut être responsable de maladies graves, en particulier au niveau du cœur et des vaisseaux : les maladies cardiovasculaires.
e. Manger moins et bouger plus constituent deux moyens de lutter contre l'obésité.

17 Le transport de matière dans une plante chlorophyllienne

1 a. Dans les récipients 1 et 3, la plante est épanouie ; dans le récipient 2, elle est fanée.
b. Dans les récipients 1 et 3, les poils absorbants trempent dans l'eau ; dans le récipient 2, ils sont dans l'huile.
c. Les poils absorbants des racines sont les organes qui puisent l'eau nécessaire à la plante.

2 a. Les feuilles de la plante sont enfermées dans un sachet plastique qui se couvre peu à peu de gouttelettes d'eau.
b. Les feuilles.
c. La transpiration.
d. Titre du document : « Mise en évidence de la transpiration chez un végétal. »

3 a.

	Masse de terre	Masse de l'arbre
Au moment de la plantation	90,99 kg	2,3 kg
Cinq ans plus tard	90,84 kg	76,8 kg

b. Le saule a utilisé une partie des substances contenues dans la terre (sels minéraux) pour se nourrir.

4 a.

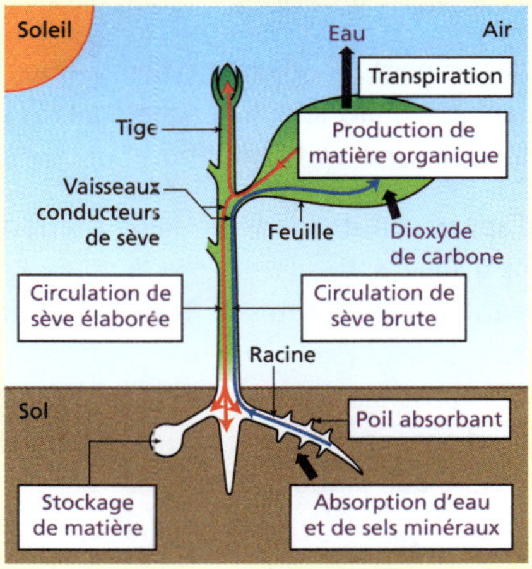

b. Titre du schéma : « Production et circulation de matière dans un végétal chlorophyllien. »

PHYS.-CHIMIE, SVT & TECHNO CORRIGÉS

18 Reproductions sexuée et asexuée : le peuplement des milieux

1 À cause des faibles chances de rencontre entre les gamètes, et du risque pour les œufs et les larves d'être mangés par d'autres animaux marins (poissons ou invertébrés). De plus, si elles tombent sur un milieu sableux, les larves ne pourront pas se fixer et mourront.

2 **a.** Les spores, qui sont des cellules, sont microscopiques. Très légères, elles sont facilement transportées par le plus petit souffle d'air.
b. Il s'agit de reproduction asexuée (ou multiplication végétative) car, ici, les gamètes n'interviennent pas.

3 **a.** Le noyau est la graine. Celle-ci n'a pas été digérée, elle est donc intacte et peut germer en donnant un nouveau cerisier.
b. Ceci ne se produira qu'à condition que la graine tombe sur un milieu favorable à sa germination (terre).
c. La grive assure le transport de la graine vers un nouveau milieu.

4 Les tiges aériennes donnent naissance à de nouveaux pieds de trèfle à proximité du pied d'origine par reproduction asexuée, ou multiplication végétative : le trèfle colonise le milieu proche.

19 La parenté des êtres vivants

1 **a.** L'apparition de l'Archéoptéryx, qui figure parmi les tout premiers oiseaux, est datée d'environ – 150 millions d'années.
b. Les scientifiques se fondent sur les ressemblances entre les fossiles et les espèces actuelles pour déterminer l'appartenance d'un fossile à un groupe.

2 Les espèces découlent les unes des autres par des transformations successives. Il est donc très difficile de dire à quel moment un animal est suffisamment différent de celui qui lui a donné naissance pour mériter l'appellation d'espèce nouvelle.

3 **a.** Bactérie – Dinosaure – Plante à fleurs – Homme.
b. La vie est apparue dans le milieu aquatique.
c. Il s'agit du mécanisme de l'évolution.

4 **a.** Date d'apparition de la vie en milieu terrestre : environ – 500 millions d'années.
b. Date d'apparition des plantes à fleurs : environ – 150 millions d'années.
c. Non, c'est impossible car les reptiles apparaissent vers – 330 millions d'années tandis que les mammifères n'apparaissent que vers – 220 millions d'années.

20 Activité et fonctionnement de l'organisme

1 **a.** On mesure le rythme respiratoire, c'est-à-dire le nombre de respirations par minute.
b. On mesure le rythme cardiaque, c'est-à-dire le nombre de battements du cœur par minute.

2 **a.** Pendant un effort intense :

Le débit sanguin augmente	Le débit sanguin diminue
Dans le cœur	Dans les reins
Dans les muscles	Dans l'abdomen
Au niveau de la peau	Dans les autres organes

b. Les muscles, car ce sont les organes les plus sollicités pendant l'effort physique.
c. L'augmentation du débit sanguin permet d'apporter aux muscles le dioxygène et les nutriments dont ils ont besoin pour produire un effort, et de les débarrasser du dioxyde de carbone.

3 Au cours de l'activité, le rythme respiratoire et le rythme cardiaque augmentent, permettant d'apporter aux organes qui les consomment les nutriments et le dioxygène, et de les débarrasser du dioxyde de carbone.

4 La nourriture absorbée fournit les nutriments nécessaires à l'effort physique. Elle n'est donc pas stockée mais utilisée pendant l'activité. C'est pour cette raison que les sportifs peuvent absorber de grandes quantités de nourriture sans grossir.

21 Les besoins nutritionnels

1 **a.** Ce sont les enzymes qui sont à l'origine de la transformation de la viande.
b.

10 heures plus tard

c. Le liquide contenu dans l'estomac contient des enzymes qui assurent la transformation chimique de la viande.

2 Plus les morceaux d'aliments sont mâchés, donc petits, mieux la matière qui les constitue entre en contact avec les enzymes de l'estomac et de l'intestin. La transformation se fait donc mieux et plus rapidement.

3 L'intestin grêle est le lieu de la transformation des aliments en nutriments. S'il manque une partie importante de l'intestin grêle, cette transformation se fait mal et il faut compléter l'apport alimentaire en nutriments prêts à être utilisés sans transformation par l'organisme.

4 a.

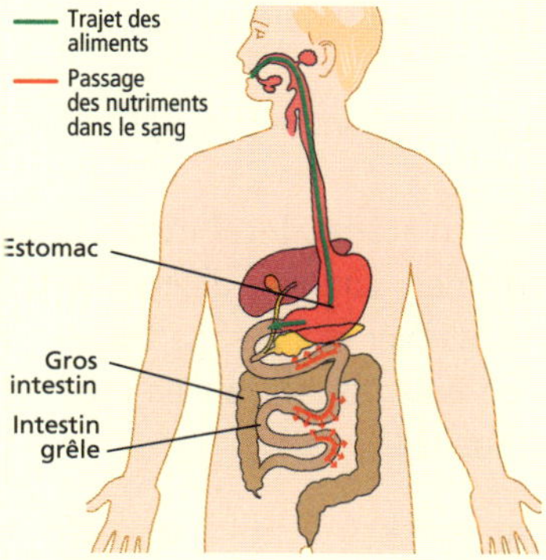

b. Les transformations mécaniques se font au niveau de la bouche. Les transformations chimiques ont lieu dans la bouche (salive), dans l'estomac et dans l'intestin.
c. Le passage des nutriments dans le sang se fait au niveau de l'intestin grêle.

22 Les principaux mécanismes de la reproduction humaine

1 a. La puberté est marquée par l'apparition des poils, en particulier au niveau du pubis.
b. L'adolescence est une période au cours de laquelle garçons et filles grandissent rapidement.

2 La fécondation, union d'un spermatozoïde et d'un ovule, donne une cellule-œuf, qui au cours de la grossesse se développe en embryon puis en fœtus, jusqu'à l'accouchement.

3 a. L'alcool et le tabac peuvent traverser le placenta et gagner le sang de l'embryon, risquant, si la quantité est importante ou répétée, de causer des dommages parfois irréversibles chez le futur enfant (malformations, retard mental, fragilité...).
b.

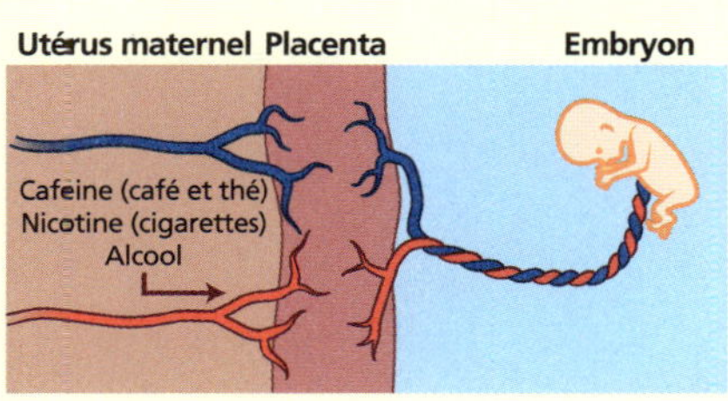

4 Fabrication des spermatozoïdes : testicules.
Émission du sperme : pénis.
Fabrication des ovules : ovaire.
Libération des ovules : proximité immédiate de l'ovaire (dans le pavillon).
Fécondation : proximité immédiate de l'ovaire (trompe).
Nidation de l'embryon : utérus.
Développement de l'embryon : utérus.

23 Construire une gare moderne

1 On remarque des parkings et un fleuve.

2 Contraintes environnementales : tracé de la LGV à proximité de la ville d'Avignon ; respect du paysage ; risque d'inondation ; climat méditerranéen.
Besoins humains à satisfaire : coordination de plusieurs modes de transport ; sécurité et confort des usagers ; espace de services et loisirs.

3 a.

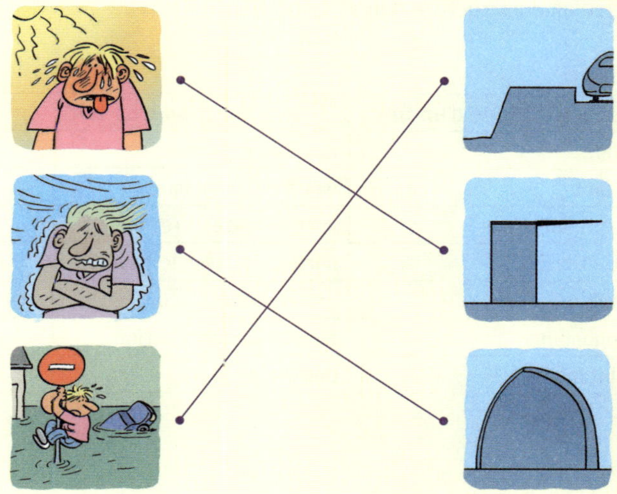

b. surélevé – fermé – du vent – du soleil.

4 Dans un projet de gare moderne, les contraintes environnementales et les besoins humains doivent être identifiés dans un cahier des charges.
Les choix de conception apportent les solutions nécessaires à l'avancement du projet.
Une gare n'est pas seulement un espace de voyage mais s'intègre dans un paysage et offre des services aux usagers.

24 Favoriser le travail collaboratif

1 On identifie un lieu de vie et un lieu de travail.

2 a. privé • **b.** un réseau sécurisé VPN • **c.** le wi-fi ou le CPL • **d.** un réseau sécurisé VPN.

3 a. CPL • **b.** wi-fi • **c.** bluetooth.

4 Le fait de disposer d'un bureau virtuel permet de travailler à différents endroits tout en restant en contact avec le reste de l'entreprise par l'intermédiaire d'un réseau privé disponible à tout moment.
Pour échanger des informations confidentielles, il est facile de créer une connexion sécurisée à partir d'une liaison Internet publique.
Chez soi, il est parfois possible de travailler sans installer une connexion filaire dédiée. Pour cela, on utilise une connexion sans fil de type wi-fi.

25 Adapter son habitation à l'environnement

1 **a.** toit en ardoise breton : aux fortes pluies ;
toit en chaume alpin : à la rudesse climatique ;
toit en tuile « romaine » : aux exigences esthétiques ;
toit bâché kazakh : au mode de vie nomade.
b. précipitations abondantes : inclinaison forte ;
richesses naturelles locales : composition minérale ou végétale ;
vent : extrémités protégées ;
nomadisme : structure démontable.

2

Caractéristique d'un toit	Fonction d'un toit
solide	résistance au vent
isolant	isolation thermique
adapté au climat	mise hors d'eau (et de la neige)
esthétique	mimétisme avec le paysage
durable	protection des générations futures
économique	facilité de construction
habitable	lieu de vie

3 **a.** Chaume (Vercors) : matériau local et économique ;
feutre (Kazakhstan) : matériau isolant et adapté au nomadisme ;
terre cuite (régions méditerranéennes) : matériau local et économique ;
ardoise (Bretagne) : matériau local et imperméable.
b. Le climat norvégien connaît d'importantes différences de températures entre l'hiver et l'été. Le toit végétal garde l'habitation au chaud en hiver et au frais en été.
c. Réponse personnelle.

4 Un objet technique est d'autant plus efficace qu'il s'adapte à son environnement.
Cela suppose que les réponses techniques aux fonctions à remplir doivent prendre en compte des paramètres climatiques, esthétiques, ergonomiques et d'approvisionnement local.
Les constructions qui respectent les objectifs d'un développement durable utilisent des matières premières disponibles et renouvelables.

Cette partie te propose un **entraînement** avec des rappels de cours et des exercices correspondant au niveau A1⁺-A2 du CECRL :

Elle comprend aussi :

Les fichiers audio signalés par ce pictogramme sont disponibles sur le site www.editions-hatier.fr, dans la fiche article de l'ouvrage.

LE GROUPE NOMINAL

1 Les quantifieurs : *some, any, no*

Some, any, no

Some, *any* et *no* servent à exprimer une **quantité imprécise**.
On les emploie devant un nom indénombrable ou un nom dénombrable au pluriel.
Ils se traduisent par « du », « de la », « des ».

- Dans les **phrases affirmatives**, on emploie ***some***.

  *There is **some** chocolate* [indénombrable] *on your fingers.*
  Il y a du chocolat sur tes doigts.

  *There are **some** stamps* [dénombrables] *in my bag.*
  Il y a des timbres dans mon sac.

- Dans les **phrases interrogatives**, on emploie :
  - ***any*** lorsqu'on ignore s'il y a ce que l'on demande ;

    *Have you got **any** mustard?* Avez-vous de la moutarde ?
  - ***some*** lorsque l'on sait qu'il y a ce que l'on demande (demande polie) ou lorsque l'on fait une offre. Dans les deux cas, on attend une réponse positive.

    *Can I have **some** pancakes?* Est-ce que je peux avoir des crêpes ?

    *Would you like **some** tea?* Voulez-vous du thé ?

- Dans les **phrases négatives**, on emploie :
  - ***any*** si la phrase contient une négation ;
  - ***no*** si la phrase ne contient pas d'autre négation (*no* = *not... any*).

    *I haven't got **any** time. = I have **no** time.* Je n'ai pas le temps.

★ 1 Peter n'est pas un garçon très ordonné. Qu'y a-t-il dans son cartable ? Complète les phrases en fonction du dessin.

ATTENTION Phrases 1 à 4 : mets bien le verbe au pluriel ou au singulier en fonction du groupe nominal qui suit.

1. There ....
2. There ....
3. There ....
4. There ....
5. Are there .... shoes in his bag? No, there are .... shoes in his bag.

SCORE ..../6

★ 2 Complète ces phrases avec *any* ou *some*.

COUP DE POUCE La phrase 3 exprime une offre ; la phrase 4 une demande.

1. Is there .... milk?
2. Are there .... oranges on the table?
3. Would you like .... bread?
4. Can I have .... chicken, please?

SCORE ..../4

3 Complète les phrases suivantes en employant *some*, *any* ou *no*.

1. Is there .... soap in the bathroom?
2. There's .... orange juice in the bottle. It's empty.
3. Can I have .... marmalade, please?
4. Are there .... stamps on the postcards?
5. Have .... cheese!

SCORE ..../5

> **COUP DE POUCE**
> Vérifie que tu as bien utilisé deux fois *some*.

4 Coche la réponse correspondant à la question.

1. Is there any sugar? ❑ Yes, there are many. ❑ No, there aren't. ❑ No, there isn't any.
2. Have you got any friends? ❑ Yes, I've got some. ❑ No, there aren't. ❑ Yes, there is some.
3. Is there a cinema near here? ❑ Yes, there is one. ❑ No, it isn't. ❑ Yes, I've got one.

SCORE ..../3

> **ATTENTION**
> Le verbe de la réponse doit correspondre au verbe de la question.

Les composés de *some*, *any*, *no*

- Il en existe **trois séries** :
  - *somebody* ou *someone*, *anybody* ou *anyone* (quelqu'un), *nobody* ou *no one* (personne) ;
  - *something*, *anything* (quelque chose), *nothing* (rien) ;
  - *somewhere*, *anywhere* (quelque part), *nowhere* (nulle part).
- Ces composés suivent les **mêmes règles d'emploi** que *some*, *any* et *no*.

  I think there is ***somebody*** *under the bed.* Je pense qu'il y a quelqu'un sous le lit.
  Have you got ***anything*** *to declare?* Avez-vous quelque chose à déclarer ?
  There was ***nobody*** *at the party.* Il n'y avait personne à la fête.

5 Complète les phrases avec un composé de *some*, *any* ou *no*.

1. Do you want .... to drink?
2. There isn't .... in my bag. There is .... in my bag.
3. I can see .... running in the garden.
4. There's .... in my pocket, it's empty.

SCORE ..../5

> **COUP DE POUCE**
> Phrase 2 : il existe deux manières de mettre la phrase à la forme négative.

6 Comment dirais-tu que... ?

1. personne ne l'a vu hier → ....
2. il y a quelqu'un derrière toi → ....
3. tu ne trouves ta clé nulle part → I ....
4. vous n'avez rien à dire → We ....

SCORE ..../4

> **COUP DE POUCE**
> Dans la phrase 4, tu peux utiliser *nothing* ou, si tu ajoutes la négation *not*, *anything*.

ANGLAIS

Corrigés p. 280

TOTAL ..../ 27

2 L'expression de la possession

Les déterminants possessifs

- En anglais, comme en français, les déterminants possessifs **varient selon le possesseur**.

	Un possesseur	Plusieurs possesseurs
1re personne	my ball	our ball
2e personne	your ball	your ball
3e personne	his, her, its ball	their ball

À la 3e personne du singulier, on choisit ***his*** (masculin), ***her*** (féminin) ou ***its*** (neutre), en fonction du possesseur.

- Mais contrairement au français, ils **ne varient pas avec le nom déterminé**.

  *I like **your** jacket and **your** trousers.* J'aime ta veste et ton pantalon.

- Le déterminant possessif s'emploie plus souvent en anglais qu'en français, en particulier pour désigner les parties du corps et les vêtements.

  *He is wearing **his** hat on **his** head.* Il porte un chapeau sur la tête.

★★ 1 Complète avec *his, her* ou *its*.

1. I often work at Shirley's. I like .... parents. • **2.** He is speaking with Philip. He is in .... office. • **3.** Look at Susan's new car. I like .... colour. • **4.** Tracy is doing .... homework in .... room. • **5.** Bill can't use .... MP3 player; it is broken.

SCORE ..../6

COUP DE POUCE
Les prénoms utilisés doivent t'aider à trouver le déterminant qui convient.

Le génitif (cas possessif)

- Le génitif permet d'exprimer **la possession ou une relation de parenté**. Il se construit selon ce schéma :

nom du possesseur + *'s* + nom de l'objet possédé sans déterminant ou lien de parenté

*My **friend's** watch is broken.* La montre de mon ami est cassée.
*Fred is **Jennifer's** brother.* Fred est le frère de Jennifer.

- **Au pluriel**, le *s* disparaît, mais l'apostrophe demeure.

  *My **parents'** neighbours are really nice.*
  Les voisins de mes parents sont vraiment gentils.

  Lorsque le nom du possesseur a un pluriel irrégulier, on emploie *'s*.
  *Look at the **policemen's** horses.* Regarde les chevaux des policiers.

  Attention : Le génitif s'emploie avec des noms de personnes et d'animaux, mais ne peut pas s'employer avec des noms d'objets concrets.
  On dira ainsi : *the leg **of** the table* (le pied de la table).

- Certains noms comme ***shop***, ***house***, ***church*** sont généralement sous-entendus après le *'s*.

  *Tonight I'll sleep at **Mrs Field's** [Mrs Field's house].* Ce soir, je dormirai chez Mme Field.

2 Construis le génitif comme dans l'exemple.

Ex. : *Ben has got a bike.* → *It's Ben's bike.*

1. My friends have got a new car. → ....
2. Mrs Yale has got a piano. → ....
3. The girls have got an electric train. → ....
4. The student has got a computer. → ....
5. Jenny has got dogs. → ....

SCORE ..../5

COUP DE POUCE
Phrase 5 : *dogs* est au pluriel ; le sujet de la phrase à construire sera donc au pluriel.

3 Comment désignerais-tu... ?

1. la voiture des professeurs → ....
2. les jouets des enfants → ....
3. les chapeaux des hommes → ....
4. les sacs des facteurs → ....
5. la chambre des garçons → ....

SCORE ..../5

COUP DE POUCE
Utilise le mot *postman* (au pluriel : *postmen*).

Les pronoms possessifs

- Observe ces deux phrases :

  *It's **my bike*** [déterminant possessif + nom]. C'est mon vélo.
  → *It's **mine*** [pronom possessif]. C'est le mien.

- On choisit le pronom possessif en fonction du possesseur.

	Un possesseur	Plusieurs possesseurs
1re personne	mine	ours
2e personne	yours	yours
3e personne	his, hers, its	theirs

- *Whose* est le mot interrogatif qui interroge sur l'appartenance.

4 Construis les réponses comme dans l'exemple.

Ex. : *Whose pen is it? (Paul)* → *It's Paul's pen. It's Paul's. It's his pen. It's his.*

1. Whose house is it? (the Browns) → ....
2. Whose jacket is it? (Sarah) → ....
3. Whose car is it? (my parents) → ....
4. Whose dog is it? (Bill) → ....
5. Whose ring is it? (his girlfriend) → ....

SCORE ..../5

ATTENTION
Dans les phrases 1 et 3, les noms des possesseurs étant au pluriel, on ne met que l'apostrophe.

ANGLAIS

Corrigés p. 280

TOTAL .... / 21

3 Les pronoms personnels et réfléchis

Les pronoms personnels sujets

- En anglais, comme en français, les pronoms personnels sujets **permettent de conjuguer le verbe**. En voici la liste.

I	we
you	you
he, she, it	they

- Note bien qu'**à la 3e personne du singulier** :
  - *he* fait référence à une personne de sexe masculin ;
    Dave is my cousin. ***He*** *is 12.*
  - *she* fait référence à une personne de sexe féminin ;
    Chelsea is my sister. ***She*** *is in the kitchen.*
  - *it* fait référence à un animal ou à un objet.
    The lion is big. ***It*** *is dangerous.*

★ 1 Remplace les groupes nominaux soulignés par des pronoms personnels sujets.

1. Jessica and Jennifer live in a new house. → .... live in a new house.
2. Matthew's dog is very big. → .... is very big.
3. Helen and I work together. → .... work together.
4. Does Tom play football with us? → Does .... play football with us?
5. Can Paul's mother ride a bike? → Can .... ride a bike?

SCORE ..../5

ATTENTION
Prends garde au cas possessif dans les phrases 2 et 5 !

Les pronoms personnels compléments

- Les pronoms personnels compléments se placent toujours **après le verbe**. En voici la liste ci-contre.

me	us
you	you
him, her, it	them

- Note bien qu'**à la 3e personne du singulier** :
  - *him* fait référence à une personne de sexe masculin ;
    I must help ***him****.* Je dois l'aider. (Je dois aider un garçon.)
  - *her* fait référence à une personne de sexe féminin ;
    He loves ***her****.* Il l'aime. (Il aime une fille.)
  - *it* fait référence à un animal ou un objet.
    I bring ***it****.* Je l'apporte. (J'apporte un objet.)

★★ 2 Utilise le pronom personnel qui convient.

1. I bought a new CD yesterday; listen to ....
2. She is waiting for her husband; she is waiting for ....
3. My friend saw the Carters yesterday; he saw ....
4. John loves Mary; he wants to marry ....
5. My sister and I are going to the concert; come with ....

SCORE ..../5

COUP DE POUCE
Dans la phrase 3, *the Carters* est un nom de famille au pluriel, qui représente donc plusieurs membres de la famille (les Carter).

★ 3 **Coche le pronom personnel correct dans chaque phrase.**

1. John is sick, take ❑ him ❑ her to the doctor's.
2. Don't talk to ❑ me ❑ us; I am working.
3. Give ❑ them ❑ he some soup.
4. Do you want to come with ❑ she ❑ me?
5. Does ❑ she ❑ it like her new teacher?

SCORE ..../5

COUP DE POUCE
Vérifie que tu as employé quatre pronoms compléments.

Les pronoms réfléchis

- On emploie un pronom réfléchi lorsque **le sujet et le complément du verbe** représentent **la même personne**. L'équivalent en français est souvent un verbe pronominal.

myself	ourselves
yourself	yourselves
himself, herself, itself	themselves

*I cut **myself**.* Je me suis coupé.
*Did you enjoy **yourselves**?* Est-ce que vous vous êtes amusés ?

- Les pronoms réfléchis servent aussi à **insister sur le sujet**.

*Look at my sweater. I made it **myself**!* Regarde mon pull, je l'ai fait moi-même !
*She took this photo **herself**.* C'est elle qui a pris cette photo.

★★ 4 **Réponds aux questions en employant un pronom réfléchi.**
Ex. : *Did anyone wash the car for her?* → *– No, she did it herself.*

1. Did anyone do the housework for him? – ....
2. Did anyone do the shopping for them? – ....
3. Did anyone repair the TV set for you? (we) – ....
4. Did anyone buy the ticket for you? (I) – ....

SCORE ..../4

COUP DE POUCE
Tu dois faire correspondre les sujets des réponses avec les compléments des questions.

★★ 5 **Ces phrases ont perdu leurs pronoms personnels et réfléchis. Lequel des deux encadrés les contient ? Complète les phrases avec ces pronoms.**

Cindy loves Tom. Tom loves Cindy. She loves .... loves .... Yesterday .... went to a party. He enjoyed .... and she enjoyed .... danced all night. At midnight he asked .... : "Do you want to marry .... ?" .... looked at him and said : "Yes, ... do".

1. he her they I she me himself her they him herself

2. he her himself his they I himself herself they he herself

SCORE ..../11

COUP DE POUCE
Avec le verbe *enjoy* (s'amuser), tu dois utiliser le pronom réfléchi : ici, *himself* (pour *he*) et *herself* (pour *her*).

ANGLAIS

Corrigés p. 280-281

TOTAL .... / 30

4 L'adjectif au comparatif

Le comparatif d'égalité

- L'adjectif mis au comparatif (d'égalité, de supériorité ou d'infériorité) permet de **faire une comparaison** entre deux personnes, deux choses, deux groupes, etc.
- Pour former le comparatif d'égalité, on utilise la structure : ***as* + adjectif + *as*** + complément du comparatif.

  *My car is **as** big **as** yours.* Ma voiture est aussi grande que la tienne.

★ 1 Construis des phrases contenant un comparatif d'égalité (*yes* : forme affirmative ; *no* : forme négative)**.**

1. Susan / tired / Jane (yes)

....

2. mice / big / elephants (no)

....

3. London Bridge / high / the Eiffel Tower (no)

....

4. my English teacher / patient / maths teacher (yes)

....

SCORE ..../4

COUP DE POUCE
À la forme négative, tu obtiens la structure : *not as* + adjectif + *as*.

INFO
Mice est le pluriel irrégulier de *mouse* (souris).

Le comparatif de supériorité des adjectifs courts

- Pour former le comparatif de supériorité des adjectifs courts, on utilise la structure : **adjectif + *-er* + *than*** + complément du comparatif.

  *Kate is tall**er than** Sue.* Kate est plus grande que Sue.
- Sont dits courts les adjectifs d'une syllabe et ceux de deux syllabes terminés par *-y* ou *-er*.

  old (âgé) → *older* (plus âgé) *happy* (heureux) → *happier* (plus heureux)

  Attention aux modifications orthographiques !

  heavy → *heav**ier*** *funny* → *funn**ier*** *big* → *big**ger*** *fat* → *fat**ter***

★★ 2 Compare les deux personnages et leurs accessoires en utilisant les adjectifs suivants : *small – fat – long – big – happy – tall.*

....

....

....

....

....

SCORE ..../6

ATTENTION
Deux des adjectifs doublent leur consonne finale.

Le comparatif de supériorité des adjectifs longs
Les comparatifs irréguliers

- Pour former le comparatif de supériorité des adjectifs longs, on utilise la structure : *more* + **adjectif** + *than* + complément du comparatif.

  *A Rolls-Royce is **more** expensive **than** a Ford.*
  Une Rolls-Royce est plus chère qu'une Ford.

- Certains comparatifs de supériorité sont de **formation irrégulière.**

  good → *better* (meilleur) *bad* → *worse* (pire) *far* → *farther* (plus loin, plus éloigné)

3 **Relie débuts et fins de phrase de façon logique.**

Mount Everest is •	• faster than trains.
Planes go •	• higher than the Eiffel Tower.
This actor is •	• as tall as giraffes.
Zebras are not •	• more popular than this singer.
This French baker sells •	• more cakes than the English one.

ATTENTION
Veille à construire des phrases logiques.

SCORE ..../5

Le comparatif d'infériorité

- Le comparatif d'infériorité se forme ainsi : *less* + **adjectif** + *than* + complément du comparatif.

  *Exercise 1 is **less** difficult **than** exercise 5.*
  L'exercice 1 est moins difficile que l'exercice 5.

- On peut également exprimer l'absence d'égalité avec ***not as... as***.

  *Exercise 1 is **not as** difficult **as** exercise 5.*
  L'exercice 1 n'est pas aussi difficile que l'exercice 5.

4 **Regarde les pancartes et réponds aux questions.**

INFO
- 1 foot = 30,48 cm
- 1 inch = 2,54 cm
- 1 pound = 453,59 g

1. Who is taller than Steven? ....
2. Who is as tall as Steven? ....
3. Who is smaller than Samantha? ....
4. Who is heavier than Steven? ....
5. Who is younger than Alexia? ....

SCORE ..../5

Corrigés p. 281

TOTAL ..../ 20

ANGLAIS

5 Be, have et have got

Be

▸ Voici les formes de *be* au présent et au prétérit à la forme affirmative.

Présent		Prétérit	
I am	we are	I was	we were
you are	you are	you were	you were
he, she, it is	they are	he, she, it was	they were

• Pour obtenir la **forme interrogative**, on fait l'inversion : le verbe passe avant le sujet.

Were the children at home? Est-ce que les enfants étaient à la maison ?

• Pour obtenir la **forme négative**, on ajoute la négation *not*.

*Gerald is **not** [isn't] good at maths.* Gérald n'est pas bon en maths.

▸ Plusieurs **expressions** contenant le verbe « avoir » en français se construisent avec *be* en anglais. Apprends-les.

*I **am** cold, warm, hot.* J'ai froid, chaud, très chaud.
*I **was** very hungry and thirsty.* J'avais très faim et soif.
*Peter **is** sleepy.* Peter a sommeil.
*I **am** not afraid of spiders.* Je n'ai pas peur des araignées.
*Eva **will be** 14 next month.* Eva aura 14 ans le mois prochain.
*I **am** right and you **are** wrong.* J'ai raison et tu as tort.
*He **was** very lucky.* Il a eu beaucoup de chance.

★★ 1 **Comment dirais-tu que… ?**

ATTENTION On n'utilise pas le même verbe en anglais et en français.

1. Paul aura 15 ans demain → ……………………………………
2. ils avaient très chaud et soif → ……………………………………
3. tu as froid et tu as sommeil → I ……………………………………
4. il a peur des chiens et des chats → ……………………………………
5. le père de Paul pense qu'il a toujours raison → ……………………………………

SCORE ……… /5

Have et have got

▸ ***Have got*** permet d'exprimer la possession. Il ne s'emploie q**u'au présent**.
Pour exprimer la possession aux autres temps qu'au présent, on utilise ***have***, verbe ordinaire.

I have got	we have got
you have got	you have got
he, she, it has got	they have got

• Pour construire la **forme interrogative** de *have got*, on fait l'inversion.

Have you got a computer? As-tu un ordinateur ?

• Pour construire la **forme négative**, on ajoute la négation après *have*.

I haven't got a bike. Je n'ai pas de vélo.

- Le **verbe ordinaire *have*** se construit **à tous les temps**. Aux formes interrogative et négative, il se conjugue avec l'auxiliaire *do* au présent simple et avec *did* au prétérit. Il est souvent employé dans des **expressions** où il se traduit par « prendre », « faire... »

  Did you have lunch at the restaurant? As-tu déjeuné au restaurant ?
  Did they have a good time? Se sont-ils bien amusés ?
  He doesn't have a bath in the morning. Il ne prend pas de bain le matin.
  Did you have a nice walk? As-tu fait une belle promenade ?

  Il peut également exprimer la **possession** (surtout en anglais américain.)

  Do you have a computer? – Yes, I do. As-tu un ordinateur ? – Oui.

★ 2 Complète les phrases suivantes avec *be* ou *have* à la forme qui convient.

1. Larry can drive because he .... eighteen.
2. Jackie .... a bath every morning.
3. Come with us. Let's .... a drink.
4. This is a good answer. You .... right.
5. I didn't .... a violin lesson yesterday.

COUP DE POUCE
Vérifie que tu as employé deux fois le verbe *be* et trois fois le verbe *have*.

SCORE ..../5

La forme contractée

- Ne confonds pas les formes contractées de ***be*** et ***have*** à la 3e personne du singulier.

  *He**'s got** a new DVD. = He **has got** a new DVD.* Il a un nouveau DVD.
  *He**'s** an architect. = He **is** an architect.* Il est architecte.

  La forme contractée de ***be*** n'est pas suivie de ***got***.

★ 3 Cécilia a rendez-vous avec Barney. Aide-la à le reconnaître. Remplace, lorsque c'est possible, le *'s* par *has* ou *is*.

Ex. : *Barney's got a black umbrella.* → *has*

1. Barney's glasses are blue.
→ ....
2. Barney's got five roses in his right hand.
→ ....
3. Barney's not very fat. → ....
4. Barney's hat's grey. → ....
5. Barney's got a newspaper in his left pocket.
→ ....
6. Barney's wearing a tie. → ....
7. Barney's shoes aren't black and white.
→ ....

COUP DE POUCE
Lis bien les descriptions et procède par élimination pour trouver Barney.

SCORE ..../7

Corrigés p. 281

TOTAL ..../ 17

6 Les modaux (1) : *can, shall, may*

Les auxiliaires modaux

- Les auxiliaires modaux modifient le sens des verbes qu'ils accompagnent.
  Ils expriment des **nuances variées** : capacité, obligation, interdiction, autorisation...
- **Règles générales d'utilisation**
  - Les auxiliaires modaux sont suivis de la base verbale (verbe à l'infinitif sans *to*).
  - Ils ont la même forme à toutes les personnes (donc pas d'*s* à la 3e personne du singulier du présent).
  - Ils se conjuguent sans *do* aux formes interrogative et négative.

★ 1 Coche la bonne réponse.

1. Pour dire que tu sais nager, que dois-tu employer après *can* ? ❑ swim ❑ swimming
2. Les auxiliaires modaux construisent leurs formes interrogative et négative comme un verbe lexical, avec *do*. ❑ vrai ❑ faux

SCORE ..../2

COUP DE POUCE
Avant de répondre à ces questions, relis bien les règles générales d'utilisation.

Can

- Voici les **différentes significations** que peut prendre *can*.

Exemple	Signification
*I **can** swim.* Je sais nager. ***Can** you speak English?* Est-ce que tu sais parler anglais ?	capacité physique ou intellectuelle (traduit parfois par « savoir »)
***Can** I go out tonight?* Est-ce que je peux sortir ce soir ?	permission
***Can** you give me a cake?* Peux-tu me donner un gâteau ?	demande polie

- ***Be able to*** est un équivalent de *can* qui permet d'exprimer la capacité.
  *Will he **be able** to win the race?* Sera-t-il capable de gagner la course ?

★★ 2 Mrs West n'a pas le temps d'aller à la poste aujourd'hui. Elle laisse un message à sa fille. Remets les mots dans l'ordre pour savoir ce qu'elle lui demande de faire.

1. write / on / envelope / address / can / the / you / the / ?
2. the / code / find / you / can / zip / ?
3. me / for / go / post office / the / you / to / can / ?
4. letter / put / into / you / the / can / the / letterbox / ?

1. ....
2. ....
3. ....
4. ....

SCORE ..../4

INFO
- *zip code* : code postal
- *find* : trouver

Can't

Exemple	Signification
*I **can't** repair the car.* Je ne peux pas réparer la voiture.	incapacité, impossibilité
*You **can't** go there alone.* Tu ne peux pas y aller tout seul.	interdiction

★ 3 Regarde le tableau et complète les phrases avec les prénoms qui conviennent.

	Michael	Fiona
1. Can you speak Italian?	*Yes*	*No*
2. Can you ride a bike?	*No*	*Yes*
3. Can you skate?	*Yes*	*No*
4. Can you play the guitar?	*No*	*Yes*

1. .... can ride a bike.

2. .... can speak Italian.

3. .... can't play the guitar.

4. .... can't skate.

5. .... can skate.

SCORE ..../5

INFO

La forme négative entière de *can* est *cannot*. Elle est très rarement employée dans la conversation courante.

Could, shall et *may*

Exemple	Signification
*I **could** run quickly when I was young.* Je pouvais courir vite quand j'étais jeune.	capacité dans le passé (prétérit de ***can***)
***Could** you close the window, please?* Pourrais-tu fermer la fenêtre, s'il te plaît ?	demande polie au conditionnel
***Shall** we go to the ice rink?* Si on allait à la patinoire ?	suggestion à la forme interrogative (à la 1re personne du singulier et du pluriel)
*It **may** rain.* Il se peut qu'il pleuve.	probabilité

★★ 4 Transforme ces phrases en utilisant *may* ou *may not*.

Ex. : *Perhaps they will come.* → *They may come.*
Perhaps he won't come. → *He may not come.*

1. Perhaps it will rain. → ....

2. Perhaps I won't be at home at five. → ....

3. He'll probably be late. → ....

4. We'll probably go to Spain in August. → ....

5. Perhaps she won't go to school tomorrow. → ....

SCORE ..../5

ATTENTION

En ajoutant l'auxiliaire *may*, tu dois supprimer *probably* et *perhaps* (peut-être) et la marque du futur (*will/won't*).

Corrigés p. 281

TOTAL ..../ 16

7 Les modaux (2) : *must, have to, needn't*

Must, have to et *mustn't*

- ***Must*** est un auxiliaire modal (reporte-toi à l'unité 13 pour revoir les règles générales pour les auxiliaires modaux). Il a deux significations principales.

Exemple	Signification
*You **must** tidy your room.* Tu dois ranger ta chambre.	obligation
*She **must** be exhausted.* Elle doit être épuisée.	forte probabilité, déduction (c'est presque sûr)

- ***Have to*** permet également d'exprimer l'obligation, notamment au passé et au futur.

  *They **had to** wear a uniform.*
  Ils devaient porter un uniforme.
  *He **didn't have to** do the shopping.*
  Il n'a pas eu besoin de faire les courses.

- À la forme négative, *must* devient ***mustn't*** (forme contractée de *must not*). *Mustn't* permet d'exprimer l'interdiction.

  *You **mustn't** smoke.* Vous ne devez pas fumer.

★ **1** **La grand-mère de Kevin lui a envoyé une lettre avec quelques conseils avant la rentrée des classes. Complète les phrases suivantes en employant *must* ou *mustn't*.**

If you want to be a good pupil:

1. You .... learn your lessons.
2. You .... do your homework.
3. You .... eat chewing gum at school.
4. You .... chat with your friends in class.
5. You .... listen to the teacher.

SCORE ..../5

ATTENTION
Observe bien l'orthographe de *mustn't*! Le premier t ne se prononce pas, mais il ne faut pas oublier de l'écrire.

Needn't et *don't have to*

- ***Needn't*** et ***don't have to*** expriment tous les deux une absence d'obligation.

  *You **needn't** do the washing-up. = You **don't have to** do the washing-up.*
  Tu n'as pas besoin de faire la vaisselle.

- Ne confonds pas l'absence d'obligation avec l'interdiction.

Absence d'obligation : *needn't/don't have to*	Interdiction : *mustn't*
*You **don't have to** drive quickly, we have plenty of time.* Tu n'as pas besoin de conduire vite, nous avons tout notre temps.	*You **mustn't** drive quickly, it's forbidden.* Tu ne dois pas conduire vite, c'est interdit.

★★ 2 Complète les phrases suivantes en utilisant *mustn't* ou *don't have to*.

1. You .... take the bus today. Your father is driving you to school.
2. You .... put your shoes on the table.
3. We .... run. We've got plenty of time.
4. He .... sleep late, he's getting up early tomorrow.
5. They .... go shopping now. They can go tomorrow.

SCORE .... /5

★★ 3 Comment dirais-tu que… ?

1. tu dois faire ton lit → I ....
2. il ne doit pas utiliser son portable à l'école → ....
....
3. il se peut que Ted aille à Londres l'été prochain → ....
....
4. tu n'as pas besoin de prendre ton parapluie, il ne pleut pas → I ....
....

SCORE .... /4

★ 4 Quelles sont les notions exprimées par les phrases suivantes ?

	Interdiction	Capacité	Absence d'obligation	Impossibilité	Obligation
1. I can play the piano.					
2. He didn't have to wash the car.					
3. She must write to her parents.					
4. They mustn't drink alcohol.					
5. We don't have to run.					
6. I can't buy a new car.					
7. You mustn't smoke.					

SCORE .... /7

COUP DE POUCE
Demande-toi si l'on parle de quelque chose d'interdit ou de quelque chose que l'on n'est pas obligé de faire.

INFO
un portable : *a mobile*

COUP DE POUCE
Pour faire cet exercice, tu devras utiliser ce que tu as appris dans cette unité et dans l'unité 13.

Corrigés p. 281-282

TOTAL .... / 21

8 Le présent simple et le présent en *be* + V-*ing*

La construction du présent simple

- Pour parler d'**actions habituelles**, de vérités générales, de faits permanents, on utilise le présent simple.

I work	we work
you work	you work
he, she, it works	they work

- À la forme affirmative, on utilise la base verbale à toutes les personnes. Cependant, la **3e personne du singulier** se termine toujours par un ***s***. Cette terminaison doit s'entendre et se prononce [s], [z] ou [ɪz].

- Les **formes interrogative et négative** se construisent à l'aide de l'**auxiliaire *do*** (qui devient ***does*** à la 3e personne du singulier).

Forme interrogative	Forme négative
do I work?	I don't work
do you work?	you don't work
does he, she, it work?	he, she, it doesn't work
do we work?	we don't work
do you work?	you don't work
do they work?	they don't work

- Sois attentif à **l'ordre des mots** dans les phrases interrogative et négative.

Aux.	Sujet	Base verbale
Do	you	drive?

- **Attention !** La base verbale ne prend pas de ***s***. C'est ***does*** qui porte la marque de la 3e personne du singulier.

Sujet	Aux. + négation	Base verbale
He	doesn't	understand.

★★ 1 Complète les phrases ci-dessous en utilisant les verbes suivants :
buy – like – cry – go – prefer – book (réserver).

Vanessa and Kevin are at the cinema.

1. They .... to the cinema three times a week.
2. They always .... their seats in advance.
3. Vanessa .... detective films very much whereas Kevin .... love stories.
4. He .... a lot when the story is sad.
5. They often .... popcorns at the cinema.

SCORE ..../6

ATTENTION
Quand un verbe se termine par un y précédé d'une consonne, il prend la terminaison *-ies* à la 3e personne du singulier.

La construction du présent en be + V-ing

- Pour parler d'une **action qui se déroule** au moment où l'on parle, on emploie la forme verbale *be* + V-*ing* que l'on appelle aussi présent progressif (ou présent continu).

I am working	we are working
you are working	you are working
he, she, it is working	they are working

- Voici l'ordre des mots dans une phrase au présent en *be* + V-*ing*.

Sujet	Auxiliaire *be*	Base verbale + *-ing*	Complément
He	is	eating	an apple.

- Pour obtenir la **forme interrogative**, il suffit de faire l'**inversion** : l'auxiliaire passe avant le sujet.

Auxiliaire *be*	Sujet	Base verbale + *-ing*
Is	it	raining?

- Pour obtenir la **forme négative**, on ajoute ***not*** après l'auxiliaire *be*.

Forme pleine		Forme contractée	
I am not working	we are not working	I'm not working	we aren't working

2 **Compose des phrases au présent en *be* + V-*ing* à partir des éléments donnés.**

Ex. : *he / read / a magazine* → *He's reading a magazine.*

1. they / wait / for the bus → ....
2. Mr Todd / drink / a glass of orange juice → ....
3. we / write / a letter → ....
4. Gloria / sing / a Christmas carol → ....
5. Albert / do / his homework → ....

SCORE .... /5

ATTENTION
N'oublie pas de conjuguer l'auxiliaire *be* !

3 **Un bruit bizarre t'a empêché d'entendre une partie de la phrase. Pose la question qui te permettra de comprendre de quoi on parle.**

1. Mrs Smith is buying a ???. → .... ?
2. Peter is phoning his ???. → .... ?
3. David is washing ???. → .... ?
4. The children are going to the ???. → .... ?
5. They are laughing because ???. → .... ?

SCORE .... /5

COUP DE POUCE
Respecte la même construction pour toutes les phrases : mot interrogatif + auxiliaire + sujet + verbe.

ANGLAIS

Corrigés p. 282

TOTAL .... / 16

LE GROUPE VERBAL

9 Présent simple ou présent en *be* + V-*ing* ?

L'emploi du présent simple

- Le présent simple sert à exprimer des goûts, des sentiments, à parler d'**actions habituelles**, de **faits permanents**.

  *I **like** chocolate.* J'aime le chocolat.
  *John **cooks** dinner every evening.* John prépare le dîner tous les soirs.
  *It often **snows** in winter.* Il neige souvent en hiver.

- Certains verbes tels que ***know***, ***understand***, ***want***, ***like***, ***prefer***, etc. s'emploient toujours au présent simple (et jamais au présent en *be* + V-*ing*) car ce qu'ils expriment ne concerne pas seulement le moment présent.

★★ **1** **Un bruit bizarre t'a empêché d'entendre une partie de la phrase. Pose la question qui te permettra de comprendre de quoi il s'agit.**

ATTENTION N'oublie pas d'employer l'auxiliaire *do* ou *does* pour construire tes questions.

1. Her parents understand ??? very well.

.... ?

2. They like going to the ???.

.... ?

3. He usually buys a cake on ???.

.... ?

4. Their son wants a ??? for his birthday.

.... ?

5. We prefer Channel 4 because ???.

.... ?

SCORE ..../5

L'emploi du présent en *be* + V-*ing*

- On emploie le présent en *be* + V-*ing* (présent progressif) pour parler d'**actions qui se déroulent** au moment où l'on parle.

  *What **is** he **doing** in the bathroom?* Que fait-il dans la salle de bains ?
  *He **is washing** his hair.* Il se lave les cheveux.

★ **2** **Choisis la forme verbale qui convient.**

COUP DE POUCE Repère bien s'il s'agit d'une action habituelle ou pas.

1. Sheila .... to the country every weekend. (goes / is going)
2. Harry can't answer the phone. He .... a bath. (has / is having)
3. They .... squash on Wednesdays. (play / are playing)
4. We're at the bus stop. We .... for the bus. (wait / are waiting)

SCORE ..../4

Quel présent employer ?

▸ Note bien que l'on ne donne **pas la même information** lorsque l'on dit :

*She **plays** tennis.* Elle joue au tennis. [Cela fait partie de ses activités.]
*She **is playing** tennis.* Elle joue au tennis. [C'est ce qu'elle est en train de faire en ce moment.]

★ 3 Coche les bonnes réponses.

1. Une phrase au présent en *be* + V-*ing* contient :
❑ l'auxiliaire *do*. ❑ l'auxiliaire *be*.

2. Laquelle de ces deux phrases comporterait un verbe au présent en *be* + V-*ing*?
❑ Il est dans sa chambre, il écoute la radio. ❑ Il écoute la radio tous les soirs.

3. Le présent en *be* + V-*ing* permet de parler :
❑ d'actions habituelles. ❑ de ce qui se déroule en ce moment.

SCORE ..../3

COUP DE POUCE
Reporte-toi aux explications de la page 268 pour répondre à ces questions.

★★ 4 En rédigeant ses questions, William a oublié tous les auxiliaires. Complète son texte en employant l'auxiliaire qui convient.

1. .... you work in an office?

2. What .... you doing now?

3. .... you working or surfing on the web?

4. .... your brother work in an office too?

5. What .... he doing this afternoon?

SCORE ..../5

ATTENTION
Observe bien la forme du verbe (base verbale ou terminaison en -*ing*) pour choisir le bon auxiliaire.

★ 5 Des étoiles cachent certaines lettres de ces mots. Note les lettres qui manquent. Elles te permettront de découvrir ce que dit le personnage.

l★ttle • b★s • ★tar • yo★ng • marm★★ade • ★ong • ★ou • ★hen • cin★m★ • a★tist • ★ood • umbrel★★ • pa★★port • sometim★★ • ★reakfast • pict★re • ★able • t★me • o★elette • ★★body • ★omorro★ • br★★kfast • F★★day • eveni★★ • ★★ere • r★★ember • doc★★r • Wednes★★★

....
....
....
....
....
....
....
....

SCORE ..../4

COUP DE POUCE
Les mots incomplets sont simples. Il y a plusieurs mots transparents.

ANGLAIS

Corrigés p. 282

TOTAL ..../ 21

10 Le prétérit

Le prétérit des verbes réguliers

- Le prétérit est un temps du passé. On l'utilise pour parler d'**événements passés, détachés du présent**, qui appartiennent à un temps révolu.
- Le prétérit des verbes réguliers se termine par ***-ed*** à toutes les personnes.

  *work → I work**ed***   *love → I lov**ed***
- La terminaison doit s'entendre. On **prononce [t] ou [d]** selon la voyelle ou la consonne qui précède. Il faut choisir la prononciation la plus facile, celle qui vient le plus naturellement. Le nombre de syllabes reste le même que celui de la base verbale.

  *look → look**ed*** [t] [une syllabe]   *clean → clean**ed*** [d] [une syllabe]
- On prononce **[ɪd]** lorsque la base verbale se termine par le son [t] ou [d], sinon *-ed* ne s'entendrait pas. Le prétérit compte alors une syllabe de plus que la base verbale.

  want [une syllabe] → *want**ed*** [ɪd] [deux syllabes]
  repeat [deux syllabes] → *repeat**ed*** [ɪd] [trois syllabes]

★ **1** **Complète ces cinq phrases en mettant au prétérit simple les verbes suivants :** *want – phone – play – live – stay*.

INFO
last Sunday : dimanche dernier.

1. Charles .... at home last Sunday.
2. Jenny .... to buy a game.
3. Carolyn .... tennis with her best friend.
4. Margaret .... her grandmother yesterday.
5. Tim and John .... in Australia.

SCORE ..../5

Le prétérit des verbes irréguliers

- Un certain nombre de verbes ne forment pas leur prétérit en *-ed*.
  Ils ont une forme irrégulière qu'il faut apprendre par cœur.
  Cette forme est la même à toutes les personnes.

  *buy → **I bought, you bought**...*   *see → **I saw, you saw**...*
- Reporte-toi à la liste de ces verbes irréguliers, pages 27-28 du livret des corrigés.

★★ **2** **Complète ce petit texte en mettant au prétérit les verbes suivants. Ils sont donnés dans le bon ordre :** *see – have – examine – tell – have – give – go – need*.

COUP DE POUCE
- Six verbes de la liste sont irréguliers.
- *flu* : la grippe
- *prescription* : ordonnance
- *medicine* : médicaments

1. I .... the doctor last Tuesday because I .... a temperature.
2. The doctor .... me and .... me I .... the flu.
3. He .... me a prescription.
4. My mother .... to the chemist's to buy the medicine I ....

SCORE ..../8

Les formes interrogative et négative. Les réponses brèves

- Au prétérit, les formes interrogative et négative se construisent avec l'**auxiliaire *did*** et la **base verbale**.

  ***Did** you **see** John yesterday?* As-tu vu John hier ?
  *I **didn't like** the film.* Je n'ai pas aimé le film.

  Did est la marque du prétérit ; le verbe reste à la base verbale.
  Il n'y a pas de différence de construction entre verbes réguliers et verbes irréguliers.

- Dans les réponses brèves au prétérit, on utilise le pronom personnel sujet et l'auxiliaire *did*.

  *Did Jeff go to London? – **No, he didn't**.*

3 Mets les phrases suivantes à la forme interrogative, puis négative.

COUP DE POUCE
Phrase 3 : attention aux formes interrogative et négative de *be*.

1. I knew that man.
→ Did you .... ? → No, I didn't ....
2. The girls met their friends.
→ .... ?
→ ....
3. Tom was in Paris last month.
→ .... ?
→ ....
4. I saw a good film yesterday.
→ .... ?
→ ....

SCORE .... /8

Ago

- L'adverbe *ago* s'emploie pour parler du **temps écoulé depuis la fin d'une action**.
  Il se place après l'expression de temps et s'emploie toujours avec le prétérit simple.

  *When did you go to London? – I went there **two months ago**.*
  Quand es-tu allé à Londres ? – J'y suis allé il y a deux mois.

4 Réponds aux questions en utilisant le complément de temps donné et *ago*.

Ex. : *When did you buy this tee-shirt? (two days) → I bought it two days ago.*

1. When did you visit the Tower of London? (five months) ....
2. When did you finish your homework? (an hour) ....
3. When did you see that film? (two weeks) ....
4. When did you go to the zoo? (three days) ....

SCORE .... /4

ATTENTION
Dans la réponse, n'oublie pas que c'est le verbe qui doit prendre la marque du prétérit.

Corrigés p.283

TOTAL .... / 25

ANGLAIS

11 L'expression de l'avenir

Be going to + base verbale

- L'expression *be going to* sert souvent à exprimer l'**intention**, la **résolution**, à **prédire un événement**.
- Dans cette expression, l'auxiliaire *be* se conjugue au présent. *Going to* et la base verbale restent invariables.

*They **are going to play** Monopoly.* Ils vont jouer au Monopoly.
***Are** you **going to write** to him?* Vas-tu lui écrire ?
*He **is not going to** dive.* Il ne va pas plonger.

★★ 1 Jane vient d'arriver à son club de sport. Que va-t-elle y faire et dans quel ordre ? Rédige un paragraphe parlant de ce que Jane a l'intention de faire.

> **COUP DE POUCE**
> Les phrases devront toutes avoir la même construction. Seul l'auxiliaire *be* se conjugue.

– Put on her trainers and shorts.
– Have a shower after the match.
– Then play squash with her friend Pam.
– Take off her shoes and jeans.
– Have a fitness lesson first.

1. Jane ....
2. She ....
3. ....
4. ....
5. ....

SCORE .... /5

★★ 2 Utilise les éléments donnés pour construire une question.
Ex. : *you / do the washing-up* → *Are you going to do the washing-up?*

> **COUP DE POUCE**
> La forme interrogative se construit sur le modèle suivant : auxiliaire + sujet + *going to* + base verbale.

1. Pamela / wash her sweater
.... ?
2. the Bronsons / invite the Millers
.... ?
3. Ted / send her a postcard
.... ?
4. they / buy the tickets
.... ?

SCORE .... /4

D'autres façons d'exprimer l'avenir

- On peut également exprimer le futur en utilisant le **présent en *be* + V-*ing*** lorsque la phrase contient un **complément de temps évoquant le futur.**

    *They **are leaving** next Tuesday.* Ils partent mardi prochain.

- L'**auxiliaire modal *will*** permet également d'exprimer le futur. Il peut traduire une intention, mais aussi un futur inévitable, un fait qui n'est pas le résultat d'une décision.
    - À la forme affirmative : ***will*** (ou ***'ll***) + **base verbale.**

        ***I'll go** to the theatre next Saturday.* J'irai au théâtre samedi prochain.
    - À la forme négative : ***will not*** (ou ***won't***) + **base verbale.**

        *The Johnsons **won't come** tomorrow.* Les Johnson ne viendront pas demain.
    - À la forme interrogative : ***will*** + sujet + **base verbale.**

        ***Will** you **go** to the dentist's next Monday?* Iras-tu chez le dentiste lundi prochain ?

3 **Construis des phrases exprimant le futur de trois manières différentes.**

Ex. : *I / take the train / tonight* → *I'm taking the train tonight.*
→ *I'm going to take the train tonight.* → *I'll take the train tonight.*

1. we / have a tennis lesson / at five → ....
→ ....
→ ....

2. they / go to Italy / in July → ....
→ ....
→ ....

SCORE ..../6

COUP DE POUCE
Rappelle-toi que tu as appris à parler de l'avenir en utilisant :
– le présent en *be* + V-ing,
– l'expression *to be going to*
– ou le modal *will*.

Les réponses brèves

- Pour construire une réponse brève à une question portant sur l'avenir, on utilise un pronom personnel sujet suivi de l'auxiliaire contenu dans la question.

    *Are they going to buy a piano? – **No, they aren't.***
    *Will he go to the concert? – **Yes, he will.***
    *Are you taking the train tomorrow? – **Yes, I am.***

- Note que, dans une réponse affirmative, on ne doit pas employer de forme contractée.

4 **Trouve la réponse brève qui correspond à chacune des phrases suivantes.**

1. Will you come with us? – No, ...
2. Is he going to write a letter? – Yes, ...
3. Will they be in France next month? – Yes, ...
4. Is she going to answer the phone? – No, ...
5. Are they going to walk back home? – Yes, ...

SCORE ..../5

INFO
- *next month* : le mois prochain
- *to walk back home* : rentrer à la maison à pied

ANGLAIS

Corrigés p. 283

TOTAL ..../ 20

LA PHRASE

12 Les questions

Généralités

- Il existe **deux types de questions** :
  – les *yes-no questions* : on y répond par « oui » ou « non » (questions fermées) ;
  – les *wh- questions* qui sont introduites par des mots interrogatifs (questions ouvertes).
- Dans une phrase interrogative, on place l'**auxiliaire avant le sujet**. Quand la phrase affirmative ne contient pas d'auxiliaire, on fait appel à *do/does* [présent] ou *did* [prétérit] pour construire la forme interrogative.

Forme affirmative	Forme interrogative
It's going to rain.	Is it going to rain?
They live in Canada.	Do they live in Canada?
They bought a camera.	Did they buy a camera?

- Les ***yes-no questions* commencent** donc **toujours par un auxiliaire**.

★★ **1** **Transforme les phrases en *yes-no questions*.**

1. Noemie and her brother are in a clothes shop. **2.** They are talking to the shop assistant. **3.** Noemie wants to buy new jeans. **4.** Her brother is going to buy a sweater tomorrow. **5.** They really like buying clothes.

1. ....? • **2.** ....? • **3.** ....? • **4.** ....? • **5.** ....?

SCORE ..../5

ATTENTION
N'oublie pas qu'une *yes-no question* doit toujours commencer par un auxiliaire.

Les *wh- questions*

On utilise	pour interroger sur	Exemples
what	la chose, l'action	***What** are they watching?* Que regardent-ils ?
who	l'identité	***Who** is he calling?* Qui appelle-t-il ?
whose	l'appartenance	***Whose** ball is it?* À qui est ce ballon ?
when	le temps	***When** did they come?* Quand sont-ils venus ?
where	le lieu	***Where** does she live?* Où habite-t-elle ?
why	la cause	***Why** are you laughing?* Pourquoi riez-vous ?
what time	l'heure	***What time** is it?* Quelle heure est-il ?
which	le choix	***Which** pen do you prefer?* Quel stylo préfères-tu ?

★ **2** **Observe les réponses et complète les questions.**

1. .... are your parents doing? – They're reading. • **2.** .... umbrella is it? – It's Steve's. • **3.** .... are you playing with? – I'm playing with Tom. • **4.** .... are they leaving? – Tomorrow.

SCORE ..../4

COUP DE POUCE
La réponse t'aidera à bien compléter la question.

Les questions avec *how*

On utilise	pour interroger sur	Exemples
how	la manière	***How** do you spell your name?* Comment épelles-tu ton nom ?
how old	l'âge	***How old** is Tom?* Quel âge a Tom ?
how many (+ dénombrable au pluriel)	le nombre	***How many** tickets did you buy?* Combien de billets as-tu achetés ?
how much (+ indénombrable)	la quantité	***How much** bread do you want?* Combien de pain veux-tu ?
	le prix	***How much** is it?* Combien cela coûte-t-il ?
how often	la fréquence	***How often** do you play tennis?* Tu joues souvent au tennis ?
how long	la durée	***How long** does it take to go there?* Combien de temps faut-il pour y aller ?
how far	la distance	***How far** is the station?* À quelle distance est la gare ?

★★ **3** **Pose des questions portant sur les mots soulignés.**
Tu peux utiliser des *wh- questions* et des questions avec *how*.

1. They have got <u>two</u> cats. → .... ?

2. This dress is <u>20 pounds</u>. → .... ?

3. They play tennis <u>twice a week</u>. → .... ?

4. It's <u>Andy's</u> coat. → .... ?

SCORE ..../4

> **INFO**
> • *Twice a week* : deux fois par semaine
> • *a pound* : une livre sterling, monnaie anglaise = environ 1,20 €.

Place de la préposition

- Si le verbe utilisé dans la phrase interrogative se construit avec une préposition, celle-ci doit rester **après le verbe dans la question**.

  *Where did he come **from**?* D'où venait-il ?
  *What are you waiting **for**?* Qu'attendez-vous ?

★★ **4** **Pose les questions qui correspondent aux réponses suivantes.**
Ex. : *What are you playing with? – I am playing with a ball.*

1. .... ? – I am looking at a painting.

2. .... ? – I am waiting for the bus.

3. .... ? – I am listening to dance music.

4. .... ? – I come from Italy.

SCORE ..../4

> **ATTENTION**
> Ne te laisse pas influencer par les constructions françaises. L'ordre des mots est très différent en anglais.

Corrigés p. 283

TOTAL ..../ 17

LA PHRASE

13 Les phrases réduites

Les *question tags*

- Les *question tags* sont des questions courtes qui viennent en fin de phrase et qui servent généralement à demander confirmation ; ils peuvent aussi exprimer la surprise. Ils sont l'équivalent du français « **n'est-ce pas ?** », mais sont employés beaucoup plus systématiquement que ne l'est cette locution en français.
- Construction des *tags*

1re partie affirmative → *tag* avec une négation : auxiliaire + *not* + pronom personnel *It's delicious*, ***isn't it****?* C'est délicieux, n'est-ce pas ? ⊕ ⊖
1re partie négative → *tag* sans négation : auxiliaire + pronom personnel *My parents aren't late*, ***are they****?* Mes parents ne sont pas en retard, n'est-ce pas ? ⊖ ⊕

- Le *question tag* est toujours précédé d'une virgule et suivi d'un point d'interrogation. Pourtant ce n'est pas une vraie question. Dans ce cas, l'**intonation** est **descendante**.

  Julian doesn't wear glasses, does he? ↘

★★ 1 **Les parents de Steve sont très étonnés par les multiples qualités du nouveau camarade de leur fils. Ajoute des *question tags* à leurs phrases pour les aider à exprimer leur surprise.**

1. Thomas is very intelligent, ... ?
2. He can speak a lot of foreign languages, ... ?
3. He never disobeys his parents, ... ?
4. He runs very quickly, ... ?
5. He won the semi-marathon last September, ... ?
6. He has got a beautiful voice, ... ?
7. He will be famous one day, ... ?

SCORE ..../7

COUP DE POUCE
Avant de construire le *question tag*, demande-toi pour chaque phrase si elle contient déjà un auxiliaire. Si elle n'en contient pas, observe bien le temps de la phrase pour choisir l'auxiliaire qui convient.

Les *tags* de contraste

- On emploie les *tags* de contraste pour **exprimer une différence**.

  Emma played cards yesterday, but Bob didn't.
  Emma a joué aux cartes hier, **mais pas** Bob.

- Si la première partie est affirmative, le *tag* est négatif et inversement.

  *John **is** ill, (but) Mary **isn't**.* John est malade, (mais) pas Mary.
  (+) (−)
  *Kate **isn't** going to school today, (but) her brother **is**.*
  (−) (+)
  Kate ne va pas à l'école aujourd'hui, (mais) son frère si.

★★ 2 Complète les phrases suivantes en exprimant un contraste.

Ex. : *Jane is coming to the party, but Joe isn't.*

1. John can't play the guitar, but Joe ....
2. Bob wrote some letters, but Joe ....
3. Maureen didn't like the film, but Joe ....
4. Susan won't listen to you, but Joe ....
5. Kathy lives in a big city, but Joe ....

SCORE ..../5

COUP DE POUCE
Si la phrase contient un auxiliaire, tu dois le réutiliser.
Si elle n'en contient pas, tu dois utiliser l'auxiliaire qui correspond au temps de cette phrase.

Les réponses brèves

- En anglais, on répond rarement par *yes* ou *no* employés seuls. On utilise :

Yes + pronom personnel sujet + auxiliaire, dans le cas d'une **réponse affirmative**. *Do you speak French? – **Yes, I do.*** Parlez-vous français ? – Oui. *Can you play the violin? – **Yes, I can.*** Sais-tu jouer du violon ? – Oui.
No + pronom personnel sujet + auxiliaire + négation, dans le cas d'une **réponse négative**. *Are the children sleeping? – **No, they aren't.*** Les enfants dorment-ils ? – Non. *Can you drive? – **No, I can't.*** Savez-vous conduire ? – Non.

- **Attention !** Dans une réponse brève à la forme affirmative, on ne doit pas employer de forme contractée. Ex. : *Are you tired? – **Yes, I am.***

★ 3 Trouve les réponses brèves correspondant aux questions suivantes.

1. Do they like tea? – Yes, ...
2. Will she be ready at five? – No, ...
3. Did they call you? – No, ...
4. Can you drive? – Yes, ...
5. Does she play tennis? – No, ...

SCORE ..../5

COUP DE POUCE
Observe bien les sujets et les auxiliaires avant de construire les réponses brèves.

ANGLAIS

Corrigés p. 284

TOTAL ..../ 17

LA PHRASE

14 Les subordonnées relatives

Le pronom relatif est sujet

- Pour savoir quel pronom relatif employer, tu dois trouver son **antécédent** (le mot qu'il représente). On n'emploie pas le même pronom :
  - si l'antécédent est un **être animé** ou s'il est une **chose** ;
  - si le pronom relatif est **sujet** ou **complément**.
- Si le pronom relatif est le sujet dans la subordonnée relative, on utilise ***who*** ou ***which***.

L'antécédent désigne un être animé	L'antécédent désigne une chose
On utilise *who* (ou *that*). *The man **who** is driving is an actor.* L'homme qui conduit est un acteur.	On utilise *which* (ou *that*). *I've got a car **which** can go very fast.* J'ai une voiture qui peut aller très vite.

Attention ! *That* ne peut s'employer à la place de *who* ou *which* que si la relative est déterminative, c'est-à-dire si elle apporte des informations essentielles sans lesquelles la phrase perd son sens.

*The man **who** is driving is an actor. The man **that** is driving is an actor.*

★ 1 Complète les phrases suivantes avec *who* ou *which*.

COUP DE POUCE Vérifie que tu as bien utilisé cinq fois le pronom *which*.

1. He broke a vase .... was expensive.
2. Look at the cassette .... is on the desk.
3. Bill wants to go to a university .... is in California.
4. Mr Brown is the man .... lives next door.
5. The woman .... wrote this book is my teacher.
6. My nephew, ... is a musician, is giving a concert tomorrow.
7. Show me the cupboard .... is broken.
8. The people .... live next door are really very kind.
9. He took the chair .... was in the middle of the room.
10. I'd like to talk to the girl .... told you that.

SCORE ..../10

★★ 2 À partir des deux phrases données, construis-en une seule comportant une proposition principale et une subordonnée relative.

COUP DE POUCE *Who* a un antécédent animé ; *which* un antécédent non animé.

Ex. : *I met a friend. She is a doctor.* → *I met a friend who is a doctor.*

1. I ate some cakes. They were very good. → ....
2. Look at the man. He is painting. → ....
3. I read a book. It was very interesting. → ....
4. We went to a party. It was pleasant. → ....
5. We bought a car. It is very comfortable. → ....

SCORE ..../5

Le pronom relatif est complément

- Si le pronom relatif est complément dans la subordonnée relative, on utilise ***who(m)***, ***which***, ***that*** ou **Ø** (le pronom relatif zéro).

L'antécédent désigne un être animé	L'antécédent désigne une chose
On utilise *who(m)* ou *that* ou Ø. *The girl **who(m)** you met is American.* La fille que tu as rencontrée est américaine.	On utilise *which* ou *that* ou Ø. *The book **which** he gave me was interesting.* Le livre qu'il m'a donné est intéressant.

- **Attention !** *That* ou Ø ne peuvent s'employer à la place de *who(m)* ou *which* que si la relative est déterminative.

    *The girl **who(m)** you met is American.*
    *The girl **that** you met is American.*
    *The girl **Ø** you met is American.* [plus courant]

3 **Complète les phrases suivantes avec le pronom relatif qui convient. Souligne les pronoms qui pourraient être sous-entendus.**

1. The woman .... is waiting for the bus is my teacher.
2. I don't like the dress .... she is wearing today.
3. The journalist .... wrote this article is American.
4. The film .... I saw yesterday was a western.
5. The girl .... gave you this CD is very nice.

SCORE ..../5

COUP DE POUCE
Demande-toi si l'antécédent est un être animé ou non, mais aussi si le pronom est sujet ou complément.

4 **Fais des phrases ayant un sens en choisissant le bon pronom relatif.**

We'll take the train •		• is running?
I know a man •		• was delicious.
I've got a ring •	who	• are in the vase.
Look at the flowers •		• I bought in China.
I know a girl •		• I read yesterday.
My mother made a cake •	which	• lost her bag at school.
Do you know the man •		• can speak five languages.
I don't like the book •		• comes from Brighton.

SCORE ..../8

COUP DE POUCE
Aide-toi du sens des phrases : ainsi la proposition comprenant *book* sera liée à la relative comprenant le verbe *read*.

ANGLAIS

Corrigés p. 284

TOTAL ..../ 28

Corrigés

1 Les quantifieurs : *some, any, no*

1 **1.** There are some books. • **2.** There are some pens. • **3.** There is some chocolate. • **4.** There is some cheese. • **5.** Are there any shoes in his bag? No, there are not any/no shoes in his bag.

EXPLICATION
Some et *any* s'utilisent aussi bien devant un nom indénombrable (*chocolate, cheese*) que devant un nom dénombrable au pluriel (*books, pens*).

2 **1.** Is there any milk? • **2.** Are there any oranges on the table? • **3.** Would you like some bread? • **4.** Can I have some chicken, please?

EXPLICATION
On utilise *some* dans les phrases interrogatives 3 et 4 car elles expriment respectivement une offre et une demande.

3 **1.** Is there any soap in the bathroom? • **2.** There's no orange juice in the bottle. It's empty. • **3.** Can I have some marmalade, please? • **4.** Are there any stamps on the postcards? • **5.** Have some cheese!

EXPLICATION
- Phrase 2 : on utilise *no* car il n'y a pas d'autre négation dans la phrase.
- Phrase 4 : on utilise *any* car on ne sait pas s'il y a des timbres.

4 **1.** No, there isn't any. • **2.** Yes, I've got some. • **3.** Yes, there is one.

5 **1.** Do you want something to drink? • **2.** There isn't anything in my bag. There is nothing in my bag. • **3.** I can see someone/somebody running in the garden. • **4.** There's nothing in my pocket, it's empty.

EXPLICATION
- Phrase 1 : on utilise *something* car on offre quelque chose à boire.
- Phrase 3 : on peut utiliser *somebody* ou *someone*.

6 **1.** Nobody/No one saw him yesterday. • **2.** There is somebody/someone behind me. • **3.** I can find my key nowhere/I can't find my key anywhere. • **4.** We have got nothing to say./We haven't got anything to say.

EXPLICATION
- Phrase 1 : *nobody* peut être remplacé par *no one* (en deux mots).
- Phrase 3 : il faut utiliser *nowhere* car le verbe est affirmatif (*can*). Si le verbe était négatif (*can't*), on utiliserait *anywhere*.

2 L'expression de la possession

1 **1.** I often work at Shirley's. I like her parents. • **2.** He is speaking with Philip. He is in his office. • **3.** Look at Susan's new car. I like its colour. • **4.** Tracy is doing her homework in her room. • **5.** Bill can't use his MP3 player; it is broken.

2 **1.** It's my friends' new car. • **2.** It's Mrs Yale's piano. • **3.** It's the girls' electric train. • **4.** It's the student's computer. • **5.** They're Jenny's dogs.

EXPLICATION
Friends et *girls* sont au pluriel : on n'ajoute que l'apostrophe.

3 **1.** the teachers' car • **2.** the children's toys • **3.** the men's hats • **4.** the postmen's bags • **5.** the boys' room.

EXPLICATION
Tu ne dois mettre le *s* du pluriel que dans les phrases 1 et 5 car, dans les autres phrases, les pluriels sont irréguliers : *children, men, postmen*.

4 **1.** It's the Browns' house. It's the Browns'. It's their house. It's theirs.
2. It's Sarah's jacket. It's Sarah's. It's her jacket. It's hers.
3. It's my parents' car. It's my parents'. It's their car. It's theirs.
4. It's Bill's dog. It's Bill's. It's his dog. It's his.
5. It's his girlfriend's ring. It's his girlfriend's. It's her ring. It's hers.

3 Les pronoms personnels et réfléchis

1 **1.** They live in a new house. • **2.** He is very big. • **3.** We work together. • **4.** Does he play football with us? • **5.** Can she ride a bike?

EXPLICATION
Phrase 2 : quand il s'agit d'un animal familier, on emploie souvent *he* ou *she* selon le sexe de l'animal (et non pas *it*).

2 **1.** I bought a new CD yesterday; listen to it. • **2.** She is waiting for her husband; she is waiting for him. • **3.** My friend saw the Carters yesterday; he saw them. • **4.** John loves Mary; he wants to marry her. • **5.** My sister and I are going to the concert; come with us!

3 **1.** John is sick, take him to the doctor's. • **2.** Don't talk to me; I am working. • **3.** Give them some soup. • **4.** Do you want to come with me? • **5.** Does she like her new teacher?

4 **1.** No, he did it himself. • **2.** No, they did it themselves. • **3.** No, we did it ourselves. • **4.** No, I did it myself.

EXPLICATION
Phrases 1 et 2 : les sujets *he* et *they* des réponses correspondent aux compléments *him* et *them* de la question.

5 Cindy loves Tom. Tom loves Cindy. She loves him. He loves her. Yesterday they went to a party. He enjoyed himself and she enjoyed herself. They danced all night. At midnight he asked her: "Do you want to marry me?" She looked at him and said : "Yes, I do".
Il s'agit donc du premier encadré.

4 L'adjectif au comparatif

1 **1.** Susan is as tired as Jane. • **2.** Mice are not as big as elephants. • **3.** London Bridge isn't as high as the Eiffel Tower. • **4.** My English teacher is as patient as my maths teacher.

2 Tom is **smaller** and **fatter** than Andrew. Andrew's umbrella is **longer** than Tom's. Tom's hat is **bigger** than Andrew's. Tom seems **happier** than Andrew. Andrew is **taller** than Tom.

EXPLICATION
Vérifie que tu as doublé la consonne finale de *big* (*bigger*) et de *fat* (*fatter*).
Tu peux construire d'autres phrases que celles proposées dans le corrigé.

3 Mount Everest is higher than the Eiffel Tower. • Planes go faster than trains. • This actor is more popular than this singer. • Zebras are not as tall as giraffes. • This French baker sells more cakes than the English one.

EXPLICATION
Popular contient trois syllabes : son comparatif de supériorité se forme donc avec *more... than*.

4 **1.** Bill is. • **2.** Samantha is. • **3.** Alexia is. • **4.** Bill is. • **5.** Bill is.

5 *Be, have* et *have got*

1 **1.** Paul will be 15 tomorrow. • **2.** They were very hot and thirsty. • **3.** I am cold and sleepy. • **4.** He is afraid of dogs and cats. • **5.** Paul's father thinks that he is always right.

EXPLICATION
Dans la phrase 5, *that* introduit une subordonnée complétive, on peut le supprimer.

2 **1.** Larry can drive because he is eighteen. • **2.** Jackie has a bath every morning. • **3.** Come with us. Let's have a drink. • **4.** This is a good answer. You are right. • **5.** I didn't have a violin lesson yesterday.

EXPLICATION
Phrases 2, 3, 5 : on emploie *have* ; selon l'expression dans laquelle le verbe figure, il signifie prendre un bain (*have a bath*), prendre une boisson (*have a drink*) ou prendre un cours (*have a lesson*).

3 **1.** Barney's glasses are blue. • **2.** Barney has got five roses in his right hand. • **3.** Barney is not very fat. • **4.** Barney's hat is grey. • **5.** Barney has got a newspaper in his left pocket. • **6.** Barney is wearing a tie. • **7.** Barney's shoes aren't black and white.
Barney est donc le personnage qui se trouve en bas à droite.

EXPLICATION
◗ Les phrases 1, 4 et 7 expriment une idée de possession. Le *'s*, immédiatement suivi d'un nom, correspond au cas possessif.
◗ Les phrases 2 et 5 expriment une idée de possession avec *got*. Le *'s* est la contraction de *has*.
◗ Dans la phrase 3, *'s* est suivi d'un groupe adjectival ; *'s* est donc la contraction de *is*, suivi d'un attribut.
◗ Dans la phrase 6, *'s* est suivi d'une forme en *-ing* ; *'s* est donc la contraction de *is*, utilisé au présent en *be* + V-*ing*.

6 Les modaux (1) : *can, shall, may*

1 **1.** swim • **2.** faux

EXPLICATION
◗ Question 2 : on n'utilise pas l'auxiliaire *do* pour construire les formes interrogative et négative d'un auxiliaire modal.
◗ Un auxiliaire modal doit être accompagné d'un verbe lexical pour avoir un sens.

2 **1.** Can you write the address on the envelope? • **2.** Can you find the zip code? • **3.** Can you go to the post office for me? • **4.** Can you put the letter into the letterbox?

EXPLICATION
À la forme interrogative, on fait passer l'auxiliaire modal avant le sujet.

3 **1.** Fiona can ride a bike. • **2.** Michael can speak Italian. • **3.** Michael can't play the guitar. • **4.** Fiona can't skate. • **5.** Michael can skate.

4 **1.** It may rain. • **2.** I may not be at home at five. • **3.** He may be late. • **4.** We may go to Spain in August. • **5.** She may not go to school tomorrow.

EXPLICATION
Pour la forme négative, il suffit de mettre la négation *not* après *may*. Cette forme ne peut pas être contractée.

7 Les modaux (2) : *must, have to, needn't*

1 **1.** You must learn your lessons. • **2.** You must do your homework. • **3.** You mustn't eat chewing gum at school. • **4.** You mustn't chat with your friends in class. • **5.** You must listen to the teacher.

EXPLICATION
◗ Dans les phrases 1, 2 et 5, on parle de ce que l'on est obligé de faire en classe. On emploie *must*.
◗ Dans les phrases 3 et 4, on parle de ce qu'il est interdit de faire en classe. On emploie *mustn't*.

2 **1.** You don't have to take the bus today. Your father is driving you to school. • **2.** You mustn't put your shoes on the table. • **3.** We don't have to run. We've got plenty of time. • **4.** He mustn't go to bed late; he's getting up early tomorrow. • **5.** They don't have to go shopping now. They can go tomorrow.

EXPLICATION
Phrases 1, 3 et 5 : on emploie *don't have to* pour exprimer l'absence d'obligation.

3 **1.** I must make my bed. • **2.** He mustn't use his mobile at school. • **3.** Ted may go to London next summer. • **4.** I don't have to take my umbrella; it isn't raining.

EXPLICATION
- La phrase 2 exprime une interdiction, on emploie *mustn't*.
- La phrase 3 exprime une probabilité, on emploie *may*.
- La phrase 4 exprime une absence d'obligation, on emploie *don't have to*.

4 **1.** Capacité • **2.** Absence d'obligation • **3.** Obligation • **4.** Interdiction • **5.** Absence d'obligation • **6.** Impossibilité • **7.** Interdiction

EXPLICATION
- Phrase 2 : il n'a pas eu besoin de laver sa voiture.
- Phrase 4 : ils ne doivent pas boire d'alcool. C'est interdit.
- Phrase 5 : nous n'avons pas besoin de courir. Ce n'est pas nécessaire.
- Phrase 7 : vous ne devez pas fumer. C'est interdit.

8 Le présent simple et le présent en *be* + V-ing

1 **1.** They go to the cinema three times a week. • **2.** They always book their seats in advance. • **3.** Vanessa likes detective films very much whereas Kevin prefers love stories. • **4.** He cries a lot when the story is sad. • **5.** They often buy popcorns at the cinema.

EXPLICATION
Les sujets des phrases 3 et 4 sont à la 3e personne du singulier. Il faut donc ajouter ***-s*** à la base verbale.

2 **1.** They are waiting for the bus. • **2.** Mr Todd is drinking a glass of orange juice. • **3.** We are writing a letter. • **4.** Gloria is singing a Christmas carol. • **5.** Albert is doing his homework. • **6.** Jessica is reading a book.

3 **1.** What is Mrs Smith buying? • **2.** Who is Peter phoning? • **3.** What is David washing? • **4.** Where are the children going? • **5.** Why are they laughing?

EXPLICATION
Pour choisir le mot interrogatif, on se demande quel type de renseignement est caché. Dans ces phrases, le mot interrogatif est toujours suivi de : auxiliaire + sujet + base verbale terminée par -ing.

9 Présent simple ou présent en *be* + V-ing ?

1 **1.** What do her parents understand very well? • **2.** Where do they like going? • **3.** When does he usually buy a cake? • **4.** What does their son want for his birthday? • **5.** Why do you prefer Channel 4?

EXPLICATION
- Toutes les questions ont la même construction : mot interrogatif + auxiliaire + sujet + verbe + complément.
- Dans les questions, l'adverbe de fréquence se place entre le sujet et le verbe (phrase 3).

2 **1.** Sheila goes to the country every weekend. • **2.** Harry can't answer the phone. He is having a bath. • **3.** They play squash on Wednesdays. • **4.** We're at the bus stop. We are waiting for the bus.

EXPLICATION
- Dans les phrases 2 et 4, l'action se passe en ce moment : on emploie le présent en *be* + *V-ing*.
- Dans les phrases 1 et 3, les expressions *every weekend* et *on Wednesdays* montrent qu'il s'agit d'actions habituelles.

3 **1.** l'auxiliaire *be*. • **2.** Il est dans sa chambre, il écoute la radio. • **3.** de ce qui se déroule en ce moment.

EXPLICATION
On traduit ici : « Il écoute la radio. » par : *"He is listening to the radio."* car cette action est en train de se dérouler.

4 **1.** Do you work in an office? • **2.** What are you doing now? • **3.** Are you working or surfing on the web? • **4.** Does your brother work in an office too? • **5.** What is he doing this afternoon?

EXPLICATION
- Dans les phrases 1 et 4, le verbe est à la base verbale. Il faut utiliser l'auxiliaire *do* (ou *does*).
- Dans les phrases 2, 3 et 5, les verbes ont une terminaison en *-ing*. Il faut donc utiliser l'auxiliaire *be*, à la bonne personne.

5 little • bus • star • young • marmalade • long • you • when • cinema • artist • good • umbrella • passport • sometimes • breakfast • picture • table • time • omelette • nobody • tomorrow • breakfast • Friday • evening • there • remember • doctor • Wednesday
→ I usually wear glasses but I'm not wearing them today.

10 Le prétérit

1 **1.** Charles stayed at home last Sunday. • **2.** Jenny wanted to buy a game. • **3.** Carolyn played tennis with her best friend. • **4.** Margaret phoned her grandmother yesterday. • **5.** Tim and John lived in Australia.

EXPLICATION
On a ajouté la terminaison *-ed* aux verbes réguliers pour obtenir leur prétérit. Pour les verbes *phone* et *live* (phrases 4 et 5), on a seulement ajouté *-d* puisque la base verbale se termine par un *e*.

2 **1.** I saw the doctor last Tuesday because I had a temperature. • **2.** The doctor examined me and told me I had the flu. • **3.** He gave me a prescription. • **4.** My mother went to the chemist's to buy the medicine I needed.

EXPLICATION
Les verbes *examine* et *need* sont réguliers : leur prétérit se forme en *-ed*.

3 **1.** Did you know that man? No, I didn't know that man. • **2.** Did they meet their friends? No, they didn't meet their friends. • **3.** Was he in Paris last month? No, he wasn't in Paris last month. • **4.** Did you see a good film yesterday? No, I didn't see a good film yesterday.

EXPLICATION
▸ La forme interrogative du prétérit se construit toujours ainsi : *did* + sujet + verbe à la base verbale. Seul l'auxiliaire *be* n'a pas la même construction : on fait passer *was* ou *were* avant le sujet pour obtenir la forme interrogative (phrase 3).
▸ La forme négative du prétérit se construit toujours avec *didn't* suivi du verbe à la base verbale. Seul l'auxiliaire *be* n'a pas la même construction. On accroche directement la négation à *was* ou *were*.

4 **1.** I visited it five months ago. • **2.** I finished it an hour ago. • **3.** I saw it two weeks ago. • **4.** I went there three days ago.

11 L'expression de l'avenir

1 **1.** Jane is going to take off her shoes and jeans.
2. She is going to put on her trainers and shorts.
3. She is going to have a fitness lesson first.
4. Then she is going to play squash with her friend Pam.
5. She is going to have a shower after the match.

EXPLICATION
Pour parler de ce que Jane a l'intention de faire, on commencera toutes les phrases par *Jane/She is going to...*, que l'on peut également mettre à la forme contractée (*she's*). L'auxiliaire *be* s'accorde avec le sujet.

2 **1.** Is Pamela going to wash her sweater? • **2.** Are the Bronsons going to invite the Millers? • **3.** Is Ted going to send her a postcard? • **4.** Are they going to buy the tickets?

3 **1.** We are having a tennis lesson at five. We are going to have a tennis lesson at five. We'll have a tennis lesson at five. • **2.** They are going to Italy in July. They are going to go to Italy in July. They will go to Italy in July.

EXPLICATION
Pour construire des phrases parlant de l'avenir on peut utiliser :
– le présent en *be* + *V-ing* ;
– l'expression *be going to* + base verbale ;
– l'auxiliaire modal *will* + base verbale.

4 **1.** No, I won't./we won't. • **2.** Yes, he is. • **3.** Yes, they will. • **4.** No, she isn't. • **5.** Yes, they are.

EXPLICATION
Pour la question 1, deux réponses sont possibles car une question contenant *you* peut s'adresser à une ou plusieurs personnes.

12 Les questions

1 **1.** Are Noemie and her brother in a clothes shop? • **2.** Are they talking to the shop assistant? • **3.** Does Noemie want to buy new jeans? • **4.** Is her brother going to buy a sweater tomorrow? • **5.** Do they really like buying clothes?

EXPLICATION
Les phrases 3 et 5 ne contiennent pas d'auxiliaire. Elles sont au présent simple. On a donc recours à l'auxiliaire *do* pour construire les questions.

2 **1.** What are your parents doing? – They're reading. • **2.** Whose umbrella is it? – It's Steve's. • **3.** Who are you playing with? – I'm playing with Tom. • **4.** When are they leaving? – Tomorrow.

EXPLICATION
Question 3 : la préposition *with* avec laquelle se construit le verbe *play* est placée après le verbe, aussi bien dans la question que dans la réponse.

3 **1.** How many cats have they got? • **2.** How much is this dress? • **3.** How often do they play tennis? • **4.** Whose coat is it?

4 **1.** What are you looking at? • **2.** What are you waiting for? • **3.** What are you listening to? • **4.** Where do you come from?

EXPLICATION
Toutes ces questions présentent la même construction : mot interrogatif + auxiliaire + sujet + verbe suivi de la préposition qui l'accompagne.

13 Les phrases réduites

1 **1.** Thomas is very intelligent, isn't he? • **2.** He can speak a lot of foreign languages, can't he? • **3.** He never disobeys his parents, does he? • **4.** He runs very quickly, doesn't he? • **5.** He won the semi-marathon last September, didn't he? • **6.** He has got a beautiful voice, hasn't he? • **7.** He will be famous one day, won't he?

EXPLICATION
Phrase 3 : la 1re partie de la phrase est négative puisqu'elle contient *never*. Le *question tag* ne doit donc pas contenir de négation.

2 **1.** John can't play the guitar, but Joe can. • **2.** Bob wrote some letters, but Joe didn't. • **3.** Maureen didn't like the film, but Joe did. • **4.** Susan won't listen to you, but Joe will. • **5.** Kathy lives in a big city, but Joe doesn't.

EXPLICATION
Whereas est souvent employé, tout comme *but*, pour exprimer un contraste.

3 **1.** Yes, they do. • **2.** No, she won't. • **3.** No, they didn't. • **4.** Yes, I can. • **5.** No, she doesn't.

EXPLICATION
Phrase 2 : la forme contractée de *will not* est *won't*.

14 Les subordonnées relatives

1 **1.** He broke a vase which was expensive.
2. Look at the cassette which is on the desk.
3. Bill wants to go to a university which is in California.
4. Mr Brown is the man who lives next door.
5. The woman who wrote this book is my teacher.
6. My nephew, who is a musician, is giving a concert tomorrow.
7. Show me the cupboard which is broken.
8. The people who live next door are really very kind.
9. He took the chair which was in the middle of the room.
10. I'd like to talk to the girl who told you that.

EXPLICATION
Dans toutes ces phrases sauf dans la phrase 6, la relative est déterminative : on pourrait donc employer *that* à la place de *who* et *which*.

2 **1.** I ate some cakes which were very good. • **2.** Look at the man who is painting. • **3.** I read a book which was very interesting. • **4.** We went to a party which was pleasant. • **5.** We bought a car which is very comfortable.

3 **1.** The woman who is waiting for the bus is my teacher. • **2.** I don't like the dress which she is wearing today. • **3.** The journalist who wrote this article is American. • **4.** The film which I saw yesterday was a western. • **5.** The girl who gave you this CD is very nice.

EXPLICATION
Les pronoms relatifs des phrases 2 et 4 peuvent être sous-entendus car les relatives sont déterminatives et les pronoms sont compléments et non sujets (le sujet de la relative de la phrase 2 est *she* et celui de la relative de la phrase 4 est *I*).

4 We'll take the train which comes from Brighton. • I know a man who can speak five languages. • I've got a ring which I bought in China. • Look at the flowers which are in the vase. • I know a girl who lost her bag at school. • My mother made a cake which was delicious. • Do you know the man who is running? • I don't like the book which I read yesterday.

EXPLICATION
Le choix du pronom relatif ne dépend pas ici de sa fonction (sujet ou complément), mais de son antécédent (animé ou non).

Mémento de conjugaison

N.B. : Seules les formes pleines figurent dans les tableaux ci-dessous. Pour les formes contractées, reporte-toi aux leçons correspondant aux verbes et aux temps cités.

Be

	Présent	Prétérit
Forme affirmative	I am you are he, she, it is we are you are they are	I was you were he, she, it was we were you were they were
Forme interrogative	am I...? are you...? is he, she, it...? are we...? are you...? are they...?	was I...? were you...? was he, she, it... ? were we...? were you...? were they...?
Forme négative	I am not you are not he, she, it is not we are not you are not they are not	I was not you were not he, she, it was not we were not you were not they were not

Have got

	Présent
Forme affirmative	I have got you have got he, she, it has got we have got you have got they have got
Forme interrogative	have I got...? have you got...? has he, she, it got...? have we got...? have you got...? have they got...?
Forme négative	I have not got you have not got he, she, it has not got we have not got you have not got they have not got

Verbe régulier : play

	Présent simple	Présent en *be* + *V-ing*	Prétérit
Forme affirmative	I play you play he, she, it plays we play you play they play	I am playing you are playing he, she, it is playing we are playing you are playing they are playing	I played you played he, she, it played we played you played they played
Forme interrogative	do I play? do you play? does he, she, it play? do we play? do you play? do they play?	am I playing? are you playing? is he, she, it playing? are we playing? are you playing? are they playing?	did I play? did you play? did he, she, it play? did we play? did you play? did they play?
Forme négative	I do not play you do not play he, she, it does not play we do not play you do not play they do not play	I am not playing you are not playing he, she, it is not playing we are not playing you are not playing they are not playing	I did not play you did not play he, she, it did not play we did not play you did not play they did not play

Verbe irrégulier : come

	Présent simple	Présent en *be + V-ing*	Prétérit
Forme affirmative	I come you come he, she, it comes we come you come they come	I am coming you are coming he, she, it is coming we are coming you are coming they are coming	I came you came he, she, it came we came you came they came
Forme interrogative	do I come? do you come? does he, she, it come? do we come? do you come? do they come?	am I coming? are you coming? is he, she, it coming? are we coming? are you coming? are they coming?	did I come? did you come? did he, she, it come? did we come? did you come? did they come?
Forme négative	I do not come you do not come he, she, it does not come we do not come you do not come they do not come	I am not coming you are not coming he, she, it is not coming we are not coming you are not coming they are not coming	I did not come you did not come he, she, it did not come we did not come you did not come they did not come

Verbes irréguliers à mémoriser

Base verbale	Prétérit	Participe passé	Traduction
be	was, were	been	*être*
become	became	become	*devenir*
begin	began	begun	*commencer*
bring	brought	brought	*apporter*
build	built	built	*construire*
buy	bought	bought	*acheter*
catch	caught	caught	*attraper*
come	came	come	*venir*
do	did	done	*faire*
drink	drank	drunk	*boire*
drive	drove	driven	*conduire*
eat	ate	eaten	*manger*
fall	fell	fallen	*tomber*
fight	fought	fought	*se battre*
fly	flew	flown	*voler (s'envoler)*
forbid	forbade	forbidden	*interdire*
forget	forgot	forgotten	*oublier*
get up	got up	got up	*se lever*
go	went	gone	*aller*
have	had	had	*avoir*
keep	kept	kept	*garder*
know	knew	known	*savoir, connaître*

Base verbale	Prétérit	Participe passé	Traduction
leave	left	left	*quitter, partir, laisser*
lose	lost	lost	*perdre*
make	made	made	*faire, fabriquer*
meet	met	met	*(se) rencontrer*
read	read	read	*lire*
ride	rode	ridden	*aller à cheval, à vélo*
run	ran	run	*courir*
say	said	said	*dire*
see	saw	seen	*voir*
sell	sold	sold	*vendre*
send	sent	sent	*envoyer*
sing	sang	sung	*chanter*
sleep	slept	slept	*dormir*
speak	spoke	spoken	*parler*
swim	swam	swum	*nager*
take	took	taken	*prendre*
think	thought	thought	*penser*
understand	understood	understood	*comprendre*
wake (up)	woke (up)	woken (up)	*(se) réveiller*
wear	wore	worn	*porter (un vêtement)*
win	won	won	*gagner*
write	wrote	written	*écrire*

Suggérer, proposer

Télécharge* et écoute le podcast *Let's play table tennis!*

Faire une proposition

- **What about playing tennis?**
  Et si on jouait au tennis ?
- **How about visiting the Eiffel Tower?**
  Et si on visitait la tour Eiffel ?
- **Why don't we go to the swimming pool?**
  Pourquoi ne pas aller à la piscine ?

Refuser la proposition

- **No, thank you, I don't have time.**
  Non merci, je n'ai pas le temps.
- **I'm sorry but I can't.**
  Je suis désolé(e) mais je ne peux pas.
- **I don't want to play football.**
  Je ne veux pas jouer au football.

Accepter la proposition

- **Yes, let's go to the park!**
  Oui, allons au parc !
- **What a good idea!**
  Quelle bonne idée !
- **That would be great!**
  Ce serait formidable !

Parler de ses projets

Télécharge* et écoute le podcast *Merry Christmas!*

Parler de ses projets

- **I'm planning to do my Christmas shopping.**
  J'ai l'intention de faire mes achats de Noël.
- **I'm going to spend my holidays at my uncle's.**
  Je vais passer mes vacances chez mon oncle.
- **I will be back home at 5 p.m.**
  Je serai de retour à la maison à 17 heures.

Formuler un vœu

- **I wish you luck.**
  Je te souhaite bonne chance.
- **I hope you will have a great time.**
  J'espère que tu t'amuseras bien.
- **I'm hopeful that we will have some success.**
  J'ai bon espoir que nous aurons du succès.

Interroger quelqu'un sur ses projets

- **What are you planning to do this afternoon?**
  Qu'est-ce que tu vas faire cet après-midi ?
- **Where are you going to spend your holidays?**
  Où vas-tu passer tes vacances ?
- **Will you write Christmas cards?**
  Écriras-tu des cartes de vœux ?

Télécharge* et écoute le podcast *Good at sports!*

Parler de ses capacités

Dire ce que l'on sait faire

- I can ski quite well.
  Je skie plutôt bien.
- I'm good at playing the piano.
  Je sais bien jouer du piano.
- I'm the best football player of my school.
  Je suis le meilleur joueur de football de mon école.

Exprimer l'incapacité

- Can you drive? No, I can't.
  Est-ce que tu sais conduire ? Non.
- I'm not good at math.
  Je ne suis pas bon en maths.
- They don't know how to dance.
  Ils ne savent pas danser.

Demander à quelqu'un ce qu'il sait faire

- Can you ride a horse?
  Sais-tu monter à cheval ?
- Are you good at sports?
  Es-tu bon en sport ?
- Do you play tennis well?
  Est-ce que tu joues bien au tennis ?

Télécharge* et écoute le podcast *TV programmes* !

Parler de ses goûts

Dire qu'on aime

- I like romantic films.
  J'aime les films romantiques.
- I love this new TV show.
  J'adore cette nouvelle émission de TV.
- I enjoy watching American TV series.
  J'aime regarder des séries américaines.

Parler de ce qu'on préfère

- What are your favourite programmes?
  Quelles sont tes émissions favorites ?
- Do you prefer detective films?
  Préfères-tu les films policiers ?
- I prefer watching cartoons on TV.
  Je préfère regarder des dessins animés à la TV.

Dire qu'on n'aime pas

- I don't like horror films.
  Je n'aime pas les films d'horreur.
- I dislike watching sports on TV.
  Je n'aime pas regarder le sport à la TV.
- I hate history documentaries.
  Je déteste les documentaires historiques.